10
18

12, AVENUE D'ITALIE. PARIS XIIIe

ÅKE EDWARDSON

CHAMBRE NUMÉRO 10

Traduit du suédois
par Marie-Hélène A<small>RCHAMBEAUD</small>

« *Grands Détectives* »
dirigé par Jean-Claude Zylberstein

JC LATTÈS

Titre original :
Rum Nummer 10
(Publié par Norstedts Forlag, Stockholm)

© Åke Edwardson, 2005.
© Éditions Jean-Claude Lattès, 2007,
pour la traduction française
Publié avec l'accord de Pan Agency
ISBN 978-2-264-04752-6

À mon père, Karl-Erik

1

Elle cligna de l'œil droit. Une fois, deux, trois, quatre fois. Le commissaire Erik Winter ferma les yeux. Quand il les rouvrit, il se rendit compte que les clignements se poursuivaient, dans un mouvement spasmodique, comme quelque chose de vivant. Il voyait la lumière d'août se refléter dans ses yeux. Un rayon de soleil filtrait par la fenêtre ouverte. Winter pouvait entendre le trafic du matin en bas dans la rue ; une voiture passait, un tramway glissait dans le lointain, un oiseau de mer jetait son cri perçant. Il reconnut un bruit de pas, des talons de femme sur le pavé. Elle marchait d'un pas vif, elle se rendait sans doute quelque part.

Le regard de Winter se posa de nouveau sur la femme, et glissa sur le sol à ses pieds. C'était du parquet. Le rayon de soleil rampait d'une lame à l'autre, comme un feu. Il poursuivait son chemin, de l'autre côté du mur, dans la pièce suivante et, de pièce en pièce, dans tout l'étage peut-être.

La paupière frémit encore à plusieurs reprises. Qu'on les enlève, ces foutues électrodes. On le sait maintenant. Il préféra détourner les yeux. Il voyait les rideaux flotter doucement dans le vent. Ce dernier rapportait les odeurs de la ville, en même temps que ses rumeurs. Émanations d'essence, effluves de pétrole. Il pouvait discerner l'exhalaison salée de la mer. Il se mit à penser à la mer, à la ligne de l'horizon, à ce qui se trouvait au-delà. Au voyage.

Il pensait au voyage en général. Quelqu'un prononça quelques mots dans la pièce, mais Winter n'entendait pas. Il pensait encore au voyage et plus particulièrement à celui qui l'attendait maintenant : un voyage à l'intérieur de la vie de cette femme. Un voyage dans le passé. Il se voyait à nouveau dans cette chambre. Cette chambre-là.

*

Le réceptionniste avait ressenti le besoin de se rendre dans la chambre, on n'avait pas encore éclairci pourquoi.

Il s'était précipité vers elle.

Il avait appelé depuis la chambre sur son téléphone mobile.

Le commissariat avait envoyé sur place une ambulance et une voiture radio. La voiture de police ne s'était pas embarrassée des sens interdits. Il n'y avait que cela dans les vieilles rues au sud de la Gare centrale.

Les deux inspecteurs, un homme et une femme, s'étaient fait conduire à la chambre, au troisième étage, par une femme qui semblait complètement terrifiée. Le réceptionniste les attendait sur le seuil. Devant la porte ouverte. Le corps gisait à même le sol. D'une voix sans timbre, l'homme avait raconté ce qu'il avait vu. Son regard faisait le tour de la pièce, comme s'il en avait connu les moindres recoins. La femme policier, venue d'un autre district, s'était glissée la première dans la chambre pour s'agenouiller ensuite auprès du corps. Celui-ci n'était pas dans une position naturelle.

Le nœud coulant enserrait encore très fort son cou. On voyait une chaise renversée à un mètre de sa tête. Il n'y avait aucun signe de vie sur son visage ni dans ses yeux éteints. L'officier de police s'efforça longtemps de prendre un pouls qui ne battait plus. Elle releva la tête et vit les poutres qui s'entrecroisaient au plafond. Il y avait là quelque chose d'étrange, de moyenâgeux. Tout semblait dater d'un autre temps, être issu d'un autre monde, ou sorti d'une scène de cinéma. C'était une belle chambre, tout à fait en ordre, si l'on exceptait la chaise renversée. La fenêtre laissait maintenant passer le mugissement de l'ambulance, dans le lointain d'abord, et puis très haut, très fort, quand elle freina pour entrer dans la rue. Autant de bruit pour rien.

Elle regarda encore une fois le visage de la femme, ses yeux grand ouverts. La corde et la chaise. Les poutres. Il y avait de la hauteur sous plafond.

— Appelle la police scientifique, dit-elle à son collègue.

On avait fait venir les experts. Winter était venu. Le médecin légiste aussi.

Le médecin retirait maintenant les deux électrodes qu'elle avait fixées sur l'œil droit de la femme. Il n'y avait là plus rien à soigner, mais elle pouvait encore chercher à déterminer depuis combien de temps la personne était décédée. Les muscles se contractent avec d'autant plus d'intensité que l'on est plus proche de l'instant de la mort. L'instant de la mort, se répétait Winter. C'est un drôle de mot. Une drôle de méthode aussi.

Le médecin légiste regardait Winter. Elle s'appelait Pia E :son Fröberg. Ils travaillaient ensemble depuis bientôt dix ans, mais Winter avait parfois l'impression que ça en faisait le double. Peut-être parce qu'il s'agissait d'affaires criminelles, mais peut-être encore pour autre chose.

— Entre six et huit heures, déclara Pia E :son Fröberg.

Winter hocha la tête. Il consulta sa montre : 10 h 45. Elle avait dû mourir aux premières heures de la matinée ou bien à une heure avancée de la nuit, c'était une question de point de vue. Il faisait noir dehors à ce moment-là.

Il parcourut la chambre du regard. Les trois experts faisaient des prélèvements sur la chaise, la poutre, le sol autour du corps et ils s'intéressaient aux quelques meubles qui se trouvaient également dans la chambre, à tout ce qui pouvait leur donner des indices. S'il y en avait. Non, pas de si. Un criminel laisse toujours quelque chose

11

derrière lui. Toujours-quelque-chose-derrière-lui. Si l'on n'y croit pas, autant faire ses bagages et partir au soleil.

La chambre se retrouva de nouveau mitraillée par les flashs des appareils photos, une autre lumière s'imposait maintenant à l'intérieur.

S'il y avait un criminel. Il leva les yeux vers la poutre. Regarda le corps couché à terre. La chaise renversée. L'un des experts s'occupait du revêtement, sur un siège qui avait servi de marchepied... Il reconnut Winter et lui adressa un salut de la tête.

Winter examinait la main droite de la femme. Elle était peinte en blanc, d'un blanc éclatant, blanc comme neige. La peinture avait eu le temps de sécher et recouvrait jusqu'à la moitié de l'avant-bras. On aurait dit un gant grotesque. De la peinture industrielle blanche. Il y avait un pot sur le sol, posé sur des feuilles de papier journal, comme si la priorité dans cette chambre, c'était de protéger le sol. Pas la vie.

Sur l'une des pages, il y avait un pinceau. La peinture avait un peu coulé sur la photo d'une ville à l'étranger. Winter reconnut la silhouette d'une mosquée. L'odeur de peinture lui monta aux narines quand il se rapprocha, sur les genoux.

Il y avait une feuille de papier sur l'unique table de la chambre.

La lettre était manuscrite et ne faisait pas plus de dix lignes. Peut-être l'avait-elle rédigée là. Dans la chambre n°10. Le numéro s'affichait en chiffres de cuivre doré qui tenaient à la porte par un simple clou. On était au troisième étage, sur quatre en tout. À l'intérieur flottait une odeur persistante même après qu'on eut fermé la fenêtre. Un parfum *doux*, mais le terme peut recouvrir des sens bien différents.

Winter reprit sur son bureau la copie de la lettre et se remit à l'étude de sa graphie. Il ne pouvait déterminer si la main avait tremblé lorsqu'elle avait rédigé ses derniers mots. Pourtant, il avait pu les comparer à ceux d'un manuscrit qu'elle avait incontestablement rédigé celui-là. Tout avait été envoyé au Laboratoire central de la police suédoise, la lettre comme le deuxième document.

Je vous aime et je vous aimerai toujours quoi qu'il puisse m'arriver, vous serez toujours avec moi où que j'aille et si j'ai pu vous mettre en colère, alors je vous demande de bien vouloir me pardonner, je sais que vous me pardonnerez quoi qu'il puisse m'arriver et quoi qu'il puisse vous arriver, je sais aussi que nous nous retrouverons un jour.

C'était le premier point depuis le début de la lettre. Elle avait ajouté quelques lignes et puis c'était arrivé. *Quoi qu'il puisse m'arriver.* L'expression revenait deux fois dans la lettre aux parents, rédigée d'une main qui semblait à Winter plutôt ferme, même si les experts graphologues croyaient discerner d'imperceptibles traces de tremblement au microscope.

La main qui avait servi à rédiger la lettre que Winter tenait maintenant. Il examina la sienne. Elle ne tremblait pas, visiblement, mais il savait que cela pouvait se produire. Il était encore en vie. Sa main blanche à elle. Parfaitement peinte. Ou bien comme une main de plâtre. Quelque chose qui ne lui appartenait plus. Qu'on aurait aussi bien pu lui retirer. Cette idée venait de lui traverser l'esprit. Il se demandait pourquoi. Un autre avait-il pu avoir la même idée ?

Elle s'appelait Paula Ney, était âgée de vingt-neuf ans et s'apprêtait à fêter son trentième anniversaire, deux jours plus tard, le 1er septembre. Le début de l'automne. Elle avait son propre appartement, mais n'y avait pas séjourné ces deux dernières semaines, car la copropriété avait entrepris des rénovations – les ouvriers travaillaient sur plusieurs appartements, une heure par-ci, une heure par-là, ce qui devait rallonger la durée des travaux... Elle avait préféré rentrer chez ses parents.

Deux jours plus tôt, en début de soirée, elle était sortie au cinéma avec une amie ; après la séance, elles étaient allées boire un verre de vin rouge dans un bar tout proche avant de se séparer à la hauteur de la place Grönsakstorget. De là Paula devait prendre le tramway, c'était en tout cas ce qu'elle avait dit à son amie, et l'on perdait ensuite sa trace jusqu'à la découverte de son corps à l'hôtel Revy le lendemain matin, à un kilomètre et demi à l'ouest de Grönsakstorget. Aucun tramway ne desservait le Revy. Drôle de nom pour un hôtel.

C'était aussi un drôle d'hôtel – une sorte de vestige d'un passé peu glorieux. Peut-être plus joyeux, tout dépend du point de vue. Il était situé dans une de ces petites rues étroites au sud de la Gare centrale, et faisait partie des rares bâtiments qui avaient survécu aux démolitions des années soixante. Cinq pâtés de maisons avaient été épargnés, comme si cette partie de la ville avait échappé au regard des planificateurs le jour où ils avaient refait la carte de la ville, probablement à l'occasion d'un pique-nique dans les jardins de la Société d'Horticulture, de l'autre côté du canal.

Le Revy était un vieil établissement qui, dans le temps, comprenait également un restaurant. Ce n'était plus le cas maintenant. L'hôtel se retrouvait complètement occulté par le Sheraton nouvellement construit sur Drottningtorget et dont la haute stature lui faisait de l'ombre. Tout un symbole.

Il avait également eu la réputation d'être un bordel. Cela tenait sûrement à la proximité de la gare et à la rotation importante de clients des deux sexes. Mais il ne subsistait plus grand-chose de cela – ni de la rumeur, ni de la réalité. Winter savait que la brigade des mœurs visitait l'endroit de temps à autre, mais même du côté des putes et des michetons, on ne s'accommodait pas très bien de ce passé-là. Peut-être avait-il suffi que le propriétaire soit inculpé de proxénétisme une fois de trop. Dieu seul savait qui pouvait maintenant fréquenter cet endroit. Pas grand monde. La chambre où l'on avait trouvé Paula Ney était restée vide pendant trois semaines. Auparavant, elle avait été occupée pendant quatre nuits par un acteur au chômage originaire de Skövde. Il était venu auditionner pour une série télévisée, mais n'avait pas décroché le rôle.

— Un tout petit rôle, avait-il précisé au collègue de Winter, Fredrick Halders, lorsque ce dernier l'avait appelé. Je devais faire le mort.

Winter entendit frapper et leva les yeux. Avant qu'il ait eu le temps de dire quoi que ce soit, la porte s'ouvrit sur le commissaire Bertil Ringmar. C'était le troisième commissaire dans le service d'investigation de la brigade criminelle. Il referma la porte derrière lui et se dirigea tout droit vers la chaise qui se trouvait en face de Winter, de l'autre côté du bureau.

— Entrez, lui dit Winter.

— Ce n'est que moi, répondit Ringmar tout en avançant son siège. (Les pieds de la chaise raclèrent sur le plancher. Il regarda Winter.) Je suis monté chez Öberg, ajouta-t-il.

Torsten Öberg, qui avait le grade de commissaire comme Winter et Ringmar, occupait le poste de chef intérimaire à l'étage du service de la police scientifique, au-dessus du service d'investigation.

— Et alors ?

— Il avait quelque chose à...

La sonnerie du téléphone interrompit Ringmar en pleine phrase. Winter souleva le combiné.

— Erik Winter à l'appareil.

Il écouta sans dire un mot, raccrocha, puis se leva.

— Quand on parle du loup. Öberg veut qu'on passe le voir.

— Ce n'est pas une mince affaire de pendre quelqu'un d'autre, leur dit Öberg, penché au-dessus d'une paillasse dans le laboratoire. Surtout si la victime se débat pour survivre. (Il s'empara d'un instrument sur le plan de travail.) Mais même sans résistance de sa part, ce serait déjà difficile. Ça pèse lourd un corps humain. (Il leva les yeux vers Winter.) Même un corps de jeune femme.

— Elle s'est débattue ? demanda Winter.

— Pas le moins du monde.

— Que s'est-il passé alors ?

— Ça, c'est ton boulot, Erik.

— Ne nous fais pas lanterner. Tu avais quelque chose pour nous.

— Elle n'est jamais montée sur cette chaise, déclara Öberg. D'après ce que nous pouvons voir, personne ne s'est jamais tenu debout dessus. (Il se gratta le bout du nez.) Le réceptionniste a bien dit qu'il avait sauté sur ses pieds pour attraper l'extrémité de la corde ?

Winter hocha la tête.

— Et il n'est jamais monté sur la chaise ?

— Non. Elle s'est renversée sous le poids du corps.

— La victime a une blessure à l'épaule, continua Öberg. Elle a pu se la faire à ce moment-là.

Winter hocha de nouveau la tête. Il en avait déjà parlé avec Pia E :son Fröberg.

— Le réceptionniste, un dénommé Bergström, s'est saisi de l'extrémité de la corde et a tiré dessus de toutes ses forces. Le nœud s'est défait.

— On dirait qu'il savait ce qu'il faisait, dit Öberg.

Pourtant il avait agi sous l'impulsion du moment, c'était ce qu'il avait déclaré à Winter lors d'une première et brève audition qui s'était tenue dans une petite pièce mal aérée, derrière le hall de l'hôtel. Il s'était contenté d'agir. Instinctivement, selon ses propres mots. Par instinct. Il voulait sauver une vie.

La femme, il ne l'avait pas reconnue, ni sur l'instant, ni plus tard. Elle ne s'était pas présentée à la réception, elle ne figurait sur aucun registre.

Il avait vu la feuille de papier. Une lettre d'adieux, il l'avait compris tout de suite, avant même d'essayer de faire quelque chose. Une personne qui en avait assez de la vie. Il avait vu la chaise debout, un peu au-dessous du corps, mais également la corde et il s'était élancé au secours de la jeune femme.

— Cette chaise a été soigneusement essuyée, signala Öberg.

— Qu'est-ce que ça signifie ? demanda Winter.

— Si elle voulait se pendre, il fallait qu'elle grimpe sur la chaise et noue la corde autour de la poutre, continua Öberg. Mais elle n'est pas montée sur cette chaise.

Ou bien alors quelqu'un a pris soin de l'essuyer après. Et ce n'est pas elle qui l'a fait.

— Compris, dit Ringmar.

— C'est une surface glissante, continua Öberg. Et elle était pieds nus.

— Les chaussures étaient près de la porte, remarqua Ringmar.

— Elle était pieds nus lorsque nous sommes entrés dans la pièce, ajouta Öberg. Elle est morte les pieds nus.

— Aucune empreinte sur la chaise, répéta Winter, surtout pour lui-même.

— Ces messieurs n'ignorent pas que l'absence de trace est tout aussi intéressante que la trace elle-même, dit Öberg.

Winter sentit une certaine fierté dans la voix de son collègue, ou quelque chose du même ordre en tout cas. Öberg avait quelque chose à dire.

— Il n'y avait aucune empreinte digitale sur la corde, je vous en avais déjà informés, n'est-ce pas ?

— Exact, répondit Winter. Mais je ne suis pas non plus sans savoir que la corde était en nylon.

C'était une corde bleue, d'un bleu presque obscène qui ressemblait à celui des néons fluorescents. La surface rugueuse conservait rarement les empreintes de doigts. On pouvait à peine se rendre compte si la personne avait porté des gants.

Il y avait cependant d'autres indices à déceler. Winter avait regardé les experts travailler dans la chambre numéro dix. Ils tapotaient soigneusement la corde à la recherche d'empreintes de salive, de cheveu, de transpiration. Il était très difficile de ne pas laisser d'ADN après soi.

Une personne qui portait des gants pouvait s'être craché dans les mains.

Ou s'être passé la main dans les cheveux.

Mais il n'était pas impossible de laisser les lieux absolument intacts. Winter tâchait de garder la tête froide en ces temps où l'on avait tendance à prendre l'ADN pour la solution-miracle à tous les crimes.

Il savait qu'Öberg avait envoyé tous les prélèvements au Labo central.

— Gert a trouvé quelque chose d'autre, déclara Öberg, avec un éclair de malice dans l'œil. À l'intérieur du nœud de la corde.

— On t'écoute, répondit Winter.

— Du sang. Pas beaucoup, mais suffisamment pour pouvoir l'analyser.

— Bien, dit Ringmar. Très bien.

— Jamais vu de goutte aussi petite, reprit Öberg. Gert a défait le nœud et comme c'est un homme de méthode, il l'a examiné tout ce qu'il y a de plus soigneusement.

— Je n'ai vu aucune trace de sang dans cette chambre, fit remarquer Winter.

— Aucun d'entre nous n'a vu de sang, dit Öberg. Et surtout pas sur la femme. (Il se tourna vers Winter.) Est-ce que Pia a relevé des petites plaies sur le corps ?

— Non. En tout cas pas encore.

— Donc, si la corde n'est pas celle qui a tué Paula Ney... proposa Ringmar.

— ... elle peut appartenir à quelqu'un d'autre, compléta Öberg tandis que son regard s'allumait de nouveau.

— J'ai parlé avec les parents de Paula Ney, il y a de cela une heure, commença Ringmar tout en reculant sa chaise d'un demi-mètre, plus bruyamment cette fois.

Ils étaient de retour dans le bureau de Winter. Ce dernier sentait l'excitation gagner son collègue, comme un départ de fièvre. Ringmar déplaça de nouveau son siège qui racla de plus belle sur le plancher.

— Tu ne pourrais pas soulever cette chaise ? dit Winter.

— Tu vois bien que je suis assis dessus !

— Qu'est-ce qu'ils t'ont dit ? Les parents.

— Elle n'avait pas l'air dans un état particulièrement anormal le dernier soir, ou plutôt le dernier après-midi. La dernière semaine non plus. Juste un peu énervée par les ouvriers, ou par les histoires de copropriété. C'est ce qu'ils m'ont dit en tout cas. La maman plutôt. C'est elle que j'ai vue. Elisabeth.

Winter avait également parlé avec elle, la veille dans l'après-midi. Ainsi qu'avec son mari, le père de Paula. Mario. Il avait quitté son pays très jeune pour venir travailler en Suède, dans les roulements à bille. On embauchait pas mal d'Italiens chez SKF à l'époque.

Mario Ney. Paula Ney. Son sac à main était resté sur le lit dans la chambre d'hôtel. Öberg et ses collègues n'avaient pas encore déterminé si quelqu'un l'avait fouillé. On y trouvait un portefeuille avec une carte de paiement, un peu de monnaie. Pas de permis de conduire mais une carte d'abonnement dans un club de sport. D'autres menus objets.

Et puis une pochette qui comprenait quatre photos de type photomaton. Elles avaient l'air assez récentes.

Tout dans ce sac semblait devoir prouver qu'il appartenait à Paula Ney, que c'était bien Paula Ney qu'on avait trouvée pendue dans cette chambre d'hôtel un peu trop sombre où ne filtrait qu'un mince rayon de soleil.

— Quand est-ce que Paula devait réintégrer son appartement ?

— Bientôt, à ce qu'elle disait.

— Vraiment ? Les parents t'ont bien assuré qu'elle avait dit ça ?

— D'après moi, le père aurait dit la même chose. C'est la mère que j'ai interrogée.

Winter souleva la lettre, enfin sa copie. C'étaient les mêmes mots que sur l'original. Dix lignes. Avec au-dessus la mention : *Pour Mario et Elisabeth*.

— Pourquoi donc a-t-elle écrit tout ça ? Et pourquoi s'adresser à ses parents ?

— Elle n'était pas mariée, dit Ringmar.

— Essaie d'abord de répondre à ma première question, répliqua Winter.

— Je n'ai pas de réponse.

— Est-ce qu'elle a pu le faire sous la contrainte ?

— Absolument.

— Est-ce qu'on sait si elle a écrit cette lettre après sa disparition, s'il faut l'appeler comme ça ? Après avoir quitté son amie à Grönsakstorget ?

— Non. Mais nous pouvons le supposer.

— Nous rattachons la lettre au meurtre, dit Winter. Mais peut-être s'agit-il d'autre chose.

— De quoi ?

Ils étaient en plein dans ce qui faisait leur routine, et leur méthode : un courant sans fin de questions-réponses qui les ferait avancer, reculer peut-être, dans un sens ou dans un autre, peu importe, du moment qu'ils ne faisaient pas du sur-place.

— Elle avait quelque chose à exprimer..., commença Winter. Sans pouvoir le dire de vive voix. De *vive* voix... Il lui était arrivé quelque chose. Elle voulait s'expliquer, se faire pardonner. Ou simplement donner de ses nouvelles. Elle avait besoin de prendre ses distances, pour un moment. De quitter la maison familiale.

— Ça, c'est ce que tu voudrais bien croire, fit remarquer Ringmar.

— Pardon ?

— L'alternative te paraît tout simplement trop horrible.

Winter n'avait rien à répondre. Ringmar avait évidemment raison. Quant à lui, il avait essayé de se figurer la scène puisque cela faisait partie de son travail, mais il avait ensuite préféré fermer les yeux car ce qu'il voyait, c'était : Paula devant une feuille de papier, un individu derrière elle, qui se penchait au-dessus de sa tête. Un stylo dans la main de la jeune femme. Écris. Écris donc !

— Est-ce que ce sont ses mots à elle ? demanda Ringmar.

— Les a-t-elle écrits sous la dictée ? continua Winter.

— Ou bien l'a-t-on laissée rédiger ce qu'elle voulait ?

— J'en ai l'impression, dit Winter en relisant les premières lignes.

— Et pourquoi ?

— C'est trop personnel.

— Mais il s'agit peut-être de la personnalité du meurtrier.

— Tu veux dire un message aux parents ?

Ringmar haussa les épaules.

— Je ne le pense pas, dit Winter. Ce sont ses propres paroles.

— Ses dernières paroles.

— À moins que nous ne voyions surgir d'autres lettres.

— Merde alors !

— Que veut-elle dire quand elle prétend leur demander pardon ? continua Winter en reprenant les mots de la lettre.

— Elle veut dire ce qu'elle dit, répondit Ringmar. Elle veut leur demander pardon si elle a pu mettre en colère ses parents.

— Est-ce que c'est la première chose qui te vient à l'esprit quand tu écris une lettre comme ça ? Pouvait-elle vraiment penser à ça ?

— Est-ce qu'on a vraiment la tête à penser dans ces moments-là ? dit Ringmar. Elle sait qu'elle est en mauvaise posture. On lui donne l'ordre de rédiger une lettre d'adieux. (Ringmar se tortilla de nouveau sur sa chaise mais il évita de la déplacer.) Oui. C'est tout à fait possible que surgissent des sentiments de culpabilité. De même que des envies de réconciliation.

— Oui mais, y avait-il culpabilité ? Je veux dire culpabilité réelle ?

— Pas d'après les parents. Rien de... ben, rien qui dépasse la normale des relations entre parents et enfant. Il n'y avait pas de vieille querelle, ni rien qui ressemble à ça.

— Quoique, on ne peut jamais vraiment savoir, conclut Winter.

Ringmar ne répondit pas. Il se leva, se dirigea vers la fenêtre et se mit à regarder à travers les fentes de la persienne. Il voyait le vent caresser la cime obscure des arbres devant la rivière de l'Hospice. Il planait une lueur vague au-dessus des maisons de l'autre côté de la rivière,

21

cela n'avait plus rien à voir avec la transparence des nuits de plein été.

— Ça t'est déjà arrivé d'être confronté à un cas pareil, Erik ? demanda Ringmar sans se retourner. Une lettre en provenance... de l'autre monde.

— De l'autre monde ?

— Voyons, Erik, continua Ringmar tout en se retournant. La pauvre fille sait qu'on va la tuer. Elle écrit une lettre toute pleine d'amour et de contrition, pour demander pardon. Puis nous recevons un appel de cet hôtel improbable et la seule chose qu'il nous reste à faire, c'est de nous y rendre et de constater les faits.

— Tu sais que tu n'es pas le seul à ressentir de la frustration, Bertil.

— Bon. Alors, ça t'est déjà arrivé de voir une chose pareille ? Une lettre d'adieu dans ce genre ?

— Non.

— Rédigée d'une main qu'on a ensuite enduite de peinture ? Peinte en blanc ? Comme si elle devait être... séparée du corps ?

— Non, je t'ai dit non.

— Bon Dieu ! Mais qu'est-ce qui se passe, Erik ?

Winter se leva sans répondre. Il ressentit une douleur aiguë lui traverser la nuque et se prolonger le long de son omoplate. Il était resté beaucoup trop longtemps assis, profondément concentré sur la lettre, et il avait oublié de remuer. À quarante-cinq ans le corps ne pardonne pas, il ne pouvait plus se permettre de rester sans bouger comme ça. Mais il était toujours en vie. Il tenait ses mains devant lui. Il pouvait les soulever pour se masser la nuque. C'est ce qu'il fit, puis il rabaissa les bras et se dirigea vers Ringmar qui se tenait toujours à la fenêtre. Winter l'ouvrit de quelques centimètres. Il sentit le parfum du soir, comme un baume de fraîcheur enveloppant.

Bertil était furieux. C'était un homme très professionnel et pour l'heure il était en pleine colère, ce qui représentait une bonne combinaison. Un bon aiguillon pour son imagination qui s'en trouvait décuplée. Or un policier qui manquait d'imagination, c'était un mauvais limier, il n'obtenait dans le meilleur des cas que des résultats moyens. Sitôt après avoir quitté le commissariat, il parvenait à fermer boutique. Cela valait peut-être mieux pour lui, mais pas pour le boulot. Il pouvait se déconnecter en dehors des heures de bureau – mais il risquait de se demander par la suite pourquoi ses enquêtes n'aboutissaient jamais. Il y en avait beaucoup de ce genre, Winter s'était souvent fait la réflexion durant sa carrière dans la police. On ne manquait pas de types médiocres qui ne voyaient pas plus loin que le bout de leur nez. Ils se rapprochaient en cela des psychopathes, dans la mesure où ils étaient incapables d'envisager spontanément qu'il existe un envers des choses... Non, si j'y vois rien, c'est qu'il n'y a rien à voir ici. Je crois que je préfère passer.

— Je me demande si c'est un message qu'il nous donne, reprit Winter. La main. La main blanche.

— Qu'est-ce qu'elle avait sa main ?

— Tu veux dire ?

— Est-ce qu'il y a une histoire autour de sa main ? Pourquoi l'a-t-il enduite de ce foutu blanc ?

La peinture venait de chez Beckers, elle s'intitulait Syntem et c'était une laque de couleur blanche, satinée, destinée aux travaux de menuiserie, aux meubles, aux murs et aux surfaces métalliques en extérieur. C'est ce qu'on pouvait lire sur le pot d'un litre qui se trouvait dans la chambre numéro 10. Il revenait aux experts de déterminer si la peinture avait également été utilisée sur un corps humain. On n'avait pas de raison d'en douter mais il fallait encore en faire la preuve. Une chose était sûre : Paula Ney n'avait jamais touché le pinceau qui se trouvait à côté du pot, lequel était quasiment plein. Le peu de peinture utilisée n'avait servi qu'à peindre la main. On avait ensuite soigneusement essuyé le manche du pinceau.

— Rien... d'anormal en ce qui concerne la main, d'après les parents, répondit Winter.

Bon sang. Les parents n'avaient pas encore vu sa main. Pia E :son Fröberg et Torsten Öberg n'avaient pas fini de travailler dessus. Winter avait dû cacher ce détail aux parents tout en les interrogeant sur le sujet. Sale métier.

— J'ai toutes les photos de famille dans mon bureau, dit Ringmar.

— D'accord, mais il n'y a rien à chercher de côté-là.

Ringmar ne répondit pas.

— Qu'est-ce qu'il va en faire, de cette main ? reprit-il.

— Tu as l'air de penser qu'il l'a emportée avec lui.

— Ce n'est pas l'impression que ça te donne ?

— Je ne sais pas, Bertil.

— Il y a un sens à cela. Ce monstre a quelque chose à nous dire. (Ringmar pointa du doigt en l'air.) Sur lui-même. (Il regarda Winter.) Ou bien sur elle.

Il tourna les yeux vers la fenêtre. Winter suivit son regard. Il n'y avait rien à voir : il faisait simplement de plus en plus noir dehors.

— Ou sur eux deux.

— Ils se connaissaient alors ? dit Winter.

— Oui.

— Ils se seraient donné rendez-vous dans un hôtel isolé ? Et par mesure de précaution, ils auraient évité de se présenter à la réception ?

— Oui.

— Et bien sûr, on va avaler une chose pareille ?

— Non.

— Mais elle connaissait le meurtrier ?

— Je le crois, Erik.

Winter ne répondit pas.

— Ça fait un moment que je suis dans ce foutu métier, Erik, j'ai commencé dix ans avant toi, j'en ai vu beaucoup mais j'ai du mal à comprendre ce qui se passe cette fois-ci.

— On finira par comprendre, dit Winter.

— Naturellement, marmonna Ringmar, la mine sombre.

— En parlant du passé, reprit Winter, lorsque j'étais encore un bleu, c'était ma première année comme inspecteur, je crois, j'ai travaillé sur une affaire dans laquelle apparaissait le nom de l'hôtel Revy.

— Ce n'est sûrement pas la première fois que cet endroit se trouve mêlé à une enquête policière, répliqua Ringmar. Tu le sais aussi bien que moi.

— Oui... mais cette affaire-là... elle avait quelque chose de spécial.

Winter se mit à observer la nuit dehors, vaguement obscure, vaguement éclairée, comme si rien ne parvenait à se décider en cette période où l'été touche à sa fin et l'automne commence à peine à sourdre de sous la terre dans un halo de brume.

— Un cas de disparition, expliqua Winter. Ça me revient maintenant.

— À l'hôtel Revy ?

— C'était une femme, reprit Winter. Je n'arrive pas à me rappeler son nom pour l'instant. Mais elle a disparu après être sortie de chez elle. Pour une simple course. Elle était mariée, je crois. Et pour autant que je m'en souvienne, elle avait pris une chambre à l'hôtel Revy la nuit précédente, juste avant de disparaître.

— De disparaître ? Où ça ?

Winter ne répondit pas. Il se replongeait dans ses pensées, dans ses souvenirs, de la même façon que le soir tombait, recouvrant d'ombre le sommet des toits, les rues, les parcs, les ports et les hôtels.

— Que lui est-il arrivé ? demanda Ringmar. J'ai sans doute fait trop de cas de disparitions, je finis par tous les confondre.

— Je ne sais pas, dit Winter tout en fixant du regard le visage de Ringmar. Personne n'en sait rien. Je crois bien qu'on ne l'a jamais retrouvée. Non.

Winter avait vingt-sept ans et n'était encore qu'un très jeune inspecteur de police assistant. Tout était vert en cette fin d'été-là car il avait beaucoup plu sur la région. Winter avait circulé dans la ville tous les jours sans penser aux vacances, mais en réfléchissant sur son avenir, son avenir en tant qu'inspecteur. Il avait interrompu très tôt ses études de droit pour devenir policier, mais après sa formation et une année sous l'uniforme d'agent, puis six mois comme inspecteur en civil, il n'était toujours pas certain d'avoir envie de passer sa vie à frayer avec le « Milieu ». Il y avait tellement plus lumineux dès qu'on quittait ce monde souterrain. Même par temps de pluie. En seulement un an et demi de métier il avait déjà vu des choses que les gens normaux ne voient pas en cent ans de vie. C'est comme ça qu'il en parlait : les gens normaux. Ceux qui vivaient dans le monde d'au-dessus. Lui aussi pouvait y vivre parfois : il remontait péniblement à la surface, redescendait tout aussi péniblement, sachant qu'il n'aurait jamais une vie « normale ». Nous autres policiers, nous vivons dans un monde à part, avec nos voleurs, nos assassins et nos violeurs. Nous les comprenons. Nous nous comprenons.

Il avait appris ce que cela signifiait de comprendre l'autre. Quand il y parvenait, les choses devenaient plus faciles. Je me mets à leur place, se disait-il. À la place des assassins.

Si je le fais, c'est qu'eux ne pourront jamais se mettre à la mienne.

Il savait qu'il lui fallait adopter une tout autre logique s'il voulait résoudre les énigmes qui se posaient à lui. Cela devenait plus facile comme ça. Mais plus difficile aussi. Il sentait combien il avait pu changer à mesure qu'il acquérait plus de métier, plus de raisonnement. Quand il trouvait la solution de l'énigme, ou du moins une partie de la solution, il se disait qu'il avait juste fait preuve d'une intuition extraordinaire. Mais il ne s'agissait pas seulement d'intuition. Il avait suivi le même raisonnement qu'*eux*, il s'était enfoncé dans l'obscurité comme *eux*. Il pouvait passer des mois sans aucune vie personnelle ; plus il devenait compétent, plus il lui devenait difficile de vivre « normalement ». Il était seul. Il était comme un rocher isolé face à la mer. Le quotidien ne l'intéressait pas. Il ne s'intéressait qu'à son enquête.

Elle était l'objet de tous ses soins, il la bordait comme un enfant, l'arrosait comme une plante, il pouvait même se montrer tatillon, exigeant, à la limite de la maniaquerie à force de précautions. Tous ses documents étaient bien rangés en petites piles sur son bureau. À la maison en revanche les vêtements s'entassaient n'importe comment le long du mur qui séparait la chambre de la salle de bains. Il s'habillait bien dans la mesure où il ne voyait pas l'intérêt de passer pour un clochard, mais le clochard n'en était pas moins là sous la belle apparence affichée. Parfois il essayait de se mettre à la cuisine, mais renonçait aussitôt. Et finissait toujours par ouvrir une bouteille de whisky pur malt, à une époque où pratiquement plus personne ne savait l'apprécier ; dans ce domaine, il avait un avantage sur le monde normal et il s'appliquait toujours à déguster son whisky aussi lentement que possible, tout en écoutant ses morceaux de jazz préférés, ce jazz atonal qu'il était le seul à supporter. Whisky et jazz, c'était devenu sa méthode, lorsque la nuit tombait sur tout ce qui pouvait exister au dehors et qu'il demeurait assis chez lui, penché sur son enquête, son énigme, dans une semi-obscurité bientôt égayée par le halo froid de son écran d'ordinateur portable.

Au bout de deux ans de service, il en était arrivé à penser qu'il s'était trouvé lui-même après avoir progressivement perdu ce qui avait fait son identité, et il trouvait ça plutôt agréable – de s'être libéré de la normalité.

*

Ellen Börge avait été libérée de la normalité. À moins qu'elle ne se soit libérée d'elle-même. Elle était sortie s'acheter un journal et n'était jamais rentrée chez elle. Cela s'était vraiment passé comme ça, comme dans les romans : Ellen était effectivement sortie s'acheter un journal, à savoir un magazine féminin. Winter avait deviné tout de suite qu'il s'agissait de *Femina* puisqu'il y en avait une petite pile sur la table du salon. Pas d'autres titres. Son mari, Christer Börge, n'avait pas pu confirmer. Ah bon, *Femina* ? Oui, peut-être, je ne sais pas. Elle ne m'a pas dit.

Elle n'était jamais parvenue jusqu'à la supérette où elle avait l'habitude d'acheter ses magazines, et de faire toutes ses courses. On avait eu de la chance dans la mesure où deux employés qui travaillaient cet après-midi-là avaient pu reconnaître Ellen sur la photo et prétendaient qu'ils se seraient sûrement rappelé si elle était passée au magasin.

Christer Börge avait attendu près de cinq heures avant d'appeler la police. On l'avait d'abord mis en liaison avec l'Antenne de garde n°3, comme on l'appelait alors. Après vingt-quatre heures sans aucune nouvelle d'Ellen, la brigade criminelle avait pris le relais, et plus exactement le service d'investigation chargé des disparitions. Le jeune Erik Winter s'était vu confier l'affaire alors que le lait lui sortait encore du nez quand on pressait dessus. Il soupçonnait un enlèvement puisque cela faisait partie de son travail, c'était dans sa nature aussi. Il était donc resté longuement assis devant la table du salon, devant les *Femina*, à poser des questions au mari d'Ellen Börge. Il était âgé de trente et un ans, elle en avait vingt-neuf. Cela leur faisait le même âge à tous les trois, mais Winter s'était très vite senti exclu du trio : il n'avait pas connu Ellen et Christer n'avait pas accueilli son arrivée avec beaucoup d'enthousiasme. Il s'était montré nerveux, mais Winter n'avait pas compris à quoi cela pouvait tenir. Il fallait des années d'interrogatoire pour acquérir une telle pénétration de l'âme humaine. On n'apprenait pas ça à l'École de police. Il n'y avait qu'à attendre que les années passent, le plus activement possible, poser les mêmes questions encore et encore, déchiffrer les visages, écouter les paroles tout en essayant de comprendre leur sens caché. Déjà à ses débuts, en 1987, Winter savait que les spécialistes de littérature parlaient d'hypotexte, et ce terme pouvait également s'appliquer aux interrogatoires de police : il pouvait y avoir un abîme entre ce qui était dit et ce qui était gardé secret.

— Vous avez attendu cinq heures avant de prévenir la police, déclara-t-il.

Ce n'était pas une question.

— Oui, que voulez-vous dire ?

Börge avait changé de position sur le sofa. Winter était assis face à lui dans un fauteuil tapissé d'un genre de velours blanc. Il avait trouvé l'ameublement trop... adulte pour des gens de son âge. L'intérieur lui semblait rassis, raisonnable, il aurait pu être occupé par un couple de quinquagénaires. Mais dans ce domaine Winter ne se fiait pas à son propre jugement : lui-même vivait dans un deux-pièces avec pour tous meubles un lit, une table et un vague fauteuil, et il aurait été incapable de répondre quoi que ce soit si on lui avait demandé de détailler son mobilier ou de définir l'esprit dans lequel il avait été choisi.

Christer Börge aurait bien été capable en revanche de rendre compte de tout ce qu'il y avait dans la maison, y compris le nombre de serviettes de table qui se trouvaient dans le deuxième tiroir de la cuisine en partant du haut. Winter en était certain. Il avait l'impression que Börge avait besoin de tout contrôler afin que le monde conserve sa normalité. D'après la photo qui trônait sur la tablette à côté du canapé, sa femme semblait du même type – un visage classique, une coiffure sans risque, le regard ailleurs. Pourtant Ellen Börge avait l'air d'une belle femme, aux traits fins et réguliers. Son visage aurait pu faire sensation dans un autre contexte, avec une autre coupe de cheveux – et Winter s'était surpris à penser qu'Ellen Börge n'avait peut-être jamais été heureuse avec son mari. Trop de contrôle. Peut-être les enfants avaient-ils également été planifiés ? Pas avant quelques années, quand la lune serait comme il faut et la marée suffisamment basse, lorsque l'économie du pays le demanderait. Winter, lui, n'avait jamais réfléchi à cette question, mais il n'avait pas de femme avec laquelle partager ce genre de préoccupation.

Peut-être Ellen Börge n'avait-elle pas pu supporter tout ça.

Cinq heures. Le mari avait fini par appeler la police. Si Christer Börge était bien tel qu'on le devinait à première vue, il aurait dû alerter la police tout de suite. Pour réclamer son dû. Une mobilisation massive. Pour qu'on lui rende sa femme.

Winter s'en était étonné.

— Vous ne vous êtes pas inquiété ? Cinq heures, ça fait long quand on attend quelqu'un.

— Pourquoi ? Vous auriez fait quelque chose si j'avais appelé plus tôt ? s'exclama Börge d'une voix soudain plus aiguë. Vous m'auriez répondu qu'il n'y avait rien d'autre à faire que d'attendre et qu'on verrait après.

— Vous est-il déjà arrivé d'appeler pour une raison de ce type ? demanda Winter. Est-ce qu'il est déjà arrivé qu'Ellen disparaisse comme ça ?

— Eh bien... non. Tout ce que je peux dire, c'est qu'il fallait bien attendre. C'est ce qu'on prétend. La police est là pour veiller sur nous, que je sache ?

— Cela dépend des cas, répliqua Winter qui se retrouvait tout à coup mis en demeure de répondre. (La position devenait difficile à tenir, l'interrogatoire se révélait délicat.) On ne peut pas faire de généralités.

— Il lui arrivait de partir... se promener, continua Börge avant même que Winter reprenne le fil de ses questions. Elle pouvait s'absenter pendant plusieurs heures sans prévenir.

— Jusqu'à cinq heures de suite ?

— Non, jamais. Deux heures peut-être, trois à l'occasion.

— À quelle occasion ?

— Vous voulez dire ?

Börge se tenait maintenant plus tranquille sur son canapé, comme s'il avait trouvé un début de soulagement à revenir sur ce qui s'était passé.

— Pourquoi partait-elle pendant des heures sans prévenir ?

— J'ai dit deux-trois heures.

— Lui avez-vous posé la question ?

— Quelle question ? (Börge passait la main sur le coussin de velours, comme il aurait caressé le poil d'un chien ou d'un chat.) Elle partait juste faire une promenade.

— Et cette fois-là, c'était pour aller s'acheter un magazine. *Femina* peut-être.

— Si vous le dites.

— Il n'y a pas d'autre magazine ici, fit observer Winter.

Il tendit la main vers la pile qui se trouvait devant lui et vérifia le mois de parution de celui du dessus.

— Êtes-vous bien certain qu'elle ait déclaré vouloir s'acheter un magazine ?

— Oui.

— Elle n'était pas abonnée à d'autres titres ?

— Quoi ? Non... Elle l'a été... mais plus maintenant... elle préférait acheter au numéro, si vous me passez l'expression.

— Quand a-t-elle renoncé aux abonnements ?

Tout cela, il pouvait le vérifier lui-même, mais il tenait à poser la question. Cela pouvait se révéler important. Même si, le plus souvent, on ne s'en rendait pas compte sur le moment.

— Eh bien..., dit Börge en regardant les journaux sur la table, je ne m'en souviens pas vraiment. Cela fait quelques mois, je crois.

— Est-ce qu'il lui arrive de lire d'autres périodiques ?

— Non... nous recevons le journal, le *Göteborgs-Posten*. Et puis il y a ce magazine-là. (Il pointait du doigt vers la pile.) Vous pouvez chercher dans le vestibule, mais je n'ai jamais vu que celui-ci.

— Elle l'avait déjà, remarqua Winter.

— Comment ça ?

Winter souleva les deux premiers exemplaires de la pile.

— Elle avait le numéro d'août, et celui de septembre.

— De septembre ? Mais on n'y est pas encore, non ?

— Ils sortent un peu avant le début du mois, je suppose. (Winter jeta de nouveau un œil à la couverture.) C'est bien écrit là : septembre 1987.

— Ce n'était peut-être pas le même magazine, dit Börge. Enfin, pas celui qu'elle parlait d'acheter.

Winter s'était tu. Il attendait. Il savait déjà qu'il fallait parfois savoir attendre. Même si c'était une des étapes les plus pénibles dans l'art de l'interrogatoire.

Il se passa au moins trente secondes. Il voyait bien que son silence produisait ses effets : Börge pensait avoir dit quelque chose qui déplaisait à Winter, ou qui l'avait rendu soupçonneux, et il sentait qu'il avait intérêt à trouver quelque chose pour alléger l'ambiance autour du sofa.

Il se leva brusquement pour se diriger vers la bibliothèque, un immense meuble vitré qui couvrait tout le mur et contenait son lot de porcelaines et de bibelots, des livres ainsi que des photos sous cadre. Winter avait déjà repéré le visage d'Ellen.

Börge se tenait toujours face aux livres, comme à la recherche d'un titre particulier. Mais il finit par se retourner.

— On s'était un peu disputés.

— À quel moment ?

— Au moment où... elle est sortie.

— Et quel était le sujet de votre dispute ?

— L'enfant.

— L'enfant ?

— Mouais... elle voulait avoir un enfant mais je trouvais que ce n'était pas le moment. Que c'était prématuré.

Winter ne dit rien. Il avait devant lui un homme de trente et un ans, et surtout il n'avait rien à dire à ce sujet étant donné que fonder sa propre famille, c'était à des années-lumière de ce qu'il vivait. Une perspective aussi lointaine dépassait son imagination.

— Vous vous êtes disputés à ce propos ?

— Oui. Mais ce n'était pas bien méchant.

— Que voulez-vous dire ?

— Ce n'était pas vraiment une dispute. C'est juste qu'elle a commencé à en parler.

— Et vous n'en aviez pas envie ?

Börge ne répondit pas.

— Est-ce qu'il vous était déjà arrivé de vous disputer à ce sujet ?

— Mouais... on ne se disputait pas vraiment. Et chaque fois elle finissait par sortir s'acheter un magazine.

Le regard de Börge était tombé sur les magazines que Winter avait extraits de la pile, ceux qu'elle devait s'acheter mais qu'elle possédait déjà.

— Était-elle déjà sortie pour une autre raison que celle-là ? (Winter suivait le regard de Börge.) Avoir un enfant...

— Mouais... je ne m'en souviens pas, dit Börge. Mais elle revenait toujours. (Il regardait droit en direction de Winter maintenant, et recherchait son regard.) Elle revenait toujours à la maison.

Mais elle n'était pas rentrée cette fois-là.

Elle n'était jamais revenue.

— Je m'en souviens maintenant, dit Winter. Elle n'est jamais rentrée chez elle. Ellen. Elle s'appelait Ellen. Ellen Börge.

Ils se tenaient toujours devant la fenêtre. C'était la fin du mois d'août, mais il faisait tellement sombre qu'on se serait cru au mois de novembre. Winter pensait à ce magazine où sur la couverture il avait pu lire imprimé « septembre ».

Septembre s'en allait et revenait une année après l'autre, mais Ellen Börge ne collectionnait plus les numéros en petites piles, du moins pas sur la table de salon qu'il avait connue ce jour-là.

— Moi aussi je m'en souviens, dit Ringmar. (Il souriait faiblement dans la lueur du soir.) Et je me souviens de toi à l'époque. C'était ta première affaire, ou l'une des premières en tout cas.

— Première affaire, premier échec.

— Parmi tous ceux qui allaient suivre.

Winter hocha la tête.

— Parlons sérieusement, reprit Ringmar. Nous n'avons jamais retrouvé cette femme, mais rien ne prouve qu'il s'agissait d'un enlèvement.

— C'est vrai, nous n'avons même pas été capables de savoir si l'affaire nous concernait.

— Est-ce que cela signifie quelque chose pour toi ? Quelque chose de spécial ? Sa disparition. Celle d'Ellen.

— Je ne sais pas.

Winter se sentait tout à coup sacrément fatigué, comme si, après une longue marche, le poids de toutes ces années venait de s'abattre sur lui.

— Mais il y avait quelque chose... avec cette Ellen... quelque chose qui faisait que j'ai eu du mal à lâcher prise.

— C'est sûrement plus difficile au début, dit Ringmar. On est encore un bleu.

— Non.

Winter se caressait le menton. Il sentait le crissement du poil de barbe sous sa main. Il avait les joues qui viraient au gris depuis quelques années. Rien à voir avec l'âge. C'était génétique, tout ce qu'il y a de plus normal. Il n'était pas si vieux, pas encore.

— Il m'est arrivé d'y penser, poursuivait-il. Avec le temps. Il y avait quelque chose que j'aurais pu faire. Que j'aurais pu voir. C'était là, devant mes yeux. J'aurais dû m'en apercevoir. Cela m'aurait permis d'aller plus loin.

— Dans quelle direction ?

— Dans celle... d'Ellen.

— Tu parles comme s'il s'agissait d'une affaire criminelle, comme si elle avait été vraiment enlevée.

Winter étira ses bras, il se tourna vers son collègue, et vers la fenêtre ouverte sur la nuit.

— Mais maintenant nous sommes devant un crime, un vrai, cela ne fait pas l'ombre d'un doute, ajouta Ringmar.

— Hmm...

Winter secoua la tête. Il avait l'impression que ça cliquetait là-dedans, peut-être un boulon mal vissé.

— J'ai un coup de barre, tu sais. Je ne me rappelle même plus comment on en est arrivé à parler d'Ellen Börge.

— L'hôtel Revy. Elle avait également pris une chambre dans l'établissement le plus sympa de la ville.

— Mais Paula Ney ne s'est jamais présentée à la réception, précisa Winter.

— Non, dit Ringmar. Elle n'a jamais réglé sa note non plus.

2

Paula Ney était-elle bien l'auteur de la lettre aux parents, Mario et Elisabeth ? C'était sa graphie, semblait-il, et pour le moment on présumait que Paula était bien l'auteur de la lettre, mais des analyses plus poussées restaient indispensables. On approfondissait les examens sur tout ce qui avait été prélevé dans la chambre, mais Winter ne pouvait pas se contenter d'attendre sagement assis dans son bureau que les autres fassent tout le travail préparatoire, pour ne pas dire le travail de fond. Les analyses viendraient quand elles viendraient. Alors qu'on n'en était encore qu'aux premières heures de l'enquête, il lui fallait réfléchir aux quatre questions fondamentales, et cela sans attendre. Que s'est-il exactement passé ? Pourquoi précisément de cette manière ? Qui peut avoir agi ainsi ? Avec quelles motivations ?

Winter se trouvait dans la chambre de l'hôtel Revy. L'animation de la ville se devinait au-dehors, comme un murmure. Il se dirigea vers la fenêtre et ouvrit les rideaux qui pesaient comme des tentures ; la lumière qui baignait la ville l'éblouit et le bruit se fit plus fort, comme si quelqu'un avait monté le volume depuis un bouton central à la mairie.

Encore un jour ou deux seulement avant le mois de septembre et la chaleur lourde, compacte, qui s'était installée tout l'été autour du Tropique du Cancer sans avoir jamais atteint ces latitudes, touchait maintenant la Scan-

36

dinavie. On sortait les barbecues, les grilles pleines de rouille, on faisait brûler des feux dans les jardins noyés d'ombre, ça sentait le charbon dans la moiteur du soir et Winter pensait à d'autres pays situés plus bas, sous les tropiques. Un jour il partirait là-bas, Thiruvananthapuram, Cochin, Madurai, Georgetown, Singapour, Padang, Surabaya.

Il n'y avait pas d'ombre sous les tropiques. Les hommes n'en projetaient pas, leur ombre disparaissait sous leurs semelles.

Il cligna des yeux face à la lumière aveuglante qui traversait la vitre et se retournant vers l'intérieur, il attendit que la pièce redevienne nette.

La chambre scintillait d'une lumière dorée. Rouge doré. S'il plissait des yeux, il ne pouvait distinguer les taches qui couvraient les murs. Certaines faisaient partie de la tapisserie, d'autres étaient venues plus tard.

Il recula de quelques pas en direction du lit qui se trouvait contre le mur du fond. Il observa la porte sur laquelle figurait un motif, semblable à une fleur. Comme si quelqu'un y avait jeté un verre de vin rouge bien épais. Du vin ? Pourquoi faut-il que je pense à du vin ? Ça ressemble à de l'encre. C'est aussi noir que les lignes dans la lettre de Paula. La lettre d'adieux.

À l'intérieur, tout ou presque semblait être dans le même état que lorsqu'ils étaient rentrés pour la première fois. Le silence régnait comme un rappel, ou comme un souvenir. Au même titre que les tableaux sur les murs, le plus grand d'entre eux. Il n'y avait plus trace de ce qui s'était passé. Aucune tache suspecte. Le rouge à l'intérieur, c'était ce rouge doré, aussi factice que la chambre, l'hôtel ou le quartier, et comme pouvait l'être parfois toute cette foutue ville. Mais quel silence ici. Peut-être avait-on également posé les scellés sur les bruits de la ville.

Tout était lié, tout correspondait d'une manière encore invisible, comme des petits morceaux de puzzle : on sait qu'ils doivent s'assembler, mais on ignore encore comment.

L'horrible message de la lettre n'était qu'une pièce d'un message plus large. Il en connaissait désormais chaque mot par cœur, ses mots à elle. Il s'agissait d'amour, un grand amour. Ou bien tout bonnement du contraire. Non. Oui. Non. Avait-elle été droguée ? Lui avait-on dicté ces mots ? Qu'est-ce qu'on peut bien écrire quand on s'apprête à mourir ? Savait-elle qu'elle s'apprêtait à mourir ? Non. Oui. Non. Oui.

Winter laissa tomber les questions-réponses pour se concentrer sur les lieux. Que s'était-il vraiment passé ici ? Paula s'était rendue dans cette chambre, mais on ne savait pas si elle était seule, si elle avait un rendez-vous. À la réception, l'homme n'avait rien remarqué – évidemment cela devait faire partie de son boulot de ne rien voir, rien entendre. Elle était certainement passée, mais personne ne se souvenait d'elle. Les hommes et les femmes se succédaient, des dizaines d'hommes et de femmes. Des gamins, plus rarement. Il n'y avait pas de salle de jeux. Il n'y avait pas de rires d'enfant et sans doute n'y en avait-il jamais eu.

Le meurtrier s'était rendu sur place. Paula avait écrit sa lettre sur le papier à en-tête de l'hôtel. Il y en avait à disposition dans les chambres, tel un reliquat de temps plus cléments. Un reliquat – ce qui restait. Encore un mot terrible. Le meurtrier savait-il qu'il y aurait un bloc de papier dans la chambre ? Ou bien la lettre résultait-elle d'une décision subite, d'un caprice du moment ? Paula n'était pas sortie vivante de cette chambre. Ça, Winter en était sûr. Elle avait écrit cette lettre. Il regarda encore autour de lui. Pourquoi cette chambre ? Pourquoi cet hôtel et pas un autre ? Chambre numéro 10. Il repensa à Ellen Börge. Elle aussi avait passé une nuit ici. Dans quelle chambre ? Ça devait figurer dans son dossier, celui qu'on avait refermé. C'était comme s'il l'avait sous les yeux. Il se trouvait en bas, aux archives, avec tout ce qui n'avait pas été numérisé – l'affaire datait de 1995. Au-delà de cette date on passait aux temps modernes. Les pièces concernant Ellen Börge étaient estampillées « Aucun résultat. Investigations complémentaires abandonnées ». Ça faisait pourtant un bon nombre d'années qu'il avait eu le dossier en mains. On pouvait peut-être trouver quelque chose concernant l'enquête préliminaire... Non, il n'y avait pas eu d'enquête préliminaire proprement dite. Il avait oublié les détails. Mais Winter avait envie de savoir, le plus vite possible, et il sortit son téléphone mobile de la poche de sa chemise en lin.

Ce fut Janne Möllerström, aux archives, qui répondit.

— Les pièces concernant la disparition d'Ellen Börge, dit Winter. Je t'en ai parlé hier.

À l'époque Möllerström n'était pas encore entré à la brigade criminelle. Winter lui avait brièvement décrit l'affaire.

— La mémoire à court terme fonctionne encore, répliqua Möllerström.

— Sur un jour ? C'est ça que tu appelles du court terme ?

— Ha ha ha.

— Tu as trouvé le rapport ?

— Oui. Une disparition suffisamment documentée pour passer à la postérité.

— Ce n'était pas une disparition ordinaire.

— En tous les cas, tu vas devoir te contenter d'une version papier pour commencer, répondit Möllerström en fervent partisan des archives numérisées.

— Tu as eu le temps de retirer la copie d'archive ?

— Affirmatif. Mais ne me demande pas comment j'ai trouvé le temps de le faire.

— Alors, comment tu as trouvé le temps de le faire ?

— Aucune idée.

— Un détail, ajouta Winter tout en fixant le mur au-dessus du lit.

Nu, sans tableau. Vus de si près, les motifs du papier peint se mélangeaient.

— Peux-tu me trouver quelle était la chambre occupée par Ellen Börge à l'hôtel Revy ? reprit-il. Je t'appelle de la chambre 10.

Il regarda par la fenêtre. La lumière était toujours aussi forte. Il éprouvait une vague impression de déjà-vu, un pressentiment désagréable, comme un début de malaise. C'étaient peut-être les façades de l'autre côté de la rue, les toits de cuivre.

— Ça doit être quelque part au début, précisa-t-il à Möllerström.

— Si ça y est.

— Merde alors, j'ai quand même participé à l'enquête.

— Bon, dans ce cas c'est différent.

— Tu m'appelles quand tu as trouvé quelque chose.

Winter resta immobile, l'appareil dans la main. En face, le soleil caressait les toits de cuivre verdis. Il n'y avait guère plus de vingt à trente mètres jusque-là. Soudain un éclair de lumière traversa la fenêtre, tel un puissant coup de projecteur. La girouette qui était installée sur le toit de gauche tournoyait sous l'effet du vent et réfléchissait le soleil.

Winter savait qu'il s'agissait d'un coq, avec une crête bien rouge.

Il s'était déjà tenu à cet endroit, dans un autre temps, une autre vie. Il était plus jeune, moins sûr de lui, plus ouvert peut-être. Sa vie était encore en devenir.

Une sensation de malaise l'envahit de nouveau, comme en rappel de quelque chose.

Un frémissement lui parcourut la main à la seconde même où le téléphone se mit à sonner.

— Chambre numéro 10, déclara Möllerström. C'est noté dès la deuxième page.

— D'accord.

— Ça n'a pas l'air de t'étonner.

— J'étais justement en train de reconnaître un truc. (Il vit le coq faire un quart de tour et le projecteur s'éteindre aussitôt.) Mais merci d'avoir fait si vite, Janne.

Winter raccrocha et resta debout au milieu de la chambre.

Une simple coïncidence ?

Naturellement.

Combien de chambres y avait-il dans ce petit hôtel miteux et malodorant ?

Plus qu'on ne pouvait le deviner.

La chambre numéro dix était-elle réservée aux femmes seules et non accompagnées ? Sinon, le service d'escorte avait été la spécialité du Revy. Il avait eu l'occasion d'y revenir dans sa carrière. Prostitution, drogue, mauvais traitements. Le Revy était comme un vieux boxeur tombé KO mais qui se relève toujours avant que le compte n'arrive à dix. Il était toujours là tandis que le reste du quartier et ses alentours avaient subi la loi des démolisseurs. Pour une question de nostalgie ? À cause de la tache aveugle sur le plan de la ville, le jour du pique-nique dans les jardins de la Société d'Horticulture ? Les planificateurs étaient-ils de vieux clients ? C'était le cas pour au moins deux d'entre eux, un architecte communal et un ancien conseiller au maire. Social-démocrate. Ils avaient fait détruire tout le reste, le beau comme le moche, mais le Revy avait eu le privilège de rester en l'état. Les architectes de la commune avaient autorisé à la construction des terrains qu'ils avaient eux-mêmes proposés à la démolition. Peut-être avaient-ils conclu l'affaire au bordel, les deux gangsters ? Winter avait déjà croisé le socialo en ville, il marchait à présent avec une canne et sans doute continuait-il de penser avec sa bite. Il avait pas mal de choses à se reprocher. Mais il semblait toujours de bonne humeur.

Le Revy n'avait pas bougé. C'était le même qu'au moment de la disparition d'Ellen Börge. Chambre numéro 10. S'était-il passé encore autre chose ici ? Il fallait mettre Möllerström sur l'affaire. Mot-clé : chambre 10. Bon sang. Et il faudrait fouiller dans des dossiers poussiéreux. Sans les archives, électroniques ou pas, on pouvait renoncer. Tout ce dont il était question avait un lien avec le passé, directement ou indirectement. Rien à voir avec les tropiques. Le passé projetait de longues ombres sous cette latitude, la nôtre.

Des ombres mouvantes se promenaient dans la chambre numéro 10. Le lit était différent, la table et le fauteuil, les motifs sur les murs et le sol aussi. Il y avait un tableau accroché sur le mur à côté de la fenêtre. On ne pouvait pas faire pire comme emplacement, peu ou pas de lumière. C'était le portrait d'une femme aux contours soulignés de noir. Gauguin. Winter avait pu voir l'original dans un musée de Rome, l'œuvre avait fait l'objet d'un prêt. Peut-être Gauguin pensait-il lui aussi du bout de la bite. Winter venait de finir une biographie du peintre. Il avait choisi les tropiques, vécu là-bas jusqu'à sa mort. De la syphilis. Le commissaire tira un carnet de la poche arrière de son pantalon, en lin, et nota : « Vérifier tableaux toutes les chambres. » Il ignorait encore pourquoi. Mais la chose importait peu. Tout ce qu'il savait, c'était qu'il y avait plus de questions que de réponses. Jusqu'à cent questions pour une seule réponse. Ça pouvait varier, les questions continueraient par centaines, par milliers et, même si les réponses devenaient plus nombreuses que les questions, cela ne signifierait pas pour autant qu'ils seraient sur le point de résoudre l'énigme. Résolution, élucidation... de ce qui resterait presque toujours incertain. À présent Winter se déplaçait dans la chambre. Paula n'avait pas réglé sa note. Elle avait été assassinée. Elle était morte ici. Morte parce que quelqu'un la haïssait. Mais s'agissait-il bien de cela ? Naturellement. Pouvait-on éprouver autant de haine ? Les mots qu'elle avait écrits étaient pleins d'amour et puis elle était morte. Avec une telle violence qu'il ne pouvait s'agir que d'une affaire personnelle. Mais ça ne se voyait pas. Les murs et le sol n'en gardaient aucune trace. On tue ce qu'on aime. Autre hypothèse : cette violence était tellement forte qu'elle en devenait impersonnelle et c'était cette femme qui en avait fait les frais. Paula et le meurtrier se connaissaient-ils ? Non. Oui. Non. Oui. Winter vit les ombres s'allonger. Le trafic de l'après-midi s'intensifiait en bas dans la rue. Il devenait perceptible, comme si les scellés avaient été levés. Il entendit un appel, un klaxon de voiture, la sirène d'une ambulance plus loin et, en bruit de fond, le murmure assourdi de la ville. Puis le cri d'un oiseau prit le relais de la sirène. Des bruits de pas dans une nouvelle poche de silence. Un pas de femme. Paula devait avoir connu tous ces bruits, elle avait dû entendre la vie battre là dehors, la vie... normale d'une ville. Qu'avait-elle bien pu penser ? Savait-elle qu'elle ne pourrait plus jamais participer à ce merveilleux concert ? Oui. Non. Oui.

— Non, dit l'homme qui se tenait derrière le comptoir, je ne me rappelle pas si elle était seule. De toute façon, je ne me souviens pas d'elle.

Il avait une allure improbable, l'hôtel avait déteint sur lui. Peut-être était-il déjà là lorsque le jeune Winter était venu la première fois, pour Ellen Börge. Non. Ce n'était pas lui. Winter l'aurait reconnu. Mais il avait l'air d'avoir toujours été là.

Winter lui posa une question impossible. C'était voulu. Elle resterait certainement sans réponse, mais il n'en voyait pas de meilleure.

— Vous souvenez-vous d'une femme qui serait descendue dans cet hôtel en 1987 ? Elle s'appelait Ellen Börge.

— Pardon ?

— Le lendemain, elle avait disparu.

L'homme regarda Winter comme si le commissaire avait un coup dans le nez.

— Nous sommes venus enquêter sur elle. J'en étais.

— Me rappelle pas, dit le réceptionniste.

— Elle occupait la même chambre, continua Winter.

— La même chambre que qui ?

— Ney. Paula Ney.

— 1987 ?

L'homme regarda autour de lui, comme pour prendre quelqu'un à témoin : le commissaire était ivre ou dingue au choix. Ils en voyaient de drôles ici.

— 1987 ? Mais je n'ai aucun souvenir de ce qui a bien pu se passer durant toutes les années quatre-vingt.

— Et pas un seul souvenir concernant la semaine dernière ?

L'homme ne répondit pas. Il l'avait déjà fait. Il ne se rappelait pas cette femme et puis c'est tout. Les gens allaient et venaient à toutes les heures du jour et de la nuit, et pour autant qu'il le sache, tous étaient clients.

— Vous avez beaucoup d'habitués ? s'enquit Winter.

Sous son air blasé, l'homme parut encore plus déconcerté. Winter comprenait pourquoi. Question mal posée.

— Des habitués hommes.

— Des hommes d'affaire, répondit l'homme avec un sourire.

— Vous pourriez en reconnaître certains ?

— C'est pas dans mes habitudes de reconnaître les gens.

L'homme soupira. Un long soupir, très démonstratif.

— Vous n'auriez pas un problème de vue ?

Winter avait haussé le ton.

— Comment ? Non...

L'homme bâilla à s'en décrocher la mâchoire.

— J'ai quand même rien fait de mal ! se récria-t-il après quelques secondes. Il n'y a pas de quoi vous mettre en pétard.

— On a commis un meurtre dans cet établissement et vous, vous jouez au demeuré qui n'a rien vu rien entendu. Un peu de cran, bon sang !

L'homme jeta à nouveau un regard alentour. Il n'y avait pas le moindre témoin à la réception, personne derrière le rideau de cretonne jauni par la fumée de cigarette qui pendait au pied de l'escalier, personne dans l'escalier, personne derrière la porte entrouverte sur dieu-sait-quoi, personne derrière le palmier qui trônait dans son pot du côté de l'entrée. Winter se remit à songer aux tropiques – c'était l'effet palmier et puis il y avait ces taches qui tournoyaient au plafond au-dessus de leur tête, sans compter la chaleur humide qui régnait à l'intérieur. L'atmosphère de cette fin d'été devenait étouffante depuis quelques jours. La sueur lui mouillait la chemise. Et le hall de l'hôtel Revy avait un air colonial. Une version Hollywood des tropiques. Sauf qu'on n'était pas dans un film.

— Puisque c'est comme ça, dit Winter en reprenant son bloc-notes.

L'inspecteur Fredrik Halders remercia d'un non de la tête. Personne ici n'avait envie d'un café de toute façon. Il pouvait les comprendre. L'homme et la femme qu'il avait devant lui s'efforçaient de faire face jour après jour, mais dans ces circonstances le café et les petits gâteaux ne suffisaient pas. L'alcool non plus. Il avait eu recours à l'alcool lorsque son ex-femme, la mère de ses enfants, s'était fait renverser par un conducteur en état d'ivresse. Pas tout de suite. Ça l'avait pris plusieurs mois après le meurtre de Margareta. À mesure que le premier choc commençait à s'estomper, la haine l'avait envahi. Et Halders s'était mis à boire pour pouvoir la tenir à distance et se mettre dans un état d'insensibilité tel qu'il ne soit plus capable de se venger sur la personne du meurtrier, ou de réduire en miettes l'instrument du crime. Car il connaissait l'adresse du chauffard, son engin de malheur était garé devant la villa et n'attendait qu'une chose : être incendié par ses soins.

La boisson lui avait permis de surmonter la crise, mais il s'était senti honteux d'avoir utilisé l'alcool comme anesthésiant. Car il y avait eu complicité entre l'alcool et le meurtrier. Halders avait alors opté pour une abstinence complète et il s'y était tenu jusque-là. Il était encore trop tôt pour rejoindre les épaves de la vie. Du coup il buvait du café, par litres. Mais pas maintenant.

Mario et Elisabeth Ney éprouvaient sans doute de la haine, si tant est qu'ils puissent encore éprouver quoi que ce soit. Halders les interrogea sur d'éventuels ennemis, qui auraient pu leur en vouloir, à eux ou à leur fille.

— Tout le monde appréciait Paula, déclara Elisabeth Ney.

C'était banal à dire mais Elisabeth semblait le penser vraiment. Halders, lui, se sentait bien loin de cela. Il n'était pas très populaire. Ça allait mieux maintenant, il pouvait tout de même compter ses amis sur les doigts d'une main. Mais pendant longtemps il n'avait pu compter que sur un index bien pointé vers le haut. Le sien.

— Ça se passait comment au travail ?

— Qu'est-ce que vous voulez dire, monsieur le commissaire ?

Elle parlait d'une voix monocorde, tandis que son époux, Mario, restait silencieux.

— Inspecteur. Mais vous pouvez retirer le titre.

Halders avait déjà envisagé de briguer le grade de commissaire, mais ça aussi, c'était maintenant derrière lui. Il n'avait pas l'âme d'un chef. Il était incapable de faire des compromis, y compris avec lui-même.

— Je veux dire avec ses camarades de travail, précisa-t-il.

— Je n'ai... jamais entendu parler de quoi que ce soit.

— Entendu parler de quoi ?

— Qu'elle ait pu avoir des problèmes avec quelqu'un au travail.

— Elle s'y plaisait ?

— Je ne l'ai jamais entendue se plaindre.

— Mais elle était satisfaite du travail en lui-même ?

— Elle n'a jamais dit le contraire en tout cas.

Pas d'ennemis, aucun conflit, aucun souci de travail. Un cas unique sur cette terre, songea-t-il. Ou alors c'était quelqu'un qui ne disait jamais rien.

Il regarda le portrait de Paula qui trônait au milieu de la table de cuisine. Elisabeth l'avait installé au moment où ils s'asseyaient. Il fallait que Paula assiste à leur conversation. C'était la première concernée.

La photo l'avait immortalisée en noir et blanc au moment où sa bouche s'ouvrait pour un sourire, ou peut-être était-ce juste après. Halders n'avait jamais compris cette obsession du joli sourire. Ces enfants que l'on obligeait à s'esclaffer en brandissant des jouets devant leurs yeux. Ces adultes qui devaient penser à quelque chose d'obligatoirement sympa. Et prononcer *cheese*. « Merde » fait aussi bien l'affaire, se dit-il. Toujours sourire. Les gens devenaient-ils plus beaux sous l'habit d'un sourire de commande ? Leur avenir en devenait-il plus souriant ?

Paula Ney était une belle femme, d'un style plutôt classique. Ses cheveux étaient coiffés sans extravagance. Ses yeux semblaient regarder ailleurs, peut-être vers le mur au-dessus de la tête du photographe, peut-être au-delà. Elle avait un beau visage aux traits réguliers sur cette photo, il n'était pas déformé par le sourire à moitié esquissé. Assis dans la cuisine sur un siège un peu dur, Halders pensait que Paula Ney n'avait peut-être pas eu une vie si heureuse.

— Combien de temps est-ce qu'elle a travaillé pour Telia ?

Il s'attendait à ce que la réponse vienne de Mario Ney, mais c'est Elisabeth qui prit la parole :

— Neuf ans. Mais ça ne s'appelait pas encore Telia.

— Un an après le bac..., dit Halders. Qu'est-ce qu'elle a fait cette année-là ?

— Rien... de spécial, dit Elisabeth.

— Des études ? Un petit boulot ?

— Elle est partie en voyage.

— En voyage ? Où ça ?

— Aucun endroit... en particulier.

Tout a quelque chose de particulier, songea Halders. Surtout si l'on a choisi de s'y rendre.

— En Suède ? À l'étranger ? (Il se pencha au-dessus de la table de cuisine dont la toile cirée arborait les couleurs nationales suédoises.) Il est très important que vous vous en rappeliez. Un voyage peut se révéler...

— Nous ne savons pas vraiment, l'interrompit Mario Ney.

C'étaient les premiers mots qu'il prononçait, il n'avait pas ouvert la bouche lors des salutations dans l'entrée. Il ne regardait pas l'inspecteur dans les yeux.

— Elle ne nous a pas raconté grand-chose.

— Elle avait dix-neuf ans, partait pour un an à l'étranger... et elle ne vous a pas dit où ? insista Halders. Vous n'étiez pas inquiets ?

Lui-même aurait fait appel à la police dans le cas de Magda.

— Cela n'a pas duré... toute une année, reprit Elisabeth sur le ton hésitant qu'elle avait depuis le début. Et puis elle nous a envoyé quelques cartes postales. Nous savions bien qu'elle était partie en voyage. (Elisabeth regardait Mario.) Nous étions allés lui dire au revoir sur le quai de la gare.

— À ce moment-là, elle partait pour quelle destination ?

— Elle avait un billet pour Copenhague.

— Et elle est arrivée là-bas ?

Mario eut un léger haussement d'épaules.

— D'où venait la première carte postale ?

— De Milan.

Halders chercha à croiser le regard de Mario, en vain. L'homme était né en Italie. On voyait bien qu'il venait du sud de l'Europe, ou d'une autre partie du monde. Très brun de peau, des yeux noirs, un profil aquilin. Il était pratiquement chauve, à l'exception d'une couronne poivre et sel autour des oreilles. Halders, lui, n'avait plus un poil sur la tête : il avait rasé tout ce qui lui restait.

— Elle voulait retrouver ses racines ?

— C'est ici, ses racines, répondit Mario.

Il avait durci le ton d'une manière tout à fait inattendue. Pas de *Bella Italia* pour lui, se dit Halders avant d'ajouter :

— Mais elle est allée en Italie.

— Pas seulement, dit Elisabeth.

— Vous avez gardé ses cartes postales ?

— Vous croyez vraiment que ça peut servir à quelque chose ? demanda Mario.

— Je vous le répète, tout est important.

Mario se leva.

— Je vais voir si je peux mettre la main dessus.

Il avait envie de sortir. Halders vit que sa main tremblait, le reste de son corps aussi peut-être. Il détournait toujours le visage.

— Votre mari ne semble pas souffrir du mal du pays, fit remarquer l'inspecteur après le départ de Mario.

— Il avait peut-être des raisons de partir.

— Que s'est-il passé là-bas ?

Elle haussa légèrement les épaules, de la même manière que son mari. Elle devait tenir cela de lui, à moins que ça ne soit l'inverse. Mais le geste avait quelque chose de méridional.

— Est-ce qu'il a été forcé à partir ?

— Il ne m'en a jamais rien dit.

Bon sang ! Mais on ne se disait jamais rien dans cette famille ?

— Il est venu tout seul en Suède ?

Elle hocha la tête.

— De quelle région est-il ?

— De Sicile.

— De Sicile ? C'est grand, la Sicile. Quel endroit exactement ?

— Je n'en sais vraiment rien. (Elle regardait Halders droit dans les yeux.) Je comprends que cela puisse vous paraître surprenant, mais c'est la vérité. Mario n'a jamais voulu m'en parler. (Elle détourna les yeux.) Et puis je... je ne vois pas le rapport avec ce qui s'est passé.

— Est-ce que Mario a eu l'occasion de revoir sa famille ? continua-t-il. Sa famille de Sicile ?

— Non.

— Et il n'est jamais retourné là-bas ?

— Non.

— Et personne d'autre, non plus ?

— Je ne comprends pas où vous voulez en venir.

— Ce n'était pas là-bas que Paula devait se rendre ?

— Dans ce cas, elle nous l'aurait dit, non ? répliqua Elisabeth.

Je n'en suis pas si sûr, pensa Halders. Mais que pouvait-elle connaître de la Sicile ? Elle n'avait apparemment de sicilien que le nom de son père.

— Est-ce que Paula parlait l'italien ?

— Pas à cette époque, répondit Elisabeth.

— Là, c'est moi qui ne comprends plus, objecta Halders.

— Elle l'a appris... un peu plus tard. Quelques mots.

— Après ce voyage-là ?

Elisabeth hocha la tête.

— Après Milan ?

Nouveau hochement de tête.

— Et elle est retournée là-bas ?

— Je n'en sais absolument rien, dit Elisabeth en fixant de nouveau le policier.

Halders la crut. Ou du moins il fut tenté de la croire.

— Elle n'avait pas de compagne ou de compagnon de voyage ?

— Non.

— À aucun moment ?

— Elle n'en a rien dit en tout cas.

— Comment était-elle à son retour ? Était-elle différente ?

Elisabeth ne répondit pas. Halders n'avait pas prévu un tel sujet de conversation. Et voilà que ses questions tournaient toutes autour du voyage, de la Méditerranée. Peut-être faisait-il complètement erreur...

— Était-elle contente ? Triste ? Enthousiaste ?

— Elle était comme d'habitude, répondit Elisabeth avant de tourner la tête, alertée par un bruit, dans le jardin.

Soudain Halders réalisa qu'elles se ressemblaient, mère et fille. C'était à cause de la lumière. Quelque chose dans le profil. Il observa tour à tour la femme de la photographie et celle qui se tenait devant lui. Cette ressemblance ne l'avait pas immédiatement frappé. À quoi tenait-elle ?

— Que voulez-vous dire par « comme d'habitude » ?

Sans doute Elisabeth allait-elle lui répondre. Elle s'était penchée vers lui. Mais Mario était de retour et s'empressait de déposer quelques cartes devant eux, sur la table.

— Voilà tout ce que j'ai pu trouver. Je crois qu'elle en avait aussi rapporté chez elle.

Chez elle. Halders avait déjà visité l'appartement de Paula. Les travaux étaient presque finis. Il y avait deux pièces – la première entièrement refaite, la seconde à moitié. Ç'avait été une drôle d'expérience de se promener dans un appart auquel on donnait un nouveau visage, une autre odeur, tandis que son occupante n'était plus de ce monde. Il ne se souvenait pas avoir déjà connu pareille situation. Il y avait là quelque chose d'indécent. Comme une insulte à la vie.

Les armoires, les tiroirs, des éléments de bureau, tout était recouvert de plastique transparent et faisait l'effet d'une buée, comme si quelqu'un respirait dessous. Dans un coin de l'appartement, les experts avaient soulevé la bâche et commencé à fouiller parmi ses effets personnels. C'était presque indécent là aussi.

Peut-être finiraient-ils par trouver une carte postale vieille de dix ans. Est-ce que ça les avancerait beaucoup ? Oui. Non. Non.

3

L'équipe était réunie dans la salle de conférence. Winter avait connu deux campagnes de rénovation depuis son arrivée à la brigade criminelle. Il n'y en aurait certainement pas d'autre avant longtemps. Plus question de refaire ces couloirs de brique qui semblaient dater d'un autre âge. On n'avait plus d'argent à dépenser pour ça. Les années passant, il verrait sûrement la brique s'effriter devant la porte de son bureau.

Erik Winter pouvait voir le soleil jeter ses derniers feux au-dessus du stade d'Ullevi. L'astre semblait rechigner à gagner l'autre partie du globe. Un voyage inutile. L'hiver viendrait en son temps. Le soleil était déjà en route vers l'équateur, sa vraie patrie. Si l'on avait droit maintenant aux couchers de soleil les plus longs de l'année, on entrerait bientôt sous le règne de l'obscurité. Dans la nuit arctique. D'ici deux mois à peine. Les caleçons longs allaient un peu gratter la peau au début, mais on finissait toujours par s'habituer.

— Bon Dieu ce qu'il fait chaud, soupira Ringmar qui venait juste d'entrer en s'épongeant le front d'un revers de la main.

— Arrête un peu avec ça ! lui dit Halders.

— Pardon ? fit Ringmar étonné.

— Rien de plus énervant que d'entendre les Nordiques se plaindre du soleil lorsqu'il est là.

— J'ai juste dit qu'il fait chaud.

— Moi j'ai entendu, BON DIEU ce qu'il fait chaud. (Halders montrait du doigt la brume de chaleur qui recouvrait la ville au-dehors.) Si c'est pas un commentaire négatif...

— C'est vrai que toi, tu as l'art de positiver les choses, glissa Ringmar en s'épongeant de nouveau.

— *Carpe diem*, répondit Halders avec un sourire.

— *Mea culpa*, répliqua Ringmar, *mea maxima culpa*.

— Est-ce qu'on peut avoir la traduction ? demanda Lars Bergenhem, le plus jeune des inspecteurs de la brigade criminelle.

— Tu n'as pas suivi la filière classique ? continua Ringmar.

— La quoi ?

— La filière classique à l'École de police, répondit Halders. Pense d'abord, agis ensuite. Et maintenant dehors, sur le terrain. Là tu te retrouves complètement en dehors du coup.

— J'ai bien compris *Carpe diem*, dit Bergenhem, c'est le reste.

— « Ma faute, ma très grande faute », traduisit Ringmar.

Winter finit la dernière goutte de café qui lui restait. Il était froid, ce qui n'était pas plus mal par cette chaleur. Il s'éclaircit la gorge. Le petit round d'échauffement entre Halders, Ringmar et Bergenhem pouvait prendre fin.

— Allez-y, je vous écoute, intervint-il, mais je dois vous prévenir que la police n'a plus les moyens de s'offrir les services de traducteurs agréés.

Aneta Djanali eut un bref éclat de rire. C'était la première fois de la matinée qu'on l'entendait. Elle avait déjà parlé avec Fredrik Halders un peu plus tôt, ainsi qu'avec les enfants de ce dernier, Hannes et Magda, mais ce genre de préliminaire avait le don de l'agacer. Elle était prête à bosser. Ce soir-là, ils avaient décidé d'aller sur les rochers de Saltholmen pour prendre un des derniers bains de l'été. Ça faisait une semaine qu'ils en parlaient. Le soleil, telle une grosse orange sanguine, se couchait tous les soirs dans la mer, derrière l'île d'Asperö, et c'était comme une promesse qu'il serait bien là pour le lendemain.

— Il y a un vrai fossé entre Paula et ses parents, dit Halders. Enfin, il y avait.

Winter hocha la tête.

— Personne ne dit jamais rien et tout ça ne m'inspire aucune confiance.

Winter acquiesça de nouveau.

— D'après moi, si elle est partie ce soir-là, c'est pour ne plus jamais revenir, reprit Halders.

— Sans bagage ? (Ringmar se pencha au-dessus de la table.) Le sac à main ne contenait que le strict minimum.

— Elle avait quand même son propre appart, non ? (Halders parcourut la pièce du regard et se mit à les dévisager les uns après les autres. Bergenhem l'encouragea d'un petit signe de tête.) Elle avait la clé, n'est-ce pas ? C'était le soir, les peintres étaient rentrés chez eux, elle aurait très bien pu retourner sur place et remplir une valise avant d'aller retrouver sa copine, je ne sais plus son nom, et de continuer son périple.

— Jusqu'à l'hôtel Revy ? demanda Ringmar.

— Je ne suis pas sûr qu'elle ait voulu s'y rendre.

— L'amie s'appelle Nina Lorrinder, précisa Winter. Elle n'a pas mentionné de valise.

— D'accord, mais est-ce qu'on lui a seulement posé la question ? rétorqua Halders.

— Non, répondit Bergenhem. Je ne l'ai pas interrogée là-dessus.

— Voilà ce qui arrive quand on n'a pas pris la filière classique, lui décocha Halders.

— Tu veux dire que c'est la première chose que tu lui aurais demandé ? questionna Bergenhem.

Il commençait à piquer un fard. Halders n'attendait que ça.

— On se calme ! s'exclama Winter. Elle est toujours en vie. Il n'y a qu'à lui poser la question.

— J'appelle tout de suite, lança Bergenhem en sautant sur ses pieds.

— Brillante idée ! commenta Halders.

— Arrête un peu, Fredrik, objecta Aneta Djanali.

— Il y avait quelque chose de bizarre dans l'attitude des parents, reprit Halders sans lui prêter attention, et sans même tourner la tête du côté de la jeune femme.

— Ils viennent quand même de perdre leur seul enfant, dit Ringmar.

— Ce silence qui règne là-bas, continuait Halders comme s'il n'avait pas entendu la remarque de son collègue. Dans neuf cas sur dix, les gens ressentent le besoin de parler après un cauchemar pareil. On ne peut plus les arrêter. Et puis on a droit aux pleurs. Mais chez les Ney, pas une larme.

— Ils sont encore sous le choc, commenta Ringmar.

— Non, répliqua Halders en changeant brusquement d'expression. Crois-moi, Bertil, je sais... de quoi je parle. C'est pas le choc, pas les tout premiers jours. C'est la haine et c'est tout.

On n'entendait plus un bruit. Mis à part les derniers chuintements de la machine à café. Ringmar s'épongeait toujours le front. Winter percevait au loin la rumeur des voitures. Aneta Djanali écoutait le filet d'air conditionné susurrer sa plainte le long du faux-plafond.

Bergenhem était déjà de retour.

— Pas de valise ! annonça-t-il.

— Elle aurait pu la laisser au vestiaire. Il y en a parfois dans les cinémas, suggéra Halders.

— Lorsqu'elles se sont retrouvées dehors, Paula n'avait qu'un sac à main.

— Elle aurait pu passer par le vestiaire avant.

— Elles sont sorties ensemble après la séance, dans un pub. Un bar quoi. Toujours sans valise.

— Et tu as pensé à lui demander tout ça ? dit Halders.

Bergenhem hocha la tête.

— Elle aurait pu se rendre à l'avance dans le pub et y laisser sa valise, ajouta Halders.

— Non.

— Tu lui as posé la question ?

— C'est Nina, qui a proposé d'aller dans ce bar. Paula, elle, pensait à un autre endroit.

— Alors on y va, conclut Halders.

— Ils n'ouvrent pas avant quatre heures.

— Déjà vérifié ?

Bergenhem fit signe que oui.

— Pas bête, mec. Tu manques pas d'imagination.

— Il faut dire que tout ce qu'on a, c'est une valise imaginaire, remarqua Winter.

— Possible d'avoir la traduction ? clama Halders en lançant des regards à la ronde.

— Elle est peut-être allée à la Gare centrale, suggéra Aneta Djanali. Si elle avait bien une valise, si elle avait prévu de s'en aller pour de bon, et si ça l'encombrait.

— Il n'y avait pas de clé dans son sac à main, répliqua Bergenhem. Enfin, pas de clé de consigne.

— Le meurtrier l'a peut-être emportée, suggéra Ringmar. C'était trop tentant.

— Ou alors elle se trouve ailleurs, ajouta Aneta Djanali.

— Et si, reprit Bergenhem, la consigne était encore fermée, avec la valise toujours dedans ?

— C'est bien ce que je voulais dire, reprit la jeune femme.

— Il nous reste donc deux choses à faire, dit Halders, retourner dans l'appartement de Paula pour vérifier si elle a pu faire sa valise. Et si c'est le cas, mettre la main dessus.

— Admettons qu'on la trouve, répondit Aneta Djanali, qu'est-ce que ça voudrait dire ? Qu'elle pensait partir. Que les parents n'étaient sans doute pas au courant. Et après ?

— Elle pensait peut-être partir avec quelqu'un, répondit Halders. Il y avait peut-être des billets de train dans son sac à main.

— Il commence à nous manquer pas mal de choses dans ce sac, intervint Ringmar. Pourquoi le meurtrier ne l'a-t-il pas tout simplement emporté avec lui ? Cela ne devait pas vraiment lui poser de problème. Au contraire, c'était plus sûr.

— Ça pourrait signifier que rien, dans ce sac, ne l'intéressait, fit remarquer Winter.

— Alors vous pensez que mon histoire de valise se résume à..., commença Halders.

— Du blabla, compléta Bergenhem.

— C'est une bonne piste, déclara Winter. Va donc vérifier dans l'appartement, Fredrik.

Pendant ce temps, Aneta Djanali avait repris la dernière lettre de Paula. Ou supposée telle. Elle se mit à lire à haute voix : *Si j'ai pu vous mettre en colère, alors je vous demande de bien vouloir me pardonner*. Puis elle releva la tête.

— Vous trouvez que ça ressemble à des mots d'adieux ?

— Elle ne pensait peut-être pas qu'il s'agissait de ses dernières paroles, dit Ringmar.

— Mais même si elle le savait, si elle savait qu'elle était sur le point de mourir, est-ce que ce serait le moment de demander pardon ? Alors qu'elle est déjà condamnée à mort ?

Personne ne commenta, tous baissèrent les yeux sur la table, lustrée par les ans. Un mince rayon de soleil se glissa tout à coup à travers les persiennes et sépara la table en deux : Bergenhem et Halders d'un côté, Winter, Ringmar et Aneta Djanali de l'autre. Ça fait un moment qu'on travaille ensemble, songea Winter en fixant le rai de lumière. Même Bergenhem commence à prendre des rides. Il se mit à penser à l'une des affaires les plus délicates qu'il ait connues dans ses débuts de commissaire. Peut-être la plus difficile de toute sa carrière. En tout cas la plus horrible. Il y avait presque dix ans de cela. Bon sang, Bergenhem n'était qu'un jeunot lui aussi, il venait d'être nommé inspecteur assistant, mais on aurait dit qu'il sortait tout droit du lycée. Et il avait commis une erreur. Failli mourir. Il avait été laissé pour mort.

— Elle était catholique, non ? reprit Halders. Après tout, elle demandait peut-être qu'on lui pardonne ses péchés.

— Tu te trompes, intervint Winter, Paula n'était pas catholique.

— Vous parlez de quels péchés ? s'enquit Bergenhem en se penchant à l'oreille de Halders.

— Faut pas le prendre au sens strict. C'est une affaire de routine pour ces gens-là, de se confesser.

— Alors, pour toi, il s'agissait d'une confession ? demanda Aneta Djanali.

— Je ne sais pas si c'est le mot.

— Peut-être que quelqu'un pouvait lui accorder le pardon de ses péchés, proposa Ringmar.

— Qui donc ? demanda Halders.

— Le meurtrier.

— Un meurtrier confesseur ?

— Il l'a bien laissée écrire.

— Il a pu la contraindre aussi, objecta Halders.

— Ou lui faire la dictée, ajouta Bergenhem.

— Non, dit Winter. Là je n'y crois pas.

— Mais tout ça laisse à penser qu'il existait un conflit profond et de longue date entre Paula et ses parents, reprit Halders.

— Vous connaissez des familles où ça n'existe pas, les conflits entre parents et enfants ? dit Aneta Djanali.

— J'ai dit un conflit PROFOND, précisa Halders.

— On doit chercher de ce côté, ajouta Ringmar.

— Ça ne va pas être évident, dit Halders. On va avoir du mal à entendre toutes les parties.

— Il y a peut-être plus de deux versions des choses, objecta Bergenhem.

— Bravo, lança Halders, après le latin, la philosophie ! Lars, tu nous as caché que tu prenais des cours du soir cet été ?

— C'est quand même pas sorcier de comprendre qu'on peut parler avec d'autres personnes que ses parents des relations qu'elle avait avec eux, rétorqua Bergenhem.

— T'as pris note, Erik ? demanda Halders en se tournant du côté de Winter.

— Au boulot, maintenant ! conclut le commissaire en se levant.

Winter commença par appeler la réception du Revy, et tomba sur le même type. Non, il n'avait pas vu de valise, n'en avait pas retrouvé non plus. Évidemment. À quoi s'attendre d'autre ? se disait Winter en raccrochant. C'est comme ça depuis le début : rien vu, rien entendu, rien à dire non plus.

Le téléphone se mit à sonner.

— M'a tout l'air d'y avoir eu fouille dans les vêtements et les chaussures, dit Halders.

Sa voix semblait venir de très loin.

— Alors ?

— Ça peut aussi bien venir d'elle que de quelqu'un d'autre, ça fait peut-être des lustres que c'est dans cet état. Mais, d'après moi, c'est pas le cas.

— Et pourquoi ? demanda Winter.

— Aucune valise dans cet appart. Pas de sac à dos non plus, rien qui puisse servir à transporter des vêtements.

— Tu as vérifié au grenier ? Dans la cave ?

— Tu me prends pour qui ? répondit Halders. J'ai pas séché la formation continue !

— Et chez les parents ?

— Je viens de les appeler.

— Elle avait bien un sac où ranger ses affaires quand elle est venue s'installer chez eux pendant les travaux ?

— Ça aussi, j'y ai pensé, rétorqua Halders. Et devine quoi... Les parents disent que leur fille venait de s'acheter une Samsonite, noire, mais on n'a rien retrouvé chez les Ney.

— Bien joué, Fredrik !

— Tu m'étonnes. J'avais de quoi gamberger dans cet appartement fantôme. On se croirait sous le linceul. C'est tout blanc, recouvert de plastique, et ça pue à cause du mélange peinture et laque. J'ai vu plus drôle, Erik. Trop blanc, cet appart.

— Je comprends ce que tu veux dire, Fredrik.

L'inspecteur ne répondit pas. Winter perçut un grondement au bout du fil. Peut-être Halders avait-il ouvert la fenêtre dans l'appartement trop blanc de Paula, peut-être n'était-ce que le bruit du vent là-bas, sur les hauteurs bleutées de Guldheden.

— Tu as dit que tu avais pensé à quelque chose ? reprit Winter.

— Quoi ? Ah oui, pensé, ressassé... On est peut-être dans une impasse. Avec la valise, je veux dire. Que le meurtrier l'ait prise ou non, ça n'a peut-être rien à voir avec le meurtre. Paula n'a peut-être tout simplement pas eu de bol de tomber sur lui en allant à la gare. Une mauvaise rencontre. Bonjour l'enfer après ça.

— Tu crois qu'elle allait à la gare ? Le soir ? Après avoir pris un verre avec sa copine ?

Ils avaient essayé de reconstituer les dernières heures de la jeune femme. Ses dernières heures de liberté, se disait Winter. Mais jusque-là personne ne l'avait vue, ni remarquée, encore moins reconnue. C'était toujours la même histoire, l'anonymat des grandes villes, qui sert de refuge aux méchants, aux bons parfois, qui vous offre la sécurité tout autant que le contraire. Le grand paradoxe, c'est que plus il y a de monde et plus on est seul. Dans la cambrousse, pas moyen de passer inaperçu, tout le monde est au courant à cent kilomètres à la ronde, tout le monde a tout entendu, tout vu, tout remarqué, tout bien reconnu.

— Suffit pas de croire, répliqua Halders. Maintenant, c'est le moment de savoir.

Halders venait de raccrocher. Il regarda autour de lui, les bâches en plastique, les murs à moitié repeints, comme si tout était figé, provisoirement, en attendant la suite. L'appartement faisait partie d'une petite copropriété et n'avait rien de luxueux, sans être minable pour autant ; ce qui ne signifiait pas grand-chose vu le prix des logements. Voyons, ce deux-pièces devait valoir dans les un million et demi de couronnes, peut-être plus, sans compter les charges. Quand l'avait-elle acheté ? Avait-on posé la question aux parents ? Si c'était le cas, il n'en avait pas été informé. Et combien d'années avait-elle vécu dans cet appart ? Était-ce un cadeau des parents ? Ou de quelqu'un d'autre ? À vérifier, se dit-il. Et puis continuer à les interroger.

Dehors, les arbres se balançaient dans le vent, des ormes, des tilleuls, des érables, avec des crêtes à vingt-cinq mètres de haut, des géants centenaires qui seraient toujours là, bien après sa mort à lui, bien après leur mort à tous. Leur petite bande de ce matin disparaîtrait de ce paradis sur terre, pour aller rejoindre d'autres cieux, plus ou moins tard selon les cas, tandis que toute cette verdure continuerait à dodeliner doucement dans la tiédeur de l'été. Ces dernières années, il s'était mis à réfléchir sur la vie, il était devenu philosophe, ce qui ne pouvait manquer d'arriver dans ce métier. On travaillait sur ce qui avait mis fin à l'existence de quelqu'un, sur des disparitions prématurées. La tâche était difficile et délicate, il se demandait parfois pourquoi Dieu et le ministère de l'Intérieur avaient bien pu la confier à des gens comme les policiers.

Il chassa loin de lui toutes ces réflexions et pénétra dans la chambre.

Il y avait là quelque chose qu'il n'avait pas vu la première fois. Quelque chose qu'il s'attendait à trouver, sans savoir de quoi il s'agissait. Il lui arrivait souvent de sentir qu'il manquait quelque chose tout en ignorant quoi. Dans une pièce, chez une personne, sur les lieux d'une découverte importante pour l'enquête, sur le lieu du crime... Cette absence pouvait être mille fois plus intéressante que ce qu'on avait sous les yeux, ou dans les mains. Pour Halders, le tableau restait incomplet tant qu'il n'avait pas trouvé l'objet absent.

Qu'est-ce qui lui semblait manquer dans cette pièce il y a quelques instants, avant qu'il ne parle avec Winter ?

Quelque chose qu'on s'attend à voir dans une chambre à coucher... Un lit ? Non, il était bien là, sous son dais de plastique transparent. Un bureau ? Non plus.

Halders avait vu bien des chambres durant sa carrière. Il avait recherché des indices, rédigé des fiches, étudié les moindres détails, en tâchant de les mettre en perspective, de les replacer dans le contexte d'une vie qui n'était pas la sienne.

Qu'est-ce qu'il devait obligatoirement y avoir dans une chambre ? Quelque chose de personnel, d'intime tout simplement. Quelque chose que son occupant pouvait regarder le matin en se levant et le soir en se couchant. En général on les accrochait au mur. Ou bien on les posait sur la table de nuit. Dans le cas présent, les murs avaient été passés à l'enduit. Rien sur la petite table à côté du lit. Mais il avait pu y avoir quelque chose, la bâche en plastique recouvrait tout.

Il n'y avait pas de photo, ni de Paula ni de personne d'autre. Pas un cadre à photo dans tout l'appartement. C'était le vide qui régnait ici et la solitude s'y affichait de manière éclatante.

Ils avaient trouvé des enveloppes contenant quelques tirages-papier, des clichés ordinaires, des images de la vie de tous les jours, prises au hasard, impersonnelles finalement, que l'on pouvait aussi bien jeter à la corbeille.

En revanche, mettre une photo sous verre, c'était d'une certaine façon la conserver pour la postérité. En faire un objet... intime.

Mais il n'avait rien trouvé de tel dans les tiroirs de Paula, ni sur les étagères où des affaires avaient été provisoirement rangées pour la durée des travaux.

Il fallait qu'il interroge les parents à ce sujet. Halders sortit son carnet pour le noter. Ça pourrait toujours les aider à identifier des personnes présentes sur les photos. Mais y avait-il des photos encadrées ? Ce n'était peut-être pas le style de Paula Ney.

Au fait, c'était quoi, son style ?

Halders sortit de la chambre et se rendit dans ce qu'il appelait la salle de séjour. L'expression avait un côté désuet. Il faut dire qu'elle datait d'une époque où chaque maison possédait sa « belle » pièce, glaciale et qu'on n'ouvrait que pour les visiteurs, autant dire jamais. La pièce avait juste pour vocation de se trouver là, tel un pensionnaire à vie. C'était ce qu'il avait connu chez ses propres parents. Comme personne ne venait jamais leur rendre visite, la porte de la salle de séjour restait toujours fermée et l'argenterie ne sortait jamais des tiroirs. Petit garçon, Halders s'était souvent tenu devant cette porte, à regarder au travers du verre dépoli. Il ne percevait qu'une masse informe, aux contours mouvants, comme s'il avait été myope et sans lunettes. Il avait tant voulu savoir ce qui se cachait là, à quoi la pièce pouvait bien ressembler. Comme s'il devait aussi y découvrir la raison pour laquelle jamais on n'y recevait personne.

Tout à coup, il se sentit incapable de se rappeler s'il était jamais entré dans la salle de séjour. Il aurait dû s'en souvenir. Mais, par la suite, quand il était encore enfant, ses parents avaient divorcé et tout le monde avait déménagé. La salle de séjour n'était désormais plus qu'un souvenir. Et curieusement, l'image était devenue, au fil des années, d'autant plus nette qu'elle avait été difficile à percevoir à l'époque.

Le style de Paula. Halders avait essayé de se le représenter. Ce n'était pas son style de se faire assassiner. Ce meurtre était la preuve qu'on n'échappait pas à son destin. D'ici peu, quand ils en sauraient davantage sur sa vie, peut-être que là aussi, l'image se modifierait, s'éclaircirait ou s'assombrirait, pour devenir beaucoup plus nette.

— Comment en sommes-nous arrivés à l'idée de la consigne automatique ? demanda Ringmar.

Ils avaient décidé de sortir faire une promenade dans le parc, jusqu'à la station Shell. Ce ne serait pas très long. La station-service occupait bien plus de terrain que ce misérable parc.

— Aneta pensait à la Gare centrale, répondit Winter. Et il n'est pas impossible que nous découvrions la valise là-bas.

Il leva les yeux comme s'il cherchait à évaluer l'heure en fonction de la position du soleil. Ses lunettes noires lancèrent des éclats de lumière dorés.

— J'ai appelé là-bas et j'ai demandé à parler avec le type responsable des consignes.

— Alors ?

— Ils m'ont dit qu'ils allaient le chercher.

Ringmar approuva de la tête.

Winter suivait à nouveau la trajectoire du soleil. Puis il consulta sa montre.

Brusquement il réalisa qu'ils étaient sur le point de passer à côté de quelque chose.

— Dis-moi Bertil, ils font bien de la télésurveillance là-bas ? Vingt-quatre heures sur vingt-quatre ?

— Je crois, oui.

— Quand est-ce qu'ils effacent les images du disque dur ?

— Au bout de trois jours, leur répondit Rolf Bengtsson, le gérant du Photoexpress, l'enseigne qui avait repris à la régie des transports ferroviaires suédois le marché des consignes. Ça peut faire moins parfois.

Winter avait pris sa voiture pour descendre à la gare. Il ne lui avait pas fallu plus de cinq minutes, en comptant le temps de se garer deux fois (il avait d'abord empiété sur la bande-taxi). Il se dépêcha d'entrer dans le bâtiment. Les consignes avaient été refaites, comme tout le reste. Elles étaient maintenant situées au sous-sol. L'escalier descendait raide. Winter entendit l'ascenseur siffler dans son dos. Il remarqua la présence de caméras de surveillance au plafond. Pas mal pour des leurres.

— J'ai une série de photomatons à vous montrer, pour plus tard, déclara Winter quand ils arrivèrent au bas des marches.

— Ah bon ? Pourquoi ?

— Est-ce qu'on peut savoir à quel moment une personne a utilisé un appareil à photomatons ? À quelle heure les photos ont été prises ?

— Oui. Ça fait partie des propriétés de nos machines.

— Bien, répondit Winter.

La salle des consignes baignait dans une lumière verte que l'architecte avait peut-être voulue reposante. Rassurante, voire thérapeutique. Tout était vert, on se serait cru dans une forêt tropicale. Les gens allaient et venaient dans cette lumière tamisée, trop peut-être pour que passe à l'image quoi que ce soit d'intéressant. Si toutefois il y avait quelque chose à voir.

— Pour le délai de sauvegarde, tout dépend de notre degré d'activité, continua Bengtsson. La caméra ne se met en marche que lorsqu'elle décèle une présence dans la salle.

Trois jours, songea Winter. Ils auraient peut-être de la chance, mais ils pouvaient avoir commis une grave erreur. À moins que tout cela ne soit sans importance...

— La pièce est surveillée dans ses moindres recoins, précisa le gérant. On n'en perd aucun millimètre.

— S'il reste encore des images.

— Il arrive que les vidéos remontent à cinq jours. C'est selon la fréquentation.

— Il doit y avoir moyen de bricoler, non ? Même si le disque a été effacé ?

— Vous savez, ma spécialité c'est les photomatons et les consignes automatiques, répondit Bengtsson. Pas les ordinateurs. Mais je sais que vos experts de la police se sont déjà cassé le nez sur ce genre d'opération. (Il eut un sourire.) Au fait, appelez-moi Roffe.

Il n'y avait pas eu beaucoup d'activité en salle des consignes, si bien que les dernières images dataient de quatre jours et demi plus tôt. Winter en aurait embrassé le chrono. Ils pourraient vérifier si Paula avait bien déposé une valise. Et si l'on était venu la rechercher les jours suivants. Elle ou quelqu'un d'autre. La victime ou le meurtrier.

Roffe Bengtsson fit entrer Winter dans la salle de contrôle située avant le petit guichet, à gauche de l'escalier et qui servait aussi de réserve. Les deux personnes qui travaillaient là s'occupaient à la fois du ménage, de la surveillance et de l'accueil. Un homme et une femme, plutôt jeunes. Il y avait beaucoup de monde aux consignes, c'était le pic d'affluence de la journée.

La femme se présenta sous le nom d'Helén et lui tendit la main. Elle indiqua d'un signe de tête l'écran à droite sur le mur.

— C'est la première fois que vous venez ici ?

— Oui, depuis qu'on a reconstruit la gare en tout cas, répondit Winter tout en se dirigeant vers le tableau de contrôle.

Il s'agissait d'un écran géant, divisé en six écrans plus petits. Sur ces derniers des personnages évoluaient avec des mouvements hachés propres aux images numériques.

— Vous avez combien de caméras ? demanda-t-il.

— Huit. Les deux autres fonctionnent aussi, bien sûr. L'une d'elles surveille les gens qui prennent l'escalier. C'est ce que nous appelons notre caméra cachée.

— Bien, dit Winter tout en examinant les images qui défilaient à l'écran en temps réel. Les leurres sont plutôt réussis, au fait.

— On nous en a volé un la semaine dernière, répondit-elle avec un sourire.

— Et les vraies caméras, vous les cachez où ?

— Dans les gicleurs et les détecteurs à incendie.

— Je me disais bien qu'on n'en manquait pas ici.

— On n'est jamais trop prudent, reprit-elle avec un nouveau sourire.

Assis devant l'écran, Winter visionnait les images prises le soir de la disparition de Paula. Juste une fois. Ils allaient les copier à partir du disque dur en bas pour les examiner ensuite sur leurs propres moniteurs au commissariat central. À moins qu'ils n'embarquent l'ordinateur. Ça s'était déjà fait.

Winter se concentra d'abord sur les femmes. Il les regarda, dans leurs petites tenues d'été, ouvrir leur casier, le rabattre, le fermer à clé, le rouvrir, puis s'en aller avant de revenir. On aurait pu se croire devant un film muet si ce n'étaient les images en couleur, étonnamment nettes, malgré ce voile verdâtre qui recouvrait tout. Quelques portions de la salle étaient occultées au bout de deux allées, difficile de vraiment distinguer ce qui se passait là-bas, qui faisait quoi.

Mais Winter aperçut un homme qui commençait à se déshabiller dans un coin.

— Il n'y a pas de fausse caméra de ce côté-là, dit Helén en désignant l'écran de la tête. Du coup, les gens se sentent libres de faire ce qu'ils veulent.

Winter observait le bonhomme. Il était désormais complètement nu et regardait autour de lui, comme s'il avait encore une couche à retirer. Son visage restait partiellement caché. Sa bite oscillait en cadence tandis qu'il balançait le buste d'avant en arrière.

— Comment ça s'est terminé pour lui ? demanda Winter.

— Vos collègues sont venus le chercher.

Winter put lire à l'écran que le type avait fait son strip-tease à 20 h 28 le soir où Paula avait disparu. Mais, à cette heure-là, elle était encore assise dans une salle de cinéma.

— Quand ils sont venus l'embarquer, il s'est mis à protester qu'il faisait vraiment trop chaud pour la saison.

— Entièrement d'accord avec lui sur ce point, répliqua Winter en se replongeant dans l'étude des différentes images.

Il aurait mieux valu un œil à facettes pour ce genre de travail. Il se concentra de nouveau sur les femmes. Elles n'étaient pas nombreuses. Curieusement, les caméras évitaient de filmer les visages de face. Sans doute par respect de l'intégrité des personnes. Un compromis absurde comme seul ce pays pouvait en inventer, songea Winter. Surveiller mais ne rien dévoiler. Apporter la preuve que quelqu'un s'est bien rendu dans tel ou tel endroit, mais surtout protéger son intégrité personnelle. Même quand c'était celle d'un criminel.

— Difficile de distinguer des visages, fit-il remarquer.

— Pour ça, le mieux, c'est la caméra cachée au-dessus de l'escalier, répondit Helén. Elle enregistre tous les visages. (Elle indiqua la salle verte. Winter voyait aussi les rampes de l'escalier.) Ils tombent la capuche à la moitié de l'escalier quand ils remontent à la gare.

4

Les ordinateurs avaient tous été emportés au commissariat. Ringmar et Aneta Djanali les attendaient dans une grande salle de réunion équipée d'un large moniteur. D'autres collègues se tenaient prêts dans des pièces annexes.

— Vous voyez tous à quoi elle ressemblait ? avait demandé Winter.

— Oui... au moins à quoi elle ressemble en photo, avait répondu Ringmar. (Lui-même en avait eu deux ou trois entre les mains.) Mais c'est une autre histoire de reconnaître quelqu'un sur un mauvais film vidéo.

— Essayons de rester positifs, non ? avait proposé Aneta.

— La vidéo n'est pas mauvaise, avait ajouté Winter.

Et ils avaient positivé, tous autant qu'ils étaient. Résultat : quelques conjectures, mais rien de définitif.

Winter était maintenant de retour dans son bureau et passait en revue ces différentes conjectures. À savoir des femmes en tenue d'été. Il savait comment Paula était habillée le dernier soir, mais cela ne signifiait pas forcément quelque chose.

Il s'agissait surtout de la repérer dans le halo verdâtre qui noyait l'écran.

Deuxième étape : chercher si quelqu'un n'était pas venu récupérer une valise dans la même consigne.

Winter se trouvait devant six Paula potentielles. Il se repassa les images plusieurs fois, au moins neuf ou dix. Toutes ces femmes avaient en commun d'être en train de hisser dans un casier une Samsonite noire. Si certaines avaient du mal, d'autres se contentaient de balancer la valise à l'intérieur en un tour de main.

Il comparait ces six femmes aux photos qu'ils avaient de Paula. Vingt-neuf ans. Presque trente. Elle n'avait pas encore atteint ce cap qui donne à certaines l'impression d'avoir vieilli.

Ils disposaient d'une fourchette de quelques heures pendant lesquelles Paula avait pu laisser la valise – à moins qu'elle ne l'ait fait les jours précédents. Cependant, si l'opération avait eu lieu le soir de sa disparition, ou plus tôt dans l'après-midi du même jour, alors il était possible que l'un des six profils sur les images soit le bon. Les agrandissements n'avaient guère été concluants, contrairement à ce qu'il espérait. À cause de la lumière du sous-sol et de la manière aussi dont ces femmes tenaient leur tête.

Winter appela le procureur pour obtenir un mandat de perquisition.

Roffe Bengtsson les aida à identifier les numéros des six casiers concernés.

Ils procédèrent à l'ouverture des valises directement sur place.

Celles-ci portaient de belles étiquettes mentionnant le nom de leur propriétaire, et dans un certain cas, le nom figurait même à l'intérieur du bagage.

Ils purent ainsi très vite identifier toutes ces personnes.

Pas une ne répondait au nom de Paula Ney.

Winter sortit à nouveau du bureau de Bengtsson. On aurait dit que le monde entier avait des choses à mettre à la consigne. Que la ville entière avait l'intention de prendre le train. On est bien chez soi, mais toujours mieux ailleurs. Pour autant qu'on ait le choix. Winter savait qu'il y avait beaucoup plus de gens qu'on ne croyait à se faire expulser de chez eux. Ils déménageaient leurs affaires à la Gare centrale après les avoir rangées dans des sacs plastique, plus rarement dans une valise.

Il entendit Bengtsson derrière son dos.

— Vous disposez de combien de casiers ici ? demanda Winter.

— 394, répondit le gérant tout en jetant un regard circulaire sur la salle, comme pour vérifier le compte.

— Et combien d'entre eux peuvent contenir une valise de la taille de celle que nous cherchons ?

Bengtsson eut un éclat de rire qui résonna dans toute la salle. Une femme se retourna dix mètres plus loin, le regard ulcéré.

— Vous connaissez le record qui consiste à mettre le plus de monde possible dans une Volkswagen ? demanda-t-il tout en suivant des yeux la femme tandis qu'elle s'éloignait. Vous me direz, ça remonte à l'époque où l'on avait encore des Coccinelles. Ancien modèle. (Il balaya la salle d'un grand geste de la main.) Eh bien, c'est exactement la même chose ici. On n'imagine pas le nombre de merdes que les gens réussissent à enfoncer dans un casier. C'est tous les jours un nouveau record du monde.

Winter hocha la tête. Comme pour confirmer les propos de Bengtsson, ils virent entrer dans la salle toute une famille qui traînait derrière elle des malles à remplir un wagon de marchandises, pour ne pas dire un avion-cargo. Le groupe fit halte au beau milieu de la salle et l'homme se mit en quête de casiers disponibles.

Bengtsson explosa de rire. L'homme, d'origine indienne, releva la tête avec un sourire, avant de se retourner du côté des casiers.

— Ce type-là va devoir en louer au moins trente, sans compter qu'il lui faudra scier chacune de ses malles en cinq morceaux. Il y a peut-être des blocs-moteurs là dedans. On a pas mal d'étrangers qui font passer chez eux des voitures en pièces détachées.

— Je voudrais que vous fassiez ouvrir tous les casiers sans exception ! déclara Winter tout en jetant un regard sur le père qui levait les bras au ciel devant sa famille.

Ringmar s'était pris un sandwich aux crevettes qui avait tout l'air d'avoir passé les sept derniers jours à la consigne. Winter le lui fit remarquer au moment même où son collègue enfournait une large bouchée.

— Pourquoi précisément sept jours ? demanda Ringmar en s'essuyant les lèvres, couvertes de mayonnaise.

— C'est la durée maximale. La minuterie est limitée à sept jours et passé ce délai, si personne ne vient récupérer les affaires, Bengtsson ouvre le casier et regarde à l'intérieur.

Ringmar considéra son sandwich aux crevettes.

— Et c'est comme ça qu'il aurait trouvé mon sandwich ?

Ils étaient attablés dans l'un des nouveaux cafés de la gare. Bengtsson était allé chercher des renforts, pour l'ouverture des casiers. Le mandat de perquisition avait été obtenu.

— Qu'est-ce qu'il fabrique ? reprit Ringmar.

Il reposa le sandwich sur l'assiette, le recouvrit d'une serviette en papier et se mit à regarder autour de lui.

— Je plaisantais, Bertil, lui dit Winter. Excuse-moi. Il a l'air très bien ton sandwich. Top fraîcheur. Tu ne devrais pas le cacher sous la serviette.

— Dans ce cas, sers-toi, finis-le, répliqua Ringmar en lui tendant l'assiette.

— Désolé, je n'ai pas très faim.

— Je l'aurais parié. Et tu m'as traîné jusqu'ici alors que j'étais en train de déjeuner en ville !

— Excuse-moi, Bertil, c'est à cause d'un truc que m'a dit Bengtsson.

— Tu t'abrites derrière lui, maintenant ? En plus il n'est même pas là. (Ringmar jeta de nouveau un coup d'œil à la ronde.) Où peut-il bien être ?

— Il ne va pas tarder. En tout cas il m'a dit qu'ils étaient souvent amenés à ouvrir les casiers à cause des relents de nourriture. Si tu vois ce que je veux dire...

Ringmar se leva, saisit l'assiette avec la moitié de sandwich aux crevettes et la déposa sur un chariot déjà rempli de vaisselle sale.

— Je t'en offre un autre, proposa Winter quand son collègue fut de retour.

— Pas ici.

— Le pire, c'est que la nourriture provient de garde-mangers. Quand les gens se retrouvent expulsés, ils emportent tout ce qu'ils peuvent et mettent ça là dedans. Des photos. Des bibelots. Des vêtements. Et les restes du frigo. Les casiers leur servent de salon-cuisine, conclut-il.

— Chambre numéro 300, dit Ringmar. À moins que ce ne soit la chambre numéro 10.

— On va bientôt pouvoir se faire une idée par nous-mêmes de ce à quoi ça ressemble.

Winter avait demandé à Bengtsson s'il était déjà arrivé que l'on contrôle tous les casiers d'un coup. Une fois, lui avait-il répondu. La puanteur était tellement insupportable que les gens fuyaient la gare. On a fini par découvrir qu'un pauvre type sans domicile avait mis sa bouffe à la consigne. Et n'était jamais revenu. Peut-être qu'il ou elle s'était jeté sous un train. Les voies n'étaient pas loin.

— Et qu'est-ce qu'il peut bien faire de tous ces trucs que les gens laissent derrière eux ? demanda Ringmar en buvant la dernière goutte de son café *latte*. (Le café ordinaire, ça n'existait pas ici.) Je ne parle pas des vieux fromages.

— Ils gardent la plupart des affaires un mois ou deux. Tout dépend de la place qu'ils ont. Si personne ne se manifeste, ça part ensuite à l'Armée du Salut. Qui en redonne une bonne partie aux sans-abri.

— Et alors on peut dire que la boucle est bouclée, commenta Ringmar.

Il savait que beaucoup des clients de Bengtsson étaient clochards. Ils mouraient souvent la clé dans la poche, ou disparaissaient d'une manière ou d'une autre. Certains prenaient effectivement le train pour quitter la ville.

— Il vide dix à quinze casiers par jour, précisa Winter. Le voici d'ailleurs.

Halders n'avait pas trouvé une seule carte postale dans l'appartement de Paula Ney. Rien. Deux explications possibles : soit elle n'avait personne qui pense à elle, pas même le temps d'écrire une carte, soit on les avait enlevées de l'appartement, au même titre que les photos.

Le bagage, songea-t-il. Paula n'a jamais quitté la ville, mais la valise doit se trouver quelque part. Et je ne pense pas qu'elle soit vide. Quelqu'un l'a conservée. Quelqu'un qui avait des raisons de le faire.

Une main droite enduite de peinture. C'était quoi cette histoire de malade ? Jamais vu ça. Pas possible que ça ait un rapport avec l'identification de la victime, avec une marque de naissance ou je ne sais quoi. Puisqu'on n'en a pas besoin. Est-ce qu'il y aurait une photo de la main dans la valise ? Et pourquoi je me pose ce genre de questions ? Est-ce que la main blanche serait en route pour quelque part ? Pourquoi quelqu'un aurait-il besoin de cette main ? Un collectionneur de mains ? Bon Dieu ! Halders se dirigea vers la fenêtre et regarda dehors. Drôles de pensées. Foutu métier. Se torturer l'esprit pour essayer de comprendre une histoire de cadavre à la main peinturlurée. Des histoires de morts. Alors qu'il aurait pu faire de la physique nucléaire, devenir disc-jockey ou entraîneur de hockey sur glace. Observer le soleil se coucher sur la ville sans avoir à se demander ce que le lendemain allait leur réserver comme crime de dingue.

À présent le soleil était plus bas, plus lointain. Fin octobre, l'année prochaine, il emmènerait Aneta et les enfants à Chypre, c'était une affaire entendue. Il faisait encore chaud là-bas au mois d'octobre, et même au mois de novembre. Il était bien placé pour le savoir parce qu'il avait fait partie des forces armées de l'ONU là-bas, dans les années quatre-vingt. Un rasé de la Police Militaire qui n'avait pas encore perdu ses cheveux. Aujourd'hui, il portait une couronne de poils ras. Il s'était amélioré, pouvait donner un coup de boule à quelqu'un sans nécessairement le tuer. Et de toute façon il évitait ce genre de sport, même quand il s'agissait d'un chauffard en état d'ivresse. Chypre. Il leur ferait découvrir l'île. Lui-même n'y était jamais retourné. Mais là-bas les choses étaient restées comme avant. Larnaka n'avait pas dû beaucoup changer. Il savait que c'était quand même le cas pour Fig Tree Bay. À l'époque il n'y avait rien, juste une baie où ils se rendaient dans un putain de bus brinquebalant, avec un hangar qui servait de débit de boisson. Aiya Napa, c'était pas grand-chose à l'époque. Un village de pêcheurs écrasé de fatigue, des soldats des Nations Unies avec la gueule de bois. Nizi Beach. Une ou deux trempettes dans l'eau, une sieste à l'ombre des cocotiers pour commencer, deux bières au Pélican Bar et on était bon pour retourner au turbin.

Octobre. Celui-là ou le suivant. Est-ce qu'ils auraient arrêté le meurtrier de Paula Ney ? Il regarda par la fenêtre, c'était la vue que la jeune femme avait eue devant les yeux ces dernières années. En octobre les arbres auraient perdu leurs feuilles. La ville n'aurait plus beaucoup de couleur. Et on entrerait dans l'enfer de l'hiver. Il serait temps de faire ses bagages. Partir. Voyager. Cette affaire avait quelque chose à voir avec le voyage, d'une manière qu'ils n'avaient pas encore comprise. Il se retourna vers l'intérieur de la pièce. Non, ce n'était pas seulement à cause de la valise.

Le mobile de Halders sonna. Dans cet appartement à moitié terminé, le bruit était comme étouffé. Il manquait une moitié de quelque chose ici.

— Qu'est-ce que tu fabriques ? lui demanda Aneta Djanali.

— Je pense à Chypre, c'est vrai.

— Sur tes heures de boulot ?

— Tu dis rien à personne.

— Elle était peut-être en route vers le soleil, dit Aneta Djanali.

— Ça ou autre chose, on n'en sait strictement rien.

— Tu es toujours à l'appartement ?

— Oui.

— Trouvé quelque chose ?

— Non. Aucun objet personnel.

— On ne sait vraiment pas grand-chose sur la vie privée de Paula Ney.

— Étonnamment peu.

— Elle n'a pas l'air de s'être fait des amis au travail. Je n'ai pas réussi à les rencontrer en tout cas.

— Pas évident avec des écouteurs sur les oreilles du matin au soir.

— Elle bossait dans un autre secteur, en tous cas ces derniers temps.

— Dans quoi exactement ?

— Eh bien...

— Merci. C'est on ne peut plus clair.

— Dans les services. Le développement du service-clients.

— Merde alors ! Je pensais qu'il n'y avait que cela, le service aux clients, lança Halders, en se tournant vers la salle de séjour, de réception. Ou bien à la défunte clientèle.

— Là je ne te suis plus vraiment, répondit Aneta.

— OK, j'arrête.

— En tout cas elle ne travaillait pas avec des écouteurs sur les oreilles.

— On va discuter sérieusement avec ses camarades développeurs de service. Pas d'autre nouvelle ?

— Winter est en train de faire vider toutes les consignes de la Gare centrale.

— Très bien.

Halders fit quelques pas dans la pièce. Il n'était pas complètement fini, on l'écoutait encore. Les branches d'arbres s'agitaient devant la fenêtre dans un mouvement puissant. Ils avaient encore la cime bien verte.

— Il doit y en avoir autour de quatre cents, fit remarquer Aneta Djanali.

— Eh bien, il va falloir leur donner un coup de main.

Paula Ney possédait une Samsonite noire et ils n'en savaient guère plus. Les parents n'avaient pas pu fournir d'indications précises. Ce n'était pas le plus grand modèle, mais il faisait partie des plus anciens de la gamme.

Bengtsson ouvrait les casiers à l'aide de deux employés à temps partiel qui travaillaient pour lui chez Photoexpress et de six policiers.

— Qu'est-ce que vous recherchez au juste ? avait-il demandé au moment où ils se mettaient à l'œuvre.

— Une simple valise, avait répondu Winter.

— Et qu'est-ce qu'elle contient ?

— Des vêtements, des photos, des billets peut-être. C'est ce qu'on veut savoir.

— Hum, avait marmonné Bengtsson, comme s'il n'avait pas cru à ces propos.

Il y en avait des valises.

— En tout cas, ça fait beaucoup de valises, conclut le commissaire.

Ils s'efforçaient d'aller le plus vite possible. Mais la tâche semblait impossible. Qu'est-ce que tu cherches au fond ? se demandait Winter. Ce n'était pas seulement une valise.

Ils avaient de la chance : la saison des vacances était passée, les voyageurs s'étaient faits moins nombreux ces derniers jours. Les consignes étaient vides pour un tiers d'entre elles. Certaines contenaient du mobilier, un intérieur dans un casier. Dans l'une des plus grandes, ils avaient même trouvé un nain de jardin. Ce dernier semblait chercher à capter le regard de Winter quand il ouvrit la porte métallique.

Au bout d'une heure, Bengtsson appela du fond d'une allée sur la gauche. Winter releva la tête et le vit reculer de quelques pas.

Winter se mit à courir à travers la salle.

Le gérant se tourna vers lui avec une drôle d'expression sur le visage.

— Pas d'odeur, dit-il. C'était pas censé sentir mauvais ?

Winter dut se baisser : le casier faisait partie de la rangée du bas. Il lui fallut quelques secondes pour s'accoutumer à l'obscurité qui régnait à l'intérieur.

Il aperçut une main. Enveloppée dans un sac en plastique transparent. Le sac était fermé par un élastique. La main, elle, était blanche comme de la craie.

Le casier portait le numéro 110.

Pas d'odeur.

On aurait dit une main de plâtre.

Il s'agissait bien de plâtre. La main gisait sur une table au sous-sol de la Gare centrale. La lumière froide la rendait encore plus vivante. Elle était figée dans un geste qui pouvait être celui de la poignée de main, ou bien la position de repos. Les doigts n'étaient presque pas séparés les uns des autres.

— Bon Dieu, mais c'est quoi ce truc ?! s'exclama Halders.

— Une main de plâtre, répondit Ringmar, comme pour lui-même.

— Un moulage, précisa Winter. Un moulage parfaitement réussi.

— De la main de Paula ? demanda Halders.

— On ne le sait pas encore, dit Ringmar.

Halders se pencha au-dessus de la main.

— Pas très grande, constata-t-il en levant les yeux vers ses collègues. Sa main à elle était de la même couleur.

— Et vous trouvez souvent des choses pareilles ? demanda Halders, en se tournant vers Bengtsson qui se tenait à quelques pas de la table.

— C'est la première fois que ça arrive, répondit le gérant qui semblait encore sous le choc. J'ai vu des chats en plâtre, des grenouilles aussi... mais jamais rien de ce genre.

— Un moulage impeccable, répétait Ringmar. Pour autant qu'il s'agisse d'un moulage.

— La main était au repos, dit Winter.

— Probablement morte, ajouta Halders.

— On voit comme une cicatrice sur le dessus, remarqua Winter, une ligne en tout cas.

Il se pencha sur le plâtre et l'examina de près. Effrayant. Il prenait des reflets verdâtres maintenant, dans cet environnement coloré qui avait déjà de quoi rendre malade. Winter n'était plus très sûr que la facture en soit tellement réussie. On avait utilisé un moule standard, semblait-il. Ce plâtre aurait très bien pu venir d'une quelconque boutique spécialisée dans ce type de produit.

L'important, en revanche, c'était la façon dont cette main se présentait. Ce qu'elle représentait, signifiait. Symbolisait, pour ainsi dire. Winter était persuadé que cette main avait un rapport avec leur affaire. Avec Paula. Le meurtrier leur envoyait ses salutations.

Un signe de la main. Il voulait qu'on le remarque.

Il savait que cela viendrait.

Le meurtrier savait qu'ils pourraient bientôt le *voir*.

Sur la vidéo noyée dans un halo vert.

Peut-être même qu'il leur adresserait un signe de la main. Un signe banal mais qu'eux comprendraient.

Ils comprendraient qu'il savait.

Winter ressentit le frisson familier lui parcourir l'échine. Il surgissait dans certaines affaires, les plus difficiles de toutes. Il pouvait se passer des années sans qu'il se manifeste. Cette sensation ressemblait à la peur.

Regardez-moi ! leur criait le meurtrier.

Regardez ce que j'ai fait !

C'est MOI !

— Il a bien fallu que quelqu'un enferme la main dans le casier, dit Ringmar.

— On est bons pour se remettre devant la télé, commenta Halders.

Winter pensa tout à coup aux statues antiques. Il leur manquait généralement un membre, une tête... Elles se réduisaient parfois à un torse, blanc comme la craie. Il en avait admiré des centaines durant ses voyages dans le sud de l'Europe.

— La minuterie a commencé à décompter un deuxième jour, dit-il à Bengtsson. Cela fait donc à peine quarante-huit heures qu'on a fermé ce casier. Il devrait en rester une trace sur le disque dur, non ?

Bengtsson hocha la tête en signe d'assentiment.

Selon l'affichage électronique, le casier s'était refermé sur son étrange contenu à 00 : 17. Très exactement trente-neuf heures auparavant.

L'image vidéo ne leur présenta guère plus qu'un homme de dos.

Toute l'équipe se tenait devant l'écran dans la salle glaciale qui précédait le guichet d'accueil. Un dos tout au fond de l'allée. L'image était aussi nette que possible, mais dans le cas présent, cela n'était pas d'un grand secours.

Ils ne voyaient qu'un dos, un pardessus long, l'arrière d'un chapeau à larges bords. Il était difficile de déterminer la taille de la personne. Ils tâchèrent de l'évaluer en fonction de la hauteur des casiers.

— Voici notre homme ! s'exclama Halders.

Winter repassa la séquence. Elle durait cinquante secondes. C'était le temps qu'il avait fallu à l'Homme de Dos pour glisser la monnaie dans la fente, déposer quelque chose dans le casier, le refermer et tourner la clé. Aux mouvements de son corps on devinait bien les gestes qu'il faisait.

— Ce démon porte des gants, fit remarquer Ringmar.

— Super, dit Halders. Qui a le temps de vérifier des empreintes sur une dizaine de milliers de pièces de cinq couronnes ?

Ils repassèrent la vidéo encore une fois.

— Regardez sa façon de bouger, dit Ringmar. On ne le voit même pas de trois quarts. Rien que de dos tout le temps.

— Un pardessus en plein été, constata Halders. Il a dû s'habiller pour la circonstance.

— Il sait très exactement où sont placées les caméras, conclut Winter en se retournant vers Bengtsson. À moins que ce ne soit un pur hasard ?

80

— Repassez la vidéo, répondit le gérant.

Les images défilèrent à nouveau. Winter sentit monter en lui une certaine excitation, mais la frustration était encore plus grande. Ils tenaient peut-être le meurtrier. Il était quelque part dans cette ville, ou du moins il s'y trouvait encore très récemment. Ils pouvaient le voir à l'écran.

Il aurait suffi à Winter de tendre la main pour pouvoir le toucher.

L'homme savait que Winter verrait cette scène. Pourquoi avait-il agi ainsi ? Il avait pris un risque. Il s'était exposé. Sa tenue vestimentaire le protégeait, sa façon de se positionner également, mais ses vêtements, sa silhouette n'en demeuraient pas moins visibles. Le corps avait toujours quelque chose à révéler. La taille. Une façon de marcher, de bouger, et ce même si les conditions techniques du visionnage étaient médiocres.

L'Homme de Dos tendit le bras. Winter perçut le geste. Il avait dans la main... une main.

— Il évite les caméras qui filment le visage de face, constata Bengtsson.

— Ça n'est certainement pas un hasard, commenta Ringmar.

— Dans ce cas, c'est qu'il connaît les lieux mieux que moi, dit le gérant.

— Et c'est possible ? s'enquit Ringmar.

— Non.

— Il a dû étudier la salle et les casiers très attentivement, intervint Halders. Il s'y est pris longtemps à l'avance.

— Ou alors c'est un ancien employé, dit Ringmar. Auquel cas il sait exactement où sont placées les caméras.

— Non, répéta Bengtsson, ici, à part moi, il n'y a que deux ou trois employés que je connais depuis un bail. En plus, aucun n'aurait cet air-là vu de dos. (Il regarda Ringmar.) Moi non plus d'ailleurs.

— Il figure peut-être sur d'autres vidéos, suggéra Winter. Il s'est peut-être promené en fourrant son nez dans tous les coins.

— Sûrement effacé, objecta Halders.

— Nous avons plusieurs journées d'enregistrement vidéo.

— Tout ça a pu être planifié très longtemps à l'avance, reprit Ringmar. Cela fait peut-être des mois qu'il est venu faire ses repérages.

Winter ne répondit pas.

La silhouette sortit de l'écran.

— Et il n'a jamais pris l'escalier ! dit Winter.

— Because la caméra cachée, glissa Ringmar.

— Qu'est-ce que tu veux dire ? demanda Halders.

— S'il avait pris l'escalier, on aurait eu son visage, expliqua Ringmar.

— Vous voyez la lumière sous l'escalier ? dit Winter.

Il repassa la séquence une fois de plus. Ils aperçurent un flash très bref.

— Il a pris l'ascenseur ! s'exclama Winter

— Pas de caméra à l'intérieur ? s'enquit Halders.

— Non, répondit Bengtsson. Mais il y en a juste à la sortie.

— On n'en a rien vu, constata Ringmar.

— Elle est censée fonctionner, dit le gérant. Et c'est le cas.

— Vous ne contrôlez pas ces images-là ?

— Bien sûr que si.

— Alors on s'y colle, déclara Halders.

Ils trouvèrent la séquence. Mais la seule chose qu'ils purent distinguer, c'était un pan de manteau dissimulé derrière la porte de l'ascenseur.

— Il a escaladé les murs ou quoi ? commenta Bengtsson.

— Vous êtes certains que c'est le même manteau ? demanda Ringmar.

— Oui, répondit Winter en se tournant vers le gérant. À quelle fréquence vous faites le ménage ici ?

— Pardon ?

— Vous nettoyez les sols tous les combien ?

Winter pouvait en apercevoir une partie, des dalles bien lisses qui luisaient aussi de reflets verdâtres.

— Ce n'est pas moi qui m'occupe du ménage, répondit Bengtsson. Il faut que je demande à Helén. (Il sortit pour aller à l'accueil et revint en moins d'une minute.) Au moins quatre ou cinq fois par jour, d'après ce qu'elle dit.

— Merde, dit Winter. Mais on essaie quand même.

Il se tourna vers Bergenhem, qui venait de les rejoindre après avoir contrôlé les détecteurs à incendie au-dessus de l'ascenseur.

— Tu fais installer un périmètre de sécurité autour du casier. Et tu appelles Öberg.

— Quelle putain de signification cette main peut-elle bien avoir ? s'écria Halders. Elle veut bien dire quelque chose, non ? Ce type a quelque chose à nous dire. Il le savait qu'on finirait par trouver ce foutu plâtre.

— Il ne pouvait pas savoir quand, objecta Winter.

— OK, il pensait peut-être que ça viendrait plus tard, il ne savait pas à quel point nous serions malins, ou demeurés, mais il le *savait*. Il était au courant du système de surveillance, et pourtant il a pris le risque de laisser un... message.

— Ce n'est peut-être pas un message, intervint Ringmar.

— Ce serait quoi alors ? demanda Halders.

— Exactement ce à quoi ça ressemble. La conservation d'un objet. Quelqu'un a voulu la conserver dans une consigne.

— Dans le même casier que celui où il est allé retirer la valise de Paula ?

— Ça, on n'en sait rien, dit Winter. Nous ne savons même pas si c'est elle qui l'a laissée à la consigne. Et nous ignorons si cette valise a un rapport avec notre affaire. Elle pourrait en avoir fait cadeau à quelqu'un, l'avoir vendue ou l'avoir entreposée dans un endroit complètement différent.

— Il faut qu'on visionne encore tout ça, déclara Halders, les scènes dans lesquelles le casier numéro 110 tient le premier rôle.

Winter opina.

— Et qu'on vérifie si quelqu'un ne se trouvait pas à proximité peu après minuit avant-hier. (Il se tourna vers Bengtsson.) Vous étiez sur place ?

— Oui. Dans cette salle très exactement.

Le regard du gérant fit le tour de la pièce avant de s'arrêter devant la porte close, comme s'il venait seulement de comprendre que quelques dizaines de mètres à peine l'avaient séparé d'un assassin présumé.

— On ferme à minuit et demi, continua-t-il, et on ouvre à quatre heures et demie du matin.

— Vous aviez du monde ici ? demanda Winter.

— À quelle heure ?

— Minuit et demi. Disons minuit.

— On avait au moins une personne, répondit Bengtsson en désignant de la tête la surface tremblotante de l'écran.

— Personne d'autre ?

— Ouais... il devait bien y avoir quelques personnes qui traînaient dans le coin. Dans la gare, je veux dire. Des malheureux qui cherchent à rester au chaud le plus longtemps possible.

— Personne autour des casiers ?

— C'était déjà vide quand j'ai fermé le sous-sol.

— Alors on se repasse le film ? proposa Halders.

5

— Là ! s'écria Halders en pointant l'écran du doigt. C'est bien sa valise !

Winter aperçut une Samsonite noire. Ringmar aussi, et Bengtsson pour finir. Winter vit une femme qu'il ne reconnaissait pas en train d'ouvrir un casier – le numéro 110. La femme déposa la valise à l'intérieur, le referma et s'éloigna sans se retourner. On pouvait voir une partie de son visage, une tenue mi-saison. Pas de pardessus ni de chapeau. Ses cheveux paraissaient très clairs à l'écran, soit blancs soit blonds. Elle portait des lunettes noires, ce qui empêchait toute tentative d'identification.

— Elle n'a pas l'air de se soucier des caméras constata Ringmar.

— Elle ne se doute peut-être pas de leur présence, suggéra Winter. Ou alors elle s'en fiche.

— On la connaît ? demanda Halders.

— Ce ne serait pas Nina Lorrinder, la copine de Paula ? lui lança Ringmar. Tu es le seul à l'avoir rencontrée, Fredrik.

— Non, j'en suis sûr. Même avec les lunettes de soleil, répondit l'inspecteur. Nina est plus mignonne. Et bien plus jeune.

— Il est quelle heure ? s'enquit Ringmar.

L'horloge de l'écran l'indiquait. Les images dataient de quatre jours auparavant.

— Cinq heures et demie, répondit Bengtsson. De l'après-midi.

— Quand est-ce qu'elles se sont retrouvées, Paula et elle ? demanda Ringmar. Pour leur sortie ciné.

— Six heures et quart devant le Cinépalace. La séance était à six heures et demie.

— Elle aurait eu le temps de mettre elle-même la valise à la consigne et de se rendre ensuite au cinéma, conclut Ringmar.

— Mais elle ne l'a pas fait, dit Halders. Ce n'est quand même pas elle, non ?

— Repassez-nous la vidéo, ordonna Winter.

Ils virent une femme inconnue déposer une valise inconnue dans un casier qui leur était, en revanche, familier.

— Ça pourrait être une citoyenne lambda avec une Samsonite tout ce qu'il y a de plus ordinaire, dit Ringmar en montrant l'écran du doigt. Au bout de quelques heures, elle est venue récupérer la valise et quelqu'un d'autre a pris le casier, puis un autre, et ainsi de suite...

Winter se tourna vers le gérant.

— Impossible, affirma Bengtsson. On s'en serait rendu compte. Ce dingue a dû régler trois jours de consigne avant de pouvoir ouvrir le casier.

Il hochait la tête en désignant l'écran. C'était la cinquième fois qu'ils voyaient la femme à l'image quitter les lieux. Winter songea aux tournages de films, aux prises répétées que cela supposait. Eux non plus ne tenaient pas encore leur scène.

— Cent dix couronnes, précisa Bengtsson.

— On est donc sûr à cent pour cent que le type a précisément sorti la valise que la blonde avait déposée ? insista Halders.

Bengtsson acquiesça.

— Qui peut-elle bien être ? ajouta Ringmar.

Ils avaient trouvé deux personnes qui avaient un lien avec le meurtre de Paula Ney. La première de façon évidente, l'autre plus discrètement, telle une ombre. Dans les deux cas cependant ils avaient affaire à des inconnus. Envoyer une photo de cette femme aux médias n'aurait aucun sens : une dizaine de milliers de personnes pourraient témoigner avoir croisé dans la rue une femme blonde avec des lunettes de soleil. Et envoyer la photo d'un homme de dos serait tout aussi absurde.

— Il y a quelque chose de tordu dans tout ça, reprit Ringmar. Chez nos deux personnages.

Ils étaient retournés à la cafétéria. La serveuse les traitait déjà comme des habitués. Elle leur sourit plusieurs fois. On ne pourra pas y échapper, songea Winter. Il va falloir éplucher cette vidéo. C'est ici que l'affaire commence et prend fin. S'il y a vraiment une fin à cette histoire. Il ne voulait pas envisager quelque chose de symbolique, n'étant que trop porté à ce genre d'interprétation. Il savait bien que ça le conduisait n'importe où, sur une mauvaise piste de préférence. Sans le faire avancer, à de rares exceptions près. Il chassa de son esprit des pensées qui tournaient autour d'une gare où l'on attendait en vain de voir s'afficher son train. Où l'on restait des heures assis à l'attendre, des jours même. Un sort bien cruel. Mais moins que la mort. La serveuse lui décocha un sourire en posant sur la table un cappuccino. Il avait repéré qu'ils avaient du whisky au bar, un choix de plusieurs bouteilles. La serveuse était blonde, comme la femme à l'écran.

— Même la blonde, continua Ringmar. Elle se balade le nez au vent comme si de rien n'était, mais elle porte des lunettes noires. Elle se cache. Elle sait qu'elle est suivie, ou qu'elle va bientôt l'être. Si ça se trouve, elle porte une perruque.

Il sirotait son café *latte*. Il n'avait que le goût du lait et Ringmar se prit tout à coup à regretter l'immonde breuvage de la machine à café du quartier général. C'était le titre que lui donnait Halders, étant donné que la brigade criminelle avait ses bureaux au dernier étage du commissariat central.

— C'est comme si elle s'en fichait. Il y a quelque chose de tordu là-dedans... d'arrogant. Elle choisit...

— Pourquoi elle se gênerait ? l'interrompit Halders. Elle ne faisait rien de mal. Elle déposait simplement la valise d'une copine à la consigne. Paula devait la récupérer plus tard.

— Tu y crois vraiment ?

— Non.

— Elle dépose une valise qui ne lui appartient pas, continua Ringmar. C'était peut-être la sienne, mais on peut supposer qu'il s'agissait de celle de quelqu'un d'autre puisqu'elle n'est pas venue la récupérer elle-même. Pourquoi ? Pourquoi traîner ici une valise ? Elle paraissait plutôt lourde quand elle l'a soulevée. Est-ce Paula qui l'avait chargée de cette mission ? Ou bien la valise avait-elle été volée ? Pourquoi la laisser à la gare ? Et pourquoi avoir attendu plusieurs jours avant de venir la chercher ? (Il tourna la tête du côté du hall des départs.) Je veux dire avant que l'Homme de Dos ne vienne la chercher.

— Il y a une chose qui nous prouve que cette femme est impliquée dans le meurtre de Paula, d'une manière ou d'une autre, dit Winter.

— Ah bon, c'est quoi ? s'étonna Halders.

— Elle ne s'est pas manifestée depuis, répondit Winter.

Ils étaient toujours à la gare. Ils n'arrivaient pas à décoller. C'est ici que nous devons réfléchir, se répétait Winter, cet endroit a quelque chose de spécial. Si nous partons, les idées s'envoleront aussi. Il y aura toujours d'autres flics pour le travail de terrain. Mais c'est ici que nous devons bâtir notre réflexion. Notre QG est ici. De toute façon je n'aime pas mon bureau. Pas question d'y retourner.

Le café ne donnait pas sur les voies, mais Winter pouvait les apercevoir entre les colonnes qui avaient surgi à l'occasion de la construction du nouveau bâtiment. Il constata que le soleil avait disparu. Toute la gare était maintenant inondée de lumière électrique. Les colonnes projetaient leurs ombres sur les murs blancs. Tout semblait de plâtre.

— On va la retrouver, dit Halders.

— Si elle est encore en vie, précisa Ringmar.

— Pourquoi ne le serait-elle plus ? répliqua Halders.

Ringmar haussa les épaules. Ce qui signifiait que si Paula était morte, d'autres personnes pouvaient l'être aussi.

— Si elle est encore en vie – et qu'elle ne soit pas séquestrée –, elle est certainement impliquée dans cette affaire, déclara Winter.

— Comme notre ami au long pardessus, renchérit Ringmar.

— Celui-là, c'est pas mon pote, répliqua Halders. Je ne le sens pas, ce type, quoi qu'il ait fait ou pas.

— Il a fabriqué une main, remarqua Winter.

— Je donnerais n'importe quoi pour savoir ce qu'il voulait nous dire avec cette main, dit Halders.

— Ne te gêne surtout pas, Fredrik, répondit Ringmar. Ce serait dommage de commencer maintenant.

Aneta Djanali appela alors que Winter s'apprêtait à monter dans sa voiture. L'extension nord de la gare était couverte d'un mur de métal et de verre, aux formes aiguisées, qui réfléchissait la lumière du soleil. Ici pas de colonnes, seulement des portes automatiques qui s'ouvraient devant les voyageurs et se refermaient derrière eux dans un mouvement continu. Des bus arrivaient puis repartaient. Tandis qu'il se dirigeait vers le parking, Winter fut surpris de constater qu'il n'avait pas pris le bus depuis des années, pas même pour se rendre à la réunion des commissaires qui se tenait chaque année dans une ville côtière du Bohusland.

— Ils sont fermés comme des huîtres, à l'hôtel, lui expliqua Aneta Djanali.

— Ils doivent avoir de bonnes raisons.

— Je suppose que tu penses à la prostitution. Mais il s'agit quand même d'une enquête pour meurtre !

— Ça ne change rien.

— Pour la réputation qu'ils ont à perdre...

— L'hôtel protège ses clients, répondit Winter. Les michetons, et Dieu sait qui encore.

— Je n'ai pas pu obtenir la liste complète de tous les clients, dit Aneta Djanali. Je ne crois pas en tout cas. C'est vraiment pas facile, pour tout te dire.

— Je m'en doute.

Il y eut un grésillement dans l'oreillette, comme s'ils étaient passés à une autre fréquence-radio.

— Et tu ne vas pas t'étonner, n'est-ce pas ? ajouta la jeune femme.

— De quoi ?

— D'apprendre qui fréquente l'hôtel Revy. Ou bien qui a pu le faire.

— Non, répondit Winter. Plus maintenant.

— Je te signale aussi qu'ils vont mettre la clé sous la porte.

— Ah bon ?

— C'est ce que m'a indiqué le réceptionniste. Il n'en savait pas plus. Mais d'après lui ça couvait.

Autrefois, Winter pouvait s'étonner de tout. Ou se fâcher, s'effrayer. Se sentir perdu. Il avait encore tant à apprendre. Par la suite, il avait tiré de l'expérience acquise un bénéfice immédiat dans son travail, mais il sentait qu'il ne s'était pas pour autant enrichi, épanoui sur le plan humain. À force de se retrouver confronté à la face obscure du monde, il aspirait au soleil, à beaucoup de soleil. Il sentait que toutes ces années de métier ne faisaient que l'isoler davantage. Il ne pouvait pas se contenter de raccrocher ses pensées à la patère de sa porte en quittant son bureau. Il était incapable de tout oublier dès qu'il quittait le commissariat, comme c'était le cas pour certains de ses collègues – ils n'étaient pas très nombreux, mais suffisamment pour lui rendre la tâche plus difficile, à lui et à d'autres policiers de son genre. Au début il pensait qu'il prenait ce boulot trop à cœur. Mais comment faire autrement ? L'isolement était une condition obligatoire. Il n'avait jamais eu un grand cercle d'amis. Quelques femmes, un ou deux copains. Un ancien camarade de classe. La solitude n'avait jamais été un problème pour lui. Au contraire, il préférait sa propre compagnie à celle des autres. Il pouvait très bien se parler à lui-même si d'aventure il éprouvait le besoin d'entendre une voix humaine le soir. Ça lui était arrivé de le faire. Il pouvait aussi passer un coup de fil. Il n'était pas obligé non plus de rester seul s'il n'en avait pas envie. Ce qu'il cherchait, c'était une méthode à lui. Et elle reposait sur l'usage d'un silence qu'il ne pouvait trouver que chez lui, et non pas à la crim'. Il habitait à Guldheden à l'époque, dans un appartement en location situé entre l'école et la place du Docteur-Fries. L'immeuble s'élevait assez haut et de ses fenêtres la vue s'étendait sur le fleuve, la colline, les îles à l'est et les autoroutes qui se construisaient autour de la ville, avec trente ans de retard. Celles-ci permettaient de circonscrire une sorte d'innocence originelle de la ville où il avait grandi et qu'il n'avait jamais quittée. Winter restait ainsi, sur son balcon du septième étage, suspendu au-dessus du vide, et regardait le large réseau routier serpenter autour des anciennes portes de Guldheden qu'il considérait davantage comme des sorties plutôt que des entrées. Le chantier de l'autoroute progressait mètre après mètre et ce qui restait d'innocence à la ville resterait protégé en deçà des voies, comme en deçà des douves autrefois. Au-delà des voies : la nature sauvage. À moins que ce ne soit l'inverse. Toutes les statistiques, toutes les données disponibles, montraient que la ville était devenue un endroit bien plus difficile à vivre durant ces vingt dernières années. Une réalité plus dangereuse, imprévisible parfois, comme un coup de hache sur le crâne au milieu d'une douce soirée de printemps. Vingt ans, il était à mi-parcours de sa carrière. Si je tiens encore vingt ans, je serai bon pour voir la nature sauvage, la jungle, envahir tout le terrain. Mais sans les jolis palmiers. Ce type de réflexions lui traversait souvent l'esprit. Ce n'était pas intentionnel. Il savait de quoi il retournait : c'était sa méthode. Ou bien une phase préparatoire. Au début d'une affaire, il n'était bon à rien.

Le monde lui paraissait absurde et tout était de sa faute. Lorsqu'il aurait définitivement quitté la partie, il ne laisserait derrière lui qu'un registre un peu plus long de tous les crimes possibles, un disque dur un peu plus chargé. À mesure que les années passaient, il se sentait de moins en moins utile. On n'aurait pas de mal à lui trouver un remplaçant. Et ainsi de suite...

Il se leva, sortit sur le balcon, s'alluma un petit cigare, et contempla les toits de cuivre de l'autre côté de la Vasaplats. L'obélisque dressé dans le parc ressemblait à un doigt pointé vers le ciel. Le crissement des tramways parvenait assourdi au balcon, de grands flashs de lumière balayaient la place lorsque les voitures ou le tram freinaient et se remettaient péniblement en marche.

Un moment passé sur le balcon. Winter ne connaissait rien de meilleur, surtout le soir à cette période de l'année, entre août et septembre, quand, dans un air encore léger, une lumière claire et blonde rendait le monde à sa transparence originelle. Il y avait là des odeurs qui s'attardaient depuis l'été, se mêlant à des senteurs plus épicées, plus moites. Normalement, c'était plutôt l'automne qui dégageait un parfum d'humidité. Mais cet été n'avait pas répondu à la norme. Et voilà qu'il était déjà loin.

Il rentra dans la pièce, attrapa une carafe qui se tenait avec ses consœurs sur une table d'angle et se servit un whisky. Il savait très bien quel whisky renfermait chaque carafe, mais cela faisait plaisir aux amis qui lui rendaient visite de tester ses connaissances. Il avait des amis. De nouveaux amis. Encore une chose qui avait changé dans sa vie. Angela l'y avait sans doute aidé. La petite Elsa aussi car, parmi les jeunes parents, certains continuaient de se fréquenter même sans le prétexte des enfants. Puis Lilly était venue, et l'on avait repris les bonnes habitudes, entre parents qui n'avaient plus rien de très jeune.

Angela.

Il regarda sa montre. Je lui donne encore cinq minutes, et je l'appelle. Il porta le verre à sa bouche. Le téléphone se mit à sonner au moment où il sentait la brûlure de la première gorgée dans sa gorge.

— Quartier général.

— Imagine que ce soit quelqu'un d'autre, lui dit-elle.

— Le QG, c'est l'endroit où j'accroche mon chapeau.

— Mais tu n'en portes pas.

— Façon de parler.

— Anglicisme plutôt. D'ailleurs on dit « la maison ». « La maison, c'est l'endroit où j'accroche mon chapeau. »

— C'est bien là que je me trouve en ce moment, répondit Winter en jetant un regard circulaire.

— Et comment ça se passe à la maison ?

— Un peu seul. Et vous ?

— Plutôt chaudement. Mais il a plu. Dans la journée d'hier. Les gens dansaient dans la rue. On n'avait pas vu de pluie au mois d'août depuis 1923.

— Pour ainsi dire mon année de naissance, fit-il remarquer en avalant une nouvelle gorgée de whisky.

Le breuvage avait un parfum de tourbe brûlée dans une eau de l'Atlantique à cinq degrés. Un goût d'herbes sauvages en provenance directe de l'Europe du Nord. On était à des kilomètres de la Costa del Sol. Angela et les filles étaient restées chez Siv, sa petite maman. Il était rentré dix jours auparavant avec un sérieux bronzage et une gueule de bois persistante qu'il devait aux martinis particulièrement secs de sa mère. Elle avait un peu réduit sa consommation dans les dernières années. Peut-être à cause de la naissance d'Elsa. Peut-être l'envie de prolonger un peu sa vie. Sinon, c'était usant de vivre au soleil, parmi tous ces golfeurs, ces galeristes et ces réfugiés de l'impôt qui s'ennuyaient à cent sous de l'heure – et cherchaient à fuir l'existence dans des parties de cocktail qui débutaient de plus en plus tôt dans l'après-midi.

Angela s'entendait bien avec Siv. Elle avait même réussi à lui faire prendre des bains de mer – un exploit après seulement vingt ans passés sur les bords de la Méditerranée. Elles avaient trouvé une belle plage du côté d'Estepona. Il y avait aussi de petites baies plus près de Puerto Banús quand on cherchait bien. Elsa et Lilly se baignaient avec de grands éclats de rire, et l'aînée adorait courir sur la plage entre les parasols si bien qu'elle était maintenant couleur chocolat.

La vie avait brusquement fait irruption dans la maison peinte à la chaux blanche de Nueva Andalucía : des rires, des pleurs d'enfant, bruits et fracas dans la cuisine, et non plus le seul ronronnement du mixer, qui avait été l'ustensile favori de Siv durant des années. Elsa jouait sous le palmier du jardin tandis que Lilly, du haut de ses douze mois, s'essayait à marcher. Angela en avait parfois assez de leur appartement de la Vasaplats. Il lui arrivait d'en parler. Ils avaient un terrain près de la mer, au sud de Billdal. Mais quelque chose le retenait. Ici, au cœur de la ville. L'appartement était spacieux, pratique pour les jeux d'enfants. C'était ce qu'il répondait à Angela. Peut-être, disait-elle, mais un balcon, ça ne vaux pas un jardin. Ils se feraient sans doute construire une maison d'été, pour commencer.

— Un petit coup de vieux, Erik ? lui demanda-t-elle.

Il entendait un bruissement sur la ligne, comme si le chant des cigales s'était glissé jusqu'à lui.

— J'étais en train de penser à mes premières années.

— Aux années vingt ?

— À l'époque où j'ai débuté dans ce foutu métier.

— Ça va si mal que ça ce soir ?

Il évoqua rapidement le sort de Paula Ney.

— Voilà donc ce qui t'attendait à ton retour de vacances ?

— J'aurais mieux fait de rester avec vous.

— Je te l'avais bien dit.

— Mais qui va pourvoir aux besoins d'une famille toujours plus nombreuse ?

— Moi, bien sûr.

— Tu n'as pas repris les pourparlers avec les gens de la clinique à Marbella ?

— Non, pas encore.

— Et tu penses le faire ? lui demanda-t-il.

— Je gagnerais plus qu'on ne le fait à nous deux, Erik.

— Tu plaisantes, j'espère.

— Pas pour le salaire.

— Je pourrais laisser tomber le boulot. On arriverait quand même à s'en sortir.

— C'est bien ce que je te dis.

— Et moi je dis qu'on a suffisamment d'argent même sans compter sur ton travail à la clinique.

— J'en suis consciente.

— Tu n'es donc pas obligée de le prendre.

— De toute façon je ne suis pas sûre d'en avoir très envie. Et pourtant, passer quelque chose comme six mois ici... les filles sont encore à un âge où l'on n'a pas besoin d'aller à l'école... un hiver au soleil... hein...

— Et qu'est-ce que je ferais moi ?

— Tu t'occuperais des filles bien sûr.

Cela paraissait tellement simple. Tellement évident.

Il consulta sa montre, comme pour vérifier à quelle date l'hiver allait débuter.

Et tout à coup il prit sa décision.

— C'est une bonne idée, dit-il. Le seul problème, c'est que j'obtienne mon congé.

— Et pourquoi pas ta retraite, tant que tu y es ?

— Je ne plaisante plus, Angela.

— Vraiment ?

— C'est une bonne idée. Je viens seulement de le réaliser. Je ne plaisante pas.

Il prenait la chose au sérieux, il le sentait bien. Il n'était pas sous l'influence de l'alcool, pas encore.

— Dès demain, j'en parle à Birgersson. Je peux prendre un congé pour convenance personnelle à partir du 1er décembre.

— Et ton... affaire ? Ce meurtre ?

Il sera élucidé à ce moment-là, se disait-il. Il faut qu'il le soit.

— On trouvera quelqu'un pour diriger l'enquête à ma place, répondit-il. Ça va marcher. On peut déjà commencer à mettre les choses en place.

Elle ne fit pas de commentaire.

— Est-ce que le job à la clinique a été donné à quelqu'un d'autre ? demanda-t-il.

Winter releva une pointe d'anxiété dans sa propre voix. Il avait tout à coup envie, plus que toute autre chose, de se promener au soleil en plein hiver. D'aller manger une glace sur le port avec les filles. De faire un tour à Málaga, pour prendre un petit blanc sec au milieu des barils et de la sciure de bois à l'Antigua Casa Guardia, l'ancien repaire de Picasso. Encore une glace avec les filles. Baignade. Un petit restau de bord de mer pour des grillades. Un assortiment de tapas au coucher du soleil. Ou bien après.

— Angela ? (Elle devinait sûrement son inquiétude.) Tu ne leur as pas dit non ? Le job n'a pas déjà été donné à quelqu'un d'autre ?

— Je ne leur ai parlé qu'une seule fois, Erik. Et c'était à tout hasard. Dans mon esprit du moins.

— Il faut que tu les appelles immédiatement pour obtenir un entretien.

— Tu vas vite en besogne, répondit-elle. Mais réfléchis... Où vivrons-nous, par exemple ? Au cas où ça marche. On ne peut pas rester chez Siv.

— On s'en fout pour le moment ! Il y a toujours une solution à ce genre de problème.

Voilà que les rôles étaient inversés. C'était elle qui hésitait maintenant. En ce qui le concernait, sa décision était prise. Pour Angela, c'était juste une idée, un projet, une expérience nouvelle à tenter. Un bon souvenir à garder peut-être. On ne vit qu'une fois. Et puis Elsa apprendrait vite les quelques mots qui lui permettraient de passer la commande pour son papa : *Un fino, por favor.*

— OK, je vais les appeler, déclara-t-elle. Mais il est trop tard pour le faire ce soir.

— Les cliniques espagnoles ouvrent très tôt le matin.

— Je sais, Erik.

Il pouvait l'entendre sourire.

— J'aimerais bien parler à Elsa, ajouta-t-il. Et à Lilly.

— Cela fait des heures que Lilly est allée se coucher. Je te passe Elsa.

Et la petite raconta sa journée. Les mots se pressaient dans sa bouche, sans intervalle aucun.

Il préféra ne pas raconter la sienne.

Il rêva d'une femme qui lui faisait un signe de la main. Elle gardait son autre main dissimulée dans le dos. Elle était sans visage. Il n'y avait rien. À l'emplacement du visage, rien qu'une surface blanche et mate. Elle lui fit signe pour la seconde fois. Il se retourna pour vérifier si personne ne pouvait se trouver derrière lui, mais il était seul. Il n'y avait derrière son dos qu'une surface blanche, un mur sans fin. Quelqu'un prononça le mot « amour ». Ce ne pouvait être elle qui n'avait pas de bouche. Ce ne pouvait être lui-même, il savait qu'il n'avait rien dit. Et voilà que cela revenait : « amour ». Comme sous l'effet du vent. Il pouvait maintenant voir venir le vent, il était rouge, il se précipitait sur le mur pour le teindre en rouge. Tout le temps que dura cette scène, la femme resta sur place, agitant le bras tandis que sa robe se soulevait légèrement sous l'emprise du vent. Tout devint rouge, blanc, rouge, et blanc de nouveau. Il perçut encore une voix, mais c'était une voix sans parole, ou bien des paroles qu'il ne pouvait comprendre, dans une langue qu'il n'avait jamais entendue auparavant. Il ignorait ce qu'il faisait là. Il ne pouvait rien faire. Il ne pouvait aider la jeune femme qui finit par être emportée par le vent. Il était incapable de faire un mouvement. Le vent s'amplifia, le mugissement se transforma en coup, vent, coups, vent de nouveau. Il entendit prononcer un nom. Ce n'était pas celui de Paula, ni ceux d'Angela, d'Elsa ou de Lilly.

Winter se réveilla complètement nu. La première chose qui lui vint à l'esprit fut ce mur blanc devenu entièrement rouge. Il ne pouvait le voir dans cette obscurité. Il réalisa qu'il frissonnait de froid. Il entendit un coup, puis un mugissement et comprit qu'il avait dormi la fenêtre entrouverte et que, sous la poussée du vent, celle-ci était venue battre contre le chambranle avec une régularité presque parfaite. On aurait dit un cri.

Il se leva et posa les pieds sur le drap qui avait atterri sur le parquet. Il regarda l'heure. Au moment où il avait éteint la lumière, quelques heures auparavant, la nuit était encore chaude et moite. Il avait eu du mal à s'endormir et il avait retiré la mince couette de sa housse. Le temps avait changé et le vent soufflait maintenant du nord. Il grelottait et passa un pantalon de pyjama avant de se diriger à tâtons jusqu'à la cuisine. Il sortit du Frigo une bouteille d'eau minérale qu'il but directement au goulot. À la fenêtre qui donnait sur la cour, il faisait nuit noire. Il y a quelques semaines à peine, à la même heure, on y voyait comme en plein jour. C'était toujours la même surprise. L'obscurité ne se faisait pas attendre. Elle ne pouvait pas se retenir. Encore quelques mois et la nuit tomberait à trois heures de l'après-midi. Bienvenue en Scandinavie.

Il reposa la bouteille. Le nom qu'il avait entendu en rêve lui revint à l'esprit. Ellen. Une voix de femme l'avait lancé en criant dans le vent. Ellen. Il avait vu Paula mais entendu le nom d'Ellen. Il n'avait pas vu le visage de Paula mais ce devait être elle. Elle avait dissimulé sa main.

Il y avait un rapport entre elles. Ellen et Paula avaient à voir l'une avec l'autre.

Non.

Il se rappela ce qu'il avait dit à Bertil l'autre jour, lorsqu'ils avaient évoqué ensemble l'affaire Ellen Börge : il y avait là quelque chose. Quelque chose qu'il aurait dû faire. Qu'il aurait dû voir. C'était là, devant mes yeux. J'aurais dû le voir.

De quoi s'agissait-il ? Quel lien avec l'affaire Paula Ney ? Pourquoi n'avait-il pu s'empêcher de penser à Ellen Börge au moment où Paula Ney, par sa mort, était entrée dans sa vie ?

À cause de la chambre.

L'hôtel, se dit-il. Le Revy, voilà ce qu'elles ont en commun. La chambre aussi. Et l'âge : vingt-neuf ans toutes les deux.

Mais je ne suis plus le même.

Winter se détacha de l'évier ; à force de s'y appuyer, il avait l'impression de se retrouver collé dessus.

Il se rendit dans la salle de séjour et s'affala sur le canapé. Il faisait encore très sombre.

Où peut bien se trouver Ellen ?

Portait-elle des lunettes noires ?

Non, ça suffit maintenant, mon petit Winter.

Que signifiait la main de Paula ? À quoi devait-elle servir ? Ses doigts indiquaient-ils une quelconque direction ? Seraient-ils capables de comprendre laquelle ? De ne pas se tromper de sens ?

Non.

Oui.

Non.

6

Winter franchit la porte à grands pas et fit un salut de la tête au policier de garde qui se tenait derrière la vitre. Le garçon lui sourit avec un air complice.

Winter regarda les portes de l'ascenseur. L'éclat mat du métal lui renvoyait l'image d'une silhouette complètement indifférenciée.

Dans la cabine il se dit qu'il s'agissait là d'un premier voyage.

Les portes s'ouvrirent sur le hall, il sortit. Il aperçut depuis la fenêtre la pelouse du stade de Gamla Ullevi. Tellement verte qu'on aurait dit un paysage en Technicolor. Il traversa le hall et tapa le code d'accès au corridor plein de promesses qui l'attendait derrière cette porte. Pour la première fois. C'était un jour très spécial. La porte ne s'ouvrit pas. Il tapa de nouveau le code mais rien ne se passa. C'étaient pourtant les bons chiffres, à moins qu'on ne les ait modifiés depuis la veille. Il le composa une troisième fois.

— T'as dû te tromper de porte, mec.

Il se retourna. L'homme souriait mais sa mine n'avait rien d'engageant. Winter ne le connaissait pas. Il était en civil, comme lui-même. Mais il y avait « civil » et « civil ». Si Winter pouvait passer pour un dandy, l'autre ressemblait à une épave. Winter avait déjà croisé la plupart des gens au commissariat, mais pas cet homme-là. Le visage n'était pas très plaisant. Il aurait pu faire peur à beaucoup, et sans doute pas dans le bon sens. Le menton était carré et les oreilles étaient plus petites que la normale. Ses yeux brillaient d'une drôle de lueur et Winter soupçonna que cela devait se produire un peu trop souvent. Le sourire n'était pas rassurant. Ce genre de physionomie appartenait plutôt à l'autre bord, celui des hors-la-loi, et figurait généralement page une, deux ou trois dans le registre des infractions criminelles. Typiquement celle d'un nouveau client.

À moins qu'il ne s'agisse d'un nouveau genre de combattant du crime.

— Vos papiers, s'il vous plaît ! lança le crâne rasé tout en avançant la main avec le même sourire narquois.

— Écoute...

— Papiers ! On n'a pas envie de voir n'importe quel Duchnoque gratter à la porte de la criminelle.

— Je travaille ici, expliqua Winter en reculant tandis que son doux camarade avançait d'un pas.

C'était donc un collègue. Winter repéra l'odeur de l'alcool absorbé la veille dans la fraîche haleine matinale de l'épave. Il décela aussi une fêlure presque imperceptible dans son regard. L'homme n'avait pas dû se lever d'une humeur formidable. Ce n'était pas non plus le cas de Winter qui commençait à se lasser de tout ce cinéma.

— On n'a pourtant pas réclamé le nettoyage des fenêtres, ni le cirage des pompes, continua le collègue sans se départir de son sourire.

Lorsqu'il lui donna une bourrade dans le dos, Winter lui décocha un coup dans les parties sensibles.

— Jamais vu ça ! Non mais j'en reviens pas !

Winter regarda droit dans les yeux un autre individu qui s'approchait, plus ridé que le précédent, mais au regard plus franc. Le visage se rapprochait. Winter sentit l'odeur reconnaissable du tabac. Elle se dégageait des vêtements de l'homme et se mêlait à l'odeur plus récente de la cigarette qu'il tenait à la main. La fumée se mit à lui piquer les yeux. Il les plissa pour éviter les larmes. Ce serait gênant.

— BON SANG ! Mais qu'est-ce qui vous prend ?

Le nouveau venu se tourna vers l'homme au sourire qui se tenait près de Winter, et colla pratiquement son visage contre le sien. Il n'y avait pas trace d'un sourire chez le plus âgé. Et le plus jeune avait perdu le sien.

— Tu veux qu'on te renvoie dans la rue, Halders, puisqu'il n'y a que là que t'es vraiment chez toi ?

— C'est lui qui a commencé.

— TA GUEULE ! lui cria le vieux, en gardant le visage si proche que Winter put voir les postillons atterrir sur la face de son collègue.

Il s'appelait donc Halders. Il devait être nouveau à la brigade, pas autant que Winter mais presque. Winter savait que l'homme qui criait, postillonnait et fumait comme un pompier n'était autre que le commissaire Sture Birgersson, patron de la brigade criminelle. Un homme de logique, mais avec de l'imagination en prime. Ce qui lui permettait de résoudre nombre d'énigmes. La contrariété présente lui avait fait dangereusement monter le sang au visage. La pression sanguine ne savait par où s'évacuer et semblait prête à faire le tour du corps, désespérément en quête d'une voie de sortie.

— C'est comme ça qu'on SE DÉFILE, espèce de lâche !

Il écarta son visage de celui de Halders et retourna sur Winter son regard sévère. Winter s'aperçut que les yeux de Birgersson étaient jaunes, nets mais jaunes. C'était la première fois qu'il se trouvait sous ses ordres. Le premier jour, les premières heures, les premières minutes. Brillant début.

— Mais c'est quoi cette poupée Barbie qu'on nous envoie !

Halders émit un ricanement.

— J'ai dit TA GUEULE ! cria Birgersson sans même lui jeter un regard. (Son visage se rapprocha de nouveau de celui de Winter.) Il y a malentendu, n'est-ce pas ? Tu as dû voir un peu trop de feuilletons américains. *Deux flics à Miami*, ou je ne sais quoi ? Des petits pédés snobinards en sapes Armani qui bourrent de coups autant qu'ils veulent ? Tu crois que c'est ça le boulot qu'on attend de toi ?

Winter allait ouvrir la bouche pour répondre quand Birgersson lui cria « TA GUEULE ! » avant qu'il ait pu dire quoi que ce fût.

— Quand je pense que je t'ai donné ma voix, mon gamin.

Birgersson fixa Winter droit dans les yeux. Les siens ressemblaient à un paysage lunaire. Curieusement, même s'il se tenait très proche du jeune inspecteur, il paraissait très lointain. Winter sentit son haleine de fumeur. Il s'efforça de ne pas ciller, malgré la fumée de la cigarette qui lui piquait les yeux. Le moindre cligne-ment pouvait être interprété comme un signe de fai-blesse. Il en serait quitte pour sortir la tête basse de cette brigade, en tirant un trait sur les enquêtes en costume Armani. Ce serait le retour à l'uniforme, aux patrouilles de nuit dans les rues chaudes de Pustervik et, selon toute probabilité, en compagnie de Halders. Autant mourir.

— VOTÉ pour toi ! Une petite merde pareille ! lança Birgersson en jetant le visage en arrière, avant d'aller s'écraser bruyamment sur une chaise de bureau. (Un miracle si elle ne s'était pas brisée sous son poids.) Dire que j'ai même dû HAUSSER LE TON, continua-t-il comme si c'était un événement pour lui, parce que certains avaient des objections contre toi. Il a fallu que j'engage ma parole d'honneur pour certifier que tu étais mûr pour ce job. (Il se tourna vers Halders.) Et voilà le résultat !

Halders avait compris qu'il valait mieux fermer sa gueule.

— Heureusement que Bertil est sorti de l'ascenseur au bon moment, sinon Dieu seul sait comment tout ça aurait fini.

— Chez le Directeur de la police je suppose, pro-nonça un quatrième personnage.

Il n'avait rien dit jusque-là. Bertil Ringmar exerçait les fonctions d'inspecteur à la brigade criminelle. C'était un homme mûr, et même dans un état de maturité avan-cée, pour le grade de commissaire. Mais il lui était aussi difficile de rester continuellement dans l'ombre de Bir-gersson que de franchir le pas pour en sortir. Winter avait échangé quelques mots avec Ringmar de temps à autre, ces dernières années, et le considérait comme un type bien. Il avait environ dix ans de plus et Winter s'était fait une joie de travailler avec lui, d'apprendre à son côté.

Et voilà qu'il avait peut-être tout bousillé.

En même temps, si ç'avait été à refaire, Winter savait qu'il n'aurait pas agi autrement. Il aurait une nouvelle fois tout gâché. Il aurait frappé Halders pour avoir la satisfaction de lui refaire la mâchoire après ces foutus sourires. Il n'était peut-être pas prêt pour ce genre de situation.

— Pas seulement chez le grand boss, ajouta Birgersson. Ça, ça serait le morceau le plus facile. Ce dont je parle, moi, c'est de Sahlgrenska, version les urgences probablement, et puis ensuite les journaux bien sûr, la télé, le tribunal de première instance, et la cour d'appel, le ministre et pourquoi pas cette connerie d'ONU tant qu'on y est !

À chaque angle du café, on avait installé des plantes en pots pratiquement identiques. On se serait cru en pleine jungle, ce qui vous rappelait qu'un très long voyage était toujours possible. Winter disposerait peut-être bientôt de tout le temps qu'il voudrait. Tout dépendait de la maturité dont il saurait faire preuve dans les jours à venir.

Ils avaient quitté le commissariat aussi rapidement que possible. Aucun d'entre eux ne se sentait de prendre un café à vingt mètres du bureau de Birgersson.

Halders fit la grimace en s'asseyant.

— Ça te fait mal ? demanda Winter.

— De quel côté ?

— Écoute, il me tarde vraiment de bosser avec toi, lui dit Winter.

— Te réjouis pas trop vite, répondit Halders. Le vieux est capable de changer d'avis, c'est déjà arrivé.

Le vieux Birgersson en question avait fini par perdre la voix et par épuiser son stock de cigarettes, si bien qu'il les avait jetés dehors avec un simple avertissement. Ring-mar avait été chargé de s'occuper des deux voyous.

— Et je ne pense pas avoir le temps de rester sur mon cul à faire du baby-sitting au boulot, continua Halders.

— Rassure-toi, je n'ai pas l'intention de faire joujou, répondit Winter.

— Alors c'est quoi, ton projet ? demanda Halders avec son petit sourire en coin.

Il faut qu'il y renonce, songea Winter. Cela me prendra peut-être des années, mais je dois éliminer de sa face un pareil sourire. Il a l'avantage. Est-ce que je dois aller jusqu'à lui demander de me sucer la bite pour qu'on soit quittes ?

Ringmar se racla la gorge.

— Ce que Birgersson essayait de dire à sa manière, euh... subtile, c'est qu'on n'est pas ici dans une cour de récréation, ou sur un terrain de jeux.

— Ça veut dire quoi « subtile » ? demanda Halders.

— Délicate, répondit Winter.

— Je me doutais bien que t'étais du genre réponse à tout, commenta Halders avec un sourire.

— Délicate comme tu peux l'être, ajouta Winter.

Halders n'avait pas perdu son sourire.

— Je vois qu'on a compris ce que je voulais dire, soupira Ringmar.

Le mois d'août avait été plus vert qu'à l'ordinaire à cause des précipitations anormalement élevées de l'été. Il avait continué de pleuvoir et c'était encore le cas maintenant, tandis que Winter se tenait devant l'hôtel Revy. Il était seize heures et la lumière du jour avait disparu, comme absorbée par le ciel bas et gris, un ciel prématurément hivernal en ce début de septembre.

Il leva les yeux vers le troisième étage. Une rangée de fenêtres donnait sur rue, et celle du milieu appartenait à la chambre numéro 10. Personne n'aurait pu sauter par cette fenêtre en pleine nuit, ça au moins, c'était sûr.

Ni Ellen Börge, ni personne d'autre.

Il faisait aussi sombre dans le hall de l'hôtel qu'à l'extérieur. Une forêt de plantes vertes contribuait à renforcer cette impression. Winter se mit à penser au café où ils avaient discuté, Ringmar, Halders et lui, une semaine auparavant. Puis il repensa à nouveau aux pays du sud. Peut-être parce que ce hall dégageait une senteur inconnue.

Il n'y avait personne. Il entendait de la musique, venant de quelque part, la radio peut-être. Cet air ne lui disait rien. C'était comme s'il n'y avait personne pour l'écouter. La musique finit par se taire, il put entendre la pluie qui tambourinait contre la marquise au-dessus de l'entrée. Cette dernière était percée, il avait reçu une goutte sur la joue en montant l'escalier.

L'hôtel semblait fermé, à l'abandon. Pourtant, un hôtel, ça ne ferme jamais, surtout dans cette catégorie.

Winter se dirigea vers le comptoir et jeta un regard circulaire. La musique avait repris, un chuintement tout bas. C'était peut-être le bruit d'un aspirateur. On aurait dit qu'il provenait des étages supérieurs. Peut-être une femme de ménage dans la chambre numéro 10. Winter y était déjà monté, il s'était même fait accompagner d'un expert, mais il n'y avait rien. Ellen avait passé une nuit dans cette chambre, ou du moins une partie de la nuit, puis elle était partie aux premières lueurs de l'aube. C'était la nuit précédente. Personne ne l'avait vue quitter le Revy, pas même le réceptionniste. Elle avait payé sa chambre en arrivant, conformément à la politique de l'établissement. Winter comprenait pourquoi : la plupart des clients n'y passaient guère plus d'une demi-heure, une heure au maximum. Il se demandait comment Ellen avait pu choisir un endroit pareil. Peut-être justement à cause de cela. Personne ne voyait rien, n'entendait rien non plus. L'étape idéale quand on cherchait à s'enfuir. Quelques heures de méditation, si la chose était possible en ces lieux, un peu de repos peut-être, du sommeil, ce serait plus difficile, et puis en route, par un train du matin, ou bien le bus, vers le sud, l'est ou le nord. Côté ouest, il n'y avait que la mer, ce serait donc un navire, un ferry. Ils ignoraient dans quelle direction elle était partie, si elle était bien partie. Aucune agence de voyage n'avait encore pu leur fournir de réservation à son nom.

Le réceptionniste finit par apparaître derrière le comptoir. Il sortait d'une porte jusque-là dissimulée dans l'ombre. En fait de porte, il s'agissait d'un simple rideau. Il bâillait comme s'il venait d'être dérangé dans sa sieste. Ce devait être dur de travailler dans l'hôtellerie, surtout dans ce genre d'établissement. C'était lui qui gérait les clés et il y avait peu de chance qu'il fasse ses nuits sans interruption.

L'homme eut un nouveau bâillement, qu'il ne chercha pas à dissimuler. Du même âge que Winter, un peu moins de trente ans, il portait un veston, comme lui, à la différence près qu'il s'en servait aussi comme d'une veste de pyjama.

— Journée chargée ? demanda Winter. Nuit peut-être...

— Hein... quoi ?

Le réceptionniste se gratta la tête. Il portait les cheveux longs dans le cou, bien dégagés autour des oreilles. Comme Elvis. Version joueur de hockey sur glace.

— Je suis déjà passé hier, signala Winter.

— Ah bon ?

— Pour une disparition. Ellen Börge.

Winter tendit sa carte. Le réceptionniste l'examina avec un regard de myope.

— Vous n'étiez pas là hier, continua Winter. Votre collègue m'a informé que je pourrais vous trouver maintenant. C'est vous qui lui avez fait remplir le registre de l'hôtel.

— Qui ça ?

Il n'était toujours pas réveillé. Peut-être ne se réveillait-il jamais complètement.

— Ellen Börge. Vous l'avez inscrite à 23 h 30.

— Hmm.

— Vous vous en souvenez ?

— Suis pas débile.

— Personne ne vous a traité de débile.

Du moins pas encore. Pourtant tu en tiens une couche, se dit Winter. Ce n'est quand même pas la première fois que tu te retrouves devant un policier. La police passe son temps à faire des descentes ici. Tu commences à te lasser. De nous.

— Votre collègue nous a montré le registre. Son nom figure dedans. Est-ce que vous pourriez le sortir à nouveau ?

— M'en souviens, dit le réceptionniste sans bouger d'un poil. Börge. Je l'ai laissée monter dans sa chambre et puis j'ai regardé son nom. Sonne pas terrible pour une femme, vous trouvez pas ?

— Ça vous arrive souvent de regarder le nom des gens après leur avoir fait signer le registre ?

— Euh... non. Mais... comme elle est venue toute seule.

— Et qu'elle n'avait pas l'air d'une pute ? C'est ça que vous voulez dire ?

Le réceptionniste plongea le nez sur son comptoir, comme s'il prenait tout à coup sur lui la honte qui touchait l'hôtel. Puis il leva les yeux.

— Elle n'avait pas de valise non plus, seulement un sac à main. (Il tapota du doigt sur le comptoir.) Elle l'a déposé là pendant qu'elle écrivait. Et quand elle est partie, j'ai pensé qu'elle n'avait pas de valise.

— Décrivez-moi le sac à main, demanda Winter.

— Mouais... noir.

— Noir ? C'est tout ce que vous vous rappelez ?

— Oui... Et petit. Avec une lanière. Un sac à main de bonne femme. Ils se ressemblent tous. (Il jeta un regard du côté de l'escalier, comme s'il s'attendait à voir apparaître Ellen.) Elle avait l'air sur le départ..., c'est ce que je me suis dit. On n'est pas loin de la Gare centrale et y a pas mal de voyageurs pour qui la première chambre, c'est la bonne, ensuite ils continuent plus loin. Des voyageurs. J'ai pris l'habitude, comment dire, de reconnaître les gens qui sont sur le départ.

— Et elle vous a semblé être dans ce cas ?

— Ben oui, c'était mon impression.

— Elle a effectivement fini par prendre le départ.

— J'avais compris.

— Pendant la nuit ou bien très tôt le matin.

— C'est ce qu'on dit.

— Vous n'y croyez pas ?

— Moi je ne crois rien. Je ne *sais* rien. J'y étais pas. Décollé à minuit.

— Votre collègue n'a rien remarqué.

— Ça oui, je le sais, et je comprends pourquoi.

— Qu'est-ce que vous voulez dire par là ?

— Il remarque jamais rien. Il dort. (Le réceptionniste eut un sourire.) Il arrive même à distribuer les clés dans son sommeil.

Winter ne pouvait que le croire. Il avait eu la même impression. Si ce réceptionniste-là somnolait, l'autre était bien pire.

— Elle avait l'air dans quel état ?

— Quoi ?

— Ellen Börge. Quand elle a rempli le registre. Vous avez vérifié son nom. C'est qu'elle vous intéressait. Comment était-elle ? Nerveuse ? Tendue ? Les yeux dans le vague ? Rien ?

— Elle avait l'air calme, c'est l'impression que j'ai eue.

— Il pleuvait. Est-ce qu'elle était sèche ?

— Là j'vous suis plus.

— Il pleuvait à verse cette nuit-là. Est-ce qu'elle avait un parapluie ? Ou bien est-ce qu'elle ressemblait à un chat mouillé ? Est-ce qu'elle avait l'air de chercher à s'abriter ?

— Mouais... J'ai pas vu de parapluie. Et c'est vrai qu'elle était trempée, surtout les cheveux. (Il caressa sa frange de hockeyeur.) Ouais... peut-être bien qu'elle est entrée pour se protéger de la pluie. Mais de là à prendre une chambre, hein ?

Winter ne répondit pas. À l'heure où Ellen était sortie de chez elle, il faisait beau, pas un nuage dans le ciel. Christer Börge n'avait pas été capable de leur décrire avec exactitude ce qu'elle portait, mais c'était « quelque chose de léger ». Pas de veste ni d'imperméable, il affirmait qu'il ne manquait rien de ce type dans la penderie. Quant aux parapluies, ils en avaient deux, toujours à leur poste dans le beau porte-parapluies. Oui, s'était dit Winter, pourquoi se serait-elle encombrée alors qu'il faisait un temps splendide, à croire que le soleil allait absorber toute la pluie de l'été ?

Sept heures et demie plus tard elle était venue s'inscrire sur le registre de cet hôtel, sous une pluie battante.

— Pourriez-vous de nouveau me décrire sa tenue ? demanda Winter.

— Est-ce bien nécessaire ?

— Vous seriez bien aimable de le faire, reprit l'inspecteur.

Et Christer Börge de raconter comment elle était habillée ce jour-là.

— J'ai vraiment fait de mon mieux, conclut-il.

— Mais vous n'êtes pas sûr que ce soit tout à fait exact ?

Börge haussa les épaules.

— Quel homme serait capable de rendre compte de la tenue de sa femme dans les moindres détails ? Après coup ? Vous ?

— Je ne suis pas marié.

— Mais vous comprenez ce que je veux dire, n'est-ce pas ?

Winter acquiesça.

— Ce qui est à peu près sûr, c'est qu'elle n'avait pas de veste. Il faisait chaud ce jour-là, ou plutôt ce soir-là. Enfin, cet après midi-là, je ne sais pas comment le dire.

Winter hocha encore la tête, même s'il n'avait pas vraiment de raison de le faire. Börge se tenait droit devant lui, sans avoir bougé d'un pouce depuis le moment où l'inspecteur était entré chez lui. Manifestement l'homme ne voulait pas de sa présence, ce que Winter pouvait comprendre.

— On ne pourrait pas s'asseoir un instant ?

— Et pourquoi ?

Winter n'avait pas à répondre à ce genre de questions, aussi n'en fit-il rien. Il indiqua le séjour d'un signe de tête. Le soleil couchant inondait la pièce d'une lumière intense. Ses teintes rouges et or annonçaient le mois de septembre.

Börge fit demi-tour et se dirigea vers le séjour, l'inspecteur sur les talons. Ils prirent place. L'air du soir semblait parfumé d'épices inconnues de Winter. La porte-fenêtre était grande ouverte sur le balcon. Pas un brin de vent. La lumière qui pénétrait dans la pièce lui conférait une certaine classe. Les meubles étaient recouverts de ce velours côtelé qui l'avait frappé lors de sa première visite, deux jours auparavant. Il en serait peut-être toujours ainsi. Winter se demanda soudain si Christer Börge occuperait encore cet appartement dans un an, ou même dans six mois. Si Ellen y retournerait. Peut-être vivrait-elle des jours heureux, quelque part ailleurs. Peut-être donnerait-elle de ses nouvelles de là-bas. Christer resterait malheureux, à moins qu'il n'ait pas besoin d'elle pour être heureux. Peut-être ne faisait-il mine de contrôler la situation que pour mieux cacher son inquiétude. Il était pour Winter un parfait étranger, comme la plupart des gens. Winter ne travaillait qu'avec des inconnus, parmi lesquels un certain nombre étaient encore en vie.

— L'hôtel Revy, dit Winter.

— Jamais entendu parler, répondit Börge. Mais je vous l'ai déjà dit, non ?

— C'est là qu'elle est descendue.

— Descendue ? Comment ça ? Elle n'y a passé que quelques heures. Elle n'avait pas de valise. Ce n'est pas ce que j'appelle prendre une chambre à l'hôtel.

— Comment vous appelleriez ça ?

Börge ne répondit pas.

— Pourquoi cet hôtel et pas un autre ?

— Pourquoi l'hôtel ?

— C'est bien ce que je me demande. Et ce que je vous demande aussi.

Börge émit un murmure incompréhensible.

— Pardon ? Vous pourriez répéter ?

— Elle n'avait aucune raison de le faire, reprit Börge d'une voix sourde.

Il y avait dans cette voix quelque chose que Winter ne reconnaissait pas, un ton radicalement différent.

— Que voulez-vous dire par là ?

— Ce que je viens de vous dire. (Börge regarda Winter droit dans les yeux.) Elle n'avait aucune raison de prendre une chambre à cet endroit, pas même pour quelques heures. Ni d'aller où que ce soit. Elle est devenue folle. C'est ici qu'elle avait son foyer. (Il jeta un coup d'œil circulaire.) Elle était chez elle ici. (Il regarda Winter à nouveau.) C'est ici qu'elle devait se sentir chez elle.

Ce type semble penser qu'il ne la verra plus jamais rentrer à la maison, se dit Winter. À ce moment précis, dans ce confortable sofa précisément, alors qu'un nuage passant tout à coup devant le soleil, la pièce se retrouva plongée dans l'obscurité, tout comme le hall de l'hôtel Revy, Winter eut le sentiment qu'Ellen et Christer ne se reverraient jamais plus.

7

La marquise qui surplombait l'escalier avait déteint.
Il n'y avait pas un souffle de vent, pas une goutte de pluie.
Les marches étaient complètement sèches. Des coulures
verticales se dessinaient, d'un bleu douteux. Tout un bas-
sin fluvial mais sans confluence.

Winter gravit les marches. Il regarda les coulures,
d'un palier à l'autre cette fois, ainsi que les mauvaises
herbes qui perçaient par en dessous. Le tiers-monde, se
dit-il. Les choses vont vite quand on commence à dégrin-
goler. Finalement, ça s'équilibre. De part et d'autre de
l'Équateur, c'est toujours le même enfer.

Il faisait sombre dans le hall, d'autant plus sombre
qu'il faisait très clair dehors. Le ciel semblait s'ouvrir
tout grand pour essayer de repousser très loin les limites
de l'horizon. Il avait pris une nuance plus pâle de bleu,
comme détrempé sous l'action des pluies de l'été.

Winter se retrouva tout seul dans le hall. Il entendait
de la musique, venant de quelque part, la radio peut-être.
Cet air ne lui disait rien. C'était comme s'il n'y avait
personne pour l'écouter.

Il se dirigea vers le comptoir et regarda tout autour
de lui. La musique avait repris, un murmure à peine.
Il s'en rappelait bien. Cela faisait pratiquement vingt ans,
mais rien n'avait changé. Son impression de déjà-vu
n'en était pas une. C'était la réalité. En fait, vingt ans

n'y changent rien, songea-t-il, les choses ne font que se répéter.

Le réceptionniste finit par apparaître derrière le comptoir. Il sortait d'une porte jusque-là dissimulée dans l'ombre. En fait de porte, il s'agissait d'un simple rideau.

Winter le reconnut immédiatement.

Le réceptionniste aussi. Winter le comprit à ses yeux qui s'animèrent d'un éclat particulier, tel un faisceau de lampe de poche traversant le hall d'entrée.

L'homme ne dit rien, mais son regard s'échappa vers l'escalier, gravit les marches, remonta le couloir jusqu'à la chambre numéro 10. Cette dernière était toujours sous scellés. Tout l'étage était circonscrit par un périmètre de sécurité.

Il devait être en congé dans les jours précédents. Winter n'avait pas eu l'occasion de le rencontrer lors de l'enquête préliminaire. Comment s'appelait-il déjà ? Winter avait oublié. Il avait pourtant vu son nom écrit noir sur blanc mais il l'avait oublié, assez étrangement. Le nom de ce type se trouvait dans le dossier de Paula, comme ceux de tous les employés du Revy. Il figurait donc dans deux dossiers distincts ouverts à presque vingt ans d'intervalle. On ne lui aurait pourtant pas donné vingt ans de plus. Il avait juste changé de coiffure. Le temps devait s'écouler plus lentement dans la pénombre de cet hôtel. Dans la pleine lumière du dehors, au-delà de la marquise, tout prenait de l'âge plus vite. Mais le réceptionniste avait bel et bien reconnu Winter. Salko. Voilà. Richard Salko. Ce n'était pas un champion de patinage artistique ? Double Salko, pour les fans. Ça remontait à loin, quelques années avant la joyeuse décennie 80.

— Ça faisait un bout de temps, lui dit Richard Salko.

— Alors vous me reconnaissez ?

— Exactement comme vous, vous me remettez aussi.

— Il faut croire que le temps n'a pas été trop méchant avec nous, commenta Winter.

— Tout dépend d'où vous partiez. Votre point de départ.

Le regard de Salko glissa de nouveau du côté de l'escalier avant de revenir sur Winter.

— Affreux, cette histoire. Comment ça a bien pu arriver ?

Winter ne répondit rien.

— J'étais pas là, reprit Salko. Congé maladie.

— Je suis au courant.

— Je n'ai donc rien à vous dire.

— Quel genre de maladie ?

— La migraine. Quand ça vous tient, vous pouvez en avoir pour deux trois jours. Parfois ça peut aller jusqu'à une semaine.

Winter opina de la tête.

— Je me soigne. Je vais chez le médecin.

— Je vous crois, dit Winter.

— Quand ce... c'est arrivé, j'étais au fond de mon lit.

Winter lui présenta une photographie.

— Déjà vu cette fille ?

Salko considéra le visage de Paula.

— C'est pas la même photo que dans le journal.

— Non.

— On dirait pas la même personne.

— C'est pour ça que je vous la montre.

— Non, répondit Salko en secouant la tête. Je ne l'ai jamais vue.

— Elle n'est jamais venue ici ?

— Pas que je sache.

— Aucun de vos collègues ne la reconnaît non plus.

Salko eut un haussement d'épaules.

— Elle a tout de même choisi cet hôtel et pas un autre, insista Winter.

— Vraiment ?

— Que voulez-vous dire ?

— Vous êtes sûr que c'est elle qui l'a choisi ?

Winter ne répondit pas.

Salko secoua de nouveau les épaules.

— Cette chambre, elle l'a prise toute seule, si l'on peut dire les choses comme ça.

— Elle est directement montée dans la chambre, la chambre numéro 10, confirma Winter. Pour autant que nous le sachions, elle n'en est jamais sortie. Elle n'avait pas de clé. Personne ici ne l'a vue arriver, ni repartir. Elle y a passé la nuit. Elle a reçu de la visite. Nous ignorons quand, car aucun visiteur ne nous a été signalé.

— C'est un hôtel, dit Salko. Beaucoup de passage. (Il étendit la main, les doigts bien écartés.) Regardez vous-même. Fait tellement sombre dans ce fichu hall qu'on n'y voit pas à plus d'un mètre.

— Et pourquoi cela ? demanda Winter.

— Demandez aux propriétaires.

C'était prévu. Mais tout le monde avait le droit de faire des économies d'énergie. Et puis l'anonymat, c'était la règle ici. Une règle qui ne s'accommodait pas vraiment d'une surconsommation d'électricité.

— Vous allez certainement fermer, remarqua Winter.

— Qui vous a dit ça ?

— Ce ne serait qu'une rumeur ?

— C'est pas à moi qu'il faut demander.

— Vous n'en savez donc rien ?

— Vous savez, des rumeurs, il en court beaucoup, répondit Salko. Ça fait vingt ans qu'on parle de fermeture ici.

— Ça ne rend pas votre situation professionnelle très sécurisante, commenta Winter.

Salko ne souriait pas.

— Cette fois, vous avez peut-être raison. Il se pourrait bien que la rumeur dise vrai. (Il regarda Winter droit dans les yeux par-dessus le comptoir.) Mais vous devriez poser la question au patron.

Winter acquiesça. Il vit le regard de Salko changer de direction. Il perçut un bruit derrière son dos et se retourna. La porte s'était refermée sans qu'il eût pu voir quelqu'un. Il n'avait pas entendu qu'on traversait le hall. Il revint à Salko.

— Qui était-ce ?

— Pardon ?

— Qui est-ce qui vient de passer la porte ?

— Pas vu un chat.

— Mais on a tiré la porte.

— Le vent je suppose.

— Il n'y a pas un souffle de vent.

— J'vous dis, j'ai vu personne.

Winter voyait bien qu'il mentait. C'était le genre de choses qu'on apprenait en vingt ans de pratique. La détection des mensonges faisait désormais partie de son bagage professionnel.

— Nous avons parlé avec la femme de ménage, elle n'a rien remarqué. Enfin, la veille ou les jours précédents. Par ailleurs elle n'avait pas fait la chambre depuis deux jours.

Salko haussa les épaules pour la troisième fois.

— La chambre était vide. Quel intérêt ?

— Est-ce qu'on ne fait pas de... voyons, d'inspection ? On ne fait pas le tour des chambres chaque jour ? Ou chaque soir ?

— Non.

— On ne nettoie pas les chambres tous les jours ? Tout au moins celles qui sont occupées ?

— C'est le client qui décide. Il accroche un panneau sur la porte.

— « Prière de ne pas faire la chambre » ?

— « Ne pas déranger ».

— Ça n'a rien à voir, répliqua Winter. Je ne comprends pas comment on peut faire l'impasse sur le ménage dans un hôtel.

Salko avait saisi le changement de ton chez le commissaire. S'il avait un instant envisagé de hausser les épaules, il y renonça aussitôt.

— Vous comprenez ce que cela peut signifier ? continua Winter. Les conséquences ?

Nina Lorrinder faisait une demi-tête de plus qu'Aneta Djanali.

Elle avait également dépassé Paula Ney d'une demi-tête.

Il était 17 h 15 et le pub situé sur Västra Hamngatan venait d'ouvrir. Il s'appelait le Bishops Arms et représentait ce qu'il y avait de plus proche de l'esprit londonien dans tout Göteborg. Aneta Djanali était déjà venue un soir, assez récemment, en compagnie de Fredrik. Au bout d'une demi-heure, ils avaient vu débarquer Bertil et Erik. Ce dernier leur avait commandé chacun une pinte de cette nouvelle *ale* récemment débarquée dans la ville. C'était la première et la dernière fois pour Aneta. Pour le même goût et la même odeur, elle aurait payé moins cher en tordant une éponge à vaisselle au-dessus de son verre.

— Ahhh ! s'était exclamé Winter après avoir fini le sien. Encore une ?

Mais il n'en était pas question maintenant. Il n'était plus question de bière. Aneta Djanali et Nina Lorrinder buvaient du thé.

Nina et Paula avaient commandé un verre de vin blanc. Elles s'étaient assises à cette même table. La seule de libre, comme si la rumeur avait fait son chemin.

Aneta avait demandé à Nina si elles pouvaient s'asseoir là et celle-ci avait hoché la tête. C'est macabre, se dit l'inspectrice. Mais ça pourra peut-être aider la mémoire.

— Combien de temps êtes-vous restées assises ci ?

— J'ai déjà répondu à cette question, non ? remarqua Nina Lorrinder, sur un ton qui n'avait rien de désagréable.

— Vous savez, il nous arrive souvent de poser plusieurs fois la même question.

Parfois c'est parce qu'on est bouché, pensa-t-elle. Mais c'est aussi parce qu'on obtient chaque fois une réponse différente.

Nina Lorrinder leva sa tasse mais sans la toucher des lèvres. Et finit par la reposer sur la table. Elle regarda du côté de la porte comme si elle s'attendait à voir entrer

Paula. Puis elle tourna les yeux vers Aneta Djanali, comme si c'était son amie qu'elle avait en face d'elle.

Elle se mit à pleurer.

La tasse tremblotait dans sa main.

— On va se trouver un autre endroit, suggéra l'inspectrice.

*

C'est dans un café français, beaucoup plus bas dans la rue, qu'Aneta Djanali répéta sa question.

— Une heure, environ.

— Quelle heure était-il au moment où vous vous êtes quittées ?

— Environ dix heures.

— C'était devant le pub ?

— Je l'ai accompagnée jusque vers Grönsakstorget. C'est là qu'elle devait prendre le tramway. La ligne 1. (Nina sursauta au bruit d'un tram qui passait dehors. La porte était ouverte sur la rue. Il faisait chaud ce soir-là, c'était vraiment l'été indien.) Mais vous le savez déjà.

— Vous avez attendu qu'elle monte à bord ?

— Non.

— Pourquoi ?

— Mon tram est arrivé. Le 3.

— Pourquoi n'avez-vous pas choisi l'arrêt Cathédrale ?

— Oh... on avait envie de marcher un peu.

— Vous avez donc pris le 3 pendant qu'elle restait à attendre le 1 ?

— Oui.

Nina Lorrinder paraissait très pâle dans la lumière du café. Un mélange assez blafard d'éclairage électrique et de soleil d'automne.

— Vous croyez que j'ai eu tort ?

Aneta Djanali vit couler des larmes dans ses yeux.

— J'aurais dû rester sur place ?

Nina s'essuya les yeux. Quand elle retira sa main, ils étaient encore humides de larmes.

— J'y ai pensé. J'y pense pratiquement tout le temps, sanglota-t-elle. Si je n'étais pas partie, peut-être que tout cela ne serait jamais arrivé. (Elle fixa Aneta Djanali de son regard transparent.) Comprenez-vous ? Si seulement j'étais restée sur place.

— Vous n'avez absolument rien à vous reprocher.

— Comment pouvais-je savoir ? Qui aurait pu s'imaginer ?

Aneta souleva sa tasse et goûta ce deuxième thé. Mais là, maintenant, elle aurait préféré un verre de vin, ou même un whisky. Nina Lorrinder avait l'air d'avoir sérieusement besoin d'un verre de quelque chose. Elles pourraient peut-être aller dans un bar, un peu plus tard. Elle était rentrée, elle aussi, dans le chagrin de Nina Lorrinder.

— Personne parmi nous ne pouvait savoir, répondit-elle.

— Comment cela a-t-il pu arriver ? (Nina interrogeait du regard l'inspectrice comme si celle-ci pouvait lui apporter une réponse.) Pourquoi ?

— C'est ce que nous essayons de comprendre.

— Parce qu'il y a quelque chose à comprendre ? (Nina fit un geste de la main, comme dans un mouvement réflexe.) Comment peut-on expliquer une chose pareille ?

Que lui répondre ? Il y avait des milliers d'explications, peut-être qu'aucune n'était la bonne... Mais on n'en manquait pas.

— Entre autres, en parlant avec tous ceux qui l'ont connue, finit par répondre Aneta Djanali. Comme nous le faisons maintenant. Vous et moi.

— Elle ne connaissait pas grand monde, dit Nina Lorrinder.

Aneta Djanali attendit sans faire de commentaires.

— Elle n'était pas vraiment... comment dire... du genre expansif. (Nina refit ce geste, comme si elle ne pouvait s'en empêcher quand elle se mettait à parler.) Paula préférait rester en retrait. Vous comprenez ? Elle n'aimait pas voir trop de gens. Elle ne cherchait pas à attirer l'attention ou quoi que ce soit.

— Qu'est-ce qu'elle voulait donc faire ? Quels étaient ses goûts ?

— Je... je n'en sais rien.

— Vous n'en avez jamais parlé ?

Nina ne répondit pas tout de suite. Aneta la laissa réfléchir tranquillement, elle avait l'air de penser à quelque chose.

— Elle voulait partir, finit-elle par dire.

— Partir où ?

— Où ? Où voulait-elle partir ? Si vous voulez dire dans quel endroit, dans quel pays, alors, ça elle ne m'en a jamais parlé.

— Mais vous saviez qu'elle voulait partir ?

— Oui... c'est difficile à expliquer... c'est comme si elle *était* déjà ailleurs parfois. Elle n'était pas *ici*. Vous voyez ce que je veux dire ? Elle était là mais en même temps elle était ailleurs, dans un endroit qui lui convenait mieux.

— Et jamais elle ne vous en parlait ? De l'endroit qui lui convenait mieux ?

— Je ne sais même pas s'il s'agissait d'un lieu précis, répondit Nina Lorrinder. Je ne suis pas sûre qu'elle le savait elle-même.

Une jeune femme entra dans le café laissant derrière elle l'intense clarté du dehors. Elle chercha des yeux une table. Il y en avait plusieurs de libres. Elle déposa son étole sur celle qui se trouvait la plus proche du mur, pour marquer sa place, puis elle ressortit afin de tenir la porte à un jeune homme qui conduisait une poussette. Ce dernier l'installa le long de la table, tout près de la fenêtre. Un enfant d'environ deux ans dormait dans la poussette. L'homme prit un siège, retira ses lunettes noires et cligna plusieurs fois des yeux à cause du manque de lumière dans la salle.

— Vous a-t-elle déjà parlé de quelqu'un ? demanda Aneta Djanali tout en se penchant au-dessus de la table.

Y avait-il un homme dans la vie de Paula ? À moins que dans son cas ce ne soit une femme ?

Nina sursauta.

— C'est une des questions que nous avons à poser, expliqua l'inspectrice. Une question de routine, si l'on peut dire.

— Vous appelez ça de la routine ? demanda Nina Lorrinder en regardant Aneta droit dans les yeux. Comment peut-on considérer ce qui est arrivé comme de la routine ?

— Le mot est mal choisi. Je suis d'accord avec vous.

— Faites-vous ce genre de choses tous les jours ? Est-ce que tous les jours il y a des gens qui se font... tuer ?

— Non, non bien sûr.

— Quel drôle de travail, commenta Nina Lorrinder.

Aneta Djanali ne répondit pas.

Nina Lorrinder tourna les yeux vers la table qui jouxtait le mur tandis que la jeune femme revenait avec un plateau dans les mains. Elle le posa sur la table. L'homme commença à faire le service. La femme s'assit à son tour. L'enfant dormait toujours.

— Elle n'était pas lesbienne si c'est ça que vous croyez, reprit Nina Lorrinder, le regard toujours fixé sur la petite famille. Et je ne le suis pas non plus.

— Je ne crois rien, lui répondit Aneta Djanali. À ce stade de l'enquête, je dois absolument éviter d'avoir une quelconque opinion.

— Question de routine, n'est-ce pas ?

Nina venait de reporter les yeux sur elle. L'inspectrice chercha à déceler un sourire sur son visage. En vain.

— Vous en avez peut-être assez maintenant, dit Aneta. Voulez-vous que nous nous arrêtions là ?

— Il y avait un garçon, répondit Nina Lorrinder.

Elle jeta un œil sur le couple. L'enfant se réveillait et sa mère le prit dans ses bras. Ce devait être un garçon, il avait une combinaison bleue. La maman lui donna un baiser. Le papa lui versa de l'eau dans un verre.

— Est-ce que Paula avait un petit ami ? demanda Aneta Djanali.

— Pas en ce moment. (Nina Lorrinder regarda de nouveau l'inspectrice.) Pas que je sache en tout cas. Mais, il y a quelque temps de cela, je pense qu'elle avait quelqu'un.

— Qui donc ?

— Je ne sais pas.

— Vous ne l'avez jamais rencontré ?

— Non.

— Comment le savez-vous alors ?

— Paula m'a dit quelque chose.

— Que vous a-t-elle dit ?

— Elle ne m'a pas vraiment *dit* qu'elle avait un ami. Ça ne lui ressemblait pas... de raconter. Non vraiment pas. Mais c'est ce que j'ai deviné. Vous comprenez ? C'est le genre de choses qui ne passe pas inaperçu. Entre copines. Un léger changement tout à coup. On ne se voyait plus comme avant, par exemple. Elle était occupée le week-end, alors qu'on aurait pu se voir sans cela. Elle partait quelque part.

— Elle partait quelque part ?

— Euh... oui, par exemple.

— Un exemple ? Se rendait-elle vraiment quelque part ? Et savez-vous dans quel endroit ?

— Vous voulez dire à l'étranger, ou quelque chose comme ça ?

— Je ne veux rien dire du tout.

— Franchement, je n'en ai aucune idée. Tout ce que je sais, c'est que j'ai essayé de la joindre plusieurs fois dans la semaine et qu'elle ne semblait pas être chez elle.

— Il y a combien de temps ?

— C'était... il y a un mois ou deux. Trois peut-être. (Nina Lorrinder souleva de nouveau le bras, comme prise d'une sorte de spasme.) Vous croyez que c'est important ?

— Je ne sais pas, dit Aneta Djanali. On ne peut jamais savoir. Mais je voudrais que vous essayiez de vous souvenir quand cela s'est produit, de la façon la plus exacte possible.

— Je veux bien essayer.

— Était-ce inhabituel ? lui demanda l'inspectrice. Que Paula quitte la ville ?

— Je ne suis pas sûre qu'elle l'ait fait. Cette fois-là. Mais depuis que je la connais, ce n'est pas arrivé... souvent.

— Vous n'en parliez jamais ?

— Non. L'occasion ne s'est jamais présentée en tout cas.

— Vous n'avez jamais fait de voyage ensemble ?

— À l'étranger ?

— Ou ailleurs.

— Non. Mis à part les trajets en tramway.

— Je ne pensais pas à cela.

— Nous restions ici, en ville. Mais il faut dire que nous ne nous voyions pas très souvent. Moins d'une fois par semaine.

— Comment avez-vous fait connaissance ? demanda Aneta Djanali.

Nina tourna la tête vers la fenêtre. L'inspectrice suivit son regard : la rue, des passants, un tram en circulation. Et puis la façade de la cathédrale.

— Nous nous voyions à l'église, dit Nina Lorrinder en désignant de nouveau la fenêtre.

— À l'église ? Vous voulez dire à la cathédrale en face ?

— Oui.

— Racontez-moi ça.

— Il n'y a pas grand-chose à raconter. J'y allais parfois... juste pour m'asseoir un moment et... réfléchir. Pour la prière du soir souvent. Mais bon... (Elle gardait les yeux fixés sur l'édifice. La façade était à moitié cachée par les arbres qui ceinturaient le cimetière.) J'y passe encore de temps en temps. On se sent comme en sécurité à l'intérieur... Je ne sais pas comment vous expliquer.

— Vous avez l'impression que cela vous fait du bien, suggéra Aneta Djanali.

— C'est ça.

— Et c'est donc là que vous avez rencontré Paula.

— Oui.

— Comment ça s'est passé ?

Nina Lorrinder esquissa un sourire.

— Je sais, une église, ce n'est pas un endroit pour se faire de nouveaux... amis peut-être. En fait, c'était plutôt à la sortie. Nous nous étions repérées plusieurs fois auparavant et donc... nous avons décidé d'aller prendre un café ensemble. Ça s'est passé comme ça. Je ne me rappelle pas bien, en fait.

— Quand est-ce que cela vous est arrivé ? demanda Aneta Djanali.

— D'aller prendre un café ?

— De vous parler pour la première fois.

— Eh bien... ça devait être... il y a un an ou deux.

— Paula venait-elle seule ?

— Oui.

— Chaque fois ?

Nina Lorrinder hocha la tête. Aneta Djanali pouvait lire dans son regard que la jeune femme était venue seule, elle aussi. Qu'elle était toujours seule. On n'allait pas à l'église en nombreuse compagnie. Mais la compagnie que l'on cherchait avait des chances de s'y trouver. L'inspectrice regarda de nouveau la fenêtre. Les branchages traçaient un cercle mouvant autour de l'église.

Le petit garçon à la table voisine avait quitté sa combinaison. Il portait un T-shirt sur lequel étaient imprimés des mots qu'Aneta Djanali ne parvenait pas à déchiffrer depuis sa place. Il trottinait sur les genoux de son papa, un pas en avant un pas en arrière, comme s'il n'avait qu'une envie, sortir à nouveau retrouver la lumière du soleil. Le père finit par se lever et par le soulever au plafond. Le bambin éclata de rire. Un son aussi cristallin que l'air au-dehors. Dans ce café, c'est la nuit, se dit Aneta Djanali. Le petit garçon leur avait permis d'en sortir, au moins pour quelques instants.

— Vous a-t-elle déjà parlé de l'Italie ?

Nina Lorrinder avait également suivi la séance de gymnastique qui se déroulait à l'autre table. Son visage s'était éclairé. Aneta n'avait pu s'empêcher d'en sourire elle aussi.

— L'Italie ? Non. Pourquoi me demandez-vous ça ?

— Elle ne vous a jamais parlé de son père ? Qu'il venait de là-bas ? De Sicile ? Qu'elle y était allée ?

— Elle est allée en Sicile ?

— Nous n'en sommes pas sûrs. Mais c'est possible.

— Quand ?

— Il y a dix ans.

— Non. Elle ne m'en a jamais parlé.

— Parlait-elle de son père ?

— Vous voulez dire, de ses origines ?

— Par exemple.

— Eh bien... elle a dû le faire une fois. Juste comme ça...

Le regard de Nina Lorrinder se glissait de nouveau dehors, en direction de l'église. Aneta Djanali, de son côté, ne se souvenait pas avoir jamais contemplé la cathédrale durant si longtemps.

— Quelles relations Paula entretenait-elle avec son père ?

— Plutôt bonnes. Enfin, je suppose.

— Rien de plus ?

— Pourquoi me demandez-vous ça ?

— Nous cherchons toujours à connaître... ce qu'il en est des relations familiales.

Ce n'était pas ça. L'expression était maladroite. Tout était très délicat.

— Vous voulez dire, la routine ?

— Voyait-elle beaucoup ses parents ?

— Je n'en ai vraiment aucune idée.

— Elle en parlait souvent ?

— Je croyais avoir déjà répondu à cette question.

— Vous parlait-elle de sa mère ?

— Eh bien oui. Ça lui arrivait.

— Mais vous n'avez jamais eu l'impression qu'ils pouvaient avoir un... qu'il pouvait y avoir un problème entre eux ?

— Un problème ?

126

— Entre eux. Entre les parents. Ou bien entre Paula et l'un de ses parents.

Nina secoua la tête.

... si j'ai pu vous mettre en colère, alors je vous demande de bien vouloir me pardonner...

Les derniers mots rédigés par Paula disaient la faute, et le pardon. Aneta Djanali frissonnait chaque fois qu'elle relisait la lettre de la jeune femme à ses parents. Plus qu'un frisson, c'était comme un souffle de vent glacial jeté à l'assaut d'une belle journée d'été.

8

Winter passa d'une pièce à l'autre pour ouvrir les fenêtres. Il faisait chaud dans l'appartement, plus chaud que jamais depuis des mois, et l'atmosphère saturée de poussière devenait irrespirable à l'intérieur. Il faudrait des heures avant de gagner un peu de fraîcheur, mais le soir avait amené un souffle de vent. Quelques senteurs d'automne, en ce bel été indien, couvraient à peine les émanations de dioxyde de carbone remontant de la rue. Non pas que ça lui pose problème. Il n'avait rien connu d'autre durant toute sa vie d'adulte, c'était son quotidien et quand la pollution devenait trop pénible, il allumait un Corps.

Il était précisément en train d'allumer un Corps. Un des cigares les plus chers d'Europe, mais il ne pouvait plus s'en passer. Un produit de haute qualité, présenté de façon tout ce qu'il y a de plus hygiénique, puisque le fumeur le retirait lui-même de sa gaine en plastique. Depuis quelques années, Winter les faisait spécialement venir de Bruxelles car il était manifestement le seul en ville à apprécier cette marque. Le cigare y gagnait une dimension d'exclusivité qu'il ne méritait sans doute pas.

Le commissaire se tenait sur son balcon, il aspira une bouffée, la rejeta, et sentit le parfum du cigare se mêler aux senteurs environnantes. Un 4 × 4 faisait tout un circuit en bas dans la rue pour essayer de se trouver une place, ou plus exactement deux. Winter pouvait apercevoir une chevelure blonde sur le siège avant. Une femme en quête d'une place de parking. Elle sortit la tête par la fenêtre. La Chrysler avait un faux air de char blindé. Avec des roues de tracteur. Indispensable à toute famille nombreuse. Surtout en ville. Ces 4 × 4. *Smart for one, dumb for all*, comme le lui avait si bien dit son collègue écossais, Steve Mac Donald. Malin pour toi, mauvais pour les autres.

La sonnerie du téléphone retentit à l'intérieur de l'appartement. Il posa le cigare à moitié consumé dans le cendrier qui se trouvait sur la table du balcon.

— Je me suis dit qu'avec un peu de chance je te trouverais à la maison, dit-elle.

— Je suis rentré, ça doit faire un quart d'heure.

— Et tu étais en train de fumer sur le balcon.

— Non.

— Tu mens.

— Oui.

— Est-ce que les plantes ont survécu ?

— La première chose que j'ai faite en rentrant, c'est de les oxygéner.

— Il fait chaud ?

— On bat tous les records.

— Idem ici.

— On commence tout de même à sentir l'automne, précisa-t-il, tôt le matin et tard le soir.

— Voilà une chose qui me manque.

— Ce sera bien plus sensible quand vous rentrerez.

— À propos, je suis passée à la clinique, dit Angela.

— Et alors ?

— C'est oui.

— À partir de quand ?

— Du 1er décembre. Et jusqu'au 1er mai peut-être.

— Comment peut-être ?

— Ils sont ouverts à tout, Erik. Ils m'ont proposé un an. Mais on ne pensait pas à ça, n'est-ce pas ?

— Non.

— La question, c'est de savoir ce que nous voulons finalement. Est-ce que tu crois vraiment que c'est une bonne idée ?

— Oui.

— Tu n'as rien d'autre à dire ?

— Je t'ai suffisamment exprimé mon enthousiasme, Angela. C'est une bonne idée. Passer quelques mois, de décembre à mai, loin des frimas, ça tombe sous le sens. Surtout si on compare avec ici.

— Eh bien, je te croyais plus chauvin.

— Pas quand il s'agit de l'hiver à Göteborg.

— Soit.

— Quand tu auras atteint l'âge canonique qui est le mien, tu comprendras mieux ce que je veux dire, Angela. Le vent, la pluie, ça te saisit les jambes. Et ça ne s'arrange pas avec les années.

— Ce ne serait donc qu'une question de météo ?

Non, pas seulement. C'était aussi un choix de vie. Il avait besoin de plus d'un mois de vacances pour prendre de la distance avec son boulot. Il avait connu des années difficiles, de longues années. Son travail était devenu une partie intégrante de sa vie, et c'était la vie, le travail qu'il avait choisis. Mais il avait trop sacrifié, il le savait bien. *Smart for all, dumb for one.* Il était entré au service de la communauté, au détriment malheureusement de sa famille et de lui-même. L'emprise était trop forte. Il en serait toujours ainsi, même après six mois passés à l'étranger. Il n'y aurait certainement pas de virage à trois cent soixante degrés. Peut-être réussirait-il à prendre les choses avec un peu plus de légèreté, à virer de quelques degrés tout au moins. Il était curieux de voir ce que ça donnerait. Comment il se mettrait à réfléchir. Peut-être sa pensée se ferait-elle encore plus limpide. À moins que ce ne soit le contraire, qu'elle ne s'émousse. Non. Peut-être son intuition se modifierait-elle. Il avait l'impression qu'elle gagnerait en profondeur, en amplitude. Il serait à même de voir plus loin.

— C'est bien davantage, répondit-il. Tu le sais bien, Angela.

— C'est vrai.

— Alors et toi, qu'est-ce que tu en dis ? Tu seras la seule à travailler.

— Je travaillerai dans les deux cas.

— Alors qu'en penses-tu ? Puisque tu es allée les voir à la clinique.

— Tu penses obtenir un congé, Erik ?

— Voilà que tu réponds à une question par une question. Mais oui, bien sûr que je vais l'obtenir. J'en ai déjà parlé avec Birgersson.

— Il ne t'a pas envoyé promener ?

— Le vieux commence à s'adoucir. C'est sa dernière année. Il est devenu le père qu'il n'a jamais été.

— Qu'est-ce que tu veux dire ?

— Il a commencé à s'occuper de nous.

— C'est pour ça qu'il te laisse prendre un congé de six mois ?

— Il pensait me le proposer, à ce qu'il m'a dit.

— Et tu y crois ?

Winter y croyait de fait. Deux-trois ans plus tôt, sa fierté l'en aurait empêché. Mais ces derniers temps il avait mis au rancart les considérations de prestige. Il avait senti une fatigue se glisser insidieusement en lui, comme jamais auparavant. Ce n'était pas à cause de la famille, les enfants en bas âge. Enfin, ça jouait bien sûr, mais le problème venait d'abord de *lui*, de sa façon de se passionner pour son travail. Des nuits sans sommeil, des longues soirées penché sur son Powerbook, une fois que le silence était retombé sur la maison et qu'il pouvait se mettre à réfléchir.

— Tu peux vraiment tout laisser en plan, Erik ? Tu n'en as jamais été capable jusque-là. C'est même ça qui..., commença-t-elle avant de préférer s'interrompre.

— Je sais, dit-il.

— Alors comment ça va se passer pour cette fois ? Si je signe et que je commence à la clinique le 1er décembre, il faudra bien que tu sois là. Siv pourrait se débrouiller un jour ou deux avec les enfants, mais pas une semaine.

— Mmm.

— Son emphysème a peu de chances de s'améliorer, si tu vois ce que je veux dire.

— Elle a pourtant bien arrêté de fumer ?

— Ne te fais pas plus idiot que tu n'es, Erik. C'est toujours le problème avec vous, les fumeurs. Vous vous faites plus idiots en décidant de ne rien entendre.

Il avait arrêté et repris à nouveau. Chez Birgersson, c'était définitif. Winter l'admirait de cet exploit : avoir fumé comme un pompier toute sa vie d'adulte, des cigarettes sans filtre qui plus est, et se montrer capable d'y renoncer avant que la mort ne décide pour lui. Il faut dire qu'il avalait la fumée à pleins poumons. C'était peut-être ça qui l'avait calmé depuis quelques années : il se tournait moins les sangs.

— Tu travailles bien sur le meurtre d'une femme, continuait Angela. C'est toi qui diriges l'enquête, n'est-ce pas ? Tu ne devrais pas envisager de passer le relais à quelqu'un dès maintenant ?

Il lui avait raconté bien sûr. Elle avait consciencieusement lu les *Göteborgs-Posten* de Siv, même si c'était en différé. Quand on se livrait à ce genre d'exercice avec un minimum de régularité, on avait peu de chances de rater quoi que ce soit. Or il avait déjà pu faire un certain nombre de déclarations à la presse.

Il avait omis certains détails. Pour les lecteurs. Mais également pour Angela.

Il doutait que l'affaire soit résolue d'ici son départ.

Septembre. Octobre. Novembre. Trois mois, ou presque.

Il se mit soudain à penser à Ellen Börge. C'était comme s'il avait son visage devant les yeux. Dix-huit ans. Ils n'en savaient pas plus aujourd'hui que dix-huit ans auparavant. Deux cent seize mois. Tu travailles bien sur un meurtre de femme, avait demandé Angela. Mais sur quel meurtre ? Quelle femme ? Il ne pouvait pas renoncer, laisser tomber le cas d'Ellen. Son visage lui était revenu devant celui de Paula. Il avait senti qu'il travaillait également sur le meurtre d'Ellen, qu'il n'avait peut-être jamais cessé de le faire, et que cela avait contribué à rendre sa tâche plus lourde, son engagement plus profond. Un échec. Ç'avait été un échec. Il avait commis une erreur à l'époque. Si seulement il pouvait trouver laquelle. S'il pouvait seulement comprendre, se rappeler. Avant de laisser tout ça. Avant de partir au soleil.

— Nous allons la résoudre, cette affaire, répondit-il après un court moment de silence entre Vasastan et Nueva Andalucía.

— Tu te sens vraiment si sûr de toi ?

— Non. Si.

— Mon Dieu !

— Alors on fait comme on a dit ?

— Mais *comment* faisons-nous, Erik ? Je rentre avec les filles dans seulement quatre jours et d'ici là, il faut que nous ayons pris une décision. D'ici deux jours en fait. Ils ne m'accordent pas plus.

— Nous avons déjà pris notre décision, répondit-il.

Le soleil avait plus rapidement que jamais fini sa course. Il réalisa qu'il avait froid. Sa veste était restée là-haut dans son bureau. Encore une ou deux heures auparavant, on était à près de vingt degrés mais avec le crépuscule, le mois de septembre avait rejoint l'automne à grands pas.

Il traversa Drottningtorget. Un journal du jour, ou datant de la veille, voletait, emporté par le vent, dans la direction du canal. Il pouvait distinguer un « B » ainsi qu'un « S » venus d'une rubrique impossible à lire. Le journal poursuivit sa route, vers un improbable rendez-vous avec son lecteur.

Winter arrivait à la Gare centrale. On entendait passer une annonce dans les haut-parleurs, d'une voix incompréhensible. Il doit exister une école pour les gens qui parlent dans ces engins-là, pensa-t-il. Une école de l'opacité. Chauffeurs de bus, conducteurs de tramway, annonceurs dans les gares... On avait dû leur faire travailler leur élocution : Attention, on vous tape sur les doigts au cas où les gens comprennent un traître mot de ce que vous racontez.

Il prit à gauche et ressentit un élancement à la cheville. Il avait un gros bleu. Ainsi qu'un léger boitillement.

Halders s'était jeté sur lui la veille alors qu'ils jouaient au foot en fin d'après-midi. C'était leur entraînement physique de la saison. Et pour Halders, pas question d'oublier... Un mois avait passé depuis ce jour où Winter l'avait à peine effleuré devant la porte de la brigade criminelle, mais l'homme était rancunier. Il avait donné un coup de crampon à Winter, puis il avait aussitôt pris la mine innocente du défenseur italien. Comment s'appelait-il, ce briseur de tibias dans l'équipe nationale italienne... Gentile. Claudio Gentile, l'homme qui laissait derrière lui des invalides sur le gazon. L'air candide même après les pires forfaits. On peut dire qu'il portait bien son nom, l'homme de bien, le généreux. Il profitait de ce qu'on lui reconnaissait du talent, tout comme Halders. Ce dernier savait user de son charme, un type bien dans toutes les situations.

— Tu t'es foulé le pied ? lui avait-il demandé.

Winter avait réussi à se relever mais il avait du mal à s'appuyer sur sa jambe. Il avait vu Ringmar secouer la tête.

— Alors on est quittes maintenant ? avait proposé Winter.

— Je ne vois pas de quoi tu parles, avait répliqué Halders.

Tandis qu'il passait devant les consignes, Winter pensait à la face d'abruti de Halders. Un type comme ça serait-il un jour capable de faire équipe avec lui ? Le mot équipier faisait-il même partie de son vocabulaire ?

Il céda le passage à une famille nombreuse qui sortait des consignes au trot, chargée de sacs à dos les dépassant d'une tête au moins. Ils portaient tous les mêmes vêtements, les mêmes visages. Lorsque le haut-parleur se remit à brailler, ils prirent leurs jambes à leur cou. Le train s'apprêtait à prendre le départ pour filer vers Kiruna, Constantinople ou Cracovie.

Ellen Börge était-elle sur le départ ? À moins qu'il n'y ait plus pour elle de départ possible.

Il dut frapper à moult portes avant de se retrouver devant le bureau de renseignements de la gare. C'était la salle la plus petite de la station, alors qu'elle accueillait les dizaines de milliers de voyageurs en quête d'informations. Il y avait sans doute une logique à cela mais Winter n'avait jamais pu la saisir. Il lui était souvent arrivé de faire la queue pendant des heures, pour finalement apprendre dans quelle autre file se placer pour acheter son billet. On se serait cru en Italie, sous un fascisme corporatiste. Dès que possible il s'achèterait sa première Mercedes pour ne plus jamais avoir à faire la queue.

Il se dirigea tout droit vers le guichet, sous le regard acerbe de la foule.

— On fait la queue ici ! lança quelqu'un.

Tant mieux pour vous ! Mais il ne pipa mot. Il fallait être Halders pour répondre ça.

D'un signe de la tête, l'employée lui signifia qu'elle le reconnaissait. Un plan de la ville à la main, elle lui désigna la porte de derrière. Le client qu'elle était en train d'informer, un homme à lunettes noires, vêtu d'une veste de cuir, marmonna quelque chose.

À l'intérieur du bureau, une femme était penchée sur une table couverte de paperasse. Elle leva la tête. Derrière elle, Winter aperçut une multitude de languettes de papier collées sur un panneau d'affichage, à raison de plusieurs épaisseurs. Sans doute y avait-il aussi une logique à cela. La pièce était une sorte de réduit sans fenêtre.

Winter se présenta en lui tendant sa carte de police. La femme, plus âgée que lui d'une dizaine d'années, examina sa carte avant de le dévisager d'un air dubitatif. Il avait déjà rencontré ce type de réaction. Il paraissait trop jeune. Mais ce ne serait pas longtemps un problème.

— Asseyez-vous, je vous en prie, proposa-t-elle.

Winter fit un essai mais la chaise à barreaux, devant le bureau, n'était pas très large. Et puis il avait mal au pied. Ça lançait plus fort quand il était assis.

— Merci, je préfère rester debout.

— C'est à propos d'un voyageur ? demanda-t-elle.

Winter extirpa la photo de sa poche de chemise. La femme posa sur le visage d'Ellen Börge le même regard qu'elle venait d'avoir pour lui. Elle releva les yeux.

— Et vous pensez que nous pouvons la reconnaître ? (Elle scruta de nouveau le visage d'Ellen.) Vous savez, il y en a beaucoup des femmes de ce type.

Winter ne répondit pas. Il la laissa de nouveau regarder la photo.

— En tout cas, sa tête ne me dit rien. Est-ce qu'elle est censée être passée par ici ?

Pour qu'elle soit censée avoir fait quelque chose, il aurait fallu qu'il trouve du sens à tout ça. Mais il était loin de trouver du sens – à quoi que ce soit. Tout ce qu'il voulait savoir, c'était si Ellen Börge avait pu passer par la gare. Et si quelqu'un l'avait vue. Dans ce cas, il restait une chance qu'elle soit au moins en vie. On n'était pas obligé d'abandonner tout espoir. D'entrée de jeu. Il voyait défiler devant ses yeux une église, une croix, une tombe.

— Vous croyez que ça a un sens de la chercher ici ? reprit-elle.

Il eut envie de répondre oui.

— Nous essayons simplement de savoir si elle a pu prendre un train, dit-il. Elle a disparu. Nous sommes à sa recherche.

— En tout cas, sa tête ne me dit rien, répéta l'employée. Quand est-ce qu'elle a disparu ?

Winter lui donna une date approximative.

— Mais elle aurait pu venir ici un peu plus tard, ajouta-t-il.

— Elle se serait d'abord cachée et puis ensuite elle aurait quitté la ville ?

Winter haussa les épaules.

— Alors qu'est-ce que je peux faire pour vous ?

— Montrer cette photo à vos collègues.

— On n'est que trois.

— Faites passer le message. Nous avons distribué des copies à tous ceux qui travaillent à la gare.

— Ça n'a pas dû vous prendre longtemps, dit-elle avec une grimace. On dirait qu'il n'y a que nous qui bossons dans la gare. Tout le monde s'adresse à nous. (Elle désigna d'un geste de la main la porte à laquelle Winter tournait le dos.) Vous avez vu la queue ? Ils viennent tous chez nous.

— C'est peut-être ce qu'elle a fait, elle aussi, répondit Winter en désignant la photo que l'employée tenait toujours à la main.

Elle observa de nouveau le visage d'Ellen.

— Sauf si elle savait déjà où elle allait, dit-elle en relevant les yeux vers lui.

*

Il se trouvait à nouveau dans l'appartement parfait. Rien n'avait bougé, peut-être rien n'avait-il jamais changé de place ici. Christer Börge était assis en face de lui, toujours habillé pareil. La porte-fenêtre était ouverte sur le balcon. Les senteurs d'automne, en cette fin d'après-midi ensoleillée, pénétraient dans la pièce. Cependant il y avait encore autre chose que Winter ne parvenait pas à identifier. Il reconnaissait parfaitement le visage de Börge. L'homme avait eu l'air un peu déçu en ouvrant la porte. On aurait dit qu'il attendait quelqu'un d'autre, ce que Winter pouvait comprendre. Börge vivait sur son espoir. C'était peut-être la seule chose qui lui donnait encore la force de vivre. Il paraissait amaigri, plus mince en tout cas que lorsque l'inspecteur l'avait rencontré pour la première fois. Peu de temps auparavant. Les semaines avaient dû lui paraître des années, un long défilé d'étés indiens.

— Vous avez bien un indice, commença Börge.

— Pour être honnête, non, répondit l'inspecteur.

— Pourquoi ne seriez-vous pas honnête ? demanda Börge, mais sans que Winter puisse déceler le moindre sourire sur son visage. La police n'est-elle pas censée faire preuve d'honnêteté ?

Censée... Il n'y échapperait pas aujourd'hui. Être censé faire ci ou ça. Comme si tout était prévu à l'avance.

Comme si tout se répétait. Peut-être dans vingt ans me retrouverai-je à nouveau assis sur ce canapé. Ellen et Christer seront-ils heureux parents de quatre enfants ? Ellen sera-t-elle rentrée chez elle, chez lui ? Peut-être serai-je devenu un brave père de famille. Est-ce possible ? Non. Oui. Non.

— Alors il arrive que les gens disparaissent comme ça ? demanda Börge. Qu'est-ce que c'est que cette foutue société où les gens peuvent disparaître sans laisser de trace ?

Il n'avait pas haussé le ton. Étonnant. Malgré la violence de ses propos, Christer avait gardé ce ton monocorde du type qui demande qu'on lui passe la crème pour le café, merci.

— On se croirait en... en..., continua-t-il, mais sans parvenir à trouver ses mots.

Uruguay, pensa Winter, Argentine ou Chili.

— Il vaudrait mieux que vous évitiez de revenir. Je ne comprends pas pourquoi vous ne pouvez pas poser vos questions par téléphone, si vous en avez. (Il regarda Winter.) Des questions je veux dire. (Pas l'ombre d'un sourire là non plus.)

— Comment était-elle dans les jours qui ont précédé sa disparition ?

— Ça, vous me l'avez déjà demandé. (Börge pointa du doigt vers le carnet que Winter tenait à la main et sur lequel il n'avait encore rien écrit.) Vérifiez voir.

Pas le moindre sourire, juste une remarque anodine. Börge remua légèrement sur le sofa, d'imperceptibles mouvements qui rappelaient des tics, mais qui pouvaient simplement traduire son inquiétude. J'en fais sans doute autant, pensa Winter.

— Il y a des choses qui méritent qu'on y revienne. Nous allons travailler ensemble à cette affaire. Puisque nous voulons tous deux savoir ce qu'Ellen est devenue.

— Oui, oui, c'est sûr, répondit Börge.

Il se leva brusquement, traversa la pièce et referma la porte qui donnait sur le balcon.

— Ça s'est rafraîchi, déclara-t-il en regardant dehors.

— Comment était-elle ? demanda Winter.

Börge se retourna. Winter apercevait les toits des immeubles à l'arrière-plan. Tout à coup le soleil surgit de derrière un nuage et la tête de Börge se découpa, telle une ombre chinoise, sur le fond de lumière intense que le soleil venait de répandre de l'autre côté de la rue. L'homme se retourna de nouveau, comme s'il cherchait le soleil, et Winter put le voir de profil. Cette silhouette, il serait amené à se la rappeler, bien des années plus tard.

Börge revint s'asseoir. Winter avait le soleil dans la figure et se protégea les yeux de la main.

— Vous voulez que je tire les rideaux ? proposa Börge.

— Non, non, c'est déjà fini.

Le soleil se cachait de nouveau derrière un nuage. Dans quelques minutes il serait définitivement parti.

— Vous étiez en train de me poser une question, dit Börge.

— Ellen. Y avait-il quelque chose de spécial...

— Oui, oui. Comment elle était. Elle était en pleine forme. Les jours précédents ? Eh bien, on n'est pas toujours d'une humeur égale, non ? Il y a des jours où... vous voyez ce que je veux dire ? C'est comme ça pour tout le monde. Ça ne vous arrive pas, à vous ? Moi, oui.

— Se montrait-elle inquiète ? Agitée ?

— Pas plus que... d'habitude.

— Que voulez-vous dire ?

— Là aussi, nous avons déjà évoqué le sujet. Ce problème d'enfant. Des choses comme ça.

— Avait-elle déjà parlé de partir en voyage ? demanda Winter.

Börge ne répondit pas.

— De partir un moment. Seule.

— Pas sans valise, dit Börge, le visage toujours impassible.

— Et vous n'êtes jamais allés ensemble à l'hôtel Revy ?

— J'ignorais tout de cet hôtel.

— Pourtant Ellen le connaissait.

— Vous vous êtes trompé de personne.

— Non.

— Ellen ne serait jamais descendue dans un endroit pareil. Jamais.

Il regardait à nouveau l'inspecteur. Le soleil avait maintenant disparu. La pièce s'était brusquement assombrie. Il aurait fallu allumer. Winter distinguait à peine les traits du visage de Börge. D'un autre côté, ce dernier n'avait pas changé de physionomie. Il paraissait incapable d'en changer jamais.

— On ne se rappelle que ceux qui sont comme nous, continuait-il. Chaque pays possède son propre type. Chez nous on a les yeux bleus, les cheveux blonds. Pour un étranger, on se ressemble tous. Regardez en Afrique ! Un employé d'hôtel en Afrique noire est incapable de faire la différence entre deux étrangers qui viennent le voir à la réception. Même chose en Chine.

— On l'a reconnue à l'hôtel...

— Et ça veut dire quoi ? Un réceptionniste à moitié soûl ? Ou bien ivre de sommeil ? Je ne parierais pas lourd sur ce genre de témoignage. Et vous ne devriez pas le faire non plus. (Il se pencha en avant. Winter vit de près son visage vide de toute expression, sans la moindre trace de nervosité.) Vous est-il arrivé de penser qu'elle n'avait peut-être jamais mis les pieds là-bas ?

— Si.

— Bon. Très bien alors.

Börge se renversa en arrière.

— Quelle est votre idée là-dessus ? s'enquit Winter.

— Sur quoi ?

— Sur l'endroit où Ellen peut bien se trouver.

Börge ne répondit pas.

— Sur ce qui a pu lui arriver.

Börge ne répondait toujours pas. Il tourna de nouveau la tête, comme si quelqu'un avait appelé tout à coup d'en bas, dans la rue. Le ciel, au-dessus des toits d'en face, était d'un bleu intense. Winter eut soudainement très envie de sortir et de s'en aller par là, du côté bleu du ciel.

140

— Je l'aime, dit Börge. (Il se retourna vers l'inspecteur.) Et elle m'aime aussi.

Elle sentit un souffle de vent lui passer sur la nuque, comme si quelqu'un respirait derrière elle, se tenait tout près et respirait d'une haleine glacée.

Elle se retourna. Personne. Elle voyait le vent tirer sur les cimes des arbres de l'autre côté du jardin d'enfants, comme s'il cherchait à leur arracher les branches. Deux ou trois rafales et les arbres s'agitèrent comme pris d'une intense douleur. Puis tout fut terminé, on entendit à nouveau les oiseaux chanter. Peut-être aussi un rire d'enfant, depuis l'aire de jeux où ils étaient deux à se balancer maintenant. En attendant la fin de la bourrasque, ils étaient restés immobiles, les jambes tendues en avant comme pour mesurer la température, ou la force du vent. L'un d'eux avait perdu une chaussure, c'était la fillette. Le garçon avait sauté de la balançoire et brandi la chaussure au-dessus de sa tête en disant à la petite quelque chose qui l'avait fait rire, mais son rire disparaissait, englouti par le vent.

Elle dépassa le square. Le chemin pour piétons s'arrêtait quelques mètres plus loin, à la hauteur du lotissement. La ville s'étendait en contrebas de l'immeuble où elle vivait. Elle aimait cette vue et marchait volontiers jusqu'ici à l'heure où le soleil répand ses rayons obliques. Elle profitait ainsi d'une large perspective sur la ville où elle habitait. Elle pouvait voir combien son relief était tourmenté. Avec toutes ces buttes, ces hauteurs, ces roches. Et combien l'eau partout la cernait, pas seulement à l'ouest, du côté de la mer. Le soleil se couchait dans la mer à présent. C'était la fin d'une claire journée, il était donc un peu étonnant que le vent se mêle tout à coup de rafraîchir l'atmosphère. Peut-être fallait-il s'attendre à un changement de temps. Elle leva de nouveau la tête vers le ciel mais ses yeux ne rencontrèrent rien d'autre qu'un bleu profond. Aucune menace de ce côté-là.

Alors qu'elle s'avançait vers la porte de l'immeuble, elle sentit de nouveau un souffle dans le cou. Elle se retourna, vit les cimes des arbres flotter au-dessus du hangar à voitures. Ce n'était plus qu'un doux balancement, très léger, pratiquement imperceptible. C'est ce qui lui vint à l'esprit, un rythme, quelque chose que l'on sent avant même de l'entendre.

Comme elle reprenait sa marche en direction de la porte, elle vit quelque chose remuer, juste à la limite de son champ visuel. De quoi s'agissait-il ? Elle tourna les yeux de ce côté-là, mais c'était fini. Elle avait perçu comme un... tressaillement là-bas. Quelque chose de noir ou de brun. Et qui semblait bouger. Pourquoi se préoccupait-elle de ça ?

Parce qu'elle n'avait jamais rien vu de tel auparavant.

C'est normal de réagir quand on voit quelque chose pour la première fois, se dit-elle. Il n'y a pas d'inquiétude à avoir.

Pourtant elle s'inquiétait.

Là !

Quelque chose avait bougé entre l'arbre et le garage à vélos. C'était comme si l'on s'était *précipité* d'un endroit à l'autre en un éclair. Mais c'était impossible. Il est temps que tu rentres à la maison. La nuit commence à tomber. C'était peut-être l'ombre d'un oiseau. Elle leva de nouveau les yeux vers le ciel. Pas un oiseau. Le ciel était encore plus bleu, d'un bleu qui virait presque au noir. Elle sentit le parfum de l'automne autour d'elle – un vrai parfum, quelque chose de plus délicat qu'une odeur, de plus doux. Et qui renfermait beaucoup d'arômes différents.

Maintenant elle sentait une odeur de tabac.

Et ce mouvement qui reprenait !

Derrière l'arbre !

Elle fut prise de panique. Comme si ses poumons venaient de se vider subitement. Elle avait du mal à respirer. Ne voulait pas regarder de ce côté-là, sur la droite. Je vais marcher aussi vite que possible. Ce ne serait pas bon que je me mette à courir. Bon pour qui ? J'aurais donc peur de me rendre ridicule ? Elle entendait le raclement de ses propres chaussures à même le gravillon. La porte était encore à cinq mètres. Peut-être sept. Mon Dieu, comme il me tarde de l'entendre se refermer derrière moi. Se refermer pour toujours. Elle avait oublié qu'elle n'arrivait pas à respirer. Elle avait envie de crier. Mais il n'y avait personne ici pour entendre ses cris. L'immeuble semblait vide, comme abandonné. Ces fenêtres toutes sombres. Pourquoi est-ce que personne n'a allumé la moindre lampe ? Elle agrippa l'épaisse poignée de porte mais celle-ci restait figée comme dans un bloc de roche. L'escalier derrière la vitre semblait également noir comme de la roche. Le code, quel était le code ? J'ai oublié le code ! Cinq... un... non ! Cinq... cinq... Elle se voyait dans la longue vitre de la porte, son visage se détachait comme une ombre plus claire dans tout ce noir. Cinq... sept... tr... Elle vit qu'une ombre se glissait derrière son dos ! Encore ce souffle d'air. Son cœur s'emballa tout à coup dans sa poitrine, un petit animal sauvage qui se serait mis à donner coups et ruades pour tenter de s'échapper de là. Je ne me retourne pas. Ne te retourne surtout pas ! Elle pressa les touches, pressa, pressa, pressa de nouveau cinq-huit-huit-cinq !

9

Nous nous retrouverons un jour. C'était au moins la centième fois que Winter lisait ces mots. *Nous nous retrouverons un jour.* Il voyait les tremblements de la main, de cette main-là, maintenant que les experts avaient bien attesté qu'elle avait tremblé.

Nous nous retrouverons un jour.

La main reposait sur la table, un moulage de celle qui avait écrit ces mots venus de Dieu sait quel enfer. Si l'on voyait les choses comme ça. On n'avait peut-être pas le choix. Paula n'avait pas eu vraiment le choix.

Un oiseau vient de passer devant la fenêtre et bientôt je serai pareille à cet oiseau. Pensez à moi quand vous verrez un oiseau, n'importe lequel. Je pense à vous, maintenant et pour toujours.

— C'est à pleurer, dit Ringmar en levant les yeux de la copie qu'il tenait à la main.

— Ne te gêne pas.

— Ça me soulagerait.

— Ses derniers mots, commenta Winter.

— A-t-elle écrit de son plein gré ?

Winter ne répondit pas. Il venait de voir passer un oiseau dans le ciel. Un oiseau, n'importe lequel. Il n'était pas très calé sur ce sujet.

— Erik ? Tu en dis quoi ? Est-ce que c'étaient ses mots à elle ?

— Qui peut savoir ? À part elle-même... et le meurtrier.

— L'oiseau. Ça pourrait être un symbole, non ?

— Dans ce cas les parents n'ont pas su le déchiffrer, fit remarquer Winter.

— Et toi ?

— Pour moi, c'est la fuite. La fuite et la liberté.

— ...dont elle était privée, ajouta Ringmar. Tout ce qui pour elle était hors de portée.

— Peut-être pas.

— Que veux-tu dire ?

— Elle serait pareille à l'oiseau, écrit-elle. (Winter leva les yeux après avoir longtemps fixé quelque chose sur le plateau de la table.) Ce devait être sa fuite. Et sa liberté.

— Ce n'était pas son choix, dit Ringmar.

Winter ne répondit pas. Il jeta un œil par la fenêtre mais plus aucun oiseau ne passait par là. Il faisait gris dehors. Il tombait une pluie fine, c'était le début de l'automne, la mauvaise saison avait maintenant pris ses quartiers.

— Ce n'est pas elle qui a choisi de s'asseoir sur une chaise dans cette foutue chambre pour écrire sur la liberté. Et l'amour. On a décidé pour elle.

— Tu as peut-être raison, répondit Winter.

— Et la corde autour du cou ? Est-ce qu'elle a eu le choix ?

— Au début peut-être, prononça Winter. Mais elle a fini par se laisser persuader.

— Persuader ? Par le meurtrier ?

Winter ne répondit pas. Cette pensée l'effrayait. Voilà où il en était. L'impensable.

— Il l'aurait persuadée qu'elle devait mourir ? Ton heure est arrivée, Paula. Confirme-le par écrit.

Winter ne répondait toujours pas.

— Et tu crois qu'elle a pu se laisser convaincre ?

— Continue, dit Winter.

— Il aurait réussi à la convaincre qu'elle se sentirait mieux une fois morte ?

— Mieux ? demanda Winter. Elle n'allait pas bien ?

— Supposons qu'elle n'était pas satisfaite de sa vie. Qu'elle ait voulu s'en aller. Faire autre chose. S'échapper. Elle voulait jouir d'une autre liberté. Elle voulait peut-être *devenir* quelqu'un d'autre.

— Répète, dit Winter.

— Supposons...

— Non, ce que tu as dit en dernier.

— Elle voulait peut-être devenir quelqu'un d'autre, dit Ringmar.

— Oui. C'est ça. Elle allait devenir quelqu'un d'autre. Il ferait d'elle une autre personne.

— Bon sang, Erik.

— Elle pourrait fuir, s'en aller très loin. Il devait l'y aider.

— Mais qui ? Qui allait-elle devenir ?

— Une partie de lui-même, répondit Winter.

— *Une partie de lui-même.*

Ringmar garda le silence. Il réfléchissait aux paroles de Winter. Il savait qu'il s'agissait là de leur routine. Les mots pouvaient signifier beaucoup, ou rien du tout. Il espérait que ceux qui venaient d'être prononcés n'avaient aucun sens. Que Winter se trompait. Dans le cas contraire, même s'il n'avait approché la vérité que de très loin, cela pouvait signifier qu'ils n'en étaient qu'au tout début de cette affaire.

— Qui peut-il bien être ? dit Ringmar. Un prédicateur ? Un prédicateur dément ? Une sorte d'ange maléfique ? (Il éternua subitement comme pris d'allergie à la simple mention du mot prédicateur.) Est-ce qu'on va devoir visiter les sectes ?

— Je ne sais pas.

— Ça veut dire quoi ? C'est bien toi qui as lancé cette l'idée, non ! ?

— Je ne me suis pas vraiment penché sur son cas à lui, mais plutôt sur celui de Paula.

— Elle n'était pas religieuse, reprit Ringmar. Pour autant qu'on le sache. Pas profondément religieuse. (Il sortit un mouchoir pour s'essuyer le nez.) Elle allait s'asseoir de temps en temps sur un banc d'église avec sa copine, mais c'était surtout pour se mettre au calme.

— Ça peut prendre des formes différentes, dit Winter.

— La religiosité ?

— Oui. Ça n'a pas forcément de rapport avec Dieu.

— Tu veux dire ?

— Je crois que nous avons sérieusement besoin d'une pause café, conclut Winter.

Cet après-midi-là, Winter avait rendez-vous avec Birgersson. Le patron se tenait comme à son habitude devant la fenêtre entrouverte. Il y avait tout juste assez de lumière, filtrant à travers les persiennes, pour pouvoir se déplacer dans son bureau. Depuis toujours Birgersson s'était tenu là pour regarder les volutes de fumée s'échapper et se disperser dans la direction du stade. Il avait gardé cette habitude même après avoir arrêté de fumer. C'était comme une sorte de position-fantôme : Birgersson gardait à la main une cigarette qui ne s'y trouvait plus. De la même façon qu'il était commissaire principal, mais plus pour très longtemps. Winter, qui devait lui succéder l'année suivante, occupait déjà ces fonctions. Rien ne changerait vraiment, sinon sur le papier. Winter ne reprendrait sans doute pas ce bureau. Vu le tabagisme de Birgersson, il faudrait bien sûr le passer entièrement à la javel, mais ça ne suffirait pas. Les murs resteraient imprégnés. Et la cigarette, c'était mauvais pour la santé, contrairement au cigare...

— Si tu veux fumer, ne te gêne pas Erik, proposa Birgersson depuis la fenêtre. Mais tu le sais bien.

— Ça me gênerait de le faire ici, répondit Winter. Tu le sais bien, Sture.

Le rire de Birgersson fusa, lui raclant le fond de la gorge. On aurait dit que l'on venait de déverser une pelletée de gravier au beau milieu de la pièce.

Winter regarda la silhouette imposante de Birgersson se découper sur la lumière pâle. Une silhouette familière. La première fois qu'il était entré dans ce bureau, c'était comme inspecteur assistant. Il avait oublié pourquoi. Mais il avait vraiment eu peur. Comme souvent quand on est jeune. Ça lui manquait parfois. Il pouvait bien se permettre une petite trouille de temps en temps, maintenant que ça devenait rare. Mais ce n'était pas très sain.

— Comment ça tourne, cette affaire de donzelle ? s'enquit Birgersson en se tournant de nouveau du côté de la place Ernst-Fontell.

Il observait le trafic en bas, au pied du commissariat, le va-et-vient, les uniformes, les voitures de police, les voitures privées, les tenues en civil, des hommes, des femmes et des vieillards en chapeau. Comme s'il s'était senti personnellement responsable de la sécurité de tout ce petit monde, comme s'il avait pris sur lui de les surveiller.

— Tu as vérifié du côté des cinglés ? continua-t-il.

— On est en train de le faire.

— Il y en a de plus en plus, remarqua Birgersson. (Il se retourna vers Winter. Son visage était flou dans cette lumière grise, comme s'il n'était déjà plus vraiment là.) À l'époque où j'ai commencé dans le métier, on pouvait les appeler en une matinée. Avant le déjeuner c'était fini, on les avait tous eus au bout du fil.

— Je sais, Sture.

— Il n'y en avait pas des masses. J'avais toute la clique dans mon Filofax. (Birgersson désigna son bureau d'un signe de tête.) C'était avant l'ère du téléphone portable. Avant l'internet. Une époque formidable.

— D'après moi, les cinglés ne sont pas loin de penser la même chose, répliqua Winter.

— Oui, oui, nous avons peut-être des moyens plus puissants aujourd'hui. D'un autre côté, les cinglés sont dix fois plus nombreux dans les rues. Je me trompe ?

— Mmm.

— Alors c'est qui, notre cinglé, dans cette affaire ?

— Je ne sais pas. Pas encore.

— Une vieille connaissance ?

— Je crois... que non.

— Tu as l'air d'hésiter sur ce coup-là.

— Tu te rappelles Ellen Börge ?

— Ranime un peu les vieux souvenirs...

— Une femme disparue. Il y avait quelque chose de louche. On n'a rien pu trouver. Elle n'a jamais refait surface.

— Börge ?

— Oui.

— Je me souviens de ce nom.

— Bravo.

— J'ai de l'âge, mais je ne suis pas encore complètement gâteux.

— Même hôtel, même chambre.

— Nom de Dieu !

— Ellen, si c'était bien elle, avait passé une nuit là-bas juste avant de disparaître.

— Et ensuite ?

— Eh bien... c'est tout. Le fait est qu'Ellen n'a jamais été retrouvée. Elle n'est jamais rentrée... à la maison.

— Tu viens d'hésiter pour la seconde fois.

— Je ne pense pas qu'elle avait très envie de rentrer.

— Chez elle ? Dans son propre appartement ?

— Oui. Et puis chez son mari.

— Tu te rappelles bien cette histoire, Erik. Ou tu viens juste de te rafraîchir la mémoire ?

— J'ai jeté un œil au dossier. C'était une de mes premières affaires, tu comprends.

Birgersson opina de la tête.

— Non résolue, ajouta Winter.

— Et que tu aimerais résoudre maintenant, conclut le commissaire principal.

— Non, non, je t'assure.

— Méfie-toi Winter. J'ai déjà vu ça chez d'autres au cours de mes longues années à la brigade. Mais chez toi aussi. Ce sentiment d'inachevé qui vous ronge, pour une affaire que vous croyez avoir ratée. Même si l'affaire est morte et enterrée, vous soufflez dessus pour essayer d'en ranimer les braises. (Birgersson se tut un instant, comme pour méditer sa métaphore.) Voilà qu'arrive une affaire toute fraîche et vous vous mettez à faire des recoupements.

— Je n'ai rien cherché, répondit Winter. J'ai seulement dit qu'il *existe* des similitudes.

— Ça date d'il y a vingt ans.

— Dix-huit.

— Et voilà ! Tu manies la pelle à charbon. Fais simplement attention que ça ne t'éloigne pas du cas Paula Ney.

— Ne m'insulte pas, Sture.

— Non, non. Pardonne-moi Erik. Mais tu vois très bien ce que je veux dire.

— Mmm.

— Un cinglé qui a fait quelque chose avec Ellen Börge il y a dix-huit ans et qui remet ça avec Paula Ney ? Il aurait attendu presque une génération ? Ce serait du jamais vu. On n'a jamais vu ça.

— Il faut bien une première fois, répondit Winter.

— Tu te moques de moi, Erik ?

— Jamais.

— Trouve-nous donc ce foutu dingue.

— Il est peut-être répertorié là-dedans, fit remarquer Winter en désignant l'antique agenda qui reposait sur le bureau de Birgersson. Tu les as tous, les tarés de l'époque.

— Décidément tu ne veux pas lâcher prise.

— Tu me le prêtes ? demanda Winter.

En sortant de chez Birgersson, Winter réalisa qu'il avait encore oublié d'aborder la question de son congé. Il retourna sur ses pas. La porte était restée entrebâillée. Il aperçut son patron, de dos, qui regardait par la fenêtre. Winter frappa à la porte et pénétra à l'intérieur. Birgersson se retourna violemment, comme si on lui avait donné une claque dans le dos. Son visage n'était plus le même. Il y avait là quelque chose que Winter n'avait jamais vu auparavant. Des larmes sur le visage du vieil homme. Winter eut l'impression d'avoir pénétré par effraction dans le domaine privé de Birgersson.

— Bon sang, mais qu'est-ce que tu veux encore ?

— Excuse-moi, Sture. Je repasserai.

— Entre donc et ferme la porte derrière toi, répondit Birgersson en sortant un mouchoir de sa poche. (Il se moucha d'une main et désigna de l'autre un fauteuil.) Bon sang, je fais un rhume des foins, c'est la même chose chaque année au mois de septembre, ajouta-t-il en prenant place en face de Winter. J'ai les yeux qui n'arrêtent pas de couler.

Peut-être essaie-t-il de se mentir à lui-même, songea Winter.

— Il est arrivé quelque chose ?

— Arrivé ? Quoi donc ?

— Sture. Tu as tellement fumé dans ta vie que tu n'as plus rien à moucher dans les narines. Et même si ce n'était pas le cas, il y a quelque chose. Tu n'es pas obligé de m'en parler. Mais ne compte pas sur moi pour rester là à faire comme si de rien n'était. Je suis trop vieux pour ça. Et toi aussi.

— Tu n'es pas vieux, Erik. Pas encore.

Winter ne répondit pas.

— Je suis vieux, reprit Birgersson. C'est mon dernier automne. Après ça, Dieu sait ce qui m'attend. J'étais en train d'y penser au moment où tu es entré. Et tout à coup une larme est arrivée. Rien de prévu. (Il s'efforça de sourire.) C'est l'âge. Quand on devient vieux, on ne contrôle plus ses humeurs corporelles. Je ne peux plus trop m'éloigner de la pissotière. Le mouchoir, c'est pareil on dirait.

— Tu as essayé les cathéters ? demanda Winter.

— Laisse-moi prendre ma retraite avant, répliqua Birgersson.

— Est-ce que ça nous est déjà arrivé de parler d'autre chose que du boulot ?

— Pourquoi tu me demandes ça ?

— Parce que c'est important.

— Pour qui ?

— À la fois pour toi et pour moi, je pense.

— Eh bien moi je n'ai pas la même façon de penser, dit Birgersson, en laissant fuir son regard.

Si l'on y regardait bien, on pouvait encore voir des traces de larmes dans ses yeux, et Winter regardait bien. Il savait aussi que Birgersson était un homme seul. Il refusait de croire que toute la vie de son chef tenait *là*, entre les quatre murs de ce bureau, et pourtant il avait parfois l'impression que c'était bien le cas. Birgersson ne parlait jamais de l'autre face de sa vie. Personne ne savait à quoi elle ressemblait. Il n'invitait jamais à y pénétrer. Peut-être était-il en train d'en payer le prix maintenant, ici, devant cette fenêtre, durant ce dernier automne.

— Je connais un endroit très bien, très clair, dit Winter. On y va ?

— Qu'est-ce que tu veux qu'on aille faire là-bas ? Pleurer de conserve ? Impossible, surtout si c'est bien éclairé.

— On va juste parler un peu.

— Je te le répète, je ne crois pas à ce genre de choses.

Ils ont fait leur temps, se dit Winter, les hommes qui ne croient pas à « ça ». Qui restent murés dans leur silence.

— Fais comme moi, dit-il.

— Quoi ?

— Prends un congé. Laisse tomber le boulot pour un moment.

— Répète ? Tu veux que je prenne un congé à six mois de la retraite ? (Birgersson riait pour de bon cette fois.) Et c'est toi qui dis ça ? Le commissaire Winter prêchant le congé sabbatique. Pour la deuxième fois de suite.

Birgersson se leva brusquement de son fauteuil, il devait se sentir plus vulnérable assis, plus vulnérable aux mots.

— Il me reste trois mois, dit Winter.

— Et que vont dire les autres ? C'est contraire à toutes les règles non écrites.

— Je me contente des règles écrites, Sture.

Winter pensa aux autres, Ringmar, Halders, Bergenhem, Aneta Djanali, Möllerström, et à ses autres collègues, supérieurs et subordonnés... Les sentiments seraient mitigés.

— En plus de ça, tu as une affaire sur les bras. Si on ne la résout pas, ce sera peut-être un congé pour tout le monde.

— On va la résoudre, assura Winter.

— En moins de trois mois ?

Winter ne répondit pas.

Birgersson pointa du doigt le Filofax.

— Tu viens de le dire : parfois on n'a pas assez de dix-huit ans.

— On ne sait pas si la disparition d'Ellen Börge était d'origine criminelle, répondit Winter. Une simple disparition. Là, c'est toi l'as dit.

— Je ne te reconnais pas, Erik. C'est une idée d'Angela, cette histoire de partir en Espagne ?

— Non. Ça vient de moi.

— Mais pourquoi ?

— Je pensais qu'on aurait pu en parler dans cet endroit très bien.

Fredrik Halders et Aneta Djanali regardaient la vidéo.

Ils observaient la femme blonde aller et venir, s'en aller puis revenir.

— Les lunettes de soleil, c'est génial comme camouflage, déclara Halders.

— Sans compter la perruque, observa Aneta Djanali.

— C'est une perruque ?

— Oui.

— J'suis incapable de voir ce genre de truc. Il faut être une femme.

— Oui.

— Tu t'en rendrais compte, toi, si je portais une perruque ? En admettant que tu ne me connaisses pas.

— Oui.

— Et tu pourrais encore m'aimer si je portais une perruque ?

— Non.

— Pourquoi ?

— Aucune femme ne peut aimer un homme à perruque.

— Pourtant les femmes en portent bien, non ?

— C'est différent.

— Pourquoi portait-elle une perruque ? demanda Halders en pointant du doigt vers l'écran d'où la femme avait disparu. Pour se cacher, tu crois ?

— De qui ?

— De nous, bien sûr. Elle ne veut pas être reconnue. Du coup : perruque et lunettes noires.

Aneta Djanali repassa de nouveau la vidéo. Une, deux fois.

— Je ne comprends pas pourquoi elle aurait déposé la valise si elle... avait su ce qui devait arriver à Paula, ou du moins que Paula ne viendrait pas la chercher elle-même.

— Continue, dit Halders.

— D'abord, pourquoi la déposer ? Pourquoi déposer une valise qu'un complice devrait ensuite retirer ? En s'y prenant plus ou moins ouvertement. Ça ne colle pas.

— L'autre alternative, c'est qu'elle ait agi pour le compte de Paula. Pour lui rendre service.

— Dans ce cas, pourquoi ne s'est-elle pas manifestée à nous ? demanda Aneta Djanali.

— Toujours la même bonne vieille raison, dit Halders. Elle a peur.

— Peur de qui ?

— De tout.

— Est-ce que quelqu'un la menacerait ?

— Peut-être.

— Le meurtrier ?

— Probable.

— Dans ce cas il y aurait un lien, d'une façon ou d'une autre, entre cette femme et le meurtrier.

Halders ne répondit pas. Il examinait de nouveau la femme sur l'écran. Il y avait quelque chose qui clochait dans sa façon de marcher. Elle ne boitait pas mais on aurait dit qu'elle faisait des efforts sur elle-même pour éviter de le faire. Une drôle de démarche. Indépendamment du fait que la mauvaise résolution hachait tous les mouvements. Cela tendait plutôt à accentuer boitillements et autres problèmes du même ordre.

— Ce serait elle, la meurtrière ?

Halders se tourna du côté d'Aneta Djanali.

— Tu as dit ?

— Elle aurait elle-même commis ce meurtre ?

Halders regarda encore la femme. Elle se déplaçait comme si, chaque fois, elle posait le pied sur une marque peinte au sol, et suivait un chemin bien tracé. Il compta ses pas.

— Non, répondit-il. Elle n'a jamais tué personne.

Aneta Djanali suivit son regard.

— Qu'est-ce que tu regardes comme ça, Fredrik ?

— Tu vois comment elle marche ? Tu ne trouves pas qu'il y a quelque chose de bizarre ?

Aneta lui demanda de faire repasser la séquence une nouvelle fois. La femme opéra son aller-retour.

— Si, finit-elle par dire.

— Rapport à quoi ?

— Ça viendrait plutôt des pieds.

Halders examina les pieds de la femme. Elle portait des bottes sombres, probablement des bottes en cuir, qui ne semblaient pas très confortables.

— Des bottes trop serrées ?

— Peut-être, dit Aneta Djanali.

— Sinon quoi d'autre ?

— Un problème de pied. Ou d'orteil.

— D'orteil ?

— On dirait qu'elle a mal aux orteils. (Elle se tourna vers Halders.) Ce genre de problème gêne toujours la marche.

Halders hocha la tête.

— J'ai déjà entendu dire que quand on a perdu le gros orteil, on ne peut plus marcher du tout, ajouta-t-il.

— Manifestement elle peut le faire, dit Aneta Djanali en désignant le moniteur. Mais elle a sans doute un problème d'orteil.

— Tu crois qu'elle a quel âge ? demanda Halders.

— Et toi ?

Halders chercha à déchiffrer les traits du visage, ou tout au moins ce qu'il pouvait en percevoir. Et ça ne faisait pas beaucoup. Ils n'avaient pas de gros plan. Cependant il y avait quelque chose dans sa façon de se mouvoir qui indiquait plutôt la femme mûre. Indépendamment de sa démarche.

— La trentaine bien sonnée.

— Peut-être même plus de quarante ans, ajouta Aneta Djanali.

10

Ils avaient trouvé un endroit très bien, très sombre. Comme le souhaitait Birgersson.

— Au cas où j'aie encore la larme à l'œil.

Birgersson parcourut la salle du regard et indiqua les banquettes en cuir, en retrait du bar. Au-dessus, était accroché un tableau qui ne représentait rien de particulier – en tout cas impossible de distinguer quoi que ce soit depuis l'entrée. Une fois installé, Winter reconnut la mer qui bouillonnait à l'intérieur du cadre. Ou peut-être était-ce un champ, un bois ou une grande ville vue de très loin.

— Il est quelle heure ? demanda Birgersson en jetant un œil vers le comptoir où le barman était alors occupé à essuyer un verre.

Excepté un homme assis au bar, ils étaient les seuls clients.

— Quatre heures et quart, répondit Winter.

— Alors pour moi, c'est un demi de brune et un verre d'aquavit.

— Est-ce que le chiffre quatre aurait des vertus magiques ? demanda Winter.

— Je ne sais pas s'il a quoi que ce soit de magique, mais quatre heures, ça commence à être bien pour une petite picole.

— En général je préfère attendre sept heures.

— Pour du whisky, d'accord. Le mal de crâne à quatre heures de l'après-midi, je préfère éviter.

— Le mal aux cheveux, ça vient après, remarqua Winter. Mais tout dépend de la qualité.

— La qualité, c'est toujours ça qui prime.

— On commande ?

Birgersson semblait avoir déjà écopé d'un mal de crâne. Il se frotta la paupière en jaugeant le verre d'aquavit qu'on venait de lui servir dans une flûte

Winter but une gorgée de sa bière.

Birgersson rabattit sa main sur la table et jeta un œil autour de lui.

— Je n'avais jamais mis les pieds ici, commenta-t-il. Un de tes repaires ?

— Non, non.

— Jamais on ne s'était assis comme ça, tous les deux en tête à tête dans un bar en ville.

— On dit qu'il y a un début à tout.

— Qui dit ça ?

Winter se contenta de sourire.

— Mais il faut toujours tout essayer au moins une fois, ajouta Birgersson. À part l'inceste et la danse folklorique.

— Et ça, c'est de qui ?

— Un vieil adage de chez moi.

— Et tu viens d'où, Sture ? Tu n'en as jamais parlé.

— Tout a disparu. Il n'y a donc rien à en dire. (Birgersson leva son verre d'aquavit.) Ça n'a pas l'air mauvais.

Winter leva son verre de bière. Il avait un instant pensé prendre un whisky, mais on était encore loin de sept heures. Et comme un whisky entraînait toujours un second...

Birgersson prit une lampée et fit « aahhh » avant de reposer le verre et d'inspecter à nouveau les lieux.

— On n'est pas mal ici.

— C'est pour ça qu'on est venus, dit Winter.

— Tu as une famille qui t'attend à la maison, si je ne me trompe pas ?

Winter se mit à rire.

— Vous venez bien d'avoir un deuxième enfant ? continua Birgersson.

— Ça va faire un an, répondit Winter.

— C'était pas une petite fille ?

— Si. Elle s'appelle Lilly.

— Lilly ? Ça fait un peu mamie. Plutôt inattendu pour une gamine de douze mois.

— Elle deviendra un jour une mamie, répondit Winter.

— Mais bon, c'est joli comme prénom.

— Je trouve qu'il lui va bien, déjà maintenant.

— C'est comme Sture, tu me diras, conclut Birgersson.

Winter ne put s'empêcher de sourire.

— Ils sont tous restés sur la côte sud de l'Espagne pour encore une petite semaine.

— Ah ! ah !

— Tu y es déjà allé ? demanda Winter.

— Sur la côte sud ? La Costa del Sol ?

Winter opina. Birgersson était une légende à de nombreux égards au commissariat, et ce qu'il faisait en dehors restait un mystère. Personne n'avait la moindre idée de la façon dont il passait ses congés solitaires. Si même il partait seul. Birgersson n'avait jamais eu de famille, du moins pas autant qu'on le sache, mais la solitude peut revêtir plus d'un visage.

— C'est bien possible.

La réponse inévitable : une réponse ambiguë.

— Tu es le bienvenu là-bas cet hiver, poursuivit Winter. Ou bien ce printemps.

— Vas-y doucement, Erik. On n'y est pas encore, aux beaux jours.

— Est-ce qu'on y arrive jamais ?

— Tiens, ça ne sent pas la joie. Tu ne nous ferais pas un petit coup de déprime ? demanda Birgersson.

— Je ne crois pas.

— C'est déjà un signe que tu me croies déprimé.

— Le printemps finit toujours par arriver, répondit Winter. Tu préfères ça ?

Birgersson eut un sourire.

— Tu fais un drôle de diable, Erik Winter.

— Est-ce qu'on n'est pas tous comme ça ?

— C'est le boulot qui déteint, constata Birgersson.

— Peut-être. Mais, dès le départ, on était un peu décalés.

— Pour ne pas dire dérangés. Regarde Halders.

— Il s'est beaucoup calmé, objecta Winter.

— Tu veux dire depuis que tu lui as flanqué une raclée ?

— Tu t'en souviens ?

— Comme si c'était hier.

— C'était à l'automne, dit Winter, à la fin de l'été plus exactement.

— On était jeunes à l'époque ! s'exclama Birgersson. Allez santé !

Il avala d'un trait et reposa le verre.

— J'ai donné mon accord pour ton congé, reprit-il.

— Merci, Sture.

— Mais c'est notre ami le Directeur régional de la police criminelle qui décide. Comme tu le sais.

— Je n'ai jamais eu de problème avec Leinert, remarqua Winter. Et puis il me doit bien ça.

— Pourquoi est-ce qu'il te devrait un congé ?

— À cause de toutes les heures sup qu'on ne m'a jamais payées. Tu sais comment ça se passe.

Birgersson resta silencieux.

— Halders pourra prendre le relais, continua Winter. En cas de nécessité.

— Halders, mener une enquête ? Tu crois que c'est une bonne idée ?

— C'est le procureur qui la mène. Tu ne savais pas ça, Sture ?

Birgersson souriait jaune.

— Oui, à partir du moment où l'on a un coupable présumé. C'est le cas dans cette affaire ?

— Non, reconnut Winter.

— Conclusion : c'est Halders qui conduirait tout, je ne me trompe pas ?

— Ce ne serait pas avant le 1er décembre.

— Molina sera déjà entré dans la danse, c'est ça que tu veux dire ?

— On en sera peut-être déjà tous sortis, objecta Winter.

— Tu auras tout élucidé ?

— Nous aurons tout élucidé.

— Bien, bien.

Birgersson examina son verre d'un air soucieux, comme s'il ne devait plus jamais le voir plein.

— L'heure est venue pour Fredrik maintenant, déclara Winter. Il est plus que mûr pour ce poste.

— Et c'est toi qui me dis ça ?

— On évolue.

— Tu parles pour qui ? Pour toi ou pour lui ?

Winter aperçut deux jeunes gens qui poussaient la porte et traversaient la salle pour aller s'installer à une table voisine. Ils devaient avoir le même âge qu'Halders et lui-même à l'époque où ils s'étaient rencontrés.

— S'il doit me remplacer... éventuellement me remplacer, il faudrait l'en informer dès maintenant, suggéra Winter.

— Le problème, c'est qu'il risque de réclamer qu'on le fasse passer commissaire, répondit Birgersson.

— Eh bien... fais-le.

— Alors là, j'ai vraiment besoin d'un verre, dit Birgersson en détournant le regard du côté du bar.

— J'en ai parlé avec Bertil, continua Winter. Il n'y voit pas d'inconvénient. Au contraire.

— Bon, bon, dit Birgersson.

Winter suivit son regard et fit un signe au barman qui hocha la tête. Birgersson leva deux doigts et le barman opina de nouveau.

— Futé, ce gars-là.

— Ils sont tous futés, dit Winter.

— Tu ne serais pas un pilier de bar ?

— Ça faisait un moment que je n'avais pas entendu cette expression.

— Ou bien *king in the bar*, comme disent les jeunes d'aujourd'hui.

— Seulement les jours de paie.

— Ton salaire suffira bien pour payer l'addition, dit Birgersson.

— D'après les souvenirs qu'Halders a gardés de son séjour à Chypre, dans les forces de l'ONU, les soldes des officiers britanniques suffisaient à régler la note de tout un mess.

— Bien sûr, fit Birgersson. Mais c'est sans compter les fortunes perso. Comme pour toi.

— Rien de bien conséquent, objecta Winter.

— Tout dépend à quoi on compare.

— Comparé aux ressources des officiers anglais.

— Tu continues à t'acheter des pompes sur mesure à Londres ?

— Seulement quand je me commande un nouveau costume.

Birgersson éclata de rire. L'homme qui était assis au bar ne bougea pas d'un poil. Deux femmes à une table près de l'entrée tournèrent la tête. L'endroit avait commencé à se remplir durant le dernier quart d'heure.

Deux nouvelles bières et un deuxième verre d'aquavit atterrirent sur la table.

— Ça nous fait quelle heure maintenant ? demanda Birgersson.

— Cinq heures moins le quart. Pourquoi ?

— Encore un quart d'heure et ce sera l'heure bleue.

— Mmm.

— Je la manque presque toujours, l'heure bleue. (Birgersson leva son verre de bière et le contempla d'un air méditatif.) En général je suis penché sur un rapport d'enquête rédigé dans une syntaxe imbitable, impossible à déchiffrer à moins d'avoir des dons de voyance.

— Réjouis-toi de toutes les heures bleues qui t'attendent, Sture.

Birgersson ne répondit pas. Son regard sembla glisser au loin, quelque part, à travers les volutes de fumée bleue qui commençaient à s'élever dans la salle.

Puis il planta ses yeux dans ceux de Winter.

— Sois honnête, Erik. Tu ne commences pas à te lasser de toute cette merde ?

— Seulement quand j'en ai jusqu'au cou.

— C'est bien parti, déclara Birgersson. Tu n'as pas remarqué combien ça devient difficile de remuer les bras ?

Il leva le bras à l'oblique. Le verre se retrouva pris dans un rayon de lumière qui descendait du toit et l'alcool se colora presque instantanément.

— Une fois, quand j'étais encore un bleu, tu m'as dit que ce combat-là, on ne pouvait pas le gagner, mais qu'on devait le mener jusqu'au bout, dit Winter.

Birgersson prit une gorgée et reposa le verre en grimaçant légèrement.

— J'ai dit ça ? Moi ? (Winter hocha la tête.) Ça devait être quand les drogues dures ont débarqué. Quand on s'est tapé l'héroïne.

— Non, encore avant.

— Ah bon... ah... Et qu'est-ce que tu en as pensé ?

— Ce n'était pas précisément encourageant, dit Winter.

Birgersson ne répondit rien, il avait repris ce visage fermé, cette mine peu encourageante dont Winter n'était que trop familier.

— Et en même temps, ça m'en a donné, du courage.

— J'étais sûrement dans un mauvais jour quand je t'ai dit ça. Peut-être une gamine de douze ans qu'on venait de retrouver battue à mort.

— Mis à part ta phrase, j'ai tout oublié de cette journée-là.

— À l'évidence, je te parlais sérieusement en tout cas.

— Ce n'est pas dans tes habitudes de plaisanter avec ça, Sture.

— La nécessité de se battre, hein ? Oui, c'est vrai.

— C'est un peu ça qui finit par lasser, expliqua Winter. Toute cette merde. Parce que finalement on ne peut pas appeler ça autrement.

— Et il y en a un paquet, approuva Birgersson en levant son verre de bière. Ça monte très haut, jusqu'au ciel. Santé à tous ces commissariats de merde qui recueillent la merde. Occupez-vous de ça ! Policiers de merde.

Winter leva son verre et trinqua, sans vraiment comprendre ce que son chef entendait par là.

— La seule raison pour laquelle je supporte encore un petit merdeux comme toi, c'est que tu ne veux pas devenir cynique, ajouta Birgersson.

Winter ne savait pas comment interpréter ce dernier terme. Il redoutait parfois de virer au cynisme. Quand on travaille dans ce segment de marché, au sein de ce monde et de cette humanité-là, on devient nécessairement cynique. Imbécile ou cynique. Quelquefois les deux.

— Un cynique, ça ne réfléchit plus, reprit Birgersson, comme s'il avait lu dans les pensées de Winter. Le cerveau fonctionne en mode automatique.

— On aimerait bien parfois, commenta Winter.

— Ah que non, mon garçon ! Ça, c'est pas toi.

— C'est pas toi non plus, Sture.

Birgersson explosa de rire. L'affreux raclement de gorge interrompit la conversation à mi-voix des deux jeunes gens de la table d'à côté. Ils lancèrent un rapide coup d'œil à cet homme aux rides profondes, en chemise blanche, le col défait et les manches retournées sur les avant-bras.

— Non, reprit Birgersson, au bout de trente secondes. Qui aurait l'idée de me traiter de cynique ?

Qui aurait l'idée de taxer Fredrik Halders de cynisme ? Pas mal de monde, et plus exactement toute personne ayant pu entrer en contact avec lui.

Il pensait avoir suffisamment de bonnes raisons pour voir la vie sous cet angle-là, et pas seulement du fait de sa profession. Il se trouve cependant qu'il y a des gens qui opèrent des changements positifs dans leur vie, et Halders avait la chance d'en faire partie. Il considérait ça comme de la chance. Il savait de quoi il retournait et n'avait pas l'intention de laisser son cœur devenir de glace avant même d'avoir vu grandir ses enfants.

Halders se retrouvait une fois de plus dans l'appartement de Paula Ney. Qu'est-ce que je suis en train de chercher ici ? Encore une photo ? Non. Il tendit l'oreille. Ce n'était pas le vent qui soufflait dehors, ni le crépitement de la pluie contre les vitres, pas non plus le bruit des voitures sur le rond-point d'en bas, devant la place du Doktor-Fries. Ni le bruissement de la nature, ni les rumeurs de la ville. Ces dernières, il n'avait pas besoin d'y prêter attention, elles étaient enregistrées dans son cerveau après toutes ces années à courir les rues, à les sillonner en voiture, à inspecter les immeubles, les parcs, partout où poser le pied. Halders regarda ses pieds, placés l'un devant l'autre, comme s'il était en marche pour se jeter par la fenêtre. Dehors, les nuages étaient gris, il fallait voler très haut pour atteindre le bleu du ciel. Paula s'était-elle envolée tout là-haut ? Pour ensuite redescendre ? Halders regarda autour de lui en quête d'une réponse. Le linceul de plastique était toujours en place. Le silence était le même. Il tendit l'oreille à nouveau, mais cette fois n'entendit aucun bruit. Il savait qu'une réponse l'attendait ici. Peut-être plusieurs. Des réponses nécessaires, tragiques. Dans ces réponses, il n'y aurait rien qui puisse rendre le monde plus beau, plus heureux ou mieux aimant. L'essentiel, c'était de lutter.

Ce matin-là était plus clair, comme si le ciel nu avait éprouvé une dernière fois le besoin de tout montrer. Winter gara son vélo, l'attacha et se dirigea vers l'entrée. Un rapace tournait haut dans le ciel au-dessus du commissariat. L'oiseau se détachait à gros traits noirs sur le bleu du ciel. Il fondit brusquement pour disparaître derrière le bâtiment.

Winter prit l'ascenseur et monta à l'étage au-dessus du sien.

Torsten Öberg l'attendait dans son bureau. En traversant le couloir du service de la police scientifique, Winter entendit le claquement d'un flash dans deux ou trois salles. Il sentit une odeur piquante. Une femme le dépassa avec un gros sac en plastique à la main. Plutôt lourd apparemment.

— Il va falloir attendre quelques jours avant d'avoir la réponse du Labo central, annonça Öberg avant même que Winter ait eu le temps de s'asseoir.

Ce dernier hocha la tête. Il se remémora la corde. Le nœud. La tache de sang qui pouvait provenir de n'importe où... Si c'était du sang.

— C'est toi qui n'as pas voulu prendre la voie prioritaire.

— On nous l'aurait refusée de toute façon, répondit Winter.

Par la fenêtre, derrière Öberg, il voyait la ville se déployer. On était assez haut, la vue s'étendait loin. Il devinait la mer au loin dans la brume de chaleur, au-delà du pont d'Älvsborg qui, vu d'ici, ressemblait à un squelette d'animal préhistorique. Je devrais changer de bureau, songea-t-il, monter d'un étage. Le rapace était de retour, peut-être un épervier. Par un effet de perspective, il paraissait tournoyer juste au-dessus du pont, créature monstrueuse aux ailes de ptérodactyle.

— Nous avons une empreinte, annonça Öberg. De chaussure.

Winter se pencha en avant. Il sentit quelque chose lui passer derrière la nuque, comme un souffle de vent qui se serait soudain engouffré dans la pièce.

— Quelqu'un avait renversé du soda juste devant le casier à consigne, continua Öberg. Ils avaient fait le ménage, mais pas très soigneusement. Ce qui nous arrange bien. Le soda, c'est excellent pour les experts de la police criminelle. Le Pommac a des vertus fixatrices.

— C'était du Pommac ?

Öberg eut un sourire.

— Nous n'avons pas encore terminé nos analyses.

— Une empreinte de chaussure ?

— C'est déjà ça, dit Öberg.

— Il y a beaucoup de chances qu'elle provienne de l'homme que nous cherchons, dit Winter. Tout dépend de quand elle date.

— Elle est récente.

— À combien de jours ?

— Un jour, deux plutôt.

— C'est notre homme. (Winter réfléchit à ce qu'il venait de dire.) Si c'est un homme. Alors ? Chaussure pour homme ?

— Oui... cette empreinte est la seule que nous ayons. (Öberg était en train d'ouvrir le classeur qui se trouvait sur la table entre eux.) D'après ce que j'ai compris, la plupart des hommes portent des chaussures comme celle-là. Ou les ont portées. (Il sélectionna quelques photos et tendit l'une d'elles à Winter.) Tu reconnais ?

Le commissaire examina le cliché. Il n'y voyait qu'une surface irrégulière, un paysage de désert. Au bout de quelques secondes il repéra une sorte de motif. Des rainures. Sur la bordure extérieure, il y avait quelque chose qui pouvait passer pour une lettre de l'alphabet.

Winter leva les yeux.

— Ça te rappelle quelque chose ? insista Öberg.

— Oui vaguement. Mais je ne vois pas ce que ça peut être.

— Ce n'est pas ta marque ?

— Non.

— Mais tout le monde en a porté au moins une fois dans sa vie. Sauf toi apparemment.

— De quoi s'agit-il ?

— Ecco.

— Ecco ?

— Ecco. Tu connais ?

— Naturellement.

— *Ecco free*. Une marque de chaussures extrêmement ordinaire. Du moins il y a vingt ans. Mais on peut dire qu'aujourd'hui elle connaît une sorte de *revival*.

Winter hocha la tête d'un air entendu.

— Pas tout à fait ce qu'on espérait, n'est-ce pas ? fit remarquer Öberg.

En guise de réponse, Winter se pencha une nouvelle fois sur la photo. Le paysage lui semblait moins désertique maintenant. L'image faisait penser à une carte qu'on pouvait peut-être parvenir à déchiffrer.

— En revanche la semelle n'est pas toute neuve, ajouta l'expert. Si nous trouvons une chaussure, nous aurons de quoi faire la comparaison.

— Une semelle d'il y a vingt ans ?

— Non. Même du Ecco, ça ne tient pas si longtemps. (Öberg désigna du menton la photo que Winter tenait toujours à la main.) J'en portais fut un temps.

— Est-ce que les gens continuent vraiment à porter ce genre de chaussures ? demanda Winter, surtout pour lui-même. Ça fait longtemps que je n'en ai pas vu.

— C'est peut-être un avantage pour toi, dit Öberg. Les gens qui achètent encore des chaussures Ecco dans les boutiques en ville doivent se compter sur les doigts d'une main.

— Mmm.

— Mais on a pas mal copié cette marque, pour autant que je m'en souvienne. Pas sûr qu'on le fasse encore. (Il leva les yeux.) À vous de vérifier tout ça.

— Tu n'as rien trouvé de plus devant le casier ? demanda Winter en reposant la photo.

— C'est déjà pas mal.

— On ne sait jamais, répondit Winter en se levant.

— Cette main de plâtre, je n'arrive pas à comprendre.

— Tu n'es pas le seul.

— Plutôt maladroit comme travail.

Winter opina de la tête.

— On a dû utiliser une sorte de moule, ajouta Öberg. Je me demande où l'on peut trouver ce genre de chose.

— Ça ne doit pas courir les rues.

— Avec du plâtre... Normalement on y coule plutôt une sorte de matière plastique. Pour des mannequins par exemple.

— Des mannequins, répéta Winter.

Il ferma les paupières et vit passer devant lui un visage vide de toute expression, ainsi que des membres nus d'une couleur qu'on ne trouve pas chez les êtres humains. Rien d'humain chez les mannequins de cire.

— Il n'y avait pas de trace de plâtre sur sa main, fit remarquer Öberg. Juste de la peinture.

Winter ouvrit les yeux.

— Et rien de nouveau à ce sujet, si je comprends bien.

— Non, une laque satinée tout ce qu'il y a de plus ordinaire. (Öberg se renversa sur sa chaise.) Tu peux la trouver chez n'importe quel marchand de couleurs.

La brume de chaleur au-delà du pont s'était maintenant dissipée. Winter voyait l'embouchure du fleuve s'ouvrir en direction de la mer.

— Sèche et sans odeur au bout de cinq heures, continua Öberg en regardant Winter. Mais c'est allé plus vite sur son corps à elle.

— Appelle-moi dès que tu as des nouvelles du Labo central, dit Winter en se levant. Téléphone là-bas et demande-leur gentiment s'ils ne peuvent pas nous répondre un peu plus rapidement.

— Je parle toujours très poliment, répliqua Öberg.

11

Winter entendait parler autour de lui. Il ne comprenait pas ce qui se disait. C'était un bruit parmi d'autres.

— Erik ? Tu nous écoutes ?

Voix de Ringmar.

Winter sortit lentement de sa rêverie. Il s'était retrouvé ailleurs pendant quelques secondes mais il avait déjà oublié où.

— Je vous écoute.

— Qu'est-ce que je viens de dire ?

— Répète, fit Winter.

— Ça, ça ne marche qu'à l'armée, ricana Halders.

— Est-ce qu'on n'est pas un peu à l'armée ici ? glissa Aneta Djanali.

— Ah non, eux ils portent l'uniforme, observa Bergenhem.

— Ça n'existe pas les militaires en civil ? demanda la jeune femme.

— Si, dans ce cas on appartient à la CIA, répondit Halders.

— Ou au KGB, ajouta Bergenhem.

— Le KGB a été dissous, dit Halders.

— Et ça s'appelle comment maintenant ?

— Commission d'État au meurtre.

— Tout comme chez nous, en Suède ?

— Oui. Même dénomination. Contenu : rien à voir. Là-bas la commission commet des meurtres sur ordre de l'État, ici nous essayons de les élucider.

— Et si on essayait d'élucider notre meurtre à nous ? proposa Ringmar.

— On a commis un meurtre ? fit Halders.

Personne ne répondit. Il y eut comme un soupir du côté de Bergenhem.

— Il y a quelque chose dans son appartement que nous n'avons pas encore vu, reprit Halders.

— C'est quoi ton raisonnement ? s'enquit Ringmar.

— Raisonnement, raisonnement, tu y vas fort, répondit Halders. Ce serait plutôt une idée, ou une intuition, comment dire.

— Dans ton cas, plutôt une intuition, dit Bergenhem.

— Comment ?

— Tu penses à une carte postale, Fredrik ? demanda Winter.

Il pouvait comprendre ce que voulait dire Halders. C'était la même idée, ou intuition, qu'il avait eue lui-même à propos d'Ellen Börge. Il avait manqué quelque chose.

— Pas forcément une carte postale, répondit l'inspecteur. C'est juste un truc que je pressens quand je reste debout au milieu de cet appartement désert de mes deux. (Il regarda autour de lui.) Vous devriez tenter l'expérience aussi.

— Pas tous en même temps quand même, glissa Bergenhem.

— Tu commences à me les casser, répliqua Halders.

— J'y suis resté un certain temps moi aussi, dit Winter. Je vois très bien ce que Fredrik veut nous dire.

— Pas trop tôt, répondit Halders.

— Est-ce qu'on va de nouveau mettre l'appartement sens dessus dessous ? soupira Aneta Djanali.

— Il ne s'agit pas de ça, répondit Halders.

— Il y aurait là-bas quelque chose qu'on n'arrive pas à découvrir ? demanda-t-elle.

171

Personne ne trouva à répondre.

— Je crois qu'on va finir par le voir, ce truc, dit Halders au bout d'un moment. Alors on comprendra.

Winter invita Ringmar dans son bureau. Cet endroit lui devenait insupportable. Il y avait passé trop d'heures, pour pouvoir encore y réfléchir, y donner libre cours à son imagination. Les murs lui bouchaient l'horizon comme ceux d'une prison. Rien ne pouvait en sortir, ils ne représentaient rien de rassurant non plus. Il pensait au bureau d'Öberg. Là-haut on avait de l'espace. On pouvait voir la mer.

Ringmar s'installa à la fenêtre. Il commençait à ressembler à Birgersson.

— J'ai appelé les parents de Paula, dit-il. C'est la mère, Elisabeth, qui a répondu.

Winter hocha la tête.

— Je me demande si elle a réussi à surmonter le choc.

Winter ne fit aucun commentaire. Les grands blessés et les personnes victimes de chocs émotionnels vivaient la même expérience, ils appartenaient d'ailleurs souvent à la même famille. L'impact d'un acte de violence se répercutait souvent sur d'autres membres de la famille. Ils restaient marqués à vie. Pas d'exception à la règle. Même un simple cambriolage vous marquait pour longtemps.

— Et pourquoi tu as appelé ? demandait maintenant Winter.

— Je voudrais retourner les voir, répondit Ringmar. Bientôt.

Winter acquiesça de nouveau.

— C'est comme ce que disait Halders, expliqua Ringmar. Il y a chez eux quelque chose que nous ne voyons pas. Quelque chose qu'ils gardent pour eux. Quand nous pourrons le voir, nous comprendrons.

— Ça ne nous sera pas forcément utile, objecta Winter.

— Et dans ce cas, qu'est-ce qui peut l'être ?

— Tout, admit Winter avec un sourire.

Ringmar regardait par la fenêtre. Winter aperçut des gouttes de pluie sur la vitre. Une pluie légère, à peine audible. En octobre ça tomberait bien plus lourdement : flic-floc-flic-floc contre les carreaux.

— Elle suffoquait presque au téléphone, reprit Ringmar tout en continuant à regarder dehors.

Son profil était éclairé d'une lumière bleutée. Winter observa l'aimable rondeur de son menton, ou alors... un début de double-menton. Il n'y avait pas prêté attention auparavant. De face, ça ne se voyait pas. Le visage de Ringmar avait commencé à s'affaisser, mais cela ne se voyait que sous une certaine lumière, en ombre chinoise.

C'est bien pire chez Birgersson. Et bientôt j'y passerai moi aussi, pensa Winter.

— Pourtant elle n'avait pas l'air d'avoir couru pour remonter de la cave ou je ne sais quoi, ajouta Ringmar.

— Elle ne s'attendait pas à ce que ce soit toi.

— Exactement. Elle ne pensait pas qu'on se manifesterait si vite. (Lorsqu'il se tourna vers Winter, son menton se raidit, s'affina.) Elle s'attendait à quelqu'un d'autre.

— Est-ce que son mari était là ? demanda Winter.

— J'ai demandé à parler avec lui, j'ai inventé un prétexte. Et oui, il était bien là.

— Ils ont de la famille, des amis. Ça pouvait être n'importe qui.

— Je ne sais pas, dit Ringmar. Je ne sais pas.

Winter se leva de sa chaise. Il ne voulait plus rester assis à cet endroit. Plus jamais. Il ferma brusquement les yeux pour éviter de voir la porte, les murs, la table de travail. Il prit son pouls. Il ne se sentait pas très bien. Est-ce que je serais en train de traverser une crise existentielle ? songea-t-il. Je n'ai pas fait de crise de la quarantaine à ce qui me semble. J'ai maintenant quarante-cinq ans, je suis donc à mi-chemin, j'ai droit à ma crise de la quarantaine et de la cinquantaine en même temps.

— On file chez eux, lança-t-il.

— Maintenant ?

— Maintenant.

Tandis qu'ils s'engageaient sur Allén, le soleil brillait entre les nuages, un éclat de lumière dorée à travers les feuilles qui commençaient à changer de couleur. Winter eut l'impression qu'il allait faire un malaise. Ringmar était au volant. Winter baissa la vitre, laissa entrer de l'air. Cela faisait du bien sur le visage. Il y avait dans l'atmosphère une senteur d'automne, un peu humide. Un rayon de soleil vint l'éblouir. Rien de désagréable. Il ferma de nouveau les yeux.

À quand remontait sa première sortie avec Ringmar ? Winter ne parvenait pas à s'en souvenir.

En revanche il n'avait pas oublié leur seconde affaire.

C'est elle qui les avait appelés. Winter avait pris l'appel depuis la voiture. Ils venaient de quitter le commissariat et se trouvaient tout près de chez elle. Elle haletait. Terrifiée. Arrivés devant la porte, ils avaient entendu crier à l'intérieur. Comme ça peut se produire dans les familles. Des cris de femme. Ça ne venait pas de la fille. C'était la mère, ils le comprirent plus tard. La fille refusait d'obéir à son papa. Elle était rentrée tard plusieurs soirs de suite. Elle voulait sortir à nouveau. Son père l'avait corrigée à coups de couteau de cuisine. En fermant les yeux, Winter revit le visage de la fille. Mon Dieu, pourquoi est-ce que je me mets à penser à elle ? Mariana ? Comment s'appelait-elle ? Maria ? Bertil doit le savoir, il retient bien les noms propres, mieux que moi. Mais bon, je ne vais pas lui poser la question. On pensait l'avoir sauvée. Elle était encore en vie dans l'ambulance – arrivée rapidement – je n'en revenais pas. Après ce qu'il venait de faire, le père était ailleurs, parti dans un autre monde. Le couteau avait atterri dans le jardin. La fenêtre était ouverte. On était au deuxième étage. Tout s'était passé dans la cuisine. J'ai retenu jusqu'à la couleur de la nappe cirée, je pourrais encore en reproduire les motifs. Le repas du soir était servi sur la table, ils avaient à peine commencé à manger. C'était

lui qui l'avait questionnée. Où tu vas ? Où tu vas encore ?
Si seulement il ne lui avait pas demandé, avait dit la mère
après coup. Si seulement il avait pu s'en empêcher. Elle
était en état de choc et on ne voyait pas comment elle
aurait pu en sortir. Ce choc, elle ne le surmonterait probablement jamais. Elisabeth Ney non plus.

— Il y a un courant d'air, fit remarquer Ringmar.
— C'est ma fenêtre, dit Winter.
— Tu te nettoies le cerveau ?
— La mémoire. Je me lave la mémoire.
— Bien, fit Ringmar. Rien de plus sain.
— Est-ce que tu as une petite idée de ce que nous
allons demander au couple Ney quand nous arriverons
là-bas ?
— Tu les vois comme un couple, toi ?
— Bonne question, reconnut Winter.
— Et la réponse ?

Winter contemplait le rivage de l'autre côté du
fleuve. Il se couvrait d'immeubles résidentiels et ça continuerait sans doute jusqu'à ce que les balcons finissent
par basculer dans la vase. Les balcons valaient à eux
seuls davantage que le salaire de toute une vie pour un
ouvrier des chantiers navals. Ceux-là mêmes qui avaient
construit des navires à cet endroit, quelques décennies
auparavant. Durant toute son enfance, Winter avait
entendu résonner les outils lorsqu'il traversait le fleuve
à bord du bac. Il avait suivi la construction des navires
du stade de la simple charpente jusqu'à la mise à l'eau.
Il pouvait rester des heures sur la jetée, près du Nouveau
Chantier, pour les voir glisser sur leurs tins avant de s'en
aller du côté de Vinga, loin vers la mer, vers l'équateur,
et encore plus loin, vers le Pacifique sud et l'Australie.

Celui qui passait l'équateur en bateau pour la première fois se voyait offrir un baptême symbolique. Petit
garçon, il en avait souvent rêvé, mais son rêve ne s'était
jamais réalisé. Il avait vécu presque une moitié de siècle,
mais n'avait pas encore passé la fameuse ligne médiane
sur un navire.

— Un couple, il vaut mieux ne pas le considérer en tant que tel, finit-il par répondre. On risque de généraliser.

— Il y en a qui grandissent ensemble, objecta Ringmar.

— Pardon ? fit Winter en se tournant vers lui.

— Pour une partie d'entre eux, les deux époux ne forment plus qu'une seule personne, continua Ringmar. On peut dire qu'ils ont grandi ensemble.

— C'est terrible. Ça signifie qu'avec les années ils deviennent comme des frères siamois ?

— Oui.

— Ils ne peuvent plus aller aux chiottes l'un sans l'autre ?

— C'est comme ça, dit Ringmar. Ça commence de façon insidieuse, sans qu'on s'en rende compte. Et voilà qu'un jour c'est devenu un fait. Plus un pas l'un sans l'autre.

— J'espère que ce n'est pas l'expérience qui parle, Bertil...

— Je conduis tout seul, pas vrai ?

— Ouf.

— Mais il y a là de quoi méditer.

Ils prirent par Kungsten pour éviter les bouchons sur les grands axes. Ils manquèrent de se faire emboutir par un bus. Ils l'avaient vu arriver mais il n'y avait pas assez d'espace pour se croiser. La voiture fit une violente embardée sur le trottoir, suffisamment large à cet endroit. Une chance. Aucun piéton. Une chance. Dans la lunette arrière, Winter vit le bus qui poursuivait son chemin, zigzaguant en direction du rond-point. Ringmar regagna la chaussée.

— Si on avait pris une autre voiture, ce faux-jeton n'aurait pas joué à ça, dit-il.

— J'ai noté le numéro de la plaque.

— Oublie. On n'a pas le temps.

Ringmar tourna pour entrer dans Långedragsvägen. Ils dépassèrent l'école de Hagen. Ringmar prit à gauche à la hauteur du carrefour après le terrain de foot et continua par la rue Torgny-Segerstedts. Elisabeth et Mario Ney vivaient dans un immeuble de Tynnered. Les bâtiments de brique rouge se tenaient comme des remparts face à la mer qui baignait en contrebas le quartier de Fiskebäck. Le vent soufflait toujours très fort à cet endroit.

Ringmar s'arrêta faire le plein chez OK-service.

Winter entra dans la boutique et revint avec le *GT*. Il feuilleta le quotidien et brandit une double-page devant le nez de Ringmar qui était en train de récupérer son reçu à l'automate.

— Ils n'ont pas pris ton meilleur profil ou je me trompe ? dit Ringmar.

— Je pensais surtout au contenu de l'article.

— « LA POLICE SANS PISTE DANS L'AFFAIRE DU MEURTRE DE L'HÔTEL R. », disait le gros titre, au-dessus d'une photo de Winter vraisemblablement en train de tourner les talons après une interview rapide.

— C'est du bon suédois ? fit Ringmar.

— C'est une bonne conclusion ? compléta Winter.

— A priori oui, répondit Ringmar, si l'on excepte les bandes vidéo.

— Et la main, objecta Winter. La corde. Et l'empreinte de chaussure.

— Étonnant qu'ils ne soient pas déjà au courant de tout ça, dit Ringmar. Ton copain du *GT*, comment il s'appelle. Bry...By...

— Bülow, répondit Winter, mais ce n'est pas mon copain.

— En tout cas, d'habitude il flaire à peu près tout. Mais pas cette fois.

— Le grand boss avait bien calfeutré les ouvertures vers l'extérieur.

— En rompant ? dit Ringmar. Tu parles bien de Sållet ?

Winter hocha la tête. Einar Sållet Berkander, ancien Directeur de la police, était sorti avec une jeune femme divorcée, reporter au *GP*, alors qu'il était encore en poste. Il y avait eu des fuites comme chaque fois que Sållet avait parlé dans les bras d'une dame. Ils étaient maintenant séparés.

— N'oublions pas que nous nous aidons souvent de la presse, déclara Ringmar.

— Que nous l'exploitons souvent, tu veux dire ?

— Nous avons besoin d'elle, précisa Ringmar en reprenant son examen de la double-page. Y a-t-il quelque chose là-dedans qui puisse nous être utile ?

— Je ne sais pas, dit Winter, avant de replier le journal et de le lancer sur la banquette arrière.

Ils quittèrent la station-service et entrèrent dans le lotissement. Ringmar gara la voiture. Winter vérifia l'adresse.

Dans l'escalier de l'immeuble, il flottait une odeur de graillon, le genre de plat indifférencié, sans goût. La bonne vieille odeur des cages d'escalier. Aujourd'hui, les senteurs sont bien plus épicées, avec des arômes de tous les pays, parce que les gens viennent aussi du monde entier.

Ringmar sonna à la porte. Personne n'ouvrit. Il sonna de nouveau. Ils crurent entendre un bruit de pas. Ils comprirent qu'on était en train de les observer par l'œilleton.

La porte s'ouvrit de vingt centimètres. Le visage d'Elisabeth Ney apparut.

— Oui ?

— Est-ce que nous pouvons entrer un petit moment, madame Ney ?

C'était bien Ringmar de dire ça. Ils n'avaient besoin d'aucune autorisation...

— Oui... de quoi s'agit-il ?

Ils ne répondirent pas. Ils avaient déjà demandé à pouvoir entrer. Un petit moment, songea Winter. Ça aussi, c'était une façon de parler. Un petit moment pouvait signifier un jour entier.

— Mon mari n'est pas à la maison, précisa-t-elle.

Tiens, on tombe pile au bon moment, ils ne sont pas scotchés, se dit Winter. On a de la chance.

— Ce ne sera pas un problème, répondit Ringmar.

Comment s'y prendre pour questionner une mère sur les relations qu'elle entretenait avec sa fille assassinée ? Pour mener une conversation qui n'est rien d'autre qu'un interrogatoire déguisé...

Winter pouvait voir l'aire de jeu depuis la fenêtre de la cuisine. Une jeune maman poussait sa fille sur une balançoire. L'enfant riait quand elle prenait de la vitesse. Cette expérience lui était familière. Pendant des années, il avait accompagné Elsa au square, et maintenant c'était le tour de Lilly.

Elisabeth Ney devait également repenser à sa propre expérience.

Il n'était sûrement pas très bon pour elle de rester là à regarder par cette fenêtre.

Celle de la salle de séjour convenait mieux, avec sa vue sur la station-service, l'autoroute et la zone industrielle qui s'étendait au-delà.

Ringmar l'avait interrogée sur le long voyage que Paula avait entrepris dix ans auparavant.

— Je ne vois pas en quoi cela peut vous intéresser, répliqua Elisabeth. C'était il y a bien longtemps.

— Ce voyage signifie peut-être davantage qu'il n'y paraît, avança Ringmar.

Elisabeth ne répondit pas. Elle était assise à la table de la cuisine, très raide, comme si elle ignorait ce qu'elle faisait là. Elle aurait pu se trouver n'importe où ailleurs, cela n'avait plus aucune importance.

Winter toussa discrètement.

— Votre mari ne veut pas nous parler de son passé. Elle le regarda.

— Cela ne peut quand même pas avoir de rapport avec... ?

— Nous n'en savons rien, répondit Winter. Pensez-y. Nous ne savons rien. Et c'est la raison pour laquelle nous vous interrogeons.

Nous sommes en train d'investir l'intimité de cette famille, songea-t-il. Il y a seulement une semaine, nous ne savions même pas qu'il existait une famille Ney dans cette ville. Et maintenant nous voulons tout connaître de leur vie.

— Mais je n'ai rien à vous répondre, dit Elisabeth.

— Paula souffrait-elle de quelque chose ?

— Vous m'avez déjà posé la question.

— Quelque chose qui se serait produit récemment ?

— J'ai déjà essayé de vous répondre. Non. Je l'ignore. Mon Dieu, je l'IGNORE.

Winter vit des larmes perler à ses yeux.

Il prit un siège en face d'elle. Jusque-là il était resté près de la fenêtre.

— Pourquoi Paula ne voulait-elle pas que vous ou votre mari rencontriez son petit ami ?

— Pardon ?

— Selon l'une de ses amies, elle voyait quelqu'un. Mais Paula ne lui avait jamais présenté ce garçon.

— Nous n'en savions rien, répondit Elisabeth Ney. Je ne suis pas au courant.

— Non, lui dit doucement Ringmar. Mais comment cela se fait-il ?

— Qui est-ce ? demanda-t-elle, les yeux fixés sur lui. Qui est-il ?

Ringmar regarda son collègue.

— Nous l'ignorons, intervint Winter.

Elisabeth Ney tourna la tête vers lui.

— Vous l'ignorez ? Que voulez-vous dire ?

— Nous ne connaissons pas son identité.

— Alors comment pouvez-vous affirmer que Paula avait quelqu'un ?

— C'est ce que pense son amie.

— Et vous la croyez ?

— Elle semble assez sûre de cela. Mais il nous est impossible de le vérifier.

— Alors que fait-il ? Pourquoi n'a-t-il pas donné de ses nouvelles ? (Son regard oscillait entre Winter et Ringmar.) Qu'est-ce que c'est que ce genre de petit ami, qui ne se manifeste même pas ?

Ils ne répondirent pas.

Tout à coup elle comprit.

Sa main remonta vers sa bouche comme si elle avait voulu la mordre. Winter vit ses yeux se remplir de terreur. Il entendit un rire en provenance de l'aire de jeu, en bas. C'était la petite fille. Le rire n'aurait pas dû s'entendre jusque-là. Il aurait fallu des vitres plus épaisses.

— J'ai pensé que vous... peut-être... qu'elle avait pu vous parler de lui, dit-il. Ou bien que vous auriez pu pressentir quelque chose.

— Paula n'habitait pas ici. Sauf en ce moment, la dernière semaine. Si elle...

La femme s'interrompit alors. Elle remit sa main devant sa bouche.

— Mon Dieu, j'ai dit « la dernière semaine ». Je voulais dire « la semaine dernière ». On se trompe parfois. C'est moi qui fais la remarque d'habitude, lorsque les gens font des maladresses.

Winter hocha la tête. Elisabeth fixa sur lui un regard qui lui parut soudainement vide.

— Je suis enseignante. J'ai donné des cours de suédois et d'histoire en collège. J'ai toujours dit à mes élèves qu'il était très important de soigner son expression. Sans cela, on n'arrive à rien.

— Elisabeth...

— Et voilà que je me retrouve à dire : « la dernière semaine ». (À présent son regard se fêlait.) La dernière ! Et j'avais raison de m'exprimer comme ça ! C'était bien la dernière semaine !

— Madame Ney... Elisabeth...

— C'en est presque comique ! (Son regard s'animait d'une étrange lueur.) J'ai...

— Elisabeth...

Elle venait de sursauter sur sa chaise, comme si un souffle de vent, plutôt que les paroles de Winter, l'avait soulevée, défiant toutes les lois de la pesanteur.

— Elisabeth ? Voulez-vous que nous vous conduisions quelque part ? Auriez-vous besoin de parler avec quelqu'un ? Elisabeth ?

Elle ne répondit pas. Son regard s'était complètement brouillé. Soudain, elle se leva pour traverser la cuisine à l'aveugle, les bras tendus devant elle.

Elle alla s'installer à la fenêtre. Winter et Ringmar la suivirent. La nuit commençait à tomber.

— Je n'entends plus la petite fille, murmura Elisabeth Ney. Ce n'était pas elle qui riait tout à l'heure ?

12

La porte d'entrée s'ouvrit brusquement. Winter entendit tousser. La porte se referma avec un claquement. Toute la cage d'escalier résonna. Quant à Elisabeth Ney, elle semblait ne plus rien entendre. À présent ils se trouvaient tous dans la pièce de séjour. Winter et Ringmar s'étaient assis, Elisabeth Ney se tenait devant la fenêtre et leur tournait le dos.

Aucun son de voix ne leur parvint du couloir d'entrée. Aucun « C'est moi », « Je suis là », ni aucune autre forme de salutation. Juste un bruit de pas.

Mario tressaillit en pénétrant dans la pièce.

— Bon sang ! Mais qu'est-ce que je vois ?

Elisabeth Ney ne prononça pas un mot. Elle ne tourna même pas la tête. Peut-être était-elle encore occupée à écouter la petite fille.

— Bonsoir, Mario, dit Ringmar en se levant.

De l'endroit où il était assis Winter ne distinguait que la silhouette de son collègue. La nuit commençait à tomber et personne ne s'était soucié d'allumer les lampes. Il existait une vieille expression pour désigner ça : laisser venir à soi la nuit. Winter l'avait entendue de la bouche de sa grand-mère. Elle suggérait le bien-être et le repos. Une attente de l'obscurité dans un état de grand calme.

— Qu'est-ce que vous faites ici ?

Winter ne pouvait voir l'expression du visage de Mario.

— Elisabeth ? Qu'est-ce que ces gens font chez nous ?

Elle ne répondit pas. Son regard restait perdu. Ailleurs, peut-être nulle part.

— Elisabeth !

Elle se retourna lentement. Winter pensa un instant se lever pour allumer une lampe, mais il resta assis. Au moment où elle bougea, il distingua parfaitement son visage, éclairé par les derniers rayons du soleil, avant que celui-ci ne plonge derrière l'immeuble.

On dirait un masque, pensa-t-il. Qu'on lui aurait accroché sur le visage pour dissimuler un vide. Non. Un autre visage ?

Peu à peu le regard d'Elisabeth Ney retrouva sa lucidité.

Elle vit enfin son mari. Elle tressaillit, de la même façon que lui, lorsqu'il était entré dans la pièce.

Winter lut la peur sur le visage de la femme.

Il regarda Mario Ney, qui se tenait toujours au même endroit, à un mètre du seuil. Son visage aux traits durs se détachait nettement désormais. Il en émanait la même force que lorsque Winter l'avait vu pour la première fois. Le jour où il était venu lui apporter la nouvelle de la mort de sa fille. Malgré le chagrin, la vigueur était intacte.

— Que font-ils ici, Elisabeth ? (Ney désigna Winter d'un geste.) Je ne savais pas qu'ils devaient revenir.

— Votre épouse l'ignorait également, intervint Winter en se levant. Il ne s'agit que d'une courte visite.

— Et pourquoi ?

— Vous ne voudriez pas vous asseoir un instant ?

— Pourquoi vous n'avez pas allumé ? demanda Ney.

— Nous n'y avons pas pensé, répondit Ringmar.

— Le crépuscule tombe vite, commenta Winter.

— Le crépus... c'est quoi ces conneries ? (Il s'avança rapidement dans la pièce.) Elisabeth ? De quoi vous avez parlé ?

Winter surprit un mouvement de recul chez Elisabeth Ney. Il se demanda s'il résultait du choc, du désespoir, si elle en était arrivée à avoir peur de tout. Ou si ce geste avait un lien avec son mari.

Difficile à déterminer. En tout cas, elle a peur. Bertil doit aussi le voir, mais il doit s'arracher les yeux. Il va falloir qu'on allume, sinon on finira par se heurter dans le noir.

— Vous n'avez pas le droit de vous introduire ici !

— Votre femme nous a donné son accord, répliqua Winter.

— Et ça signifie ?

— Qu'elle y a consenti.

— Ça, c'est ce que je vais vérifier.

— Nous avons également la possibilité de vous convoquer pour un interrogatoire en bonne et due forme, ajouta Winter. Mandat d'amener. Article vingt-trois du code pénal, paragraphe sept.

— Nous savons ce que nous faisons, tempéra Ringmar. Il n'y a pas eu d'effraction.

Ney garda le silence.

— Pourriez-vous allumer quelque part, Mario ? demanda Winter aussi délicatement que possible.

Mario Ney tourna les yeux du côté de Winter. Il lui lança un regard acéré.

— Vous comptez rester longtemps ? Est-ce que je dois vous préparer à dîner ? (Il se prenait à son propre jeu.) On commence à faire les lits ? J'espère que vous avez apporté vos draps.

— Ils sont venus pour Paula, intervint Elisabeth.

On aurait dit une voix qui venait d'ailleurs. Elle résonnait clair et net.

Elisabeth Ney avait quitté l'embrasure de la fenêtre et s'était avancée de quelques pas. Le soleil avait pris des teintes rougeoyantes. À cet instant précis, toute lampe était inutile. La pièce était baignée de lumière.

Mario Ney se tenait toujours debout. Il sembla soudain ne plus savoir quoi répondre.

— Ils essaient de comprendre ce qui a bien pu arriver à Paula, Mario. Ils font leur travail. (Elle regarda tour à tour Winter, puis son mari.) Si cela peut aider... qu'ils viennent nous voir ici... alors on les laissera faire quand ils voudront.

— Oui, oui. (Il semblait s'être affaissé de quelques centimètres.) Quand ils le veulent. Même en pleine nuit.

— Ils cherchent des renseignements sur le petit ami de Paula, dit Elisabeth Ney.

— Quoi ? Tu dis quoi ?

Il avait tressailli de nouveau. Winter n'arrivait pas à déterminer s'il s'agissait d'un mouvement de surprise. La lumière pourpre avait disparu, aussi vite qu'elle était apparue. Désormais l'obscurité avait envahi la pièce.

— Il semblerait qu'elle avait quelqu'un, continua Elisabeth Ney.

Winter se leva rapidement pour allumer un lampadaire à large abat-jour. La pièce se retrouva soudain aussi illuminée qu'une scène de théâtre. Il avait souvent eu l'impression d'être en représentation lorsqu'il interrogeait des étrangers tout en sondant leur visage pour essayer d'en savoir davantage sur leur personnalité. Il lui fallait donner la réplique.

— Nous n'en sommes pas sûrs, précisa-t-il. C'est pourquoi nous vous posons la question.

— Mais vous devez bien le savoir de quelque part, non ? demanda Mario Ney.

Sous la lumière électrique ses traits semblaient plus anguleux, son visage plus brun.

— On s'assied ? proposa Winter.

Mario Ney regarda les meubles comme s'il les découvrait, comme s'il devait pour la première fois prendre place sur un siège.

Il fit un pas et s'effondra dans un fauteuil, avant de se redresser immédiatement.

— Qu'est-ce que c'est que cette histoire... Paula aurait eu quelqu'un dans sa vie ? Et même si c'était vrai... c'était quand ?

— Y avait-il quelqu'un ces derniers temps ? insista Ringmar.

Mon Dieu. Winter regarda Elisabeth Ney. Elle ne paraissait pas réagir aux propos de Ringmar. Elle était de nouveau sans force. Elle se tenait à l'autre bout du sofa, comme prête à se lever à n'importe quel moment.

— Non, dit Mario Ney.

— Sa dernière liaison remonte à quand ? demanda Winter.

Mario Ney ne répondit pas. Sa femme n'entendait pas. Winter perçut le mugissement d'une sirène au dehors, celle d'une ambulance qui passait par là. Il avait songé à en appeler une lorsque Elisabeth Ney, un petit instant auparavant, avait semblé disparaître loin dans ses pensées, loin d'elle-même. Il la regarda. Elle avait l'air de partir à nouveau. Son mari la regarda. Il ne répondit pas au commissaire.

Winter répéta sa question.

— Je ne sais pas, répondit Mario.

— Essayez d'y réfléchir.

— Ça n'a aucun sens.

— Pourquoi ?

— Elle n'avait personne.

— Pardon ?

Mario Ney regarda en direction de sa femme. Elle n'entendait ni ne voyait rien.

— Je n'ai jamais rencontré aucun petit ami, déclara Mario Ney. (Il paraissait avoir du mal à prononcer ces mots.) Jamais.

— Jamais ?

— Vous entendez ce qu'on vous dit ? (Il regarda Winter droit dans les yeux.) Ou bien est-ce qu'on doit vous le répéter dix fois ?

— Paula ne vous a donc jamais présenté le moindre petit ami ? insista Winter.

Mario Ney secoua la tête.

— Mario ?

— Combien de fois faut-il vous le dire ?

Winter regarda Ringmar qui fronçait les sourcils. Elisabeth Ney ne remuait pas d'un pouce sur son bout de canapé. La sirène retentit une nouvelle fois dans l'obscurité grandissante de la rue, elle passait dans l'autre sens maintenant. Winter eut de nouveau l'impression de se retrouver sur scène. Sans texte. Pourtant ses paroles étaient importantes, peut-être décisives. Ses questions surtout. Il improvisa donc en se fondant sur son expérience et sur sa sensibilité personnelle. Sa compassion peut-être aussi.

— Vous en parliez ? reprit-il.

— Là, je ne comprends plus rien, soupira Mario Ney. Qu'est-ce que vous voulez dire par là ?

Winter tourna la tête du côté d'Elisabeth Ney. Il voulait savoir si les parents en avaient déjà parlé ensemble. Mais il attendait que cela vienne d'eux.

— Paula cherchait-elle à en parler ?

— Non, répondit Mario Ney.

— Et aviez-vous envie d'en parler ? Votre femme et vous ?

— Avec qui ? Avec elle ?

— Oui.

— Non... ce n'était pas le cas.

— Pourquoi ?

Mario regarda Elisabeth. Elle ne semblait pas écouter. Elle ne lui était d'aucun secours.

— Elle ne le voulait pas.

— Pourquoi ?

— Pourquoi, pourquoi... Ça en fait des pourquoi.

— Paula était âgée de vingt-neuf ans, reprit Winter. D'après vous elle n'aurait jamais eu de liaison ? Elle ne voulait pas en parler. Vous ne lui avez jamais posé la question. Vous n'en parliez jamais. C'est bien cela ?

Mario Ney hocha la tête.

— Mais vous avez bien dû en parler, Elisabeth et vous ?

— Oui... ça pouvait arriver.

— Vous aviez tous les deux confiance en Paula ? Vous aussi, Mario ?

— Pourquoi nous aurait-elle menti ?

Winter ne répondit pas.

— Il n'y a pas de quoi cacher ce genre de choses. Ce serait plutôt le contraire, non ?

— Que voulez-vous dire ? demanda Winter.

— Vous pouvez comprendre, non ? Pourquoi nous l'aurait-elle caché, si elle avait eu un petit copain ? (Mario regarda sa femme.) Nous n'aurions quand même pas protesté ? Qu'en dis-tu, Elisabeth ? On n'aurait pas été contre ?

Elisabeth éclata en sanglots. Winter n'aurait pas su dire si cela tenait aux propos de son mari ou si cela se préparait depuis quelques temps. Il était convaincu en revanche qu'elle avait besoin de se faire aider, maintenant, par des gens compétents. Il sortit son téléphone mobile de la poche intérieure de son veston pour appeler tout de suite.

Une sirène retentit en bas, sur Vasaplats, une voiture de police. Winter venait de rentrer chez lui. Il avait accroché son manteau, s'était assis dans l'obscurité de l'appartement, avait eu le temps de laisser venir à lui la nuit, avant l'intrusion de la sirène, et maintenant de la sonnerie du téléphone.

Dans le noir, il ne voyait pas l'écran. Ce pouvait être n'importe qui.

— Oui ?

— Salut, toi !

— Salut, Angela.

Le mugissement de la sirène augmenta, le bruit monta le long de l'immeuble et finit par entrer dans la pièce où il se tenait.

— Qu'est-ce que c'est que ce tintamarre ? Il y a le feu ?

— Une ambulance.

— Qu'est-ce que tu étais en train de faire ?

— À l'instant ? Je viens d'arriver. J'ai enlevé mon manteau et je m'apprêtais à ouvrir une bouteille de whisky.

— Il faut d'abord que tu manges, objecta Angela.

— Je suis passé au marché couvert et je me suis pris des côtes d'agneau.

— Tu as fait quoi aujourd'hui ?

— Envoyé une femme à l'hôpital.

Et il lui raconta tout.

La sirène disparut en remontant par Aschebergsgatan, direction l'hôpital Sahlgrenska.

— Cette fille, Paula, elle devait être très seule, commenta Angela.

— Si elle était vraiment seule, dit Winter. Ce qui n'est pas certain. Son amie voyait les choses différemment.

— Tu crois qu'il y a un petit copain caché ?

— Si c'est le cas, on aimerait bien le rencontrer.

— Comment vous allez faire ?

— Persévérer. Et on va finir par le trouver. S'il existe.

— Ça pourrait prendre un bout de temps.

— Oui. Beaucoup de temps. Sans compter les autres pistes. Beaucoup de travail.

— Il me reste encore trois jours ici avant notre retour, dit la jeune femme. Je peux appeler la clinique.

— Quoi ? Pour leur dire quoi ?

— Que je ne peux pas prendre ce boulot, bien sûr. Que tu n'as pas le temps de prendre ton congé parental. Quoique... ça, je ne sais pas s'ils comprendraient.

— Angela...

— J'ai encore le temps d'annuler l'appart également. Ce ne sera pas un problème puisque je n'ai pas encore signé le bail. C'était prévu pour demain.

— Je n'étais pas au courant pour cet appart. Tu ne m'as rien dit.

— J'allais le faire. D'ailleurs, tu vois, c'est fait.

— Dans quel coin ?

— Marbella.

— Balcon ? Terrasse ?

— Quelle importance ?

— On a un projet, dit Winter. On s'y tient.

— Peut-être pas les autres, répondit-elle. Inutile de préciser de qui je veux parler.

Bien sûr que non. Les autres, c'étaient les victimes et leurs assassins, les parents, petits amis, les personnes disparues. Six mois d'hiver sur la Costa del Sol... Un doux rêve. Ou alors une méthode expérimentale : vous laissez une affaire entre les mains d'un collègue en pleine enquête préliminaire... et vous attendez de voir le résultat. Mais peut-être la résolution était-elle proche, ou l'accouchement, le dénouement. Il savait, tout en ne sachant pas. Il avait la même impression que Halders – il y avait là quelque chose qu'ils n'avaient pas vu, pas compris. Lorsque ce serait le cas, Winter pourrait traverser les nues et voler droit vers le soleil.

Une sirène retentit de nouveau dans la nuit et le réveilla au milieu d'un rêve. Il avait rencontré quelqu'un qui lui avait dit qu'il se trompait de chemin depuis le dernier carrefour. Un être sans visage. Aide-moi, avait-il dit. Aide-toi toi-même, avait répondu la voix. Il n'y a que toi qui puisses t'aider. Il voyait se dessiner une sorte de silhouette. Il faut que j'allume une lampe, avait-il pensé. Comme ça, je pourrai voir à quoi il ressemble. Cette voix me semble familière. Je connais cette personne. Si j'arrive à voir ce visage, l'affaire est résolue. J'ai encore le temps de la résoudre avant de faire demi-tour et de retourner au croisement pour prendre l'autre chemin.

En se réveillant, tandis que la sirène hurlait dans la rue, il se souvenait très bien de ce rêve.

Il était allongé, les yeux fermés, sans parvenir à se rendormir. Sur quelle affaire travaillait-il donc lorsqu'il avait rencontré cette silhouette-là ? Le rêve ne le précisait pas. Qui était cet inconnu ? Quoique... ce n'était pas un inconnu.

Winter se redressa sur son lit, encore à moitié endormi. Ce n'était pas une situation inhabituelle pour lui. Son cerveau continuait à travailler pendant qu'il dormait, qu'il rêvait. Mais les rêves pouvaient-ils lui indiquer la bonne direction ? Il n'en savait rien, toujours rien.

Il n'avait jamais vu ce visage.

La sirène s'évanouit dans la nuit. Winter se pencha sur le côté et saisit sa montre-bracelet qu'il avait posée sur la table de chevet. Trois heures et quart, on approchait de l'heure du loup.

Il savait qu'il ne parviendrait pas à se rendormir avant d'être allé boire un verre d'eau et peut-être même d'avoir fumé sur le balcon. Ce ne serait pas la première fois. Et il ne serait pas tout à fait seul dehors. Sur un balcon de l'autre côté de Vasaplats, il avait plusieurs fois repéré le rougeoiement d'une cigarette ou d'une pipe. Toujours à la même heure.

Le parquet était souple et doux sous ses pieds. Il l'avait poncé lui-même sur toute la surface de l'appartement durant une semaine de congé, quelques années auparavant, puis il avait passé trois couches de vernis successives la semaine suivante. Ensuite, il était directement parti pour une destination ensoleillée, encore tout ivre de poussière de bois et de vapeurs toxiques. En vacances, il avait troqué cette ivresse-là contre un état d'ébriété léger mais quasi permanent.

Il s'était déjà baigné à l'heure du loup, mais sur une plage au bord de la Méditerranée, ça avait un tout autre air. La lune était plus grande.

Angela n'était pas plus belle sur cette plage-là. Elle était belle sous n'importe quelle lumière, à n'importe quelle heure du jour ou de la nuit.

À l'époque, ils n'habitaient pas encore ensemble. Mais cela ne devait pas tarder. Le parquet, c'était un signe. Il ne voulait plus être seul. La solitude avait cessé d'être pour lui cette amie fidèle, qu'on garde pour la vie. Il en avait pris conscience alors qu'il manœuvrait la machine à poncer sur son parquet de célibataire.

Et voilà que Winter marchait dessus. Et trébuchait sur des jouets ici ou là.

Dans la cuisine, il se servit un grand verre d'eau à la carafe dans laquelle nageait une tranche de citron. La sirène mugit encore une fois. Cette journée était en passe de battre tous les records. Pourtant, il n'avait pas entendu parler d'accident grave. Ni d'épidémie soudaine. Il était assis à la table de la cuisine. Il essaya un instant de ne plus penser à rien. En vain. Il pensait à Mario Ney.

Qu'en serait-il une fois passé le premier choc ? Pour sa femme, c'était clair depuis la veille au soir.

Qu'allait-il advenir de Mario Ney à ce moment-là ? Qu'en était-il en ce moment même ? Il y avait chez lui un problème sans rapport avec ce choc. Il refusait tout échange avec un thérapeute. Le seul avec lequel il était obligé de parler, c'était Winter. Et lorsque cela se produisait, il laissait bien trop de blancs dans la conversation. C'étaient comme des trappes. Quelque chose, chez les Ney, relevait d'un grand secret bien sombre. Comme dans beaucoup de familles. Pourtant cela ne conduisait pas nécessairement au meurtre. Le secret de la famille Ney s'était-il soldé par un meurtre ? Directement ou indirectement ? Winter pensa à Paula. Il parvint à se représenter son visage. Un visage solitaire, pour ainsi dire. Mais tous étaient solitaires, visages, corps, vies. Il fallait traîner sa vie du mieux qu'on pouvait. Winter avait rencontré suffisamment de personnes qui n'y arrivaient pas pour en rester persuadé jusqu'à la fin de son existence. La vie était un fardeau. Il n'y avait que les imbéciles pour penser le contraire. Les gens ne tenaient pas le coup. Non, je ne suis pas devenu cynique. J'y crois encore. Parfois je crois même en Dieu, il m'arrive d'aller à l'église. Vous connaissez beaucoup de cyniques qui font ça ?

Winter ne croyait pas au diable. Il croyait dans les gens. Ce qui pouvait revenir au même. C'était le problème dans son métier. Des visages, des corps, la vie. Comme ce qu'il vivait avec Angela, les enfants, les collègues. Et pourtant. L'Enfer. Les faits parlaient d'eux-mêmes. Une femme sans vie dans cette fichue chambre d'hôtel d'une ville à la périphérie du monde. Mon Dieu, cette main blanche. Il y avait là un message qu'il ne parvenait pas à déchiffrer. Aucun des doigts ne pointait dans une direction particulière.

Et pourtant il était convaincu qu'il finirait par savoir. Par trouver, sinon la réponse, du moins des éléments de réponse, une partie de la solution de l'énigme. Ça finissait toujours comme ça. Il tremblait rien que d'y penser. Il redoutait déjà ce qu'il risquait d'apprendre.

Pourquoi est-ce que je me retrouve dans un pareil état d'esprit ? Comment est-ce possible ? Quel est ce pressentiment ? Je préfère ne pas savoir, se dit-il en consultant la pendule au mur de la cuisine. Voici l'heure du loup.

Au moment où il traversait le parc de Heden à vélo, une équipe jouait une partie de foot matinale. Le doux soleil de septembre tiédissait l'air et semblait arrondir les contours de la ville, à l'image de cette balle, qui... atterrit près de lui et rebondit droit sur sa roue avant.

— Par ici le ballon, Winter !

Il leva les yeux.

Le gardien de but lui fit un signe de main. Winter le reconnaissait maintenant, ainsi que deux ou trois autres joueurs vêtus d'un maillot bleu. Les policiers de réserve firent une pause dans leurs activités kamikazes. Mais le mot pause avait un sens très relatif pour cette bande-là. Avec eux, c'était toujours du sérieux. Beaucoup allaient se retrouver blessés sur le terrain durant la prochaine demi-heure : genou dans le ventre, coudes enfoncés dans la rate, coups de crampons sur les chevilles.

— Ce serait préférable pour votre santé que je le garde ! leur cria Winter en s'emparant du ballon.

— Hé, mec, fais attention que ta cravate ne se prenne pas dans les rayons ! lança l'un des joueurs.

Il y eut quelques ricanements.

Winter ne portait pas de cravate ce jour-là, ni même de veste ou de manteau. Mais il avait sa réputation.

Sans un mot, il renvoya la balle sur le terrain.

— Dis à Halders que c'est quand il veut, ajouta le joueur.

Nouveaux ricanements.

Winter savait ce qu'il entendait par là. Le service d'investigation avait eu son équipe sportive, mais ça n'avait duré que dix minutes. Halders avait protesté contre une décision de l'arbitre en lui donnant un coup de pied au cul. L'équipe avait été exclue et Halders suspendu pour quatre ans.

— Il faudra attendre encore deux ans, répondit Winter.

— Il sait où nous trouver !

— Vous lui manquez, les gars ! leur déclara le commissaire.

— Tu peux venir jouer avec nous si ça te tente, Winter !

— J'y penserai.

Quelques rires fusèrent à nouveau. De joyeux drilles, ces hommes de réserve.

Alors qu'il rangeait son vélo devant le commissariat, Winter rencontra Ringmar qui venait de garer sa voiture.

— Je devrais prendre exemple sur toi, lui dit ce dernier.

— Il suffit de s'y mettre.

— Pas si simple.

Ils se poussèrent pour laisser passer une voiture de police. Le collègue qui se trouvait au volant les salua d'un signe de main. Nous formons une seule et même grande famille, songea Winter. Et nous n'avons pas de secrets les uns pour les autres.

Il sourit.

— Qu'est-ce qui te fait sourire ?

— Rien, Bertil.

— Ça ne se fait pas de sourire en l'air.

— Je pensais simplement que, dans ce métier, nous formons comme une grande et joyeuse famille.

— Oui, c'est assez formidable.

— Et comment va notre famille de Tynnered ? Tu es passé à Sahlgrenska ?

— Elle dort. Elle était toujours sous l'effet des médicaments.

— Comment s'est passée la nuit ?

— Plutôt calme. Elle n'a pas dit un mot.

— Tu crois qu'elle le fera un jour ?

— Parler ? Je n'en sais rien, Erik.

Ringmar se poussa de nouveau pour laisser passer une autre voiture de police. Le conducteur leur adressa

195

un signe de main. Le passager aussi. Ringmar et Winter également.

— Elle a peut-être quelque chose à nous dire, reprit Ringmar en suivant des yeux la voiture qui tournait maintenant pour s'engouffrer dans Skånegatan.

— C'est sa façon à elle de nous le dire.

— Mmm. Ou de ne pas nous le dire.

Cette sensation d'être suivie. Suivie-à-la-trace. D'où provenait-elle ? Elle devait bien être fondée ?

La sensation d'un souffle de vent sur la nuque, comme une haleine froide et humide.

Quand elle se retourna, elle constata qu'il n'y avait pas de vent. Rien, sinon l'ordinaire d'une journée comme les autres. La réalité quotidienne. Et pourtant il y en avait une autre. Une réalité qui lui échappait totalement.

Quelque chose qu'elle ne reconnaissait pas.

Là ? Y avait-il quelqu'un là-bas ? Quelqu'un debout en train de la regarder au moment où elle passait ?

Quelqu'un s'était-il posté devant sa maison ? Sa porte ?

La veille au soir, elle était restée à la fenêtre pour regarder dehors. Toutes lampes éteintes. La faible lumière extérieure formait un halo jaunâtre, comme une pellicule qui se serait déposée sur la nature automnale. Une voiture remontait la côte. Elle vit les phares balayer la route avant que ses occupants ne puissent l'apercevoir elle-même. La voiture entra dans le parking couvert. Quelqu'un en sortit pour rabaisser la lourde porte de garage, puis s'en alla de l'autre côté, en direction des immeubles qui semblaient sur le point de dévaler la colline. Parfois on ne les voyait qu'à moitié, parfois pas du tout. Il lui était souvent arrivé de penser que tous ces bâtiments auraient peut-être préféré se trouver en bas au centre de la ville, plutôt que d'être juchés là-haut. C'était plutôt amusant comme pensée.

Cela n'avait rien d'amusant en revanche de rester là, dans le noir, à regarder bêtement dehors. Suis-je devenue hystérique ? Est-ce que ce... cette chose m'aurait rendue peureuse ? Je commence à avoir peur de tout. Y compris de moi-même. Je ne devrais peut-être plus habiter ici. Je devrais peut-être quitter la ville. Des villes, il y en a d'autres. Des pays aussi, si je veux partir.

Là !

Un visage.

Mon Dieu, ce n'est pas ça.

Qu'est-ce donc ?

Je ne vois plus rien.

Quand tu regardes fixement cet arbre, tu te dis que ça pourrait être aussi bien n'importe quoi. Il pourrait se mettre à marcher. Il pourrait avoir... un visage. Ton imagination pourrait en faire n'importe quoi.

Le téléphone se mit à sonner. Chez elle ! Elle tressaillit. S'apprêta à fermer le rideau qu'elle avait tenu très fort sans même s'en rendre compte ! Elle vit les phares d'une voiture derrière la butte, on aurait dit les projections de deux lampes de poche, puis plus rien. Elle entendit une sirène. Sans doute une ambulance en route pour Sahlgrenska.

Elle se dépêcha d'aller répondre au téléphone.

— Allô ? Allô ?

Aucune réponse à l'autre bout du fil. Pourtant la communication était bonne : elle entendait un bruissement pareil à celui du vent.

— Allô ? Qui est à l'appareil ? Allô ?

Elle perçut à nouveau le mugissement de la sirène dehors, en train de s'éloigner.

Mais elle l'entendait également ici. À l'intérieur.

La sirène hurlait en fond sonore à l'autre bout de la ligne.

Un message attendait Winter sur son bureau.

Au moment où il allait frapper, il entendit tousser derrière la porte,.

Birgersson était assis à son bureau. Ce qui n'était pas dans ses habitudes.

— Assieds-toi, Erik.

— Je crois que je vais me mettre à la fenêtre pour changer.

Le patron ne sourit pas.

— J'ai eu une conversation avec Mario Ney il y a une demi-heure.

— Alors ?

— Il prétend que Ringmar et toi, vous avez poussé sa femme à la crise de nerfs.

— C'était son expression ? *Poussé* ?

— Que s'est-il passé ? demanda Birgersson.

— Nous avons fait une erreur. Mais pas hier. Nous aurions dû faire en sorte qu'Elisabeth reçoive des soins tout de suite.

— Il menace de déposer plainte contre nous. Contre toi.

— D'accord, et qu'est-ce que je suis censé te répondre ?

— Tu pourrais m'expliquer comment nous allons bien pouvoir expliquer ça quand la presse commencera à s'en mêler.

— Nous ? Mais ça sera bien moi, n'est-ce pas ? Comme d'habitude.

— Pourquoi êtes-vous retournés là-bas, Erik ? Sans prendre rendez-vous avant ?

— C'est toi qui me le demandes ?

Winter s'écarta de la fenêtre et se pencha au-dessus du bureau.

— Il me semble que ça fait partie de tes méthodes de travail. N'appelle pas avant. Sonne à la porte et puis c'est tout.

— Ça dépend des cas.

— Là c'était le cas de le faire, dit Winter. Il y a quelque chose chez la famille Ney que nous devons absolument trouver. Bientôt, peut-être même tout de suite. Bertil et moi ne sommes pas allés chez lui pour le rouer de coups. Sa femme nous a laissés entrer. Nous avons posé quelques questions. Elle était consentante. Lorsqu'il est revenu de Dieu sait où, il nous a aussitôt traités

198

comme des cambrioleurs qui seraient entrés par effraction.

— D'où venait-il ?

— Nous ne lui avons pas posé la question.

— Comment va sa femme ?

— Elle dort. Nous allons essayer de parler de nouveau avec elle. Il le faut, Sture.

— Hum.

— Je ne peux pas croire qu'il déposera plainte. Toi non plus.

— Il en a déjà déposé une. Auprès de moi.

— Garde-la pour toi.

Birgersson hocha la tête.

Winter se redressa et se prépara à s'en aller.

— Erik ?

— Oui ?

— Euh... tu sais, ce dont on a parlé l'autre jour. On oublie, n'est-ce pas ?

— De quoi tu parles ?

— De ça.

— Ah ! ça ! lança Winter depuis la porte. Juste une petite causerie philosophique.

13

La réunion du matin concernait la solitude de Paula. La liste de ses connaissances était bien courte. Cela ne signifiait certes pas qu'elle ait vécu solitaire, mais personne parmi les gens qu'ils avaient pu rencontrer ne se révélait très proche d'elle.

— Mis à part Nina Lorrinder peut-être, suggéra Halders.

— On ne dirait pas, répondit Ringmar.

— Je pensais aller lui parler cet après-midi, annonça Halders.

— De quoi ?

C'était Bergenhem.

— De sa meilleure sauce spaghetti, répondit Halders.

— C'était sérieux ma question, dit le jeune homme.

— Arrête de croire que les gens pensent à mal, Fredrik, intervint Aneta Djanali.

— Je crois qu'elle en sait plus qu'elle ne le prétend, continua Halders. À la fois sur Paula et sur son ou ses petits copains.

— Pourquoi pas sur ses petites copines ? remarqua Aneta Djanali. C'était peut-être ça, le problème. Ça pourrait expliquer qu'elle se soit montrée si réservée.

— Au XXIᵉ siècle ? (Halders parcourut l'assistance du regard.) Est-ce qu'on a encore honte de ça à notre époque ? Putain, mais les gouines et les pédés se bousculent au portillon pour faire leur *coming out* ! On peut même dire qu'ils jouent des coudes pour sortir du placard !

— Paula n'était peut-être pas comme ça, répliqua Aneta Djanali. Elle n'était peut-être pas du genre à se laisser bousculer.

— On a discuté avec ses collègues, dit Halders. Aucune insinuation dans ce sens.

Aneta Djanali haussa les épaules.

— Nous avons bien constaté qu'elle ne voyait pas grand monde, précisa-t-elle.

— C'est là-dessus que je vais cuisiner Nina, et même lui presser le citron, dit Halders.

— Ne presse pas trop fort quand même, dit Bergenhem.

— Tu parles toujours sérieusement, Lars ?

Bergenhem hocha la tête.

— À propos, ton *coming out*, c'est pour quand ?

Bergenhem sursauta. Il ouvrit grand la bouche pour répondre.

— Ça suffit maintenant, Fredrik ! s'exclama Winter.

— C'était pour rigoler, répondit Halders.

Winter et Ringmar s'éclipsèrent du commissariat, directement après la réunion. Winter suggéra un endroit où ils pourraient parler, voire réfléchir un peu.

Ringmar roula jusqu'à Gullbergsvass et se gara devant le gazomètre à cloche. Une forte odeur de tabac à priser se dégageait de la fabrique.

Ils traversèrent la route et poursuivirent leur chemin à pied le long du quai. Des embarcations rouillées se balançaient au gré des vagues. Un certain nombre d'entre elles étaient occupées par des marginaux. Ringmar désigna du doigt un *house-boat* qui avait dû autrefois naviguer à la voile. Il était maintenant recouvert de rouille et n'abritait plus personne. Rien derrière les hublots noirs de crasse. Une mouette s'envola du pont en direction de l'autre rive du fleuve avec un cri perçant. À l'arrière-plan, on voyait passer une péniche. Une pluie fine commençait à tomber. Winter releva le col de son imperméable. Il leva les yeux, constata que le ciel s'éclaircissait vers le nord tandis que le nuage de pluie se dirigeait vers le sud. Et la pluie cessa. Winter alluma un Corps. La fumée s'envola au-dessus de la route, dans la même direction que la pluie.

— C'est là que vivait la strip-teaseuse qui a failli coûter la vie à Bergenhem, déclara Ringmar lorsqu'ils passèrent devant le bateau à moitié coulé.

Winter hocha la tête. Bergenhem avait pris méchamment. Il était tombé au sol plusieurs fois, à bord de ce bateau, dans un bar et même en plein champ. Cette affaire lui revenait souvent à l'esprit, et même bien trop souvent ces derniers temps. Une affaire atroce. Il était passé à autre chose, comme eux tous. Mais parfois il se demandait comment ils avaient pu. C'était comme d'avoir fait la guerre, y avoir survécu, mais y retourner encore, survivre et retourner combattre encore.

— Tu devrais peut-être te montrer un peu plus ferme en réunion, fit remarquer Ringmar en se tournant vers son compagnon. Enfin, en ce qui concerne la discipline de groupe.

Winter retira le cigare de sa bouche.

— Tu penses à Halders ?

— Oui... et à Bergenhem.

Halders réfléchit mieux lorsqu'il parle sans réfléchir. (Winter eut un sourire.) Regarde comment nous fonctionnons tous les deux.

— Oui, mais ça tourne aux attaques personnelles, répondit Ringmar. Bergenhem l'a très mal pris.

— Mmm.

— Halders est allé trop loin.

— Il est pédé, Bergenhem ?

— Pas que je sache.

— De toute façon, ça le regarde, dit Winter.

— Justement. Ce n'est pas l'affaire de Halders.

— Lars est un jeune homme qui se cherche encore, mais je ne pense pas qu'il soit pédé. (Winter sourit de nouveau.) Et si c'est le cas, j'en ai rien à foutre.

— Peut-être pas lui. Il ne s'en fout peut-être pas.

— Tu crois qu'il aurait besoin d'en parler ? demanda Winter.

Ringmar haussa les épaules.

— Hanne rentre après Noël.

— Ah bon ?

Hanne Östergaard avait occupé durant de nombreuses années les fonctions de femme pasteur de la police et de guérisseuse des âmes. Winter avait eu maintes occasions de travailler de près avec elle. Dans des affaires compliquées. Elle lui avait été d'un grand secours, à lui et à d'autres. Ces deux dernières années elle avait exercé les fonctions d'aumônière de bord à Sydney. Quand elle avait appris qu'on lui accordait ce poste, ils en avaient longuement parlé tous les deux. Il lui avait demandé s'il s'agissait pour elle de s'éloigner des délinquants de Göteborg, mais elle avait répondu par la négative. Ils n'avaient pas obtenu de remplaçant. C'était comme ça dans l'administration de la police. Les collègues n'avaient plus qu'à attendre en gardant pour eux leurs souffrances. Ça finirait peut-être par guérir tout seul...

Une volée d'oiseaux noirs se déploya au-dessus des baraquements de l'autre côté du fleuve. On aurait dit une nouvelle averse. Winter entendit la corne d'un remorqueur. Le fleuve avait ses propres sirènes.

— Je refuse de me montrer dirigiste, dit-il tout en aspirant une bouffée qu'il souffla profondément. (Cette fois, la fumée s'envola au-dessus de l'eau, le vent avait tourné.) Ça conduit presque toujours à l'erreur.

Ringmar jeta une petite pierre. Elle exécuta trois jolis ricochets.

— Ça fait longtemps que tu t'entraînes ? s'enquit Winter.

— Et encore tu n'as pas vu mon lancer de la main gauche.

Winter observa le vol des oiseaux qui obliquaient vers le sud en se dirigeant droit sur eux. Il ne voyait toujours pas s'il s'agissait de corneilles, de pies ou de choucas. Leurs ailes bruissaient comme le vent.

— Elle a écrit qu'elle serait pareille à un oiseau, pareille aux oiseaux qui passaient dehors, reprit Winter en suivant des yeux les volatiles qui passaient au-dessus de leurs têtes.

Ils continuaient vers le sud, leur volée s'amenuisait jusqu'à se fondre progressivement dans le gris.

Ringmar ne répondit pas. Winter détacha son regard du ciel et se tourna vers son collègue qui avait brusquement pâli. C'était peut-être la lumière... Elle répandait son jour blême sur toute chose.

— Nous avons analysé la forme et le fond de cette lettre, mais cela ne nous a menés nulle part, constata Winter.

— On n'a jamais été confrontés à une chose pareille, dit Ringmar.

— C'est peut-être à notre avantage.

— En quoi, Erik ?

— Nous n'avons aucun a priori. Ça vaut mieux parfois.

Ringmar lança une nouvelle pierre qui n'atteignit même pas le quai. Ils croisèrent un homme à mobylette. Il ne prit pas la peine de les saluer. Winter se retourna et le vit s'arrêter à la hauteur d'un petit chalutier qui venait d'être repeint et semblait en état de naviguer. L'homme portait un bonnet rouge. Il disparut sous le pont. Ce rafiot serait capable de passer l'équateur, songea Winter. Il tiendrait certainement le coup.

— Est-ce qu'on a d'autres lettres ? demanda Ringmar tout en jaugeant une pierre, qu'il renonça finalement à lancer.

— Tu veux dire ?

— Je ne sais pas... Paula aurait pu écrire ce genre de choses auparavant... sans qu'il soit question de meurtre, bien sûr, ni de kidnapping... mais elle aurait pu adresser ce genre de message auparavant.

— À qui ?

— À ses parents.

— Ils nous en auraient quand même parlé, tu ne crois pas ?

Ringmar ne répondit pas. Winter entendit la mobylette redémarrer. Il se retourna et vit l'homme au bonnet faire demi-tour, un sac poubelle plein à craquer sur le porte-bagage. Le sac rebondit avec un méchant bruit quand l'engin les dépassa.

— Ils ne peuvent quand même pas se taire sur tout ? continua Winter

— D'où provenait l'argent pour l'appartement de Paula ?

Mario Ney avait signé le contrat d'achat de l'appartement de Guldheden. Il en possédait les neuf dixièmes.

— Quelle importance ? fit Winter.

— C'était une belle somme.

— Un héritage de Sicile ? suggéra Winter.

Ringmar eut un sourire.

— Tu es déjà allé là-bas, Erik ?

— Oui. Il y a environ dix ans. Taormina. Mais bon, rien à voir avec la Sicile.

— C'est quoi alors ?

— Un rêve de Sicile. La réalité, c'est autre chose.

— Je me demande ce qu'il en était de la réalité vécue par Mario.

— Il ne veut pas en parler.

— Non, justement.

— Est-ce qu'il a déjà pu le faire ? demanda Ringmar en s'arrêtant.

Le quai était mouillé et luisant, on aurait dit une route de campagne pavée de grosses pierres.

— Le meurtrier ? S'il avait déjà tué ? C'est ça que tu veux dire ?

— Oui. Et contraint sa ou ses victimes à écrire des lettres d'adieux.

— Elles se trouveraient où, ces lettres ?

— Peut-être n'ont-elles jamais été envoyées, suggéra Ringmar.

Winter réfléchissait. La pluie tombait encore, mais si finement qu'on ne la voyait même pas toucher le sol.

— Tu veux dire qu'il y aurait des familles qui seraient en possession de lettres d'adieux de leurs proches, et que personne n'en aurait parlé ?

— Je n'irais pas jusque-là.

— Imaginons que quelqu'un disparaisse, s'en aille, peut-être pour s'enfuir... Et voilà qu'arrive une lettre qui parle d'amour et de pardon.

— La personne ne réapparaît jamais ?

— La famille croit qu'il ou elle a disparu de son propre chef, dit Winter. Il ou elle est en vie, mais veut qu'on lui fiche la paix.

— Ce n'est pas rare, reconnut Ringmar. Et qu'on veuille adresser un dernier adieu, ça n'a rien d'étonnant non plus.

— Est-ce qu'il existe des messages de ce type ? continua Winter. Pareils à celui de Paula.

— Je n'ose pas y penser.

— La question, c'est comment nous pouvons en être informés.

— Pas par la presse, insista Ringmar.

— Non, ce serait trop difficile à digérer. Les gens risqueraient de paniquer. Un peu trop.

— Il y a des degrés dans ce domaine ? Plus ou moins de panique ?

Winter ne répondit pas. Ils étaient bientôt arrivés à la hauteur de la pile du pont. Ce qui leur avait paru tout petit de loin se révélait maintenant être très grand. Le vrombissement du trafic résonnait de manière assez désagréable.

— C'est comme pour la main, dit Ringmar. Ça fait partie des choses qu'on ne peut pas communiquer au public.

La main blanche. Winter l'avait à nouveau examinée la veille. C'était une des choses les plus frappantes qu'il ait jamais vues au cours d'une enquête.

La main était aussi blanche que de la neige fraîchement tombée. Propre. Elle paraissait n'avoir jamais été touchée. Sur le moment il l'avait associée à la notion d'innocence. Mais ce n'était pas le bon mot.

— J'en ai rêvé une nuit, dit Ringmar. Elle me faisait signe.

Ils se trouvaient maintenant sous le pont. Le cliquètement des roues au-dessus rappelait un bruit de chaînes frappant contre du métal. La pluie fine enveloppait le fleuve comme un brouillard. Winter voyait se détacher à travers cette vapeur d'eau la trace noire des bandes de mouettes qui planaient au-dessus des plages en bordure du fleuve. Une sirène de navire retentit. On aurait dit un cri de baleine.

Paula s'était fait photographier deux jours avant d'être assassinée. Elle s'était assise dans un photomaton de la Gare centrale. C'était ce qu'il y avait de plus rapide, de plus simple et de plus économique.

Winter contemplait le jeu de quatre photos. Le dernier visage de Paula. Il pensa à sa mère, puis de nouveau à la jeune fille.

Dans quel but avait-elle fait ces photos ? Un voyage ? C'est toujours bien d'avoir des photos quand on part en voyage. Si l'on réussit à partir.

Il étudia l'expression de son visage. C'était la même, en quatre versions. Peut-être fermait-elle un peu les paupières sur l'un des clichés. Elle ne souriait pas, se contentant de regarder droit devant elle. Devant lui. Elle ne semblait pas sur le point de partir.

Aneta Djanali repassait la vidéo dans un sens puis dans l'autre. La lumière verte diffusée par les images finissait par lui faire mal aux yeux. Cette lumière absurde de la Gare centrale...

Elle étudiait les moindres mouvements de la femme du début à la fin de son apparition à l'écran.

Elle suivait également les mouvements de l'homme.

Elle frissonna. Pourtant, il ne faisait pas froid dans la pièce. Lorsqu'elle actionnait les boutons de la télécommande, ses doigts lui paraissaient glacés.

Derrière les lunettes de soleil, sous la perruque, le visage de la femme était comme un masque. Jamais de la vie elle n'aurait pu croire que c'étaient ses cheveux à elle. Voilà que je me mets à tout exagérer, comme Fredrik, se dit-elle. Jamais de la vie. « Jamais » suffit. Inutile de jurer comme un dingue.

La fausse blonde avait déposé la valise entre 18 h 29 et 18 h 31. Elle n'était pas seule dans le local, mais celui-ci n'était pas bondé non plus.

Aneta Djanali se mit à passer au crible les autres personnes présentes. Des visages inconnus défilèrent de face ou de profil. Des dos inconnus.

Elle aperçut l'ombre d'un manteau.

Une paire de chaussures.

Dans l'angle de l'image.

Le manteau. Un pan seulement, mais bien visible.

Les chaussures.

De l'autre côté de la rangée de casiers. Quelqu'un se tenait là, sans bouger. La pièce formait un angle étroit à cet endroit. Comme une alcôve.

Aneta Djanali éjecta la vidéo de la femme pour insérer celle de l'homme. À peine six heures plus tard, ce dernier s'était rendu sur place pour prendre la valise, déposer la main. Aneta regardait le manteau, les chaussures. Ce pouvait être le même manteau. Les chaussures étaient noires, larges. Pointure 44 ou 45. Elle revint à l'autre film. Les chaussures. Noires, larges. Öberg avait estimé la pointure à du 44. Elles restaient immobiles. La caméra n'avait pas filmé plus haut que les jambes. Le bas du manteau se souleva tout à coup comme sous l'effet d'un courant d'air, mais les chaussures ne bougèrent pas. Qu'est-ce que c'était comme marque ? Elle n'était pas une experte en chaussures pour hommes. Mais elle était très observatrice.

Elle souleva le combiné du téléphone.

— Il essaie de se cacher ? s'enquit Halders.

— Ou alors il se tient en embuscade, dit Ringmar.

— Ce n'est quand même pas normal de rester immobile dans ce genre d'endroit, non ? ajouta Aneta Djanali.

— Il est peut-être venu se réchauffer à l'intérieur, suggéra Bergenhem.

— C'était la canicule, répondit la jeune femme.

— Repasse-nous la vidéo, demanda Winter.

Les images défilèrent à nouveau. Le manteau oscillait légèrement, les chaussures ne bougeaient pas d'un pouce. Winter en conclut qu'il pouvait s'agir du même manteau, des mêmes chaussures.

— Qu'est-ce qu'il fabrique la première fois ? s'interrogea Bergenhem.

— Il contrôle bien sûr, dit Halders.

— Que la valise atterrit bien dans le casier ?

— Affirmatif.

— Pourquoi est-ce qu'il ne la retire pas tout de suite ?

— Moi pas savoir.

— Et de toute façon, pourquoi ce détour par la consigne ? questionna Aneta Djanali.

— Précisément, fit Ringmar.

— La femme dépose ce que nous pensons être la valise de Paula. Cet homme la voit faire, vérifie peut-être l'opération. Puis il attend six heures avant de venir la chercher. Pourquoi ?

— Et pourquoi doubler ses chances d'être surpris ? remarqua Ringmar.

— C'était bien le but, déclara Winter.

Tous les regards se tournèrent vers lui.

— Nous sommes devant un film qui a été tourné pour un certain public, continua le commissaire. Et ce public, c'est nous.

— Une mise en scène ?

C'était Bergenhem.

Winter hocha la tête.

— C'est la seule explication plausible, à mon avis. Nous devions voir ça. Ils savaient que nous serions là à regarder ce manège en nous demandant de quoi il peut bien retourner.

— Et de quoi retourne-t-il donc ? s'enquit Aneta Djanali.

— Une espèce de jeu diabolique, répondit Halders. Ils se jouent de nous.

— Mais dans quel but ? interrogea Bergenhem.

— Il faut toujours se poser la question, commenta Halders.

— Nous devons regarder ces chaussures de plus près, dit Ringmar.

— Ça m'a tout l'air d'être des Ecco Free, déclara Halders.

— On en trouve encore aujourd'hui ? demanda Bergenhem.

— Toutes les bonnes boutiques en ville vendent environ vingt paires d'Ecco Free à l'année, précisa Ringmar.

— Ça ne fait pas beaucoup, fit remarquer Bergenhem. Ils ont donc leur clientèle d'habitués ?

— Des habitués de vingt ans, dit Aneta.

— Pourquoi précisément vingt ? demanda Winter.

— Comment ?

— Pourquoi pensais-tu que leurs habitudes pouvaient remonter à vingt ans en arrière ?

— Je... je n'en sais rien, Erik. J'aurais tout aussi bien pu dire trente ans.

Halders ne disait rien. Il examinait les chaussures à l'écran. On attendait les agrandissements. Des souliers propres, très peu usés. Des semelles bien épaisses.

— J'en ai déjà vu des comme ça, dit-il. Et ça ne fait pas longtemps. (Il leva les yeux de l'écran.) Où ai-je bien pu les voir ?

Winter se leva de sa chaise. Une forte odeur de café se répandit dans le cagibi qui leur servait de salle de réunion car il venait de renverser son gobelet en plastique sur la table. Halders avait évité de justesse de recevoir le café brûlant sur la jambe.

— Fais gaffe putain !

Winter partit en quête de serviettes en papier.

— Excuse-moi, dit-il en reprenant sa place.

— Pas possible d'être aussi maladroit ! répliqua son collègue.

— C'était un accident, intervint Ringmar.

— Ce mec est une catastrophe ambulante, répondit Halders.

— Je t'ai demandé pardon, fit remarquer Winter en essuyant la table.

— Imagine qu'on ait eu des preuves concluantes sur cette table, continua Halders. Des empreintes de doigts, des traces de sang, des notes manuscrites, des signatures. Une empreinte de chaussure.

Winter ne répondit pas. Après quelques mois passés à la brigade criminelle, il avait commencé à s'habituer à Halders. Et le café était bien un accident. Il supposa que Halders soupçonnait autre chose, mais bon, c'était dans sa nature.

La porte s'ouvrit sur Birgersson.

— Qu'est-ce qui se passe encore ici ?

— Rien, répondit Ringmar.

— Tu as une minute, Erik ? demanda Birgersson en pointant du doigt la porte.

Winter le suivit à travers le couloir jusqu'à son bureau. Le chemin lui parut long, comme si la réprimande l'attendait au terme de cette marche.

— Assieds-toi, lui ordonna Birgersson, tout en allant se poster à la fenêtre.

On était à la fin du mois d'octobre. D'où il se tenait, Winter avait l'impression qu'on avait élevé un mur devant la fenêtre durant la nuit. Un mur qui montait jusqu'au ciel, étouffant les bruits du dehors. Tout ce qu'il entendait, c'était la respiration de Birgersson lorsqu'il aspirait la fumée à pleins poumons. Son bureau sentait le tabac. Sur la table de travail, une tasse à café vide côtoyait un cendrier plein à ras-bord.

— Tu peux t'en griller une, si tu veux, proposa le patron.

Je me contenterai de l'air ambiant, se dit Winter.

— Pas avant midi.

— Comme Hemingway. L'écrivain.

— Je connais.

— Quoique, c'était pour l'alcool, continua Birgersson. Il ne buvait rien jusqu'à midi, mais il se rattrapait ensuite. (Il eut un sourire.) Un jour, à la fin de sa vie, alors qu'il était assis dans un bar quelque part dans le monde et commençait déjà à biberonner à dix heures du matin, un type a regardé sa montre et lui a fait remarquer qu'il n'était pas encore midi. Il a répondu : « On s'en fout, il est midi à Miami ! »

— OK, fit Winter en sortant son paquet de Corps.

— Mais pourquoi tu fumes cette merde ?

— C'est devenu une habitude

Birgersson éclata de rire et prit une nouvelle bouffée. La fenêtre était entrouverte et la fumée s'en alla se mêler à toutes les autres nuances de gris.

— J'ai appris que tu étais retourné chez le mari de cette fille disparue pour taper la discute avec lui, reprit-il.

— Je suis en train de rédiger mon rapport, dit Winter.

— Non, tu es assis devant moi. Mais, vas-y, raconte.

— Eh bien... on n'est pas allé très loin. Pour autant qu'il soit possible d'aller très loin avec ce type-là. Il dit qu'ils se querellaient un peu de temps en temps, mais rien de vraiment sérieux.

— Hmm.

— Elle avait envie d'avoir un enfant mais lui préférait attendre.

— Tu crois qu'il nous cache quelque chose ?

— Je n'en sais franchement rien. Qu'est-ce qu'il pourrait nous cacher ?

— Sa culpabilité, bien sûr.

Winter se représenta Christer Börge. Aurait-il été capable de tuer sa femme, puis de dissimuler le corps et de faire ensuite comme si de rien n'était ? De jouer le rôle du mari inquiet après la disparition de sa femme ?

— Ça n'a rien d'exceptionnel, tu sais, fit remarquer Birgersson.

— Je sais.

— Et tu lui as un peu mis la pression ?

— Autant que j'ai pu.

— Tu as besoin d'aide ?

— Tu crois qu'il y est pour quelque chose ? Vraiment ? demanda Winter.

— Je ne crois rien, comme tu le sais très bien. On n'est pas à l'église ici. Je te demandais juste s'il fallait qu'on lui presse encore un peu le citron, à ce Börge, pour en tirer quelques gouttes de plus.

— Je n'ai rien contre, dit Winter.

— Tu le convoques ici.

Le vent s'était levé lorsque Winter sortit du commissariat. Il lui aurait fallu une écharpe. D'autant qu'il avait mal à la gorge depuis quelques heures. La perspective de rentrer chez lui à vélo ne le séduisait guère.

Coup de klaxon. Il tourna la tête et vit Halders lui faire signe derrière son volant.

Winter se dirigea vers lui.

— Je t'accompagne ?

— OK.

Winter monta dans la voiture, sur quoi Halders démarra en trombe.

Il prit l'avenue Allén. Les arbres seraient complètement dénudés d'ici quelques semaines. Des feuilles rouges jouaient à pile ou face dans l'air automnal.

Winter toussota.

— Enrhumé ?

— Je ne sais pas.

— C'est dans l'air en ce moment. Aneta n'était pas bien ce matin.

— Mais on n'a pas le temps d'être malades. N'est-ce pas Fredrik ?

— Non, chef.

— Ça faisait longtemps que tu ne m'avais pas appelé chef.

— Ça m'est déjà arrivé ?

— La première année peut-être.

Halders éclata de rire.

— C'est ça. C'était l'époque où toi et moi, on est devenu des potes pour la vie.

Winter ne put s'empêcher de sourire.

— À un moment j'ai cru que tu faisais exprès de renverser ton café, continuait Halders. C'était toujours quand j'étais assis à côté de toi.

— Et c'est pour ça que tu t'es déplacé à l'autre bout de la table ?

— Bien sûr.

— C'était de la pure maladresse. Et puis, un certain manque d'assurance.

— Et qu'est-ce qui a changé ?

— On a pris de l'âge, fit Winter tout en pointant la rue d'un signe de tête. Tu peux t'arrêter là.

Halders se gara le long du trottoir.

— Je vais voir la copine là maintenant, dit-il. Nina Lorrinder.

— Bonne chance.

— Elle a sûrement des tas de choses à nous raconter.

14

Nina Lorrinder portait un bandeau d'un rouge éclatant, une nuance de rouge que Halders ne pensait pas
avoir déjà vue auparavant.

Il posa la question.

— Cramoisi, répondit-elle en lui adressant un regard
appuyé.

— Pure curiosité, précisa-t-il.

— Vous vous intéressez aux couleurs ?

— Mon paternel voulait faire de moi un peintre en
bâtiment.

Le regard de Nina Lorrinder se porta sur un immeuble de trois étages de l'autre côté de la place. L'étage du
bas était en pierre, les deux autres en bois. On les appelait
« maisons de préfet » et ce type d'habitation n'existait
que dans cette ville. Deux peintres étaient à l'œuvre sur
leur échafaudage et passaient la façade à la peinture
jaune – une teinte que Halders reconnaissait bien.

— Comme ces gars-là, fit-il.

Elle ramena les yeux vers lui.

— Mais c'est mauvais pour la santé à la longue,
continua l'inspecteur. Ça l'était en tout cas. La couleur
vous reste les poumons. Et dans le cerveau.

Elle jeta un nouveau coup d'œil aux peintres.

— Ça peut vous rendre un peu débile, poursuivit
Halders. C'est pas que je pense que ces mecs le soient ou

215

le seront bientôt, mais, bon, mieux vaut ne pas prendre de risque.

Elle n'avait toujours rien dit. Halders se demanda à quel moment la jeune femme allait enfin l'interrompre.

— Et c'est comme ça que je suis devenu policier, conclut-il.

— Vous faites de l'ironie ? demanda-t-elle.

— Juste un peu.

Nina Lorrinder regarda à nouveau autour d'elle, comme prête à accepter tout ce que lui dirait Halders. Elle semblait ne s'attendre à rien d'autre qu'à rester là, assise sur le banc, à écouter la suite. Il ne faisait pas froid. Halders sentit même dans le cou la tiédeur d'un soleil timide. De l'autre côté de la fontaine, il voyait des personnes âgées, elles aussi installées sur un banc. Le soleil semblait chauffer plus fort sur leurs visages de cire – ces derniers prenaient à peu près la même teinte jaune pâle que les murs en train de se faire tartiner par les peintres en face. Halders entendait de la musique, du rock, s'échapper d'un *ghettoblaster* en équilibre au deuxième étage de l'échafaudage. Il ne parvenait pas à reconnaître la chanson. Trop loin. Les vieux n'auraient pas su non plus. Ils appartenaient à la génération d'avant le rock, la génération d'avant la sienne.

Quand lui-même serait assis au même endroit, les membres raidis et la face jaune, et si des artisans pouvaient travailler dans le coin avec leurs increvables *ghettoblasters*, il tournerait précautionneusement le crâne sur le côté pour profiter de la musique rock. Mais ils n'écouteraient plus de rock'n'roll. Dieu sait ce qu'on jouerait. Quoique... on avait probablement déjà tout inventé.

— Vous deviez avoir des questions, j'imagine, reprit Nina Lorrinder.

— Depuis combien de temps connaissez-vous Paula ?

— Vous parlez comme si elle était encore en vie. Comme si je pouvais encore la connaître.

Halders se tut. Le regard de Nina se tourna vers les peintres. Ils s'apprêtaient à descendre de leur échafaudage. La musique s'était tue.

— Mais c'est bien le cas pourtant, continua-t-elle sans regarder Halders. On peut voir les choses comme ça. On peut le sentir comme ça. (Elle fixa Halders.) Vous comprenez ce que je veux dire ?

— Oui.

— Et comment pouvez-vous comprendre ?

— Ma femme est morte renversée par un chauffard en état d'ivresse. Nous avons deux enfants.

— Je suis désolée.

— Moi aussi. Méchamment désolé, et méchamment en colère. C'est pour ça que je peux comprendre.

— Moi aussi j'ai ressenti de la colère, dit-elle.

— Pourquoi ?

— Parce que c'était tellement... horrible. Tellement horrible. Et tellement absurde.

Halders opina de la tête.

— Qui peut avoir fait une chose pareille ?

— C'est ce que nous essayons de découvrir.

— Et pour quelle raison ?

— C'est également ce que nous cherchons.

— Mais comment allez-vous y arriver ?

— Entre autres, en faisant ce que je suis en train de faire maintenant.

— Mais ça doit prendre du temps. Poser des questions. Après vous devez étudier les réponses. Ça ne vous rend pas fou de voir les choses progresser aussi lentement ?

— C'est l'avantage d'être dans le bâtiment, dit Halders.

Les peintres avaient fini leur journée. La moitié du mur arborait une teinte jaune mais le soleil qui brillait sur la partie non refaite rendait ce pan de façade encore plus radieux.

Sur le banc d'en face, les vieux avaient également terminé leur journée.

— Mais ça prend tellement de temps, répéta Nina Lorrinder.

— Il n'y a pas d'autre moyen, répondit l'inspecteur.

— C'est maintenant que je voudrais savoir. Qui. Et pourquoi.

— Alors depuis combien de temps connaissez-vous Paula ? demanda Halders.

Le portable sonna alors qu'il traversait Kungstorget. Il vit s'afficher sur l'écran le numéro de sa mère.

— Papa !
— Salut petite bonne femme !
— Qu'est-ce que tu fais papa !
— Je sortais pour aller acheter à manger au marché couvert.
— Tu vas acheter quoi ?
— Du poisson, je crois.
— Nous, on a mangé du poisson aujourd'hui.
— C'est bien.
— C'est moi qui l'a fait cuire !
— Tu es une grande fille, Elsa.
— On en a donné un petit morceau à Lilly. Elle a tout recraché.
— Ça c'est dommage.
— C'est ce que je lui ai dit !
— Et elle ?
— Beeeeurk !
— Et ça veut dire quoi ?
— Qu'elle préfère téter le sein de maman à la place.
— Ah ! ah !
— Mais maman dit qu'elle n'a plus le droit.
— Je sais, ma cocotte.
— Moi je trouve que c'est bête de dire ça.
— Lilly doit commencer à manger un peu de poisson. Elle est grande maintenant.
— Elle est pas grande du tout !
— Bien sûr, pas autant que toi, Elsa.
— Tu seras à la maison quand on rentrera, papa ?
— Bien sûr que j'y serai.
— On rentre demain.
— C'est plutôt après-demain je crois.
— Ah oui.
— J'ai quelque chose pour toi. Et pour Lilly aussi.
— Et moi je t'ai acheté un cadeau, papa !

— Il me tarde de voir ça.

— Je te passe maman. Bisous !

— Bisous, ma puce.

Il perçut un cliquetis à l'arrière-plan, puis un cri de petit enfant. La voix de sa mère également. Siv devait être très occupée.

— Voilà, dit Angela. On en a fini avec le dîner.

— Pas moi.

— Tu fais le marché si j'ai bien compris.

— Quelle faculté de déduction. Tu reconnais l'ambiance ?

— Non.

Lilly hurlait à nouveau à l'arrière-plan.

— Tout est réglé ici, dit Angela. Ça fait cher si nous ne revenons pas cet automne.

— Tout est réglé.

— Vous vous êtes également occupés de tout ce qui allait avec ?

— Oui, mentit le commissaire Winter.

— Tu mens.

— Non.

— Bien sûr que si. Et que pense papa Birgersson de tout ça ?

— Je n'en sais rien pour être honnête, mais il m'a accordé mon congé. Il faut dire qu'il a sa propre crise du départ à la retraite à gérer.

— Mais toi, Erik, tu ne vas pas la prendre, ta retraite ?

— Bien sûr que non.

— Je ne voudrais pas que tout ça mette fin à ta carrière. Ce n'est pas le but...

— Du merlan, l'interrompit Winter. (Il était en train de déchiffrer l'ardoise devant la poissonnerie, à l'extrémité gauche de la halle.) Eh bien, ce sera du filet de merlan.

— Tu m'as coupé la parole.

— Fariner légèrement, faire revenir à l'huile d'olive en ajoutant de l'ail, du citron et un peu de persil. Purée de pommes de terre en accompagnement. Riesling de Hunawihr.

— On dirait que tu ne te débrouilles pas si mal sans nous.

— Je me débrouille encore jusqu'à après-demain, et pas un jour de plus.

— Très bien.

— Vous me manquez.

— Ne vide pas toutes les bouteilles pour te consoler.

— La cuvée 2002 est terminée, mais pas les autres. On la termine ce soir.

— Il va falloir que je te laisse. Lilly régurgite dans les bras de mamie.

— C'est grave ?

— Rien du tout.

— Pour les médecins, rien n'est jamais grave, dit Winter. C'est à se demander à quoi sert la profession.

— Est-ce que tu songes à me mettre au rancart comme toi ?

— Occupe-toi de Lilly maintenant.

Il lui dit bonsoir et raccrocha.

Après avoir acheté son poisson, il rentra par Kungsparken. La cime des arbres virait au rouge doré, comme des cheveux colorés commençant à reprendre leur teinte naturelle. Bientôt ils tomberaient au sol. Et repousseraient. Un monde étonnant.

La Vasaplats était déserte. C'était presque toujours le cas autour de l'obélisque. Il y avait parfois des gens qui s'installaient sur les bancs côté sud, mais pas systématiquement. Ce n'était pas un endroit où s'arrêter, pas même un parc, malgré la verdure. Pour Winter en revanche, ce quartier représentait comme un havre. Il finissait toujours par y revenir. On se sentait tranquille au cœur même de la ville. Comme dans l'œil du cyclone.

Il ouvrit la porte de l'immeuble et se dirigea vers le vieil ascenseur. Ce dernier devait bien avoir cent ans d'âge et sa déco faisait penser aux grands soirs du Palais de la Noblesse à Stockholm. Il mettait peu d'enthousiasme à la tâche et, même s'il n'avait apparemment jamais connu de panne depuis que Winter occupait ce troisième étage, la chose semblait pouvoir se produire d'une minute à l'autre.

Arrivé dans la cuisine, il déposa le paquet avec les petits filets de merlan sur l'évier et sortit l'huile d'olive, l'ail et les pommes de terre. Il se mit à éplucher les patates et à les couper en petits morceaux. Puis il ouvrit la bouteille de vin d'Alsace pour un premier verre. C'était frais et relaxant, comme une main amie posée sur son front. Comme si tout devait finir par s'arranger.

La cuisine sentait bon quand il fit griller le poisson dans la poêle avec de l'huile d'olive et de l'ail émincé. Il ajouta une petite poignée de persil haché et la moitié d'un citron pressé. Comme accompagnements, purée agrémentée de beurre et de gros sel, haricots verts frais. Il but deux verres avec le repas puis il emporta la bouteille dans la salle de séjour après avoir débarrassé la table.

Il n'y avait toujours pas un chat en bas sur les pelouses de la Vasaplats. Il fuma sur le balcon et constata qu'il n'y avait personne sur celui d'en face. Le crépuscule tomba rapidement. Beaucoup de gens attendaient le tramway en bas, sous ses fenêtres. Les rails se rejoignaient à ses pieds. La ville entière avait ici son point de croisement, son point de séparation également. Tous les habitants de Göteborg passeraient au moins une fois dans leur vie sous ses fenêtres. Il leur suffirait de lever les yeux pour le voir.

Winter rentra et s'installa dans un fauteuil. Il se servit un verre de vin et alluma l'ordinateur portable. Il parcourut ses fichiers. La lumière de l'écran était la seule dans tout l'appartement.

Le téléphone sonna.

*

— Ça doit bien faire deux ans, répondit Nina Lorrinder.

— Vous vous connaissez depuis deux ans ? répéta Halders.

Elle hocha la tête.

— Je l'ai déjà dit à l'autre policier.

— Je sais.

— Et vous me le demandez quand même ?

— Où aviez-vous l'habitude de vous retrouver ? Mis à part à l'église ?

— Eh bien... au café. Au cinéma. Au pub quelquefois.

Halders hocha la tête.

— Au club de gym parfois.

— Lequel ?

— Celui de Västra Hamngatan.

— On a vraiment le temps de se voir dans ce genre d'endroit ? demanda l'inspecteur.

— Que voulez-vous dire ?

— On est surtout là pour se faire suer, non ?

Nina en vint presque à rire.

— Il y a aussi une cafétéria, dit-elle.

— Et c'est là que vous vous retrouviez ?

Elle acquiesça.

— Comment ça se passait ?

— Là je ne comprends pas.

— Vous étiez seules ?

— Oui.

— Chaque fois ?

— Oui.

— Elle était en bonne forme physique ?

— Vous croyez vraiment que ça peut avoir de l'importance ?

Halders n'en savait rien. Et si c'était le cas ? Personne d'autre ne le savait.

— J'essaie simplement d'en apprendre le plus possible sur Paula, dit-il.

— Je ne suis pas sûre de pouvoir... vous aider. Je ne la connaissais pas vraiment.

— Pourquoi ?

— Elle... ne laissait personne l'approcher de trop près.

— Et pourquoi selon vous ?

— Elle... elle était comme ça, c'est tout.

222

— C'est-à-dire ?

— Eh bien, discrète, peut-être. Un peu réservée. (Elle regarda son interlocuteur droit dans les yeux.) On n'est pas tous pareils.

— Ça c'est sûr.

— Elle préférait rester seule.

— Pourtant elle fréquentait un club de gym.

— On est en fait le plus souvent seul avec soi-même, là aussi, comme vous le disiez tout à l'heure.

— À se faire suer.

— Voilà.

— On se bat tous pour notre pomme.

Nina Lorrinder ne semblait pas avoir entendu ces dernières paroles. Elle parut soudain plongée dans ses pensées.

— Vous vous y rendiez souvent ? s'enquit l'inspecteur.

— Euh... vous avez dit ?

Halders répéta la question. La jeune femme avait le regard absent.

— Vous allez bien ? demanda le policier.

— Je suis en train de penser à quelque chose...

Il attendit la suite.

— Quand vous avez demandé si nous étions seules à la cafétéria...

— Oui ?

— Il me semble qu'elle voyait quelqu'un dans ce club.

Silencieux, Halders se contenta de hocher la tête.

— Un... homme.

Nina Lorrinder tentait de fixer un point dans le passé, et de le fixer assez fort pour que la mémoire lui revienne. Elle ferma les yeux, comme pour affiner cette vision-là. Lorsqu'elle finit par les rouvrir, ils avaient retrouvé leur vivacité.

— Je me trompe peut-être.

— Dites toujours.

— Elle a parlé avec quelqu'un, deux ou trois fois.

— Où ?

223

— Quand nous... pendant les exercices. Dans la salle.

— C'était vraiment exceptionnel ?

— Pour Paula, oui.

— Comment ça ?

— Elle ne cherchait pas le contact. En tout cas, pas comme ça.

— Ce n'était peut-être pas son initiative à elle. Il a pu lui marcher sur les pieds, s'excuser ensuite. C'est peut-être arrivé plusieurs fois.

— Je ne sais pas...

— Ça pourrait être une méthode de drague dans un club de gym.

— Ah bon ?

— Ne me dites pas le contraire : c'est un des meilleurs lieux de rencontre en ville !

— Je n'en sais vraiment rien. Je n'y avais pas pensé.

— Mais vous avez été frappée de voir Paula parler avec un homme.

— Oui.

— Suffisamment pour y penser maintenant, dit Halders. Songez-y.

— Ça ne veut peut-être rien dire.

— Vous souvenez-vous d'autre chose ? Autour de cette rencontre ?

Nina Lorrinder ferma de nouveau les paupières. Elle faisait vraiment tout son possible. Halders croyait voir circuler le train du souvenir le long de son front. Un nerf commençait à battre. Elle se passa les cheveux derrière une oreille. La tempe battait toujours.

Elle rouvrit les yeux.

— C'était comme si elle le connaissait déjà.

Winter souleva le combiné du téléphone en même temps qu'il consultait sa montre.

C'était Torsten Öberg.

— Il est peut-être un peu tard, dit-il, mais j'ai pensé que tu voudrais savoir. La fille du Labo central qui travaillait là-dessus a pensé que je voudrais savoir aussi.

— Alors qu'est-ce qu'on doit savoir ?

— Il y a du sang et c'est le sien, déclara Öberg.

— Quoi ?

— Plutôt décevant, n'est-ce pas ?

— Mais la tache était ancienne ?

— Oui. Ils ne peuvent pas la dater avec une grande exactitude, mais elle remonte à plus d'un mois.

— Alors elle avait emporté la corde avec elle, commenta Winter.

— Ça, je n'en sais rien, dit Öberg. C'est ton boulot.

— Et pas d'autres traces ? Sur la corde ?

— Pas d'autre trace.

— On ignore si elle a elle-même fait le nœud, remarqua Winter.

— Oui. La tache a pu se faire n'importe quand.

— Bon sang ! J'avais beaucoup misé là-dessus.

— Tu n'es pas le seul.

Winter entendit passer le tram. Il n'était pas si tard que ça. C'était un bruit lourd, confortable, apaisant. Quand les rames s'arrêteraient de rouler pour la nuit, la ville deviendrait plus inquiétante.

— Est-ce qu'on aurait pu manquer quelque chose dans cette chambre ?

— Là, tu m'insultes, Erik.

— Je parlais tout seul.

— Pas assez bas.

— Remets-toi, Torsten. Parle-toi un peu tout seul.

— Est-ce qu'on aurait pu manquer quelque chose dans cette chambre ? répéta Öberg.

— Alors ?

— Manqué quoi, Erik ? Des empreintes ? Des traces ? Des taches ? Je ne crois pas. Je te l'assure, à mon avis, il est presque certain que ce n'est pas ça. Mais je ne peux pas en être sûr à cent pour cent.

— Hmm.

— C'était une belle chambre. Propre et bien tenue. C'est toujours plus difficile dans ces cas-là.

15

— Dire que ce dingue faisait peut-être des sauts de grenouille à deux mètres d'elle !

— Des sauts de grenouille ? s'étonna Ringmar.

— Un de ces exercices de mes deux, comme ils s'amusent à en pratiquer dans ces clubs, poursuivit Halders.

Il avait appelé Winter directement après son entretien avec Nina Lorrinder.

— Il est temps que tu ailles voir par toi-même, suggéra Winter.

— Ce sera intéressant.

— Le signalement est assez fiable ? demanda Bergenhem.

— Plutôt vague, répondit Halders.

— Et si elle s'était trompée ? ajouta Ringmar.

— Trompée ? Tout le monde peut se tromper. (Halders étira ses bras, comme s'il était déjà dans la salle de sport.) Mais elle a vu Paula parler avec quelqu'un, apparemment plus d'une fois. Elle a eu l'impression qu'ils s'étaient déjà vus auparavant, probablement ailleurs. Et cette fille n'est pas du genre à cancaner. (Halders baissa les bras.) J'y suis allé au forceps pour obtenir tout ça.

— Un témoin comme on les aime, commenta Ringmar.

— Oui, quand ils se sont décidés à parler, répondit Halders.

Ringmar changea de position sur sa chaise, une fois, deux fois. Les mouvements de bras de Halders devenaient contagieux. La salle de réunion était sur le point de se transformer en salle de gym.

— Ce pourrait être n'importe qui, reprit Ringmar.

— Sauf que c'est l'hypothèse à exclure, non ? (Halders étira de nouveau ses bras. Ses articulations craquèrent comme du bois sec.) À moins que ce ne soit l'inverse : l'hypothèse à prendre en compte.

— Toi tu as sérieusement besoin de faire des assouplissements, dit Bergenhem.

— Une gymnastique à la fois ludique et sportive, répondit Halders. J'ai toujours été le meilleur dans cette matière.

— Laquelle ?

— T'es trop jeune pour comprendre, mec.

— Là je ne te suis plus.

La porte s'ouvrit tout grand. Aneta Djanali entra dans la salle et referma derrière elle.

— Déjà de retour ? fit Halders.

Sans répondre, elle s'installa à côté de lui, consulta son bloc-notes et leva les yeux vers l'assistance.

— J'ai montré les images au personnel de chez Leonardsen et Talassi. Ils s'accordent tous à dire que ce sont des Ecco.

— Vous n'avez visité que deux boutiques ? demanda Halders.

— Non, mais je voulais vous donner une idée de ce que ça donne.

— Alors ?

— Combien en ont-ils vendu ? compléta Winter.

— *Si l'on considère uniquement les ventes de pointures 44-45...* lut Aneta Djanali dans son carnet, sept paires chez Leonardsen et dix chez Talassi. Pour cette année.

— Et l'année dernière ? demanda Bergenhem.

— Ils n'en proposaient pas l'an dernier.

— Pourquoi ?

— Ils pensaient que personne n'en voulait plus. Et qu'ils allaient les remplacer par d'autres marques.

— Ils croyaient que l'ère Ecco Free était révolue, compléta Halders.

— Combien de clients ont-ils réglé par carte bancaire ? demanda Winter.

— Tous sauf deux.

— C'est l'un de ces deux mecs-là que nous recherchons, conclut Halders.

— Je n'en suis pas si sûr, objecta Ringmar.

— On parie ?

— Les chaussures que nous avons aperçues sur la vidéo n'ont peut-être rien à voir avec notre affaire.

— Tu tiens un deuxième pari ? proposa Halders.

— On va faire avec ce qu'on a sous la dent, dit Winter. C'est parti !

Le téléphone avait sonné deux fois. La deuxième, elle n'avait pas décroché.

Elle avait attendu jusqu'au lever du jour et puis elle était sortie se promener à travers la ville, dans les parcs. Il n'y avait pas grand monde dehors. Elle se retournait régulièrement. Mon Dieu, il faut que j'arrête de faire ça. Je ne peux pas continuer de marcher à reculons.

Cette impression de malaise ne la quittait plus.

Par où m'échapper ?

Christer Börge ne paraissait pas effrayé de se retrouver assis dans la salle d'interrogatoire. À croire qu'il est déjà venu ici auparavant, pensa Winter. Ce n'est pourtant pas le cas.

Une petite fenêtre laissait entrer la douce lumière de septembre. Un micro trônait sur la table recouverte d'une nappe de feutre. Et la pièce fonctionnait comme un studio d'enregistrement.

— Pourquoi faut-il qu'on se voie ici ? demanda Börge.

C'était la première fois qu'il posait la question. Il n'avait pas paru surpris lorsque Winter l'avait appelé pour l'inviter à se rendre au commissariat.

— L'endroit a le mérite d'être calme et silencieux, répondit Winter.

Il avait d'abord hésité à diriger cet interrogatoire. Il n'était pas encore officiellement habilité à le faire, car cela demandait une certaine expérience. Mais Börge n'était pas un suspect et Winter était celui qui l'avait rencontré le plus souvent. Cela pouvait représenter un avantage. C'était du moins ce que lui avait dit Birgersson avant qu'il n'entre dans la salle.

Börge se tourna en direction de la lumière qui filtrait par la fenêtre. Il parut soudain avoir froid et déroula ses manches de chemise avant de poser ses mains sur la table. À la lumière de cette pièce à peine éclairée, ses mains semblaient très blanches sur le feutre vert. Winter se demanda si elles avaient jamais pris le soleil. On aurait dit du plastique blanc, ou du plâtre.

Après les formalités d'usage, il se prépara à poser des questions. Börge regardait toujours par la fenêtre. Il n'y avait pourtant rien d'autre à voir que le ciel au dehors. Aucun arbre n'atteignait cet étage. Winter se racla la gorge.

— Croyez-vous qu'Ellen pourrait revenir ?

Börge tourna la tête vers lui.

— Qu'est-ce que c'est que cette question ?

— Essayez de me répondre.

— Quelle importance, ce que je crois ?

La foi peut déplacer des montagnes, pensa Winter. Mais les policiers ne sont pas censés penser en ces termes. C'est bon pour les prêtres.

— Cela peut jouer sur la façon dont on surmonte un choc émotionnel.

— Qu'en savez-vous ?

— Quelles sont les dernières paroles qu'Ellen a prononcées avant de quitter la maison cet après-midi-là ?

— Je ne m'en souviens pas.

— Faites un effort.

— Vous vous rappelleriez, ce que vous a dit votre femme en sortant pour aller s'acheter un magazine ?

— Réfléchissez.

— À quoi ?

— À ce que je viens de vous demander. Ce que vous a dit Ellen en partant.

— Elle n'a rien dit en fait.

— C'était dans ses habitudes ?

— Je ne vois pas où vous voulez en venir.

Winter ne répondit pas.

— Vous vous attendiez à des paroles d'adieux ou à quelque chose du même genre ?

— J'essaie simplement de vous aider, dit Winter.

— M'aider, *moi* ?

— À vous rappeler.

— Mais s'il n'y a rien à se rappeler ?

Il y a toujours quelque chose, se dit Winter. Si l'on veut bien se rappeler. Toi tu n'en as pas envie. Et je veux savoir pourquoi.

— Vous avez déclaré précédemment que vous veniez de vous disputer lorsqu'elle a quitté la maison.

Börge garda le silence.

— Et que c'était la raison pour laquelle votre femme est sortie.

— Je n'ai jamais dit ça.

— Et que ce n'était pas la première fois.

— Attendez, là ! intervint Börge. Vous devriez vous calmer.

Winter était parfaitement calme. Tout comme Börge jusque-là. Ses réponses auraient pu paraître agressives à la lecture de l'interrogatoire, mais son attitude ne l'était pas. De ce point de vue, la transcription avait ses limites. Les mots n'étaient pas tout. Ils pouvaient parfois s'avérer moins importants que le reste. Tout devrait être conservé sur bande vidéo, songea Winter. Dans les années quatre-vingt-dix on filmera tout.

— Ellen a-t-elle déjà menacé de vous quitter ?

Börge tressaillit. Son regard se porta de nouveau vers la fenêtre mais il s'arrêta en chemin avant de revenir à Winter.

— Non. Pourquoi l'aurait-elle fait ?

— Elle désirait un enfant. Vous ne vouliez pas en entendre parler. N'est-ce pas une bonne raison ?

— Non.

— Vous ne pensez pas que cela puisse être une cause de divorce ?

— Vous ne comprenez pas, fit Börge. Avez-vous divorcé vous-même ?

— Non, répondit Winter.

Il s'était promis de ne répondre à aucune question étant donné que c'était à lui de les poser. Lorsque la personne interrogée commençait à le faire, c'était le signe que l'interrogatoire avait pris une mauvaise direction. Un interrogatoire, c'était un exercice de communication à sens unique maquillé en conversation. Le policier ne devait jamais rien laisser à entendre. Ne rien laisser échapper de ce qui le concernait. Ne rien dire qui puisse le mettre à découvert. Il s'agissait de prendre à son interlocuteur et non de lui donner quoi que ce fût. D'écouter l'autre. Et en même temps il fallait bien construire une relation de confiance. Entendre ce qu'ils ont à nous raconter, comme le lui avait dit Birgersson. Tous ont une histoire qu'ils voudraient bien délivrer, qui ne demande qu'à sortir et, si tout se passe bien, une fois qu'ils ont commencé à la débiter on ne les arrête plus.

— Vous êtes marié ? demanda Börge.

— Combien de fois Ellen vous a-t-elle parlé de son désir d'enfant ? enchaîna l'inspecteur.

— Je vois, vous n'êtes pas marié. Vous gagneriez à tenter l'expérience. C'est très instructif.

— Qu'est-ce que j'apprendrais par là ?

— Eh bien... à connaître les femmes, par exemple. (Le regard de Börge fuyait maintenant vers la fenêtre.) Ce genre de choses.

— Et comment sont-elles ?

— Vous pourrez vous en rendre compte par vous-même. (Winter crut voir passer un sourire sur le visage de son interlocuteur.) Il va bien falloir que vous appreniez au moins une chose par vous-même.

— Cela signifie-t-il que pour vous toutes les femmes se ressemblent ? demanda Winter.

Börge ne répondit pas. Il semblait absorbé par ce qui se passait derrière la fenêtre. Il n'y avait pourtant rien à voir.

Winter répéta sa question.

— Je n'en sais rien, répondit Börge, sans relever la contradiction dans ses propos.

— Comment définiriez-vous Ellen par rapport aux autres femmes ?

— Elle m'aimait, dit Börge en regardant Winter à nouveau droit dans les yeux. C'est la seule chose qui compte, non ?

Le hall était désert, comme si l'hôtel avait déjà fermé ses portes. Le jeune réceptionniste qui avait découvert le corps de Paula se tenait au comptoir. Bergström. Il s'appelait Bergström. C'était un nom du nord et d'ailleurs l'homme avait l'accent de Norrland. Tout le monde là-haut s'appelait quelque chose-*ström*, en combinaison avec un autre élément *courant*... dans la nature. Le nord, c'était sauvage, avec des paysages magnifiques. Il faudrait qu'un jour il fasse le voyage. En passant par Stockholm bien sûr. Winter voulait montrer à ses enfants ce que c'était que la neige. Elsa y avait eu droit deux semaines en tout et pour tout au cours de ses cinq premières années. Lilly jamais. Ce ne serait pas non plus le cas cet hiver-là. Heureusement des hivers, elles en connaîtraient beaucoup d'autres.

— Nous fermons dans deux semaines, l'informa Bergström.

— La décision ne s'est pas fait attendre.

Le réceptionniste haussa les épaules.

— L'hôtel semble déjà fermé, fit remarquer le commissaire.

Bergström eut un nouveau haussement d'épaules. Un de plus et ça relevait du tic nerveux.

— Comment ça se passe ? demanda Winter.

L'homme s'apprêtait à réitérer son mouvement d'épaules mais se retint au dernier moment.

— Pas très bien, répondit-il. Vous ne devriez même pas me trouver là.

— Pourquoi ?

— Congé maladie. Mais ne dites rien à la sécu. Salko s'est choppé la grippe et il n'y avait personne d'autre pour le remplacer.

— Vous avez encore des clients ?

— Deux ou trois commerciaux. Mais bon, ils sont tout le temps sortis pour affaires.

Winter vit un imperceptible sourire se dessiner sur les lèvres du réceptionniste.

— Vous pouvez laisser le périmètre de sécurité jusqu'à la fermeture, précisa Bergström.

— Trop aimable.

— C'est pas ce que je voulais dire.

— Je monte, annonça le commissaire en se dirigeant vers l'escalier.

Une fois parvenu au troisième étage, il traversa le couloir.

Il enjamba le cordon de sécurité et ouvrit la porte.

Winter se tenait maintenant au milieu de la pièce à écouter les bruits du dehors. Faibles, ils restaient perceptibles, malgré le double vitrage.

Avait-elle apporté la corde ?

Était-ce plutôt le meurtrier ?

Se connaissaient-ils ?

Il regarda autour de lui. Chambre numéro 10. Tout dans cette pièce lui était familier, comme cela pouvait l'être dans une cellule. Un endroit parfaitement connu mais dans lequel on ne voudrait pour rien au monde passer même une heure de sa vie. Il leva les yeux vers la poutre autour de laquelle la corde avait été nouée. Paula ne l'avait pas fait elle-même.

Winter ne l'avait pas vue pendue. Bergström avait fait en sorte que ce spectacle lui soit épargné. Mais il le regrettait. Quelle effroyable pensée... J'aurais donc souhaité me tenir ici-même, songea-t-il, et l'avoir vue pendue ?

Cela m'aurait-il permis d'apprendre quelque chose ? De comprendre quelque chose ?

Il sentit le frisson bien connu lui parcourir la nuque jusqu'au sommet du crâne. Il ferma les yeux et vit ce qu'il redoutait de voir. Dans le même temps, il perçut un courant d'air en provenance de la fenêtre, comme si quelqu'un venait de l'ouvrir. Comme si quelqu'un l'observait.

Il ouvrit les yeux. La fenêtre était fermée. La chambre également. Mais il était certain qu'il reviendrait sur ces lieux.

Il se rappela ses mots. Tous ses mots : *Je vous aime et je vous aimerai toujours quoi qu'il puisse m'arriver, vous serez toujours avec moi où que j'aille et si j'ai pu vous mettre en colère, alors je vous demande de bien vouloir me pardonner, je sais que vous me pardonnerez quoi qu'il puisse m'arriver et quoi qu'il puisse vous arriver, je sais aussi que nous nous retrouverons un jour.*

Le visage d'Elisabeth Ney était pâle et fermé. Depuis quelques instants, elle avait ouvert les yeux mais elle semblait toujours... enfermée en elle-même. Ouvert. Fermé. Winter ne pouvait le déterminer. Il était assis sur une chaise à côté du lit. Un vase rempli de fleurs rouges était posé sur la table de nuit. Il ne vit pas de carte.

— Ah ! c'est vous, fit-elle.

— C'est encore moi. Excusez-moi de venir vous déranger.

Elle ferma les paupières une fois, comme pour lui signifier qu'elle acceptait ses excuses.

— Comment vous sentez-vous ? demanda-t-il.

Elle ferma de nouveau les yeux. Cela doit signifier oui. Deux fois, ce sera non.

— Je ne sais pas ce que je fais là, reprit-elle au bout d'un moment. Comment j'ai pu me retrouver à l'hôpital.

— Vous avez besoin de repos, lui dit Winter.

— Est-ce que je suis malade ?

— Vous n'avez toujours pas parlé avec un médecin ?

— Ils prétendent que j'ai besoin de me reposer.

Winter hocha la tête.

— Mais ils vous ont laissé rentrer.

Elle dit cela de la même voix traînante que le reste. Le ton n'avait rien d'accusateur.

— Je voulais savoir comment vous vous portiez, précisa-t-il. Et je dois reconnaître que je voulais également vous poser quelques questions.

— Je comprends et je voudrais vraiment pouvoir vous aider. Mais je ne sais pas quoi vous dire. (Elle secoua la tête sur son oreiller.) Ni ce dont je dois me souvenir.

Ses cheveux bruns paraissaient noirs contre l'oreiller. La lumière qui filtrait à travers les persiennes accentuait les cernes sous ses yeux, et le menton semblait se dédoubler. Quelque chose dans le haut de son visage donnait à Winter une impression de déjà-vu. Chez quelqu'un d'autre. C'était une observation assez ordinaire. Beaucoup de gens, sans aucun lien de parenté, pouvaient avoir des traits communs. Il en était ainsi pour Elisabeth Ney. Il avait déjà vu ces yeux chez une autre. Il ne savait pas chez qui, ni où, ni quand. Quelqu'un qu'il avait croisé dans la rue, dans un magasin, un café ou encore dans un parc. N'importe où. N'importe quand.

Elle avait les yeux qui tiraient sur le vert.

— Paula voyait peut-être un homme au club, poursuivit Winter.

— Au club ? De quel club voulez-vous parler ?

— Le club de sport. Vous n'étiez pas au courant ?

— Euh... si. Bien sûr.

Elle n'en paraissait pas certaine. Mais cela n'avait pas forcément d'importance. Dans ce cas-là, c'étaient peut-être les mots eux-mêmes qu'il fallait croire.

— Paula vous en avait-elle déjà parlé ?

— Du sport ?

— De cet homme qu'elle voyait là-bas.

— Elle ne nous avait même pas annoncé qu'elle voyait quelqu'un. Pas le moindre mot. Je vous l'ai déjà dit.

Winter acquiesça.

— Elle m'en aurait parlé si ça avait été le cas.

— Avait-elle une raison de vous taire cela ? demanda le commissaire.

— Je ne vous comprends plus.

— Elle aurait peut-être souhaité vous dire qu'elle avait rencontré quelqu'un, mais sans pouvoir le faire.

— Pourquoi ? Qu'est-ce qui l'en aurait empêchée ?

— Elle n'osait peut-être pas.

— Pourquoi donc ?

— Je n'en sais rien.

— Vous voulez dire qu'elle était avec un homme qui l'obligeait à garder le silence ?

— Je n'en sais rien non plus. Ce n'est qu'une... supposition.

Elisabeth Ney se redressa sur son lit. Winter voyait sur l'oreiller l'empreinte en creux de sa tête, comme une tache d'ombre qu'elle aurait laissée derrière elle.

— Elle me l'aurait dit. Dans tous les cas elle me l'aurait dit.

Winter hocha la tête.

— Croyez-vous qu'elle ait pu suivre quelqu'un jusque dans cet hôtel de son plein gré ? demanda-t-elle.

— Tout dépend de ce qu'on entend par là.

— Vous voulez dire qu'on a pu la droguer ?

— Cette fois je ne fais aucune supposition, répondit Winter.

Mais Paula n'avait pas été droguée. L'autopsie en avait apporté la preuve. Peut-être avait-elle été paralysée. Paralysée de peur. Ça, l'autopsie ne pouvait pas le constater.

— Mais si on l'a entraînée dans cet hôtel... dans cette chambre... quelqu'un a bien dû la voir ?

Elisabeth était maintenant assise sur son lit. Elle était sur le point de se lever, les pieds déjà par terre. Winter comprit qu'elle commençait à sortir de son état de choc. Les questions commençaient à venir.

— Quelqu'un a bien dû assister à cela ?

— C'est ce que nous espérons, dit Winter. Nous cherchons des témoins. Nous travaillons à cela vingt-quatre heures sur vingt-quatre.

— Il y a bien des gens qui travaillent dans cet hôtel ? Qu'est-ce qu'ils disent, eux ?

— Personne ne l'a vue, répondit le commissaire.

— Et les femmes de ménage ? Est-ce qu'elles ne voient pas tout ? Elles font bien les chambres ?

— Pas... cette chambre. (Curieusement, il avait honte de dire ça.) On n'avait pas fait le ménage les derniers jours.

— Mon Dieu ! S'ils l'avaient fait, Paula serait peut-être encore en vie !

Winter ne disait plus rien, il aurait aimé s'échapper de là, se mêler au gris du ciel, et pouvoir rendre son visage impénétrable. Elisabeth Ney avait tout à coup retrouvé des couleurs. Elle semblait rajeunie. Il eut de nouveau la vague impression de reconnaître ses traits.

— Et comment peut-on prendre une chambre dans un hôtel sans être vu de personne ? demanda-t-elle en se levant du lit.

Winter étendit la main pour la réconforter mais elle repoussa son geste.

— Elle ne s'est pas inscrite sur le registre, expliqua-t-il.

— Elle n'a pas eu besoin de le faire ? Pourquoi ne l'a-t-elle pas fait ?

Le visage d'Elisabeth Ney était tout proche du sien. La tête commençait à tomber en avant. Elle essaya brusquement de la rejeter en arrière. Winter pensa aux séquences vidéo de la Gare centrale.

— Personne ne l'a vue, même à la réception ? Pourquoi ?

— C'est également ce que nous cherchons à comprendre. Mais nous ne savons pas comment cela a pu se passer.

— Qu'est-ce que vous avez appris sur ce qui a pu se passer ?

— Pas grand-chose.

— Mon Dieu.

Elisabeth chancela et Winter la retint de son bras tendu. Elle se rassit sur le bord du lit. Elle portait une large chemise de nuit, qui dissimulait complètement ses formes. Ses mains fines et nerveuses semblaient sculptées d'un bois délicat, qu'on aurait trop exposé aux intempéries.

— Sa main ! s'écria Elisabeth Ney. Pourquoi sa main ?

Dans le grand hall, Winter tomba sur Mario Ney.

Ce dernier le salua d'un signe de tête lorsqu'ils se croisèrent mais il ne fit pas mine de s'arrêter.

Winter, lui, stoppa net.

— Comment ça va pour elle ? demanda Ney en revenant sur ses pas.

— Elle est en train de sortir de son état de choc, répondit Winter.

Ney marmonna quelque chose d'inaudible.

— Pardon ?

— Ça l'a sûrement arrangée de se retrouver ici.

— Écoutez, c'était absolument nécessaire. Au moins pour un moment.

— Vous êtes médecin ?

Winter aperçut une cafétéria au fond du hall. Quelques tables et une grande plante verte au milieu. Il n'y avait personne à cette heure-là.

— Est-ce qu'on peut aller s'asseoir un instant ?

— Je monte voir Elisabeth.

— Juste quelques minutes.

— J'ai le choix ?

— Oui.

Ney eut l'air surpris. Il le suivit presque automatiquement lorsque Winter commença à se diriger vers la cafétéria.

— Elle m'attend, déclara Ney au moment où ils s'asseyaient.

— Qu'est-ce que je vous offre ?

— Un verre de vin rouge, dit Ney.

— Je ne suis pas certain qu'ils aient ce genre de chose ici, répondit Winter en visant le comptoir.

— Bien sûr que non. Qu'est-ce que vous croyiez ?

— Nous pouvons aller dans un bar.

— Je dois retrouver Elisabeth.

— Je veux dire après.

— OK, fit Ney en se levant.

— Je vous attends ici.

Ney acquiesça avant de s'éloigner.

Le portable de Winter se mit à sonner.

— Oui ?

— Le réceptionniste de l'hôtel te cherchait. Celui de l'hôtel Revy.

C'était Möllerström.

— Lequel ?

— Richard Salko.

— Qu'est-ce qu'il me voulait ?

— Il n'a pas voulu me le dire.

— Tu lui as donné mon numéro de portable ?

— Non. Pas encore. Je lui ai demandé de me rappeler dans trois minutes. Ça en fait déjà deux de passées maintenant.

— Donne-lui mon numéro.

Winter raccrocha et attendit.

Le téléphone vibra dans sa main. Il avait éteint la sonnerie.

— Winter.

— Bonjour. C'est Richard Salko.

— Oui ?

— Il y avait un type devant l'hôtel aujourd'hui. Il est resté un bon moment.

— Un type ?

— Un homme. Un mec. Je l'ai vu par la fenêtre. Il regardait la façade de haut en bas et de long en large, en revenant toujours aux fenêtres.

— Jeune ? Vieux ?

— Plutôt jeune. Trente ans. Peut-être un peu plus de quarante. Je ne sais pas. Il avait une espèce de bonnet. Pas pu voir ses cheveux.

— Vous l'aviez déjà vu avant ? Vous l'avez reconnu d'une façon ou d'une autre ?

— J'crois pas. Mais... il est resté un sacré temps. Comme s'il voulait juste rester là. Vous comprenez ? Comme si cet endroit signifiait pour lui quelque chose, comment vous dire. Comme s'il était déjà venu avant.

— Il est entré ?

— Non. Pas d'après ce que j'en ai vu.

— Il aurait pu le faire ?

— Eh bien... seulement très peu de temps dans ce cas. J'avais une commission à faire dans une chambre mais je ne me suis pas éloigné plus de quelques minutes.

— C'était peut-être un de vos habitués.

— Peut-être bien. Mais il est pas dans mon passe. J'l'ai pas reconnu j'veux dire.

— Un touriste ? demanda Winter.

— Il en avait pas l'air.

— De quoi avait-il l'air ?

— D'un demeuré.

— Vous en êtes où dans la liste ?

— La liste ?

— J'attends toujours la liste de tous les employés de l'hôtel depuis sa création.

— Moi aussi, répondit Salko.

— Ça signifie quoi, ce commentaire ?

— Désolé, désolé. Mais ça prend du temps. Ça représente plusieurs dizaines d'années. Et faut voir qu'il y a eu beaucoup de rotations.

— Si nous avions eu plus de monde, nous aurions fait ce travail nous-mêmes.

— Je sais ce que c'est.

— Ah bon ?

— J'vais faire de mon mieux. On y travaille. J'vous ai bien appelé, non ?

16

Des touristes. Encore en cette fin du mois de septembre, la ville était envahie par les touristes. Ils étaient
là pointant du doigt, posant des questions, espionnant.
Ils mangeaient, buvaient, riaient ou pleuraient. Winter
n'avait rien contre eux. Il leur indiquait volontiers le chemin. Sans doute la ville déclinerait-elle sans le tourisme,
vu que c'était pour ainsi dire la dernière industrie à
peu près viable. Avec la criminalité, organisée ou pas.
L'héroïne avait fini par toucher Göteborg. On savait que
ça devait arriver et, désormais, cette merde était bien là.

— Grâce à nos amis de l'étranger, disait Halders.

Ils étaient en voiture le long du fleuve. Car, à Göteborg, où qu'on aille, on se retrouve toujours à longer le
fleuve. Sous le soleil d'automne, ce dernier prenait une
teinte huileuse et noire. Un ferry glissait vers Vinga, en
direction du lointain Jutland. Il y avait de grands risques
qu'il revienne avec cette merde dans le ventre. Ou de
fortes chances, pour certains. Les gains pouvaient être
énormes. Un navire arrivait bien chargé.

Ils avaient parlé de la drogue et de la criminalité
qu'elle ne manquait pas d'entraîner. À grand bénéfice,
grande violence.

Halders roulait sur l'avenue Allén. De part et d'autre,
des groupes de jeunes fumaient du shit sur les pelouses
– un tableau qui rappelait la bonne vieille tranquillité
d'antan. Les volutes de fumée qui s'élevaient au-dessus

du canal se mêlaient aux différents gaz qui circulaient dans l'air. Cependant, le doux parfum épicé du haschisch l'emportait sur toutes les autres odeurs et Winter le reconnaissait toujours lorsqu'il empruntait les ponts au-dessus des canaux en fin d'après-midi.

— *Par une belle après-midi de septembre, on s'allonge le long d'Allén pour s'allumer un petit feu et se faire plaisir au soleil*, chantait Halders en battant la mesure avec ses doigts sur le volant.

— C'était pas mal, commenta Winter. C'est de toi ?

Halders le regarda.

— Tu n'as jamais entendu parler de Nationalteatern ?

— Ah, d'accord.

— Tu les connais ?

— Naturellement.

Halders eut un sourire mauvais mais ne dit rien. Il s'arrêta au rouge. Sur la pelouse, deux types en ponchos levèrent les yeux de leur menue besogne et fixèrent la voiture de police. Halders leur adressa un signe de la main.

— *Retiens ça, les mouchards, bang bang, sont sur les dents, ni une ni deux, bang, et tu te fais chaluter par les flics*, chantait-il.

Il se tourna vers Winter.

— C'est notre truc à Göteborg, le chalut...

— Sans compter le chahut, dit Winter.

— J'en ai rien à foutre de cette fumette, poursuivit Halders en pointant la tête vers les ponchos qui commençaient à disparaître derrière la fumée de leur pipe.

— Mmm.

— Mais les autres, c'est une autre paire de manches.

Halders s'arrêta au feu suivant.

Un homme traversait sur le passage clouté. Il avait les cheveux noirs, des traits anguleux, une allure à venir des Balkans, de Grèce ou d'Italie, de quelque part au sud du Jutland en tout cas.

— Encore un passeur ! lança Halders en pointant la tête vers lui.

Winter ne commenta pas.

— Ils vont finir par nous avoir, continua Halders. Dans dix, quinze ou vingt ans, toute la ville sera envahie par les dealers et les bandes organisées d'origine étrangère. (Il se tourna vers Winter.) Et tu sais quoi ? La plupart seront nés ici !

— Tu sais lire l'avenir, Fredrik.

— C'est une nécessité, mec. On est obligés de prévoir. C'est ce qu'on appelle avoir de l'imagination. Et c'est la seule chose qui nous différencie des psychopathes.

— Tu crois qu'on sera tous les deux encore là, Fredrik ? Dans vingt ans ? Dans une voiture de police à patrouiller sur Allén ?

— Vingt ans ? Voyons... ça nous fera deux mille sept. Ouais, pourquoi pas ? Si on est pas morts avant bien sûr. Tombés au champ d'honneur dans un échange de coups de feu avec des dealers des quartiers nord.

— Tu as dit d'origine étrangère tout à l'heure.

— C'est pareil.

Dans vingt ans. Winter aurait pu essayer de se représenter ce qu'il en serait vingt plus tard, mais ça ne le tentait pas. Les années deux mille lui paraissaient plus lointaines que les pays étrangers d'Halders. C'était comme une autre planète encore inconnue. S'il parvenait jusque-là, il se serait passé beaucoup de choses en chemin, il aurait coulé beaucoup d'eau sous le pont du Göta.

Halders freina au troisième feu rouge devant un homme qui traversait sur le passage clouté.

Un bon Suédois pur jus. Il avait la démarche raide et fixait les yeux devant lui à la manière d'un somnambule.

— Dis donc, celui-là, commenta Halders, il aurait besoin d'un réveille-matin.

— Mais c'est Börge, dit Winter.

— Börge ? Quel Börge ?

— Börge, Christer Börge. Sa femme a disparu, il y a de ça un mois. Ellen Börge. Je l'ai interrogé chez nous, avant-hier.

— Pourquoi ?

Le feu était toujours au rouge. Börge avait traversé et se dirigeait vers la place Rosenlund. Winter le suivit du regard. L'homme gardait toujours la tête droite. Il marchait rapidement, mais sans direction précise. C'est l'impression qu'en eut Winter. Börge ne savait pas où il allait.

— Pourquoi donc ? répéta Halders.

— Il y a quelque chose que je ne saisis pas dans cette affaire, répondit Winter en se tournant vers son collègue, tandis que le manteau de Börge disparaissait sous le couvert des arbres aux feuilles jaunies.

— Une affaire ? Mais ce n'est pas une affaire que je sache.

— Pour moi, si. Je pense que cette disparition est d'origine criminelle.

— Tu la crois morte ?

Winter leva ses mains en signe d'ignorance.

Le feu passa au vert et Halders donna un coup d'accélérateur.

— Tu as bien un indice ou quelque chose. Qu'est-ce qui te fait penser ça ?

Winter chercha à repérer Börge de nouveau. En vain.

— C'est lui, déclara-t-il en désignant le bosquet désert.

— Tu crois qu'il a pu faire ça ? Tuer sa femme ?

— Je ne sais pas. Il y a quelque chose là-dedans que je comprends sans le comprendre.

Halders se mit à ricaner.

— Le problème, c'est peut-être pas lui, mais toi, mec.

— J'aimerais bien pouvoir prendre les choses comme toi, Fredrik.

— Je te comprends. T'es pas le seul ; il y en a beaucoup d'autres sur la liste.

— Toujours gai, insouciant et même ignorant.

— L'intuition vaut mieux que l'instruction, dit Halders.

— C'est d'Einstein. Tu viens de le citer.

— Je ne savais pas, répondit Halders avec un sourire. Mais tu vois.

— J'aimerais bien pouvoir faire comme toi, répéta Winter.

— Attention ! La flatterie, ça ne marche pas avec bibi.

— Finalement, tu es un homme heureux, Fredrik.

Halders s'arrêta au quatrième feu.

— Alors c'est toi qui as interrogé Börge, Einstein ? Qu'est-ce qu'il en a dit Birgersson ?

— C'est lui qui me l'a suggéré.

— Putain, c'est pas vrai ? !

— Mais je lui en avais déjà parlé avant.

— Tu lui as sûrement fait de la lèche, au patron.

— Tu n'as jamais fait d'interrogatoire, Fredrik ?

— Alors comme ça, Birgersson s'intéresse à ce type ? marmonna Halders sans répondre à la question de Winter.

— Lui aussi doit soupçonner quelque chose.

Halders ne disait plus rien. Il roulait maintenant sur Första Långgatan. Un tramway en direction de l'ouest passa devant eux dans un sifflement. Halders baissa la vitre. Winter sentit pénétrer un courant d'air froid. Le niveau sonore augmentait. Leur radio de bord se mit à grésiller, à crachoter, à parler enfin, mais le message n'était pas pour eux.

— Et tu en as tiré quelque chose ? demanda Halders tout en tournant à droite, en direction du fleuve, pour finalement s'arrêter devant un cinquième feu rouge. (Un semi-remorque, qui venait de descendre du ferry, passa en mugissant sur Oscarleden.) Ça t'a permis d'éclairer ta lanterne, cet interrogatoire avec monsieur Longmanteau ?

— La seule chose que j'ai pu apprendre, c'est qu'il aimait sa femme.

Le feu passa au vert et Halders démarra sur les chapeaux de roue pour prendre en direction de l'ouest. Winter vit le ferry passer sous le pont d'Älvborg. La perspective était trompeuse. On aurait dit que les hautes cheminées allaient s'écraser droit sur les arches du pont.

— Il te l'a dit ? Pendant l'interrogatoire ? (Halders tourna la tête.) Qu'il l'aimait ?

— Oui.

— Alors, c'est lui le coupable.

— C'était la deuxième fois, précisa Winter.

— Alors, il est doublement coupable.

Il n'y avait pas grand monde à la cafétéria et tout respirait le calme et la simplicité. Un homme s'était traîné jusque-là en pyjama, entouré de sa famille. Ils s'entretenaient à voix basse et Winter ne saisissait pas un mot de leur conversation. Quelques jeunes, arrivés de dehors, s'installèrent sans rien commander. Ils ouvraient de grands yeux comme s'ils venaient, d'une façon ou d'une autre, de se tromper de porte.

Mario Ney ne revint qu'au bout de trente minutes. Entre-temps, Winter avait travaillé sur ses notes. Tous les clients qui se trouvaient à l'hôtel Revy à l'heure où Paula avait été assassinée avaient maintenant été entendus. Ils n'étaient pas si nombreux et tous pouvaient être écartés de l'enquête. Certains se retrouveraient en revanche impliqués dans d'autres procédures judiciaires. L'hôtel s'apprêtait à fermer ses portes et personne ne savait ce qu'il deviendrait par la suite. Pour Winter, on aurait aussi bien pu raser toute cette merde. Mais pas tout de suite.

Ney prit place en face de lui mais s'assit au bord du siège. Winter aurait pu convenir d'un autre rendez-vous ailleurs et à un autre moment, cependant quelque chose chez le père de Paula le poussait à se décider pour tout de suite. Quelque chose dans l'expression du visage que Winter reconnaissait bien. Ce n'était pas la même que chez Elisabeth. C'était l'agitation de celui qui sait quelque chose. Et qui veut s'en débarrasser.

— On va où ? demanda Ney.

— Ça vous dit toujours, un verre de vin ?

— Oui mais seulement si vous..., dit Ney, sans aller jusqu'au bout de sa pensée.

— Je suis toujours partant pour un verre de vin, répondit Winter. Laissez-moi juste le temps de m'occuper de ma voiture.

Le bar était situé à proximité de chez Winter. Il venait de se garer dans le parking de son immeuble après avoir laissé Ney dans une rue toute proche.

Ils commandèrent chacun un verre de bon vin. La serveuse, une fille de vingt ans, leur servit préalablement de l'eau sans dire un mot. Winter ne l'avait encore jamais vue.

— J'assume, déclara-t-il lorsque la jeune femme se fut éloignée.

— Vous voulez dire par rapport au règlement ?

— Ça ne passerait pas très bien, malheureusement.

— Vous bossez souvent comme ça ? demanda Ney. Il y a de quoi devenir alcoolique.

— J'y travaille.

— Faites attention. Ça vient plus vite qu'on ne pense.

Winter hocha la tête.

— J'ai connu des gens à qui c'est arrivé, dans mon entourage.

— De quel entourage parlez-vous ?

— Oh ! rien de spécial, répondit Ney en laissant son regard s'échapper au loin.

L'atmosphère de l'établissement était sereine. Le crépuscule tombait. Winter ne reconnaissait pas le barman. Il avait un œil cerné de noir, sans rapport avec la fatigue. Il avait dû recevoir un sacré coup. Ailleurs. Ce n'était pas le genre de la maison.

— Il faut que je vous fasse des excuses si je vous ai brusqué l'autre fois, reprit Ney. Chez nous... (Il regarda Winter.) Et je ne dis pas ça parce que vous me payez un verre.

— Je peux vous en offrir un deuxième.

— Vous comprenez ce que je veux dire ?

— Je comprends votre réaction. Elle est parfaitement normale.

— Vraiment ?

— Quand une chose pareille vous arrive, il n'y a plus rien d'anormal, remarqua Winter. Ou de normal. Plus rien n'est normal.

Il jeta un nouveau regard circulaire sur la salle. Dehors, la nuit avait commencé à tomber depuis cinq bonnes minutes. Les contours des choses commençaient à s'estomper. Tout devenait flou et cela ne ferait qu'aller en s'amplifiant si personne n'avait la mauvaise idée d'allumer les lampes. En attendant, ils laisseraient venir à eux la nuit. Ils n'avaient toujours pas touché au vin. On dirait qu'aucun de nous deux n'a envie de lever son verre, pensa Winter. Nous ne sommes pas venus pour ça.

— Mais pourquoi ? demanda Ney. C'est incompréhensible. Pourquoi ?

— Cette lettre...

— Ne me parlez pas de cette maudite lettre.

— Il le faut bien pourtant.

— Je n'en ai pas envie. Elisabeth non plus. Personne ne le veut.

Winter leva son verre sans prendre la peine d'en humer le vin, ce qui lui enleva tout son goût. Ney but le sien. Sans non plus chercher à sentir aucun arôme. Ils auraient aussi bien pu avaler une piquette tout droit sortie d'un cubitainer. Winter n'avait jamais commis cet impair. Le vin, c'était la bouteille en verre. Si l'on commençait à tirer son vin d'une boîte en carton, autant le boire dans un verre en plastique.

Ney reposa le sien.

— Je ne comprends pas cette histoire de culpabilité, reprit-il sans chercher le regard de Winter. Pourtant ça ressemble à quelque chose comme ça. Comme si elle nous demandait pardon. Elle nous *prie* de lui pardonner. Elle n'avait rien à se faire pardonner. Rien.

— Il ne vous est jamais rien arrivé ? Dans la famille ?

— Quoi donc ?

— Quelque chose qu'elle aurait eu en tête, dit Winter. Dont elle n'arrivait pas à se débarrasser. Une chose que vous avez peut-être vous-même oubliée.

— Je ne saisis pas, fit Ney en regardant cette fois le commissaire droit dans les yeux. Je ne me souviens de rien. Il ne s'est rien passé. Qu'est-ce qui a bien pu pousser Paula à... nous écrire une lettre comme ça ? Dans une pareille... situation. Mon Dieu !

— Elle est partie en voyage. Pour un long voyage.

— C'était il y a longtemps.

— Pourquoi est-elle partie ?

— Elle était jeune. Enfin plus jeune. Mon Dieu. Elle était encore tellement jeune.

Ney parut soudain pris de peur face à ses propres mots. Comme s'ils l'avaient agressé. Il avait tressailli comme sous l'effet d'un coup. Comme si quelqu'un d'invisible aux yeux de Winter venait de se dresser devant lui. Un courant d'air froid pénétra brusquement par la porte, ou par une fenêtre. Le regard de Ney rentra en lui-même. Son visage se referma.

— Pendant une longue période, vous n'avez pas su où se trouvait Paula, déclara Winter.

— Nous savions où elle était, répondit Ney.

— Ah bon ?

— Nous savions qu'elle voyageait en Europe.

— En Italie ? S'est-elle rendue dans votre région d'origine ?

Ney ne répondit pas. C'était une réponse suffisamment éloquente.

— En Sicile ?

— Il ne reste plus rien là-bas, prononça Ney. Rien à voir pour elle.

— Mais elle est quand même partie là-bas ?

— Il n'y a rien. Elle ne pouvait rien trouver là-bas.

— Trouver ? Que cherchait-elle ?

— Chercher...

Ney paraissait aussi chercher ses mots. Ses liens avec son pays d'origine étaient-ils à ce point distendus qu'il n'ait plus rien à en dire ? Il faut que j'y aille doucement, se dit Winter. Ce voyage en Sicile de Paula pourrait n'avoir aucun rapport avec sa mort. D'où me vient cette impression que c'est pourtant le cas ? Serait-ce le silence de son père ? De sa mère ? Elle aussi se tait, à sa manière.

— Paula ne parlait même pas l'italien, reprit Ney, comme s'il s'agissait d'une clause rédhibitoire.

— Mais Elisabeth nous a bien précisé que votre fille l'avait appris.

— Quelques mots à peine.

Un étrange voyage, songea Winter. Que s'était-il passé durant ce voyage ? Et ensuite ? Dix ans après ?

Que s'était-il passé dans cet appartement ? se demandait Winter en circulant d'une pièce à l'autre. Paula l'avait occupé ces sept dernières années. Une longue période de temps. Qui avait pu lui rendre visite ici ? Pas grand monde. Paula et la solitude. Il y avait eu ses parents. La famille. Son travail. Deux ou trois amis. Cela représentait-il une vie solitaire ? Dans ce cas, Winter, lui aussi, était un homme seul. Il n'avait pas plus. Ça lui suffisait. Et ce n'était pas la solitude.

Il se posta à la fenêtre. Le quartier de Guldheden s'étendait devant lui, avec ses immeubles, ses collines et ses petites buttes, sa grand place qui demeurait moderne mais datait d'une autre époque. Ce qui a été construit dans les années cinquante restera toujours moderne avait un jour déclaré Ringmar. Les années cinquante-soixante. On ne fera jamais plus moderne. Winter avait fêté ses vingt ans au printemps 1980. Pour lui les années soixante-dix avaient été synonymes de modernité, c'est dire ce qu'il attendait des années quatre-vingt. Il voulait être juriste. Il avait fini par devenir flic. À cette période-là, il avait souvent, comme maintenant justement, contemplé Guldheden. Sous un autre angle, d'un autre endroit, mais c'étaient les mêmes bâtiments, les mêmes rochers.

À l'époque, son propre appartement n'était que sommairement meublé. Il avait quelque chose de dépouillé, d'inachevé, et cela lui paraissait normal. Il n'était pas encore prêt pour quoi que ce soit. Quant à celui-ci... le logement de Paula était encore couvert, drapé, et là-dessous il n'y avait rien qui puisse raconter une vie. Son appartement était aussi sommairement meublé, aussi dépouillé qu'avait pu l'être celui du jeune inspecteur. À sa mort, Paula n'avait que deux ans de plus que lui à l'époque. Winter fut tout à coup submergé par le désespoir. Oui. Mais ce sentiment disparut aussi vite qu'il était apparu. Il n'y aurait pas de modernité des années 2010 pour Paula, il ne resterait rien des années 2000. Rien ne serait jamais terminé dans cet appartement, ni dans aucun autre ailleurs.

Winter aperçut une fourgonnette se faufiler en bas, au milieu des grands immeubles en brique, et s'arrêter devant une boîte aux lettres. Une femme en sortit. Paula n'avait aucune faute à se reprocher, elle n'était responsable de rien. On lui avait mis un stylo dans les mains. C'était ce monstre. Sa main n'avait plus d'existence propre. Elle avait disparu sous une couche de blanc.

La factrice vida la boîte aux lettres, rangea le sac dans la voiture jaune et s'installa derrière le volant. Elle prit ensuite le rond-point avant de disparaître en direction du nord. Winter avait vu ses mains blanches manipuler le volant tandis qu'elle s'engageait dans le rond-point. Il était resté tout ce temps à la fenêtre. Les feuilles sur les arbres étaient belles, jaunies pour la plupart.

Soudain la ville au dehors lui parut plus vaste que jamais. On pouvait s'y cacher. Commettre un acte criminel et se cacher ensuite. Mais je t'aurai, mon diable.

Il savait que ce ne serait pas sans danger.

L'avion glissa sur le sol dans cette lente manœuvre ordinaire de l'atterrissage et son intense accompagnement sonore. Winter se tenait sur le parking côté est et regardait l'avion toucher terre, pareil à un gigantesque oiseau migrateur qui aurait fait route vers le nord. En se trompant de direction. Mais plus tard dans la soirée il repartirait à l'opposé. Dans moins de trois mois, lui-même serait à bord. Ou, plus exactement, *ils* y seraient.

Il entra dans l'aérogare et se posta dans le hall des Arrivées. Les gens formaient un demi-cercle devant les portes. Il eut l'impression de reconnaître certains visages. Cela n'avait rien d'étonnant, il n'était pas le seul à avoir de la famille sur la Costa del Sol. Málaga n'était pas une destination si lointaine.

Lilly dormait dans sa poussette qu'Elsa manœuvrait avec beaucoup de précautions.

— Papa ! Papa !

Elsa lâcha la poussette et Winter dut la rattraper d'un bras tandis qu'il serrait de l'autre sa fille. Elle sautait maintenant très haut, bien plus haut que quelques semaines auparavant.

Elle le couvrit de bisous, il ne put même pas lui en rendre un seul.

Enfin, il attrapa Angela par la taille et l'embrassa.

— Bienvenue à la maison.

— Bonjour, Erik.

— Comment s'est passé le voyage ?

— Lilly a eu un peu mal aux oreilles, mais ça a fini par passer.

— Elle a vraiment beaucoup crié, ajouta Elsa.

— Suffisamment pour pouvoir dormir jusqu'à demain matin, commenta sa mère.

Winter se pencha pour embrasser sa cadette. Elle ne se réveilla pas. Elle sentait bon. Il avait presque oublié cette odeur-là.

Elsa et Lilly dormaient lorsqu'il déboucha une bouteille et l'apporta dans le séjour. Angela était installée dans un fauteuil près du balcon. La porte-fenêtre était entrouverte et l'on pouvait entendre le trafic en bas, comme un bruissement lointain. Le rideau se soulevait sous l'effet de la brise.

— Il fait plus doux que je ne pensais, soupirait Angela. Et la ville me paraît plus grande. C'est drôle comme impression.

— On oublie vite, observa Winter.

— Comme il fait doux à Göteborg ?

— Oui. Tendre et doux.

— Comme tes affaires...

Il goûta le vin. Il était frais et sentait bon le terroir alsacien.

— Vous en savez un peu plus sur le meurtre de cette femme ?

— Paula.

— Oui. Vous en savez davantage ?

— Je ne sais pas si je sais, répondit-il avant de lui résumer ses dernières journées. Mon congé a été validé, ajouta-t-il ensuite. Le Directeur régional n'avait pas d'objections.

17

Couchés, ils écoutaient les rumeurs de la nuit. Elles étaient peu nombreuses. Aucune sirène, à peine quelques bruits de moteur. Winter consulta le réveil : presque l'heure du loup. Dehors, le vent avait forci, la température avait baissé. La fenêtre à moitié ouverte laissait entrer un courant d'air. Il sortit du lit pour aller la fermer. Le vent agitait les arbres autour de Vasaplatsen. Malgré l'obscurité, il voyait leurs feuilles qui tombaient sur le sol. Il essaya de distinguer si quelqu'un était en train de fumer sur le balcon, de l'autre côté du square. En vain. Lorsqu'il retourna au lit, ses pieds glissèrent sur les lames du parquet encore tièdes. C'était l'une des raisons qui les avaient convaincus de rester dans cet appartement. Les enfants pouvaient jouer sur le parquet sans risque d'attraper froid. Le chauffage par le sol dans un logement récent, ça n'avait rien à voir, et l'on ne trouvait plus cette qualité de bois.

— Il fera bientôt jour, fit remarquer Angela.
— On a quelques heures encore.
— Je ne crois pas que je pourrai me rendormir.
— Pourquoi ?
— J'ai trop de choses en tête.
— Tu veux que j'aille te chercher un verre d'eau ?
— Oui, c'est gentil.

Il quitta de nouveau le lit, traversa le couloir et prit un verre sur l'étagère de la cuisine. Des bruits familiers montaient de la cour. C'était l'heure de la distribution du journal. D'ici trois minutes, ce dernier allait atterrir dans le couloir. Angela irait le prendre et se plongerait directement dedans – enfin des nouvelles fraîches !

Winter pressentait que, pour l'heure, le meurtre de Paula n'aurait droit qu'à un entrefilet. On avançait trop peu, du moins pour les journalistes. Dans le même temps, certains devinaient que moins ils recueillaient d'informations, plus on devait leur en cacher. Le silence pouvait être éloquent. Mais dans cette affaire, il parlait d'une autre manière. Le silence autour de Paula. Il n'arrivait pas à comprendre. Il y avait dans ce silence une retenue qu'il n'avait jamais rencontrée auparavant. Un silence de coulisse. On sait qu'il ne dissimule rien d'extraordinaire. On peut le voir, le toucher, mais il n'a pas de corps. Inséparable de tout ce qui par ailleurs nous semble bien réel, mais ne fonctionnant pas avec. C'est comme lire des consignes de rêve, pensa-t-il. Ça n'existe pas. Ça ne peut pas exister.

Il revint avec un verre d'eau.

— Merci.

— Pourquoi est-ce qu'ils se taisent tous ? demanda-t-il en s'asseyant sur le bord du lit.

— Qu'est-ce que tu veux dire ? Ici, chez nous ?

— Chez Paula. Dans l'entourage de Paula. Il règne un tel silence.

— Pourtant, tu as bien parlé avec son père. Il ne s'est pas un peu ouvert à toi ?

— Je n'en sais franchement rien Je ne comprends pas ce qu'il voulait.

— Encore un travers du métier, Erik. Tu t'imagines toujours que les gens ont des intentions cachées.

— Mouais...

— Qu'ils mentent. Ou cherchent à cacher la vérité.

— Est-ce que ça n'est pas la même chose ?

— Tu sais très bien ce que je veux dire. Et ensuite, quand quelqu'un cherche juste à parler des choses telles qu'elles sont, ou bien quand il a envie... oui, de se soulager un peu, d'une certaine façon, alors tu n'y crois pas non plus.

— Le commissaire dans le rôle du psychothérapeute.

— Voilà, tu commences à comprendre, dit-elle.

Winter vit le sourire d'Angela briller dans l'ombre de la chambre.

— Ça fait longtemps que j'ai compris ça, répondit-il. Je me prête assez bien à ce rôle.

— Oui, je sais, Erik. Mais essaie de *voir* les choses comme ça une fois encore. Tout le monde ne ment pas.

— On ment tant que le contraire n'a pas été prouvé, répliqua-t-il.

— Ne serait-ce pas plutôt l'inverse ?

— C'était le cas avant.

— Tu m'as promis, une fois, que tu ne deviendrais pas cynique.

— Cette promesse-là, je l'ai tenue.

Ils entendirent un bruit nouveau en cette heure du loup.

— Lilly, fit Angela. Elle commence à se réveiller tôt.

— J'y vais.

Il sortit à nouveau dans le couloir et entra dans la chambre des filles. Ils avaient demandé à Elsa si elle voulait avoir sa propre chambre, mais elle préférait partager la sienne avec Lilly. C'était plus « rigolo ». Et Lilly avait emménagé chez elle. La petite avait déjà réussi à se mettre à moitié debout lorsque Winter la souleva tout en lui chuchotant dans l'oreille.

Il se rendit dans le bureau de Ringmar avant la réunion du matin. Ce dernier était plongé dans la lecture d'un épais document posé devant lui.

— Tu m'as l'air en forme, déclara Ringmar lorsque Winter se fut assis.

— La famille est rentrée hier soir.

— Ah ! Ah ! Fini la vie de célibataire !

— Ça fait un moment, fit remarquer Winter.

— Tout remonte à un bon moment, dit Ringmar tout en consultant son dossier.

— Qu'est-ce que tu lis ?

Le téléphone de Ringmar sonna avant qu'il n'ait eu le temps de répondre quoi que ce soit.

— Oui ?

Winter ne perçut qu'une voix indistincte. Ringmar acquiesça deux fois. Il secoua la tête en regardant Winter. Ce dernier se pencha en avant.

— Où se trouve-t-il en ce moment ? demanda Ringmar à son interlocuteur. (Il écouta la réponse.) Il faut espérer qu'il ne bougera pas.

Winter vit une ride creuser le front de son collègue, entre les deux yeux.

— Elisabeth Ney a quitté l'hôpital, mais elle n'est toujours pas rentrée chez elle, annonça-t-il tout en raccrochant.

— Je t'écoute, dit Winter.

Il sentait un point douloureux se former au-dessus de sa tempe gauche.

— C'était Möllerström. Mario Ney vient d'appeler, mais le temps que Möllerström te passe la communication, il avait disparu.

— À moi ? Il voulait me parler ?

— Oui.

— Où est-il ?

— C'est la première chose que Möllerström lui a demandée, il connaît son métier. Ney a dit qu'il se trouvait chez lui. Il venait d'appeler l'hôpital ; on lui avait annoncé qu'Elisabeth avait quitté sa chambre de son propre chef et sans demander qu'on vienne la chercher.

— Bien sûr, personne ne s'est posé de question, dit Winter. Ou alors ils pensaient que c'était prévu.

— En tous cas, elle n'est pas rentrée chez elle. Cela fait déjà trois heures qu'elle est partie de l'hôpital. Et elle n'a pas de portable.

— Quand est-ce que Ney a téléphoné là-bas ?

— Il y a tout juste un instant, d'après Möllerström. Il nous a appelés directement après. Depuis, le collègue a essayé de le joindre, mais personne ne répond chez eux.

— Elle est peut-être allée faire un tour en ville, suggéra Winter. S'asseoir dans un café, faire une course. Ou bien se promener en tramway.

Ringmar hocha la tête.

— Tout pour ne pas rentrer à la maison, dit-il.

— Ou alors elle n'a pas encore toute sa tête.

— Et si elle avait disparu ? demanda Ringmar.

— Ce mot peut signifier beaucoup de choses, Bertil.

— On file à Tynnered, conclut ce dernier.

— Il n'y a donc aucun contrôle ? leur lança Mario alors que les deux policiers étaient encore dans la cage d'escalier.

Il les avait attendus devant la porte grand ouverte. Il avait dû les voir se garer, depuis la fenêtre de sa cuisine. Ses paroles résonnèrent jusqu'en bas. Il avait le front mouillé de sueur.

— Comment a-t-elle pu sortir comme ça ?

— Pouvons-nous entrer, Mario ? demanda Winter.

— Comment ? Oui...

À peine avaient-ils mis un pied dans l'entrée que Mario claqua la porte derrière eux. Winter entendit l'écho se propager dans la cage d'escalier.

— Pouvons-nous nous asseoir un moment, Mario ?

— Nous... nous asseoir ? On n'a quand même pas le temps de faire salon ? !

— Nous avons des hommes sur le terrain et ils sont en train de sillonner la ville à la recherche d'Elisabeth, précisa Ringmar.

— La ville ? Et si elle n'y était pas, en ville ?

— Où pourrait-elle donc se trouver dans ce cas ? demanda Winter.

Ney ne répondit pas. Ils se dirigèrent vers le séjour. Ney s'enfonça dans un fauteuil. Il regardait Winter.

— Ça fait plus de trois heures qu'elle est partie, reprit-il au bout de dix secondes.

— Quand avez-vous parlé avec Elisabeth pour la dernière fois, Mario ?

— Vous le savez bien. C'était juste avant qu'on aille prendre un verre, vous et moi.

Ringmar lança un rapide coup d'œil à son collègue.

— Pourquoi avez-vous appelé l'hôpital ? demanda Winter.

— App... J'appelle tous les jours. Qu'est-ce qu'il y a d'étonnant à ça ?

— Rien. Mais vous avez plutôt l'habitude de lui rendre visite. Quotidiennement.

— J'appelle et ensuite je viens, oui.

— Qu'a-t-elle dit au personnel en partant ? demanda Ringmar.

— Vous n'êtes même pas au courant ?

— Des collègues sont partis là-bas, expliqua Winter. Mais Bertil et moi avons préféré venir vous voir tout de suite.

— Elle doit être encore perturbée, dit Ney. Elle n'aurait jamais fait ça en temps normal. Jamais.

Jusque-là, c'était une erreur de l'avoir hospitalisée, songea Winter. Maintenant, c'en était une de l'avoir laissée sortir. Soit il a compris la leçon, soit nous avons affaire à autre chose.

— Avez-vous eu l'occasion de parler avec Elisabeth depuis ce matin ? demanda Winter.

— Non.

Winter consulta Ringmar du regard.

— Est-ce que quelqu'un d'autre a pu le faire ? interrogea Mario Ney.

Winter ne répondit pas.

Ney répéta sa question.

— Nous ne le savons pas encore.

Ils l'apprendraient une heure plus tard. Quelqu'un, une voix d'homme, avait appelé Elisabeth. La conversation avait eu lieu grâce à l'entremise d'une infirmière qui était allée la chercher dans sa chambre et lui avait permis de prendre la communication sur un poste installé dans un coin discret de la salle de repos.

Une demi-heure plus tard, elle avait quitté les lieux. Personne à l'accueil n'avait souvenir de l'avoir vue passer les portes rutilantes de propreté. C'était comme à l'hôtel, constata Winter. Des inconnus pouvaient entrer et sortir comme ils voulaient.

— D'où est-ce qu'il téléphonait ?

Halders était entré dans la pièce quelques minutes après les autres.

— Du Gothia, répondit Winter. L'hôtel.

— Et merde ! On n'en a toujours pas fini avec ce chapitre.

— La communication provenait d'un appareil situé dans le hall, précisa Ringmar.

— Et bien sûr aucun employé n'a pris la peine de nous appeler ? s'écria l'inspecteur.

— Apparemment pas, répondit Ringmar.

— Pas con, le salaud ! ajouta Halders. Il entre, l'air de rien, genre pleut trop dehors, puis il emprunte le téléphone pour nous appeler.

— À moins qu'il n'habite sur place, remarqua Bergenhem.

— Peu de chance, répliqua Halders.

— C'est faisable ? Téléphoner, comme ça ? s'enquit Aneta Djanali. Vraiment ?

— La preuve, dit Halders.

— Et dans cet hôtel personne n'a vu Elisabeth ? demanda Bergenhem.

Winter secoua la tête. Ils avaient envoyé des hommes dès qu'ils avaient pu identifier la provenance du coup de fil. Aucun membre du personnel n'avait pu la reconnaître.

Ils s'apprêtaient maintenant à éplucher la liste des clients. Et à essayer de vérifier celle des employés. Tout ça pouvait les emmener assez loin, il en avait souvent fait l'expérience. Si le champ de l'enquête pouvait aller s'élargissant, il pouvait en même temps se réduire pour approfondir un point très précis. Il devenait alors plus difficile de mesurer ce qui était important et ce qui ne pesait pas lourd, ou ce qui n'était que du vent.

— Qu'est-ce qu'on fait ? questionna Halders. On demande un mandat de perquisition au procureur Molina pour qu'il nous autorise à ouvrir toutes les chambres ?

Molina espérait pouvoir inculper quelqu'un mais il n'était pas optimiste. Jamais. Et Winter avait rarement eu l'occasion d'offrir un démenti à sa vision des choses.

— Ça sera comme pour les consignes, putain ! continuait Halders. Combien de chambres ils ont au Gothia ?

— On n'y rentrera pas, dit Winter. Molina ne nous suit jamais sur ce genre de coup. Et puis nous n'avons pas assez d'hommes.

— Notre seule chance d'obtenir un mandat de perquisition pour un grand hôtel, ce serait qu'on soupçonne Ousama Ben Laden de se cacher dans un placard à balais ! lança Halders.

— Pour certaines chambres, il pourrait être d'accord, continua Winter. Mais pas pour toutes.

— Souvenez-vous comment il a fallu batailler, quand il s'agissait des quelques chambres de l'hôtel Revy, remarqua Ringmar.

— Vous croyez vraiment qu'Elisabeth a une chance de se trouver dans l'une des chambres du Gothia Towers ? demanda Aneta Djanali. Est-ce que ce n'est pas le dernier endroit où la chercher, justement parce que c'est de là qu'il a téléphoné ?

— Il n'est pas bête, dit Halders. Il suit la méthode du penalty.

— C'est quoi ça ? s'enquit Bergenhem.

— Le joueur du penalty sait que le gardien de but sait qu'il a l'habitude de shooter du côté droit, et de ce fait il tire du côté droit, parce qu'il prend en compte le fait que le gardien va croire qu'il shootera à gauche à la place.

— Mais si le gardien anticipe également ce raisonnement ? demanda Bergenhem.

— Eh bien il est possible que le joueur ait également anticipé cela, répondit Halders avec un sourire.

— Et la balle arrive où finalement ? demanda Bergenhem.

— Personne ne peut le savoir, conclut Winter. Et c'est pourquoi on continue à rechercher Elisabeth Ney. Y compris au Gothia Towers.

— Bon sang ! Mais où peut-elle bien se trouver ?

Ringmar faisait les cent pas dans la partie inférieure du hall. À travers les larges baies qui ouvraient sur le corridor d'entrée, Winter voyait défiler une foule de gens, dont beaucoup portaient de grands sacs en plastique. Ces derniers devaient contenir des livres car un salon battait son plein.

— En tout cas, elle n'est pas ici, fit-il en réponse à la question de Ringmar.

Ils n'avaient plus d'espoir de la trouver à l'hôtel Gothia.

— Peut-être qu'elle est simplement dérangée, dit Ringmar. (Il s'arrêta pour regarder la foule qui passait derrière les vitres.) Si ça se trouve, elle est parmi eux.

Winter secoua la tête.

— C'est comme de chercher une aiguille dans une botte de foin ! s'exclama Ringmar. Une aiguille en pleine déroute. Elle est peut-être en train d'errer à travers la ville.

— Et l'alternative, ce serait quoi ? s'enquit Winter.

— Mieux vaut ne pas y penser.

— Y a-t-il vraiment une alternative ?

— Dans ce cas les choses correspondraient davantage les unes avec les autres que nous ne le croyons.

— Et cela pourrait nous aider ?

— Pas nécessairement, répondit Ringmar.

— Il est grand temps de lancer un avis de recherche, déclara Winter.

— Et ensuite bonne chance !

— Ce ne serait pas un peu cynique comme commentaire ?

Ringmar était trop occupé à scruter les gens qui passaient derrière la vitre pour répondre. Le corridor était bondé, la progression était difficile. Des centaines de visages défilaient. Certains se tournaient vers eux.

— Comme une aiguille, répéta Ringmar tout en observant la meule de l'autre côté. Birgitta et moi, nous pensions venir faire un tour au salon samedi. (Il désigna de la tête la masse des visiteurs.) Mais là, j'ai perdu toute envie.

Un vrai chaos. Le salon s'apprêtait à fermer ses portes et tout le monde partait en même temps. Le hall de l'hôtel s'était progressivement rempli, lui aussi. Winter comprenait désormais pourquoi il avait été si facile de passer un coup de fil anonyme.

— On ferait aussi bien de rentrer, suggéra Ringmar.

Ils reprirent leur voiture de service.

Après avoir suivi Skånegatan tout droit vers le nord, ils passèrent devant le Scandinavium, le lycée de Burgården, celui de Katrinelund, deux temples de la connaissance dans cette ville. Les piliers du stade d'Ullevi paraissaient plus petits vus d'ici. Pendant près de vingt ans Winter les avait contemplés sous un angle tout différent.

— Mario pouvait se trouver n'importe où, fit remarquer Ringmar.

— Tu veux dire qu'il aurait pu kidnapper sa propre femme ?

— Je n'en sais rien. C'est toi qui bois du vin en sa compagnie.

— Qu'est-ce qui te fait croire ça, Bertil ? Que Mario serait derrière tout ça ?

— Parfois j'ai l'impression qu'il pourrait se trouver derrière pas mal de choses.

— Je ne pense pas qu'il soit suffisamment bon comédien, objecta Winter.

— Et s'il était complètement psycho ? Dans ce cas, on n'a pas besoin de talents d'acteur.

— Non.

— Il pourrait venir d'une famille de maffieux dégénérés.

— Ou bien de la planète Mars, renchérit Winter. On n'en sait pas beaucoup sur ses origines.

— Raison de plus.

— Mais c'est de sa propre femme qu'il s'agit ici. Et de sa propre fille. (Winter secoua la tête.) Non, Bertil.

— Ne jamais exclure la famille, répliqua Ringmar. Tu n'aurais quand même pas oublié la règle numéro un ?

— C'est quelqu'un d'autre, insista Winter. Pas lui.

18

L'après-midi passa, le soir était là. Où pouvait bien se trouver Elisabeth Ney ? Cachées dans l'obscurité, les feuilles n'en continuaient pas moins de tomber. Les cimes des arbres se dépouillaient à mesure. On pourrait bientôt voir à travers les branches, jusqu'à la rue, la place suivante, jusqu'au bâtiment derrière. Était-elle là ?

Ils faisaient tout ce qu'ils pouvaient – ce qu'on fait toujours en ce cas – et même un peu plus. Une femme avait disparu. Sa fille venait d'être assassinée. Elle était profondément choquée, désemparée, désespérée... Personne au juste ne savait dans quel état elle se trouvait. En ce sens, la disparition d'Elizabeth avait un lien avec le meurtre de Paula. Mais n'y avait-il pas d'autres liens encore ?

— Vous voulez dire que j'y suis pour quelque chose ?

Mario Ney fit mine de se lever, puis reprit sa place. Ni Winter ni Ringmar n'avaient eu à faire quoi que ce soit. Et Ney ne semblait pas vouloir les frapper. Quitter les lieux, oui, peut-être.

— Est-ce que j'ai prétendu une telle chose ? demanda Winter.

Ils se trouvaient dans le bureau du commissaire. Officiellement, il ne s'agissait pas d'un interrogatoire, mais cela revenait au même, évidemment.

— Plus ou moins, répondit Ney.

— Je vais être franc avec vous, poursuivit Winter. Quand quelqu'un disparaît, nous voulons généralement savoir ce que faisaient ses proches à l'heure de sa disparition.

— Vous n'avez rien trouvé de mieux ?

— C'est souvent la meilleure méthode, répliqua Winter.

— Je ne pense pas. Je n'y crois pas du tout, à votre méthode.

Winter ne répondit pas. Ringmar gardait le silence. Quelque chose tapotait à la fenêtre comme si quelques feuilles mortes, voire même des rameaux entiers, cherchaient à pénétrer à l'intérieur.

— En tout cas, vous savez où j'étais, déclara Ney. Je n'ai pas quitté la maison.

— Est-ce que quelqu'un a pu vous voir ? demanda Ringmar.

— J'étais seul. Bon Dieu ! Vous le savez bien que je n'ai plus personne maintenant. Qu'est-ce que ça signifie ? Comment vous pouvez continuer à me poser des questions pareilles ?

— Je veux dire que vous auriez pu croiser un voisin, précisa Ringmar.

— Ou bien avoir une conversation téléphonique avec d'autres personnes que nous, ajouta Winter.

— Et où vous voulez que j'aille ? À qui voulez-vous que je téléphone ? Vous pouvez le vérifier, si j'ai appelé, non ?

— Effectivement.

— Oui, oui, je comprends, dit Mario Ney.

Il parut tout à coup accablé sous le poids de la lassitude, comme si tout était terminé. Avec la nuit, l'espoir avait déserté la ville. Ou alors il avait quelque chose à ajouter, Winter en eut soudainement l'impression. C'était bien pour ça qu'ils étaient réunis ici. Et son intuition le trompait rarement. Ney savait quelque chose dont il ne voulait pas parler. Un événement qui avait dû se produire ou qui était en cours, et qu'il ne voulait pas révéler. Un secret abyssal. Lequel ? Bon sang ! Comment le lui arracher ?

— Comment comprenez-vous la disparition d'Elisabeth ?

— Quoi... qu'est-ce que vous voulez dire ?

— Pourquoi a-t-elle disparu ?

— Elle est perturbée, c'est évident. On n'aurait jamais dû la laisser sortir de l'hôpital, je vous l'ai déjà dit.

Winter hocha la tête. Ney avait également affirmé qu'on n'aurait jamais dû l'envoyer là-bas.

— C'est ça le problème, continua Ney.

Winter hocha de nouveau la tête.

— Vous ne dites rien, Winter. Vous pensez sérieusement que la disparition d'Elisabeth peut avoir un rapport avec... avec le meurtre de Paula ? Que quelqu'un... quelqu'un... (Il ne put continuer.) Vous ne voulez pas dire ça ?

Winter ne répondit pas.

— Que c'est MOI ? (Ney se leva dans un mouvement de colère.) Dites-le que c'est moi !

— Reprenez votre place, dit le commissaire.

— ALLEZ ! DITES-LE ! criait Ney.

Ringmar se leva. Winter lui fit signe, mais son collègue resta debout. Ney ne bougeait pas. Il paraissait bouleversé, comme s'il commençait à entrevoir une réalité qu'il refusait d'admettre. Est-ce qu'on approche maintenant de la solution de l'énigme ? se demanda Winter. Va-t-on enfin trouver une réponse ?

Ney retomba sur sa chaise.

Ringmar traversa la pièce pour aller se poster à la fenêtre. Rien à voir de ce côté-là, songea Winter. L'obscurité a tout envahi. Ringmar se retourna vers eux.

— Vous n'avez rien de plus à nous dire, Mario ? demanda-t-il.

Ney leva les yeux. Il semblait éprouver des difficultés à concentrer son regard sur la silhouette de Ringmar qui se détachait à peine dans la pénombre, devant la fenêtre, à l'autre bout de la pièce. Le bureau de Winter était souvent plongé dans une semi-obscurité. Comme le séjour des Ney.

— Dites-le-nous maintenant, lui demanda Ringmar.

Ney regarda Winter, comme pour lui demander de l'aide, comme s'il tenait le rôle du gentil policier, et Ringmar celui du méchant. Mais pour l'heure, Winter ne pouvait se permettre aucune indulgence.

— Dites-le-nous, Mario, ajouta-t-il avec un léger hochement de tête. Dites-le tout simplement.

— Vous-êtes-complètement-frappés, répliqua Ney, d'une voix lente, presque traînante.

Il semblait répéter une formule qu'il venait juste de trouver, sans y croire vraiment. Winter avait déjà fait l'expérience de ce genre de réaction au cours de ses interrogatoires. Avoir une idée, c'était une chose, mais avoir les mots pour la traduire, c'en était une autre, et la parole pouvait surgir d'une zone toute différente, de l'autre côté du cerveau, de la pièce, de la ville ou du monde.

Winter attendait. Ney pouvait aussi bien se lever et partir, il en avait le droit. Ils n'avaient pas non plus l'intention de le retenir pendant les six heures réglementaires, encore moins de doubler le temps de sa garde à vue. Mais Ney semblait attendre, lui aussi, comme si le cheminement de sa pensée allait finir par lui dicter la conduite à tenir.

Il finit par se lever.

— Je voudrais rentrer chez moi maintenant.

— Et merde ! s'exclama Ringmar. On le tenait presque.

Ils étaient restés dans la pénombre du bureau, à laisser venir la nuit. Tout devenait plus silencieux avec la tombée du jour. C'était peut-être le meilleur moment pour réfléchir. Winter observait le doux balancement des branches dans les arbres. J'ai besoin d'aller me griller un cigare. Mais pas question de bouger pour l'instant.

— On le tenait presque, répéta Ringmar.

— Qu'est-ce qu'on tenait ?

— Un secret.

— Quel secret ?

Ils reprenaient leur méthode habituelle : la routine des questions-réponses, s'enchaînant à un rythme soutenu, dans le désordre ou bien dans une seule et même direction.

— Sur lui-même.

— Seulement sur lui-même ?

— Et sur sa famille.

— Sa femme ? Sa fille ? Les deux ? Une seule d'entre elles ?

— Les deux, déclara Ringmar. On ne peut pas les considérer séparément. C'est sûr.

— Comment ça ?

— Dans cette affaire ?

— Oui.

— Il y aurait un lien au-delà de la simple filiation ?

— Oui.

— Je n'en suis pas encore certain. Il faudrait qu'on aille chercher un peu plus loin dans le passé.

— Dans les origines de cette famille ?

— Oui.

— On n'a pas suffisamment exploré la question ?

— Non.

— Dans quel sens ?

— On verra. On finira par le voir.

— Est-ce que cela aurait à voir avec les origines de Mario ? demanda Winter.

— Peut-être. Mais ce pourrait aussi bien être une fausse piste. L'Italie, la Sicile. On est peut-être dans la mauvaise direction.

— Est-ce que ça pourrait avoir des rapports avec le passé d'Elisabeth ?

— Oui.

— Pourquoi ?

— Elle a un secret.

— Qui ne la concerne qu'elle ?

— Non.

— Qui d'autre ?

— Mario.

— C'est donc son secret à lui ?

— Oui.

— Mais il concerne Elisabeth ?

— Oui.

— Et Paula aussi ?

— Non.

— Tu en es sûr ?

— Non.

— Et s'il concernait quand même Paula ?

— Oui, et alors ?

— A-t-il à voir avec sa vie d'adulte ?

— Je ne sais pas. Nous en savons encore très peu sur elle.

— Comment en apprendre davantage ?

— Tu le sais bien, Erik. Le seul moyen, c'est d'y travailler.

— Et s'il s'agissait de l'enfance de Paula ?

— Pourquoi dis-tu ça ?

— Je n'en sais rien.

— Tu veux dire quelque chose qui se serait produit pendant son enfance ? Et qui aurait un rapport avec sa mort ?

— Oui.

— Est-ce qu'il y aurait un lien avec sa famille ?

— Oui. Non. Oui. Non. Oui.

— Tu as fini par oui.

— Cela touche à sa famille.

— Seulement à sa famille ? N'y aurait-il pas un lien avec quelqu'un d'autre ?

— Je ne vois pas qui. Mais on pourrait imaginer un tiers.

— En rapport avec son enfance ?

— Non.

— Avec celle d'Elisabeth ? reprit Ringmar.

— Oui.

— Pourquoi ?

— Je vois plutôt Elisabeth. C'est d'elle qu'il s'agit. Mario nous l'a montré, même s'il n'a rien dit.

— L'enfance d'Elisabeth ?

270

— Oui. Peut-être.

— Nous ne nous sommes pas penchés sur son enfance.

— On n'a pas eu le temps.

— On a le temps de le faire ? Le courage ?

— Est-ce que ça a du sens ?

— Qu'est-ce qui, dans l'enfance d'Elisabeth, nous permettrait de jeter un peu de lumière sur tout ça ?

— Un peu d'ombre. Le passé ne projette que des ombres.

— Est-ce que nous devons à nouveau chercher dans leur appartement ? Le fouiller de fond en comble ?

— On ne trouvera rien là-bas, j'en ai peur.

— Où chercher alors ?

— Il ne reste plus qu'un seul endroit.

— L'appartement de Paula ?

— Oui.

— On l'a déjà inspecté deux fois.

— Il faudra le faire une troisième fois. Jamais deux sans trois, comme on dit.

— Qui l'a dit ?

— Moi bien sûr.

— Je crois qu'il est temps de faire une pause.

Par contraste avec le bureau de Winter, la lumière de la salle de repos les éblouit comme l'auraient fait les néons d'une salle d'opération. Ils allèrent prendre un café à la machine – beaucoup trop chaud. Winter laissa de côté son gobelet en plastique. La routine, là encore. Tout n'était que routine, une routine indispensable. Faire travailler son imagination aussi, d'une certaine manière, faire marcher son intuition. Et réfléchir. Certains n'ont tout simplement jamais appris à le faire. Parce que ça s'apprend. Réfléchir, même mal, c'était déjà difficile, mais bien réfléchir, ça devenait infiniment plus délicat.

Ringmar fit la grimace en goûtant le breuvage désormais tiédasse.

— Laisse tomber, fit Winter.

— Ça finira par nous tuer, répondit Ringmar.

— La semaine prochaine, on me livre une machine à cappuccino. Je l'installe dans mon bureau.

— C'est vrai ?

— Qui vivra verra.

Ringmar eut un sourire et souleva le gobelet pour le reposer aussitôt. Un collègue de la police municipale entra et se dirigea vers la machine à café tout en les saluant d'un signe de tête. Il repartit en tenant son gobelet trop chaud du bout des doigts.

Ils entendaient le vent souffler dehors. Il avait forci durant le temps qu'ils avaient passé dans le bureau de Winter. Ce dernier s'en était aperçu en regardant l'arbre à sa fenêtre. C'était maintenant chose évidente. Le vent faisait ployer les arbres devant l'entrée du commissariat. Ils balançaient leurs branches à moitié nues. Ces dernières ressemblaient à des bras s'agitant lentement en signe d'adieu. Winter suivait leur mouvement. Ringmar aussi. Il se tourna vers Winter.

— Tu penses à la même chose que moi ?

— Probablement.

— Tu crois qu'il y a un symbole à décrypter ?

— La main blanche. Où était le symbole ? Dans la main ? Dans sa couleur blanche ? Dans cette association des deux ?

— Une main blanche, murmura Winter, comme pour lui-même.

— Je suis descendu la voir cet après-midi, dit Ringmar.

Winter opina.

— Comme si j'allais en apprendre quelque chose de plus cette fois-ci.

— Cette couleur blanche.

— Oui ?

— Ce pourrait être la couleur. (Il jeta un œil sur les arbres et se tourna vers Ringmar.) La blancheur. Qu'est-ce qu'elle représente ?

— Eh bien... l'innocence. Une sorte de candeur.

— Hmm.

— La propreté.

— Oui.

— À quoi penses-tu, Erik ?

— Est-ce vraiment la couleur, Bertil ? Est-ce là-dessus que nous devons nous concentrer ?

— Et jusqu'où ça pourrait nous mener ?

— Jusqu'à l'amour, répondit Winter. Est-ce que le blanc ne symbolise pas l'amour aussi ?

— Tout dépend de ce qu'on entend par là. Dans le cas présent, ça pourrait signifier n'importe quoi.

Winter approuva de la tête.

— Ce pourrait être un symbole de mort, dit Ringmar. Il n'y a pas que le noir. Dans les enterrements, on porte une cravate blanche.

Winter essuya un filet de salive de la bouche de Lilly. L'enfant se retourna dans son sommeil. Il se pencha au-dessus du petit lit et lui appliqua un baiser sur la joue. Sa peau avait la douceur d'un nuage d'été.

Elsa ronflait légèrement. Il la retourna précautionneusement et les ronflements s'arrêtèrent. Mais il savait que ce serait de courte durée. Des polypes. On pouvait opérer, ça se ferait sans doute bientôt.

Angela était allongée dans le sofa, les pieds posés sur les accoudoirs.

— Un whisky ? lui proposa-t-il.

— Toi, tu me demandes ça parce que tu as très envie d'en prendre un.

— Moi ? Pourquoi est-ce que j'aurais envie d'un whisky ?

Elle reposa les pieds par terre et se redressa.

— Offre-moi un verre de ce vin rouge que tu buvais hier soir. Il en reste un peu.

Il se rendit dans la cuisine et vida le fond de bouteille dans un grand verre avant de se servir deux centimètres de Glenfarclas. Il pourrait bien boire deux doigts supplémentaires plus tard dans la soirée, mais pas davantage.

Il regagna le séjour.

— Ce serait bien si tu pouvais rentrer avant le coucher des filles, demain soir, lui dit Angela en prenant son verre de vin.

— C'est Bertil. On est restés à jouer au jeu des questions-réponses.

— Tu te défausses sur lui.

— Tu sais comment c'est.

— Trente-six questions-réponses ?

— Si encore on en était restés là.

— Siv a appelé.

— Alors ?

— Elle est allée voir l'appartement aujourd'hui. Ils ont remplacé la cuisinière.

— Elle marche bien ?

— On verra à l'usage. (Elle souleva son verre.) Mais elle lui paraissait OK.

Il hocha la tête. Une cuisinière à Marbella, une cuisine à Marbella. Dans un peu plus d'un mois. Il leva son verre et huma les arômes de son whisky : chêne, fumée, sherry. Il but tout en songeant qu'il serait bien là, dans cet appartement, quand Angela commencerait son travail. Il aurait aimé s'y trouver dès maintenant. Non. Oui. Non.

— On a parlé un peu avec Siv, ajouta la jeune femme.

— Oui, tu viens de me le dire.

— Sur le mois de décembre. Elle est d'accord.

— D'accord ?

— D'accord pour m'aider avec les enfants. Quand je serai à l'hôpital. Et si tu restes ici pour ton travail.

— Je serai là-bas, dit-il, avec vous. Mon congé est accepté, tu le sais bien.

— Il sera peut-être reporté.

— Non.

— Je te connais, Erik.

Il préféra ne pas répondre.

— Mieux que toi.

— Tu pourrais partir toute seule avec les enfants ? demanda-t-il après un moment. Si j'étais... retardé ?

— Ce ne serait pas la première fois, non ?

Möllerström avait une communication pour lui.

— Elle m'a l'air un peu secouée, prévint-il.

Winter patienta le temps que son collègue opère la connexion.

— Allô ? Allô ?

On aurait dit un cri.

— Oui, Winter à l'appareil.

— Ah... Bonjour. C'est Nina Lorrinder.

— Que puis-je faire pour vous, Nina ?

— Je... je crois que je l'ai vu.

— Qui ?

— Le garçon... avec lequel Paula discutait au club de gym. Je pense l'avoir reconnu.

— Où donc ?

— À l'église.

— L'église ? La cathédrale ?

— Oui. J'y suis allée hier, pour l'office du soir. Je voulais juste... rester m'asseoir un moment. J'avais besoin de réfléchir...

Elle se tut. Winter pouvait entendre le souffle de sa respiration. On aurait dit qu'elle avait couru jusqu'au téléphone.

— Oui ?

— J'ai eu l'impression que c'était lui. Il était assis de biais... de l'autre côté de la travée.

— Hier soir ? C'était bien hier ?

— Oui.

— Pourquoi n'avez-vous pas appelé tout de suite ?

Elle ne répondit pas.

Winter répéta sa question.

— Je ne sais pas. Je n'étais pas complètement sûre. Toujours pas d'ailleurs.

— Qu'est-il arrivé ensuite ? demanda le commissaire. Après l'office ?

— Je... je suis restée sur place. Il s'est levé et il est parti. En passant devant moi. Ensuite... je suis également sortie.

— Vous l'avez revu dehors ?

— Non.

— Et l'aviez-vous déjà vu à l'église ?

— Non. Je ne m'en souviens pas.

— Vous y allez souvent ? À la cathédrale ?

— Cela faisait un moment. Je n'ai pas... je ne sais pas. Après la mort de Paula... c'était surtout elle et moi... c'était quelque chose qu'on faisait ensemble...

— Vous accepteriez de m'accompagner là-bas ?

Tout était calme et beau. Winter ne se sentait pas complètement étranger à cet univers. Il aimait les églises, notamment la lumière qu'elles dispensaient. Le monde extérieur n'existait plus. Les vitraux laissaient filtrer leur propre version de la ville qui bruissait au-dehors.

Ils en étaient à leur troisième office du soir. Il écoutait, mais sans trop d'attention. La première fois, quatre jours auparavant, il avait été surpris de voir autant de monde à l'église. Peut-être les gens avaient-ils commencé à se tourner vers la religion ces derniers temps.

Ou alors c'était parce qu'on se trouvait à la cathédrale, dans le centre-ville. Une bonne alternative aux boutiques de Drottninggatan.

L'homme en blanc, tout au fond, dit quelque chose que Winter ne parvint pas à comprendre.

L'assemblée entonnait un cantique, se levait, recommençait à chanter. Winter observait les gens. À son côté, Nina Lorrinder, un livre de psaumes à la main, restait silencieuse.

Elle faisait comme lui, elle regardait les fidèles assemblés. Il n'y avait pas assez de gens pour que quelqu'un puisse se dissimuler dans la foule.

Le cantique prit fin. Ils se rassirent.

— Il n'est pas là, ce soir non plus, murmura-t-elle à voix basse.

Winter hocha la tête. C'était un essai. Ils continueraient à venir – peut-être pas toujours lui, Nina elle-même ne pouvait venir ici tous les soirs... Mais de temps en temps. Et un beau jour...

L'office se terminait donc. Les gens commençaient à quitter leur banc. Peut-être était-ce à cause de ce mouvement qu'ils devaient faire pour se lever, ils se penchaient en avant et... Winter gardait les yeux fixés sur les rangées à l'oblique, de l'autre côté de la travée, à seulement dix, peut-être douze mètres de là. Un homme qui était resté assis seul se leva, et Winter put l'apercevoir de profil avant qu'il ne tourne le dos et ne s'en aille, en passant du côté opposé au leur. L'homme longea ensuite le mur du fond, en direction du porche. Malgré la distance, Winter distinguait à présent son profil droit.

Il l'avait déjà vu. Il avait déjà rencontré cet homme.

Il y avait longtemps. Dans un passé lointain. De quoi s'agissait-il... à l'époque ? Qui était-ce ?

Winter chercha de nouveau à le voir, mais l'homme avait déjà disparu derrière un pilier qui dissimulait la sortie.

— Qu'y a-t-il ? lui demanda Nina Lorrinder.

— J'ai eu l'impression de reconnaître quelqu'un.

— Qui donc ?

— Je ne sais pas vraiment.

J'ai parlé avec ce type, songea Winter tandis qu'ils s'apprêtaient à sortir. J'ai parlé avec lui.

Je l'ai interrogé.

Oui.

C'était bien lui.

Ça faisait un bail.

Une fois dehors, il ne vit plus personne. Les tramways se succédaient les uns aux autres un peu plus loin, sur Västra Hamngatan.

— Je vous raccompagne, Nina.

Halders fit une visite au club de gym en compagnie de Nina Lorrinder, à l'heure où elles avaient eu l'habitude, avec Paula, de se retrouver deux soirs par semaine, cette année-là.

— Et avant ? lui avait demandé l'inspecteur tandis qu'ils montaient l'escalier depuis Västra Hamngatan. Vous ne faisiez pas de sport ?

— Si parfois. Mais c'était surtout moi.

— Pourquoi ça ?

— Je ne sais pas. Paula faisait un peu de jogging. Je n'en suis pas sûre.

À l'intérieur, c'était bondé. Ça remuait de partout. Il flottait une vague odeur de sueur qui se mêlait à toute une variété de parfums et de lotions. Rien à voir avec la salle de lutte où j'allais m'entraîner dans ma jeunesse, pensa Halders. Là oui, ça sentait la sueur, une accumulation de décennies de sueur. Ici, dans ce club, les corps qui s'agitaient autour de lui paraissaient transpirer pour la première fois, sans vouloir vraiment se livrer, comme s'il y avait danger à transpirer. Ils observèrent, derrière la vitre, les gens qui bougeaient de bien des manières dans la grande salle : prudemment, exagérément, timidement, sur un mode narcissique, ergonomiquement correct, ou bien sur le mode du n'importe quoi. Halders songea qu'il aurait pu se tenir là devant, à la place du beau gosse qui les conduisait tous. Il leur en aurait montré. Sans doute pas aujourd'hui, mais il y a dix ans, quand il était encore au top de sa forme.

Il avait déjà parlé avec le personnel. Il avait demandé à Nina Lorrinder de leur décrire l'homme que Paula avait pu rencontrer. Mais les indications de la jeune femme restaient vagues, au point d'être pratiquement inutilisables, même si elle avait eu l'impression de le reconnaître à la cathédrale. Halders ne l'avait pas encore mise en contact avec un dessinateur. C'était peut-être une erreur, mais il estimait que les portraits-robots appartenaient au passé et se révélaient rarement très efficaces.

Personne parmi les membres du personnel ne se souvenait de Paula Ney. Ni de Nina Lorrinder d'ailleurs.

— On a pas mal de choses à faire, expliqua une femme, coiffée d'un large bandeau rouge.

Elle portait un tee-shirt moulant. Halders tâcha de garder les yeux fixés à la hauteur de son bandeau pour éviter d'être surpris en train d'admirer sa forte poitrine.

— C'est pas facile de mémoriser les visages, vous savez.

Non, songea Halders. Ici, on serait plutôt dans le domaine des corps. Il se sentait déjà mal à l'aise, et ça n'aurait fait qu'empirer s'il avait dû se retrouver en justaucorps. Il négligeait son entraînement sportif.

— Quelle tête faut-il avoir pour vous rester dans la mémoire ? demanda-t-il.

Elle le regarda avec un grand sourire. La réponse était suffisamment éloquente.

Tandis qu'ils se dirigeaient vers la cafétéria, il interrogea Nina Lorrinder :

— Vous pourriez le reconnaître si vous l'aperceviez maintenant ?

— Je crois, répondit-elle.

— Est-ce qu'il était très athlétique ?

— Je ne l'ai jamais vu en tenue de sport. Ni pendant les cours.

— Comment ça ?

— Peut-être qu'elle lui parlait en dehors des séances. Je veux dire, soit avant, soit après.

— Où se mettaient-ils ?

— Oh ! c'est arrivé une fois ou deux, à peine plus.

— Montrez-moi l'endroit.

— Une fois, c'était à la cafétéria. C'est ce que je vous ai déjà dit.

— Et sinon ?

— Ici, dans le hall. Par là-bas.

Elle pointa du doigt vers un ensemble de deux ou trois chaises installées autour d'une table, à l'autre bout du couloir. Ce dernier desservait plusieurs salles. Halders pouvait assister au cours qui se déroulait dans l'une d'elles, de l'autre côté de la baie vitrée. Des pieds, des bras, des jambes en l'air, en avant, en arrière, on lève, on descend. Les mains. S'il le désirait, il pouvait ne voir que des mains en l'air et... rien d'autre. Des mains, si blanches sous la lumière des néons qu'il en était presque ébloui. Lorsqu'il clignait des yeux, sa vue restait brouillée. Il se demanda comment Nina Lorrinder avait pu apervoir quelque chose dans ce club. Peut-être avait-elle été victime d'une hallucination ? L'incertitude de la jeune femme discréditait son propos. Elle aurait dû garder un souvenir plus précis de l'homme. Mais toutes ces pensées ne résultaient peut-être que de ses propres souhaits, à lui : Paula connaissait quelqu'un et cela devait les aider à retrouver son meurtrier. Non que cela puisse aider Paula. Elle était bien loin désormais de tout ce bruit, de ces gémissements, de tous ces tressautements et moulinets des bras. De cette lumière aveuglante.

Il était possible aussi que Nina ait tout simplement cherché à les aider. Halders avait déjà constaté ce phénomène des centaines de fois. Les gens avaient envie d'apporter leur aide sans même en avoir les moyens. Ça revenait à de la désinformation, ça retardait l'enquête et ça les empêchait de poursuivre leurs recherches dans la bonne direction... Au lieu de venir ici, il aurait peut-être dû retourner à l'appartement de Paula. Continuer à chercher ce qu'il n'avait toujours pas trouvé.

— Combien de fois êtes-vous allée chez Paula ? demanda-t-il.

Ils étaient tous les deux installés à une table ridiculement petite, sur des chaises aux lignes grêles. Ici tout était conçu pour des gabarits légers. Peut-être s'agissait-il d'encourager les clients. Vous aussi vous pouvez nous ressembler. Vous arrivez ici comme des gros lards et vous en repartirez comme des top-modèles. Nous avons été comme vous, vous serez comme nous. La devise venait de surgir à l'esprit de Halders. Il avait lu ça dans un cimetière, quelque part dans le sud de l'Espagne. C'était une des premières fois qu'ils étaient partis en vacances tous les deux, Margareta et lui, avant l'arrivée des enfants. Ils avaient eu très chaud, la voiture de location n'avait pas l'air conditionné. Il était resté un moment à contempler l'inscription au-dessus du grand portail. « Nous avons été comme vous, vous serez comme nous. » À l'intérieur du cimetière, une multitude de stèles noires se dressaient contre le ciel incroyablement bleu. Un vieux bonhomme à qui l'on n'avait rien demandé était venu leur expliquer ça, dans un anglais mâtiné d'accent américain. Rien d'étonnant, il avait l'air tout droit sorti d'un western.

Halders avait ressassé la phrase sur la route qui les avait ramenés à Grenade. De la raillerie pure et simple.

— Je n'y suis pratiquement pas allée, disait Nina Lorrinder.

— Comment ?

— Chez Paula. Vous venez de me poser la question.

— Mais c'était comment ?

— Que voulez-vous dire ?

— Est-ce que c'était cosy ? Douillet ? Est-ce qu'elle avait l'air de s'y plaire ?

— Oui... je ne sais pas. Elle n'avait pas beaucoup de meubles.

— C'est nécessaire pour se sentir bien chez soi ?

— Je ne sais pas. C'est aussi une question de moyens.

— Mais elle s'en sortait avec son salaire ?

— Je crois.

— Est-ce qu'elle vous parlait souvent de son travail ?

— Jamais.

— Jamais ?

— Non. Aussi peu que je lui parlais du mien.

— Aussi peu que moi, ajouta Halders.

— Je croyais que les policiers parlaient beaucoup de leur travail à la maison.

— On évite autant que possible. Mais on y pense. Malheureusement.

— Pourquoi malheureusement ?

— Parce qu'on aimerait bien pouvoir le lâcher en rentrant à la maison comme on lâche son manteau par terre.

— Vous faites ça, vous ? !

— Là, regardez ! lui dit Halders en guise de réponse.

Il pointait la tête vers un homme qui sortait d'une des salles d'entraînement et se dirigeait vers eux. Halders lui trouva un air familier, bien qu'il ne l'ait jamais vu auparavant.

— Ce pourrait être lui.

— *C'est* lui, répondit Nina Lorrinder.

La nuit a des milliers d'yeux qui te suivent à chaque pas que tu fais. Halders chantonnait doucement tout en conduisant à travers la ville la nuit. *La nuit a des milliers d'yeux, tu ferais donc mieux de rester où tu es.*

— Rester où ? demanda Winter.

Il commençait à se faire à l'étrange compagnie de Halders. Ça tenait de l'absurde. Parfois il avait l'impression de figurer dans une pièce de Beckett. *En attendant Godot.* Une ronde sans fin, sans direction, dans des lieux qui n'en étaient pas. Lieu du crime à l'ouest, à l'est. Lieu de découverte macabre, parfois pis qu'un lieu de crime. Quel putain de sens donner à tout ça ? Peut-être valait-il mieux garder les choses à distance en leur faisant subir un traitement à la Halders. Cet humour corrosif et sans concession. Une petite mélodie en plein chaos. Oui. La nuit avait des milliers d'yeux à facettes, qui luisaient, clignaient et se fermaient, là, dehors. Une succession d'aubes et de crépuscules au néon – et parfois, quand la lumière du jour se montrait enfin, il avait l'impression de sortir d'un mois de nuit blanche.

— Rester dans la voiture, répondit Halders.

— Et qu'est-ce qu'on fait quand on arrive là-bas ?

— On appelle des renforts.

— Tu rigoles ?

— Bien sûr.

Cela faisait maintenant quelques mois que Winter fréquentait Halders. Ils ne se battaient plus. Ils circulaient ensemble la nuit, escaladaient ensemble les cages d'escaliers, marche après marche, l'arme au poing. Ils n'avaient jamais été blessés mais ils avaient tous les deux été éclaboussés par le sang. Ils ne pouvaient pas l'éviter. Le sang versé faisait leur quotidien. Winter voyait du sang chaque semaine, certaines semaines, c'était tous les jours, et certains jours à toutes les heures. Quel putain de sens donner à tout ça ? Il était bien obligé d'y aller voir. De tirer son arme. De se tenir là, d'*être* là. Mais pratiquement chaque fois, tout était déjà fini. Si seulement il était arrivé plus tôt. Ils arrivaient rarement à temps.

— On y est ?

Halders se tourna vers lui. Winter vérifia ses notes avant de relever la tête. Il n'était pas né à Hisingen. Ils étaient assez loin, du côté de Vågmästareplatsen. Or si l'on n'était pas né sur l'île, aucune chance de s'y retrouver. Elle avait « bougé » chaque fois qu'il y revenait. Il y perdait ses repères...

Halders s'était arrêté devant un immeuble de cinq étages. Il y en avait six ou sept du même type disposés en arc de cercle et séparés par des massifs d'épineux. Ils portaient chacun un numéro pour trois portes d'entrée. Winter lut à voix haute le chiffre inscrit sur son carnet. Halders redémarra et se mit à longer les bâtiments. Ceux-ci paraissaient se pencher au-dessus de la voiture. Comme des ombres. Les ombres de la nuit, bien différentes des ombres diurnes. Elles pouvaient se révéler dangereuses, induire en erreur. Une nuit, Winter s'était trompé de direction et cela aurait pu très mal finir pour lui. Il préférait ne pas y penser.

Halders se gara un peu à l'écart pour éviter qu'on ne les voie. Winter n'y avait pas pensé. Il leva les yeux vers les fenêtres, toutes noires.

— J'aurais préféré que ce soit allumé là-haut, déclara Halders.

— Et moi je préférerais que tout soit terminé, dit Winter en armant son Walther.

— C'est ça que j'apprécie chez toi, Winter, ironisa Halders. Tu as toujours une longueur d'avance.

— Qu'est-ce qu'il t'a dit au téléphone ?

— Tapage nocturne. Un bordel pas possible.

— Pourtant on ne peut pas faire plus calme.

— Ça fout les pétoches, hein ?

— On devrait peut-être envisager les renforts dont tu parlais, dit Winter.

— Y en a pas. T'es prêt ?

— On y va tous les deux ?

— On se suit. C'est toi qui ouvres la marche.

— Pourquoi moi ?

— Je suis le seul à avoir des yeux dans le dos, répliqua Halders.

Ils sortirent de la voiture, revinrent sur leurs pas en longeant la façade et franchirent la porte d'entrée qui, apparemment, n'était pas fermée à clé – à moins que la serrure ne fonctionne plus. Ils n'allumèrent pas dans la cage d'escalier. Pas un bruit ne filtrait des appartements. De l'extérieur, Winter n'avait pas repéré une seule lampe allumée non plus. On aurait dit que tout l'immeuble avait été évacué. Le mec qui avait appelé parlait de tout autre chose. Un bordel pas possible. Ça paraissait s'être calmé. Il régnait un silence effrayant, le pire qui soit. Comme si on les attendait. Winter avait appris à reconnaître ce genre de silence. Il serait tôt ou tard déchiré par des hurlements.

— C'est ici ! chuchota Halders.

Winter lui fit signe de se coller contre le mur. La lumière du réverbère suffisait à peine à éclairer le palier. Les deux policiers se tenaient de part et d'autre de la porte, qui était munie d'un œilleton. Halders appuya sur la sonnette. Dans l'obscurité, la sonnerie sembla encore plus forte. Elle était stridente, à l'ancienne, sans aucune musicalité – en comparaison, la chanson de Nationalteatern paraissait mélodieuse. Halders sonna de nouveau. Ils entendirent un cri. Des sons discordants qui venaient du couloir, derrière la porte. Et c'est tout. Pas de voix, aucun bruit de pas. Winter se pencha pour soulever doucement le rabat de métal, au-dessus de la boîte aux lettres. Le noir. Au bout d'une dizaine de secondes, il reconnut les contours d'un tapis. Une lumière très faible semblait éclairer l'appartement, venant probablement de l'une des fenêtres. La même lueur vague que sur le palier.

19

Winter leva la tête et fit un signe à son coéquipier.
Halders frappa du poing à la porte.
— Police ! Ouvrez tout de suite !
Winter tâcha d'écouter à l'intérieur. On pouvait toujours entendre quelque chose. Aucun silence n'était vraiment muet.
— Ouvrez la porte ! répéta Halders.
Il frappa de nouveau contre le bois de la porte. Elle rendait un son creux. Encore un coup et Halders passait la main à travers. Les deux hommes se tenaient toujours dans la pénombre de la cage d'escalier. Personne sur le palier n'était sorti pour allumer et demander ce qui pouvait bien se passer bon Dieu !
Pas un bruit ne venait de l'appartement. Sur le palier, à peine un sifflement. Le vent, ou bien la ventilation de l'immeuble.
Winter pensa à la voix affolée qui les avait appelés au téléphone :
— On pousse des cris là dedans ! Des cris de femme !
Halders appliqua l'oreille contre la porte.
Winter abaissa doucement la poignée.
La porte s'ouvrit sur une simple pression.
— Putain, c'était pas fermé ! s'écria Halders.
— Sois prudent.
Halders hocha la tête. Il ouvrit doucement la porte.
Winter sentait battre son pouls, tout comme il sentait

285

son arme dans sa main. Il avait l'impression d'y être pour de bon. Il y était. Il n'y avait pas d'entraînement pour ça, pas vraiment. La pénombre qui régnait dans l'appartement pouvait tout cacher. Entrer là dedans pouvait signifier dire adieu à ce monde. C'était encore une impression nouvelle pour lui.

— J'allume ! fit Halders. Tiens-toi prêt.

Le couloir explosa littéralement de lumière. Winter se couvrit les yeux de la main gauche. Ils attendirent quelques secondes avant de pénétrer à l'intérieur. Des vêtements jonchaient le plancher, toutes sortes de vêtements. Des chaussures.

Ils passèrent d'une pièce à l'autre. L'appartement était vide.

Le sol de la cuisine était maculé de rouge et recouvert de journaux. Ces derniers semblaient avoir été placés là pour protéger le sol. Le rouge avait coulé sur les pages comme de la peinture. Winter distingua quelques rubriques, des photos.

— C'est quoi cette histoire, putain de merde ! s'exclama Halders.

Winter ne dit rien. Il se pencha vers le sol pour examiner les taches. Ç'aurait pu être de la peinture. Il y avait largement de quoi tremper son pinceau.

— Ça en fait beaucoup, dit Halders en regardant autour de lui. (Il dévisagea son collègue.) Tu ne te sens pas bien ?

— Non.

— T'es pâle, mec.

— Qu'est-ce qui a bien pu arriver ? demanda Winter.

Halders balaya de nouveau la pièce du regard.

— Je n'en sais rien, mais en tout cas, c'est terminé.

— Il n'y avait pas de sang dans l'escalier, fit remarquer Winter.

— À voir. Tant que les experts ne sont pas passés...

Que vont-ils trouver ? se demandait Winter. Quel genre de crime a-t-on commis là ? Si c'est un crime.

— Quelqu'un a dû se blesser en coupant du jambon, suggéra Halders. Ou alors il a massacré deux trois poulets. Qu'est-ce que t'en penses ?

— Et le couteau ?

— Il a oublié de le jeter, dit Halders.

— Tu le vois quelque part ? demanda Winter.

— Il l'a oublié.

Winter ne commenta pas les explications absurdes de son camarade.

— Il faut qu'on parle avec le témoin, déclara Halders.

— Il habite dans l'immeuble ?

— Non, juste en face.

— Qu'est-ce qu'il fabriquait dans l'escalier ?

— Il allait rendre visite à un copain qui vit à l'étage en dessous, d'après ce qu'on m'a dit au commissariat. Bien sûr, le copain n'était pas chez lui. Mais notre témoin a entendu un boucan d'enfer venant d'ici.

Winter hocha la tête. Un silence terrible régnait maintenant dans l'appartement. Parfois, quand il entrait chez des gens, il avait l'impression d'entendre encore des cris. Ce n'était pas le cas ici. Ils étaient partis avec.

Halders parcourut encore la pièce du regard.

— Sacrément bizarre.

— On va aller parler avec ce type, proposa Winter.

— J'appelle d'abord une voiture, dit Halders. On ne peut pas partir avant.

— Je fais un petit tour.

Winter sortit sur le palier pour lire le nom inscrit sur la porte : Martinsson. Pas de prénom. Ils ne savaient rien sur ce ou cette Martinsson, ils n'avaient pas eu le temps de prendre des renseignements. Ils ignoraient ce qui s'était passé ici. Halders avait raison, c'était bizarre. Sans victime, ils étaient complètement dans le noir.

Il revint dans l'appartement et prit le couloir jusqu'à la première chambre. Le lit n'était pas fait. Deux personnes avaient dû s'allonger là, car les deux oreillers étaient creusés. Mais ça pouvait dater du matin aussi bien que de la veille, ou de l'avant-veille.

Il y avait du sang dans la chambre. Winter mit du temps à s'en rendre compte. Ça ressemblait d'abord à un motif sur la taie d'oreiller. Il dut y regarder à deux fois au moins.

Que s'était-il passé ?

Il retourna dans la cuisine.

Les deux policiers attendirent leurs collègues de la police scientifique, puis ils se dirigèrent vers l'immeuble d'en face. Winter entendit un chien qui aboyait dans un bosquet, un peu plus loin, sur la gauche. On aurait dit un bois miniature, pour enfants. Les arbres se tenaient serrés mais n'étaient pas très nombreux.

Les aboiements se poursuivaient encore lorsqu'ils pénétrèrent dans le bâtiment et prirent l'escalier.

Ils frappèrent de nouveau à une porte. Winter lut sur la plaque le nom de Metzer. Ce pouvait être allemand, français, peut-être même italien. Il y avait pas mal d'étrangers dans ce quartier, des gens venant du sud de l'Europe, ou des Finlandais. La communauté finlandaise donnait souvent de grandes fêtes avec beaucoup d'aquavit mais il était rare que les collègues de service aient à se déplacer. Les Finlandais prenaient en charge leurs soulards, et ils étaient sans nul doute les champions du monde en la matière, avec les Russes. Les Suédois supportaient moins bien l'alcool, même si le pays tenait le milieu de l'*aquavitbelt*.

Winter resta en contrebas, dans l'escalier. L'individu répondant au nom de Metzer ouvrit la porte. Winter ignorait jusque-là comment s'appelait celui qui avait composé le numéro d'urgence. Halders avait décroché. Il se trouvait qu'ils étaient dans les parages, Halders et lui. Ils enquêtaient sur une bande organisée soupçonnée de faire du trafic de drogue. Ils pouvaient faire un détour d'un kilomètre, oui. Et, de toute façon, ils n'avaient pas trouvé leurs gangsters.

— Metzer ? demanda Halders.

Winter, qui se tenait toujours en retrait, ne voyait pas l'homme. Il sentit un courant d'air balayer la cage d'escalier, un souffle qui venait d'en bas, comme si quelqu'un maintenait ouverte la porte d'entrée. Winter entendit à nouveau les aboiements du chien, portés par le vent.

— Pouvons-nous entrer ? continua Halders.

Winter entendit un marmonnement. Il ne voyait que le dos de son collègue.

— Il faut que je vérifie quelque chose, annonça-t-il en commençant à redescendre les marches.

— Qu'est-ce que tu as oublié ? demanda Halders en se retournant vers lui.

— Vas-y ! Je remonte tout de suite.

En bas la porte était ouverte.

Devant l'immeuble se tenait un petit garçon avec un chien qui tirait sur sa laisse. Le gamin le regardait sans mot dire. Le chien avait cessé d'aboyer, mais il ne restait pas tranquille pour autant. Il semblait irrésistiblement attiré par le petit bouquet d'arbres.

— Est-ce que tu as vu quelqu'un sortir ? lui demanda Winter.

L'enfant secoua la tête. Il devait avoir onze ou douze ans.

— Tu habites ici ?

Le garçon désigna du doigt l'immeuble dont ils venaient de sortir. Les experts étaient toujours à l'œuvre au quatrième étage. Winter voyait de la lumière aux fenêtres, régulièrement éclipsée par l'ombre des hommes qui se déplaçaient à l'intérieur. Ils avaient déclaré qu'ils ne s'attarderaient pas. C'est quoi cette merde encore ?

— Tu habites là-bas ? Dans cet immeuble ?

Le garçon hocha la tête.

— Tu ne peux pas parler ?

Le garçon secoua la tête. Ses cheveux bruns prenaient des reflets blonds sous la lumière du réverbère. Tout à coup Winter comprit. Le gamin sait quelque chose. Il reste là parce qu'il sait, parce qu'il a vu quelque chose.

Winter vit quelque chose briller dans son regard.

Il frissonna. Ce fut comme un peigne de métal qu'on lui aurait passé dans les cheveux. Le môme est en train de me regarder avec des yeux... Le chien tire sur sa laisse. Le gamin pointe encore son doigt. De quoi s'agit-il maintenant ? Il me fait des signes de la tête et du doigt. En direction du bosquet. Sa petite main tremble comme une feuille. Et voilà que le chien se met à hurler comme un fou. Qu'ont-ils bien pu voir, tous les deux ? Le bosquet. Il veut que j'aille voir. Il n'arrive pas à me le dire.

— Tu veux me montrer quelque chose là-bas ? demanda Winter. Dans le petit bois ?

Le garçon hocha la tête.

— Qu'est-ce que c'est ?

L'enfant ne répondit pas.

Winter regarda autour de lui. Il n'y avait personne d'autre dehors. Le vent s'en prenait à tout ce qu'il trouvait sur son passage. Les branchages dessinaient des ombres sur les façades. On aurait dit un film passant en accéléré. Il y avait cinquante à soixante mètres jusqu'aux arbres. Ce n'était qu'un bosquet, une oasis dans un désert de brique. Les bouleaux se balançaient comme des palmiers clairsemés.

Le garçon roulait de grands yeux apeurés. Craignant de lui montrer qu'il était armé, Winter gardait la main sur la crosse à l'intérieur de sa poche. Il regarda du côté de la voiture : elle n'était pas garée très loin.

— Je reviens.

Une fois arrivé à la voiture, il ouvrit la portière gauche et sortit une lampe-torche. Halders avait l'autre avec lui. L'objet était plus lourd que le pistolet. Winter la souleva pour que l'enfant puisse la voir. Une lampe éteinte, c'était rassurant. Une lampe allumée aussi, pour celui qui l'avait en main. Un pistolet, même chose... mais pas pour l'instant.

Lorsqu'ils traversèrent l'aire de jeux, le chien se remit à aboyer. Il tirait sur sa laisse à la rompre. Il était en chasse.

Winter dirigea le faisceau de sa lampe vers les arbres et regarda le garçon. Le chien s'était tu mais la laisse demeurait tendue. Le garçon avait du mal à retenir l'animal.

Winter s'approcha, le faisceau de lumière plaqué vers le sol. Feuilles, terre, herbe, sable et pierres. C'est tout ce qu'il vit. Il finit par rejoindre l'enfant.

— Je ne vois rien.

Le petit pointa de nouveau du doigt les arbres.

— Où ça ? demanda Winter. Où ?

L'enfant avança de quelques pas parmi les buissons et le chien s'élança dès qu'il eut gagné quelques mètres de liberté. Lorsque la laisse se raidit, l'animal bondit en arrière comme sous l'effet d'une rafale de vent.

L'enfant indiqua le sol d'un signe de tête. Winter éclaira tout autour : feuilles, terre, herbe, sable et pierres. Plusieurs pierres formaient comme un vague demi-cercle. On avait dû faire un feu. Winter se pencha. Il y avait des taches plus sombres sur les pierres. Ce pouvait être de l'humidité, ou bien de la mousse. Il regarda de nouveau le garçon.

— Tu as vu quelque chose ici ?

Le garçon ne répondit pas, il avait toujours les yeux fixés sur la terre.

— Il n'y a rien, dit Winter.

— Une... une... main, balbutia l'enfant.

— Quoi ? (Winter était toujours accroupi par terre.) Qu'est-ce que tu viens de dire ?

— Il y avait une main ici.

La table de cuisine était ornée d'un bouquet de fleurs, Winter n'aurait pas su les identifier. Il ne s'y connaissait pas très bien en fleurs, ni en oiseaux, ni en plantes. Les feuilles, la terre, l'herbe et les pierres, c'était davantage dans ses compétences.

L'enfant avait onze ans. Il s'appelait Jonas. Il semblait avoir aussi froid que dehors. Mais il avait un bol de chocolat devant lui. Sa mère était assise près de lui. Elle avait l'air jeune mais elle devait être plus âgée que Winter, un peu plus de trente ans. Son fils lui ressemble. Pour ce qui est du père, la comparaison sera plus difficile.

— Nous n'étions pas à la maison, expliqua-t-elle.

Elle s'appelait Anne. Anne Sandler. C'était inscrit sur la porte, avec le prénom de Jonas. Pas d'autre nom.

Winter lui avait demandé des précisions sur l'heure de la dispute. Au moment où Metzer avait prévenu la police, Anne et Jonas n'étaient pas chez eux.

— Nous étions à la piscine.

Winter hocha la tête.

Jonas but une gorgée de chocolat. Winter avait décliné le chocolat, mais il avait accepté une tasse de café. Il était fort et bien chaud.

— Ce n'est pas dans ses habitudes d'inventer des histoires, précisa Anne Sandler.

Le gamin n'avait pas dit grand-chose depuis qu'ils étaient rentrés. Le chien restait également silencieux. Il avait fait son devoir.

— Mon Dieu ! s'exclama-t-elle en regardant son fils.

— C'était une main, insista ce dernier.

D'un signe de tête, Winter invita l'enfant à poursuivre.

— Il y avait des doigts et tout.

— Je te crois, dit Winter.

— Elle était coupée ici, dit-il en montrant son poignet.

— Mon Dieu ! répéta Anne Sandler.

— Est-ce qu'elle était grande ? Comme une main d'adulte ?

— Je ne sais pas... assez petite. (Le garçon regarda sa propre main comme pour comparer.) Mais il faisait très sombre.

— On ne pourrait pas s'arrêter là ? demanda la jeune femme, en implorant des yeux l'inspecteur.

— Bientôt, promit-il en se tournant vers le petit. Est-ce que c'était comme une main d'enfant ?

Le garçon secoua la tête.

— Comme une main de... dame ? Une main de femme ?

— Peut-être.

Sa mère regarda ses mains, puis les posa sur ses genoux, sous la table.

— Il faisait vraiment très sombre, continua Jonas.

— Mais tu voyais quand même ?

— Oui. Il y a un réverbère là-bas. Et puis Zack aboyait plus que d'habitude.

— Le chien ? dit Anne Sandler. Il ne sait rien faire d'autre.

— Je suis en train de le dresser, répliqua Jonas en regardant sa mère.

— Il est trop tard, dit-elle. Il est trop vieux. (Elle se tourna vers Winter qui comprit que cette petite conversation autour du chien la calmait.) C'est comme dans le proverbe : on n'apprend pas à un vieux chien à s'asseoir.

— Zack s'assoit très bien.

— Tu as clairement vu la main ? demanda Winter.

L'enfant hocha la tête, regarda le chien, gentiment assis au milieu de la cuisine, et avala encore un peu de chocolat. Il releva les yeux.

— Mais elle n'avait pas l'air vraie.

— Qu'est-ce que tu veux dire, Jonas ?

— Elle était tellement blanche. Comme du plastique. Ou du plâtre.

— Maintenant ça suffit ! déclara la mère en se levant.

Elle enleva la tasse à moitié consommée de Winter. Il entendit le café se vider dans l'évier.

Ils rentrèrent par le pont d'Älvbro. À l'est, le centre-ville brillait de tous ses feux comme paré pour une fête. À l'ouest, la rivière s'élargissait avant de se jeter dans la mer. L'obscurité gagnait encore du terrain. Ces dernières heures, la température avait baissé. Il va peut-être neiger, se dit Winter. De la neige en octobre. Un grand tapis blanc.

— Tu crois qu'on peut se fier au gamin ? demanda Halders.

Winter haussa les épaules.

— Oui. (Il se cramponnait à la poignée tandis que son collègue faisait tanguer la voiture sur le rond-point, direction Karl Johansgatan.) Mais ça aurait pu être n'importe quoi d'autre. La lumière n'était pas terrible.

— Tu as vu des taches, tu disais ?

— Oui. Mais c'est la même chose, avec cette lumière...

— Nos amis de la police scientifique pourront nous raconter ça.

Winter ne répondit pas. Il risquait plutôt de se faire des ennemis chez les experts... Ils longeaient maintenant le fleuve. Sur l'autre rive, les grues fantômes des chantiers navals pointaient vers le ciel. Vestiges d'un autre temps, dont bientôt plus personne ne se souviendrait. Les chantiers navals avaient fait partie intégrante de cette ville. Maintenant tout ça, c'était loin. Göteborg avait désormais plusieurs visages. On finissait par ne plus voir les visages du passé.

— Ils vont être contents, les collègues, continua Halders. Un nouveau terrain d'investigation, à seulement cinquante mètres du premier.

— Oui, ils avaient l'air ravis.

Les lumières des néons devenaient plus fortes à mesure que l'on approchait du centre-ville. Dans ces quartiers nord-est, on ne manquait vraiment de rien. Halders s'arrêta au feu rouge. Un groupe de jeunes gens en tenue de soirée traversa en direction de Lilla Bommen. Pas un ne jeta un regard aux deux inspecteurs assis dans leur voiture banalisée.

— Il ne nous reste plus qu'à chercher le couple Martinsson pour vérifier si l'un d'eux n'a pas perdu une main, poursuivit Halders.

— Et plus précisément la femme, ajouta Winter.

— La mère et l'enfant ne les connaissaient pas, tu m'as dit ?

— Non, non. Ce n'est pas un quartier très convivial. Les gens ne se connaissent pas.

— Mais ils doivent bien se croiser tout de même ?

Winter haussa les épaules. C'était la deuxième fois de la soirée. Il n'aimait pas ce geste. Il fallait qu'il arrête de faire ça.

— Chez toi, ça se passe comment ? reprit-il. Moi personnellement, je n'ai rien à foutre des gens qui vivent dans mon immeuble de Guldheden. Je n'en reconnaîtrais pas plus d'un sur trois.

— Et pourtant tu es un expert en la matière.

Halders passa devant la Gare centrale. La queue pour les taxis était imposante devant l'entrée principale. On voyait les gens respirer, tellement il faisait froid. Bon sang ! Bientôt le mois de novembre, puis ce sera décembre, janvier, février, mars et la mi-avril, songea Winter. Autant de mois d'hiver avant que le vert printemps ne prenne enfin le relais. Son père avait un jour parlé de quitter cette partie du monde pour de bon, et il avait fini par le faire. Assez récemment. Il avait pris son fric et il était parti en oubliant de payer le fisc. Winter comprenait que son père ait préféré vivre au soleil, mais pour ce qui est du reste, non. Ils ne se parlaient plus. Plus tard, peut-être. Mais il voulait d'abord une explication. Et ça ne suffirait pas.

— Metzer ne nous était pas d'un grand secours, dit Halders. Il s'est inquiété parce qu'il y avait l'air d'y avoir du grabuge. C'est tout.

— Il connaissait les Martinssons ?

— Non.

— Personne ne connaît personne, apparemment.

— C'est comme ça, dit Halders.

— Alors qu'est-ce qu'on fait maintenant ?

— On attend que les Martinsson nous donnent des nouvelles. Ou qu'on les retrouve. Même un seul d'entre eux.

Winter ne répondit pas. Ils attendaient au rouge devant l'immeuble du *Göteborgs-Posten*. Ils apprendraient peut-être dans le journal du lendemain ce qui s'était passé à Hisingen.

— Ensuite il faudra voir ce que les gars de la police scientifique auront trouvé, continua Halders.

— L'un d'entre eux était une femme, précisa Winter.

— Ouais, enfin c'est bien ce que je dis. Quand une fille est compétente, elle peut faire partie de nos gars.

Il se gara devant le commissariat. Ils allaient rédiger leur rapport et seulement ensuite, ils auraient fini leur journée.

— On va s'en jeter un après ? proposa Halders.

— Pas ce soir.

— T'es attendu par une dame ?

— En fait, oui.

— Fais gaffe.

— À quoi ?

— À ne pas y aller trop fort. On se retrouve vite coincé, tu sais.

— Aucun risque, répondit Winter.

— Elle est mignonne ?

— Occupe-toi de tes oignons, Fredrik !

— Je suis juste curieux. Elle s'appelle comment ?

— Patrick.

— Patrick ? Allez, putain ! Dis-le-moi !

— Elle fait partie de nos gars.

— Ah ! ah ! Allez, Erik, c'est quoi son petit nom ?

— C'est pas tes oignons, Fredrik.

Angela fit un pas en arrière sur le passage pour piétons. De justesse.

— Tu as vu ?

Winter ne dit rien. Il essaya de déchiffrer la plaque d'immatriculation. En vain. Elle était trop crasseuse. Il s'agissait d'une Saab 40 dernier cri. Il n'avait pas eu le temps de voir le conducteur lorsque la voiture était passée à soixante, soixante-dix à l'heure.

— Il a grillé le feu rouge ! s'écria Angela.

La Saab tourna à droite et prit la Challmersgata en sens unique, très probablement dans la direction du poste de police de Lorensberg. Winter sortit son mobile.

— Oui. Oui. Il est peut-être en train de foncer de votre côté en ce moment.

Il attendit, le téléphone sur l'oreille. Ils étaient encore sur le passage clouté. Angela avait reculé de deux pas.

— Oui ? OK. Ah bon ? Oui, oui, je vois. Merci. (Il rangea son téléphone.) Ils l'ont eu.

— Bien fait pour lui.

— Un malfaiteur.

— Ils te l'ont dit ?

— Une vraie célébrité chez nous, précisa Winter.

— Et ils ont pu le savoir tout de suite ?

— À notre époque, tout va très vite. (Le feu passa au vert. Le trafic reprenait en bon ordre.) On ose y aller maintenant ?

Ils traversèrent le parc jusqu'à la Place du Marché.

— Est-ce que ça n'a pas toujours été comme ça ? demanda Angela après un bref instant.

— Qu'est-ce que tu veux dire ?

— Tu n'as pas la sensation que, depuis longtemps, ça va trop vite ? Que les années passent trop vite ?

— C'est quoi, cette question ?

— Tu n'as rien à répondre ?

— Si... Bien sûr. (Il ralentit le pas.) Cela m'est peut-être arrivé de... ressentir les choses comme ça.

— Je veux parler de nous.

— Non, alors là, non.

— On se connaissait depuis cinq ans seulement quand on s'est mis à vivre ensemble, dit-elle sans le regarder. C'est plutôt rapide.

Ils passèrent le pont au-dessus de la rivière. Les eaux étaient noires dans la nuit. Difficile de se repérer. Il pressa le bras d'Angela.

— On n'a pas mis plus de temps ? demanda-t-il.

— En fait, même avant, tu étais le plus souvent chez moi, à Kungshöjd.

— C'est sûr.

— Tu disais que tu t'y plaisais davantage qu'à Guldheden.

— Oui. Ensuite, je me suis acheté un appartement à Vasaplatsen, et à partir de ce moment-là, il n'y avait plus à réfléchir, n'est-ce pas ?

Le portable d'Angela se mit à sonner.

— Oui ? Oui ? Oui. Oui. Non. Oui. Non. Oui. Oui. Oui. Très bien. Exactement. Bien sûr. Oui. Oui. Oui.

Elle rangea le téléphone dans son sac à main.

— La baby-sitter.

— J'avais bien compris. Un problème ?

— Non.

Ils traversèrent la place jusqu'au restaurant. Angela avait réservé une table près de la fenêtre. À l'intérieur, il faisait chaud et l'atmosphère était embaumée de délicieuses odeurs. Il commanda un martini dry, Angela un kir royal. Le martini était bien sec, à peine quelques gouttes de Noilly Prat sur la glace.

Ils trinquèrent.

Winter regarda par la fenêtre. On aurait dit que l'hiver était déjà là. Il voyait son propre reflet, tout flou, dans la vitre. Il apercevait également son verre. Il voyait Angela.

— Tu sais ce qu'on fête ce soir ? lui demanda-t-elle en levant la tête de son menu.

— Naturellement.

— Mais tu n'as rien dit quand j'ai réservé le restaurant. Ni quand j'ai appelé la baby-sitter.

— Tu voulais me mettre à l'épreuve, Angela ?

— Naturellement.

— Alors tu me crois ?

— Non.

Il sortit le petit écrin de la poche de son veston et le lui tendit. Il n'était pas grand. Il tenait dans le creux de sa main.

— Et maintenant tu me crois ?

— Comment tu as pu garder le masque aussi longtemps, Erik ?

— Le masque ? Tu veux dire l'écrin ?

— Comment as-tu réussi à te retenir ?

— Déformation professionnelle.

20

Le portable de Winter sonna alors qu'on leur servait l'entrée. Il venait de humer le parfum des fines herbes passées au four et qui dessinaient comme une petite brosse sur le côté de l'assiette. Il en badigeonnerait ses langoustines.

Il répondit à contrecœur.

— T'es où, Erik ? demanda Halders.

Winter le lui expliqua.

— Je ne suis pas loin, poursuivit Halders. Västra Hamngatan.

— Au centre de sport ?

— Si on peut appeler ça comme ça.

— Qu'est-ce que tu veux ?

— J'ai rencontré le petit copain de Paula. Enfin, façon de parler, car ce n'est pas sa version des choses.

— Tu es sûr ? C'est bien lui ?

— Il s'agit surtout de Nina Lorrinder. Oui, elle, elle en est sûre.

— Et lui, qu'est-ce qu'il dit ?

— Pas grand-chose. Il n'apprécie pas qu'on en fasse toute une histoire.

— Où est-il ? demanda Winter.

Il vit le regard interrogateur d'Angela, de l'autre côté de la table. Le parfum des herbes montait toujours de son assiette. Mais plus pour longtemps. Encore trente secondes, et tout serait gâché.

— À deux mètres de moi, répondit Halders.

— Tu veux bien me le passer ?

— Il vaut mieux que je commence par lui poser quelques questions. Je verrai après. Je ne crois pas qu'il puisse quitter la ville.

— Appelle-moi dans une heure.

— Et Angela ? Qu'est-ce qu'elle va dire ?

— Appelle-moi, c'est tout.

— J'appellerai peut-être avant une heure, prévint Halders.

Le petit copain de Paula devait avoir autour de la trentaine. Il n'avait pas perdu ses cheveux. Halders se méfiait de ces hommes-là, que ce soient des poivrots ou des hommes d'affaire. La plupart des hommes d'affaire étant d'ailleurs de sacrés poivrots.

Le garçon ne paraissait pas porté sur la boisson. Il avait un visage ouvert, avec quelque chose d'encore immature, des traits qui n'étaient pas encore affirmés. Ça lui prendrait quelques années. Certains buvaient pour se fabriquer une gueule, en particulier les acteurs. Mais il y fallait du temps.

Pour Halders, ils avaient tous la même tête ici. C'était sûrement l'activité physique. Cette foutue gym, ça vous lissait tout.

— Je ne lui ai parlé qu'une ou deux fois. Pas plus.

— Écoutez, Johan...

— Jonas.

— Écoutez, Jonas. Nous essayons d'en apprendre le plus possible sur Paula.

Ils étaient assis à la cafétéria. C'était le choix de Halders. Ils se tenaient à distance respectable de la table à côté car l'inspecteur avait poussé les meubles.

— Je ne demande pas mieux que de vous aider.

— Que faites-vous, Jonas ?

— Comment ?

— Vous travaillez dans quoi ?

— Euh... je suis au chômage en ce moment.

— Vous connaissiez bien Paula ?

Jonas semblait troublé. C'était le but. Les questions n'avaient pas obligatoirement de suite logique. Jonas cherchait du regard un appui, comme si le témoin qui l'avait désigné allait venir expliquer que tout n'était qu'un malentendu. Mais il n'avait pas rencontré ce témoin. Nina Lorrinder était partie sans s'être montrée.

— Je vous répète que je ne la connaissais pas, cette Paula.

— Mais vous avez bien échangé quelques phrases avec elle ?

— Oui.

— Et dans ce cas, on ne connaît pas la personne ?

— Eh bien, c'est...

— Comment avez-vous commencé à parler tous les deux ?

— Vous ne pourriez pas y aller plus doucement ?

— Ça va trop vite pour vous, Jonas ? Pas le temps de réfléchir ?

— Comment, je peux...

— De quoi parliez-vous, avec Paula ?

— De rien, franchement.

— C'est courant ça ?

— De quoi ?

— De ne parler de rien. Ça vous arrive souvent ?

Jonas jeta un regard autour de lui, comme s'il craignait que les autres clients n'entendent ses propos, ou plutôt ceux d'Halders. L'inspecteur était littéralement penché sur la table.

— Vous n'aimez pas beaucoup ça, Jonas ? Vous préférez qu'on aille chez moi à la place ?

— Chez vous ?

— Vous savez très bien ce que je veux dire.

— Je ne comprends pas votre... ton. Je n'ai rien fait de mal.

— Vous ne vous êtes pas manifesté à la mort de Paula.

Jonas ne répondit pas.

— Vous avez bien entendu ce que je viens de dire ? insista Halders.

— Oui. Mais... qu'est-ce que j'aurais pu faire ? Ou dire ? Vous dire ?

— Elle a été assassinée. Vous le saviez ?

Jonas hocha la tête et marmonna quelque chose.

— Je n'ai pas entendu, fit Halders.

— Oui. Si. J'ai... je l'ai lu.

— Où ça ?

— Où ? C'était... à la maison.

— Dans quel journal ?

— C'était le... *GP*. (Son regard parcourut la salle puis revint se poser sur Halders.) Il me semble.

— Une femme de votre connaissance est assassinée. Ce n'était pas un accident de voiture. Elle a été assassinée, bon sang ! C'est arrivé à dix ou quinze minutes à pied d'ici. C'est peut-être arrivé une semaine où vous l'aviez croisée. (Halders se pencha de plus près.) Le même jour peut-être.

Jonas eut un mouvement de recul. Halders vit des gouttes de sueur perler sur son front. Ça aurait pu être des gouttes de transpiration après l'exercice, mais le jeune homme n'avait pas encore suivi sa séance. Il s'en dispenserait ce soir.

— Qu'est-ce que vous voulez dire ?

— Rien. Je demande.

— Je ne l'ai pas vue la semaine dernière.

— Vous savez donc quelle semaine ça s'est passé ?

— J'ai lu...

— Vous avez lu, mais vous n'avez pas réagi ?

— Si, j'ai ré...

— Non, Jonas, vous n'avez pas réagi. Vous n'avez pas appelé chez nous.

Jonas ne répondit pas.

— Alors de quoi vous parliez, avec Paula ?

Après les hors-d'œuvre, ils en étaient au plat principal, qui venait d'être déposé sur la table. Du turbot servi avec quelques noisettes de beurre et du raifort, simple comme tout, mais cher comme tout. Et puis un grand cru de Bergheim.

— Tu attends l'appel de Halders ? demanda Angela.

— Oui.

— Essaie de manger un peu, mon chéri.

— Je vois que tu me comprends, c'est gentil.

— J'ai quelques questions mais j'attends qu'on en soit au café.

— Si on y arrive.

— Prends un morceau de poisson, Erik. Il n'est pas appétissant ?

Winter regarda le poisson. Un turbot entier, la peau pour partie roulée, avec cette merveilleuse chair en dessous, comme un drap de soie sous un jeté de lit de velours. Il souleva un bon morceau et le versa dans son assiette chaude. Il saupoudra de raifort et ajouta un peu de beurre bien crémeux. Les pommes de terre à la vapeur avaient du goût ici, ce qui devenait une exception dans les restaurants suédois. Alors que c'est le plat national, songeait-il. En Alsace, la choucroute est presque partout une réussite. Il but une gorgée de vin. Sans parler du vin.

— Tu as parlé avec Siv ? demanda Angela.

— Oui... je lui ai parlé, bien sûr. Tu penses à quelque chose de spécial ?

— Elle va mieux ?

— Je ne savais pas que ça avait empiré.

Angela ne dit rien.

— Elle ne va pas bien ? reprit Winter.

— Elle a de nouveau des vertiges.

— Ça vient de quoi ?

— Je n'en sais rien, Erik. Nous en avons déjà parlé. Il faut qu'elle se repose. Et puis elle aurait besoin d'examens sérieux et approfondis.

— Examens de quoi ?

Le corps, se disait-il, comme en réponse à ses propres questions. L'enveloppe de nos pensées. Oui. Bien racornie par bientôt cinquante ans d'alcool et de nicotine. Si je continue comme ça, je vais finir comme ma mère.

— On descend tous ensemble en Espagne, lui dit-il. Tu le sais bien.

Angela se servit de poisson. Elle ne lui jeta qu'un regard rapide.

— Pense au petit restau près du terrain de foot, continua Winter en levant son verre en direction de la jeune femme. Avec les deux tables sur le trottoir.

— Tu te vois déjà à Marbella ?

— Bien sûr. Ils servaient des poivrons grillés. Des crevettes à l'ail. Pas du n'importe quoi, les crevettes.

— On était arrivé passé minuit... C'était là ?

— Bien sûr.

— Mmm.

— Exactement. On peut résumer ça comme ça. (Il sourit.) Le chef avait ranimé les braises. Il lui restait un ou deux bars sur la glace.

— Ce n'était pas le serveur plutôt ?

— Ils s'entraidaient.

— Le serveur avait une tête de ramoneur quand il est revenu avec le poisson, dit Angela.

Le portable de Winter sonna.

— Oui ?

— On est au commissariat, dit Halders. Tu devrais te ramener tout de suite.

Elle traversa la rue sans prendre garde à la circulation. Tout à coup elle entendit quelqu'un la klaxonner. C'était comme si le son lui était resté dans l'oreille. Il n'avait pourtant rien de strident.

Elle croisa une jeune femme avec une poussette d'enfant qui semblait extrêmement légère.

Elle dépassa l'entrée principale et tourna à l'angle du bâtiment.

La porte qui donnait sur le passage était ouverte, comme il l'avait dit. Une vieille porte en fer, qu'elle eut du mal à pousser. Et qui claqua lourdement derrière elle.

Elle grimpa les quatre étages. Elle entendait siffler tout autour d'elle, le long des murs, sous le toit, comme si le vent qui avait forci dehors l'avait suivie à l'intérieur.

Elle vit la porte s'ouvrir devant elle.

Elle vit quelque chose remuer à l'intérieur. Puis une silhouette se détacha.

— C'est TOI ? s'écria-t-elle.

Elle entendit la porte se refermer derrière elle. Le bruit du vent cessa tout à coup.

— C'était TOI ? demanda-t-elle en se retournant vers lui.

Et c'est alors qu'elle sentit une main se plaquer sur sa nuque.

21

Ils avaient terminé de manger et ne prenaient pas de dessert de toute façon. Winter avala son expresso tout en réglant l'addition.

— Halders n'appelle que si c'est vraiment nécessaire, souligna-t-il une fois qu'ils se retrouvèrent dehors, sur la place.

Angela hocha la tête.

— Tu restes là-bas toute la nuit ?

— Si c'est le cas, tu peux être sûre que tout sera réglé demain matin.

— Tu crois que ce type va avouer quelque chose ?

— Halders ne l'aurait pas emmené au commissariat s'il n'était pas suspect.

— Il était peut-être nerveux, tout simplement. (Elle le regarda.) Il y a de quoi quand on est interrogé par Halders, non ?

— À partir de maintenant, c'est moi qui poserai les questions, répondit Winter.

Halders avait envoyé une voiture et ils s'étaient arrêtés à Vasaplatsen pour déposer Angela.

— Bonne nuit ! lui lança-t-elle.

— Je t'appelle dans une heure, promit-il.

— Sur le mobile, de préférence. Elsa ne dort pas bien en ce moment.

Elle mettrait l'appareil sur le mode silencieux. La pièce s'éclairerait à l'appel de Winter. Peut-être serait-elle en train de lire quelque chose, sur les maladies tropicales. Non. Marbella n'était pas encore sous les tropiques, venait-elle de lui faire remarquer au restaurant. Mais presque. Il fait de plus en plus chaud dans le monde entier, avait-il renchéri, en considérant par la fenêtre cette fraîche soirée nordique. Sauf ici. Tu sais ce que ça veut dire malaria ? « Mauvais air », avait-il répondu avant même qu'elle ait pu ouvrir la bouche. Tout le monde sait ça.

La voiture avait tourné au coin de la Vasaplats et poursuivait sa route sur Allén.

J'ai plus circulé sur cette avenue que nulle part ailleurs en ville.

Les lumières de la ville tournoyaient autour de lui, alternance de feux et de nuit, de soleil et d'ombre, d'aube et de crépuscule. C'était ce qu'il préférait dans le sud. Le lever et le coucher du soleil sur la Méditerranée. Au-dessus de l'Afrique.

— Et voilà ! s'exclama l'inspecteur qui lui avait servi de chauffeur en freinant devant l'entrée principale du commissariat.

Winter le remercia, descendit et regarda la voiture s'éloigner dans la nuit d'octobre. Avant même qu'il ait atteint la porte de l'immeuble, elle avait disparu dans la brume qui venait de se lever du côté de la mer. Il inspira longuement. L'air était saturé d'humidité. Pas sain du tout. Il lui faudrait compenser par une bonne bouffée de cigare un peu plus tard.

On respirait bien dans la salle d'interrogatoire, elle avait été soigneusement aérée.

Le garçon était assis sur une chaise. Il avait les cheveux qui lui retombaient sur les yeux, comme s'il avait voulu se cacher derrière. Il s'appelait Jonas, ce qui ne disait rien à Winter, mais c'était souvent le cas pour les prénoms. Il ne reconnaissait pas le garçon, ou plutôt le jeune homme, puisque le commissaire savait qu'il était âgé de trente ans.

Qu'est-ce que ce personnage pouvait bien faire là ?

— Je me présente... Erik Winter, commissaire de la police criminelle.

Le jeune homme hocha la tête sans décliner sa propre identité.

Winter prit sa fiche sur la table et commença à la lire. Le jeune homme se prénommait effectivement Jonas. Le nom de famille, relativement peu courant, ne lui disait rien. Mais en le relisant à la suite du prénom, il lui trouva quelque chose de vaguement familier. Il leva les yeux et regarda le jeune homme de plus près. Ce visage lui était inconnu.

— Pourquoi est-ce que je suis ici ? demanda Jonas Sandler.

— Nous avons simplement quelques questions à vous poser.

— Votre collègue m'a dit la même chose. Mais je ne comprends toujours pas pourquoi on m'a emmené ici.

— C'est plus calme pour discuter.

— Vous ne croyez quand même pas que j'ai quelque chose à voir dans... dans le meurtre de Paula ?

Winter ne répondit pas. Il scruta de nouveau le visage du jeune homme. Il n'y avait pas que le nom. Il y avait encore autre chose.

— Vous croyez vraiment ça ? répéta Jonas Sandler. Vous êtes dingues ou quoi ?

— On ne se serait pas déjà vus quelque part ? demanda Winter.

— Quoi ?

— On ne s'est pas déjà rencontrés ?

— Qu'est-ce que vous voulez dire ?

— Rien de particulier. (Winter tenta de déchiffrer le regard de son interlocuteur.) J'ai l'impression de vous reconnaître.

— Vous voulez dire que je serais un de vos anciens clients ?

— Non.

— C'est une nouvelle méthode d'interrogatoire ?

— Vous n'avez jamais eu affaire avec la police ? s'enquit Winter. Dans le passé ? Quand vous étiez plus jeune, peut-être. (Il reposa la fiche.) En tant que... témoin par exemple ?

C'était ça. Il se rappelait maintenant le visage du petit garçon, son nom, l'endroit en question. Quelques images lui traversèrent l'esprit : le crépuscule, le bosquet, le chien, la main.

C'est lui. Le même gamin.

— Maintenant que vous le dites... (Jonas Sandler leva les yeux vers lui.) Quand j'avais dix ans à peu près, j'ai parlé avec un policier d'un truc... que j'avais vu.

— Je sais.

— Ça doit faire vingt ans.

Winter acquiesça.

— Je ne me rappelle pas à quoi il ressemblait. C'est comme ça avec tous les adultes que j'ai pu rencontrer quand j'étais enfant. (Il balaya l'air d'un geste de la main.) Sauf si j'ai gardé des photos.

— Moi c'est pareil, reconnut le commissaire.

— Mais comment faites-vous pour vous souvenir de moi ? demanda Sandler. Ce devrait être pareil dans l'autre sens.

Allons Erik, réveille-toi. Ceci est un interrogatoire. Tu n'es pas censé t'aventurer dans ce genre de considérations.

— Ça fait partie de mon travail. (Winter se leva de sa chaise.) Et puis, on est partis ensemble chercher quelque chose de bien précis.

— Je m'en rappelle encore, affirma Sandler. Mais qu'est-ce qui s'était passé ? Dans cet appartement ?

— Nous n'avons jamais pu le savoir.

— Ils ne s'étaient pas disputés ?

— Nous n'avons jamais pu le savoir non plus.

— On prétendait qu'il y avait du sang à l'intérieur. Dans l'appartement.

— Qui disait ça ?

— Les voisins.

Winter se contenta de hocher la tête. On n'était plus dans un interrogatoire mais dans une conversation à bâtons rompus. Sans doute n'était-ce pas plus mal.

— Alors, il ne s'était rien passé ?

— Pas à notre connaissance.

— Et le sang alors ? (Le garçon se pencha vers le commissaire. Winter le voyait comme un petit garçon.) Vous n'avez pas le droit de me répondre, c'est ça ?

— D'après l'homme qui occupait cet appartement, c'était purement accidentel.

— Alors, vous l'avez retrouvé ?

— Oui. Le soir même.

— Et sa femme ? Je me souviens qu'il avait une femme. (Le garçon refit ce geste de la main qui semblait vouloir chasser dans l'air quelque chose.) Par contre, j'ai oublié quelle tête elle avait.

— Nous l'avons également retrouvée.

— C'était quoi comme accident ?

— Un accident domestique. Je ne peux pas en dire plus.

— Domestique, répéta Sandler. Et personne n'a été tué ?

— Non.

— Tant mieux.

Il avait dit ça comme pour lui-même. Il aurait dû le savoir. Il habitait quand même sur place.

— Nous n'avons pas non plus trouvé la main.

Le garçon tressaillit.

— Aucune trace de main.

— Non, répondit le gamin rapidement, comme si la chose lui avait paru évidente.

— Vous êtes sûr de l'avoir vue ? demanda Winter.

— Oui.

— C'était peut-être une hallucination. Ou alors vous avez pu confondre avec... je ne sais pas... une branche d'arbre.

— Non.

— Nous ne l'avons pas trouvée.

— Je l'ai vraiment vue. Et Zack aussi. Il est devenu comme fou. Je ne sais pas si vous vous rappelez mon chien.

— Évidemment.

Jonas Sandler se tut. Il avait déjà dit une fois dans le passé tout ce qu'il savait sur cette main.

— Comment va-t-il, Zack ? demanda Winter.

Pas de réponse.

Winter répéta sa question.

— Il a disparu.

— Comment ça s'est passé ?

— Je ne sais pas. Un beau jour, il n'était plus là.

— Désolé pour vous.

— N'essayez pas de faire semblant.

— Ce n'est pas le cas.

— Zack était déjà vieux à l'époque.

Winter hocha la tête.

— Je l'ai cherché pendant longtemps. J'étais encore petit. Je ne l'ai jamais retrouvé. Ni personne d'autre d'ailleurs. (Jonas Sandler regarda Winter droit dans les yeux.) Il avait peut-être complètement oublié le chemin de la maison.

— C'est possible.

— Il n'y avait pas des traces sur les pierres dans le petit bois ? reprit le garçon. Quelque chose comme ça.

— Je ne peux rien vous dire là-dessus, répondit Winter.

— Si je vous comprends, il y avait bien des traces.

— Vous habitez où maintenant, Jonas ?

— Pas très loin de là où on était. (Il donna son adresse.) À Hisingen, on ne quitte pas notre île.

— J'ai entendu dire ça.

— C'est comme ça quand on vit sur une île.

— Effectivement.

Le garçon avait maintenant des gestes, un débit saccadés, presque nerveux. Il n'a pas l'habitude de parler autant, supposa Winter.

— Tout le monde ne sait pas que c'est une île. La troisième de Suède pour la superficie, je crois.

— Pourtant on est obligé de prendre des ponts et des ferries pour y accéder, fit remarquer Winter.

— Des ponts, il y en a aussi sur le continent.

— Comment se porte votre maman ?

— Bien.

— Est-ce qu'elle vit toujours à Hisingen, elle aussi ?

— Oui, dans le même appartement.

Winter hocha la tête.

— Ça n'a pas changé là-bas. Même le petit bois.

— Vous y êtes déjà allés avec Paula ?

— D'accord ! Je vois où vous venez en venir.

— C'est-à-dire ?

— Vous m'avez demandé des nouvelles de Zack et de ma mère... Mais tout ça, c'était pour en arriver à cette question.

Winter scruta le regard du jeune homme. Il ne semblait pas souffrir de paranoïa. Il faisait un simple constat.

— En entrant dans cette pièce, j'ignorais sur qui j'allais tomber.

— Je ne vous crois pas, répondit Jonas Sandler.

— Lui avez-vous montré ce bosquet ?

— Pourquoi j'aurais fait ça ?

En quelques minutes, le jeune homme était redevenu l'enfant d'autrefois.

Winter repensait à l'histoire que cet enfant lui avait racontée. Il pensait à Paula. Jusque-là, il n'avait pas fait le lien entre la main de Paula et celle dont Jonas lui avait parlé, près de vingt ans auparavant. Il l'avait complètement oubliée. Ça pouvait se comprendre. Le lien avec l'affaire Ellen Börge paraissait plus... tangible. Non. Il ne trouvait pas le mot.

— Pourquoi j'aurais fait ça ? répéta le jeune homme.

Winter fumait devant la porte d'entrée. La brume s'était maintenant dissipée. Au-delà de Skånegatan, on voyait se découper la silhouette du stade d'Ullevi. Les piliers qui supportaient les projecteurs s'élevaient aussi haut dans le ciel que les grues fantômes de la rive opposée. Du côté de Hisingen.

Il faut que j'aille voir là-bas, songeait-il en tirant sur son cigare. Le ciel était clair à présent. De même que les traits du gamin s'étaient soudain clairement dégagés du visage de Jonas. Winter ne pouvait s'empêcher de le considérer comme un gamin. Il ne l'imaginait pas dans les bras d'une femme. Lui-même n'imaginait sans doute pas une chose pareille, et c'était sûrement là le problème. Il faut que je retourne à Hisingen. Pourquoi ? Je le saurai peut-être une fois là-bas.

Il entendit quelqu'un franchir la porte et se retourna. Halders.

— Alors, qu'est-ce qu'il dit ?

— Tu te souviens des Martinsson ?

— Non. C'est quoi ? Qui ça, je veux dire ?

— Le couple Martinsson. La cuisine à Hisingen. On est allés là-bas, il y a dix-huit ans. Un voisin avait téléphoné pour dire qu'on faisait...

— Oui, oui, ça me revient, l'interrompit Halders. Il s'était blessé au poignet.

— C'est ce qu'il disait.

— Mais c'était son propre sang.

— Pas uniquement, précisa Winter.

— C'est loin tout ça.

— Qu'est-ce que tu veux dire, Fredrik ?

— Encore un accident domestique.

— Tu ne te rappelles pas de quelqu'un d'autre ?

— Attends, Erik ! Ça remonte à près de vingt ans.

— Vingt ans après, le même garçon : Jonas.

— Là, je suis perdu.

Winter lui rappela brièvement les faits.

— À l'époque, je n'avais pas rencontré le gamin, dit Halders.

— C'est lui.

— Qu'est-ce que tu veux dire, Erik ?

— C'est lui qu'on a interrogé ce soir.

— Ah bon.

— Tu comprends ?

— Non, mais ne te sens pas obligé de m'expliquer. Winter eut un sourire.

— Je me rappelle la main, bien sûr, dit Halders. Ou plutôt le délire du môme autour de cette main.

— Tu crois vraiment que c'était du délire ?

— On n'a rien trouvé, Erik.

— Comme cette fois-ci, murmura Winter.

— Quoi ? Qu'est-ce que tu dis ?

— Comme maintenant. On ne comprend pas le sens de cette main. La main de Paula.

Halders ne commenta pas. Il semblait observer les bras de béton qui soutenaient les projecteurs dans le ciel d'Ullevi. Dans peu de temps, ils resplendiraient comme autant de soleils. Il restait encore un match à jouer cette saison.

L'inspecteur finit par se tourner vers Winter.

— Ça existe les coïncidences, Erik.

— Tu prends ce garçon pour une coïncidence ambulante ?

— J'en sais rien. C'est à lui de nous expliquer ça, tu ne crois pas ?

Winter voyait perler des gouttes de sueur sur le front du jeune homme. Il ne faisait pas spécialement chaud dans cette pièce, mais on y respirait mal désormais. C'était cette odeur particulière, qu'on ne rencontrait pas ailleurs. Beaucoup de gens avaient transpiré dans ces lieux. C'était peut-être l'odeur de tout ce qui s'était dit, de tout ce qui s'était exprimé ici. Mensonges, faux-fuyants, faux-prétextes. Une bibliothèque du mensonge ?

On avait parfois dit la vérité. Elle avait jailli comme un éclair de lumière dans l'obscurité. Un coup de projecteur. Ensuite ils avaient pu rentrer chez eux, réintégrer leur cellule, leur appartement, leur maison de banlieue. Ou leur tombeau, pensa-t-il soudain. Les véritables protagonistes de l'histoire, constamment présents lors d'un interrogatoire, c'étaient eux... Les morts. Les victimes. Quand par exception la vérité éclatait au grand jour, ils en retiraient un sentiment d'apaisement.

Voyons Jonas, comment avez-vous rencontré Paula ?

— Je ne vous l'ai pas dit ?

— Non.

— Vous m'avez déjà posé la question.

— Comment avez-vous fait sa connaissance ? répéta Winter sur un ton qui se voulait neutre. Répondez simplement à ma question.

— Sa connaissance... On s'est parlé deux ou trois fois. Pas plus. Je l'ai déjà dit... à votre collègue. (Jonas leva les yeux après avoir longuement fixé la surface de la table.) Je lui ai déjà dit tout ce que je sais.

— Comment ça s'est passé, la première fois que vous l'avez rencontrée ?

— Franchement, je ne m'en rappelle pas. C'était sans doute à la cafétéria. On devait partager la même table. (Il regarda autour de lui comme si la pièce venait de se transformer en cafétéria.) Ça s'est passé comme ça. Elle est venue s'asseoir à côté de moi. Il ne devait pas y avoir de place ailleurs.

— Elle était seule ?

— Oui... Je crois qu'il n'y avait qu'une chaise de libre.

— Et ensuite ?

— Ensuite... rien. On a dû échanger quelques mots, je ne m'en souviens pas. Des banalités. Sans plus. Je ne sais pas. Et puis après, je suis parti. Ou alors c'est elle qui est partie.

— Et quand est-ce que vous vous êtes retrouvés pour la deuxième fois ?

— On ne s'est pas RETROUVÉS, comme je vous l'ai déjà dit. On s'est vus de temps en temps là-bas. Au club de gym. C'est tout. Combien de fois il va falloir vous le répéter ?

Cent fois, pensa Winter. Cent ou deux cents fois, il faudra bien que tu le répètes encore.

— Mais vous êtes devenus amis, n'est-ce pas ?

— Pas vraiment. On discutait juste un peu.

— Des banalités ?

— Quoi ?

— Vous parliez de quoi ?

— Je ne m'en souviens pas vraiment.

— Est-ce que vous avez envisagé de vous revoir après ? En dehors du club de gym ?

— Non.

— Jamais ?

— Non.

— Et pourquoi ?

— Je ne sais pas quoi vous répondre.

— Vous n'étiez pas intéressé ?

— Je ne vois pas ce que vous voulez dire.

Leurs regards se croisèrent. Le gamin ne semblait pas faire de provoc. Il n'avait pas l'air d'un demeuré non plus.

Il cherche à gagner du temps. Il a besoin de réfléchir. À quoi ?

— Ça ne vous aurait pas intéressé de la voir autrement qu'en tenue de sport ? reprit le commissaire. Sans vêtement du tout peut-être. (Il se pencha vers Jonas.) Vous comprenez ce que je veux dire, bon sang !

— On... on n'en était pas là.

— Vous l'avez vue parler avec d'autres personnes ?

Winter relâchait la pression, essayait la souplesse. Il vit le gamin se détendre, son corps se relâcher imperceptiblement. Tout un langage... corporel, cent fois plus éloquent parfois que celui des mots. Comme pouvait l'être un timbre de voix. Mais pas celui de Jonas Sandler. Peut-être parce qu'il ne disait que la vérité, des bribes de vérité tout au moins.

— D'autres personnes ? Non... je ne crois pas.

— Et son amie ?

— Je ne la connais pas.

— Vous ne l'avez jamais vue en compagnie de son amie ?

— Mais non, je vous dis. Je ne l'ai jamais vue avec personne. En même temps, il y a toujours beaucoup de monde ici, on ne peut pas dire que les gens soient vraiment seuls.

— Avez-vous une petite amie, Jonas ?

— Quoi ?... Non.

— Un petit ami ?

— C'est quoi, cette question ?

— Soyez gentil, répondez-moi.

— Non, je n'ai pas de petit copain. Je ne suis pas pédé.

— Vous vivez seul ?

— Si je n'ai pas de copine, j'habite tout seul. C'est facile à deviner, non ?

— Vous pourriez partager un appartement, louer une chambre à quelqu'un, vivre en communauté... que sais-je ?

— Je vis seul, répondit Jonas Sandler. Et vous avez l'adresse. (Il remua les épaules comme pour montrer que cela faisait un moment qu'il était assis là, sans bouger.) J'aimerais bien rentrer chez moi maintenant. J'ai le droit ?

— Que faisiez-vous le soir du jour où Paula a disparu ?

— Je n'en sais rien, franchement.

— Et pourquoi ?

— Je ne sais pas quel jour c'était.

— Qu'est-ce que tu dis ?!

Halders faisait face à Winter et la lampe de bureau qui lui éclairait la moitié du visage ne lui donnait pas l'air commode. On approchait d'Halloween, une tradition nouvellement importée en Scandinavie, et l'inspecteur n'avait pas besoin de masque.

— On le laisse rentrer chez lui.

— Hum.

— Mais on ne le lâche pas.

— Il n'a pas d'alibi, soupira Halders.

— Il y a quelque chose qui m'échappe, continua Winter.

— C'est pas toujours comme ça ?

— Quelque chose qui a un rapport avec... le passé.

— Et c'est pas toujours comme ça ?

— Tu as repensé à notre expédition d'Hisingen ? Il y a dix-huit ans ?

— Ben... non. Pourquoi ?

— Je n'ai jamais vu le témoin, dit Winter. Celui qui a donné l'alarme.

— Y avait pas grand-chose à voir. En passant devant la porte il a entendu du bruit et il a décidé d'appeler. Il ne connaissait pas les Martinsson.

— À qui est-ce qu'il rendait visite dans cet immeuble ?

— M'en souviens pas, répondit Halders. Faut que j'aille voir aux archives. Je ne suis même pas sûr de l'avoir noté.

— Tu pourrais vérifier ?

— Quand ? Maintenant ?

— Oui.

— OK, dit Halders en se levant. Mais pourquoi s'emmerder avec ça ?

— Je n'en sais rien.

Le trafic commençait à se faire moins dense sur le pont d'Älvsborg. Des centaines de lumières scintillaient alentour. Par cette belle soirée d'automne, le ciel, sans nuages, virait au bleu foncé au-dessus de la mer du Nord.

Metzer. Anton Metzer. Ce soir-là, il se rendait chez un ami dans l'immeuble des Martinsson mais n'avait pas réussi à le voir. Winter avait noté ce nom, qui n'évoquait rien pour lui. Il n'avait pas interrogé tous les occupants de l'immeuble. Au bout d'une demi-journée, l'affaire était déjà classée. Personne n'avait donc été entendu au sujet d'une main... aperçue par un enfant de dix ans accompagné de son chien.

On n'avait pas non plus interrogé Metzer après la visite de Halders ce même soir. À quoi bon ? Et maintenant ? Pourtant Winter éprouvait une certaine excitation, non... un vague pressentiment. Concernant le passé. C'était possible, une chose pareille ? Pourquoi suis-je en train de retourner là-bas ?

Il reverrait ce petit bois étonnant. Oui. Ç'avait été une expérience. Le silence éloquent de l'enfant. Son épouvante. Les babines retroussées du chien qui, lui aussi, était resté étonnamment silencieux à ce moment-là.

Winter se gara sur le parking, juste au pied de l'immeuble. Il aurait pu se trouver n'importe où ailleurs dans la ville. Des résidences de ce type, il y en avait des centaines, identiques. Il reconnaissait vaguement les lieux, sans plus. L'aire de jeu était plongée dans un halo blanchâtre de lumière électrique. À l'autre bout du terrain... le petit bois. Et c'est alors qu'il reconnut vraiment l'endroit, comme si tout ça datait de la veille.

Il se promena parmi les quelques arbres et finit par allumer sa lampe. Tout à coup un aboiement de chien retentit quelque part. La terre blanchit sous le faisceau de lumière. C'était là qu'ils s'étaient arrêtés. C'était par là que l'enfant avait vu quelque chose.

Ils n'avaient rien trouvé.

Winter éclaira le sol un long moment mais ne vit rien que de très naturel. Des pierres, de la terre, des gravillons, des feuilles mortes. Comme on en trouve en automne. Et bien des automnes avaient passé depuis sa dernière visite ici.

Il retourna sur ses pas. Il avait l'impression de revenir de loin.

Le vent s'engouffrait dans la cage d'escalier. Winter se rappela que, déjà vingt ans auparavant, il n'avait pas cessé de souffler, faisant désespérément claquer la porte d'en bas.

Il sonna. Une petite plaque indiquait simplement Metzer, sans prénom. Il appuya de nouveau sur le bouton. Le timbre de la sonnerie lui revenait de bien loin dans le passé. Winter n'avait pas prévenu de sa visite. Metzer pouvait être sorti.

La porte finit par s'entrouvrir.

— Monsieur Metzer ? Anton Metzer ?

Winter vit apparaître des yeux, une portion de front, des cheveux bruns.

— Oui ?

Il se présenta.

— Je peux entrer un moment ? ajouta-t-il.

— Pourquoi ça ?

— Je voudrais simplement vous poser quelques questions.

— À quel sujet ?

— Je peux entrer ?

La porte s'ouvrit. L'homme recula de quelques pas. Chemise blanche et pantalon marron, en toile de gabardine, sur des pantoufles qui paraissaient confortables. Il n'était plus tout jeune. Dans le couloir flottait une vague odeur de nourriture – Metzer devait dîner tard. Winter perçut des voix quelque part à l'intérieur. Un poste de télévision. Sur une petite table, dans le hall, reposait un vieux téléphone à cadran.

— Entrez donc, lui dit Metzer en l'invitant d'un geste de la main.

Ils pénétrèrent dans le salon. Il y avait un débat télévisé : des gens étaient assis sur des bancs les uns en face des autres et Winter surprit une voix qui s'écriait, éperdue : « Je n'ai jamais entendu quelque chose d'aussi stupide ! » Il s'agissait d'une femme aux cheveux longs. On disait toujours beaucoup de bêtises à la télé, mais peu de gens osaient le déclarer publiquement à l'antenne. Winter manqua l'éventuelle réponse à cette mise en accusation car son hôte éteignit le poste.

Le commissaire exposa le but de sa visite.

— Ça remonte à loin, fit remarquer Metzer.

Winter opina.

— Je ne me rappelle pas vous avoir rencontré, continua Metzer.

— C'est à mon collègue que vous avez parlé.

— Hmm.

— Connaissiez-vous le couple Martinsson ?

— Non, pas du tout. Je n'ai jamais échangé le moindre mot avec ces gens-là.

— Mais vous vous êtes inquiété en passant devant leur porte ?

— Oui.

— Quelle impression avez-vous eue ?

— L'impression que quelqu'un allait se faire tuer.

— Aviez-vous déjà assisté à ce genre de chose ?

— Ici ? Jamais.

— Avez-vous eu l'occasion de parler avec eux par la suite ? Ou du moins avec l'un d'entre eux ?

— Non. Pourquoi l'aurais-je fait ? (Metzer changea de position sur le sofa.) Et puis, ils ont déménagé quelques semaines plus tard.

Winter hocha la tête.

— Je m'inquiétais. C'est pour cela que j'ai appelé la police.

— À qui rendiez-vous visite ce soir-là ? demanda Winter.

— Un voisin, dans le même immeuble. Ce n'est pas ce que j'ai dit, à l'époque ?

— Si.

— Alors.

Winter avait mémorisé le nom, mais il le lut dans son bloc-notes, pour donner l'impression qu'il avait fait ses devoirs, qu'il s'était préparé à cette visite. Il ne voulait pas que Metzer puisse le soupçonner de n'être passé qu'à tout hasard.

— Et bien sûr, il n'était pas à la maison ?

— Non.

— Vous avez pu le joindre ce soir-là ? Chez lui ?

— Oui... oui. Sans doute.

— Vous ne vous en rappelez pas ?

— Non... ce doit être dans ma déposition, c'est le terme qu'on utilise, n'est-ce pas ?

— Elle mentionne que vous n'êtes pas allé chez lui.

— Eh bien, ce doit être ça.

Metzer dévisageait le commissaire, et réciproquement. Une ligne lui barrait le visage de la tempe jusqu'au bas de la joue. On aurait dit une cicatrice faite au sabre. Metzer. Vieille noblesse allemande. Peut-être.

— Je ne me rendais pas... vraiment chez lui, prononça Metzer au bout d'un moment.

— Pardon ?

— Son nom figurait sur la porte, mais il n'habitait pas là.

Winter hocha la tête. Il ressentit un frisson lui parcourir le sommet du crâne. Son corps réagissait souvent comme ça. Sans prévenir.

Je t'en prie, Anton, raconte-moi donc.

— C'est une femme qui vivait là. Avec sa fille. Elle sous-louait l'appartement. Mais ça n'a pas duré longtemps.

Winter opina de nouveau.

— Elles ont dû rester un mois ou deux, pas plus.

Il se tut.

— Oui ? fit Winter.

— Je discutais avec cette femme, au pied de l'immeuble. Avec la petite fille aussi. Et puis... je les ai un peu aidées. Elles avaient besoin d'aide. Il n'y avait rien entre la mère et moi. J'étais déjà trop vieux pour ça. Mais elles me faisaient pitié.

— Pourquoi ça ?

— Je ne sais pas. Elles étaient comme... perdues. Esseulées. (Un imperceptible sourire se dessina sur son visage.) Comme moi, sans doute.

— Vous alliez chez elles, ce soir-là ?

— Oui.

— Pourquoi n'en avez-vous rien dit à l'époque ? Il y a dix-huit ans ?

— Personne ne me l'a demandé. (Metzer caressa son menton, rasé de près.) Et puis quelle importance cela pouvait-il avoir ? Pour la police ?

22

Winter se retrouvait au pied des mêmes immeubles. Il entendait les mêmes aboiements de chien, venant du petit bois. Ces derniers se fondaient dans le vent qui les faisait tournoyer au-dessus de l'aire de jeu. Winter pensa au petit garçon. Il avait dû rester de longues heures à jouer sur ces balançoires. Le vent les poussait maintenant. Comme s'il y avait encore un enfant présent dessus. D'une invisible présence.

En montant l'escalier, il fut saisi d'un très fort pressentiment. Il allait bientôt apprendre quelque chose... d'important. Quelque chose qu'il avait approché tout à l'heure, lorsqu'il méditait dehors. Chez Metzer ensuite, dans cet appartement qui respirait la solitude, le désespoir tranquille et la poussière des ans.

Il sonna à la porte. C'était la même qu'à l'époque. Rien ne semblait avoir changé. Pas de rénovation, ni d'embellissement. Les crédits avaient été épuisés avant d'avoir eu le temps de parvenir jusqu'ici. Il n'y avait pas d'argent pour les habitants de ce quartier. Pas d'argent tout court.

Winter entendit la sonnerie résonner à l'intérieur.

La femme lui ouvrit, une serviette de bain nouée autour de la tête. Il la reconnut immédiatement.

Elle aussi.

— Qu'est-ce qui se passe ? Il s'est passé quelque chose ?

— Puis-je entrer ? demanda Winter.

— Jonas ?

Il se retrouvait dix-huit ans en arrière. Il s'était juste absenté un moment. Entre-temps, le gamin avait tout de même disparu.

— Vous me reconnaissez ?

— Winter, répondit-elle. Je me souviens de votre nom.

— Vous n'avez pas changé.

— Ça fait des années. (Elle regarda par-dessus son épaule, comme pour vérifier qu'il n'était pas accompagné.) Le temps passe vite.

— Je peux entrer ?

Elle s'écarta pour lui céder le passage. Il pénétra dans l'entrée. Quand je pense au nombre de vestibules que j'ai connus depuis toutes ces années. J'aurais pu vendre des aspirateurs. Ou des encyclopédies. Vous permettez que j'entre un instant pour vous vendre quelque chose ? Vous voler quelque chose. Un peu de votre temps.

À travers la fenêtre, ou plutôt la porte-fenêtre, Winter pouvait observer l'aire de jeu.

— Que s'est-il passé ? répéta-t-elle en sortant de la salle de bains.

Elle était allée retirer la serviette éponge et s'installait maintenant au salon, en face de Winter. Ses cheveux, encore tout humides, brillaient à la lumière de la lampe.

— C'est à propos de Jonas ? continua-t-elle.

— Pourquoi me demandez-vous ça ?

— Qu'est-ce qui vous étonne ? (Elle le regarda droit dans les yeux.) Quelle autre raison auriez-vous pour venir ici ?

— Il va très bien, répondit Winter. Mais j'ai été amené à le rencontrer. Très récemment.

— Pourquoi donc ?

Elle avait le regard inquiet, mais cela pouvait aisément se comprendre.

— Avez-vous entendu parler du meurtre de Paula Ney ?

Il aurait pu commencer par lui demander si elle connaissait ce nom, mais il était curieux de voir sa réaction.

— Paula ? Paula... quoi ? Un meurtre ? Pourquoi est-ce que j'aurais dû être au courant ?

— Il s'agit de Paula Ney. N-E-Y.

— Quelle horreur ! Non... je ne sais pas. C'était dans le journal ?

Le *Göteborgs-Posten* était posé sur la table, grand ouvert à la page des programmes-télé. Winter repéra le poste dans un angle de la pièce, à droite de la porte-fenêtre. Un modèle ancien, mais il n'aurait su en dire beaucoup plus. Il n'était pas un spécialiste.

— On a publié beaucoup d'articles sur cette affaire, expliqua-t-il. Et la télévision a pris le relais.

— J'ai peut-être vu quelque chose... (Elle jeta un œil sur le journal, puis sur le poste.) Mais pourquoi venir me parler de ça ?

Il y avait plusieurs réponses à cette question. Ce serait une longue histoire.

Son visage avait changé d'expression depuis quelques minutes. Il était question d'une femme assassinée. Winter avait parlé avec son fils. L'inquiétude la gagnait.

— Mais Jonas n'a rien à voir avec tout ça ? (Elle se pencha vers lui.) Ce n'est pas possible ?

— Il a rencontré cette femme deux ou trois fois, répondit Winter.

— Mon Dieu !

— Et vous, l'avez-vous déjà rencontrée ?

L'espace d'un instant elle sembla tentée de dire oui, pour la simple raison que cela pourrait peut-être aider son fils, sans qu'elle sache pourquoi, ni comment. Mais peut-être valait-il mieux dire non. Dire la vérité.

— Non, répondit-elle.

— Paula Ney, reprit Winter. Jonas ne vous a jamais parlé d'elle ?

— Non.

— Vous en êtes sûre ?

— Oui. De quoi s'agit-il ? Qu'a-t-il fait ? Il n'a quand même pas...

Winter resta silencieux.

— Est-ce que... (Elle cherchait les termes exacts.)... on le suspecte ?

Winter mentionna le club de gym et lui rapporta une partie des propos de Jonas.

Elle parut soulagée.

— Oui, ça a dû se passer comme ça.

Winter entendit un nouvel aboiement et tourna la tête.

— Vous le croyez, n'est-ce pas ? Pourquoi n'auriez-vous pas confiance en lui ?

Il se retourna vers elle. Anne. C'était inscrit sur la porte. Anne Sandler.

— On a juste échangé quelques mots, Jonas et moi. L'enquête nous oblige à parler avec beaucoup de gens. Et Jonas est un témoin. Un témoin capital. Il fait partie des dernières personnes qui ont pu rencontrer Paula.

Le visage d'Anne semblait moins tendu. Il avait vu battre sa tempe, et sa bouche se contracter de nervosité. L'inquiétude s'était désormais repliée dans ses yeux et n'en bougeait plus.

— Quand avez-vous vu Jonas pour la dernière fois ? demanda-t-il sur un ton plus léger.

— Vous voulez du café ? (Elle se leva). Comment ai-je pu oublier de vous en proposer ?

— Oui, volontiers. Pourriez-vous simplement me dire quand vous vous êtes vus pour la dernière fois ?

Cela faisait un bon moment. Elle n'avait pas pu donner de précision. Un mois ou deux. C'était long. Elle ne pouvait fournir d'alibi à Jonas pour la période concernée. Mais il n'utilisa pas le terme. Cela viendrait plus tard, un autre jour, d'ici une semaine, un mois peut-être.

Winter ne lui demanda pas pourquoi son fils venait si rarement la voir. Rarement... Qui était-il pour juger de cela ? Combien d'années d'intervalle entre deux visites à son père ? Et la dernière fois, il était arrivé trop tard.

Avait-il beaucoup vu sa mère ces dernières années ? Un peu plus souvent, c'est sûr. Cet hiver, cela risquait même de faire trop.

Ils se trouvaient maintenant assis dans la cuisine, sur la proposition de Winter. Comme c'était le cas dix-huit ans auparavant. La chaise de Jonas restait libre aujourd'hui. Winter se souvenait laquelle c'était. La mémoire travaillait curieusement parfois.

— Il y avait bien une femme et sa fille qui vivaient au quatrième étage de l'immeuble en face ?

Elle se retourna vers lui avec une assiette de petits pains à la cannelle à peine sortis du micro-ondes.

— Je veux dire à l'époque où je suis venu ici pour la première fois. Il y a dix-huit ans.

— Ah oui...

— Alors ?

— Oui... effectivement...

— Vous les connaissiez bien ?

— Ça n'a pas duré longtemps. Elles n'ont pas habité ici plus d'un mois ou deux, je crois. Très peu de temps.

— Mais vous vous souvenez d'elles ?

Anne Sandler hocha la tête.

— Comment cela se fait-il ?

— Qu'est-ce que vous voulez dire ?

Elle se tenait debout devant l'évier.

— Puisqu'elles ne sont pas restées longtemps.

— Eh bien... nous nous sommes vues plusieurs fois, sur l'aire de jeux. En bas. Jonas jouait avec la petite. Ils avaient à peu près le même âge. (Anne Sandler s'avança vers la table.) Il n'y avait pas tellement d'enfants ici. C'étaient surtout des personnes âgées. (Elle s'assit.) Qui le sont encore plus aujourd'hui. Et nous aussi, c'est sûr.

— Comment s'appelaient-elles ? insista Winter. Leur nom de famille ?

— Oh ça... je ne m'en souviens pas.

— Était-ce un nom rare ?

— Je n'en sais vraiment rien. Et puis, c'est presque plus facile à retenir, un nom rare, vous ne trouvez pas ?

— Quel était le prénom de cette femme ?

— Je ne m'en souviens pas non plus. (Elle rapprocha sa tasse de café.) C'est bizarre.

— Et la petite fille ?

Anne Sandler parut se concentrer.

— Je crois qu'elle s'appelait Eva, finit-elle par dire. Je m'en souviens parce que Jonas prononçait souvent son nom.

— Et vous étiez allés chez elles ?

— Non.

— Pourquoi ?

— Eh bien... ça ne s'est pas fait, c'est tout. Nous n'avons pas eu le temps de faire suffisamment connaissance. (Elle jeta un regard circulaire sur la cuisine.) Et elles ne sont jamais venues chez nous. (Son regard se fixa brusquement sur la chaise vide à côté de Winter, comme si celle-ci ranimait un souvenir en elle.) En fait, si, la petite fille a dû passer ici une fois ou deux.

— Est-ce qu'il y avait un homme à la maison ?

— Pas que je sache. Je n'en ai jamais vu. Et elle ne m'en a jamais parlé.

Winter réalisa que la conversation prenait un tour assez douloureux pour Anne. Elle aurait visiblement préféré éviter ce sujet qui la touchait personnellement.

— Pourquoi m'interrogez-vous sur elle ? Sur elles ? demanda-t-elle en le fixant du regard. Quel rapport avec le meurtre ?

— Il s'agit de ce soir-là, répondit-il. Le soir où nous sommes venus vous voir. Pour une dispute chez les Martinsson.

— Je m'en rappelle. Vous m'avez posé des questions là-dessus, sur le couple Martinsson. Je crois vous avoir dit tout ce que je savais. Pas grand-chose.

Winter acquiesça.

— Mais qu'est-ce qu'elles ont à voir avec tout ça ? reprit-elle. La mère et sa fille ?

— Je ne sais pas, répondit Winter. Pour être honnête, je n'en sais rien.

— Et nous ? À part le fait qu'apparemment Jonas aurait échangé quelques mots avec la femme qui... est morte ?

— Que leur est-il arrivé ? continua Winter sans répondre à la question d'Anne Sandler. Le savez-vous ? Où sont-elles parties ?

— Je n'en ai aucune idée. Un beau jour, elles avaient disparu.

— Elle ne vous en avait pas informée ? La mère ?

— Non.

— Et la petite fille ? Elle n'a rien dit à Jonas ?

— Non. Je lui ai posé la question mais tout ce qu'il m'a répondu, c'est qu'elle était partie.

La mère de Jonas tourna son regard vers la fenêtre : une aire de jeu, à peine éclairée, des balançoires et des agrès, un toboggan derrière.

— Il était tout triste parce qu'elle a disparu comme ça, sans lui dire au revoir.

Mario Ney l'appela sur son portable. Winter traversait le pont en direction du centre-ville. Il n'y avait plus beaucoup de trafic. 22 heures passées. Un ferry s'avançait vers le port. Il était encore à la hauteur de la forteresse d'Älvsborg. Un ciel limpide.

— Vous avez des nouvelles ? demanda Mario Ney. Est-ce que quelqu'un a vu Elisabeth ?

— Pas encore, répondit Winter.

— Quelqu'un a bien dû la voir.

— Où vous trouvez-vous, Mario ?

— Je suis chez moi. Près du téléphone. Au cas où elle appellerait. Elle ou quelqu'un d'autre. Vous, par exemple. Vous m'aviez promis d'appeler.

— J'allais le faire.

— C'est ce que vous dites.

Winter observait le ferry du coin de l'œil. Un immeuble de dix étages baignant dans sa propre lumière, qui glissait maintenant dans le port comme s'il allait à la fête. De là-haut sur le pont, toute la ville semblait se faire belle.

— Depuis combien de temps vivez-vous là-bas, Mario ? Dans votre appartement de Tynnered ?

— Quoi ? Pourquoi vous me demandez ça ?

— Depuis quand occupez-vous cet appartement ? insista Winter.

— L'app... eh bien, ça fait longtemps. Paula était toute petite. Et alors ?

— Quel âge avait-elle ?

Ney marmonna quelque chose.

Winter répéta sa question.

— Cinq ans, finit-il par répondre. Je crois qu'elle avait cinq ans.

Les draps étaient rangés sur la troisième étagère à droite. Mais pour y accéder, la femme de ménage devait passer devant un autre placard et suivre le mur qui formait à cet endroit une sorte de niche. La réserve formait donc presque deux pièces séparées. De la porte, on ne voyait pas jusqu'au fond.

La femme de ménage avait laissé échapper tout ce qu'elle avait dans les bras : un tas de draps gisait maintenant sur le sol. Elle avait poussé un cri, qui s'était fait entendre sur le palier, ainsi qu'aux étages voisins.

Dans les premières minutes, elle s'était sentie incapable de bouger. Elle n'avait pu que rester sur place à crier, d'un long hurlement très fort.

Le corps d'Elisabeth Ney était allongé sur un lit de draps blancs. Dans la réserve, tout était blanc, ou presque.

Winter s'efforça d'embrasser du regard l'ensemble de la scène.

Il était le premier à pénétrer à l'intérieur.

Le gérant de l'hôtel avait appelé la police et lorsqu'il se présenta, trois collègues étaient déjà postés devant la porte. Ringmar était en route, accompagné d'Aneta Djanali.

La femme de ménage se remettait difficilement du choc dans une salle du personnel. Winter n'était pas certain de pouvoir l'interroger sérieusement ce soir-là.

Elle n'avait jamais rien vu de pareil.

Il contourna précautionneusement le corps. La couche de draps était épaisse de quarante à cinquante centimètres.

Ce n'était pas un hasard. Le meurtrier s'était appliqué à la tâche. Quand ? Alors qu'Elisabeth... attendait ? Ou bien avant ? En prévision de ce qu'il savait devoir arriver ? Oui. Non. Oui. Oui. Quelqu'un qui avait ses entrées ici. Il s'agissait d'un vieil hôtel, situé à mi-chemin entre le Revy et les Gothia Towers – ce qui représentait une certaine distance. Ni luxueux ni miteux. Un hôtel destiné à une clientèle ordinaire. Du type d'Elisabeth Ney. Comment s'était-elle retrouvée là ? Elle n'avait pas pris de chambre d'hôtel, ça, il le savait déjà. Winter attendait le légiste. Un médecin. Allez-y, faites votre travail, et soignez la patiente. Ou plutôt, dites-moi si c'est bien ici qu'elle est morte. Winter examina le corps. Il avait l'intuition que le crime s'était produit ici. Comment l'homme aurait-il pu s'y prendre autrement ? Winter se releva et considéra de nouveau la particularité architecturale du local. Deux policiers restaient de garde sur ce palier qui donnait dans la cage d'escalier. Le commissaire leur demanda de dégager la porte le temps qu'il l'examine. Elle ne comportait aucune inscription. Pas de panneau, pas de chiffre. Pourquoi cet endroit ?

— Pourquoi ici ? demanda Ringmar.

Aneta Djanali se tenait à son côté. Elle regarda le cadavre d'Elisabeth Ney, ainsi que son environnement immédiat. Il y avait eu mise en scène.

— Il voulait que nous la trouvions, que nous la... rencontrions comme ça, conclut-elle.

Winter acquiesça.

— Il a dû soigneusement planifier son meurtre, continua-t-elle.

— La porte de la réserve n'était pas fermée à clé, précisa Winter.

— Pourquoi ? demanda Ringmar.

— Par commodité, expliqua Winter. Le personnel de service passe son temps à entrer et à sortir.

— Il a dû venir avant, dit Aneta Djanali. Plusieurs fois sans doute.

Winter opina de nouveau.

— Quelqu'un doit pouvoir l'identifier.

— Ça, c'est à voir, rectifia Winter.

— Ou alors il est tellement connu dans la maison que personne ne fait attention à lui, proposa Aneta. Dans ce cas, il pouvait aller et venir à sa guise.

— Tu marques un point, commenta le commissaire.

— Peut-être est-ce encore le cas, continua-t-elle.

— Serions-nous sur le lieu de travail du meurtrier ? suggéra Ringmar.

Personne ne releva sa remarque.

Aucun d'entre eux n'y croyait vraiment. Ils allaient entendre tous les membres du personnel, mais ce serait surtout une question de routine. Ils recueilleraient des réponses, dont quelques-unes à peine leur seraient, peut-être, utiles.

— Pourquoi avoir choisi cet endroit ? murmura Ringmar.

— Parce que nous sommes dans un hôtel, répondit Winter.

— Ce n'est pas une chambre et encore moins la chambre numéro 10.

— Désormais, ça n'a plus d'importance à ses yeux.

— Qu'est-ce que tu veux dire ?

— Il ne s'agit pas ici... du même type de meurtre. (Winter regarda le corps.) Il a été prémédité, mais pas de la même façon que celui de Paula. Il vient après. Il pourrait très bien ne pas avoir été prévu au départ.

— Nous ne savons même pas s'il s'agit du même meurtrier, objecta Ringmar.

— Tu veux dire qu'il aurait été... contraint d'assassiner Elisabeth Ney ?

— Nous verrons, conclut Winter.

Il se trouvait dans une situation inhabituelle, penché au-dessus de la dépouille d'une personne avec laquelle il s'était entretenu, qu'il avait interrogée, écoutée. La plupart du temps, les policiers faisaient connaissance avec le meurtrier dans les minutes qui suivaient le crime. Parfois avant qu'il ne soit commis. Mais, même dans les cas où se produisait un crime en cours d'enquête, il était extrêmement rare que les enquêteurs aient eu l'occasion de rencontrer... la victime auparavant. La seule fois où ça lui était arrivé, il en avait été très perturbé, comme maintenant. Heureusement l'émotion ne l'empêchait pas de réfléchir. C'était presque l'inverse. Le sang devait circuler plus rapidement.

Winter laissa Ringmar et Aneta Djanali pour aller prendre l'air dans la cage d'escalier. Il respirait un peu mieux. Même si rien ne lui paraissait vraiment sain par ici. Tout ce blanc faisait penser à la maladie, à la mort. Comme dans les hôpitaux, les morgues... et les églises. Quelle qu'en soit la nuance, le blanc était bien la couleur de la mort.

Le portable de Winter sonna. C'était Halders.

— Je suis en bas.

— Tu peux monter, répondit Winter.

Il l'attendit dans l'escalier.

Halders entra directement dans la réserve. Le légiste venait d'arriver. Winter ne le connaissait pas. Un homme assez jeune, d'environ dix ans de moins que lui. Avant de pénétrer à l'intérieur, il avait pris une longue inspiration. Ils avaient échangé quelques mots.

Halders finit par sortir.

— On y va ?

Mario Ney les attendait chez lui. Winter avait envoyé sur place une voiture depuis le poste de Frölunda.

Halders prit le tunnel de Tingstad. Les voix à la radio changèrent de ton – elles paraissaient parler une autre langue. Une fois, en Suisse, Winter s'était retrouvé immobilisé par un embouteillage, en plein tunnel, et l'expérience ne lui avait pas laissé un bon souvenir. Victime d'une crise de claustrophobie, une femme, à quelques voitures de la leur, s'était mise à sauter de toit en toit, désespérément en quête de la sortie.

Quand ils avaient enfin pu sortir de là, Winter s'était garé sur la première aire de repos pour inspirer à pleins poumons. Il avait eu l'impression de revenir de loin.

— Ça m'avait l'air récent, déclara Halders.

— On va voir ce que dira le médecin légiste.

— Jamais vu ce type-là.

— Moi non plus.

— Comment a réagi Mario Ney ? s'enquit Halders.

— Je ne lui ai encore rien dit.

— Il ne s'est pas demandé pourquoi tu voulais le voir ?

— Je ne lui ai pas laissé le temps de me poser la question, répondit Winter.

— C'est pas le même meurtrier, lança Halders. J'y crois pas.

Halders changea de file. À un kilomètre de là, Winter voyait se dessiner la masse grise des immeubles de Västra Frölunda. Ils s'élevaient dans le ciel comme de gros cubes. Un exemple-type d'échec architectural. Tout était devenu gris. Une nuance de plus à mettre au compte du blanc.

— Mais c'est peut-être le même mobile, continua Halders.

— Lequel ? demanda Winter.

— Il pourrait ne pas y en avoir, répondit Halders. Sauf dans la tête des meurtriers.

— Du meurtrier, reprit Winter. Il n'y en a qu'un et un seul.

Halders trouva une place au pied de l'immeuble. Winter sortit de voiture. Ça ne fait pas longtemps que je suis venu ici, songea-t-il. Je n'aurais jamais pensé revenir avec un tel message.

— Il peut être violent ? demanda Halders.

— Je n'en sais rien, Fredrik.

— Il nous a déjà accusés une première fois. Qu'est-ce que ça va être maintenant qu'il a vraiment des raisons de le faire ?

Winter hocha la tête. Il avait pris la décision de faire hospitaliser Elisabeth. Mais il ne l'avait pas mise sous surveillance. Sous protection. Il n'avait peut-être pas suffisamment réfléchi. Jusqu'où peut-on anticiper les choses ? Jusqu'au prochain meurtre ? Est-ce là un point-limite ? Ou bien faut-il penser plus loin encore ? Ils dépassèrent l'aire de jeux. Elle était plus vaste qu'à Hisingen, avec davantage de balançoires. Winter repensa au petit garçon, à la fillette. Ils avaient cherché la trace des personnes susceptibles d'avoir loué en sous-main un appartement à un homme dont le nom ne lui disait rien. Ce dernier avait déménagé depuis longtemps. Comme la plupart des occupants du lotissement. C'était comme ça dans ce quartier. Il n'y avait guère que Metzer à ne pas avoir quitté les lieux. Et puis la mère de Jonas, Anne.

L'une des balançoires se souleva sous l'effet du vent, mais seulement une, à croire qu'un enfant invisible venait d'y prendre place.

Paula a dû s'asseoir sur cette balançoire, songea Winter.

— Les copains sont déjà là, constata Halders.

Une voiture de police stationnait devant la porte d'entrée de l'immeuble.

— Ils n'ont pas appelé. Ça doit être tranquille, ajouta-t-il.

Winter leva les yeux vers les fenêtres de l'appartement Ney. Elles étaient au nombre de trois, toutes sombres. Ils avaient été trois dans cette famille. À la fenêtre du milieu, il aperçut tout à coup un visage. Passant comme une ombre blanche.

23

— Qu'est-ce que c'est que cette histoire ? leur lança Mario Ney, campé sur le palier, tandis que Winter et Halders montaient l'escalier.

Il était flanqué de deux policiers en tenue. Les gars de Frölunda.

— Que s'est-il passé ? continua-t-il.

— Est-ce que nous pouvons entrer ? demanda Winter.

Ney se retourna violemment, comme pour vérifier qu'il était bien devant la porte de son appartement.

— C'est Elisabeth ? Il lui est arrivé quelque chose ? Où est-elle ?

— Mario...

Winter tendit la main, mais Ney était déjà en train de franchir le seuil, comme s'il avait compris qu'il n'obtiendrait réponse qu'une fois à l'intérieur.

— On peut y aller maintenant ? lui souffla l'un des inspecteurs.

— Je vous remercie, leur dit Winter.

— Qu'est-ce qu'il a dit quand vous vous êtes pointés ? intervint Halders.

— Rien.

— Rien ?

— On vient juste d'arriver. Il a ouvert la porte, nous a regardés fixement, et puis il est rentré dans son appartement.

— Mais il était calme, ajouta l'autre policier.

— Là c'est plus le cas, remarqua Halders.

— Il nous a vus depuis la fenêtre, dit Winter. Il a dû me reconnaître.

— Alors c'est à cause de vous qu'il a réagi comme ça ?

— Il pense avoir un certain nombre de choses à me reprocher.

— Et il n'en sait pas la moitié encore, ajouta Halders.

Winter ne répondit pas. Ils pénétrèrent dans l'entrée tandis que les pas de leurs collègues résonnaient dans la cage d'escalier. Des pas d'éléphants. À présent, tous les voisins devaient être au courant de leur visite.

Mario Ney se tenait à la fenêtre, dos à eux. Il devait guetter le moment où les uniformes allaient apparaître en bas. Il finit par se retourner. Il semblait désormais plus calme. Comme s'il avait su.

— Nous pouvons nous asseoir ? demanda Winter.

— Dites ce que vous avez à me dire.

— Nous avons retrouvé Elisabeth. Elle est morte.

D'abord la bonne nouvelle, nous l'avons retrouvée, songea Winter. Ensuite la mauvaise. Ney ne réagit pas tout de suite. Il paraissait toujours attendre la nouvelle que Winter avait à lui transmettre. Il regardait les deux hommes tour à tour.

— Mario...

— Comment ?

Rien d'autre. Comment ? Ney ne quittait pas la fenêtre. Impossible de distinguer l'expression de son visage, à cause du contre-jour. Winter vit la voiture de police démarrer, manœuvrer sur le parking et prendre lentement la route de Frölunda. Il aurait préféré être à leur place. Ça lui aurait évité de raconter le « comment ». Il n'y parviendrait pas maintenant. Ce n'était pas le moment.

— Où ?

Deuxième question. Qui lui faciliterait la tâche.

— Odin, répondit Winter. À l'hôtel Odin. Elle a...

— Qu'est-ce qu'elle faisait là-bas ? l'interrompit Ney. C'est où ?

— Dans Kungsgatan. Mais c'é...

— Encore un hôtel ! Qu'est-ce qui se passe, bon sang ?!

Le ton de Mario Ney s'était fait plus tranchant. Winter ne voyait toujours pas son visage. Or c'était indispensable.

— Asseyez-vous, Mario.

— Je peux...

— Asseyez-vous !

Tout à coup Mario parut comprendre. Il s'avança rapidement vers eux et prit place dans le fauteuil le plus proche. Winter s'installa dans le sofa, juste en face de lui, à côté de Halders.

— Nous ne savons pas encore comment cela s'est passé, commença Winter.

Ney plongea son visage dans ses mains. Il se tenait penché en avant. Les deux policiers ne voyaient que le sommet de son crâne dégarni.

Il laissa retomber ses mains et leva la tête.

— Mais elle est... morte ?

Winter hocha la tête.

— Qu'avait-elle... fait ? Qu'est-ce qui s'est passé ? Comment est-elle morte ?

— Elle a été assassinée, répondit Winter.

— Quand ça ?

— Pardon ? intervint Halders.

— Quand est-ce que c'est arrivé ? Aujourd'hui ? Hier ? (Il avait le visage tendu, les yeux rouges. Il se tordait les mains.) Quand ?

— Nous n'en sommes pas encore certains, répondit Winter.

— Vous ne le savez pas ? Pas du tout ? (Ney s'apprêtait à se lever de nouveau.) Qu'est-ce que vous savez, en fait ? Rien, bon Dieu !

— Y a-t-il quelque chose que nous devrions savoir ? répliqua Winter. Quelque chose que vous savez, vous ?

— Quoi ? (Ney retomba sur son fauteuil.) Quoi ? Quoi ?

Son regard passait de l'un à l'autre des deux hommes. D'abord la fille, ensuite la femme, songea Winter. Il a raison de demander comment, et où, quoi... Il en a le droit. Mais nous avons le devoir de lui poser des questions.

— J'espère que vous nous comprendrez. Il faut que nous sachions quel a été votre emploi du temps durant les dernières vingt-quatre heures.

— Quoi ? Mon... ? Quelle importance ça peut avoir ? Il s'était relevé.

— Il y en a d'autres qui devraient répondre à cette question, non ?

— Qui donc ? s'enquit Winter.

Mario Ney resta silencieux. Il semblait toujours attendre une réponse de la part du commissaire.

*

Halders rentra par le tunnel. Le trafic était plus dense, les phares éclairaient les parois qui ne gagnaient pas à être vues.

Mario Ney avait refusé toute assistance psychologique. Si vous préférez rester ici, on peut vous envoyer quelqu'un avec qui parler, avait proposé Winter.

— Je veux qu'on me laisse seul, avait répondu Ney.

La situation devenait délicate. Ils auraient pu le garder six heures, éventuellement six de plus, en le considérant comme suspect. « Suspect présumé », c'était le premier niveau d'inculpation. Était-ce le cas ? Winter repensait à la tache de sang à l'intérieur du nœud, sur la corde qui avait été nouée autour du cou de Paula. Sa fille. C'était son sang à elle. Et l'on n'avait rien d'autre. Personne d'autre à mettre en cause. Winter espérait que les nouvelles analyses effectuées au Labo central donneraient des résultats. On avait prélevé une goutte de salive sur la corde qui avait été enroulée autour du cou d'Elisabeth. On saurait bientôt. Et il demanderait poliment à

Mario de bien vouloir se soumettre à un test ADN. Très simple, ce test. Il suffisait d'un coton-tige à l'intérieur de la bouche, au niveau de la gencive. Juste un point de comparaison.

— J'ai vraiment besoin de rester seul, avait-il répété.

Pourtant, Mario avait tout intérêt à parler avec quelqu'un pour se protéger... de lui-même.

— Vous n'avez personne à qui parler ? lui avait demandé Halders. Un proche ? Un ami ?

Ney avait secoué la tête.

Halders sortit du tunnel. En ce mois d'octobre, les fins d'après-midi basculaient assez vite dans l'obscurité. Les réverbères étaient déjà allumés.

— On n'aurait pas dû le laisser tout seul, fit remarquer l'inspecteur.

— Je sais.

— Tu vas lui envoyer quelqu'un ?

— Laisse-moi réfléchir une minute.

Après le rond-point, Halders s'engagea sur la voie rapide. Le fleuve apparut. Un navire marchand s'acheminait vers le port. Malgré la distance, Winter crut apercevoir des gens sur le pont.

— La minute est passée, constata Halders.

— Il y avait quelque chose dans sa façon de réagir, répondit Winter.

— Tu penses qu'il ne s'est pas montré suffisamment abattu ? (Halders se tourna vers son collègue.) Ou qu'il en a fait trop ?

— Et toi, qu'en penses-tu ?

— J'ai assisté à trop de réactions différentes dans ce genre de situation, dit Halders. Je ne peux rien affirmer tant que je ne l'ai pas revu une deuxième fois.

— Non.

— Le chagrin peut se manifester sous tellement de formes ! Certains réagissent sur le moment, d'autres avec un temps de retard. D'autres encore resteront terrassés sous le choc. Tu le sais bien.

Winter opina.

— Je parie qu'il va bientôt nous appeler pour nous bombarder de questions, ajouta Halders.

— Des questions, on en a déjà plus qu'il n'en faut, commenta Winter en changeant de position. (Son genou frottait contre le tableau de bord.) Une mère et sa fille. Toutes les deux assassinées.

— Ça fait déjà un lien, dit Halders.

— Tu plaisantes ?

— Non.

Ils passèrent devant le terminal des ferries, avec ses longues files de véhicules attendant de monter à bord. Les semi-remorques laissaient échapper des petits nuages de gaz.

— Nous avons essayé de remonter le plus loin possible dans la vie de Paula, remarqua Winter après un moment. Et nous ne sommes pas arrivés à grand-chose. Mais nous ne devons pas nous contenter de son passé.

— Tu veux dire ?

— Je pense à sa mère, Elisabeth. Il faut enquêter sur son passé à elle aussi.

Halders marmonna quelque chose qui échappa complètement à Winter.

— Tu dis ?

— Bientôt, dans cette affaire, on va se retrouver à fouiller dans le passé bien plus qu'à s'occuper de l'avenir. Dans ces deux affaires.

— C'est une première ? rétorqua Winter.

Halders ne répondit pas.

— Il y a quelque chose qui nous échappe dans le passé de cette famille, ajouta Winter. Un secret bien gardé.

Halders hocha la tête.

— Un terrible secret, répéta Winter.

— Peut-être pas qu'un seul.

Contrairement à Ringmar, Winter n'avait pas besoin d'aller voir cette main toute blanche. C'était comme s'il l'avait sous les yeux. Elle ne lui faisait pas signe. Elle était fermée, nouée. Elle lui échappait. Comme le ferait un fragment de statue.

Il était calé dans un fauteuil, chez lui, un verre de whisky à la main. Une statue. Un fragment. Qu'est-ce que nous avons ? Une main détachée d'un corps. Normalement c'est l'inverse. Qu'est-ce qu'on voit d'une statue antique ? Un corps, un torse. Sans tête. Sans mains. Ici, on avait une main sans torse. Ça ne colle pas.

Sur la main droite d'Elisabeth Ney, le majeur avait été enduit de peinture blanche. Ils n'avaient pas retrouvé de pot de peinture dans la réserve.

Un doigt blanc. Pas la main entière.

Winter consulta sa montre. Il devait maintenant y avoir quelqu'un chez Ney. Il n'aurait pas réussi à surmonter la nuit et risquait de finir aux urgences. Sans doute dans la même section que sa femme après le meurtre de Paula.

Winter avala une gorgée de Glenfarclas. Le whisky dégageait un arôme puissant. Il était ce qu'il y avait de bon sur la terre. Dans la vie. Le mot provenait du gaélique *usquebaugh*. Eau-de-vie... Il restait des traces d'humidité sur le sol de la réserve où ils avaient découvert le corps d'Elisabeth. La femme de ménage était certainement passée, un peu avant le meurtre. Mon Dieu ! Il avait dû attendre, tapi quelque part. Avec elle ? Comment avait-il pu jouer si serré ?

Il était maintenant près de minuit. Les filles dormaient. Elsa s'était réveillée, une heure auparavant, gênée par ses propres ronflements. On allait bientôt l'opérer, mais il préférait ne pas y penser. Pour Angela, c'était plus facile. Elle était médecin, savait tout ce qui pouvait tourner mal, mais elle n'en parlait pas, peut-être même n'y pensait-elle pas. Il avait déjà pu observer l'optimisme obligé de cette profession : rien n'est jamais grave, tout va toujours très bien, surtout chez les proches. Elsa serait parfaitement remise de son opération au moment de prendre l'avion pour Málaga. Et lui, où en serait-il de son enquête ? Pourrait-il les suivre ?

— Tu ne viens pas te coucher, Erik ?

Il leva les yeux de son verre de whisky. L'alcool prenait de jolis reflets à la lumière.

— Viens t'asseoir à côté de moi, répondit-il en lui faisant une place sur le sofa.

Elle bâillait, adossée au chambranle de la porte.

— Je vais d'abord me chercher un verre d'eau.

Il entendit couler le robinet de la cuisine. Une voiture passa en bas, sur la place, provoquant les cris d'une bande de choucas qui nichait dans les érables. Bientôt le râle du dernier tramway et puis les gens rentreraient se coucher.

Angela revint, un verre d'eau à la main.

— Viens près de moi, lui dit-il en tendant les bras vers elle.

— On se croirait dans une distillerie ici.

— Formidable, tu ne trouves pas ?

— Tu ne travailles pas demain matin ?

— Je suis en train de travailler.

Elle se glissa auprès de lui. Winter reposa son verre et la serra dans ses bras.

— Tu as froid ?

— Plus maintenant.

— Tu sens bon le sommeil, lui dit-il.

— Et ça sent quoi ?

— Le parfum de l'innocence.

— Mais oui, je n'ai rien fait de mal.

— Je le sais bien, Angela.

— Innocente, jusqu'à preuve du contraire.

— Nous n'avons pas besoin de preuve, toi et moi.

— Mmm.

— Nous n'avons pas besoin de ça non plus, ajouta-t-il en ouvrant un à un les boutons de sa chemise de nuit.

Il rêva de deux enfants, chacun sur sa balançoire, dans une oscillation parfaitement symétrique. Il se tenait auprès d'eux. Ils se balançaient dans le vide, comme libérés de toute pesanteur. Ce pays n'a pas besoin de lois, songea-t-il. Les enfants riaient. Il ne voyait pas leurs visages. Des rires éclatèrent à nouveau. Il se réveilla.

Mais il résistait, il n'avait aucune envie de quitter son rêve. L'un des enfants s'apprêtait à lui parler. Il voulait retourner auprès d'eux pour entendre clairement ce qu'il n'avait pu comprendre. Qu'il avait oublié.

Winter posa les pieds par terre. Les lames du parquet étaient chaudes et douces. Angela remua dans son dos et murmura quelque chose. Elle était sans doute en train de rêver. Il se traîna jusqu'au salon et se laissa choir dans le sofa. Dehors, tout était sombre et silencieux. Juste avant l'aube, l'heure du loup. Le lendemain, on serait déjà le 1er novembre. La Scandinavie entrerait tout entière dans l'heure du loup, elle y resterait jusqu'à l'année suivante. La neige soufflerait au-dessus de la ville, mais elle déposerait son manteau compatissant plus loin, dans les terres. Ils n'auraient droit qu'à la grisaille d'hiver. Rien ne pouvait apparemment s'y dissimuler, s'y tenir à couvert. Et pourtant, il s'y cachait beaucoup de choses. Presque tout. Il ne lui restait plus beaucoup de temps de sommeil cette nuit. Plus beaucoup de temps avant... Quand est-ce que ce sera terminé ? lui avait demandé Angela juste avant de s'endormir. Mais ce n'était pas une question. Ils avaient des projets pour très bientôt, mais elle ne disait rien puisqu'il n'en parlait pas non plus. Il ne lui disait pas qu'il les rejoindrait peut-être plus tard. Il allait quitter cet hiver gris, vert et blanc, mais il le ferait plus tard, puisqu'il avait quelque chose à finir avant. Quelqu'un à retrouver.

Tout à coup Lilly se mit à crier. Encore un rêve, encore une frayeur. Ce n'était pas la première fois. Il se demandait à quoi elle pouvait bien rêver. Qu'est-ce qui pouvait ainsi l'effrayer, sinon dans sa vie, du moins dans sa vie nocturne ? Un être aussi jeune ? Comment l'accepter ?

Il se leva et se hâta auprès d'elle. Il la souleva et sentit des larmes contre sa joue.

— Ce n'est rien, ma petite cocotte !

La fillette se tut et renifla. Il la porta dans le séjour. Elle ne pesait rien. Sa petite tête retomba doucement tandis qu'il la berçait devant la fenêtre. La ville au-dehors serait bientôt prête à se réveiller. Il sentait la main de sa fille se promener autour de son cou. Légère comme une plume.

Les rêves ne voulaient pas revenir. Winter finit par se lever et se faufila dans la cuisine en tâchant de ne pas réveiller les autres. Elsa remua dans son lit, sans plus.

Il s'installa devant la table avec un verre d'eau. Il n'avait pas soif. Mais cela pouvait peut-être l'aider à se calmer.

Il voyait se dessiner sur le mur de l'immeuble, de l'autre côté de la cour, une ombre au motif indécis. Une silhouette, ou deux. Christer Börge... C'était lui, cette silhouette qui se dérobait entre les piliers de l'église. Börge n'avait pas regardé de son côté, mais Winter avait eu l'impression que l'homme savait qu'il était assis là. Il gardait la tête droite. Comme s'il ne pouvait fixer son regard ailleurs que devant lui.

Börge n'avait guère changé. Il était aisément reconnaissable.

Durant ses premières visites à l'église, Winter était assis à côté de Nina Lorrinder. Mais la dernière fois, il n'avait échangé que quelques mots avec elle. Il se demandait maintenant si Börge avait pu les surprendre ensemble.

Au-dessus des petites collines, le soleil répandait ses derniers rayons. Winter voyait se découper dans le lointain la façade de l'hôpital. Ce jour-là, tout était lumineux dans l'appartement de Paula. Aucune zone d'ombre. Le temps avait été couvert les fois précédentes. Il en était à sa troisième ou quatrième visite.

Paula s'était-elle sentie menacée ? Cherchait-elle à éviter quelqu'un ? Quand cette menace avait-elle commencé à s'exercer ? S'il y avait bien eu menace. Il y avait songé tandis qu'il serrait contre lui le petit corps d'oiseau de sa fille. Et celui de sa maman, sur le sofa, auparavant. Une menace durable. Non. Une menace ancienne. Non. Récente ? Non. Toujours en cours ? Non. Oui. Non. Oui.

La solitude de Paula. Elle ne l'avait pas choisie. Winter parcourut du regard l'appartement entièrement bâché. Bientôt le linceul serait retiré et quelqu'un d'autre pourrait venir vivre ici. Vivre sa vie. C'était un droit élémentaire.

Il s'avança vers la fenêtre. Il pouvait apercevoir l'immeuble où il avait vécu jeune homme. Avant de devenir commissaire. Des hivers et des étés s'étaient succédé, mais il n'y avait guère prêté attention à cette époque-là. Il n'en avait pas le temps. Chaque jour, sa vie le poussait à relever de nouveaux défis, dans ce métier qu'il s'était choisi. Sa vie, c'était le crime. Il lui avait fallu du temps pour trouver une méthode, une façon d'être. Il s'imposait une discipline de fer, il fonctionnait comme une moissonneuse-batteuse, il avait été promu. Non, il ne pensait pas comme une machine. Oui, il avait avancé dans sa carrière. À quoi pensait-il en devenant commissaire – le plus jeune commissaire du pays ? À trente-sept ans. S'en souciait-il ? Oui. Non.

Il se détourna de la fenêtre pour arpenter la pièce. Du linoléum. Jusqu'au sol, tout était recouvert de plastique.

Son portable sonna.

— Oui ?

— Tu vois quelque chose qui m'aurait échappé ? lui demanda Halders.

— La lumière est meilleure cette fois. Mais je ne sais pas quoi chercher, Fredrik. On a déjà fouillé partout.

— Courrier, photo.

Des mots, des images, tout ce qui pourrait évoquer une vie, un passé. On en revenait toujours à ça. L'avant, comme disait la petite Elsa. Les enfants se fabriquaient un langage à eux, plus concret, vraiment signifiant. Le maintenant et l'avant... Dans le monde de Winter, ils coexistaient tout le temps.

Il se rendit à la cuisine tout en parlant avec Halders sur le portable. La pièce était, elle aussi, bâchée.

— Elle tenait peut-être son journal, suggéra l'inspecteur.

— Il a des chances de se trouver dans la valise, remarqua Winter.

— Tout ce dont nous avons besoin se trouve dans cette valise, répliqua Halders.

— Et pourtant j'ai ressenti le besoin de venir ici, comme toi l'autre jour.

— Regarde encore autour de toi, lui conseilla Halders.

Il regarda autour de lui. Les murs paraissaient d'un blanc plus soutenu, soit parce qu'on venait de les repeindre, soit parce qu'on avait posé plusieurs couches successives. Sous la lumière du soleil, la pièce en devenait éblouissante. Le meurtrier était-il venu ici ? À cette même table ? Les meubles n'avaient pas été changés.

— Qui a interrogé les peintres ? demanda Winter.

— Pardon ?

— Les peintres. Ceux qui rénovaient l'appartement au moment où Paula a été assassinée. Qui les a entendus ?

— J'en sais foutre rien, Erik. C'était pas Bergenhem ?

— Tu peux vérifier ?

— Bien sûr. Mais s'il en avait tiré quelque chose, on l'aurait su. Bergenhem n'est pas du genre à passer à côté d'une info.

Winter resta silencieux. Le soleil vint frapper une porte de placard au-dessus de la cuisinière. La porte ressemblait à un fragment de soleil.

— Tu veux dire qu'ils auraient pu voir quelque chose que nous devrions savoir ? poursuivit Halders.

— Ils étaient sur place, répondit Winter. Je ne sais pas ce qu'ils ont pu déblayer avant de commencer à travailler. Mais ils étaient là avant nous.

Qu'y avait-il de rassurant dans ce monde ? Elle cherchait à se figurer quelque chose qui pourrait avoir un effet rassurant. Elle avait besoin d'une bouée à laquelle se raccrocher.

Le téléphone avait de nouveau sonné, elle avait répondu et n'avait rien entendu d'autre que le bruit du vent à l'autre bout du fil.

347

Elle avait reposé le combiné sans quitter l'appareil des yeux. C'était un ancien modèle, le même que celui qu'elle avait dans sa chambre d'adolescente.

Un objet typiquement rassurant.

Mais pas maintenant. Elle osait à peine y toucher.

Vite ! Le descendre dans le local à ordures.

Sa peur disparaîtrait-elle ainsi ?

Mais elle ne pourrait jamais rentrer là-dedans. Il y faisait noir comme dans un four. La lumière ne fonctionnait jamais. Et quand elle jetait un sac au vide-ordures de l'étage, elle entendait bien le temps qu'il mettait pour arriver tout en bas, dans le local.

La pluie tambourinait contre les carreaux. Au moins, je ne suis pas tentée de sortir, songea-t-elle. Je n'ai pas besoin de sortir. Pas besoin de faire des courses. J'ai tout ce qu'il faut à la maison.

La sonnerie du téléphone retentit de nouveau.

Elle étendit la main mais ne souleva pas le combiné.

Le téléphone sonnait, encore et encore.

Il s'arrêta.

Elle regarda fixement l'appareil, comme si l'objet lui avait été totalement étranger.

Il recommença à sonner.

Elle s'empara du combiné.

— Je sais qui tu es !

24

La salle de réunion était aussi lumineuse que l'appartement de Paula. Le soleil de novembre resplendissait au-dessus du stade d'Ullevi comme s'il s'était trompé de saison, et de latitude. Personne n'avait fermé les persiennes. Halders avait mis ses lunettes de soleil.

Aneta Djanali écarta la main de ses yeux et se leva pour aller fermer les persiennes, haussant les épaules devant un Winter qui restait posté à la fenêtre. Il venait d'apercevoir un avion en partance vers le sud, sur fond de ciel bleu azur. Les gens avaient encore le bon sens de partir, leur cerveau n'avait pas encore gelé sous leur crâne.

Ringmar se racla discrètement la gorge et Winter finit par se retourner.

— Vous avez la parole.

— Trop aimable, railla Halders.

Même Ringmar avait souri. Halders avait bien raison. Dans un tel contexte, on devrait toujours pouvoir parler. Et puis la liberté d'expression, c'était une tradition dans cette partie du monde. Plus au sud, il en allait autrement.

— Alors vas-y, profite de ta liberté de parole ! lança Aneta Djanali à son ami en lui enfonçant le coude dans le flanc.

— Nous avons affaire à un type qui est obsédé par les hôtels, déclara Halders.

— Ou par les meurtres à l'hôtel, précisa Bergenhem.

— On est bien d'accord, répliqua Halders.

Bergenhem évita de répondre.

— Chambre numéro 10... glissa Aneta Djanali.

— Quoi ?

— Paula a été retrouvée chambre numéro 10, répéta la jeune femme en se tournant vers Halders, et... Börge... Ellen Börge avait pris cette même chambre.

Elle regarda Winter, toujours campé devant la fenêtre. Ce n'était pas dans ses habitudes de se tenir à l'écart durant ces discussions. Mais la parole fonctionnait mieux quand on lui lâchait un peu de lest, les idées venaient plus facilement. Il fallait que la pensée prenne son envol. Ça pouvait donner des résultats.

— Ah oui, cette fille-là, répondit Halders. On ne l'a jamais retrouvée que je sache.

— Elle est toujours en arrière-plan ? s'enquit Bergenhem.

— Est-ce qu'elle a jamais eu le moindre rapport avec notre enquête ? ! s'exclama Halders. Dis, Erik, tu penses toujours à elle ?

— Je l'ai oubliée pendant un moment, reconnut le commissaire.

— C'était une coïncidence, affirma Halders.

Winter garda le silence.

— Elle doit être loin, continua Halders.

— Comme Elisabeth Ney, intervint Aneta Djanali.

— Qu'est-ce que tu insinues ?

— Je ne sais pas vraiment. Mais il s'agit avant tout de cette femme-là.

— C'est toi qui as mentionné la chambre 10.

— Mais c'est toi qui as parlé d'hôtel, rétorqua Aneta.

— Comment a-t-il bien pu y pénétrer ? demanda Winter. (Tout le monde tourna la tête vers lui.) Le meurtrier d'Elisabeth. Il a dû faire des repérages à l'hôtel Odin. Probablement plusieurs fois de suite. Comment a-t-il pu entrer sans éveiller l'attention ?

— On n'a pas encore entendu tout le monde, objecta Bergenhem.

— Sous un déguisement, proposa Halders.

— Lequel ? demanda Bergenhem.

Halders haussa les épaules.

— Aucune importance, ce que les gens ont vu. Ce n'était pas lui de toute façon.

— C'était quand même quelqu'un, répliqua Aneta Djanali. Ça peut compter.

— L'homme au pardessus ?

— Ça passe mieux en octobre qu'au mois d'août, ironisa Ringmar.

— On est en novembre maintenant, signala Aneta.

— La question, c'est aussi de savoir comment Elisabeth a pu entrer, fit remarquer Bergenhem.

— Et sous quelle forme..., ajouta Halders.

— On l'a tuée à l'intérieur, répondit Ringmar. Voilà au moins une chose dont nous sommes sûrs.

— Comment a-t-il bien pu lui fixer rendez-vous dans la réserve ? demanda Bergenhem. Comment a-t-elle pu accepter de le suivre là-dedans ?

— Il a pu la transporter dans la réserve, la pousser à l'intérieur, suggéra Ringmar.

— Alors ils avaient rendez-vous dans la cage d'escalier ? (Halders balaya l'assistance du regard.) C'est sûr que là, on comprend mieux.

— Merci pour tes sarcasmes, Fredrik. Tu nous aides énormément, souligna Aneta Djanali.

— « Rendez-vous », reprit Winter. Tu connais le sens premier de ce mot, Fredrik ?

— Eh bien... ça veut dire rencontre. Une rencontre fixée à l'avance.

— Oui, une rencontre concertée. Une rencontre amoureuse la plupart du temps.

Il y eut quelques secondes de silence autour de la table.

— Elle allait retrouver son amant ? demanda Aneta Djanali.

— C'est une idée, commenta Ringmar.

— Elle a disparu toute une journée, remarqua Halders. Où était-elle pendant ce temps ? Chez son amant ? Possible. Nous n'avons pas réussi à la trouver. Elle n'a probablement pas traîné dans les rues. Il fallait bien qu'elle soit quelque part.

— Dans la réserve peut-être, suggéra Bergenhem.

— Sans qu'on la découvre ? objecta Halders.

Bergenhem haussa les épaules.

— Non, intervint Ringmar. Nous avons vérifié les emplois du temps des femmes de ménage. Elles y passent assez souvent. Au moins deux fois par jour.

— À condition qu'on n'ait pas demandé à certaines personnes de se tenir à distance, dit Halders en levant la main gauche et en frottant son pouce contre l'index. On pouvait laisser croire à un rendez-vous d'amour.

Winter opina.

— De toute façon, il faut que nous interrogions de plus près les deux femmes en charge de la réserve. L'escalier de service, c'est leur domaine. Peut-être qu'elles auront retrouvé la mémoire.

— À propos de domaine, rebondit Aneta Djanali. On a commencé par parler d'hôtel. Pourquoi avoir choisi des hôtels ?

— C'est vrai, fit Halders.

Tous les regards se tournèrent vers Winter, comme s'il devait leur délivrer la réponse. Évidemment que j'y ai réfléchi. Il y a un sens à ça.

— Il y a un sens à ça.

— Dis-nous juste lequel, compléta Halders.

— Donnez-moi deux ou trois jours.

— Tu as encore un mois, rappela Ringmar.

Le congé de Winter n'était un secret pour personne. Halders avait progressivement pris le relais dans la conduite de l'enquête. Il continuerait jusqu'à ce que le procureur reprenne les choses à son compte. Mais il faudrait pour cela qu'ils aient un coupable présumé. Winter aurait bien aimé laisser derrière lui un coupable présumé avant de s'envoler pour Nueva Andalucía. Il ne se voyait pas mener l'enquête depuis son téléphone portable.

— Est-ce que parmi les gens que nous avons entendus, il y en a qui ont déjà travaillé dans un hôtel ?

demanda Aneta Djanali. Je ne veux pas dire dans les hôtels concernés. Dans des hôtels en général.

— Pas qu'on sache.

— On n'en sait peut-être pas assez.

— Les michetons et les socialos du Revy, proposa Halders, comme si les deux catégories se valaient. On en a vraiment terminé avec eux ?

— Bien sûr que non, répondit Ringmar.

— Mais tu sais combien de temps ça prend.

Halders parut avoir quelque chose sur la langue, probablement quelque remarque acerbe à l'endroit des politiciens, mais il y renonça.

— Un lien, suggéra Bergenhem, il faut que nous cherchions un lien entre ces meurtres.

— Il est tout trouvé, déclara Halders.

— Ah bon ?

— Le lien familial. Nous avons affaire à deux meurtres au sein de la même famille, au cas où personne n'aurait remarqué.

— Et après ? demanda Bergenhem.

— La famille avant toute chose, répondit Halders. Où doit-on chercher en tout premier lieu l'auteur d'un crime ? (Il se tourna vers Bergenhem.) Tu te rappelles ce cours à l'École de police ou bien tu t'étais fait porter pâle ce jour-là ?

Mario Ney n'avait pas bonne mine dans cette chambre où Winter était venu plusieurs fois lui rendre visite. C'était un homme brisé.

Ils avaient essayé de lui reconstituer un éventuel alibi, mais il n'avait pas d'alibi. Ce n'était pas forcément important, ça parlait même plutôt en sa faveur. Il n'avait pas cherché la compagnie des autres durant cette période agitée. Il n'avait recherché que la solitude, solitude partagée avec Elisabeth dans un premier temps, avant qu'il ne se retrouve vraiment isolé dans son appartement. Winter avait cherché à décrypter le visage de Ney, ses mots, ses gestes. Ils n'exprimaient que le chagrin, le désespoir. D'autres sentiments viendraient plus tard. Il pouvait devenir suicidaire. Il l'était peut-être déjà. Il était possible qu'il ne reste bientôt plus aucun membre de la famille Ney. Quelqu'un désirait apparemment qu'il en soit ainsi.

— J'ai un certain nombre de questions à vous poser, l'avertit Winter.

Ney regardait par la fenêtre. Il n'avait pas quitté cette place depuis l'arrivée du commissaire. La pièce sentait le renfermé, un combiné douceâtre de transpiration, de peur et de désespoir.

— Elle avait l'air de dormir, remarqua-t-il, le regard toujours perdu dans le vague.

Il s'était retourné.

— Ma petite Elisabeth. Comme si elle était en train de dormir.

Winter hocha la tête. Il l'avait autorisé à voir le corps de sa femme. Ça n'allait pas de soi. Ney n'avait pu regarder que son visage, on lui avait caché sa gorge.

Winter ne voulait pas que Ney ait vu quelque chose qu'il était susceptible de connaître déjà... s'il était le meurtrier. Il fallait pouvoir éventuellement le confondre à ce sujet.

Le visage de Mario Ney sembla presque apaisé l'espace d'un instant. Comme si cette rencontre avec la mort l'avait aidé à l'accepter. La mort de l'autre, une mort violente.

— Cela faisait plus d'un jour qu'elle avait disparu lorsque nous l'avons retrouvée, précisa Winter. Il faut que je vous pose une nouvelle fois la question, Mario. (Winter se pencha vers lui.) Avez-vous la moindre idée de l'endroit où elle pouvait se trouver pendant tout ce temps ?

— Ab-so-lu-ment-pas, répondit Ney en détachant bien ses mots. (Puis son regard vacilla et sembla chercher appui auprès de Winter.) Pourquoi ? Je devrais ?

— Je ne sais pas, Mario. Mais elle était bien quelque part, chez quelqu'un. On ne l'a pas vue dehors.

— Ce n'est pas parce que personne ne l'a vue qu'elle est restée enfermée tout ce temps.

— Peut-elle être partie quelque part ? demanda Winter.

— Partie ? Où vouliez-vous qu'elle parte ? (Il tendit bras et mains en avant dans un geste éminemment expressif.) C'est ici qu'elle habitait. C'était chez elle.

— D'où venait-elle ? reprit Winter. Où a-t-elle grandi ?

— À... Halmstad.

Halmstad. Une ville côtière un peu plus au sud, à mi-chemin entre Göteborg et Malmö ou Copenhague. Winter avait une vague idée de l'accent de Halland, car il avait quelques collègues de cette région, mais il n'avait jamais repéré de trace de ce dialecte dans la bouche d'Elisabeth Ney.

— Mais elle a déménagé très jeune ici, continua son mari.

— Avez-vous déjà rencontré ses parents ?

— Oui. Mais ils sont décédés maintenant.

— Est-ce qu'elle a des frères et sœurs ?

— Non.

Comme Paula, songea Winter. Fille unique.

— Est-ce qu'elle a encore de la famille à Halmstad ?

— Ils n'ont jamais eu personne là-bas, répondit Ney. Ils ont déménagé à Göteborg quand Elisabeth était encore petite, enfin assez jeune je crois.

— Ils avaient bien des amis ?

— Oui, je crois. Mais je ne les connaissais pas.

— Elisabeth devait les connaître.

— Vous voulez dire qu'elle serait partie là-bas ? À Halmstad ? Et qu'elle serait revenue directement ensuite ? Pourquoi donc ?

— Je cherche simplement à savoir où elle pouvait bien se trouver, expliqua Winter.

— Je sais où elle est, déclara Ney.

— Pardon ?

Ney ne répondit pas. Il regarda de nouveau par fenêtre.

— Que voulez-vous dire, Mario ?

— Elle est à la maison, prononça Ney en levant les yeux vers le ciel.

Le crépuscule tombait comme un rideau de pluie dehors. Winter pouvait presque l'entendre, à moins qu'il ne s'agisse de la rumeur du trafic sur la voie rapide. Tout le monde voulait rentrer à la maison.

En rentrant, Halders acheta du pain, des yaourts, du lait entier, des pommes et de la saucisse fumée dans la supérette du quartier. Il savait qu'il avait oublié quelque chose et, durant tout le trajet, il chercha à se rappeler quoi. En vain... et puis il était trop tard.

— Où sont les œufs ? demanda Aneta lorsqu'il eut vidé le sac de courses.

— Je savais qu'il manquait un truc.

— J'ai promis un dîner de crêpes à Hannes et Magda, expliqua la jeune femme. On ne fait pas des crêpes sans œufs.

— Tu as déjà essayé ?

— N'essaie pas de te dérober, Fredrik.

— J'y vais.

Il n'était jamais trop tard pour bien faire. Il sortit. La nuit était tombée en l'espace de quelques minutes. Et dans un mois elle l'aurait emporté sur le jour. On allumerait les bougies de l'avent, en même temps que celles du 25, avec un mois d'avance. Magda lui avait déjà demandé ce qu'il voulait pour Noël. Elle s'y était toujours prise à temps. Hannes, lui, risquait d'attendre la dernière semaine pour faire part de ses souhaits. Quant à lui, il donnerait sa liste aux enfants avant la fin du mois de novembre. Il savait déjà ce qu'il voulait.

Cela faisait du bien de marcher. Les entraînements sportifs entraient dans ses obligations de service, mais il n'y mettait pas beaucoup d'enthousiasme. Depuis un bon moment. Il souffrait d'un léger surpoids, qu'on aurait pu appeler un poids de confort. Mais il ne s'y confortait pas. Quand cet hiver aurait enfin décidé d'aller au diable, il sortirait sa tenue de jogging pour aller fatiguer l'asphalte.

Il courrait peut-être le Marathon de Göteborg. Tout le monde en serait cloué.

Il rapporta la précieuse boîte d'œufs.

Les crêpes d'Aneta étaient parfaitement réussies. C'était la première fois qu'elle en faisait, en tout cas chez Halders. Il se demandait si cela pouvait avoir une signification. Elle avait peut-être décidé de rester, pas seulement le temps d'une nuit. La maison était assez grande. Il y avait de la place pour tout le monde. Elle était chez elle ici.

— Est-ce qu'il reste de la confiture de myrtilles ? demanda Hannes.

— Myrtilles et fraises.

— Où est-ce que tu as appris à faire des crêpes ? s'étonna Halders.

— À la maison bien sûr.

— Vous faisiez des crêpes ?

— Pourquoi pas ? On adorait ça.

— Tes parents ont fui Ouagadougou, et la Haute-Volta. Je ne pensais pas que c'était leur truc, les crêpes.

— Leur truc ? répliqua-t-elle, la poêle dans la main. Comment ça, leur truc ?

— C'est le truc de tout le monde, évidemment, intervint Magda. On en fait partout des crêpes. Tu ne savais pas ça, papa ?

— Je pensais surtout à la confiture de myrtilles.

— C'est pas vrai ! lui lança Magda.

— À la confiture de fraises alors.

Le rideau bougeait, mais de manière presque imperceptible. Ce doit être la ventilation, pensa-t-il. Il y avait une bouche d'aération à gauche de la fenêtre.

La chambre numéro 10 n'avait pas changé depuis sa dernière visite. Ni depuis la première, dix-huit ans auparavant. En tout cas c'est l'impression qu'il en avait. Le temps s'étirait dans les deux directions, le passé et le futur, et il se sentait à mi-chemin. Il lui était aussi difficile de se projeter dans l'une que dans l'autre. Aussi facile peut-être.

Il s'approcha de la fenêtre et jeta un œil sur la rue en bas. On n'y voyait pas grand-chose, l'éclairage timide s'apparentait davantage aux années cinquante qu'au nouveau millénaire. Quoique dans les années cinquante... Il n'était pas encore né à cette époque. Il avait vu le jour en 1960 et c'était la meilleure décennie qu'on ait connue jusque-là dans le monde, à en croire la plupart des gens. Ellen Börge était de 1961. Comment les avait-elle vécues, ces années soixante ? Winter se retourna vers l'intérieur de la chambre. Celle-ci était plongée dans une semi-obscurité, à peine éclaircie par les réverbères des années cinquante de la rue.

Paula Ney était très probablement restée assise ici, dans le noir. Elle avait dû attendre. Écouter. Souffrir. Cette lettre. Winter fit un pas en avant dans la pénombre comme pour la mettre à l'épreuve, au défi peut-être. C'était la même pénombre que maintenant. Elle avait été témoin de ce qui s'était passé là. Il devait y avoir d'autres lettres. Datant d'avant. Pourquoi n'ai-je pas pu lire d'autres lettres de Paula ? La première chose que j'aie apprise d'elle, ça aura été dans une lettre. Qu'elle avait écrite. Où sont-elles ? Chez elle ? Non. Ni chez elle, ni chez ses parents. Ces derniers n'ont rien conservé. N'est-ce pas curieux ? Est-ce en rapport avec leur silence ? Avec un secret ? Quel est ce secret, ce secret de famille ? Si je l'apprends, je pourrai tout comprendre. Il entendit des voix dans le couloir. Des putes peut-être, des michetons, des socialos... Un rire de femme, un rire d'homme. Pas un rire d'enfant. Les gens qui venaient ici avaient laissé derrière eux ce genre de choses. Loin derrière eux, sans qu'il soit possible de faire demi-tour. C'était bientôt la fin de l'hôtel Revy. L'enfant. Paula enfant. Pourquoi est-ce que j'y pense ? À cause des balançoires ? Des aires de jeux ? Cette femme et sa petite fille dans l'immeuble isolé de Hisingen ? Pourquoi est-ce que je pense à elles ? J'ai tellement d'autres sujets de préoccupation. Certains ont été enfants. D'autres le sont maintenant. Les miens par exemple. Une porte claqua violemment au fond du couloir. La vie suivait son cours habituel, quel qu'il soit. Une voiture passa dans la rue, les feux arrière jetèrent des rais de lumière rouge jusque dans la chambre. Tout ici lui parut soudain encore plus vieillot, comme dans un vieux film. Des années cinquante, soixante, soixante-dix ou quatre-vingt. Les années quatre-vingt. Quel petit merdeux j'étais à l'époque. J'étais là et je n'étais conscient de rien. Ellen, pensais-je. Où es-tu, Ellen ? Pourtant je savais déjà qu'elle était loin, probablement morte. Tout comme aujourd'hui. Je me demande comment va son mari. Il suit l'office du soir. Il avait mon âge, lui aussi. C'est le même âge pour tous. Pour Paula aussi. L'âge que j'avais quand j'étais un bleu. Celui d'Ellen, de Christer. Et de Jonas. Un rire gras se fit entendre devant la porte. Ils avaient cherché les secrets de la chambre numéro 10, mais n'avaient rien trouvé qu'ils ne sachent déjà. Il n'y avait pas d'autre lettre. Celle qu'ils avaient suffisait à elle seule. Il l'avait relue avant de venir. Une force macabre était à l'œuvre dans ces mots. Un message qu'il ne percevait pas. Un secret. Comme dans cette chambre.

Winter ouvrit la porte et sortit dans le couloir. Il était à peine mieux éclairé. Les tentures rouges absorbaient le peu de lumière qu'il y avait. Du rouge, évidemment. Quelques dorures ici ou là. Tout était comme on l'attendait à l'hôtel Revy.

Il emprunta l'escalier en colimaçon. Encore un souvenir d'antan. La belle époque.

Le réceptionniste semblait appartenir à une autre époque, c'était le même depuis des années.

— Alors la chambre est à nouveau disponible ? demanda-t-il.

Winter hocha la tête.

— C'est rassurant d'une certaine façon. C'est comme si on revenait un peu à la normale ici.

— La normale ?

— Vous voyez ce que je veux dire.

— Je n'en suis pas sûr. (Winter se retourna pour prendre la direction de la sortie.) Quoi qu'il en soit l'établissement doit bientôt fermer.

Un homme venait de s'engouffrer dans le hall avec une valise et une sacoche à ordinateur. Il avait l'air de descendre du train, peut-être avait-il marché jusqu'ici depuis la gare, toute proche. Il avait les joues rouges. La température avait dû baisser après le coucher du soleil. L'homme portait un manteau d'hiver, comme Winter. Il se présenta à la réception, remplit un formulaire et monta l'escalier avec ses bagages. Pas de groom au Revy.

— Un client normal, commenta le réceptionniste.

— Dans quel sens ?

— Juste là pour dormir et travailler.

— Quelle chambre lui avez-vous donnée ?

— Pas la 10, si c'est ce que vous pensiez.

— Vous avez la liste ?

Le réceptionniste se pencha pour attraper une feuille près de la caisse.

— Je ne suis pas sûr qu'elle soit complète.

Winter s'empara de la feuille sans un mot.

Il la parcourut rapidement.

— Il y en a plus que je ne pensais.

Il venait à peine de mettre le pied sur le perron quand son portable sonna. Il faillit perdre l'équilibre en le sortant de sa poche. Ça s'était refroidi dehors. Et le vent n'arrangeait rien.

— C'est le même type de peinture, lui annonça Torsten Öberg.

— Mais nous n'avons pas trouvé de pot.

— Il en a un, lui.

— Rien de plus dans le local ?

— Tu veux dire, des traces de peinture ?

— Oui. Ou d'autre chose.

— C'est le même genre de corde, comme tu le sais. On va voir s'ils arrivent à remonter plus loin, à Linköping.

— Je ne suis pas très optimiste, avoua Winter.

— Maintenant, au moins, tu es fixé pour la peinture.

— Il a dû emporter un pot avec lui.

— Ce n'est pas tout à fait certain.

— Je vois ce que tu veux dire, Torsten.

— Je n'ai aucune explication sur le déroulement des faits. C'est à toi que je laisse ça.

— Merci bien.

— Mais ça paraît incroyable.

Incroyable. Oui. Non. Elisabeth Ney avait peut-être traversé la ville avec un doigt peint en blanc pour se rendre à son rendez-vous. Il y avait peut-être une explication à cela. Des explications, on en trouvait toujours. Pas toujours pertinentes en revanche. Bien des choses demeuraient inexpliquées. Ce qui s'expliquait le moins relevait presque toujours des profondeurs de l'âme humaine.

25

Winter s'abrita sous une marquise qui s'avançait assez loin sur le trottoir. La pluie s'intensifia. Quand il étendit la main dehors, Ringmar eut l'impression qu'elle se faisait emporter par le jet d'un canon à eau.

— On est bons pour attendre ici un bout de temps, déclara-t-il.

— Il y a mieux comme endroit.

— Ne sois pas si impatient.

Winter éclata de rire. C'était un leitmotiv chez Ringmar, et ce depuis leur première rencontre. Ça faisait quoi ? Deux ans maintenant ? Non, trois ans. Le temps passait à une vitesse folle.

Il avait du mal à contenir son empressement. Quant au ciel, il ne se retenait pas précisément. La pluie, le vent allaient s'accentuant. Novembre pénétrait en force avec son habituelle arrogance. Me voici. À mon tour de prendre les commandes. Si ça ne vous plaît pas, vous pouvez toujours aller voir ailleurs.

— Il vaut mieux ne pas être trop délicat quand on vit à Göteborg, souligna Ringmar.

— Tu as déjà envisagé de déménager loin d'ici ? lui demanda Winter.

— Ça m'arrive deux à trois fois par jour, pas plus.

— Les mers du Sud peut-être ?

— Tu veux dire la Scanie ?

— Oui... Ou bien Tahiti.

— Qu'est-ce que j'irais faire là-bas ?

— Tu te baladerais en bermuda.

— J'ai l'air d'un clown en bermuda. Et puis, de la pluie, il y en a aussi dans le Pacifique Sud. Des pluies torrentielles.

— Tu es déjà allé là-bas ?

— Non. Et toi ?

— Seulement dans mes rêves.

— Continue à rêver, mon gars. Bon, maintenant je crois qu'on peut y aller.

Comme en réponse aux propos de Ringmar, le ciel déversa un vrai déluge sur la ville, ou du moins sur la rue dans laquelle ils s'étaient arrêtés.

Ils avaient un rendez-vous. Ça pouvait être important. On ne le saurait que bien après. Une des choses que Winter était en train d'apprendre en tant qu'inspecteur débutant : on ne le savait qu'après. Trop tard peut-être. Peut-être pas. Mais les procédures de routine étaient nécessaires. La réflexion venait ensuite. Il découvrait également qu'il était possible de réfléchir tout en suivant une routine. De réfléchir tout court. Il en avait douté au début. Il commençait seulement à comprendre qu'il ne s'était peut-être pas trompé de métier.

La pluie ne tombait plus aussi drue. Elle avait cessé de tambouriner sur la toile de la marquise au-dessus de leurs têtes.

Ils poireautaient là depuis cinq minutes.

Soudain Winter réalisa où ils se trouvaient.

Il l'avait oublié. Un compartiment de sa mémoire qu'il avait laissé fermé.

Ça lui revenait maintenant.

Il se retourna. L'établissement portait toujours le même nom, gravé en lettres d'or sur la porte. Une enseigne de fer forgé indiquait toujours « Hôtel ». On aurait dit un gros scarabée en passe de gravir la façade. Il leva les yeux pour observer les fenêtres, sombres, qui présentaient comme autant de trous béants étage après étage.

Ça remontait à trois ans. Un automne également. Il était entré dans cette chambre. Sans mandat de perquisition – il ne l'avait pas obtenu. Ellen qui ? Disparue, vous dites ? Elle a passé une nuit à l'hôtel ? Et vous voulez fouiller la chambre ? Non, pas exactement. Je voudrais simplement y jeter un œil.

Ça ne marcherait pas. Il avait préféré demander au réceptionniste de lui montrer la chambre, si elle était libre. La jeune femme avait disparu depuis deux jours. Il était resté dans la pièce à écouter le bruit de la circulation dehors. Personne n'avait occupé les lieux depuis Ellen Börge. Jamais il ne l'avait approchée d'aussi près.

— On est sous la marquise du Revy ! s'exclama-t-il en se retournant vers Ringmar.

— Ah ?

— Ellen Börge, une disparition. Elle avait pris une chambre ici avant de disparaître pour de bon. Tu t'en souviens ?

— Maintenant que tu le dis. Je me rappelle son nom, mais pas celui de l'hôtel. Toi, en revanche, tu n'as pas l'air d'avoir oublié !

Winter ne répondit pas. Il fut pris d'une envie soudaine de monter les marches et de revoir la chambre. Mais cela n'aurait aucun sens. Il ne la reverrait jamais. Il n'en aurait plus jamais besoin.

Le manteau avançait, reculait. L'image était toujours aussi mauvaise. Il n'avait pas changé de godasses depuis la dernière fois...

Ils n'avaient pas pu faire le lien avec quiconque. Drôle d'expression, songea Aneta Djanali. Relier quelqu'un à ses chaussures... Une méthode de torture latino-américaine, africaine... non, on n'avait pas souvent de quoi se chausser en Afrique. Elle était retournée dans son pays d'origine. Elle n'était pas née là-bas, mais elle venait quand même du Burkina-Faso – comme on l'appelait maintenant. Dans la brousse, et même dans la capitale, on marchait plutôt pieds nus. Sa famille était originaire d'un petit village tout près de Ouagadougou. Il y avait de la poussière partout. Les pieds se recouvraient d'une couche si épaisse qu'elle finissait par assurer une certaine protection.

Halders était assis à côté d'elle.

À présent, ils examinaient la femme. Sa démarche si particulière. Un boitillement qui n'en était pas un.

— Elle cherche à dissimuler son visage, mais je ne comprends pas quelle est sa motivation, remarqua Halders.

— Tu veux dire ?

— Elle le dissimule peut-être en permanence.

— Continue, fit Aneta tout en observant l'écran.

— Elle ne cherche pas à éviter les caméras... D'ailleurs elle ignore sans doute leur présence. C'est son allure, tout simplement.

— Pourquoi donc ?

— Je ne sais pas.

— Elle ne participerait pas à... une conspiration ?

— Une conspiration ?

— Tu vois bien de quoi je parle, Fredrik.

— Elle participe à quelque chose, répondit-il. À déposer cette foutue valise que j'aimerais bien pouvoir fouiller.

L'inspectrice suivait pour la trentième fois les déplacements de l'inconnue.

— Elle le fait pour Paula, finit-elle par dire. C'est elle qui l'a chargée de la déposer. (Elle se tourna vers Halders.) Paula voulait partir et cette femme l'a aidée avec la valise.

Halders hocha la tête.

— Paula voulait partir, répéta Aneta Djanali.

— Deux questions. Où ? Et pourquoi ?

— Une question encore, ajouta Aneta. Pourquoi cette femme ne s'est-elle pas manifestée ?

— Une de plus. Qui est-elle ?

— Et puis... Où est-elle ?

— Ici en ville, répondit Halders.

— Dieu sait pourquoi elle ne s'est pas fait connaître...

Halders observa de nouveau ses gestes.

— Peut-être parce qu'elle est morte... Ou parce qu'elle a peur.

Winter et Ringmar rentraient de leur rendez-vous. Sauf qu'il n'y avait pas eu de rendez-vous. On leur avait posé un lapin.

— La politesse se perd, constata Ringmar.

Winter éclata de rire.

— Ça doit manquer de voitures à chaparder là-haut, à Bergsjön. Dans ce cas, il faut pas trop lui en demander.

— Il y a toujours de quoi faire, répondit Ringmar. Je ne t'ai pas raconté la fois où on m'a volé ma bagnole ?

— Non.

— Sur le parking du commissariat. En pleine journée.

— Bravo ! s'écria Winter.

— Je l'ai retrouvée sous le pont du Göta la semaine suivante.

— Décidément, les merdes finissent toujours par atterrir sous ce pont.

— Ils avaient fauché ma radio.

— C'est moche.

— Pas vraiment. De toute façon, elle valait rien.

Winter eut un sourire. Il s'entendait bien avec Bertil. Ce n'était pas une relation père-fils, mais ça y ressemblait. Ils pouvaient se parler, ce qui n'est pas toujours le cas entre père et fils. L'essentiel, c'était d'échanger, de laisser partir la conversation, même sur quelque chose de très vague. On ne pouvait pas se permettre de rester silencieux. Parler coûte que coûte. À voix haute ou à voix basse. Jargonner. Débattre. Se lancer dans des querelles. Des pleurs. Des cris. Des chuchotements. Un appel. Tout.

La pluie avait cessé et un soleil pâle luisait derrière un voile de brume à la manière d'une lampe de poche en fin de vie. Ils traversèrent la place Gustave-Adolphe. Le gros roi sur son socle pointait du doigt vers eux. Il n'avait rien d'un guerrier. Un soldat aurait eu le geste plus large.

Le vent emportait ce qu'il restait de feuilles mortes, les pages d'un journal, un papier d'emballage rouge et or. Bientôt un sapin se dresserait au milieu de la place.

Ça ferait beaucoup de papiers et de rubans. Les enfants sages auraient droit à leurs cadeaux, mais les vilains petits garçons et petites filles aussi. On allumerait des bougies aux fenêtres. Winter serait invité comme tous les ans chez ses parents, à Nueva Andalucía, et comme chaque année il déclinerait leur invitation. Lotta irait là-bas avec les filles. Sa sœur en avait besoin, elle pourrait noyer ses larmes dans la Méditerranée... et oublier un peu son récent divorce. Quant à lui, il resterait travailler. Le soir du réveillon, il préférait contempler les illuminations de Guldheden, écouter les chants de Noël à la radio et trinquer avec lui-même. De toute façon, ce soir-là, on ne passait rien de bien à la radio. Ses amis, pour la plupart, avaient maintenant une vie de famille, il ne voulait pas déranger. Tu ne déranges pas, voyons, Erik. Merci, mais j'ai du boulot.

— On va prendre un café ?

Ringmar tendait une main large ouverte en direction de la rue Östra Hamn.

— Pourquoi pas ?

Encore une chose qu'il avait apprise, et qu'il appréciait maintenant. Ils quittaient parfois le commissariat pour aller discuter dans les cafés du centre-ville. Ou dans un bar, lorsqu'ils avaient terminé leur journée de travail à proprement parler. Se retrouver au milieu des gens, des gens normaux, ça vous aidait à garder le sens des réalités. Et dans un métier comme celui-là, on risquait fort de le perdre. On finissait par penser qu'il n'y avait que des gens anormaux, des criminels et des fous. Des coupables. Des victimes. Et rien entre les deux.

Rien de tel qu'une pause-viennoiserie pour reprendre confiance dans la vie.

Ils traversèrent la rue et entrèrent dans le café.

Il y avait déjà une longue file d'attente devant la caisse.

— On essaie ailleurs, proposa Ringmar.

Au même moment, une table se libéra devant les grandes fenêtres qui donnaient sur la rue. Winter jeta un œil dehors. Il s'était remis à pleuvoir – des trombes d'eau. Un temps d'avril en plein mois de novembre.

— Cette table ira très bien, déclara-t-il. Je vais me mettre dans la queue. Qu'est-ce que tu prends ?

— Un café sans lait, deux sucres, un gâteau Napoléon et un verre d'eau.

— C'est tout ?

— Dépêche-toi, mon gars, la queue va encore s'allonger.

Elle avait un peu diminué. Un miracle. Mais ça n'avançait pas vite. Une fois son tour enfin arrivé, Winter passa commande. La jeune fille derrière le présentoir déposa le Napoléon de Bertil sur une assiette et se retourna vers lui.

— Nous n'avons plus de Princesse.

— Aïe ! aïe ! aïe !

— Désolée, dit-elle tandis que Winter suivait son regard jusqu'à l'assiette dépositaire de la dernière Princesse, sur le plateau précédent.

Winter leva la tête et son regard croisa de jolis yeux verts.

— Si cela vous fait autant de peine que ça, je vous le laisse, lui proposa la jeune femme qui se tenait devant lui dans la queue.

— Non, non.

Il crut voir se promener un sourire sur ses lèvres. Il se sentait vraiment trop idiot. Elle était vraiment trop belle. Quelques années de moins que lui, quatre, cinq peut-être. Des cheveux bruns aux reflets dorés.

— Je ne tiens pas spécialement à cette pâtisserie-là, continua-t-elle. J'aurais aussi bien pu en prendre une autre.

La fille derrière la caisse suivait leur conversation avec le plus grand intérêt. Les gens attendaient derrière Winter, mais ça n'avait désormais plus d'importance. Il fallait tout de même qu'il se décide et s'éloigne de là, pour que la vie puisse reprendre son cours normal le long de cette vitrine réfrigérée.

— Allez-y, prenez-le ! insista la jeune femme aux yeux verts. Je n'y ai pas touché.

— Mais... mais il faut que je vous le paie ? bredouilla Winter qui ne savait plus où il en était. J'ai...

— Je prends celui-ci à la place, l'interrompit-elle, en désignant le millefeuille sur l'assiette de Ringmar.

OK, OK, pensa-t-il. Il faut bien que je m'en sorte.

Il jeta un œil du côté de la fenêtre. Ringmar haussait les sourcils.

— C'est plus cher, précisa la fille à la caisse. Le Napoléon coûte plus cher.

Elle aussi semblait prendre un malin plaisir à cette affaire. Winter avait la gorge sèche.

— Ça fait deux couronnes cinquante de plus.

— Je règle la différence, déclara Winter en sortant son portefeuille.

La jeune femme le fixa des yeux une seconde ou deux et sourit de nouveau. Il se sentait encore plus idiot. Ce n'était pas dans ses habitudes. La dernière fois que ça lui était arrivé, c'était le jour de sa rencontre avec Halders, quand il s'était fait tirer l'oreille par Birgersson.

— OK, répondit-elle sur le ton léger de celle qui finit par vous accorder une faveur longuement attendue.

Elle posa le Napoléon sur son plateau et se dirigea ensuite vers une table restée libre au fond de la salle.

Winter paya et rejoignit Ringmar.

— Qu'est-ce qu'il y avait ?

— Oublie.

— Comment veux-tu que j'oublie quelque chose dont je n'ai absolument aucune idée ?

Winter ne répondit pas. Il jeta un regard à l'autre bout du café. Elle était assise à une petite table ronde... et voici qu'elle lui souriait à nouveau. D'un large sourire.

Si c'était arrivé à un comptoir de bar, je lui aurais demandé son nom, songea-t-il.

— Mignonne, la fille, commenta Ringmar. (Puis il fit la grimace après avoir avalé sa première gorgée.) Un peu tiède, ce café.

— Excuse-moi, Bertil, c'est ma faute. (Il se leva et saisit la tasse de son collègue.) Je vais t'en chercher un autre.

— C'est pas à volonté ici.

— On s'en fout.

Il dépassa la queue et franchit les quelques pas qui le séparaient de sa table. Elle le vit approcher et, de surprise, garda sa cuillère en l'air.

— Vous n'avez pas changé d'avis ?

Toujours ce petit sourire malicieux.

— Si, répondit-il. Je viens de me décider à vous demander votre nom.

— Pourquoi ça ?

— Parce que vous avez été... gentille. Ce n'est pas si courant de nos jours.

Elle éclata de rire. D'un rire cristallin. Il souriait peut-être. Il n'en savait rien. Aux tables voisines les gens suivaient attentivement la petite comédie qui se jouait là. Mais j'en ai strictement rien à foutre. C'est trop important. Je ne sais pas vraiment pourquoi. Si, je crois le savoir, en fait.

— Vous vous appelez comment ?

— Angela, répondit-elle. Angela Hoffmann.

— Il est où mon café ? s'étonna Ringmar lorsque Winter eut enfin regagné leur table.

Il redescendit les marches, la liste bien rangée dans sa poche intérieure. Le vent le saisit à la gorge et Winter releva le col de son manteau.

Son téléphone sonna. L'écran indiquait « numéro privé » et il devina de qui il s'agissait.

— Bonsoir Angela !

— Tu pourrais essayer de rentrer pour 7 heures, Erik ?

— Oui, si tout va bien.

— Lilly a quelque chose à te montrer. De préférence avant d'aller se coucher.

— Qu'est-ce que c'est ?

— Elle te le montrera elle-même.

Il était de retour à la maison à 18 h 30. Lilly lui fit voir aussitôt, dans l'entrée... ses quatre premiers pas.

Dehors il faisait sombre et c'était aussi bien comme ça. La nuit dehors. Il avait toujours considéré ce qui était dehors comme une longue nuit, à peine traversée de lumière parfois. Il fallait se méfier de la nuit. De ses dangers. Il n'y avait pas d'amour la nuit. Son amour n'existait pas la nuit. Le plus grand amour qui soit. Il lui avait donné son amour, depuis si longtemps. L'avait-elle accepté ? Toutes ces années, il l'avait ignoré. Maintenant il savait. Elle le savait aussi. Tous devaient le savoir. Il entendait des voix du dehors. Il se leva et traversa la pièce pour aller regarder à la fenêtre. Il ne voyait rien mais il entendait toujours des voix. Il entendait des voitures, elles allaient partout, roulaient dans toutes les directions. Il entendait le hurlement des sirènes, mais elles ne se dirigeaient pas par ici, il en était sûr. Pas encore. Non, jamais elles ne le feraient. Comment pourrait-on savoir ? Pour savoir, il faudrait comprendre et personne ne pouvait comprendre. Surtout pas lui. Ce type-là ne comprenait, ne savait rien. Il se contentait de poser des questions, des questions et des questions. Comme s'il pouvait encore y avoir ne serait-ce qu'une seule réponse.

Après les formalités, Jonas se renversa sur sa chaise. Ce n'était pas de l'arrogance. Il avait plutôt l'air de ne pas savoir quelle posture adopter.

— Je voudrais qu'on discute de quelques dates, Jonas.

— Qu'on en discute ?

— Oui, qu'on en discute.

— Ah bon ?

Winter mentionna certains jours. Des soirées, des nuits.

— J'ai fait pas mal d'endroits ce soir-là, répondit le garçon. Ça devait être ce soir-là

Il nomma un établissement.

Winter le nota.

— Ils doivent pouvoir me reconnaître là-bas.

— Quand est-ce que vous y étiez ? Vers quelle heure ?

— Assez tard, je crois. Il devait être un peu plus de minuit, une heure peut-être.

— Plus d'une heure du matin ?

— Quelque chose comme ça.

— Vous sortez souvent ? Dans les clubs, les bars ?

— Ça m'arrive.

— Et ça ne vous coûte pas cher ?

— Ça dépend.

— De quoi ?

— De l'endroit. De ce qu'on prend.

— De ce qu'on prend ?

— Comme boisson. Ou autre. Vous voyez ce que je veux dire ?

— Vous voulez parler de narcotiques ?

— Il y a pas mal de drogue dans les clubs, vous ne pouvez pas l'ignorer, dans la police.

Sa voix avait pris un ton plus tranchant, plus adulte également.

— Vous êtes au chômage. Où trouvez-vous l'argent ?

— Je ne prends rien. Du coup c'est moins cher.

— Et c'est aussi amusant ?

— De quoi parlez-vous ? répliqua Jonas en changeant de position sur sa chaise.

Je ne vais pas tomber dans le piège, se dit Winter en regardant le magnétophone posé devant lui, sur la table.

— De ne pas avoir d'argent, continua-t-il.

Jonas Sandler haussa les épaules.

— J'ai rencontré votre mère l'autre jour.

Il décela chez Jonas un tressaillement, presque imperceptible.

— Ah bon ?

— Elle ne vous en a rien dit ?

— Non. Pourquoi ?

— Quand lui avez-vous parlé pour la dernière fois, Jonas ?

Haussement d'épaules.

— Tâchez de vous souvenir.

Le jeune homme fit mine de réfléchir. Peut-être le savait-il déjà.

— Ça fait un moment.

— Vous ne vous demandez pas pourquoi je lui ai rendu visite ?

Il haussa de nouveau les épaules. Une vraie métamorphose s'opérait sous les yeux de Winter. Une sorte de régression. Jonas devenait presque insolent. À la seule évocation de sa mère ?

— Lorsque vous viviez là-bas enfant, continua Winter, vous jouiez avec une petite fille qui vivait dans le même immeuble. Pourriez-vous me parler d'elle ?

26

— Je ne m'en rappelle pas, répondit Jonas Sandler. (Il baissa les yeux vers la table.) Une petite fille ? Il y avait beaucoup d'enfants là-bas. (Il releva les yeux.)

— Vraiment ?

— Oui, pourquoi ?

— D'après votre mère, vous étiez les seuls.

— Ah bon ? En tout cas, c'est le souvenir que j'en ai gardé.

— Mais vous ne vous souvenez pas de cette petite fille ? Ni de sa mère ?

Jonas ne répondit pas. Il paraissait réfléchir. Winter attendit. Ce garçon a probablement quelque chose à dire. Ou bien à cacher.

— Elles habitaient à côté ? demanda Jonas.

— Oui.

— Et alors ? Pourquoi vous m'interrogez sur elles ?

— Essayez simplement de vous souvenir.

— De quoi ?

— Faites un effort, Jonas !

— Comment ?

— Un effort !

Jonas sursauta. Son regard glissait de gauche à droite. Il semblait chercher à fuir cette salle d'interrogatoire.

— Pas besoin de crier, finit-il par dire.

Winter attendait toujours. Le système de ventilation bourdonnait comme un essaim de mouches au plafond. Il faisait sombre, même avec les persiennes ouvertes. En cette saison, la lumière du jour ne suffisait plus. La veille au soir, une Madame météo tout-sourires leur avait promis de la neige pour le week-end. Halders s'était vanté ce matin d'avoir envoyé sa pantoufle contre le poste lorsque la jeune femme avait délivré sa prévision.

— Elle avait quel âge ? demanda Jonas Sandler.

— À peu près comme vous. Dix ans.

— Elle n'a pas dû habiter là très longtemps. Je... me rappellerais d'elle sinon.

Winter avait bien réfléchi à cet interrogatoire avant d'entrer dans la pièce. Combien de souvenirs avait-il lui-même conservés de ses dix ans ? Pas mal. Il traînait dans les rues de Kortedala, puis dans les quartiers ouest de Göteborg, avec une bande de copains qui s'étaient ensuite perdus de vue. Plus ou moins tard selon les cas. Certains étaient passés à l'âge adulte à partir du moment où ils avaient cessé de se chamailler avec les filles, et la rupture avec le monde de l'enfance avait été définitive. Winter, lui, avait tenté de retarder ce moment le plus possible. Quand, hier, et ce matin encore, il repensait à cette époque, il ne lui venait à l'esprit que des images ou des événements isolés. Il ne se rappelait pratiquement aucun nom. Mis à part un ou deux. Peut-être ses camarades de jeux n'étaient-ils pas si nombreux. Ils avaient aussi perdu leur visage.

— Combien de temps a-t-elle vécu là-bas ? s'enquit Jonas Sandler.

— Nous ne le savons pas vraiment.

— Comment s'appelait-elle ?

— Nous ne le savons pas non plus.

— Vous êtes vraiment sûrs qu'elle habitait là-bas ?

— Votre mère en est certaine, Jonas.

Il ne répondit pas.

— Avons-nous des raisons de ne pas la croire, Jonas ?

Jonas ne répondit pas davantage.

— Pourrait-elle se tromper ?

— Je ne sais pas de quoi elle se souvient ou pas. (Jonas regardait Winter droit dans les yeux maintenant.) Comment s'appelait cette petite fille ?

— Je ne le sais pas plus que vous.

— D'accord...

— J'espérais que vous pourriez m'aider sur ce chapitre.

— Je ne me rappelle jamais les prénoms.

— Essayez de vous souvenir d'elle. Quand vous sortirez d'ici, essayez de vous rappeler si vous avez joué avec elle.

— Mais pourquoi ?

— Essayez, Jonas.

Juste avant midi, Winter et Ringmar s'esquivèrent pour aller déjeuner en ville.

Ils avaient désormais leurs habitudes dans le café d'Östra Hamngatan. Ils s'installaient toujours à la même table, près de la fenêtre. Angela et Winter s'y rendaient aussi, en couple d'abord, puis avec les enfants. La table au fond de la salle avait changé plusieurs fois de place en vingt ans. Un lieu et une table mémorables.

— Elle a dû rester cachée quelque part, commença Ringmar, quand Winter revint avec les cafés et deux Napoléons.

— Mmm.

— C'est plus difficile qu'on ne le croie.

— Ou plus facile.

— Elle devait être dans un appartement, continua Ringmar.

— Ou bien dans une chambre d'hôtel.

— Pas ici, en ville.

— Non, apparemment.

— Elle devait être chez quelqu'un. Quelqu'un de proche.

— Nous avons passé en revue toutes ses connaissances. Le peu qu'il y en avait.

— Il faut chercher encore.

Winter tourna la tête vers la fenêtre. Il vit tomber les premiers flocons de la saison.

— Il neige.

— Ne t'en fais pas. D'ici peu, tu seras parti au soleil. (Ringmar consulta sa montre.) Il te reste trois semaines. Et après, c'est nous qui prenons la relève.

La neige tombait plus fort dehors, l'air en était comme épaissi. Une femme se tenait accroupie devant une poussette. L'enfant tendait les mains vers les flocons. Pour lui, c'était une vraie fête. Winter se souvenait des neiges de son enfance, d'autant que le phénomène restait exceptionnel à Göteborg. La mer du Nord était trop chaude...

— Comment ça s'est passé avec ton type ? demanda Ringmar.

— Je n'en sais franchement rien.

— Tu en penses quoi ?

— Il refuse de revenir sur cette époque.

— Pourquoi ?

— Il la connaissait.

Ringmar ne dit rien. Il comprenait son collègue à demi-mot.

— Il connaissait Paula autrefois, poursuivit Winter. Et il ne veut pas qu'on le sache.

— Ça, nous n'en sommes pas du tout certains.

— C'est dingue de ne pas arriver à savoir qui elles étaient ! Ni où elles ont bien pu partir !

— Et d'où elles venaient.

Winter fixa des yeux son millefeuille. Il n'y avait pas touché. La couche de confiture de framboises rouge dégoulinant sur le côté l'écœurait tout à coup. Il repoussa son assiette.

— Elles désiraient certainement qu'il en soit ainsi. La femme voulait être sûre que personne ne sache quoi que ce soit.

— Mais les gens les connaissaient ! Jonas Sandler les fréquentait, sa mère. Metzer. D'autres personnes encore ont dû les voir.

377

— Oui... elles ne pouvaient pas rester nuit et jour enfermées à la maison, ajouta Ringmar. Ça aurait paru encore plus suspect.

Winter hocha la tête.

— Mais le plus étrange, c'est qu'on ne parvienne pas à retrouver celui qui avait signé le bail d'origine.

— On connaît au moins son nom.

— Mais qui est-ce ?

— Et puis... est-ce bien son vrai nom ?

Ringmar entama la couche supérieure de la pâtisserie avec sa petite cuillère à dessert. Tout s'effondra.

— Pourquoi est-ce qu'ils font des pâtisseries impossibles à couper proprement ?

— Si c'est ça que tu cherches, il faut choisir autre chose qu'un Napoléon.

— Oui, mais c'est trop bon.

— Jonas jouait avec elle lorsqu'il était enfant. J'en suis persuadé. Et il se souvient d'elle.

— Mais il refuse de nous le dire, compléta Ringmar.

— Parce qu'il l'a retrouvée une fois adulte.

— Là aussi, il ne veut pas nous le dire.

— Il a dû la rencontrer plus souvent qu'il ne veut l'admettre.

— Il nous ment encore là-dessus.

— Parce qu'il... l'a tuée, conclut Winter.

— OK.

— Il en parle trop froidement pour ne pas l'avoir fait.

— OK.

— Fais-moi une objection, s'interrompit Winter. Ça ne devrait pas être difficile.

— Ce gamin n'est qu'un trouillard.

— Continue.

— Un jour, il a eu l'occasion de parler avec une pauvre fille à problèmes. Il n'a jamais connu de gamine que nous pourrions identifier comme Paula, puisqu'elle n'a jamais existé.

— Qui ?

— La petite fille mystérieuse bien sûr. En tout cas, pas pour lui. Elle a peut-être vécu là-bas, mais il l'a oubliée. Ça n'a pas duré assez longtemps.

Puisqu'elle n'a jamais existé. Winter réfléchit aux propos de son collègue, en tâchant de les pousser plus loin, de mesurer leurs implications. Elle n'avait jamais existé... comme ils la connaissaient. Elle était une autre. L'avait toujours été.

À présent, Ringmar tenait sa cuillère en l'air, au-dessus de sa pâtisserie. Brisé, l'édifice n'était pas pour autant en miettes. Il jeta un regard ciculaire et vérifia qu'on ne pouvait pas les entendre. Ils étaient assis à l'écart des autres clients.

— Pourquoi l'a-t-il tuée ? interrogea Ringmar. Je ne dis pas que je suis d'accord avec toi. Je pose simplement la question.

— Parce qu'il est malade, répondit Winter. Est-ce qu'on a des motifs dans ce cas-là ?

Les deux hommes quittèrent le café. Le soleil les éblouit. Winter chercha ses lunettes noires, qu'il n'avait pas en poche. Pas en cette saison.

— Vous avez échangé vos numéros de téléphone ?

— Je ne vois pas de quoi tu parles, Bertil.

— Draguer les filles au café. En pleine journée. Pendant les heures de travail. Tu vas devenir une légende à la brigade, mon gars.

— C'est elle qui..., répondit Winter sans finir sa phrase.

— Bonne excuse !

— OK, c'est vrai, j'ai son numéro.

— Elle s'appelle comment ?

— Angela.

— Pas courant comme prénom.

Ils traversèrent Brunnsparken. Un soulard, depuis son banc, les salua en brandissant sa bouteille. Ils étaient en civil...

— Ça fait anglais, ajouta Ringmar.

— Ou bien allemand. Elle avait un nom de famille allemand.

— Elle était allemande ?

— Je n'en sais pas plus que toi, Bertil. En tout cas, elle parlait suédois. Avec un accent d'ici, du centre-ville plutôt.

— Et ça donne quoi ?

— Rien à voir avec le baragouin de Hisingen en tout cas.

— Je suis fier de mes origines, mon gars.

— J'aimerais pouvoir en dire autant.

— T'en as rien à faire que ton père soit parti avec tout son fric. Il n'a tué personne que je sache...

— Tiens, c'est lui, l'interrompit Winter.

Il indiqua de la tête un flot de gens qui les dépassaient pour se diriger vers Nordstan. Ringmar suivit le regard de Winter.

— Qui ça ?

— Börge. Christer Börge. (Winter désigna de nouveau la foule qui patientait près du passage-piétons. Un tramway fit entendre son pitoyable grincement.) On parlait de sa femme tout à l'heure, Bertil. Ellen Börge.

— Ah oui, effectivement. Elle n'a pas été retrouvée, d'après ce que j'ai compris.

— Non, on ne l'a pas retrouvée... C'est lui, tout à gauche. Avec un bonnet bleu.

L'homme tourna la tête, comme s'il avait entendu qu'on parlait de lui. Mais c'était impossible à cette distance. Winter le vit poser son regard sur eux, avant de se détourner. C'était bien Christer Börge.

— Tu en es sûr ? demanda Ringmar. Tu es si physionomiste que ça ? Même sous un bonnet ?

— Je me rappelle bien les visages. J'ai plus de mal pour les noms.

— Mais tu te souviens de celui-ci.

— Je me souviens très bien de cet homme.

— Pauvre diable, soupira Ringmar en regardant du côté de Börge. En tout cas, il n'est pas discret avec ce bonnet.

Winter ne répondit pas. Lorsque le feu passa au rouge, les gens se pressèrent pour traverser la rue. Christer Börge ne se retourna pas. Tout ce monde disparut bientôt à travers les portes du gigantesque centre commercial comme dans un tunnel.

— Je crois que je vais aller lui rendre visite, déclara Winter.

— Pourquoi ça ?

— Il fait pitié. Tu l'as dit toi-même.

— Tu n'arrives pas à lâcher cette affaire, Erik.

— Non.

— À quoi ça te mènera d'aller chez lui, de raviver sa blessure ?

— Je ne sais pas. Mais je sens que je devrais le faire.

— Une intuition ?

— Appelle ça comme tu veux.

— Tu crois toujours qu'il avait quelque chose à voir dans la disparition de sa femme ?

— Je ne crois rien du tout. C'est notre règle à la brigade, non ? Comme dit Birgersson : si on est croyant, on va à l'église.

— Je crois qu'il faut rentrer maintenant, dit Ringmar.

— Vas-y. Je reviens dans une heure à peu près.

Il laissa Ringmar et traversa au vert...

Il avait une chance de retrouver Börge, dans la mesure où les bonnets bleus et pointus n'étaient pas particulièrement à la mode. Mais il n'avait pas besoin de le chercher. Il avait son adresse. À moins que Christer Börge ait déménagé. Apparemment il n'avait pas quitté la ville.

Pourquoi est-ce que je fais ça ? se demanda Winter.

Il finit par repérer le bonnet bleu devant une vitrine d'Åhlens. Börge tournait la tête à droite et à gauche et semblait tout regarder sauf les jouets exposés sous son nez. Les décorations de Noël n'allaient pas tarder à faire leur apparition, d'ici une à deux semaines, ensuite ce serait Noël, puis le réveillon du Nouvel an qui ouvrirait une nouvelle décennie, celle des années quatre-vingt-dix.

Börge se dirigea ensuite à grands pas vers la sortie nord.

Winter le suivait à trente mètres.

Il entra chez Systembolaget[1]. Winter attendit dehors. Börge ressortit avec un sac en plastique renfermant apparemment plusieurs bouteilles, avant de poursuivre en direction de la sortie. Puis il prit à droite après les portes automatiques.

Winter sortit à son tour. Il aperçut Börge qui traversait la rue sur le passage-piétons à cinquante mètres de là. Il devait marcher rapidement. L'inspecteur le vit se poster à un arrêt de bus. Une poignée d'autres personnes attendaient déjà. Aucune ne portait de bonnet bleu. Le bus arriva. Börge monta le dernier. Le soleil renvoya des reflets incendiaires sur les vitres noires du bus qui redémarrait. Winter ne put que deviner un visage.

---

1. Monopole d'État chargé de la distribution des alcools en Suède. *(N.d.T.)*

27

Peut-être était-ce le visage de Börge qu'il venait d'apercevoir. Une tache blanche à travers la vitre arrière du bus ; mais celle-ci était bien crasseuse.

Winter poursuivit son chemin vers l'est, dépassa la Gare centrale, l'immeuble du *Göteborgs-Posten*, et le stade de Gamla Ullevi.

Il alla chercher une voiture au commissariat et se rendit chez Börge. Il se gara un peu à l'écart.

Le nom figurait toujours sur le tableau, à la porte de l'immeuble.

Winter regarda autour de lui. Presque rien n'avait changé. Personne n'osait toucher aux demeures patriciennes du centre de Göteborg. Ces dingues de socialos avaient laissé les rues en l'état. C'étaient les banlieues qui se prenaient des claques, ou les quartiers centraux des petites villes.

Il entra et prit l'escalier. Börge vivait au troisième étage. Tout était bien entretenu et des vitraux filtraient la lumière. Comme dans une église.

Cela faisait trois ans. Trois ans auparavant, il avait souvent monté ces marches. Puis, quatre ou cinq conversations téléphoniques, pour prendre des nouvelles et avoir confirmation de ce que l'on savait déjà. Börge l'avait appelé de temps à autre. Il parlait alors d'une voix ténue, voilée, comme s'il avait mis un mouchoir sur le combiné du téléphone.

En posant le doigt sur le bouton de la sonnette, Winter pensa soudain que Börge ne vivait peut-être plus tout seul. Qu'il aurait peut-être dû le prévenir.

À peine eut-il sonné que Börge ouvrit tout de suite, à croire qu'il attendait derrière la porte. Peut-être avait-il vu l'inspecteur passer la porte de l'immeuble, peut-être l'avait-il déjà repéré à l'arrêt de bus, ou bien dans le centre commercial.

Börge ne parut guère surpris.

— Ah tiens, c'est vous.

Il parlait avec une certaine lassitude, comme un convalescent. Börge avait beaucoup vieilli en trois ans, ce qui pouvait se comprendre. Des cernes autour des yeux. Moi aussi, je dois en avoir, songea Winter. On a beau se regarder dans la glace chaque matin, on ne remarque pas les changements qui s'opèrent sur son propre visage.

— Je peux entrer ?

Börge l'invita d'un geste et se dirigea lui-même vers le séjour, avant de revenir sur ses pas.

— Vous serez bien aimable d'enlever vos chaussures. Le ménage vient d'être fait.

Winter se demanda s'il s'agissait d'une plaisanterie, mais il retira ses chaussures faites sur mesure en Angleterre et les déposa à côté de quelques autres, alignées sous le portemanteau de l'entrée. Winter n'y avait jamais prêté attention auparavant, peut-être ne s'y trouvaient-elles pas. Il s'agissait de paires identiques. C'était peut-être le moyen qu'avait trouvé Börge pour changer régulièrement de chaussures. Un principe essentiel, son chausseur de Mayfair le lui avait suffisamment répété, même s'il fabriquait des articles de qualité, faits pour durer. Celles de Börge étaient d'un modèle plus simple, mais ce n'était pas de la camelote non plus.

Börge était déjà assis lorsque Winter pénétra dans le salon.

Sur la table, une bouteille de vin rouge et un verre à moitié plein. Il lui avait bien semblé tout à l'heure que l'homme avait une haleine avinée.

Börge désigna la bouteille de la tête.

— Si vous voulez un verre. Ce n'est pas de la piquette.

— Je vois ça.

— Vous en voulez un, alors ?

— Non merci. Je conduis.

Börge eut un sourire amer.

— Bonne excuse.

Il parlait d'une voix un peu traînante. Il avait dû boire à jeun. Winter pouvait constater d'après le niveau du vin dans la bouteille que Börge en était à son deuxième verre. S'accordait-il régulièrement, et l'après-midi, ce petit plaisir ?

— Prenez un siège, proposa Börge.

— Winter s'assit dans un fauteuil juste en face de lui. Quelques oiseaux noirs tournoyaient devant la fenêtre, comme s'ils cherchaient un nid où se poser. Leurs cris s'entendaient à travers les vitres.

Börge souleva son verre.

— Oui, on dirait qu'on est en train de fêter quelque chose ici.

— Et c'est le cas ?

— Qu'est-ce que je pourrais bien fêter ? (Il reposa son verre.) C'est plutôt histoire de passer le temps, de la manière la plus sympathique possible.

Winter hocha la tête.

— Vous n'avez pas d'avis sur la question ?

— Non, pourquoi ?

— Eh bien... vous êtes de la police.

— Nous n'en sommes pas encore à entrer chez les gens pour leur retirer leurs bouteilles.

— Mais vous êtes entré ici.

— Préférez-vous que je m'en aille ?

— Non, non. C'est sympathique d'avoir de la compagnie.

C'était la deuxième fois qu'il employait ce mot. L'ambiance n'avait pourtant rien de sympathique ici. Winter frissonna tout à coup. Les oiseaux poursuivaient leur course. Il doit y avoir des arbres dans le coin, se dit l'inspecteur. Je ne l'avais pas remarqué tout à l'heure.

— Comment allez-vous, Christer ?

Börge s'apprêtait à reprendre son verre mais il suspendit son geste.

— Ça vous intéresse vraiment, Winter ?

— Sans cela, je ne serais pas venu vous voir.

— Qu'est-ce qui vous intéresse ?

— Je ne vous comprends plus.

— Mais si, vous me comprenez parfaitement. Je me souviens que vous me soupçonniez d'avoir une part de responsabilité dans la disparition d'Ellen. Je ne serais pas étonné que ce soit encore la raison de votre visite.

— Ce n'est pas le cas, répondit Winter.

— Elle n'est pas cachée dans un placard, continua Börge. Vous pouvez vérifier une fois de plus, si vous le voulez.

— Je vous ai croisé dans la rue cet après-midi.

Börge ne répondit pas. Il avala rapidement une gorgée de vin et reposa son verre. Ce dernier avait laissé un cercle rouge sur le bois blond de la table basse. L'homme ne semblait pas s'en soucier. Ses mouvements se faisaient un peu brusques. Il restait à peine la moitié de la bouteille.

— En ville. Au centre commercial de Nordstan. C'est un hasard.

Winter se pencha en avant. Il pouvait sentir une vague odeur d'écurie se dégager de la bouteille de vin. Un Pessac assez coûteux. Quand Börge biberonnait, il le faisait avec un certain style en tout cas.

— Un pur hasard, répéta-t-il.

— Vous vous imaginez que je ne vous ai pas vu ?

— Je n'en étais pas sûr. Je ne me suis pas caché.

— Moi non plus. (Börge contempla la bouteille de vin, puis il leva les yeux.) Je supposais bien que vous alliez vous pointer chez moi.

— C'est l'impression que j'ai eue quand vous m'avez ouvert.

— Pas de nouvelles pendant trois ans et tout à coup bonjour la criminelle !

— C'est une inspiration subite qui m'a poussé à venir ici.

— Qu'est-ce que ça signifie exactement, une inspiration ?

— Je... je ne sais pas, répondit Winter. C'est de...

— Il faut qu'on vérifie, l'interrompit Börge.

Il se leva en hâte, tituba légèrement et s'appuya d'une main sur le dossier du canapé pour ne pas perdre l'équilibre. Winter eut soudain l'intuition que ce n'était pas la première bouteille de la journée. L'homme n'avait pas l'air complètement ivre mais il avait sans doute développé une certaine endurance en la matière.

Börge traversa la pièce jusqu'à une large bibliothèque qui occupait le mur attenant à la fenêtre. Il examina le dos des livres et finit par tendre la main vers l'un d'eux.

— Le *Dictionnaire de l'Académie suédoise*, prononça-t-il en soulevant l'épais volume. Un incontournable.

Il se mit à feuilleter les pages.

— Ins... inspi... in/spi/ra/tion. (Il leva les yeux.) Aucune explication. Pas si incontournable.

Il lança le dictionnaire et lui fit faire un vol plané à travers la pièce. L'ouvrage atterrit juste derrière Winter.

L'inspecteur se leva et se dirigea vers la bibliothèque. Börge n'avait pas changé de place. Il fixait des yeux le dictionnaire comme pour voir à quel endroit il avait échoué.

L'un des rayons de la bibliothèque n'était qu'à moitié plein. Trois photographies dans leur cadre se tenaient serrées les unes contre les autres. Pour autant qu'il s'en souvînt, elles ne s'y trouvaient pas trois ans auparavant. À moins que si. Il en reconnaissait deux. Sur l'une d'elles figurait Ellen, souriante, assise sur une chaise qui aurait pu se trouver n'importe où. Son sourire figé n'exprimait rien de sa personnalité. Sur la deuxième, on voyait Christer et sa femme ensemble, se tenant sous un arbre, en ville. En bas de l'immeuble peut-être.

Sur la troisième, Ellen souriait en compagnie d'une autre fille.

Elles devaient avoir quinze ans, à peine plus.

— Qui est-ce ? demanda Winter en désignant la photo.

— Comment ?

Börge se retourna vers la bibliothèque. Winter comprit qu'il était fin soûl. Il avait dû boire avant de sortir, à moins qu'il ne se soit déjà sifflé une bouteille le temps que Winter arrive. Vingt minutes. Pas impossible.

— Quelle est cette jeune fille sur la photo, à côté d'Ellen ?

Les deux jeunes filles étaient entourées de verdure, de buissons touffus. Elles se tenaient par la main. Quatre bras, quatre mains. Elles portaient des vêtements d'été. Dans un angle de l'image, Winter voyait scintiller quelque chose. Une portion de ciel, ou bien de l'eau, un lac, ou la mer.

Le regard de Börge s'arrêta sur la photo. Il chancelait de nouveau, mais ne semblait pas devoir perdre l'équilibre.

— Ça, c'est la sœur d'Ellen.

— Ah bon ?

Börge fixait maintenant Winter. Il plissait les yeux régulièrement. Son débit se faisait encore plus lent mais il ne bafouillait pas.

— Vous ne lui avez pas parlé au moment de la... disparition d'Ellen ?

— Pas personnellement.

— Ah nooon ?

— Ellen n'est jamais passée chez elle. Un de nos collègues, là-bas, est allé lui parler. C'était à Malmö, je crois. Oui, elle vivait à Malmö à l'époque.

— Je ne l'ai jamais revue depuis... les événements, déclara Börge.

— Pourquoi cela ?

— Je ne pense pas qu'elle m'apprécie beaucoup. Je le sais. (Il hocha la tête, comme pour lui-même.) Elle croit que tout est de ma faute.

— Et pourtant vous avez ressorti cette photo. Et vous l'avez exposée sur l'étagère.

— Ce n'est pas pour elle. C'est pour Ellen, bien sûr ! (Il se rapprocha d'un pas.) Elle a l'air gaie, n'est-ce pas ?

Winter examina de nouveau le cliché.

— Je l'ai retrouvée il y a à peine un mois, ajouta Börge. En faisant du rangement.

— Vous n'avez rien trouvé d'autre ?

— Non, non, rien d'autre.

Winter observait le visage des deux filles. Il pouvait y avoir une ressemblance, mais elle était difficile à percevoir. Quelque chose dans le regard, les cheveux. Ou dans la silhouette peut-être. Elles étaient toutes les deux grandes et minces, un peu anguleuses.

— Elles n'étaient que demi-sœurs, j'imagine que vous le savez déjà.

Winter hocha la tête.

— Je ne la vois plus jamais, marmonna Börge. Mais j'ai dû vous le dire.

— Où habite-t-elle ? demanda Winter.

— Aucune idée.

— Son nom m'échappe.

— Eva. En tout cas elle se faisait appeler comme ça à l'époque.

— Qu'est-ce que vous voulez dire ?

— Elle changeait de nom régulièrement.

— Pourquoi ça ?

— Comment voulez-vous que je le sache, bordel ? (Il s'éloigna de la bibliothèque et fit un pas en direction du sofa. Ça risquait de mal se finir.) Vous lui demanderez vous-même.

La réunion du matin débuta par une minute de silence. Rien de solennel, c'était plutôt un moment de concentration. Le téléphone portable de Halders se mit à sonner au moment où Winter venait de commencer son entrée en matière.

— Hmm ? (C'était dans les manières de Halders.) Oui ? Oui, c'est moi.

Il se leva et sortit dans le couloir en refermant la porte derrière lui.

— Ce pourrait être un ancien employé de l'hôtel, dit Winter.

— Est-ce que nous avons eu le temps de vérifier toute la liste qui t'a été remise ? demanda Aneta Djanali.

— Pas encore.

— La liste de l'Odin, vous voulez dire ? On en connaît là-dedans ? s'enquit Bergenhem.

— Quelques petits voyous, précisa Ringmar.

— Mais c'est tout le temps comme ça, non ?

— Ils ne sont pas nombreux, deux trois, pas plus. Les boulots dans l'hôtellerie leur permettent apparemment de se remettre sur les rails.

— Pourquoi ça ? s'étonna Aneta Djanali.

— Eh bien... les gens ne semblent pas poser beaucoup de questions dans ce milieu. Enfin, parmi les employés... Pas très curieux.

— Ça on avait remarqué, soupira Bergenhem.

La porte s'ouvrit d'un coup sec.

Halders entra, le portable encore dans la main.

— C'était un des peintres.

— De l'appartement de Paula ? demanda Bergenhem.

— Non, Van Gogh.

— Que disait-il ? s'impatienta Winter.

— Quand ils sont arrivés, papa Mario était sur place. (Halders prit un siège.) C'est arrivé deux ou trois fois.

— Et alors ? le pressa Aneta Djanali.

— Eh bien... il avait peut-être accès à l'appartement de sa fille. Je ne sais pas si nous le lui avons déjà demandé. En tout cas, voilà.

— Voilà quoi ?

— Il avait un sac. Il était venu avec.

— Une valise ? intervint Ringmar.

— Non, ce serait trop beau. Un sac quelconque.

— Pour quoi faire ? demanda Bergenhem.

— Les peintres n'ont pas demandé la permission de regarder dans le sac, Lars. Son contenu reste donc un mystère pour nous.

— Il devait chercher des affaires pour sa fille, remarqua Aneta Djanali.

— Quand est-ce que ça s'est produit ? poursuivit Bergenhem.

— Après sa disparition, le premier soir, répondit Halders. On n'avait pas encore fait stopper les travaux.

— Qu'est-ce qu'il faisait là ?

— Je propose que nous lui posions très vite la question, conclut Halders.

— Je voulais juste voir si elle n'était pas chez elle, déclara Mario.

— Vous auriez pu passer un coup de fil, répondit Winter.

— Elle pouvait être incapable de répondre. Malade. C'est ça que je voulais vérifier.

— Pourtant les peintres étaient là.

— Je ne le savais pas. Je ne pensais pas qu'ils étaient encore sur place.

— Vous y êtes retourné une ou deux fois.

— Oui, et alors ? Paula voulait que j'aille lui chercher quelques bricoles.

— Quelles bricoles ?

— Des vêtements. Une jupe, je crois. Un chemisier aussi.

— Pourquoi ne l'a-t-elle pas fait elle-même ?

— Je... Elle me l'a demandé. Je ne sais pas pourquoi. Je l'ai fait, c'est tout.

— Qu'avez-vous pris la deuxième fois ?

— La deuxième fois ?

— Vous n'avez pas compris la question, Mario ?

— Euh... si. La deuxième fois... je ne me rappelle pas bien... encore des vêtements, je crois...

— Mais Paula avait déjà disparu à ce moment-là. Qu'aurait-elle fait de ces vêtements ?

— Je devais être... je ne sais pas... je devais être perdu.

Il regarda Winter droit dans les yeux. Il semblait vraiment réfléchir à la question.

— Non, finit-il par prononcer. Ce n'était pas ça. Je voulais juste aller là-bas pour voir si je... ne pouvais pas trouver quelque chose qui pourrait m'aider. Nous aider. Nous aider à la trouver.

— Vous pensiez à quoi ?

— Je ne sais pas. N'importe quoi.

— Et vous avez trouvé ?

— Non.

— Rien du tout ?

— Non.

— Cherchiez-vous quelque chose de particulier ?

— Non.

— Qu'est-ce qu'il y avait dans la valise ?

— Vous voulez dire dans le sac ?

— Oui.

— Il n'y avait rien dedans.

— À qui appartenait-il ?

— C'était le mien.

— Pas celui de Paula ?

— Il était à moi, je vous dis.

— À quoi devait-il vous servir ?

— C'était au cas où je trouverais quelque chose. Si j'avais voulu emporter quelque chose.

— Qu'avez-vous emporté, Mario ?

— Rien du tout ! Je viens de vous le dire !

— Nous avons interrogé l'un des peintres. D'après lui, il y avait quelque chose dans ce sac.

— Qu'est-ce qu'il en savait ? C'était lequel ? Il ne pouvait pas s'en rendre compte. Il était sur une échelle en train de repeindre le plafond.

— Le sac était-il fermé ?

— Je ne m'en souviens pas. Probablement que non.

— Pourquoi ça ?

— Il ne ferme plus, pas correctement. La fermeture Éclair est fichue.

— Et vous l'avez quand même emporté ?

— Je l'ai pris, c'est tout. Je ne savais pas ce que je faisais. Quelle importance ça pouvait avoir qu'il soit cassé ou pas ?

— Pourquoi nous avoir caché que vous vous étiez rendu chez Paula à plusieurs reprises ?

— Pourquoi je vous l'aurais dit ? Ça n'a aucune importance, que je sache !

— Est-ce que cela peut avoir de l'importance ? demanda Birgersson.

Pour une fois le patron était assis à son bureau. Il avait un cure-dent à la bouche. Mauvais signe. Il ne tarderait sans doute pas à le troquer contre une cigarette.

— Il n'était pas de cet avis, dit Winter.

— Et il avait peut-être raison.

— Je serais enclin à penser le contraire.

— Enclin ? Encore un drôle de mot. On n'entend pas ça tous les jours. Tu sais ce que ça signifie exactement ?

— Non, pas exactement.

— Eh bien, on va vérifier, déclara Birgersson en se levant de sa chaise.

— Est-ce vraiment nécessaire ?

— Je pense mieux quand je cherche à répondre point par point aux questions que je me pose.

Il se dirigea vers la petite bibliothèque qui devait contenir une trentaine de volumes. Il en sélectionna un.

— On va voir ça, déclara-t-il en ouvrant le dictionnaire.

— C'est la seconde fois que je me retrouve dans cette situation, fit remarquer Winter.

Birgersson leva les yeux d'un air interrogateur.

— Ça remonte à quinze ans au moins. J'étais chez Christer Börge.

— Christer Börge ? La femme disparue ?

— Lui aussi était allé vérifier dans le dico de l'Académie.

— Tu vois.

— Étonnant, murmura Winter.

— C'est peut-être plus courant qu'on ne le croit, répondit Birgersson en continuant à tourner les pages.

— Je me demande s'il est toujours en vie.

28

— Pas d'explication ! s'exclama Birgersson en refermant l'ouvrage. (Il le rangea dans la bibliothèque et retourna s'asseoir avec un hochement de tête.) Ça peut arriver.

— C'était pareil.

— Pardon ?

— Il n'y avait pas d'explication.

— À quoi ?

— Je ne me souviens pas du mot, répondit Winter. Donne-moi juste une minute.

— Je ne pense pas au mot en question.

— Je ne peux pas m'ôter cette affaire de la cervelle, Sture. La disparition d'Ellen.

— Il te faudra sans doute vivre avec toute ta carrière.

Winter ne répondit pas.

— La carrière, répéta Birgersson. (Il s'empara d'un nouveau cure-dent, le contempla, le fourra dans sa bouche, et regarda Winter assis de l'autre côté de la table.) L'automne prochain, j'en serai bien débarrassé.

— Tu ne peux que t'en féliciter, déclara Winter.

— Oui, sans doute.

Birgersson se pencha sur les photos qui jonchaient le bureau. Il y en avait encore beaucoup d'autres sur une table lumineuse qui occupait toute la longueur de la pièce.

Elles représentaient Elisabeth et Paula. La mère et sa fille.

Birgersson avait posé les deux visages l'un à côté de l'autre. L'angle de prise de vue, la lumière, la distance étaient à peu près équivalents. Le même silence. D'une certaine façon, le même visage.

— À qui ressemble-t-elle le plus, Erik ?

— Je n'en sais franchement rien, Sture.

— À la maman ou au papa ? Je ne vois aucune ressemblance, ni d'un côté ni de l'autre.

— Pourquoi cette question ?

— Ce qui m'a frappé, c'est que je n'ai pratiquement pas vu de photos de cette famille-là.

— Il n'y en a presque pas, répondit Winter.

— Qu'est-ce qu'il voulait avec... ces trophées blancs ? reprit Birgersson en jetant un coup d'œil aux autres photos. On dirait qu'il collectionne quelque chose. Quoique... ça reste sur les corps.

— Ce pourrait être une forme d'appropriation, ou de réappropriation, expliqua Winter.

— Il aurait des droits sur elles ? Sur cette main ? Ce doigt ?

Winter hocha la tête.

— C'est comme ça que tu vois les choses ?

— Il estime avoir des droits sur toute leur personne, continua Winter. Il peut prélever, ou laisser, ce qu'il veut. Faire comme bon lui semble.

— Et la main de plâtre ?

— Ça confirme.

— Quoi ?

— Ce que je viens de te dire.

Nina Lorrinder appela Halders en début d'après-midi. L'inspecteur consulta sa montre avant de soulever le combiné : 14 h 30... et il commençait déjà à faire sombre dehors. Dans deux heures il devait conduire Hannes à son cours de bandy en salle. Le gamin avait préféré ce sport au hockey sur glace, bien plus agressif – qu'Halders avait pratiqué. Lorsque son fils avait fait ce choix à

l'automne, il s'était dit que Hannes tenait de Margareta.
Pas plus mal.

— Brigade criminelle. Halders.

— Oui... Bonjour. C'est Nina Lorrinder.

— Bonjour, Nina.

— Oui... Il y avait une chose...

Halders se redressa sur sa chaise et attrapa un stylo

— Je vous écoute Nina.

— Je ne sais pas comment vous dire ça... mais je suis passée devant chez Paula. Oui, vous savez, je n'habite pas très loin. Je me rendais à l'arrêt du tram. Eh bien, j'ai vu quelqu'un qui se tenait... dans les buissons, au pied de l'immeuble. Juste en face. Il y a une aire de jeu à cet endroit.

— Je sais à quoi ça ressemble, Nina. Qui avez-vous vu ?

— Je ne sais pas si cela peut signifier quelque chose. C'était peut-être idiot d'appeler. Mais c'était... lui. Le jour commençait à tomber mais il y a un réverbère, il se tenait juste en dessous et il a tourné la tête de mon côté au moment où je passais. Donc j'ai vu que c'était lui.

— Lui ? Qui donc ?

— Celui que Paula voyait au club de gym.

— Vous en êtes certaine ?

— Oui.

— Que faisait-il ?

— Il était là, c'est tout. Il avait l'air de regarder l'immeuble. Les fenêtres du haut.

— Ensuite il a tourné la tête, vous dites ?

— Oui. Sûrement parce qu'il m'a entendue. Quand je suis passée sur le trottoir juste derrière.

— Il vous a vue ?

— Oui. C'est bien possible. Mais je ne pense pas qu'il m'ait reconnue. Il faisait sombre... et puis il pleuvait un peu. J'avais une capuche. (Halders l'entendit avaler sa salive.) Ensuite il a détourné la tête.

— Quand est-ce que c'est arrivé ?

— Avant-hier. Vers 16 h 30.

— Pourquoi n'avez-vous pas appelé tout de suite ?

— Je... je ne sais pas. D'abord, j'étais sûre que c'était lui. Et puis après... je ne sais pas.

— Vous avez eu peur ?

— Oui.

— Peur de quoi ?

— Qu'il m'ait vue. (Halders entendait sa respiration.) Qu'il essaie... je ne sais pas...

— Raison de plus pour m'appeler. Si vous aviez l'impression qu'il risquait d'en avoir après vous.

— Oui... je sais.

— Vous l'avez déjà vu plusieurs fois ?

— Non..

— Vous avez l'air d'hésiter, Nina.

— J'ai... j'ai eu l'impression d'être... je ne sais pas... d'être suivie ces derniers temps.

— Suivie ?

— Oui...

— Vous avez vu quelqu'un ?

— Non...

— Que voulez-vous dire alors ?

— J'ai... c'est comme si quelqu'un me suivait. Ou m'espionnait. Me regardait. C'est idiot de ma part. Ce n'était peut-être rien du tout.

— Et vous n'avez vu personne ?

— Non... pas directement. J'ai cru entrevoir quelqu'un par la fenêtre. Quelqu'un... qui était debout dehors. Mais je n'en suis pas certaine. Et puis une fois, le téléphone a sonné, mais il n'y avait personne au bout du fil. Et pourtant... j'entendais une sirène d'ambulance ou de voiture de police... je l'entendais à la fois dehors et dans l'appareil. C'était le même bruit... au même moment. Tout près de chez moi.

— Pourquoi avoir attendu si longtemps pour me raconter ça, Nina ?

Elle ne répondit pas.

— Nina ?

— Est-ce que c'est... ça peut être dangereux ? Pour moi ?

397

— Vous avez quelqu'un chez qui aller ? demanda Halders. Ami, famille ? Quelqu'un chez qui loger ?

— Je peux, oui... Je peux appeler quelqu'un.

— Faites-le.

— Tout de suite ?

— Oui.

Halders décela une pointe d'anxiété dans sa voix. Il ne voulait pas l'effrayer. Mais il prenait ses craintes au sérieux.

— Nina, vous êtes sûre de ne l'avoir jamais croisé à d'autres occasions ? Je veux dire le garçon que voyait Paula ?

— Non... je ne crois pas.

— Pas en ville ? N'importe où ailleurs ?

— Non.

— Ni au club de gym ?

— Je n'y vais plus. Plus depuis ce qui est arrivé... à Paula.

— Que s'est-il passé lorsque vous l'avez vu ?

— Rien...

— Vous vous êtes retournée ? Il s'est déplacé ?

— Je me suis retournée, un peu plus loin. Mais je n'ai rien vu. Il était caché par les buissons.

— Et ensuite, vous avez pris le tramway ?

— Oui.

— Vous ne l'aviez jamais rencontré dans le quartier ? À proximité de chez Paula ?

— Non.

— Okay, Nina. Merci d'avoir appelé.

— Que... que va-t-il se passer maintenant ? demanda-t-elle.

— On va causer un peu avec lui.

Personne n'ouvrit quand ils sonnèrent chez Jonas. Personne n'avait répondu au téléphone qu'ils avaient entendu retentir quelque part à l'intérieur. Personne sur le portable. Halders essaya une fois de plus.

Il y avait sur la porte un petit panneau rédigé à la main : « Pas de réclame, merci. »

— Pas de Jonas, merci beaucoup, com/ Halders.

— Il est en balade, dit Winter.

— Il n'a que ça à faire apparemment. (Halders rangea son appareil dans la poche de sa veste en cuir.) Il marche et il fait le guet.

— C'est un problème quand les gens sont au chômage, reprit Winter en sonnant une nouvelle fois à la porte. On n'a pas de lieu de travail où les joindre s'il n'y a personne à la maison.

Halders ricana.

— C'est la faute aux socialos.

— Le seul recours, ce serait de faire appel au ministre de l'Intérieur, dit Winter en se retournant pour regarder plus bas dans l'escalier.

— C'est pas un socialo, lui aussi ? demanda Halders.

— Tu ne les aimes pas, les socialos, Fredrik ?

— Peut-être que si je prenais le temps de faire connaissance avec l'un d'entre eux, j'arriverais à l'apprécier. Surtout si c'est une femme.

— Je suis socialo, déclara Winter en commençant à descendre les marches.

— Tu rigoles ?

— Oui.

— Alors, t'es quoi ?

— Féministe.

— Non !

— Si.

— Moi aussi je suis féministe, répondit Halders.

— Je le sais bien, Fredrik.

— Je déconne pas. C'est vrai.

— Tu as tout fait pour le cacher, mais ça ne trompe personne, lui glissa Winter.

— On peut pas t'avoir, c'est ça ?

Ils venaient de sortir de l'immeuble. La porte grinça derrière eux.

— Si. Jonas, répondit Winter. Je me suis peut-être fait avoir par Jonas.

— On attend jusqu'à ce soir, suggéra Ringmar.

Winter hocha la tête.

— Si ça se trouve, il est juste occupé à traîner dans les rues, continua Ringmar. Sonner l'alarme maintenant... mouais...

— Il s'est peut-être déjà fait la malle à l'heure qu'il est, objecta Halders.

— Dans ce cas, nous savons qui est notre homme, répliqua Ringmar.

— Pas forcément, murmura Winter.

Anne Sandler ne répondait pas au téléphone. Winter avait appelé une première fois de chez Jonas. Il avait dû recommencer. Elle n'avait pas de répondeur.

Il passa devant les balançoires. L'aire de jeux était déserte. Il n'avait jamais vu d'enfant ici. Comme s'ils appartenaient à une époque révolue. Les seuls à avoir joué là, à sa connaissance, étaient Paula et Jonas. Mais cela n'était même pas certain... Comment Jonas pouvait-il se rappeler une fillette rencontrée sur une période d'un mois à peine, dans sa lointaine enfance ? Pour beaucoup, l'enfance était une terre lointaine... Pour certains, elle n'avait pas même existé. Dans sa carrière, Winter avait déjà rencontré bien des gens qui regrettaient une enfance qu'ils n'avaient pas connue, qui couraient désespérément après cette enfance.

Et cela pouvait avoir des conséquences épouvantables.

Jonas avait-il eu une enfance ? Winter avait rencontré le petit garçon, mais il ne savait rien de lui. Paula avait-elle eu une enfance ? Il n'en savait rien non plus. La veille, il s'était pris à songer que cette affaire reposait tout entière sur l'enfance, sur ce qui aurait pu être une enfance. Celle de Paula. Celle de quelqu'un. De plusieurs personnes. Celle d'Ellen. Ou d'Elisabeth. De Mario. Il repensa à Ellen. Cette affaire ne me lâche pas. *Ne me lâche pas.* Pourquoi ?

Les balançoires se soulevaient sous l'effet du vent. Avec leurs enfants invisibles. Comme si le vent soufflait à travers les âges sans que jamais rien ne change. Rien de neuf, rien de vieux. Tout était déjà là.

Personne n'ouvrit à son coup de sonnette. Il s'y attendait. Mais j'y vais quand même, s'était-il dit. Ce lieu agit sur moi comme un aimant. Les balançoires ? Le petit bois ? Oui, c'est le petit bois.

Winter sortit de l'immeuble et se dirigea vers le petit bouquet d'arbres et de buissons. On y voyait aussi peu que dans une chambre encadrée de murs très hauts, sans porte. Le crépuscule tombait à nouveau, il tombait et s'éternisait, répandant cette lumière noire sur toute chose. Cette lumière impénétrable.

Il fit quelques pas en direction des arbres. Il entendit du bruit. Un chien en train de creuser le sol ? Quelqu'un remuait de la terre. Winter écarta les buissons et s'avança de deux pas. Il voyait quelque chose bouger derrière ce grand arbre. Une main. Un bras. Il entendait quelqu'un creuser la terre. Puis ce fut un sanglot.

Jonas se retourna brusquement.

Il était à genoux et fouillait le sol à mains nues. Un sacré travail. La terre avait commencé à geler. Les feuilles mortes formaient une première couche assez coriace.

Il ne s'arrêta pas.

— Jonas ? appela Winter en s'avançant davantage.

Le gamin ne répondit pas. Son visage était en tous points identique à celui qu'il avait lorsque Winter l'avait rencontré pour la première fois. Il reniflait, respirait bruyamment, creusait, creusait encore. Ses phalanges étaient en sang. Il restait juste assez de lumière pour qu'on puisse distinguer la couleur rouge. Toutes les autres s'étaient fondues avec le sol pour la nuit.

— Jonas !

Il leva de nouveau les yeux, mais poursuivit sa tâche, de malheureux coups de grattoir sur la croûte de terre. Winter fit un dernier pas et posa les mains sur les épaules de Jonas. Il empoignait de la roche. Le garçon continuait à remuer les bras, actionner ses muscles. Une vraie machine.

— Jonas, calmez-vous.

Winter sentit le mouvement se ralentir, de façon mécanique, là aussi. Il finit par s'arrêter. Mais pas les sanglots.

— Jonas.

Le garçon tourna le visage vers lui. Il avait un regard épouvanté. Winter savait qu'il n'était pas en cause. Jonas ne craignait pas d'être découvert. Il semblait très loin de cela. Il avait cherché quelque chose, là-dessous. Creusé après son enfance, après quelque chose dans son enfance qui ne l'avait plus jamais laissé en paix. Ça n'était pas enterré très profond. Juste un peu au-dessous de la croûte gelée.

— Paula ! s'écria le garçon en se retournant vers le sol. Elle est là.

29

Il levait les mains comme pour prouver quelque chose. Winter ne voyait aucune preuve, pas encore. Il ne voyait que l'état de surexcitation du gamin.

— Jonas !

Winter tendit la main vers lui.

— Paula ! Je l'ai vue !

— Où l'avez-vous aperçue, Jonas ?

— Ici ! cria-t-il en désignant le sol. Elle était ici !

— Quand est-ce que vous l'avez vue ?

— Elle était ici ! répéta le garçon.

— Quand ?

— Vous l'avez vue, vous aussi. Vous y étiez !

— C'était il y a longtemps, Jonas !

— Non !

Le jeune homme était de plus en plus agité, comme s'il devait perdre conscience d'un moment à l'autre, la conscience ou la raison. Peut-être le mal était-il déjà fait. Il avait dû se produire quelque chose au cours des derniers jours. Ou des dernières heures. Le garçon était sorti de sa léthargie. C'est le mot qui lui vint à l'esprit. Winter revit soudain l'image de Christer Börge, le dictionnaire entre les mains, sous les rayonnages de sa bibliothèque, dans cette affreuse salle de séjour où le temps semblait s'être arrêté. Une léthargie. Un état que Winter avait lui-même connu une fois dans sa vie. Mais il ne s'agissait plus de cela chez Jonas Sandler. Il était en train de vivre un cauchemar, mais il avait quitté sa torpeur.

Le temps s'était arrêté au petit bois de son enfance. Et le gosse y était retourné.

— Paula !

Winter s'agenouilla. Il tenta de lui poser la main sur l'épaule, mais Jonas le repoussa. Il avait fini de creuser maintenant. Le trou, assez profond, faisait penser à un saladier au milieu des feuilles. On aurait dit que ses mains tout égratignées portaient des gants à rayures. Il n'y avait plus de lumière désormais. Les éraflures étaient noires. Winter songea aux pierres qu'il avait vues ici dix-huit ans auparavant. Elles n'y étaient plus, ou alors Jonas les avait retirées. Il pensa à cette main que Jonas était le seul à avoir vue. Elle n'y était plus non plus. Cette main blanche dont le garçonnet avait parlé avec de grands yeux terrifiés. Il l'avait peut-être vue pour toujours, même si elle avait disparu. Et Paula n'y était pas non plus. Mais le garçon en était aussi persuadé maintenant qu'à l'époque. Que savait-il ? Qu'avait-il fait ? Qu'est-ce qu'on avait pu lui faire ? Qu'est-ce qui se cachait sous cette terre noire ? Le garçon se mit à pleurer, en silence. Winter perçut tout à coup la rumeur du trafic au loin, sur cette île, la troisième du pays pour la superficie. Elle lui paraissait toute petite maintenant, comme si elle s'était réduite à ce bosquet-là. Un oiseau lança son cri au-dessus de leurs têtes. Le garçon tressaillit. Il regarda Winter comme si maintenant il le reconnaissait. Comme s'il se réveillait d'un cauchemar. Il regarda le sol comme si ce qui avait fait partie de son rêve lui était maintenant devenu étranger. Ce n'était pas un jeu, il ne jouait pas la comédie. Il ne répéta pas son nom. Winter s'en chargea.

— La petite fille avec laquelle vous jouiez, c'était Paula, n'est-ce pas ?

Jonas Sandler paraissait calme en entrant dans le bureau de Winter. Pour l'heure, l'endroit était plus adapté que la salle d'interrogatoire. Winter redoutait que

Jonas ne retourne à son cauchemar. Il n'y aurait plus moyen de l'atteindre.

Le garçon semblait se réchauffer peu à peu sous le halo de la lampe. Winter aussi. Il l'avait directement amené ici. Jonas n'avait pas ouvert la bouche de tout le trajet. Il tenait ses mains sur ses genoux, les phalanges couvertes de gaze. À présent, on aurait dit une paire de gants blancs.

— Parlez-moi de Paula, commença Winter.

Jonas essaya de dire quelque chose mais aucun mot ne sortit de sa bouche. C'était à peine un souffle de voix. Il fit une nouvelle tentative.

— Il... il n'y a rien à raconter.

— Vous jouiez ensemble.

Jonas hocha légèrement la tête.

— Quand vous étiez petits ?

— Ou...oui.

— Vous en êtes sûr ?

— Oui.

— Comment pouvez-vous en être sûr ?

— Je ne comprends pas, bredouilla Jonas en levant les yeux vers Winter.

Le jeune homme se tenait penché sur la table, la tête à la hauteur du plateau.

— Comment pouvez-vous en être certain maintenant ? Vous nous avez dit précédemment que vous ne la connaissiez pas.

— Je... la connaissais.

— Pourquoi ne pas l'avoir dit plus tôt, Jonas ?

Il ne répondit pas.

Winter répéta sa question.

— Je ne sais pas.

— Vous le savez très bien, Jonas.

Il leva la tête.

— Vous avez peur de quelque chose, continua Winter. De quoi ?

— De rien.

— De qui avez-vous peur ?

Jonas ne répondit pas.

— Vous a-t-il menacé ?

— Non.

— Qui vous a menacé, Jonas ?

— Personne.

— Est-ce que Paula vous a menacé ?

— Co... comment ?

Jonas se redressa.

— Vous sentiez-vous menacé par elle ?

— N... non. Pourquoi ?

— Vous êtes-vous senti menacé en la retrouvant à l'âge adulte, Jonas ? Savait-elle quelque chose sur vous ?

— N... non. Quoi ?

— Pourquoi êtes-vous retourné là-bas ? Dans le petit bois ?

— Je... je ne le sais pas non plus. C'est comme... je ne sais pas pourquoi j'ai fait ça. (Il chercha le regard de Winter.) C'est comme le reste. Nous avions joué là-bas.

— Vous en avez parlé quand vous vous êtes retrouvés ?

— Oui... une ou deux fois.

— Qu'en disiez-vous ?

— Rien de spécial. Nous... nous en rappelions, c'est tout.

— Comment vous êtes-vous retrouvés, Jonas ?

— Vous le savez. Au club de sport.

— Comment cela s'est-il passé ?

— Comment ? Qu'est-ce que vous voulez dire ?

— Vous l'avez reconnue ?

— Oui.

— Comme ça ?

— Oui. Elle... n'avait pas changé.

— Comment cela ?

— Elle avait la même tête.

— Dix-huit ans après ?

— Ce n'est pas si long, déclara Jonas.

— Et elle vous a reconnu ?

— Non... pas tout de suite.

— Quand vous a-t-elle reconnu ?

— Je ne comprends pas.

— Elle a fini par vous reconnaître ?

— Oui.

— Et elle en était aussi certaine que vous ?

— Oui.

— Où vous êtes-vous retrouvés la fois suivante ?

— Quoi ?

— Où ? répéta Winter.

— Là-bas. Au club de sport.

— Mais en dehors du club ?

— On ne s'est jamais retrouvés... ailleurs.

— Je ne peux pas le croire, Jonas.

— C'est la vérité. (Le garçon se tenait droit maintenant, comme s'il était arrivé au terme d'un long processus de réveil.) C'est comme ça. C'est vrai.

— Jamais un café en ville ? Un pot dans un pub ?

— Non.

— Pourquoi ?

— Elle ne voulait pas.

— Vous lui avez proposé ?

— Oui.

— Vous l'avez invitée chez vous ?

— Oui.

— Qu'a-t-elle dit ?

— Elle m'a répondu non.

— Pourquoi ?

— Je... je ne sais pas.

— Le lui avez-vous demandé ?

— Quoi ?

— Pourquoi elle vous disait non.

— Non... si... elle ne voulait pas. Et je ne voulais pas faire des histoires.

— Mais vous saviez où elle vivait ?

— Oui...

— Vous y êtes déjà allé ?

— Je... je ne comprends pas. Je vous ai dit que je n'ai jamais... été invité chez elle.

— On vous a vu devant son immeuble, dit Winter.

Jonas garda le silence.

— Vous y êtes déjà allé ?

— Oui.

— Quand ?

— L'autre jour... plusieurs fois.

— Que faisiez-vous ?

— R... rien. Je suis juste resté devant.

— Pourquoi ?

— Je... ne sais pas. (Il regarda Winter.) Je ne le sais pas non plus. (Il détourna le regard.) Elle me manquait. Je n'ai pas eu l'occasion de la revoir, et ensuite il était trop tard. Elle était partie.

— Pourquoi est-elle partie, Jonas ?

— Je ne comprends pas.

— Avez-vous déjà réfléchi à cette question ?

— Oui... enfin... réfléchi... je ne sais pas...

— Elle a été assassinée, Jonas. Elle n'est pas simplement partie. Qui peut l'avoir assassinée ?

— Je ne sais pas. (Sa lèvre inférieure se mit à trembler, de manière convulsive, comme dans le petit bois précédemment.) Mon Dieu, je n'en sais rien.

— Jonas, connaissez-vous les parents de Paula ?

— Ses parents ? Non.

— Vous connaissiez sa mère.

— Non...

— Vous ne connaissiez pas sa mère ? Elles vivaient pourtant dans le même immeuble.

— Paula disait que... ce n'était pas sa maman. (Il regarda Winter droit dans les yeux.) Pas sa vraie maman.

— Alors il prétend que Paula a vécu là-bas enfant, résuma Ringmar. Et même si c'était vrai ? Ça n'aurait pas forcément d'importance.

— Ah bon, tu trouves ? ! (Winter arpentait la pièce de long en large, ce qui n'était pas dans ses habitudes.) Ça veut tout dire au contraire.

Le visage de Ringmar échappait au cône de lumière sur le bureau de Winter. Jonas avait occupé la même place un quart d'heure auparavant. Il se trouvait maintenant en salle d'examen, un étage plus bas. Il était redevenu le petit garçon d'autrefois, il avait été pris de tremblements, ses lèvres étaient devenues bleues sous la lumière, son regard avait commencé à vaciller. Winter avait fait venir un médecin. Le psychologue suivrait. Ensuite on aviserait. Le procureur peut-être. Ou le pasteur.

— Cette histoire représente tout pour lui en ce moment, continua Winter. C'est devenu toute sa vie.

— Il est peut-être dingue.

— Non.

— Pourquoi ?

— Il est sous pression. Une pression très forte. C'est autre chose.

— Ça peut mener à la folie, dit Ringmar.

Winter ne répondit pas.

— Si c'est lui qui l'a tuée, on va le savoir, reprit Ringmar. Dès aujourd'hui sans doute.

Winter s'arrêta au milieu de la pièce et regarda par la fenêtre. Il faisait nuit désormais, et de toute façon le jour n'avait pas duré longtemps.

— Et qu'est-ce que tu fais d'Elisabeth Ney ? La maman ? Il l'aurait tuée elle aussi ?

— D'après Jonas, ce n'est pas sa mère, remarqua Ringmar.

— Et là, on doit le croire ?

— Pourquoi l'aurait-il affirmé sans ça ? Pourquoi Paula le lui aurait-elle dit ?

— Si c'est le cas, remarqua Winter.

— Hmm. Quoique... elle a peut-être tout inventé, continua Ringmar. Les enfants sont capables de ça.

— Les adultes aussi.

— Comme Jonas, ajouta Ringmar.

— Hmm.

— C'est peut-être lui qui a tout inventé, suggéra Ringmar. Il n'y a jamais eu de Paula dans son enfance. Il a tout imaginé après coup, lorsqu'il l'a rencontrée. Non, après sa mort. Un délire autour de sa personne.

Winter se taisait. Il songeait à l'expression de l'enfant lorsqu'il l'avait rencontré pour la première fois. Le petit garçon et son chien. Comment s'appelait-il déjà ? Zack. Il avait réussi à le retenir. Zack. Pas mal, comme nom.

— Il n'a pas l'air au clair sur ce qu'il sait et ce qu'il ne sait pas, déclara Ringmar.

— Je ne sais pas, répondit Winter. Ce n'est pas si simple.

— Qui a dit que c'était simple ?

— Il a vu quelque chose là-bas, dans ce bosquet.

— Tu veux dire il y a vingt ans ?

— Dix-huit.

— Cette main ? C'est de ça que tu parles ?

— Pas maintenant. Je parle de ce qu'il a vu là, maintenant. Aujourd'hui.

— Il a dit que Paula y était ?

— Oui. Mais était-ce la raison de sa présence sur place ? Rechercher Paula ?

— Il se cherchait peut-être lui-même, dit Ringmar. Je ne plaisante pas.

— Est-ce la main qu'il a vue quand il était gosse ?

— Pas celle de Paula en tout cas. On a réussi à cacher l'histoire aux médias.

— Ce qui signifie ?

— Très peu de gens sont au courant. Et seulement une personne en dehors de cette brigade.

Le portable de Winter sonna.

Il répondit, écouta, hocha la tête, mit fin à la communication et rangea l'appareil.

— C'est le moment, déclara-t-il en allant chercher son manteau.

Une voiture de patrouille avait été envoyée à Hisingen pour surveiller le bosquet après le coup de fil de Winter. Il avait appelé sur place, dans le noir, et avait attendu les collègues pour rentrer au commissariat avec Jonas.

Winter et Ringmar arrivèrent quelques minutes après les experts de la police scientifique.

L'un d'eux était un ancien.

— J'arrive pas à y croire, s'écria-t-il tandis que Winter descendait de voiture. Même lotissement, même bosquet.

— Tu as une bonne mémoire, Lars.

— Parfois, c'est un vrai fardeau.

— L'histoire se répète toujours, commenta Winter.

— Dans ce cas, on va rien trouver.

— Et je vous ferai toutes mes excuses.

— Tu avais oublié la dernière fois.

— On y va ? conclut Winter en se dirigeant vers le bosquet.

Ces arbres et ces buissons me sont devenus si familiers. J'aurai bientôt l'impression d'avoir grandi ici.

Les balançoires. Le vent, continu. Un vent de nord-ouest s'engouffrait entre les deux immeubles penchés au-dessus de l'aire de jeux et qui couvraient de leur ombre le bosquet.

Ils étaient en plein milieu maintenant.

Les deux techniciens commencèrent à monter les projecteurs. Ils ne pourraient pas faire beaucoup plus ce soir-là. Se faire une idée des lieux. Élever une tente au-dessus de tout ça. Revenir le lendemain matin. La routine. Dans le noir ils risquaient de faire plus de dégâts qu'autre chose. Fouiller le sol relevait d'un travail d'archéologue. D'ailleurs, Torsten Öberg et ses techniciens avaient parfois collaboré avec des universitaires, directement sur le chantier. C'était le même travail : fouiller le passé. Creuser après la mort. Quant à Winter, debout devant la fosse, il faisait également partie de cette confrérie. Archéologue du crime, il creusait, lui aussi, à sa manière.

Lars Östensson testa l'un des projecteurs et la petite clairière explosa sous une lumière blanche qui la mettait à nu comme jamais. C'est à ça que ça ressemble, se dit Winter.

— De quoi s'agit-il ? demanda l'ancien.

Winter pointa du doigt l'espèce de saladier parmi les feuilles. Sous cet éclairage il paraissait plus profond. Jonas devait être là depuis plus longtemps qu'il ne le croyait. Ou alors il était vraiment costaud.

— On cherche quoi ?

— Je ne sais pas, répondit le commissaire.

— La dernière fois c'était une main aperçue par un gamin.

— Tu t'en souviens encore ?

— Comment veux-tu l'oublier ? Surtout après le meurtre de cette fille. Ça m'est revenu à la mémoire.

Östensson avait été chargé de la main en plâtre. Il ne l'oublierait jamais.

— On cherche quelque chose de grand ou de petit ? demanda-t-il.

Winter leva les bras au ciel. Puis il désigna le sol. Cherchez. Trouvez. Ça pouvait être n'importe quoi.

— Je ne peux pas attendre demain, déclara-t-il.

— On risque de tout gâcher, Erik. Tu le sais bien.

— Je voudrais qu'on fasse venir le chien.

Il y avait au commissariat de Göteborg un chien policier spécialement dressé pour ce genre de travail. On le surnommait Flair à cadavres. Pas très joli comme nom. Sinon, c'était Roy.

Pour le moment, il patientait sur l'aire de jeu, la langue pendant entre des crocs pointus. Il avait les yeux luisants à la lumière des projecteurs. Ou bien c'était le clair de lune. Une lune ronde et brillante.

Les projecteurs étaient braqués sur le petit bois et la terre n'en paraissait que plus noire, comme si un trou profond s'y était déjà creusé. Winter repensait à la première fois qu'il était venu ici avec sa lampe-torche, bien des années auparavant. Le visage blanc du petit garçon. La respiration lourde du chien, le silence après ses longs aboiements.

Le maître-chien s'appelait Bergurson, un Islandais. Il s'adressait à Roy dans une langue qui paraissait remonter à plusieurs siècles en arrière.

Tous deux se dirigèrent vers le bosquet. Le chien avait un faux air de loup. Winter pouvait apercevoir l'haleine des hommes qui se tenaient autour. Bergurson et Roy disparurent au milieu des arbres. Winter les suivit.

L'endroit semblait maintenant moins éclairé, comme si un nuage était venu s'interposer devant les projecteurs. Winter regarda faire le chien. C'était la première fois qu'il assistait à une telle scène. Il l'entendait remuer.

Le temps lui parut long.

Winter ferma les yeux. Il n'était pas fatigué. Il avait l'impression qu'il ne serait plus jamais fatigué.

— Il y a quelque chose là-dessous, déclara Bergurson.

Ils progressaient à travers la première couche de feuilles. L'aube répandait un jour blême. Quatre techniciens travaillaient dans le bosquet, sous la direction d'Östensson. Winter était toujours là. Les experts avaient quadrillé la surface du sol. Ils creuseraient couche après couche, section par section, avec des pelles de jardinage tout à fait ordinaires. Ils passeraient la terre au tamis, ne laissant rien leur échapper. Ils s'approcheraient avec d'infinies précautions de ce que Roy avait pu flairer dans l'air ambiant. Cela pouvait prendre beaucoup de temps.

— J'ai presque l'impression de reconnaître cette terre, constata Östensson, tout en jetant de côté une pelletée.

Son collègue le plus proche, Arnberg, était assez jeune. Il se leva et régla l'un des projecteurs. La lumière du jour n'était pas encore assez forte.

— Jusqu'où est-ce qu'il va falloir creuser ? marmonna Östensson.

Winter sortit du bosquet, dépassa l'aire de jeux, pénétra dans l'immeuble et sonna chez Anne Sandler. Il savait que ce serait en vain. Pas de lumière aux fenêtres. Elle était probablement restée auprès de son fils, au commissariat. Il sonna tout de même. Personne d'autre n'ouvrit sa porte. Personne d'autre sur le palier non plus.

Il redescendit l'escalier. Il sortait de l'immeuble lorsque son téléphone portable se mit à sonner.

— Oui ?

— Mario Ney a occupé un emploi à l'Hôtel Odin il y a cent ans de ça.

C'était la voix de Halders. Elle avait un son légèrement métallique, comme si la communication avait du mal à passer.

— Il a confirmé ? demanda Winter.

— Bien sûr que non ! Il n'en sait rien.

— Où se trouve-t-il ?

— Réponse : moi pas savoir. J'appelle Molina pour lui demander ce qu'il en pense maintenant ?

Jusque-là le procureur n'avait pas trouvé de motif valable pour placer Mario Ney en détention provisoire. Winter, et même Halders, n'en voyait pas non plus. Les conversations avec Molina relevaient encore de la routine.

— Qui nous a informés ? s'enquit Winter.

— Une ancienne gérante. Elle l'a reconnu.

— À son nom ?

— Négatif. Sur photo. C'est Bergenhem qui l'interrogeait. Je l'ai félicité.

— Elle l'a reconnu après cent ans ?

— Apparemment Ney a toujours eu la même gueule, répondit Halders.

— Que faisait-il là-bas ? Comme boulot ?

— Il était homme à tout faire, selon ses mots.

Tout en parlant, Winter reprenait la direction du petit bois.

— On s'occupe de ça quand je rentre.

— Ça se passe comment, le chantier ?

— Pour l'instant, rien du tout.

— Le gamin n'a pas l'air de tourner rond, signala Halders. Sa mère est avec lui en ce moment.

— Oui, je sais. Elle n'est pas rentrée chez elle.

— Vous creusez profond ?

Winter n'eut pas le temps de répondre. Ringmar était sorti du bosquet. Il lui faisait un signe de la main. Son regard avait une lueur toute particulière.

30

Un cri d'oiseau. toujours le même. Winter leva les yeux et vit l'oiseau voler haut dans le ciel, comme un trait de crayon noir sur un fond gris. Ça devait faire dix-huit ans qu'il tournoyait au-dessus de ce bosquet.

Ringmar l'attendait à la lisière du petit bois. À son expression, Winter sut de quoi il retournait. Et Ringmar savait qu'il savait.

Winter suivit son aîné sans un mot. Une brindille s'était prise dans ses cheveux. On aurait presque dit un bijou.

Östensson leva la tête en les entendant pénétrer dans la clairière. Le commissaire ne vit rien de nouveau.

— On vous attendait.

Winter acquiesça.

Le médecin légiste Pia E :son Fröberg les salua. Elle se tenait prête sur le bord de la fosse.

— Il y a quelqu'un d'enterré là-dessous, annonça Östensson.

Il se pencha en avant pour dessiner du bras un cercle au-dessus d'une section du chantier. Un chantier de fouille, se dit Winter. Quelqu'un a été enfoui sous terre. Dans une terre qui n'a pas été consacrée.

— Je sens une main ici, expliqua l'expert en tenant la sienne à dix centimètres au-dessus du sol.

— Voyons de quoi il s'agit, déclara Winter.

415

Il se sentait calme, presque froid. Ce moment était porteur d'une évidence. Une confirmation de ce qu'il avait toujours su. Comme le petit garçon. Au-delà de cette fosse, de ce bosquet où rien ne se cachait dix-huit ans auparavant. Ce que le gamin avait vu tenait à autre chose. Il ne savait peut-être pas à quoi. Ils ne le sauraient peut-être jamais.

Les techniciens entamèrent avec précaution la terre.

On n'aurait pas à creuser très profond.

La main apparut.

— Il va falloir prendre son temps maintenant, prévint Östersson.

Winter opina. Il se sentait nerveux tout à coup. Il aurait aimé creuser lui-même. Mieux valait quitter les lieux.

Il sortit du bosquet et alluma un Corps. La brume avait commencé à se dissiper et l'humidité remontait maintenant vers les cimes des arbres. Elle formait comme un nuage bas. Le commissaire aspira une bouffée et la rejeta puis il regarda la fumée s'élever en même temps que le nuage. Il entendit soudain des voix, hautes et claires, et quelques secondes plus tard, il vit deux enfants se ruer vers l'aire de jeu. Ils montèrent chacun sur une balançoire et commencèrent à battre des jambes.

Ça faisait plaisir à voir. C'était la première fois qu'il voyait des enfants ici. Il aurait pu se mettre à rire comme un fou. Les larmes lui montaient aux yeux. C'était peut-être le cigare. Il le retira de sa bouche et s'essuya les yeux du coin de la manche. Les enfants regardaient peut-être de son côté. Sa vision se brouilla pendant quelques secondes.

Il était au bord des larmes.

Lorsqu'il retrouva la vue, les enfants étaient toujours là. Les oiseaux dans le ciel également.

Il écrasa son cigare et retourna dans le petit bois.

La main avait été dégagée. Les experts paraissaient désormais travailler plus rapidement.

Winter aperçut un bras.

Une épaule.

— C'est une femme, assura Östensson d'une voix posée. On arrive au niveau de la tête.

Elle ne gisait pas très profond. Le corps avait été soigneusement recouvert de feuilles. L'automne avait apporté sa contribution à la cérémonie.

La tête apparut. Winter vit les cheveux, les joues, une partie du menton. Un profil. Le spectacle n'avait rien d'agréable.

— Elle ne doit pas être là depuis très longtemps, commenta la voix de basse calme et grave d'Östensson.

Cette dernière eut un effet apaisant sur tous ceux qui se tenaient près de la tombe, certains debout, d'autres à genoux. Mais ce n'était pas une tombe... Le mot faisait simplement partie de leur jargon. La routine encore.

Winter s'agenouilla pour mieux contempler le visage. Les cheveux lui couvraient le front ainsi qu'une partie de la joue gauche. Sous la lumière des projecteurs, ils paraissaient blancs, mais ils auraient pu être blonds de son vivant. Sans être un expert en la matière, comme Östensson et ses collègues, le commissaire pouvait avoir une idée très approximative de la date de la mort. Une question d'expérience. Cette femme n'était pas encore « redevenue poussière », loin de là. Winter se pencha de plus près. Ils se retrouvaient pratiquement face contre face. Elle avait les yeux mi-clos. La partie inférieure de son visage était cachée dans l'ombre d'un arbre ou d'un buisson. Winter pouvait néanmoins distinguer la bouche, le menton, la gorge. Soudain, il frissonna, comme s'il venait de se glisser un souffle de vent marin entre les arbres. Les idées se pressaient dans sa tête. L'idée, parmi les autres, qu'il obtenait ici... confirmation.

— C'est Ellen Börge, déclara-t-il.

Il avait donc fini par la trouver. Comment avait-il pu la reconnaître ? À son visage. Le visage d'Ellen. Cela ferait bientôt vingt ans qu'elle avait disparu et que Winter avait examiné ses traits pour la première fois, sur une photo. Au fil des ans, il lui était arrivé de revenir à ces images. Et le visage d'Ellen s'était ainsi figé dans sa mémoire. La mort avait lissé ses traits, lui redonnant une certaine jeunesse. Comme cela se produisait souvent. La mort opérait un véritable lifting facial, et Winter avait déjà entendu les experts plaisanter à ce sujet. Mais il n'était pas d'humeur à rire maintenant. Il se tenait devant le corps d'Ellen. Elle n'était plus sous terre. La lumière n'était pas la même ici, bleue, encore plus froide. Ellen avait l'air encore jeune, et sous cet éclairage, le visage paraissait encore plus nu. Il lui manquait l'orteil du milieu sur le pied droit. Il ne savait pas quand elle l'avait perdu. Un accident, selon Christer Börge. Winter venait de lire sa déposition. Il n'avait pas encore parlé avec lui. Ça viendrait bientôt. Il entendit quelqu'un franchir la porte. Halders. Ce dernier rejoignit Winter devant la table d'examen, et dévisagea la défunte.

— J'ai repassé la vidéo, finit-il par dire.

— Alors ?

— La femme de la Gare centrale paraît un peu plus âgée, mais les lunettes de soleil ne couvrent pas tout. (Il désigna le visage qu'ils avaient devant eux.) Et quand on les compare...

Winter opina.

— Tu n'as pas l'air surpris.

Winter ne répondit pas. Il ferma les paupières et c'est une photographie qui lui passa devant les yeux.

— Tu ne l'as jamais vraiment lâchée, cette affaire Ellen Börge, continua Halders. Et tu as eu raison.

— Je l'avais lâchée.

— Dans ce cas, c'est elle qui t'a rattrapé. Qui nous a rattrapés.

— Je l'ai lâchée trop tôt.

— Erik...

— Je n'ai pas vu suffisamment clair. (Il se tourna vers Halders.) Je n'ai pas su écouter ce qu'on me disait.

— Voyons, Eri...

— Tu l'as dit toi-même ! Fredrik, l'interrompit Winter. Il y a ici quelque chose que nous ne voyons pas. Il y avait du moins quelque chose.

— Tu penses à quoi ?

Winter consulta sa montre. Il n'était pas encore minuit.

— Je vais chez Börge.

— Maintenant ?

Winter ne répondit pas.

— Tu n'appelles pas avant ?

— Pour lui, ça n'a aucune importance. Tu ne crois pas qu'il veut savoir ce qui a pu arriver à Ellen ?

Halders observa de nouveau le corps de la femme.

— Il le sait peut-être.

Winter hocha la tête.

— C'est pour ça que tu y vas ?

— Je ne sais pas encore.

Winter s'écarta de l'affreuse table métallique. Il n'y avait passé que trop de temps. Une des choses les plus éprouvantes dans ce métier. Pire que les photos.

— Qu'est-ce qu'on fait de Mario ? demanda Halders.

— Il est où pour l'instant ?

— À la maison. (Il s'éloigna de la table.) On n'est pas allés frapper à sa porte mais les gars de Frölunda le surveillent discrètement. (Il traversa la pièce.) C'est allumé chez lui. Ils peuvent le voir circuler. Je leur ai parlé il y a à peine dix minutes.

— On attend encore, dit Winter. Je vais d'abord chez Börge.

— Tu veux que je t'accompagne ?

— Tu ne dois pas rentrer ? Ta famille ? demanda Winter.

— Et toi alors ?

— J'habite à quelques pas de chez Börge.

— C'est sûr que ça change tout.

Winter ne put s'empêcher de sourire.

— Je ne demande pas mieux, Fredrik.

— J'y serais pas allé tout seul, répondit Halders.

Dans le couloir, la lumière était aussi froide qu'à l'intérieur, comme pour empêcher qu'on oublie trop vite la vision de la mort.

— Ça se gâte, ajouta Halders. Vaut mieux être prudent.

Alors qu'ils étaient sur le départ, Winter reçut un appel téléphonique.

— Bonsoir, Pia à l'appareil.

— Oui ?

— Elle a des lésions profondes aux poignets et aux chevilles.

— Qu'est-ce que ça veut dire ?

— Elle est restée longtemps attachée. Attachée très serré sans doute.

— Mon Dieu.

— Une corde assez fine.

Winter ne dit rien.

— Et puis elle était effroyablement décharnée, ajouta Pia E :son Fröberg.

Ils conduisaient à travers les ténèbres. Les rues étaient désertes et noyées dans un brouillard que le timide halo des réverbères ne parvenait pas à transpercer. On aurait dit que la mer avait pris possession de la ville. Les quelques voitures qui circulaient encore traversaient les nuages de brume comme des navires en perdition. Winter freina au rouge et laissa passer trois hommes qui devaient avoir la trentaine. Ils étaient bien habillés, manteaux ouverts, et l'un d'eux avait sa chemise qui sortait du pantalon. Ils s'arrêtèrent tout à coup au milieu du passage-piétons et firent des gestes obscènes à l'adresse de Winter et Halders. Ils riaient encore lorsque le feu passa au vert. Ils n'avaient pas bougé.

— Ils n'auraient pas fait les malins si on avait conduit une voiture de police, remarqua Halders.

Winter démarra lentement sa Mercedes. C'était la seule voiture sur toute l'avenue Allén.

— Vas-y, écrase-les, s'écria Halders. Je ferme les yeux. J'ai rien vu.

— Une autre fois, répondit Winter.

Il tourna le volant pour les éviter mais passa à deux doigts du petit groupe.

Halders se retourna sur son siège.

— Tu leur as foutu la trouille de leur vie ! (Il s'esclaffa.) Avec un peu de chance ils se feront détrousser par une bande de jeunes avant la fin de la nuit.

Winter prit ensuite à gauche.

Ils traversèrent Vasaplatsen.

— C'est allumé chez toi, remarqua Halders en se tordant le cou pour regarder aux fenêtres.

— Lilly a appris à marcher.

— Elle est en train de marcher ?

— Elle ne s'arrête pas, expliqua Winter tout en obliquant vers Vasagatan. C'est sans doute la chose la plus amusante qu'il lui ait été donné de faire jusqu'à présent.

Il se gara le long du trottoir devant l'immeuble de Börge.

Son téléphone mobile se mit à sonner.

— Oui ?

— Bonsoir, Winter. Östensson.

— Qu'y a-t-il, Lars ?

— On a continué à creuser dans la fosse.

— Oui ?

— Il y avait un squelette de chien cinquante centimètres plus bas.

Winter ne répondit pas.

— Winter ?

— Oui.

— Un petit chien. Ça doit faire dix ans qu'il est là.

— Je crois savoir comment il s'appelle.

— Comment c'est possible ?

— On verra ça plus tard, Lars, conclut le commissaire avant de raccrocher.

— C'était quoi ?

Winter se contenta de secouer la tête.

Halders scrutait la façade.

— Il habite à quel étage, Börge ?

— Au troisième, répondit Winter en coupant le moteur.

Il ouvrit la portière.

— Y a deux fenêtres éclairées au troisième. Juste au-dessus de la porte d'entrée.

— C'est chez lui, déclara Winter en descendant de voiture.

Halders sortit de son côté. Il regarda à nouveau la façade. Elle était richement décorée.

— Il y a quelqu'un à la fenêtre.

Elle ne croisa personne sur le court trajet qui la séparait de l'arrêt du tram. Il y avait rarement du monde, encore moins la nuit. Et celle-ci était tombée plus tôt qu'elle ne le pensait. C'était toujours comme ça au mois de novembre. Tout allait plus vite qu'on ne le pensait. Et soudain on arrivait à Noël. Il y avait alors des illuminations partout. Ce chemin piétonnier était éclairé par toute une rangée de réverbères, une constellation qui s'étirait à l'infini.

Personne n'avait rien dit au téléphone. Aucun bruit de respiration non plus. Mais elle n'avait pas écouté longtemps.

Elle savait qu'elle voulait partir maintenant. Rien d'autre ne comptait plus.

31

Des ombres allaient glissant et reculant dans la cage d'escalier. Une lumière ténue filtrait d'une source invisible, pareille à un soleil lointain. Ils gravirent les marches de pierre, lustrées par les ans. Comme dans l'immeuble de Winter.

— J'y vais seul, déclara le commissaire.

Halders hocha la tête.

— Je t'attends à l'étage du dessous.

Winter sonna à la porte. Il avait l'impression de la reconnaître. Elle était en bois massif, ornée de panneaux ouvragés. Le bruit de la sonnette résonna à l'intérieur, assourdi par l'épaisseur du bois. Une vieille sonnette, qui devait bien avoir cent ans. Winter attendit. Il appuya de nouveau sur le bouton. Des pas se firent entendre à l'intérieur. Il consulta sa montre. Il était plus de minuit.

— Qui est-ce ?

L'homme parlait d'une voix faible, comme si le trajet jusqu'à la porte lui avait déjà coûté beaucoup d'efforts. Winter ne reconnaissait pas cette voix.

— Erik Winter, répondit-il. Commissaire Erik Winter. Nous nous sommes déjà rencontrés.

— Que voulez-vous ?

La voix se fit entendre plus distinctement, il ne devait plus être loin. Winter se pencha vers Halders, posté dans l'escalier, qui haussa les sourcils. Il se retourna ensuite vers la porte.

— Pourriez-vous m'ouvrir, Christer ?

Il entendit le pêne glisser lentement dans la gâche, avant d'émettre un claquement. La porte finit par s'entrouvrir. Restait une chaîne de sûreté. Winter ne se rappelait pas en avoir vu la dernière fois. Mais ça remontait à quinze ans. Un visage se dessinait dans la pénombre.

— Winter... c'est vous ?

— Excusez-moi de venir vous déranger si tard. Je peux entrer ?

— De quoi s'agit-il ? Que voulez-vous ?

— Je peux entrer ?

La porte s'ouvrit avec une telle force qu'il dut reculer d'un pas. Les figures gravées sur les panneaux de bois se découpèrent à la lumière du couloir et Winter reconnut Börge. Le même visage, avec quinze ans de plus. Dans la cathédrale il ne l'avait aperçu que de profil, mais c'était lui. Il ne l'aurait peut-être pas reconnu dans la rue, dans d'autres circonstances. À présent il en était certain. Aurait-il reconnu Ellen ? De son vivant ? Oui, bien sûr. Ellen, c'était tout autre chose.

— Entrez donc, proposa Börge.

Winter avança dans l'entrée. Il entendit de la musique, un morceau de musique classique, à faible volume. C'était nouveau.

Il s'apprêtait à retirer ses souliers.

— Ne vous souciez pas de ça, lui lança Börge qui l'attendait à l'autre bout du long couloir.

Un couloir dont les murs paraissaient se resserrer l'un contre l'autre.

Le support à chaussures était vide. Sur les deux étages.

Il n'y avait plus de chaussures dans l'entrée.

Winter se rappela subitement les trois paires qu'il avait vues lors de sa dernière visite. Elles étaient identiques, non ? Pour au moins deux d'entre elles. Mon Dieu ! Il tourna la tête du côté de Börge. Il ne voyait que son dos. L'homme marchait en direction du séjour. Les chaussures. Cette marque-là. Calme-toi, Erik. Mais il n'y avait plus rien sur le support aujourd'hui. Börge ne se promenait quand même pas pieds nus en plein mois de novembre ? Avait-il rangé ses chaussures dans un placard ? Est-ce que je me trompe ? Oui. Non. Oui. Ecco Free, c'était une marque ordinaire. Mais où pouvaient-elles bien être, ces godasses ?

Börge se retourna soudain, comme pour répondre à l'adresse muette de son visiteur. Winter put constater qu'il était en chaussettes. En chaussettes tout simplement...

— Vous l'avez retrouvée, n'est-ce pas ?

Winter était assis dans le sofa de Börge. Toujours le même sofa. L'atmosphère était pesante, comme les autres fois. Les idées se bousculaient dans son cerveau. Le mari d'Ellen restait debout, derrière un fauteuil, comme prêt à bondir. Non. Ça, c'était dans sa tête.

— Je ne peux pas le croire, dit Börge.

Winter resta silencieux. Il avait dit ce qu'il avait à dire. Même s'il n'avait pas raconté toute l'histoire. Difficile de toute façon, vu qu'il n'y avait pas de fin. Pas encore.

— Après toutes ces années, c'est impossible.

— Je suis venu directement.

— C'est impossible, déclara Börge.

Il s'étira, ses épaules se redressèrent avant de s'affaisser à nouveau. Par la fenêtre, derrière Börge, Winter voyait la nuit gagnée par la brume. Un mur opaque se dressait maintenant dehors, de l'autre côté de la rue. Une vraie muraille.

— Pourquoi donc est-ce impossible ? demanda le commissaire.

— Comment ? Comment ?

Börge le regardait droit dans les yeux, comme s'il venait seulement de réaliser que Winter était là devant lui. Avec son message.

— Vous venez de dire que c'était impossible, Christer.

— C'est impossible, répéta Börge pour la troisième fois.

— Qu'est-ce qui est impossible ?

— Comment avez-vous pu... voir quelqu'un qui a disparu ? Ça ne... colle pas.

Winter se leva.

— Pensez-vous que j'ai menti ? demanda Börge.

Winter ne répondit pas.

— Pensez-vous que j'ai..., reprit Börge en s'écartant du fauteuil pour faire un pas en direction de Winter.

— Qu'est-ce que je peux bien penser, d'après vous ? répliqua Winter.

Börge garda le silence. Son regard errait d'un point à l'autre de la pièce, se posant alternativement sur Winter et sur la bibliothèque qui n'avait pas changé de place. C'était là que se tenait Börge lorsqu'il avait consulté le dictionnaire. Winter s'était approché des rayonnages. Je l'ai fait ? Oui. Sur les trois photos, il y en avait une... Je ne l'avais pas vue les fois précédentes, ou alors elle n'y était pas encore. Börge était bourré, en tout cas il en prenait le chemin. Ça, je m'en souviens. Il n'a pas l'air d'avoir bu aujourd'hui, pas l'air d'un poivrot non plus. C'était sans doute la dernière fois que je suis venu. Il devait savoir que j'allais venir. Il m'a vu depuis le bus, mais il n'a rien dit. Il m'a sûrement vu cette nuit, quand on est sortis de voiture. Il a dû voir Fredrik. Ils ne se sont jamais rencontrés. Je me souviens que sur cette photo, Ellen souriait au côté de sa sœur. Elles avaient dans les quinze ans, je crois. J'ai demandé à Börge qui était l'autre fille et il m'a répondu que c'était sa sœur. Comment s'appelait-elle ? Je ne m'en rappelle pas. Un prénom commençant par la lettre E. Elles ne se ressemblaient pas tellement, les deux filles. À la rigueur les yeux, les cheveux. Mais bon... Elles étaient demi-sœurs. Börge avait dit qu'il ne l'avait jamais revue après la disparition de sa femme. Pourquoi est-ce que je n'arrive pas à me rappeler son nom ? Börge a l'air épouvantablement fatigué ce soir, ou alors c'est la lumière. On n'y voit pas mieux que dans l'escalier. Il n'arrive pas à garder le regard fixe. Son nom.

Börge disait qu'elle aimait se faire appeler différemment. Eva. C'était Eva. C'est Eva. Börge avait retrouvé cette photo un ou deux mois auparavant, à ce qu'il disait. En faisant du rangement. Je m'en souviens mot pour mot. Mais je ne me souviens pas des chaussures.

Winter tourna son regard vers la bibliothèque. Trois cadres, sur la même étagère. Les mêmes photos, apparemment.

Il se leva pour aller vérifier. Börge le suivit des yeux sans mot dire.

La photo qu'il cherchait était toujours là. C'était bien ça. Elles étaient entourées de verdure, de buissons touffus. Elles se tenaient par la main. Quatre bras, quatre mains. Elles portaient des vêtements d'été. Dans un angle de l'image, Winter voyait scintiller quelque chose. Une portion de ciel, ou bien de l'eau, un lac, ou la mer.

Winter scruta leurs visages.

Il y avait une certaine ressemblance. Par-delà les années.

Bon sang !

La jeune fille qui se tenait à côté d'Ellen était Elisabeth Ney.

Elles étaient sœurs.

— Bon Dieu ! s'écria Ringmar. Des sœurs !

— C'est ce que nous a dit Börge, précisa Winter.

— Mais tu l'as bien reconnue.

— Je suis sûr qu'il s'agit d'Elisabeth. Elle n'avait pas tellement changé.

La sonnerie du téléphone retentit sur le bureau. Winter souleva le combiné, répondit, écouta et raccrocha.

— C'était Möllerström. Il a pu joindre une tante dans le Halland. La sœur d'Ellen s'appelait Elisabeth. Entre autres.

— Comment ça ?

— Elle se faisait également appeler Eva. C'est le prénom que mentionnait Börge.

— Est-ce qu'elle avait été interrogée au moment de la disparition d'Ellen ? demanda Ringmar.

— Je n'en suis pas certain.

— On s'est concentrés sur Christer Börge. Quoique... peut-être pas autant qu'on aurait dû.

— On comptait aussi sur le fait que la famille appellerait si Ellen faisait une réapparition, ajouta Winter. C'est comme ça que ça se passe normalement.

— Hum.

— Je ne savais pas encore, à l'époque, que la normalité n'existe pas dans ce monde.

— De quel monde tu parles ?

— De celui dans lequel nous vivons toi et moi, Bertil.

— Je ne le savais pas encore, moi non plus, reconnut Ringmar.

Winter réfléchissait. Qu'avait-il fait dans les jours, les semaines, qui avaient suivi la disparition d'Ellen ? Il avait appe...

— Mais voyons, on a parlé avec elle ! (Winter frappa du poing la table.) On savait qu'il y avait une sœur. Un collègue l'a interrogée. Ça doit se trouver quelque part dans le dossier.

— Elle avait simplement affirmé qu'Ellen ne l'avait jamais contactée.

Winter ne répondit pas.

— Rien de sensationnel.

— Mais cette sœur était Elisabeth Ney, objecta Winter. Elisabeth Ney !

Ringmar hocha la tête.

— Il faut que tu m'aides, déclara Winter.

— Qu'est-ce que tu veux que je fasse, Erik ?

— Quel est le rapport ? Y a-t-il un lien entre tout ça ?

— De nous tous, c'est toi qui as le mieux approfondi la question, souligna Ringmar.

— Fais-moi le lien.

— Ellen et Elisabeth sont des sœurs. Étaient, pardon. Paula est, ou plutôt était, la fille d'Elisabeth.

— Continue.

— Ellen a disparu il y a dix-huit ans. Autant qu'on le sache, personne ne l'a jamais revue. Il y a quelques mois, elle a déposé une valise à la consigne de la Gare centrale. Nous n'en sommes pas certains, mais nous pensons que c'était elle. (Ringmar leva les yeux.) Ensuite, nous la retrouvons. Enfin, nous retrouvons son corps.

Winter opina.

— Auparavant, nous avions découvert le cadavre d'Elisabeth Ney. (Ringmar fit une pause.) Et encore avant, celui de Paula.

— Trois cadavres, résuma Winter.

— Trois meurtres.

— Et trois hommes.

Ringmar ne répondit pas. Il savait quels étaient ces trois hommes. Mario Ney. Christer Börge. Jonas Sandler.

— Il faut qu'on parle un peu avec Jonas, déclara Winter. Avec sa mère aussi. (Il se leva.) On va leur montrer quelque chose.

*

Anne Sandler se leva lorsque Ringmar et Winter pénétrèrent dans la chambre. Elle se tenait jusque-là assise au bord du lit. Jonas était allongé, la tête tournée contre le mur. Il n'avait pas bougé à leur arrivée. Elle fit un pas vers eux.

— Comment va-t-il ? demanda Winter.

— Je crois qu'il est en train de dormir. Il est complètement épuisé.

Winter distingua la nuque de Jonas, à moitié cachée sous la couverture. Il était absolument immobile.

Anne Sandler suivit son regard.

— Est-ce que c'était vraiment nécessaire de l'emmener ici ? demanda-t-elle.

Le ton n'avait rien d'accusateur.

— Nous le gardons sous observation.

— Sous observation ?

— Médicale bien sûr.

— Vous n'auriez pas pu l'envoyer à l'hôpital ?

— Je voudrais que vous me suiviez dans une autre pièce, répondit le commissaire. Bertil va rester ici auprès de Jonas.

Elle le suivit sans dire un mot. Une fois dans le couloir, elle se retourna vers lui.

— Vous ne pensez tout de même pas que Jonas a quelque chose à voir avec... avec toutes ces horreurs ?

Winter garda le silence. Il lui désigna d'un geste la chambre à l'autre bout du couloir.

Une fois dans son bureau, elle répéta sa question. Elle avait mis les pieds dans un monde qui lui était complètement étranger et elle commençait seulement à comprendre qu'il ne s'agissait pas d'une fiction, mais bien de la réalité.

— Asseyez-vous, je vous en prie.

— Jonas ne peut pas avoir fait quoi que ce soit de... mal ! s'écria-t-elle en s'affaissant brusquement sur son siège.

— Que faisait-il là au juste ? lui demanda Winter. Il n'a pas pu nous donner d'explication. Il n'a rien pu dire.

Lui-même venait de prendre place, de l'autre côté de la table.

— C'est le choc, expliqua-t-elle. Il est bouleversé ! Comment ne pas l'être ? (Elle ouvrit de grands yeux.) Un... corps... un cadavre dans le bois. Dans notre petit bois !

— Jonas était sur place, précisa Winter. Mais c'était avant qu'on ne retrouve le corps.

Elle ne répondit pas.

— C'est là-dessus que je me pose des questions.

— Je ne sais pas, admit-elle après quelques secondes. Il n'en sait rien non plus. Il ne va pas bien.

Winter ouvrit l'enveloppe qui se trouvait sur le bureau. Il en sortit une photographie.

— Reconnaissez-vous cette femme ?

— Qui est-ce ?

— Dites-moi simplement si vous la reconnaissez. (Il la lui tendit.) N'hésitez pas, prenez-la.

Anne Sandler l'examina de plus près. Winter orienta vers elle la lampe de bureau.

Elle finit par relever la tête :

— Est-ce que c'est elle ?

— Pardon ?

— La femme du... petit bois ?

— L'avez-vous déjà vue ?

Elle faisait des efforts. La peau semblait se tendre sur son visage.

— Prenez votre temps.

— Non, finit-elle par déclarer, en reposant la photo sur la table. Je ne la reconnais pas. Qui est-ce ?

Winter garda le silence. Il sélectionna une autre photo, la déposa devant elle, sans plus.

— Et cette femme-là, vous l'avez déjà vue ? demanda-t-il sur un ton indifférent.

— Oui, répondit-elle presque immédiatement. (Elle leva les yeux vers lui.) C'est elle. Elle a l'air plus jeune. Mais c'est elle.

— Qui ?

— La mère de la petite fille.

— Comment pouvez-vous en être aussi sûre ?

Elle examina de nouveau la photo.

— Je ne sais pas. Je la reconnais, c'est tout. C'est... je ne sais pas. Je la reconnais.

— Il s'agit d'Ellen. Ellen Börge.

Il avait décidé de dévoiler son nom à Anne Sandler. C'était peut-être une erreur, mais il prenait le risque. Comme pour la photo.

— Elle s'appelle comme ça ? Ellen ?

— Oui.

— Elle ne s'appelait pas comme ça... c'était un autre nom...

— Eva ?

— Oui !

— Elle s'appelait Eva quand vous vous êtes rencontrées ?

— Oui. Elle s'appelait Eva.

— Vous avez déjà vu sa photo ailleurs ?

— Non. Où pourrais-je l'avoir vue ?

Winter ne répondit pas.

— Non... je ne l'avais jamais vue en photo.

Winter hocha la tête.

— Alors c'est la mère de la petite fille...

Anne Sandler détourna les yeux de la photographie. Sa peau paraissait presque transparente à la lumière de la lampe, et son visage exsangue.

Son regard trahissait ses interrogations. Est-ce elle ? Est-ce elle qui... qui... ?

Le commissaire ne lui donna pas de réponse.

— Où est-elle donc ? Si ce n'est pas... elle ? Et sa fille ?

— Si c'est bien sa fille, glissa Winter

— Je ne vous comprends plus.

— La fillette prétendait que ce n'était pas sa vraie maman.

— Je n'y comprends rien. Qui vous a dit ça ?

— Votre fils, répondit Winter.

32

Mario Ney se leva dès qu'il vit le commissaire entrer dans la salle d'interrogatoire. Il était blanc comme un linge avec des cernes noirs sous les yeux. Il essaya de dire quelque chose mais aucun son ne sortit de sa bouche. Puis, comme si les mots s'étaient bousculés dans sa gorge, il fut pris d'une violente quinte de toux et peina à reprendre son souffle. Peut-être les mots étaient-ils lourds de sens. Des mots décisifs.

Il se remit cependant très vite. Prenant appui sur le plateau de la table, il regarda Winter, les yeux pleins de larmes.

— Pour... pourquoi est-ce que je suis ici ? Que s'est-il passé ?

— Comment allez-vous ? s'inquiéta Winter.

— Que... que s'est-il passé ?

Ney s'essuya la bouche. Son front se couvrait de sueur.

— Je vois bien à votre tête qu'il s'est passé quelque chose.

— Voulez-vous un verre d'eau ? insista Winter.

Il secoua la tête, fit un pas de côté et vacilla sur ses jambes. Mais avant que Winter n'ait eu le temps de réagir, il s'était retenu à la table et avait repris son équilibre, comme précédemment sa voix.

— Vous l'avez retrouvé ? (Il avait encore les yeux humides.) C'est pour ça que vous êtes là ? (Il regarda brusquement autour de lui, comme s'il venait de comprendre dans quel endroit il se trouvait.) C'est pour ça que je suis ici ?

— Asseyez-vous Mario.

— Je suis très bien debout, répliqua ce dernier en chancelant de plus belle. Dites-moi simplement ce qui s'est passé.

— Asseyez-vous, répéta Winter.

Ney tourna la tête, regarda la chaise, puis le commissaire, et finit par aller s'asseoir. Les pieds de la chaise raclèrent le plancher. Par association d'idées, Winter pensa tout à coup au ménage, à du gravillon par terre, un balai, un aspirateur. Un homme à tout faire, une femme de ménage, une chambre, un hôtel...

Winter s'installa en face de lui. Sa chaise racla également. Le Directeur régional a dû réduire les crédits d'entretien. Il est plus généreux quand il s'agit d'accorder un congé.

— Parlez-moi de votre travail à l'hôtel Odin.

— Quoi ?

Ney avait sursauté.

— Qu'est-ce que ça veut dire ?

— Parlez-moi de ce travail, répéta Winter.

— Comment êtes-vous au courant ?

— Au courant de quoi ?

— Du fait que j'ai bossé là-bas. Ça remonte à des années.

— Je vous écoute.

— Oui... eh bien... ça date d'il y a longtemps.

— Que faisiez-vous ?

— Ah... un peu de tout. Je ne vois pas le rapport avec tout ça.

— Vraiment ?

Ney ne répondit pas.

— Vous ne comprenez pas pourquoi je vous pose la question, Mario ?

Ney baissa les yeux. Il semblait pétrifié.

— Mario ?

Il releva les yeux.

434

— Vous pensez à... Elisabeth. Mais je... je vous jure que ça ne m'est pas venu à l'esprit... que j'avais travaillé là-bas dans le temps. Ça n'a pas duré longtemps de toute façon. Je vous jure que je n'ai pas fait le rappro... rapprochement.

Je le jure, songea Winter. Toujours les grands mots. Mais les serments, ça vaut pour l'église. Non, c'est la croyance. Ou alors on jure sa foi, on en fait profession... C'est vrai que la religion offre cette possibilité.

— Vous vous rappelez les fonctions que vous occupiez à l'hôtel, Mario ?

— Comment ça, des fonctions ? Quand ?

Winter ne répondit pas. Ney semblait lentement retrouver sa lucidité.

— Je veux dire à quel moment durant la période où j'ai bossé là-bas, précisa-t-il. (Il parlait avec ses mains.) C'était ça que je voulais dire.

— Et de quand est-ce que ça date ?

— Je ne m'en rappelle pas. (Il parut se détendre, il avait le regard un peu moins inquiet.) J'étais jeune, c'était il y a vingt, vingt-cinq ans...

— Vous viviez déjà avec Elisabeth, intervint le commissaire.

— Oui... mais Mon Dieu, vous ne croyez pas que j'ai...

Winter ne dit pas un mot.

— C'est pour ça que vous m'avez amené ici ? Parce que vous croy... croyez que j'ai tué ma femme ? (Ses yeux s'animèrent. Les mots lui venaient plus rapidement à la bouche, sans les trois points de suspension au milieu de la phrase.) Comment pouvez-vous penser une chose pareille ? Ma propre femme ! Qui pourrait faire une chose pareille ?

— L'avez-vous fait, Mario ? L'avez-vous tuée ?

Ney ne répondit pas. Il regarda Winter droit dans les yeux, comme pour mieux appuyer son propos.

— L'avez-vous tuée, Mario ?

— NON !

Winter s'était levé, il était allé demander un verre d'eau. Puis il était revenu à la table pour régler le matériel d'enregistrement. Il avait écarté l'enregistrement vidéo cette fois. La présence d'une caméra risquait de perturber le cours de l'interrogatoire. Est-ce qu'il en attendait tant que ça, de cet interrogatoire ? Oui. Non. Oui. Non. Pas un aveu. Mais... une forme de vérité. Une partie de la vérité. Il n'était pas trop tard. Le verre d'eau était arrivé. Ney l'avait avalé d'un trait.

— Vous en voulez un deuxième ?

Ney secoua la tête.

— Qui est Ellen Börge ?

Ney releva lentement la tête. Ses yeux disaient qu'il la connaissait. Mais ils disaient encore autre chose que Winter ne parvenait pas à déchiffrer.

— Pourquoi ne pas l'avoir dit plus tôt ?

— Qu'est-ce que j'aurais dû dire ?

— Qu'Elisabeth avait une sœur. Qu'Ellen était sa sœur.

— Je... ne comprends pas. Pourquoi j'aurais dû vous raconter ça ? Quelle importance ça peut avoir ? Pour Elisabeth ? Ça n'a rien à voir avec ce qui s'est passé, non ?

Il ne mentionne pas le nom de Paula, remarqua Winter. Pourquoi donc ?

— Si cela n'a pas d'importance, je ne vois pas pourquoi vous n'en avez pas parlé. Vous, comme Elisabeth.

Ney leva un bras en l'air d'un geste qui signifiait : je n'en sais rien, on n'y a jamais songé, je n'ai toujours pas compris.

— Vous ne n'avez rien dit non plus de la période où Ellen et Paula vivaient ensemble dans un appartement d'Hisingen.

Ney tressaillit. Les paroles de Winter avaient frappé juste. Il avait cru que le pire était passé. Or le commissaire en savait plus qu'il ne pensait. Certitudes ou suppositions... Mais ce n'était pas seulement une question de supposition. C'était une question d'expérience. D'intuition. D'imagination. Plus simplement peut-être, une question de chance. Ou de malchance. On va voir ça maintenant.

— Pourquoi Ellen et Paula vivaient-elles ensemble ?

Ney ne répondit pas. Il paraissait accepter les paroles de Winter, ne cherchait pas à les contester.

— Pourquoi aviez-vous loué cet appartement pour elles, Mario ?

Il tressaillit de nouveau.

Encore un coup de chance.

— Pourquoi avoir pris cette location, Mario ?

— C'était seulement pour très peu de temps.

Il avait parlé d'une voix sombre. Quelques mots à peine. Mais il avait répondu à la question.

— Vous n'y avez jamais habité vous-même, n'est-ce pas ?

— Non.

— Pourquoi habitaient-elles là ?

— C'était seulement pour très peu de temps, répéta Ney, comme s'il avait oublié ce qu'il venait de dire.

— Pourquoi ?

Ney garda le silence. Son front se couvrit à nouveau de sueur. Sous cette lumière froide, ses cheveux grisonnants ressemblaient à de la paille de fer. Il avait le regard perdu dans le vide. Winter resta songeur. Peut-être que Ney avouerait tout lorsqu'il reviendrait de cette échappée.

— Pourquoi, Mario ?

— Ellen voulait passer un peu de temps avec Paula. (Ney leva les yeux. Winter comprit qu'il y avait quelque chose dans ce passé qui le faisait souffrir.) Juste un peu de temps.

— Mais pourquoi ?

— Parce que... Paula était son enfant.

Winter tressaillit.

Ney ne s'en rendit probablement pas compte. Il avait un regard aveugle, qui semblait s'être égaré en d'autres lieux, d'autres temps, bien au-delà des affreux murs du commissariat. Son silence, un silence comme Winter n'en avait jamais rencontré. Un silence premier. Il en avait résulté encore plus de silence, de dissimulation et de mensonges. Davantage d'obscurité.

— Paula était-elle la fille d'Ellen ? prononça-t-il lentement.

Ney hocha longuement la tête, comme s'il acquiesçait à chacun des mots de Winter.

— Pourquoi ne vivait-elle pas avec ses parents ?

Le hochement de tête s'interrompit. Winter tressaillit de nouveau. Ses parents.

— Christer et Ellen, continua-t-il. Christer Börge.

Ney regarda Winter. La réponse se lisait dans ses yeux noirs.

— Paula était votre fille.

Ney reprit son lent hochement de tête.

— Oui. Paula était ma fille.

— Vous... Elisabeth et vous l'avez adoptée ?

Il hocha de nouveau la tête.

— Pourquoi ?

— Ellen... était faible. Malade. Elle n'était pas capable...

— Ellen a disparu, intervint Winter. Elle est partie. Elle n'était pas là.

Ney ne répondit pas.

— Quand avez-vous rencontré Ellen pour la première fois, Mario ?

— C'était il y a longtemps. À l'hôtel. Quand je travaillais à l'hôtel.

— À l'hôtel Odin ?

— Oui.

— Elle y travaillait aussi ?

— Oui.

— Vous viviez déjà avec Elisabeth à l'époque ?

— Non.

— Mais vous la connaissiez ?

Pas de réponse.

Winter répéta sa question.

— Oui, un peu.

— Vous étiez déjà ensemble ? Vous formiez déjà un couple ?

— Oui.

— Pourquoi n'avez-vous pas noué ce type de relation avec Ellen ?

— Elle... ne voulait pas, répondit Mario. C'était au-dessus de ses forces...

— Elle vivait avec quelqu'un, n'est-ce pas ?

— Oui.

— Christer Börge.

— Oui.

— Pourquoi ne l'a-t-elle pas quitté ?

— Elle... elle l'a fait.

— Bien après. Bien après la naissance de Paula.

Ney acquiesça.

— Vous le connaissiez bien, Christer Börge ?

— Pas... pas du tout.

— Vous ne l'avez jamais rencontré ?

— Si.

— Où ça ?

— À l'hôtel.

— Odin ?

— Oui, entre autres.

— Que voulez-vous dire Mario ?

— Vous m'avez demandé le nom de l'hôtel. Vous parlez duquel ?

— Vous l'avez vu dans d'autres hôtels ?

— Oui.

— Est-ce qu'il était employé au Revy ?

— En tout cas il y était les fois où je suis allé chercher des trucs là-bas. L'Odin et le Revy travaillaient ensemble.

— Qu'est-ce qu'il faisait là-bas ?

— Quoi ? Il faisait son boulot, je crois bien.

— Mais quel boulot ?

— C'était un genre de portier. Je n'en suis pas très sûr.

— Pourquoi ne pas l'avoir dit plus tôt ?

439

— Personne ne me l'a demandé. Et pourquoi j'aurais raconté ça ? (Il regarda Winter.) J'avais complètement oublié. C'est vous qui m'y faites penser.

— Et vous l'avez également rencontré dans l'autre hôtel ?

— L'Odin ? Pendant très peu de temps. Quelques semaines.

— Il y travaillait aussi ?

— Oui.

— Comme quoi ?

— Je... je ne m'en souviens pas très bien. Portier. Je ne sais pas.

Ça peut attendre, décida Winter. Il y a d'autres questions plus urgentes.

— Pourquoi n'avoir pas révélé que Paula était une enfant adoptée ? Pourquoi ?

— Ça ne paraissait pas... nécessaire. (Ney parlait à nouveau d'une voix faible.) Ça ne... signifiait plus rien. Tout ce qui comptait, c'était qu'elle soit... partie. Elle était morte. On ne pouvait rien y changer. Nous n'avions pas le courage.

— Mais nous n'avons pas trouvé trace de cette adoption. Aucune donnée. Aucun document. Aucun papier.

— Il... n'y a pas de papiers, répondit Ney.

— Comment ?

— Il n'y a pas de documents.

— Pourquoi ça ? demanda Winter.

— Nous... elles ont... échangé... leur identité.

Ney releva les yeux. Il avait maintenant le regard clair, dégagé, comme libéré après cette révélation. Il allait raconter le mensonge d'une vie. C'était peut-être la fin de l'histoire.

— Elisabeth... a pris la place d'Ellen. Officiellement. Du moins en ce qui concerne... les autorités. Comme si elle avait donné naissance à Paula. Et je suis devenu son père. J'étais... déjà son père.

— Et Christer Börge ? Qu'en pensait-il ?

— Il ne savait rien.

— IL NE SAVAIT RIEN ?

Winter avait parlé un peu trop fort.

— Ellen l'a quitté, précisa Ney. Pendant sa... pendant ces mois-là. Mais en tout, ça a duré plus longtemps, plus d'un an. Elle a accouché...

— Et elle est retournée chez lui ?

Ney hocha la tête.

— Elle ne lui a jamais rien dit ?

— Non.

— Et elle a continué à vivre avec lui ?

— Oui...

— Jusqu'à ce qu'elle le quitte pour de bon ?

— Oui...

— Ce n'est pas croyable, dit Winter. Pas croyable.

— C'est comme ça que ça s'est passé.

— Pourquoi Ellen a-t-elle disparu ?

— Elle voulait... lui échapper. Elle avait peur.

— Pourquoi n'a-t-elle pas quitté son mari, tout simplement ? De façon... officielle.

— Elle avait... peur, répéta Ney.

— Où s'est-elle réfugiée ?

— Dans différents endroits.

— Où ?

— En Italie.

— En Italie ?

— Dans ma région d'origine, la Sicile. Autour de Caltanisetta. C'est dans la montagne. Au sud de Palerme.

Ça paraissait logique. Voilà pourquoi ils s'étaient montrés si réservés quant aux origines de Mario. On pouvait se cacher autant de temps qu'on voulait dans un village sicilien.

— Paula était-elle au courant ?

— De quoi ? demanda Ney

— À propos d'Ellen. Savait-elle qu'Ellen était sa mère ?

— Non...

Winter attendait la suite. Le regard de Ney laissait entrevoir une suite.

— Pas au tout début... (Ney se pencha soudain sur la table, comme s'il ressentait un point douloureux à la poitrine.) Nous le lui avons dit... plus tard.

— Comment a-t-elle réagi ?

Ney ne répondit pas.

— Son grand voyage, c'était pour aller voir Ellen, alors ? Pour aller retrouver sa mère ? Savait-elle qu'elle se rendait auprès de sa mère ?

Ney hocha la tête.

— Et elles ont gardé le contact par la suite ?

— Quand c'était possible.

— Qu'est-ce qui pouvait les en empêcher ?

— Elles avaient... peur toutes les deux.

— Peur ? De qui ?

— Je ne sais pas.

— Je pense que vous le savez, Mario.

— Non. (Il leva les yeux.) Je ne comprenais pas.

— Et vous comprenez maintenant ?

— Oui.

— De qui avaient-elles peur ?

— De Christer Börge, répondit Ney.

— Que savait-il d'elles ? De Paula ? Savait-il où se trouvait Ellen ?

— Je n'en sais rien.

— Elles ne vous en ont jamais parlé ?

— Non.

— C'était peut-être de vous qu'elles avaient peur, Mario.

— Non.

— Elles ont cherché à vous échapper, Mario.

— Non.

Il fixait des yeux le commissaire, mais son regard demeurait impénétrable. Même pour un Winter.

— Quand avez-vous vu Ellen pour la dernière fois ?

— Ça devait être... il y a deux ou trois ans.

— Où l'avez-vous retrouvée ?

— Chez moi.

— Qu'est-ce que vous appelez chez vous ?

— En Sicile.

— Pour quelle raison ont-elles vécu ensemble quand Paula avait dix ans ?

Mario Ney parut tressaillir. Il avait peut-être le sentiment d'avoir été piégé au cours de cet interrogatoire. À moins qu'il n'ait fait un faux mouvement juste à ce moment-là.

— C'était Ellen. Elle voulait juste... vivre un peu avec sa fille.

— Lui avait-elle dit qu'elle était sa mère ?

— Non. Pas que je sache. Pour Paula, Ellen était une amie de la famille à l'époque.

Winter réfléchissait. D'après Jonas, à onze ans Paula lui avait dit qu'Ellen n'était pas sa vraie maman. C'était tout à fait plausible. Elisabeth était sa vraie maman. Elle était son monde et toute sa vie. Il n'y avait pas encore de mensonge dans sa vie.

Mais il ne pouvait comprendre ce silence, ni l'accepter. Il avait rarement eu affaire, dans sa carrière, à pareil secret. Et pourtant il passait son temps à traquer des vérités cachées. Qu'on lui cachait. Que les gens se cachaient les uns aux autres. Un secret pouvait être enfoui très profond.

Il y avait encore autre chose derrière tout cela, quelque chose dont Ney refusait de parler.

Ellen avait tout laissé derrière elle. Tout abandonné. Apparemment. Depuis de longues années, elle avait comme disparu de la surface de la terre. Mon Dieu ! Quelle expression...

— Pourquoi Ellen a-t-elle décidé de tout quitter ?

— Je ne l'ai jamais vraiment compris, répondit Ney. Il faudrait lui poser la question.

33

Le ciel de novembre pleurait à verse, comme si tout espoir avait définitivement quitté le monde. Le vent frappait si violemment contre les vitres qu'il semblait vouloir forcer les fenêtres du commissariat. Les tempêtes d'octobre étaient arrivées, avec un mois de retard. Winter sentait le courant d'air froid passer à travers les carreaux.

— Le trafic est interrompu sur le pont d'Älvsborg, signala Ringmar posté derrière son dos.

— De toute façon, il faudrait être dingue pour l'emprunter par un temps pareil, commenta Halders.

Winter se retourna.

— Tu devrais te méfier, continua Halders. Les carreaux pourraient foutre le camp.

— Et là, on déboule en plein film-catastrophe, ajouta Bergenhem.

— On en serait peut-être les stars, répondit Halders. On aurait le premier rôle.

— Il ne peut y avoir qu'un seul premier rôle, précisa Bergenhem.

— Dans ce cas, c'est moi ! rétorqua Halders.

Winter se dirigea vers la longue table et s'assit tout au bout. Il pouvait encore sentir le vent. Ce dernier s'insinuait dans le conduit d'aération. D'ailleurs, la cravate de Ringmar se soulevait légèrement. Le nœud était lâche, en passe de se défaire. Winter, lui, ne portait pas de cravate. Ces derniers temps, ça commençait à lui serrer

444

le cou, ça l'empêchait de respirer. Il n'en porterait sans doute jamais plus.

Ringmar se racla la gorge. Pas seulement pour réclamer la parole et qu'on reprenne la discussion. Le brusque changement de temps avait entraîné son lot de rhumes et de refroidissements...

— Qu'est-ce qu'on fait de lui ? lança-t-il à la cantonade.

— L'homme ne m'inspire pas confiance, déclara Halders.

Voilà près d'une demi-heure qu'ils parlaient de Mario Ney. De tout ce qu'il avait révélé à Winter. « Révélé » entre guillemets.

— S'il a un mobile, on peut dire qu'il le cache bien, constata Bergenhem.

— Est-ce que ça n'est pas toujours comme ça ? répliqua Aneta Djanali.

— Est-ce qu'un meurtrier, après son crime, ne va pas tout faire pour dissimuler le mobile ? reprit Halders.

— Le mobile et le crime lui-même, renchérit Bergenhem.

— S'il y a mobile, objecta Winter.

— Ce serait un malade ? ! s'écria Halders.

— Il ne va pas bien, corrigea Winter avec un sourire assez sec. Et cela, depuis pas mal de temps.

— Il se porte quand même mieux que sa fille et ses bonnes femmes, que je sache ! ricana Halders.

— C'est comme ça que tu les appelles ? Des bonnes femmes ? intervint Aneta Djanali.

— Ses femmes quoi ! Je ne vois pas comment les appeler autrement, répondit Halders.

— En tout cas, soupira Ringmar, il faut bien constater qu'il est toujours possible de tromper l'administration.

— On commence à être trop nombreux dans ce pays, commenta Halders.

— Ça, tu ne le pensais pas, lui lança Aneta Djanali.

— Je parlais d'un point de vue strictement administratif. Comment veux-tu contrôler tout le monde ?

— Tu penses que Big Brother commence à lâcher prise ? demanda Bergenhem.

— La naissance de Paula remonte à près de vingt ans, souligna Winter. Il s'est passé pas mal de choses depuis, dans l'administration suédoise.

— Celui qui veut escroquer l'État peut toujours le faire, insista Ringmar. Que ce soit pour des papiers ou pour du fric.

— Si l'histoire qu'il nous a vendue est véridique, observa Halders. Mais les témoins se font la malle...

— Alors qu'est-ce qu'on fait ? reprit Aneta Djanali.

— On continue à l'interroger, ça va de soi, déclara Halders. On prolonge la garde à vue de six heures. Il est soupçonné de crime, non ? Il n'a pas d'alibi par-dessus le marché. Et c'est un membre de la famille. Ne serait-ce que pour ça. Quant aux salades qu'il a débitées à Erik, elles le rendent encore plus suspect.

Le silence se fit dans la salle. Winter entendait le vent s'acharner contre les fenêtres. L'avion pour Málaga s'envolait dans deux semaines. Il serait dedans, quoi qu'il arrive. Halders prendrait le relais. Et puis il y avait le téléphone portable. Mais il n'aurait pas l'esprit libre et la balade au soleil prendrait un goût amer. Non. Oui. Non. Il y aurait les enfants, Angela. Sa famille. La terre ne cesserait pas de tourner... Il y aurait l'espoir, bien vivant. Puisqu'il serait entouré de ses enfants. Il y aurait aussi la mer, les levers et les couchers de soleil sur l'horizon.

C'était bien assez pour le rendre heureux.

La sonnerie de son portable retentit. Il y eut comme un sursaut autour de la table, car chacun était plongé dans ses pensées.

Il écouta, posa quelques questions et mit fin à la communication.

— Elle a été pendue, annonça-t-il. Ellen.

— Quand ? demanda Ringmar.

— Il y a au moins deux semaines.

— Elle était bien conservée, commenta Halders. La terre était bonne.

— Reste à savoir où les choses se sont passées, remarqua Ringmar.

— Et comment elle a été transportée dans le bois, ajouta Halders.

— Sans qu'il y ait le moindre témoin. (Ringmar se tourna vers Bergenhem.) Au fait, qu'est-ce que ça donne, le porte-à-porte ?

— Parmi ceux qu'on a pu interroger, personne n'a rien vu. Rien entendu non plus.

— Combien d'appartements ne répondent pas ?

— Six aux dernières nouvelles. C'est ce que m'ont dit les gars.

— Quand ça ? demanda Winter.

— Il y a deux heures.

— Dresse-nous la liste des personnes introuvables.

Bergenhem hocha la tête.

Les introuvables. Ça ferait un bon titre de film, songea-t-il. Un thriller. Un film-catastrophe.

— Je vais parler avec Jonas, déclara Winter en se levant de son siège.

— Il est toujours chez nous ? s'étonna Halders.

— Oui, répondit Ringmar. C'est lui qui le voulait.

— Pourquoi ?

— Il a dit qu'il avait peur.

Jonas était assis au bord du lit. Il avait tâché de mettre de l'ordre dans ses draps. Mais l'un des oreillers était tombé par terre. Le vent sifflait à la fenêtre comme dans le reste de l'immeuble. À travers les barreaux, on voyait le stade de Gamla Ullevi. Personne ne jouait au foot cet après-midi. Ensuite, c'était le fleuve et, se profilant sur l'autre rive, la grande île. Hisingen était recouverte d'un épais nuage. Tout était sombre de ce côté-là. Le soleil se cachait quelque part, sans qu'on puisse le voir. Restait l'espoir qu'il subsiste encore.

— Comment vous sentez-vous, Jonas ?

Le garçon ne répondit pas. Il avait perdu son visage d'adulte. Il ne le retrouverait peut-être jamais. Le passé pesait trop lourd.

— Racontez-moi, fit Winter.

Il leva les yeux.

— Qu'est-ce que vous voulez que je vous raconte ?

— Le petit bois. Pourquoi être allé là-bas ?

— Je vous ai dit que je n'en savais rien.

— À quoi pensiez-vous en y allant ?

— À rien.

— Qu'est-ce qui vous a poussé à prendre le tram-way ?

— Je... je ne sais pas.

— De qui avez-vous peur, Jonas ?

Il resta muet. Comme s'il n'avait rien entendu.

— Racontez-moi, Jonas.

— Je... c'est ce que je fais.

— Avez-vous parlé à quelqu'un avant de vous rendre dans le bosquet ?

— Je ne comprends plus.

— Avant de partir, vous avez appelé quelqu'un ?

— Non.

— Votre mère ? Pour lui dire que vous veniez ? Que vous iriez chez elle ?

— Non. Pas chez elle. Je ne suis pas monté là-haut.

— Pensiez-vous le faire ensuite ?

— Après ? Après quoi ?

— Après être allé dans le petit bois.

— Non, non. Je ne pensais pas à quoi que ce soit.

— Vous pensiez à Paula.

— Oui. À Paula. Oui.

— Pourquoi croyiez-vous qu'elle se trouvait là ?

Le gamin ne répondit pas. Winter voyait bien qu'il réfléchissait à ce qu'il allait dire. Mais il n'avait cessé de prétendre qu'il le savait. Quelque chose l'avait entraîné là-bas. Ou bien quelqu'un. Sans qu'il puisse y échapper.

— C'est comme cette... main que j'ai vue un jour, déclara Jonas en relevant les yeux.

Il ne cherchait pas le regard de Winter. Il regardait par la fenêtre. La tempête, les rafales de vent, de pluie. La liberté peut-être. Non. Il l'avait trouvée ici. Il avait surtout trouvé un refuge.

— Je croyais vraiment qu'elle était enterrée là-bas, continua-t-il. Paula. (Il se frotta les yeux.) Je ne peux pas vous expliquer.

— Il y avait bien quelqu'un, dit Winter.

— Quoi ? (Jonas cherchait maintenant le commissaire du regard.) Qu'est-ce que vous dites ?

— Il y avait un corps enfoui sous terre, Jonas. Vous le saviez ?

— Quoi ? Je ne comprends pas...

— Saviez-vous qu'il y avait quelqu'un dans cette tombe, Jonas ? Quand vous êtes parti là-bas ?

— Une tombe ? C'était une tombe ?

— Une femme avait été ensevelie... à l'endroit où vous avez commencé à creuser, Jonas. Vingt centimètres plus bas sous terre.

— Pau... Paula ? C'était Paula ?

— Non, pas elle, répondit Winter.

— Qui donc ?

Winter garda le silence.

— Qui est-ce ? redemanda le garçon.

— Sa mère.

Les deux commissaires étaient assis dans le bureau de Winter. Ce dernier souffrait d'un léger mal de tête, qui menaçait d'empirer. Il avait pris un Doliprane et attendait maintenant qu'il produise son effet.

Ringmar se moucha bruyamment.

— J'espère que tu ne vas pas me refiler ton rhume.

— À ce stade, c'est plus contagieux, répondit Ringmar.

Winter sentit le vent pénétrer par la fenêtre entrouverte sur le parc. Il avait voulu aérer en entrant dans la pièce.

— Le gamin a dû voir quelqu'un dans le bosquet, déclara Ringmar. Ou bien juste à la sortie.

— Pourquoi ne pas le dire, dans ce cas ?

— On ne le lui a pas assez demandé.

— Je t'en prie, vas-y. Reprends l'interrogatoire.

— Je ne pense pas que cela serve à quelque chose pour le moment, Erik.

— Pourquoi ?

— Il est encore sous le choc.

— Il n'est pas le seul...

— Au fait, qu'est-ce que ça donne cette liste du Revy ? demanda Ringmar en prenant un papier sur le bureau de Winter.

— Eh bien, ce qu'on peut en dire, c'est que le nom de Christer Börge n'y figure pas.

— Comment il s'appelle déjà, ton réceptionniste ? Saldo ? Salko ? En tout cas, il a bien dit qu'elle n'était pas complète.

Winter garda le silence.

— On n'a pas non plus interrogé Börge là-dessus, n'est-ce pas ? ajouta Ringmar.

— Si, je m'en souviens. Je ne lui ai jamais demandé s'il avait travaillé au Revy, mais quand je l'ai rencontré pour la première fois, au sujet de la disparition d'Ellen, il a prétendu n'avoir jamais entendu parler de cet hôtel.

— Ah bon...

— Pourquoi m'avoir menti ?

— Il ne voulait pas que tu le saches.

— Mais on pouvait vérifier, non ?

— On l'a fait, dit Ringmar en agitant la liste qu'il tenait toujours dans la main. Mais ça ne nous a pas menés très loin, n'est-ce pas ?

— Quel merdier ! s'exclama Winter en se levant pour aller fermer la fenêtre.

— Tu as parlé avec ce réceptionniste depuis ? demanda Ringmar. Rappelle-moi son nom.

— Salko, Richard Salko. Non, je n'ai pas pu le joindre. Ça ne répondait pas chez lui.

— Et à l'hôtel ?

— L'hôtel a fermé. Pour de bon, Dieu merci.

Le téléphone se mit à beugler sur le bureau de Winter. Ringmar attrapa le combiné. Winter était toujours à la fenêtre.

— Oui ? Oui, bonsoir. Non, c'est Bertil. Ah bon ? C'est pas vrai ? Hmm. Merde alors ! Oui. Oui. OK. Salut !

En reflet, sur l'écran noir de l'ordinateur, Winter vit Ringmar reposer brusquement le combiné.

— C'était Öberg.

— Ah oui ? Alors ? Qu'est-ce qu'il a dit ?

— Ils ont trouvé des empreintes de salive sur la corde, répondit Ringmar. Sur celle qui a servi à étrangler Ellen.

— Et alors ?

— La salive d'une femme.

— Qu'est-ce que tu dis ?

— Celle d'Elisabeth Ney.

— D'Elisabeth Ney ? répéta Winter. (Il ressentit cet élancement familier à la nuque.) Vraiment ?

— Affirmatif. C'est la seule chose qu'ils aient trouvée.

— Mais...

— À moins qu'elle ne soit revenue d'entre les morts pour commettre son forfait, elle a dû être en contact avec cette corde auparavant, conclut Ringmar.

Trois cordes, méditait Winter. Des cordes identiques, bleues, rugueuses. Parfaites pour un crime. Elles ne fixaient pas les empreintes. Sauf celles qu'Elisabeth Ney avait laissées derrière elle.

Winter avait déposé les cordes les unes à côté des autres, mais c'était une opération purement symbolique. Il n'aurait d'ailleurs pas su préciser le symbole.

— Je ne crois pas qu'il ait voulu qu'on retrouve des empreintes sur cette corde.

— Surtout venant de la famille Ney, ajouta Winter.

Mario Ney leva les yeux quand Winter entra dans la pièce. Il se leva lentement. On aurait dit qu'il avait rapetissé. Il avait les épaules voûtées. Lui qui se tenait ordinairement très droit, il était maintenant recroquevillé sur lui-même, comme sous l'effet d'une intense douleur abdominale.

Il est peut-être mûr, pensa Winter.

— Qu'est-ce qui est arrivé ? demanda Ney.

— Pourquoi cette question, Mario ?

— Je vois bien à votre air qu'il s'est passé quelque chose.

— Quel air ?

— Celui que vous avez maintenant.

— Asseyez-vous, je vous en prie.

Et Winter commença les préparatifs en vue de l'interrogatoire.

— Je n'ai rien à ajouter, déclara Ney d'entrée de jeu.

— Vous n'avez encore rien dit, lui signala Winter.

— J'ai dit tout ce que je savais.

— Parlez-moi de l'appartement à Hisingen.

— Je n'ai rien à ajouter à ce sujet.

— Pourquoi l'avez-vous loué ?

— Je vous l'ai déjà raconté. Il faut que je vous le répète ?

— L'avez-vous occupé vous-même ?

— Pas une seule fois.

— Vous viviez un peu plus loin dans le quartier ?

— Pour quoi faire ?

Winter resta silencieux. Ney n'attendait pas de réponse. Il semblait considérer un point dans le lointain, au-delà de ces murs.

Puis il fixa le commissaire.

— Pendant qu'on discute ici, il y a un meurtrier qui se promène en liberté.

34

Halders se caressait le haut du crâne. Il venait de se faire raser. Sa calvitie brillait sous la lumière du plafonnier. Il se tourna vers Winter.

— Que dit Molina ?

— Il m'a demandé si c'était vraiment un coupable présumé.

— Et alors ?

— D'habitude j'arrive à me faire une idée à l'issue d'un interrogatoire, mais Ney reste une énigme pour moi.

— C'est peut-être pas un hasard, commenta Halders.

— L'empreinte de sa femme sur la corde devrait constituer un motif suffisant, intervint Bergenhem qui venait d'entrer dans la salle.

— Pour l'instant, Molina ne nous délivre pas de mandat d'arrêt, insista Winter. Il lui en faudrait plus.

— Quoi par exemple ?

Winter ne répondit pas.

— D'après ce que nous en savons, Mario Ney n'a jamais été en contact avec cette corde. Ni avec aucune des deux autres, observa Ringmar.

— Qu'est-ce qu'il a bien pu approcher ? s'interrogea Aneta Djanali.

Winter se tourna vers elle.

— Tu viens de dire quoi ?

Elle répéta sa question.

— Il s'est approché de l'appartement de Paula, répondit Winter.

— Il a toujours la clé ? s'enquit Halders.

Ringmar hocha la tête.

— Est-ce qu'il a approché l'hôtel Revy ? poursuivit Halders.

— Tu as reparlé avec le réceptionniste, Erik ?

Winter ne semblait pas écouter.

— Erik ? Tu m'entends ?

— Hein... quoi ?

— Tu as parlé avec le réceptionniste ? répéta Ringmar. Salko, au Revy.

— Non. Je n'ai toujours pas réussi à le joindre.

— Est-ce que Ney a déjà été vu à proximité du lotissement d'Hisingen ? reprit Aneta Djanali.

— On en a terminé avec le porte-à-porte ? enchaîna Halders.

— Il ne reste qu'un nom sur la liste. Sinon, tous les voisins ont été entendus, déclara Ringmar, en consultant la feuille devant lui.

— Et c'est qui ? demanda Halders.

— Metzer. Anton Metzer.

Loin au-dessus de la mer, à l'horizon, le ciel prenait des teintes rouges et grises, comme souvent au mois de novembre. Très bientôt il admirerait des couchers de soleil autrement colorés, dans un pays bien plus au sud. Mais pour l'instant, tout ça lui paraissait complètement irréel. Une autre vie.

Halders fit le tour du lotissement avant de s'arrêter devant la porte de l'immeuble.

Le vent qui soufflait au-dessus du bosquet faisait voler le cordon du périmètre de sécurité. Il n'y avait personne au pied de l'immeuble, aucun enfant sur l'aire de jeu.

Winter appuya sur la sonnette. Le son tourbillonnait à l'intérieur comme le vent dehors, mais avec un bruit plus sourd. Winter pressa de nouveau le bouton.

— Ça fait un moment qu'il est parti, fit remarquer Halders.

Winter souleva le rabat de la boîte aux lettres, sur la porte d'entrée.

Ils apercevaient un bout de paillasson. Recouvert d'une pile de journaux et d'enveloppes blanches ou brunes.

— Notre homme n'a pas fait réexpédier son courrier, constata Halders.

— Il n'en a peut-être pas eu la possibilité, répondit Winter.

— Tu penses vraiment ce que t'as l'air de penser ?

— Il n'y avait pas une loge de gardiens à l'autre bout du lotissement ?

Le gardien leur ouvrit la porte de l'appartement sans que Winter ait eu besoin d'appeler le procureur. Tout le monde était bouleversé après la découverte macabre qui venait d'avoir lieu dans le bosquet. Les découvertes plus exactement. Winter n'avait toujours pas interrogé Jonas à propos du squelette de chien retrouvé dans la sépulture. Il n'avait rien dit au garçon. Sans vraiment savoir pourquoi, il préférait attendre. Jonas, lui, savait peut-être.

Le gardien fit un pas de côté. Il avait la trentaine, arborait un uniforme impeccable... et un visage candide. On ne va pas le lui enlever trop tôt, songea Winter en le remerciant de ses services. Il attendit que l'homme disparaisse, bien malgré lui, dans l'escalier.

Halders écarquilla les yeux dans le noir. Du fond du couloir ne leur parvenait qu'un pâle rai de lumière. Ils étaient déjà venus. Séparément. Pour Halders, cela faisait un bon moment. Winter qui, ce jour-là, était resté dans la cage d'escalier, n'avait vu Metzer que bien plus tard. Ça lui paraissait dater de la veille. Metzer avait un physique très particulier. Assis en face de lui sur le canapé, Winter avait remarqué la cicatrice qui lui barrait le visage – on aurait dit une blessure au sabre – et il avait imaginé que Metzer appartenait peut-être à la noblesse allemande.

« Je me suis inquiété, avait-il expliqué. C'est pour cette raison que j'ai appelé la police. »

Mais cette fois-ci, il n'avait pas appelé.

Ils avaient traversé le couloir à pas de loup avant de pénétrer dans le séjour. La lumière provenait de là. Ils tenaient leur arme à portée de main.

Déjà dehors, ils avaient senti une odeur. Pas très forte, mais suffisamment reconnaissable.

À la lueur du réverbère, ils virent le corps gisant de tout son long sur le canapé. Pas de trace de sang. Dans un autre contexte, on aurait pu le croire endormi.

Winter entendit le tic-tac d'une horloge. Il n'y avait pas prêté attention la dernière fois. Mais elle ne servirait plus à rien.

Metzer pouvait être mort dans son sommeil. De maladie, de mort subite.

Il avait pu mourir par la main d'un autre.

Halders se penchait déjà sur le corps. Il s'était plaqué un mouchoir sur la face.

— Rien de beau à voir, annonça-t-il d'une voix caverneuse.

— Tu le reconnais ? demanda Winter.

— Non, mais ça fait quelques années depuis la dernière fois. (Halders leva la tête.) Et avec ce qui vient de lui arriver...

— C'est bien Metzer.

— Oui, t'es venu il y a peu de temps.

— La cicatrice est bien reconnaissable.

— Tu veux dire les marques sur le cou ? Elles me paraissent un peu suspectes...

— Non, je parle de la cicatrice.

— Pardon ?

— La cicatrice, répéta Winter en montrant la ligne blanche qui se dessinait sur la joue de Metzer, encore accentuée par le travail de la mort.

— Il n'avait pas de cicatrice, déclara Halders. Il n'avait aucune cicatrice le jour où je suis venu.

L'inspecteur regarda de nouveau le corps, étudia le visage. Il se rapprocha, recula rapidement et releva la tête avec une expression de stupéfaction.

— Putain ! Mais c'est pas Metzer !

— Qu'est-ce que tu dis, Fredrik ?

— Je dis juste que c'est pas le Metzer que j'ai vu ce soir-là.

Ce n'était pas le même légiste. Winter ne l'avait jamais rencontré. Il était plus âgé que Pia E :son Fröberg. Beaucoup plus âgé. À peu près du même âge que Metzer, mais nettement mieux conservé... Sverker Berlinger. Sans doute une vieille buse à la retraite qu'on a fait rempiler pour l'occasion, se dit Winter. J'ai l'impression de le reconnaître.

— M'a tout l'air d'une strangulation, marmonna Berlinger en secouant lentement la tête.

Il avait travaillé d'une main sûre. Après avoir poussé un long soupir en entrant dans la pièce, puis à la vue du corps, pour bien faire comprendre qu'il en avait déjà pas mal soupé de ce genre de spectacle.

— Ça remonte à quand ? s'enquit Winter.

Berlinger haussa les épaules.

— Deux semaines ? Trois ? insista Winter.

Le médecin jeta un regard circulaire. Peut-être cherchait-il le réveil que plus personne ne réglerait. Winter en aperçut un, sur une commode au pied de laquelle Torsten Öberg se tenait accroupi.

— Il fait chaud dans cet appartement, constata Berlinger. Ça peut jouer.

— Quand ? répéta Winter. La semaine dernière ?

— Non, peu de chances.

— Alors ça fait deux semaines.

— Oui, très certainement.

Sverker Berlinger se pencha sur le corps pour examiner le visage d'Anton Metzer.

— La cicatrice du brave, à ce que je vois.

— On peut le dire, acquiesça Winter.

Berlinger s'approcha de plus près encore.

— Elle est peut-être un peu trop longue et un peu trop grossière pour qu'il y ait vraiment de quoi en être fier, ajouta-t-il.

— À croire que vous auriez aimé en porter une.

— Je ne viens malheureusement pas de ce genre de famille, répondit Berlinger avec un léger sourire. Et puis, les duels, c'est quand même un peu dépassé, même en Allemagne, non ?

Winter ne percevait pas d'accent germanique chez lui. Il n'osa pas demander ses origines à Berlinger...

— Il peut s'être fait cette cicatrice d'une autre manière ?

— Naturellement, répondit Berlinger.

— Elle est ancienne ?

— Plus de deux semaines.

Winter lui laissa le temps de goûter sa propre plaisanterie.

— Au moins cinquante ans, déclara Berlinger.

— Pas de corde dans l'appartement, constata Öberg.

— Non, je n'en ai pas vu non plus, observa Winter.

— Mais on a pu utiliser une corde du même type, poursuivit l'expert.

— On a pu ou on l'a fait ? demanda Halders.

— On a pu, répondit Öberg. En tout cas je ne peux pas en dire plus pour le moment. S'il s'agit d'une corde de nylon, il est presque impossible d'affirmer qu'il s'agit bien d'une corde en nylon, si vous voyez ce que je veux dire.

— Et pas de peinture blanche, constata Winter.

— Pas sur le corps en tout cas.

— Il n'y avait pas non plus de peinture sur le corps d'Ellen, remarqua Winter. Uniquement ces horribles marques.

Il jeta un coup d'œil à la fenêtre pour mesurer la distance qui séparait l'appartement du petit bois. On y voyait à peine. Un nuage noir avait fait voile jusqu'ici, depuis la mer du Nord, et l'on entendait déjà battre la pluie contre les carreaux.

— Est-ce que ça peut tenir au fait que ça s'est passé au même endroit ? interrogea Halders. Enfin, à peu de choses près.

— Je ne sais pas à quoi ça tient, répondit Winter. Je ne sais même pas s'il y a une logique à tout ça.

— En revanche, on est sûr qu'il s'agit de quatre meurtres, souligna Halders. Et d'après ce que je comprends, ils ont partie liée.

— Celui de Metzer aussi ?

— Il n'est pas étranger à la petite bande. Je suis le seul à ne pas le connaître.

— Tu aurais donc parlé avec un autre que Metzer.

— On était allés l'interroger, à l'époque, en tant que témoin, rappela Halders. C'était lui qui avait donné l'alarme.

Winter ne dit rien. Torsten Öberg venait de s'éloigner pour travailler près du canapé.

— C'est quoi cette machine à tuer ? s'indigna Halders.

Winter garda le silence.

— Est-ce qu'un autre aurait donné l'alarme ? continua Halders. Un autre que Metzer. Sur cette prétendue querelle.

— Peut-être bien. Mais ce n'est pas lui qui t'a ouvert quand tu as sonné à sa porte.

— Où pouvait-il bien être, bon sang ?

— Difficile d'y répondre en la circonstance, Fredrik.

— OK. Celui qui nous ouvre n'est pas Metzer, mais il pense apparemment qu'il est plus simple de se faire passer pour lui.

— Hmm.

— Tu n'es pas d'accord ?

— Si.

— Pourquoi préfère-t-il se faire passer pour Metzer ?

— Parce qu'il est plus difficile d'être un autre, répondit Winter.

— Pourquoi plus difficile ?

— Il veut nous cacher son identité.

— Et qui peut-il être alors ?

— Mario Ney, proposa Winter.

— Je n'en sais rien, Erik. Ça fait pas mal d'années et le gars portait la barbe. (Halders leva les bras au ciel.) Dommage pour mes perspectives de carrière, ou ce qu'il en reste... mais je suis incapable de dire si c'est Ney qui se tenait à cette foutue porte voici dix-huit ans. (Il regarda Winter.) Ce pouvait être lui, mais je n'en suis pas certain. Laisse-moi un peu de temps pour réfléchir. Ça me reviendra peut-être si je me rappelle ce qu'on s'est dit. Comment la conversation a tourné. Tu vois ce que je veux dire...

Winter hocha la tête.

— Est-ce que ça aurait pu être Börge ?

— Je n'ai fait que l'entrevoir, dit Halders.

— Börge, répéta Winter.

— Il a toujours été dans le paysage, constata Halders.

— Ney a loué un appartement dans l'immeuble d'en face.

— C'est bien ce qu'il a affirmé.

— Il n'a jamais déclaré être venu ici, chez Metzer.

— Il est peut-être temps qu'on lui pose la question, conclut Halders. Et Molina, qu'est-ce qu'il t'a dit, au fait ?

— Il ne peut pas refuser la prolongation de la garde à vue, étant donné les circonstances. Mais ça ne suffit toujours pas pour un mandat d'arrêt. (Winter jeta un œil sur Öberg et ses experts toujours à l'œuvre dans l'appartement.) Il nous faudrait des preuves matérielles.

— Ou tout simplement des aveux, ajouta Halders.

Winter consulta sa montre.

— Je voudrais que tu assistes à cet interrogatoire, Fredrik.

— Je n'ai jamais mis les pieds là-bas, déclara Ney. C'était où déjà ?

— Dans l'immeuble d'en face, répondit Winter.

— Jamais foutu les pieds là-bas.

— Combien de fois êtes-vous allé dans votre appartement ?

— Jamais.

— Vous l'aviez loué.

— Pas pour moi.

Halders était assis à la même table. Il n'ouvrait pas la bouche. S'il avait rencontré Ney dix-huit ans aupara-

460

vant, il ne le montrait pas. Ça pourrait être lui, se disait-il. Tout aussi bien qu'un autre. Je suis incapable de le reconnaître. Peut-être parce que ce n'est pas lui.

— Où étiez-vous alors ?

— Je ne comprends pas votre question.

— Où viviez-vous à cette époque ?

— À la maison bien sûr.

— Qu'entendez-vous par là ?

— Dans notre appartement. À Tynnered.

— Vous viviez seul ?

— Je vivais avec Elisabeth, bien sûr. Et Paula.

— Mais Paula était avec sa mère, non ?

— Seulement pour un temps.

— Nous n'avons rien trouvé qui puisse prouver votre paternité, signala Winter.

Ney resta muet.

— Vous n'êtes pas enregistré où que ce soit, poursuivit Winter.

— Paula est à moi.

— Que voulez-vous dire ?

— Juste qu'elle est à moi.

— Et vous pouviez en faire ce que vous vouliez, c'est ça ?

— Qu'est-ce qui vous prend ?

— Vous pensiez pouvoir en faire ce que vous vouliez, Mario ?

— Vous n'avez rien compris.

— Qu'est-ce que nous n'avons pas compris ? insista Winter.

— Ouvrez les yeux.

— Qu'est-ce que nous devrions voir ?

Ney ne répondit pas.

— Alors on reprend. Pourquoi ne pouvez-vous pas nous expliquer ce que vous avez fait durant toutes ces heures ?

Ney garda le silence. Son regard était tourné vers le ciel. Il semblait parfois se fondre et disparaître dans ces espaces, revenir et s'en aller à nouveau. Comme si les émotions étaient soumises à variation. Quels sentiments

Mario éprouvait-il ? Quels souvenirs avait-il en tête ? Quels actes avait-il commis ?

Il se retournait maintenant, et regardait Winter.

— Je veux rentrer chez moi.

Elsa lui grimpait dessus comme sur un arbre à la puissante ramure. Il étendait les bras pour figurer les branches. Elle était en passe d'atteindre son épaule gauche.

— Attention ! Tu vas attraper le vertige !

— J'ai jamais le vertige ! lança-t-elle fièrement du haut de son perchoir.

— Attends voir !

Et il se mit sur la pointe des pieds. Il sentit que Lilly, agrippée à sa jambe gauche, commençait à perdre l'équilibre. La petite hurlait depuis un moment déjà. Elle aussi voulait grimper.

— Qu'est-ce que vous faites ? s'écria Angela depuis la salle de séjour.

Elsa progressait maintenant vers son épaule droite. Elle lui serrait le menton. Lilly reprit son souffle le temps d'une seconde.

— Comment ? criait Angela.

— C'EST JUSTE QUE J'AI DEUX BRANCHES ACCROCHÉES À MOI.

Angela pointa le nez à la porte. Après deux secondes de silence, Lilly reprit de plus belle. Sa voix portait loin. Winter leva la jambe mais elle tenait ferme.

— Je t'ai toujours trouvé « branché », commenta Angela.

Winter chercha à sauter sur une jambe. Elsa lui tirait sur la gorge. Voilà que Lilly reprenait ses cris, mais à présent c'étaient des cris de joie. Il sautilla une fois de plus. Il avait l'impression d'avoir une meule de pierre autour du cou. Il sentit son genou gauche qui commençait à se dérober. Il avait mal aux épaules. Je n'ai plus vingt ans... Il baissa la jambe et tenta de se débarrasser de Lilly. Puis il se pencha jusqu'à ce qu'Elsa touche le sol. Il se retrouvait dans une drôle de position. La fillette ne voulait pas lâcher prise.

— Attention à ton dos ! s'inquiéta Angela.

— Aide-moi ! S'il te plaît...

La tempête s'était éloignée en direction du sud. Restait cette sensation d'être tout petit sous l'immensité du ciel. Quand les éléments se déchaînaient, tout le monde devait courber l'échine...

— Comment va ton dos ? (Angela le regardait avec un léger sourire tandis qu'il essayait de se pencher en arrière.) Sois prudent maintenant.

— Je ne comprends pas pourquoi ça coince.

— Il faudrait sans doute que tu fasses un peu d'exercice, Erik.

— Dans la police, c'est une obligation de service, répliqua-t-il.

— Et quand est-ce que tu as fait de l'exercice pour la dernière fois ?

— J'en fais.

— En voilà une réponse !

— Tu veux un verre de vin ?

Elsa s'était endormie au beau milieu de l'histoire de la sorcière la plus méchante du monde. Winter l'inventait à mesure qu'il la racontait. Mais il n'arrivait jamais à rendre la sorcière suffisamment méchante.

— Elle est beaucoup trop gentille !

Ce n'était pas la première fois qu'elle lui faisait ce reproche.

— Mais elle a quand même mangé le petit garçon.

— Elle aurait dû manger la petite fille aussi !

Il étendit le bras pour atteindre la bouteille de vin. Angela était assise en face de lui à la table de la cuisine. Elle avait préparé des langoustines gratinées. Winter se régalait déjà des senteurs de beurre, d'ail et de fines herbes.

— Elsa ne fait pas dans la demi-mesure. Cette fois-ci, il aurait fallu que la sorcière avale tous les prisonniers. (Il servit le vin.) Que des enfants, évidemment.

— N'oublie pas que c'est toi qui racontes, lui fit remarquer Angela en prenant entre ses doigts une pince de langoustine.

— Ce qui signifie ?

— Ce sont tes histoires à toi.

— Non, non, ce sont les siennes. (Il leva son verre.) Santé !

Ils trinquèrent.

— La preuve, c'est qu'elle ne veut pas que ce soit moi, reprit Angela, tout en reposant son verre. Elle se plaint qu'il n'y ait pas de méchant dans mes histoires.

— Tu devrais t'en réjouir, Angela.

— Et que devrait-on dire de toi ?

— J'essaie juste d'être gentil, répondit-il avec un sourire. Je fais ce qu'elle me demande.

— Sois gentil, sers-moi un deuxième verre.

— Ce ne sont que des histoires, Angela.

Il lui versa du vin. On était vendredi soir. Il tira vers lui le plat à gratin.

— Sans rapport avec la réalité, ajouta-t-il.

35

Il ne parvenait pas à s'endormir. D'ailleurs il n'y croyait plus. Mais il essaya. On ne tient pas longtemps sans sommeil. Et son métier l'avait rendu insomniaque. De ce point de vue-là, il aurait mieux valu un travail de force qui vous laisse une bonne fatigue physique en fin de journée. Mais on n'était pas à l'abri du danger. Un arbre qui vous tombe sur la tête. Des échaffaudages qui s'écroulent. Des tracteurs qui se renversent...

Winter finit par s'asseoir sur son lit. Angela ronflait consciencieusement, comme pour mieux le narguer. Les ronflements d'Elsa avaient miraculeusement disparu, à croire qu'elle avait voulu jouer une farce au corps médical. Une opération n'était plus nécessaire. Winter avait cru déceler un certain dépit chez le chirurgien ORL. Peut-être une fausse impression.

La déception s'était lue dans les yeux de Mario Ney lorsque Winter lui avait expliqué qu'il ne pourrait pas rentrer chez lui. « Expliqué »... Il l'en avait informé.

Halders avait secoué la tête en sortant de la salle d'interrogatoire.

— On en sait trop peu sur ce type.

Winter avait consulté l'horloge électronique.

— Et dans une semaine, tu pars au soleil, avait-il ajouté en suivant le regard de Winter.

— Ce n'était pas ça que je vérifiais.

— Quoi d'autre ?

— Je voulais savoir l'heure.

Halders avait éclaté de rire. Le couloir de brique étant peu familier de ce genre de démonstration, les deux hommes s'étaient cru soudainement transportés ailleurs.

Ils avaient retrouvé Ringmar à l'étage de la criminelle.

— Jonas a quitté les lieux il y a une demi-heure.

Winter avait hoché la tête.

— Sa mère n'avait pas l'air contente.

— Et lui ?

— Il avait un air coupable.

— Coupable de quoi ?

Ringmar avait haussé les épaules.

— Je rentre à la maison, avait conclu Winter.

Le verre de whisky scintillait sous le clair de lune. C'était la seule source de lumière à l'intérieur de la pièce, un rayon qui parvenait à pénétrer plus avant dans l'appartement que l'éclairage de rue, en bas sur Vasaplatsen. La nuit était claire. En voyant les étoiles dans le ciel, Winter pensa à Mario Ney. Il semblait attiré par ces espaces-là. Winter avait rarement vu autant d'étoiles. Elles paraissaient couvrir le ciel, de l'archipel sud jusqu'à Angered.

Il souleva son verre. Il savait, sans le voir, que le liquide était d'une teinte ambre jaune. Il n'y avait pas de couleurs la nuit, mis à part du noir. Et du blanc. Un rai de lumière blanche se découpait dans la pièce. Le blanc. La main blanche. Le symbole du blanc. Ce pot de peinture qu'on avait trouvé sur place. Peindre un mur en blanc. Pourquoi avait-on peint en blanc la main de Paula ? Et le doigt d'Elisabeth Ney. La main blanche de Paula. Il y avait un sens à tout cela. Un message à décrypter. La couleur blanche. Le pot de peinture. Un mur blanc. Peint en blanc. Tout juste repeint. D'où provenait ce pot ? Ils n'en savaient rien. Avaient-ils posé la question... aux peintres ? Les peintres dans l'appartement de Paula. Les murs là-bas. À moitié refaits. Presque refaits. Pas encore refaits. Qu'y a-t-il là que nous ne voyons pas ?

466

s'était demandé Halders. Winter avait pensé la même chose. Réfléchis à ça maintenant. Réfléchis.

Un appartement blanc à moitié refait.

Réfléchis donc !

Rien d'étonnant à ce qu'un mur soit abattu pour être ensuite reconstruit.

Mais.

Un message.

Le mur est le message.

Derrière le mur. Le mur blanc.

Un coup de pinceau là-dessus.

Et voilà qu'un jour il était prêt.

Le blanc recouvrait tout.

Il reposa le verre sur la table. Durant ces dernières minutes, il n'avait pas eu conscience de le tenir dans sa main. Il avait fallu que celle-ci se mette à trembler pour qu'il sorte de sa rêverie. Il n'avait pas bu une goutte.

Winter se leva, retourna dans la chambre et prit quelques vêtements sur la chaise.

— Qu'est-ce qui se passe, Erik ?

Angela remua dans le lit. Le clair de lune baignait également la chambre. Les draps paraissaient très blancs. On se serait cru dans un tableau.

— Il faut que je vérifie quelque chose.

— Maintenant ? (Elle se redressa.) Quelle heure est-il ?

— Je reviens tout de suite.

Elle avait fait et défait ses bagages.

De quoi ai-je peur ?

La valise gisait sur le sol, grande ouverte, offrant au regard sa doublure rouge. Quand elle l'avait effleurée de la main, le tissu lui avait paru doux comme de la soie.

Elle ne se rappelait même pas ce qu'elle avait déjà pu mettre dans cette valise. Elle avait attrapé des vêtements au hasard dans la commode, comme si elle devait partir à l'aventure, sans savoir où.

Elle avait appelé une amie qui ne serait pas chez elle avant minuit. Je peux rentrer un peu plus tôt, si tu veux.

On n'a plus grand monde après onze heures. Non, non, avait-elle répondu.

Le téléphone sonna de nouveau.

La sonnerie ressemblait à un cri.

Ça faisait longtemps, elle en avait l'impression du moins. Ça n'avait plus sonné depuis qu'elle avait parlé à ce policier, le grand type au crâne rasé. Elle s'était sentie toute bête ensuite. Mais les appels avaient cessé, comme si leur auteur avait pu savoir qu'elle en avait parlé à la police. Il y avait de quoi être effrayée.

Elle finit par répondre.

— Allô ?

— Je suis rentrée un peu plus tôt finalement.

— Oui...

— Tu es en route ?

— Je... je ne sais pas.

— Qu'est-ce que tu as ? Bien sûr que tu dois venir.

— Il est quelle heure ?

— Ne t'occupe pas de ça. Maintenant tu fermes cette valise et tu viens.

— Comment... savais-tu que je ne l'avais pas fermée ?

— Tu m'as l'air d'avoir vraiment la trouille !

Elle ne répondit pas.

— Appelle un taxi.

— Ça va être cher.

— Tu n'as pas l'intention de prendre le tram ?

— Je n'ai pas... réfléchi à la question.

— Si j'avais une voiture, je viendrais te chercher.

— Tu n'as même pas le permis !

Son amie éclata de rire. Ça faisait plaisir à entendre. Elle avait sans doute besoin de s'en aller d'ici. Ça lui ferait du bien de parler avec quelqu'un. Elle se rendrait mieux compte si elle s'imaginait des choses ou pas.

— J'arrive.

Au bout de dix minutes elle comprit qu'il lui serait difficile de trouver un taxi. Elle ne parvenait pas à obtenir la communication. Surprenant. Elle ne prenait pas souvent le taxi, mais elle devinait qu'elle tombait à la mauvaise heure. Je devrais appeler une autre compagnie que Taxi Göteborg, mais non. Je n'ose pas. C'est idiot, mais je n'ai pas confiance.

Elle regarda l'heure. Elle connaissait les horaires par cœur. Il lui restait dix minutes avant le passage du dernier tram pour le centre-ville.

Elle se décida. La valise était bouclée.

La cage d'escalier sentait presque le moisi.

Dehors, on aurait dit qu'il pleuvait mais ce n'était pas de la pluie. Le taux d'humidité devait approcher les cent pour cent.

Elle courut à moitié sur le chemin piétonnier qui conduisait à l'arrêt du tram. Elle l'apercevait déjà. Elle entendit soudain le cliquètement des wagons de l'autre côté de la colline. Elle risquait de le manquer. Elle se mit à courir pour de bon.

Elle faillit perdre l'équilibre lorsqu'elle vit s'allonger une ombre, devant elle, sur l'asphalte.

Les questions défilaient dans le cerveau de Winter, tandis que l'ascenseur descendait lentement vers le parking.

Pourquoi Jonas avait-il creusé à cet endroit précis ? À ce moment précis ? Il cherchait Paula. Que représentait-elle pour lui ? Un symbole ? De son enfance ? De son enfance perdue ? De l'amour ? Ou bien pensait-il vraiment la retrouver là ? Savait-il que son chien s'y trouvait aussi ? Non. Oui. Non. Avait-il surpris Börge dans le bois ? L'avait-il vu creuser dans le bosquet de son enfance, ou plutôt de son passage à l'âge adulte ? Un passage contraint. Auquel il avait alors été condamné.

Winter actionna sa télécommande infrarouge et la voiture lui fit son clin d'œil habituel.

Il sélectionna le numéro d'Anne Sandler sur son portable.

Elle répondit au bout de la troisième tonalité. Il se présenta et demanda des nouvelles de Jonas.

— Je ne sais pas où il peut être en ce moment.

Elle parlait d'une voix sourde, qui paraissait venir de très loin. Pas seulement parce qu'il appelait du sous-sol.

— J'avais pensé vous appeler, continua-t-elle.

— Ah bon ?

Il ouvrit la portière de la voiture. La lumière se fit à l'intérieur. Il sentit l'odeur familière du cuir – une odeur persistante, qui vous donnait comme une sensation de sécurité.

— Il m'a semblé reconnaître un ancien visage en bas de l'immeuble. Tout récemment.

— Qui donc ?

— Je ne sais pas. Un visage. Quelqu'un... qui vivait ici dans le temps. Quand Jonas était petit. Enfin, je ne suis pas certaine qu'il habitait vraiment ici. Je l'ai vu plusieurs fois, c'est tout ce que je peux dire.

— Et vous vous rappelez de lui, si longtemps après ?

— Oui... C'est étrange, n'est-ce pas ? (Winter croyait voir l'expression troublée de son visage.) J'ai pu me tromper, bien sûr.

— Pourquoi vouliez-vous m'en parler ?

— Je ne sais pas... J'en ai parlé à Jonas. Je lui ai dit que j'avais revu cet homme. Récemment. Je... je ne sais pas ce qui m'a pris de lui raconter ça.

On ne sait pas toujours pourquoi l'inconscient nous a fait raconter certaines choses, songea Winter. Pas tout de suite du moins. Ça peut venir plus tard.

— Et Jonas, qu'est-ce qu'il a répondu ?

— Il n'a rien dit...

Winter attendait la suite.

— ... mais j'ai compris que ça le perturbait.

— Ah bon ? Dans quel sens ?

— Je ne sais pas. Il était... perturbé. J'ai essayé de lui poser des questions, mais il ne voulait rien me dire. En tout cas, ce qui l'a fait réagir, c'est que j'aie vu cet homme.

Winter garda le silence.

— ... Et peu de temps après... vous l'avez retrouvé ici, dans le petit bois, ajouta-t-elle.

Winter prit en direction du sud, remonta Aschebergsgatan, passa devant l'hôpital Vasa. Il y avait travaillé un été, dans le service de gérontologie, à un âge où il pensait ne jamais devenir vieux lui-même.

Après le campus de Chalmers, il tourna à gauche sur Wavrinsky Plats, dépassa l'école de Guldheden, prit à droite à la hauteur de la place du Doktor-Fries et franchit les rails du tramway pour continuer dans l'une des rues...

Une femme se ruait dans sa direction. Elle sortait du bois par le chemin piétonnier.

Elle avait les cheveux au vent.

Elle courait en agitant furieusement les bras.

Peut-être l'avait-elle vu, mais rien n'était moins sûr.

Winter freina brusquement au milieu des rails du tram.

Un cliquètement se fit soudain entendre et il vit la pente sur la gauche s'éclairer d'une lumière très forte. C'étaient les phares du tramway qui remontait la pente et se dirigeait droit sur lui. La femme courait toujours dans sa direction. Il allait quand même stopper, bon sang ! Il y a un arrêt à cet endroit ! Mais l'engin poursuivait sa route. Personne n'attendait à l'arrêt. Personne ne devait descendre ici. Winter entendit le roulement des wagons, un grincement épouvantable, le signal d'alarme.

La femme n'était plus qu'à quelques mètres. Il donna un coup de volant à droite, embraya, et fit bondir la Mercedes qui décolla des rails comme un avion de chasse depuis son pont d'envol.

36

Elle avait les yeux écarquillés, aussi ronds que la lune au-dessus d'eux. Elle le fixait du regard à travers le pare-brise, d'un regard vide et rempli de terreur à la fois.

Elle gisait sur le capot avant et respirait comme si elle rendait son dernier souffle.

Winter se hâta de sortir de voiture. Il tâcha de la retenir car elle glissait vers la chaussée. Sur le moment, elle lui parut très lourde.

Le tram avait freiné à toute force cinquante mètres plus bas, dans la pente. Winter le voyait clignoter de tous ses feux devant l'école de Guldheden.

Il la tenait dans ses bras. Elle ne pesait plus beaucoup. Elle prit appui sur la chaussée. Ses jambes la soutenaient à peine.

— Venez par ici.

Il dut presque la porter pour aider la jeune femme à s'asseoir sur le siège avant.

Il fit ensuite le tour de la voiture et s'installa au volant. Le tramway restait immobilisé. Le conducteur était sans doute en train d'alerter la police sur son poste radio.

— Comment vous sentez-vous, Nina ?

Elle tenta de répondre mais fut saisie de tremblements. Il la prit par les épaules et la serra légèrement contre lui. Au bout de trente secondes, la crise était passée. Quant au tramway, il avait lentement repris sa route. Des horaires à respecter.

— Que vous est-il arrivé, Nina ?

Elle leva la tête et regarda par la vitre les lumières du tramway qui fuyaient au loin. Winter lui lâcha les épaules.

— Que vous est-il arrivé ?

— Il... il s'est dressé juste en face de moi. Sur le chemin dans le bois.

— Qui ?

Elle ne répondit pas. Elle semblait à nouveau prête à trembler. Winter se pencha vers elle mais elle refusa d'un geste son secours.

— Celui qui m'a sui... suivie.

— De qui s'agit-il, Nina ?

— Je crois que c'est... lui.

— Lui ? Vous pensez à Jonas ?

Elle ne semblait pas reconnaître le prénom. Elle jeta de nouveau un regard au dehors, comme pour vérifier qu'il n'était pas là.

— Jonas ? Jonas Sandler ? Celui qui connaissait Paula ?

— Je crois, répondit-elle.

— Est-ce qu'il a dit quelque chose ?

Elle secoua la tête.

— Il a fait quelque chose ?

— Je... je me suis mise à courir. Il était là tout à coup devant moi et je... j'ai commencé à courir.

— Pourquoi pensez-vous qu'il s'agissait de Jonas ?

— J'ai vu... j'ai eu l'impression que c'était lui.

— À quoi ?

— Sa taille... je ne sais pas. J'ai eu cette impression.

Winter regarda par la vitre. Personne entre les arbres. Rien d'étonnant à cela. Mais le garçon n'était peut-être pas loin. En agissant vite, il pourrait peut-être le rattraper.

Tout à coup il entendit le mugissement d'une sirène. Bien reconnaissable. Ce n'était pas une ambulance. Il finit par voir la lumière bleue d'un gyrophare, un peu en contrebas. Elle balayait la façade de l'école avec dix fois plus d'intensité que les feux du tramway.

La sirène finit par se taire. La voiture de police se rangea le long de la Mercedes dans un crissement de pneus. Le gyrophare tournait toujours. Nina Lorrinder observait ce ballet de lumières blanches et bleues avec des yeux effarés. Des ombres se promenaient sur son visage.

L'un des policiers en tenue sortit de voiture et prononça quelques mots dans le micro de sa radio. Le second descendit à son tour. L'éclairage instable empêchait Winter de distinguer leurs visages, mais les deux hommes venaient sans doute du poste de Lorensberg.

Il ouvrit la portière et mit un pied par terre.

— Doucement là ! lança le policier le plus proche de lui.

— Je suis Erik Winter. Winter du service enquêtes.

Il avança d'un pas.

— Reste tranquille ! lui intima le second policier.

Il semblait prêt à dégainer son Sig Sauer.

Mon Dieu ! se dit Winter. Il ne manquait plus que ça.

Il jeta un œil sur Nina Lorrinder. Heureusement, celle-ci se tenait tranquillement assise sur son siège. Le policier était capable de sortir son flingue. Un mouvement un peu brusque dans l'habitacle et Winter risquait de se retrouver avec un nouveau meurtre sur les bras.

Il vit luire le canon du pistolet.

— Baisse ton arme, Ducon ! Je suis le commissaire Winter, de la brigade criminelle, dans l'exercice de ses fonctions. Bon sang ! Mais d'où vous sortez ?

Le premier policier se tourna vers son collègue.

— J'crois bien qu'c'est lui. Je reconnais sa bagnole. (Il s'adressa de nouveau à Winter.) C'est vous, Winter ?

— Je peux faire un pas ?

— Les mains sur la tête ! ordonna le policier armé.

Le pistolet n'était cependant plus visible.

— Mais non, arrête ! C'est Winter, du service enquêtes.

Winter put enfin s'avancer vers eux.

— On a été alertés par le chauffeur de tram, expliqua le premier policier. Il croyait que vous aviez cherché à lui rentrer dedans. (Il sourit, en tout cas, c'est ce que Winter crut comprendre.) On a pensé que vous nous faisiez peut-être un délit de fuite.

— Fuite de quoi ?

Son interlocuteur haussa les épaules. Winter sortit sa carte et la leva bien haut au-dessus de sa tête. Il fit ensuite le tour de la voiture et se planta devant le second policier, vérifia qu'il avait bien rangé son Sig Sauer... et lui décocha une droite au niveau du plexus solaire. Il savait qu'il s'agissait d'un nœud de cellules nerveuses, sur la paroi arrière de l'abdomen, et qu'on pouvait l'atteindre par un coup sur le diaphragme, donnant ainsi lieu à une paralysie momentanée.

Le gars était plié en deux, comme dans un profond salut.

— Tu pensais vraiment nous tirer dessus ?

— Calmez-vous, Winter ! protesta l'autre policier.

Winter releva la tête.

— Qu'est-ce que vous venez de dire ?

— Calmez-vous, c'est tout.

— Me calmer ? Qui est-ce qui devrait se calmer ici, franchement ?

Winter jeta un œil sur l'homme en prière. Il avait commencé à se redresser et s'éloignait en traînant des pieds, manifestement pour se mettre en lieu sûr.

Winter pointa du doigt la Mercedes.

— Dans cette voiture se trouve une femme qui vient d'être attaquée dans le bois, juste derrière nous. L'homme qui l'a attaquée se cachait dans ce même bois. Il se pourrait qu'il soit coupable de quatre meurtres. J'ai passé tout l'automne à courir après ce meurtrier. Je l'aurais peut-être rattrapé cette nuit, si vous n'étiez pas intervenus. Je doute très fort qu'il y ait encore une quelconque chance de lui mettre la main dessus.

— Mais comment vouliez-vous qu'on sache tout ça, Winter ? répondit le plus âgé.

— Par ailleurs j'étais sur une idée. Je n'avais pas de temps à perdre.

Le policier secoua la tête. Ce qui pouvait signifier plusieurs choses. Notamment qu'ils avaient eu raison sur le fond, son collègue et lui-même. Ils avaient paré au pire. Mais peut-être aussi que Winter aurait dû le savoir : on dégainait plus tôt maintenant. Parce qu'on vivait des temps plus durs, autrement plus dangereux qu'avant.

— On va dans le bois, chercher le criminel ? demanda-t-il.

Winter regarda du côté de sa voiture. La silhouette de Nina Lorrinder se découpait nettement derrière les vitres, telle une figurine en carton.

— Oui. Mais il faudrait d'abord s'occuper de cette femme, là-bas. Conduisez-la où elle le souhaite.

Il se tenait à l'entrée du chemin piétonnier et regardait s'éloigner les feux de position. La voiture de police remontait en direction de Wavrinsky Plats.

Nina Lorrinder n'avait pas pu en dire davantage.

Elle se rendait chez une amie. Elle voulait qu'on l'emmène là-bas, et nulle part ailleurs.

Une voiture de patrouille devait le rejoindre sur place, mais Winter doutait qu'ils réussissent à trouver quoi ou qui que ce soit. Il avait demandé au jeune policier comment il se sentait.

— Impec, avait-il répondu.

— Si vous voulez déposer plainte, ne vous gênez pas, avait ajouté le commissaire.

— Je pensais que c'était vous qui vouliez déposer plainte...

— Passez me voir quand je rentrerai de mon congé, avait simplement répondu Winter. À partir du premier juin.

Winter regagna sa voiture. Personne n'avait assisté à cette scène. Le théâtre du drame était maintenant aussi désert qu'avant.

Il s'installa sur son siège et sélectionna un numéro sur son téléphone portable. Puis il attendit.

Il écouta le message du répondeur et parla après le bip.

— Jonas, ici le commissaire Erik Winter. Je veux que vous m'appeliez dès réception de ce message. Je vous rappelle mon numéro.

Il énuméra les chiffres. Il précisa l'heure de son appel. On approchait de l'heure du loup.

— Je veux également que vous vous présentiez de vous-même au poste de police le plus proche. Ou bien au commissariat. J'espère que vous m'écoutez. J'espère que vous me comprenez, Jonas. Je veux vous aider. Je sais ce qui s'est passé cette nuit à Guldheden. Vous pouvez appeler un poste de police. Ou me joindre personnellement. Les jeux sont faits, Jonas.

Il n'était pas sûr que sa dernière phrase soit juste, mais elle sonnait bien. Elle laissait penser qu'il savait tout.

Il passa la première et la voiture démarra sur les chapeaux de roue. Il reprit alors sa route.

L'immeuble faisait partie d'un ensemble de quatre bâtiments identiques. Il s'agissait du deuxième en partant de la gauche. Comme il n'y avait pas de réverbère tout proche, l'immeuble était noyé dans les ténèbres. Et ce malgré le clair de lune.

Après s'être garé sur le petit parking, Winter traversa rapidement la courte distance qui le séparait de l'entrée. Il n'y avait pas de balançoires ici, pas d'aire de jeux. De l'autre côté, peut-être. Il n'en avait pas vu. Peut-être ne restait-il plus d'enfants.

Il ouvrit avec la clé qu'ils utilisaient depuis le meurtre.

Le couloir lui parut d'abord très sombre mais ses yeux finirent par s'accoutumer à l'obscurité. Il flottait une odeur de peinture et de colle à papiers peints. Une odeur inoffensive, qui ne pouvait causer de mal à personne – elle était synonyme d'avenir, ou de transformation tout du moins. Une odeur persistante. Winter, qu avait entièrement refait son appartement, en savait quelque chose : il avait encore dans les narines le souvenir de chaque étape du chantier. Il existait vraiment une mémoire olfactive.

Il traversa lentement chaque pièce en allumant partout.

L'éclairage électrique aurait pu donner une fausse impression de jour, mais pour Winter la nuit n'en devenait que plus présente.

Il n'était pas fatigué.

Il ressentait une légère excitation, à peine un frisson. C'était peut-être un signe.

Il se retrouva dans la chambre de Paula. Sur le mur gris se croisaient de larges traînées blanches. Il restait des traces de mastic. On n'avait pas fini de poser l'enduit. Winter se demanda quel type de motif figurait sur le papier peint. Cela devenait tout à coup très important.

37

Winter sortit de la chambre, traversa le couloir et pénétra dans la salle de séjour. Trois murs sur quatre étaient repeints en blanc. D'un blanc éclatant sur une surface unie. Une bâche en plastique recouvrait toujours le sol, telle une mer grise.

Il tâta les parois. Elles étaient lisses. C'était comme caresser une peau, une peau nue. Il retira sa main. Le plastique crissait sous ses pieds. Tout était silencieux. Comme toujours dans l'appartement de Paula.

Il fit le tour de la pièce en observant de nouveau les murs. Il voyait aussi la bâche. La porte qui donnait sur l'entrée. La fenêtre, un trou béant sur la nuit. Et le couloir, où l'on avait posé un enduit, tout comme dans la chambre.

Winter regagna la chambre. Le lit se trouvait à cinquante centimètres du mur. Les peintres avaient dû le tirer. Winter inspecta les parois avec le même soin que dans le séjour. De grands coups de pinceaux pour l'enduit. Une surface inégale. Mais des irrégularités si nombreuses qu'elles finissaient par former leur propre motif, qui s'étendait du sol au plafond.

Il revint à la porte et commença à tâter systématiquement la largeur du mur entre la porte et la fenêtre.

Passé la fenêtre, il continua dans la longueur de la pièce. Les aspérités glissaient sous ses doigts comme des petits cailloux sur une plage. Il y en avait une comme ça, à vingt kilomètres de Göteborg. C'était la sienne. Il y avait une plage toute pareille à vingt kilomètres à l'ouest de Marbella. Elle serait bientôt la sienne. D'ici une semaine.

La pluie se mit à battre contre la vitre. En entrant dans l'immeuble, il avait eu l'impression que les nuages noirs s'étaient dissipés pour laisser place à un ciel clair, mais ils étaient déjà de retour.

Il retira ses mains du mur et les porta à ses narines. Une odeur d'huile, de solvant et de white-spirit, qui vous montait à la tête. Winter traversa la pièce jusqu'au lit, en fit le tour et se mit à sonder le mur derrière, de droite à gauche. L'enduit paraissait avoir été posé avec une application ou alors une négligence toutes particulières. Difficile parfois de différencier les deux... La lumière du plafonnier, au milieu de la pièce, n'était pas assez forte.

Il repéra quelque chose à la hauteur de la tête de lit. À un mètre du sol. Ses mains sentaient se dessiner les contours d'une sorte de tableau. Oui. Il y avait quelque chose sous ces couches croisées d'enduit. Un carré. D'environ cinquante centimètres de côté. Il en explora la surface du bout des doigts. Il appuya doucement dessus... et l'enduit céda sur quelques millimètres.

Il chercha autour de lui de quoi le couper. Il pensa à ses clés. Trop épaisses.

Dans un tiroir de la cuisine, il finit par trouver un petit couteau. Il sortit de sa poche une paire de gants et les enfila soigneusement.

De retour dans la chambre, il pratiqua une encoche au-dessus du coin droit. Il découvrit un morceau de plastique sur lequel il tira doucement et qui finit par se détacher. Le reste suivit. Encore du plastique, avec quelque chose de blanc à l'intérieur. Une simple protection. Winter découpa délicatement le carré d'enduit sur deux côtés et put ainsi libérer l'objet.

Le plastique était le même que sur le sol. Celui qui devait tout protéger dans cet appartement. Avec précaution, Winter sortit de leur emballage plastique une photographie ainsi que deux feuilles de papier fin. Sur ces dernières, du texte. Écrit à la main. Au stylo à bille bleu, d'un bleu passé. On aurait dit des lettres. Il regarda la photo. Une photo noir et blanc. Deux enfants assis chacun sur une balançoire. Il reconnaissait l'aire de jeu. Les enfants se regardaient. Ils semblaient rire. Un garçon et une fille. Winter reconnut le garçon de trois quarts. À environ quinze mètres de là, le bosquet. Les arbres étaient bien droits comme si le vent s'était abstenu le jour où la photo avait été prise. Un homme se tenait à mi-chemin entre le bosquet et l'aire de jeu. Il regardait les enfants. L'image était suffisamment nette pour que Winter puisse reconnaître son visage. Christer Börge. La photo trembla dans sa main. Comme si les branches d'arbres s'étaient mises à bouger. Il voyait le visage de Christer Börge. Il ne voyait plus que cela. L'homme se montrait de face, comme s'il n'avait pas conscience de la présence d'un appareil, d'un photographe. Qui avait pu prendre cette photo ? se demanda Winter. Était-ce Anton Metzer ? Puis il se souvint des deux feuilles de papier qu'il tenait dans sa main gauche. La lecture de la première ne lui prit guère de temps. Il n'y avait là que dix lignes. Il reconnaissait l'écriture. Winter avait déjà lu ces mots. La feuille de papier se mit à trembler elle aussi. Il changea de main, avant de lire le texte rédigé sur la seconde feuille. Il était un peu plus long, quinze lignes peut-être. Il ne les compta pas. Les larmes lui piquèrent les yeux.

Dehors, c'était le déluge. Lorsqu'il eut refermé derrière lui la portière de la voiture, Winter constata qu'il était trempé jusqu'aux os. Il s'essuya le visage sur les manches de son manteau.

Des trombes d'eau déferlaient sur le pare-brise comme projetées par une lance à incendie. Il ferma les paupières trois secondes, les rouvrit, cligna des yeux pour évacuer les dernières gouttes, et démarra la voiture.

Son portable sonna alors qu'il abordait Linnéplatsen. Il n'y avait aucune circulation dans les rues. L'hôpital Salhgrenska était plongé dans l'obscurité, à croire que les câbles électriques avaient rompu sous la puissance de la pluie. Une nouvelle tempête s'installait, en même temps que s'ouvrait une nouvelle journée.

Le portable. Il n'arrivait pas à sortir ce foutu portable de son manteau ! Ses doigts mouillés glissaient sur la fermeture Éclair de la poche intérieure. Pourquoi l'avait-il fermée ? À présent, le portable bipait dans la poche. Quelqu'un avait laissé un message. Il tourna en direction de Konstepidemin et se gara devant l'établissement psychiatrique. Lorsqu'il parvint enfin à ouvrir la fermeture Éclair, il vérifia l'écran.

Il appela la messagerie : *Vous avez un nouveau message*. *Reçu le...* Il savait quand il avait été reçu.

Une voix se fit entendre à travers un terrible grondement.

— Winter ? C'est Winter ? Si vous m'entendez, contactez-moi.

Une pause. Le grondement se poursuivait à l'arrière-plan, ou plutôt à l'avant-plan. Ce devait être la pluie. Elle semblait marteler contre quelque chose de dur, un marteau sur une enclume...

— Winter ! J'ai ré...

La communication s'interrompait là. Un émetteur détraqué par les intempéries. Mais il avait reconnu la voix.

C'était celle de Richard Salko, le réceptionniste du Revy.

Salko lui avait remis une liste des employés de l'hôtel. Le nom de Christer Börge n'y figurait pas. Ce pouvait être insignifiant. Winter n'avait pas eu le temps de rechercher lui-même le nom de toutes les personnes employées sur une si longue période.

Salko semblait bouleversé.

Il n'y avait aucun numéro où appeler. La conversation provenait d'un « numéro privé ». Mais Winter avait enregistré dans son portable le numéro du fixe de Salko. Il le retrouva, pianota et attendit. Il laissa passer plusieurs tonalités de suite et, renonçant, jeta l'appareil sur le siège à côté de lui. Il passa au rouge sur Övre Husargatan. Personne à emboutir. Et les feux de signalisation devaient être détériorés par l'orage...

Son portable sonna au moment où il tournait dans Vasagatan. Winter l'attrapa sans quitter la route des yeux.

— Oui ?

— Erik. Où es-tu ? Qu'est-ce qui se passe enfin ?

— Je suis dans Vasagatan.

— Ah ! Très bien.

— Il faut juste que je vérifie quelque chose avant de rentrer.

— Dans Vasagatan ?

— Oui.

— Quoi donc ?

— Christer Börge. Je vais passer chez lui.

— Maintenant ? Ça ne peut pas attendre quelques heures ?

— Non.

— Ne fais pas de bêtise, lui dit Angela. Et surtout n'en fais pas tout seul.

— Ce n'est pas une bêtise.

Peut-être était-ce une bêtise d'avoir crocheté la porte de Christer Börge. Mais personne ne répondait. Winter avait laissé passer autant de temps qu'il était raisonnable. On entendait à peine résonner les coups de sonnette à l'intérieur. La tempête au dehors avalait tous les sons.

Il poussa doucement la porte. Il n'y avait pas de courrier sur le paillasson. Pas de journaux. Il était trop tôt pour celui du jour, mais Winter doutait qu'aucun livreur de journaux osât s'aventurer dehors ce matin-là.

Il traversa l'entrée sans allumer. Il sentait son pistolet contre sa hanche. Le couloir bénéficiait, quoique faiblement, de l'éclairage de rue, mais les réverbères étaient tellement secoués par le vent que des éclats de lumière voltigeaient dans l'appartement. On se serait cru dans une discothèque des années soixante-dix. Les arbres semblaient danser à la fenêtre.

Cette fois encore, il n'y avait aucune chaussure dans le couloir.

Winter connaissait déjà le couloir, ainsi que le séjour, mais pas le reste de l'appartement. Il avait prévu de venir avec un mandat de perquisition, mais au stade où il en était, il se passerait d'autorisation.

Il y voyait assez dans le séjour pour pouvoir vérifier dans la vitrine de la bibliothèque que les trois photos n'y étaient plus.

Il se retourna.

À l'autre bout de la pièce, une porte fermée.

Winter tira son arme, vérifia le chargeur et franchit le séjour pour aller se plaquer contre le mur du fond. Il appuya sur la poignée, ouvrit la porte avec le canon de son pistolet. Après avoir patienté quelques secondes, il lança un regard rapide à l'intérieur. Il vit un lit, une table, un mur. Il recula la tête, attendit, regarda de nouveau. Il n'y avait personne à l'intérieur. Il repéra cependant, tout près du lit, une porte étroite, légèrement entrouverte. Winter traversa la chambre et donna un coup de pied dans la porte. Il voyait luire quelque chose sur le sol. Lorsqu'il trouva l'interrupteur, la lumière se fit plus faible qu'il ne s'y attendait.

Sur le parquet, des chaussures. Il y en avait des dizaines. Un train de déportation gris, une cohorte de rats. Winter ressentit tout à coup un vague malaise, il faillit perdre l'équilibre. Il avait déjà vu certaines de ces foutues godasses, de nombreuses années auparavant. Toutes identiques. Néanmoins, quelque part dans la masse, ils devraient pouvoir trouver une paire qui correspondrait aux empreintes découvertes sur le sol de la Gare centrale.

Il referma la porte du dressing, regagna le couloir, et remarqua que celui-ci formait un coude avant de se poursuivre. Il poussa plus avant, et vit une porte au bout de ce couloir étrangement conçu. Ce corridor lui rappelait le celui de l'hôtel Revy. La porte tout au fond... Tout commençait à lui rappeler le Revy ici. Winter s'avança lentement. Il n'avait pas besoin d'autre lumière que celle qui venait de l'appartement.

On pouvait lire un numéro 10, peint en blanc sur la porte. Les deux chiffres étaient assez écartés, comme s'ils ne s'accordaient pas vraiment ensemble.

La porte était fermée à clé. Il donna un coup d'épaule. En vain. Il prit son élan et asséna un violent coup de pied sur la serrure. Lorsque la porte céda, il tâcha de ne pas tomber avec elle. Il tenait son pistolet braqué devant lui.

Il faisait très sombre à l'intérieur. Pas de fenêtre. Winter ne discernait que quelques vagues contours. Cette pièce devait être aussi grande que la chambre à coucher. Qui avait pu la concevoir ainsi, sans aucune fenêtre ? Börge ?

Il fit un pas à l'intérieur et la puanteur le saisit plus fort que lorsqu'il avait enfoncé la porte. Il faillit se sentir mal. Il se détourna pour prendre son souffle. La sueur commençait à perler sur son front. Mon Dieu !

Il se reprit, chercha à tâtons l'interrupteur et cligna des yeux lorsque la lumière explosa. Il cligna des yeux à nouveau, regarda, cligna, regarda.

Les cordes attachées sur le mur le plus proche formaient de belles boucles bleues, luisantes.

Juste au-dessous, un établi couvert d'artefacts. Tous blancs. Le plan de travail paraissait en acier. Ils se reflétaient à sa surface comme sur de l'eau. C'étaient des fragments de corps humain. Des bras, des jambes, des têtes, un torse miniature. On aurait dit les restes d'un temple antique visité par les Vandales, trois mille ans après. Plus rien n'était complet. Winter pouvait observer d'étonnants moules de bois ou de métal, qui semblaient taillés de mémoire, en fonction d'improbables instructions. Pourtant, le résultat était crédible. Il l'avait déjà constaté auparavant. Il se trouvait maintenant dans l'atelier de fabrication.

Le plâtre n'a pas d'odeur. Ces membres de corps humain ne produisaient aucune sécrétion. Winter avait l'impression que la puanteur s'était quelque peu dissipée depuis ces quelques minutes, mais la pièce continuait à sentir l'ammoniaque.

Il fit un pas en avant, puis sur le côté.

Des anneaux de métal plantés dans le mur luisaient de la même teinte mate que le plan de travail. Le mur semblait être en plâtre, lui aussi. Des bouts de corde pendaient toujours aux gros anneaux. Ils étaient effilochés aux extrémités, comme si l'on avait mordu dedans.

Sur le sol s'étalait une grande tache, encore humide. Comme une immense tache d'ombre.

C'est ici qu'il l'a gardée prisonnière, pensa Winter. Ellen. Elle a fini par revenir à la maison.

Il sentit la nausée lui monter à la gorge.

38

Winter était debout sur le trottoir et cherchait à faire entrer dans ses poumons autant d'air que possible. La pluie avait diminué d'intensité mais la tempête faisait ployer les tilleuls comme pour assouvir quelque vengeance. Peut-être était-ce un ouragan. Winter tendit le visage pour le rincer à l'eau du ciel. Après les vomissements, il lui restait un goût âcre dans la bouche. Il avait toujours la gorge en feu.

À droite de la grande tache, là-haut, Winter avait vu la valise de Paula. Il ne l'avait pas ouverte.

Son téléphone mobile sonna alors qu'il avait encore la tête dans les nuées. Il s'étonna que le son lui parvienne malgré le hurlement du vent.

— OUI ? cria-t-il, en même temps qu'il reculait sous le porche pour se protéger des bourrasques.

Il entendait une voix mais les paroles restaient incompréhensibles.

— JE N'ENTENDS RIEN !

Tout à coup Winter entendit. Une moitié de phrase. La ligne était devenue nette, comme s'il se retrouvait dans l'œil du cyclone.

— Vous pouvez répéter ?

— C'était pas pour lui faire peur !

— Jonas !

Pas de réponse.

— Où êtes-vous ?

— Je suis...

La suite disparut de nouveau dans la nuit. Ou dans le petit matin. L'aube approchait. Peut-être serait-elle claire, aujourd'hui encore.

— Jonas, écoutez-moi ! Vous m'entendez ?

Winter perçut un murmure, mais n'était pas certain d'être entendu.

Brusquement la voix de Jonas lui parvint, claire et forte.

— Je voulais la mettre en garde ! Contre Börge ! J'ai essayé plusieurs fois ! Mais je n'ai pas osé.

— Je suis juste devant chez lui, répondit Winter. Je viens d'entrer à l'intérieur.

La tempête emporta de nouveau la conversation. Winter eut l'impression d'entendre répéter le nom de Börge, mais il n'en était pas sûr. La voix diminuait comme si son interlocuteur était lui-même emporté par la tempête et balayé au loin. Winter sentait le vent tirer sur ses vêtements. L'espace de quelques secondes, il craignit de perdre l'équilibre.

— Jonas ! JONAS ?

Aucune réponse.

Que pouvait-il en dire ? Le garçon l'avait-il entendu ? Comprenait-il qu'il était en danger ? Devait-il lui demander de rester où il était ? Mais où était-il ? Winter n'en savait rien. Dehors sans doute. C'était dangereux. Mais le danger pouvait également le rattraper à l'intérieur. La tonalité se fit entendre. La communication était définitivement coupée. Winter chercha des yeux sa voiture. Elle résistait toujours aux rafales de vent. Il se retourna pour observer les fenêtres noires de l'appartement de Börge. Il lui traversa l'esprit qu'il n'avait pas éteint dans la pièce du fond. Puis il repensa à sa conversation avec Jonas. Elle avait été interrompue, de la même façon que celle qu'il avait eue avec Richard Salko. Ce dernier ne l'aurait jamais contacté sans avoir une bonne raison de le faire. Ce devait être important. Vital. Winter en fut certain. Il avait toujours son téléphone à la main et il rappela chez Salko. Personne, cette fois encore.

Il y avait un endroit où Salko pouvait se trouver. L'endroit où tout avait commencé.

Par un jeu d'ombres forgées par la tempête, l'hôtel Revy semblait chanceler sous le vent. Les petites rues alentour menaçaient d'être englouties. Dans l'une d'elles, Winter avait été arrêté par des chutes d'arbres. Le centre-ville, en proie aux assauts de la nature, était devenu une vraie jungle.

Pas comme en temps normal, bien sûr...

Il se tenait sur les marches de l'hôtel fermé, toutes lumières éteintes. Sous la tourmente, l'enseigne prenait la forme d'une araignée géante grimpant le long des murs. À la lueur de l'aube, la façade fissurée se colorait d'une teinte rouge sombre qui semblait venir de nulle part. Il gravit l'escalier, appuya sur l'épaisse poignée de cuivre qui céda sans un bruit. Winter éclaira la serrure de sa lampe-torche. Il avait pensé à la prendre dans la boîte à gants. La serrure ne lui parut pas fracturée. Mais sur la gâche de cuivre, aussi antique que tout le reste dans cet hôtel, se dessinaient de nombreuses petites rainures.

Le hall était glacial et humide. Le froid s'était infiltré depuis qu'on avait coupé le chauffage. Il avait saisi sa chance de l'emporter.

L'escalier craqua sous chacun de ses pas. Les murs épais étouffaient les bruits de la tempête.

— Ohé ! OHÉ ?

Il s'arrêta sur la dernière marche.

Tout était silencieux, comme si, après le froid, le silence l'avait emporté pour de bon.

— Salko ? Vous êtes là ?

Il était maintenant sur le palier.

Le couloir qui menait à la chambre numéro 10 se trouvait à sa droite. Winter tourna la tête, aperçut la porte tout au fond. Il braqua sa lampe dans cette direction mais le faisceau ne parvenait pas bien loin.

En se rapprochant, il découvrit que la porte était à moitié ouverte. La lumière du dehors semblait balayer la pièce, à grands coups de balancier. Il s'avança d'un pas.

Il vit le corps osciller dans une lueur d'incendie.

Il vit un dos, une gorge. La corde. Il savait de quel type de corde il s'agissait. Le corps se rapprochait doucement vers lui. Winter n'était plus qu'à deux pas de la chambre. Il entendit tout à coup la sonnerie d'un téléphone portable. Ce devait être le sien. Il sentit les vibrations de l'appareil sur sa poitrine, qui se mêlaient aux battements de son cœur.

Il franchit le seuil et vit le coup avant qu'il ne s'abatte sur sa gorge.

Aneta Djanali entendit la sonnerie du fond d'un rêve qu'elle oublierait bien vite.

Elle se réveilla et se pencha au-dessus de Fredrik pour pouvoir décrocher. Il dormait toujours du sommeil du juste et, pour le réveiller, il lui en fallait davantage qu'une sonnerie de téléphone. Il faisait nuit noire. Elle tâtonna quelques secondes avant de trouver le combiné.

— Oui ? Allô ? Aneta à l'appareil.

— Excusez-moi d'appeler si tard... ou si tôt... c'est Angela... Angela Hoffmann. La compagne de...

— Angela. (Elle avait senti dans la voix de la jeune femme une profonde inquiétude.) Qu'est-ce qu'il se passe ?

— Je... je ne sais pas. Erik a quitté la maison cette... nuit. Il devait juste vérifier quelque chose, à ce qu'il m'a dit. Ensuite il a appelé. Et... et depuis je n'ai aucune nouvelle de lui.

— Quand a-t-il téléphoné pour la dernière fois ?

— Ça doit faire... environ une heure. Peut-être moins. J'ai essayé de le joindre il y a quelques minutes sur son portable, mais il ne répond pas.

— D'où vous appelait-il ?

— De Vasagatan. C'est tout près d'ici. Je suis terriblement inquiète. Je ne sais pas ce que je...

— Qu'est-ce qu'il allait faire ? l'interrompit Aneta Djanali.

Elle entendit Fredrik se redresser sur le lit à côté d'elle.

— Qu'est-ce qu'il allait faire là-bas ? répéta-t-elle.

Fredrik se pencha par-dessus son épaule pour pouvoir entendre aussi.

— Il a dit qu'il allait chez... ce... Börge, répondit Angela. Christer Börge.

— J'y vais, déclara Halders en sautant du lit. J'envoie du monde là-bas.

Il attrapa son portable sur la table de nuit.

— Quel con... marmonna-t-il en enfilant son pantalon

Quelque chose lui frottait la joue mais il espérait que ce n'était qu'un rêve. Je ne veux pas quitter ce rêve-là.

Il se réveilla. Il ne savait pas de quoi il avait rêvé, ni s'il était bien réveillé.

Il était allongé sur le côté. Il essaya de remuer les bras mais ils étaient attachés derrière son dos. Ses pieds étaient également attachés.

Sa gorge le faisait horriblement souffrir et, à entendre sa respiration, il avait peut-être la trachée enfoncée.

Il vit s'approcher deux pieds. Son unique perspective : le parquet... Une paire de chaussures se tenait tout près de son visage. Winter reconnut la marque.

On lui releva la tête. Difficile de fixer son regard sur quoi que ce soit.

— Tu as quand même fini par venir, lui dit Christer Börge.

Winter voyait le visage de Börge à quelque vingt centimètres de distance.

Jamais il n'avait oublié ce visage, et toute sa vie il s'en souviendrait. C'était peut-être la dernière chose qu'il lui serait donné de voir. Oui. Non. Oui. Tout dépendait de ce que Christer Börge avait à lui dire. Combien de temps il prendrait pour le faire. Ma voiture est garée à deux rues d'ici. Ils seront bientôt tous là.

— Je n'ai pas grand-chose à vous dire, commença Börge avec un sourire. Ce n'est pas tellement mon genre de faire de grandes déclarations.

Winter ouvrit la bouche pour répondre, mais aucun son n'en sortit. Sa gorge produisait toujours le même sifflement.

— Je crois que votre voix en a pris un coup, constata Börge en se relevant.

Il saisit Winter par le col et le redressa pour l'appuyer contre le mur. Winter eut l'impression qu'on lui arrachait de nouveau la gorge.

— Mais ce que je peux vous affirmer, c'est que je n'ai pas du tout aimé qu'elle me quitte.

Il se tenait toujours au même endroit.

— Pas aimé du tout. (Börge était penché en avant.) Je l'ai vue, vous savez. Je l'ai vue plusieurs fois, pour être exact, mais je parle de la fois où elle est allée à la gare.

Börge fit un geste de la main, comme s'il désignait la gare. Elle n'est pas très loin, se dit Winter. On a presque tout à portée de la main ici. Mais il ne pouvait pas la bouger.

— Elle devait aider la fille à s'en aller, continua Börge. Elles devaient s'en aller toutes les deux. (Il hocha deux fois la tête.) Elle devait repartir. (Nouveau hochement de tête.) Mais il était déjà trop tard. Je ne pouvais pas les laisser faire ça. Pas cette fois-là. Pas pour toujours.

Börge s'assit sur les talons. Il se tenait toujours à quelques mètres de Winter.

— Oui, vous l'avez vue, vous aussi. Des traces d'elle, si l'on peut dire. Je suppose que vous êtes allé chez moi. (Il sourit de nouveau, d'un sourire que Winter avait déjà vu quelquefois dans sa carrière.) Elle... oui, elle s'est repentie. Mais il n'était plus temps. (Börge dessina une sorte de cercle du bras.) Et maintenant, ils nous ont tous quittés. Voilà. Appelez ça de la vengeance si vous voulez. Elle a mal agi. C'est mal d'avoir agi comme elle l'a fait. Elle a menti. Et elle a fait bien pire encore.

Ses yeux se rétrécirent tout à coup.

— Ils ont tous menti ! Et qui a pensé à moi ? Qui de TOUS CES GENS-LÀ a pensé à moi ? (Toujours accroupi, Börge changea de position.) Ils ne méritaient pas de continuer à mentir. Je voulais qu'ils me demandent pardon pour ce qu'ils m'avaient fait. Tous m'ont demandé pardon. Ça leur a peut-être rendu leur innocence. La couleur blanche devait les y aider. En même temps qu'elle vous a conduit ici. (Il changea de nouveau de position.) Quoique je m'en fiche maintenant. Et vous aussi, j'imagine.

Il sourit. Winter essaya de remuer la tête, mais elle était bloquée. Il avait l'impression que son cou allait se briser, comme sous l'effet d'une strangulation.

Personne ne t'a demandé pardon, pensa-t-il. Paula ne t'a pas demandé pardon, pauvre fou. Elle t'a demandé une chance que tu ne lui as pas accordée. Elle a demandé que tous les mensonges disparaissent.

— Et tu vas les suivre, Erik Winter. Toi aussi, tu vas t'en aller, comme eux tous. C'est la... logique. Ce sera un aller-simple cette fois.

Börge se releva et fit deux ou trois pas en direction de Winter.

— Tu n'es pas bien assis ? Tu veux que je t'aide ? (Il se pencha et tâcha de lui redresser le buste, en même temps qu'il lui inclinait la tête.) C'est mieux comme ça ?

Il faut que je trouve quelque chose, se dit Winter. Il faut que j'essaie de dire quelque chose.

Il voyait pendre le cadavre de Salko. Il s'était immobilisé maintenant. Börge avait dû le mettre en branle juste avant son arrivée.

Börge suivit son regard.

— Tu te poses des questions sur ce vieux groom ? (Il reporta son regard sur Winter.) Rien d'intéressant. Il a eu la trouille, c'est tout. Il savait deux, trois choses et apparemment il ne vous les a pas racontées. Il aurait peut-être fini par le faire. Il a peut-être essayé de le faire, que sais-je ? Mais il a voulu me rencontrer, et pas de meilleur endroit que celui-ci, non ? Silence et calme garantis. (Börge tourna la tête et regarda en direction de Salko.) Il m'a réclamé de l'argent, mais je n'avais pas envie de lui en donner. Il a cru que j'en avais après lui, mais ce n'était pas ça. Vous vous demandez peut-être pourquoi il m'a fallu autant de temps avant de... réagir. Eh bien... (Börge haussa les épaules.) C'est comme pour ce vieux farceur à Hisingen. Metzer. Vous l'avez rencontré, lui aussi. Il ne voulait pas d'argent mais il ne voulait pas la fermer. Il ne trouvait plus ça drôle. Comme si ça pouvait l'être... (Les yeux de Börge se rétrécirent encore. Sa voix s'était transformée.) Mais la vie n'est pas toujours drôle, n'est-ce pas ? Et quand ça ne l'est plus, on a intérêt à réfléchir à deux fois. Au lieu de lancer des menaces. Il voulait parler avec toi, par exemple. Te parler de moi ! Il a menacé de le faire. (Ses yeux s'élargirent et semblèrent se tourner dans une tout autre direction, vers un tout autre temps.) Et d'une certaine façon, il l'avait déjà fait. Vous vous souvenez du couple Martinsson ? (Börge eut un sourire.) Bien sûr que vous vous en souvenez ! Avec votre collègue, vous étiez venus sur place, à Hisingen, quand on vous a appelés pour une histoire de tapage nocturne. (Börge sourit de nouveau.) C'est Metzer qui avait appelé, vous le savez. Mais c'est moi qui faisais du tapage ! Enfin, pas tout à fait. J'étais chez eux parce qu'ils habitaient au-dessus de chez Ellen. Je m'étais arrangé pour faire leur connaissance. Mais cet idiot de Martinsson a cru que je m'intéressais à son affreuse bonne femme. (Börge ne souriait plus désormais. Il avait pris le visage d'un homme offensé, d'un homme trahi.) Comment pouvait-il penser une chose pareille ? Que je puisse m'intéresser à une autre qu'Ellen ? Elle vivait là-bas à l'époque. Avec cette enfant de pute. J'avais l'œil sur elles. C'était mon droit. Ça, Martinsson ne l'aurait pas compris. N'importe qui ne peut pas le comprendre. (Il hocha la tête en direction de Winter.) Toi, par exemple. N'importe qui. C'est bien ce que tu es, non ?

Börge reprit son sourire. Il sembla vouloir ajouter quelque chose, mais il détourna les yeux.

— Assez parlé ! déclara-t-il au bout de quelques secondes.

Il faut que je dise quelque chose, se répétait Winter. C'est une question de vie ou de mort.

Börge s'éloigna tout à coup pour aller chercher un sac en plastique derrière la porte. Winter l'observait du coin de l'œil. Börge se pencha au-dessus du sac et plongea le bras à l'intérieur. Il releva brusquement la tête.

— Elle a quelque chose de spécial, cette chambre, vous ne trouvez pas ? C'est ici qu'Ellen est venue se réfugier la première nuit, mais vous êtes bien placé pour le savoir !

Il faut que je dise quelque chose, que je dise quelque chose, que je dise quelque chose, dise quelque chose, dise...

— Jo... Jon... Jo, parvint-il à murmurer.

Börge sursauta. Son bras était toujours enfoncé dans le sac.

Une fois qu'il l'aura retiré de là, je serai cuit, songea Winter. Je serai bon pour l'aller-simple.

— Jon... Jon..., murmura-t-il à nouveau.

Börge retira son bras. Il avait la main vide.

— Comment ? Tu veux dire quelque chose, Winter ?

Winter ne pouvait répondre. Cette tentative l'avait épuisé. Mais l'horrible douleur semblait diminuer, comme si la gorge commençait à retrouver son état normal. Il avait l'impression que les idées reprenaient de nouveau vie dans sa tête, après avoir été, elles aussi, momentanément étouffées.

Des flashs de lumière bleue balayaient Vasagatan. Le vent s'en emparait, les faisait tourbillonner, comme sur un vieux manège déglingué. Deux voitures de police étaient garées devant l'immeuble de Börge. Dans sa hâte de franchir le porche, Halders avait laissé la portière ouverte derrière lui.

Il y avait déjà du monde dans l'appartement.

— La porte d'entrée était grande ouverte, lui rapporta l'inspecteur qui était posté devant.

— Il est à l'intérieur ? demanda Halders.

— Ça a l'air vide.

Halders suivit le couloir qui formait un drôle de coude et aperçut à l'autre bout une porte ouverte. Un policier en tenue était en train de visiter la pièce. Son visage se tourna vers lui. Il vit l'expression de ce visage.

— Qu'est-ce que c'est ? cria-t-il.

Il se mit à courir.

Le spectacle qui l'attendait, c'étaient des cordes, des anneaux de métal, un établi, des fragments de corps humain, des moules. Une grande tache sur le sol, luisant sous une lumière crue.

La femme policier avait le visage enfoui dans ses mains. Halders ne voyait que ses yeux.

Il n'y avait rien de vivant dans cette chambre close.

Erik est venu ici, se dit Halders. Il a dû voir ça. Il a dû comprendre. Et moi, est-ce que je vais comprendre où Winter a bien pu se rendre ensuite ?

Il y avait un pot de peinture sur le sol, au pied du mur de droite. Un pinceau également. La peinture blanche avait coulé en forme d'éventail quand on avait jeté le pinceau. Sur le mur, un mot. Les lettres blanches se détachaient sur le gris du plâtre :

MEURTRIER

Le mot était peint en majuscules de cinquante centimètres de hauteur et occupait toute la largeur du mur. La peinture avait coulé jusqu'à rejoindre le petit éventail sur le sol.

— Quelqu'un est venu ici après le passage d'Erik, décréta Halders.

*

Börge traversa la pièce et se pencha au-dessus de lui. Il s'approcha encore jusqu'à plaquer son oreille contre la bouche de Winter.

— Ça irait peut-être mieux si tu chuchotais ?

— Jon...

— Jon ? Jon ? Qu'est-ce que tu dis ? Jon ?

— Jon... Jona...

— Jona... ? Ah ! Jonas ! Tu te demandes, pour Jonas ?

Winter cligna des yeux. C'était sa façon de dire « oui ».

— Mon Dieu, Winter, on en a de vieilles connaissances en commun ! Tu as vu la photo chez Paula, n'est-ce pas ? (Ses yeux étaient grands ouverts maintenant, comme s'il était l'homme le plus heureux du monde.) Mignon, ce gamin. Comme la fille. Ils étaient bien mignons tous les deux. (Börge parut un instant se perdre dans ses souvenirs.) Il a été un peu secoué par ma petite blague quand il était petit, Jonas. Je voulais juste blaguer avec cette main qu'il a vue. (Börge avait un autre sourire maintenant, un sourire chaleureux.) C'était déjà un hobby chez moi. Il faut bien s'occuper les mains, qu'en dis-tu ? Le vieux Metzer n'a pas trouvé ça drôle, mais je ne me souciais guère de ce qu'il pouvait dire.

— Il... il...

— Que dis-tu, Winter ? Hi hi ? Ah oui, c'est drôle. Tout à fait d'accord.

Winter prit son souffle de toute la force de ses poumons et parvint à sortir quelques mots de plus.

— Il... il t'a vu.

Après cet effort, il respirait péniblement.

— Moi ? Il m'a vu ? (Börge saisit Winter par l'épaule et le secoua.) Quand ça ? Quand je suis venu ici ? Peu de chance. Quand je suis allé là-bas ? Ça m'étonnerait aussi. Ici ou là, ça n'a aucune importance. Quand j'ai chipé la corde dans l'appartement de Paula, il est venu fourrer son nez, mais j'étais déjà sorti. D'une certaine façon, ces deux-là, les pauvres, se soutenaient mutuellement.

Il lâcha l'épaule de Winter.

— Il est sous mon contrôle, ce gamin. Tout comme elle l'était. Vous avez lu la lettre ?

Börge hocha la tête, comme pour acquiescer à ses propres mots.

Winter l'avait lue. Paula avait écrit à Börge. Winter n'avait pas compris tout de suite. Comment comprendre une chose pareille ? Elle avait évoqué sa vie, son droit à la vie. Elle avait voulu demander sa liberté. Elle l'avait réclamée. Peut-être pensait-elle que tous les secrets seraient alors effacés, tous les mensonges. Que quelque chose viendrait après le silence, quelque chose de meilleur. Elle avait aussi réclamé à Jonas la liberté.

— Le fait est que j'ai invité le gamin ici, ajouta Börge. Il peut venir quand il veut, maintenant. Il est sous contrôle, comme je vous le disais. Je vous l'ai bien dit ? La preuve : est-ce qu'il vous a raconté la moindre chose ? Sur quoi que ce soit ? Réponse : non.

La sonnerie du portable retentit. Winter avait oublié qu'il en avait un. L'appareil appartenait à un autre monde, une autre vie. Börge eut un léger sursaut, de quelques secondes à peine. Ça n'avait plus d'importance, ni pour lui, ni pour Winter.

Voilà que je me retrouve allongé ici. Ou plutôt assis, si l'on peut dire. Je suis venu de mon propre chef. Je me suis mis tout seul dans cette situation. Je me suis laissé entraîner. J'ai oublié de réfléchir. Non, j'ai réfléchi, mais mal. J'étais seul. Avec qui ai-je parlé en dernier ? Avec Jonas. Vraiment ? Qu'est-ce que je lui ai dit ? Je ne m'en rappelle pas. Je n'entendais presque rien de ce qu'il me disait. Il s'est passé trop de choses en si peu de temps. En une seule nuit. J'ai parlé avec Nina aussi. Je lui ai raconté que j'allais retourner dans l'appartement de Paula. Oui, c'est ça. Mais qu'importe ? J'ai voulu tout faire. Tout résoudre. Une résolution totale. Je voulais m'en débarrasser avant de monter dans l'avion. Et finalement, il n'y aura plus rien de rien. Je n'aurais pas dû flanquer un coup à ce jeune policier. Je ne lui ai pas demandé son nom. C'était Angela sur le portable, j'ai senti que c'était elle. Seigneur ! Elsa, Lilly. Je me serais marié avec Angela. Elle en avait envie. Je l'aime et je l'aimerai toujours, quoi qu'il arrive. Paula savait. Elle a demandé à se faire pardonner quand elle a pu écrire ce qu'elle voulait. Son meurtrier ne lui a pas dicté ces mots. Elle a écrit ce qu'elle a voulu quand elle a su qu'elle allait mourir. Elle a endossé la faute. Je peux le comprendre maintenant. Le chaos de sa vie provenait du fait que sa naissance était un accident, elle n'était sans doute pas désirée. Elle a dû le voir, le sentir, le comprendre. Qu'est-ce que Börge a pu lui dire dans cette chambre ?

Était-il bien nécessaire qu'il le lui dise quand elle le savait déjà ? Elle voulait alléger la souffrance de ceux qui lui survivraient. Mon Dieu ! Aidez-moi, je vous en prie ! Si j'avais eu la jambe libre je lui aurais envoyé un de ces coups, à celui-là. Voilà qu'il se déplace. Il retourne au sac. Il faut que je me prépare. Il sort quelque chose. Oui, c'est une corde, il a suffisamment de réserves... Est-ce que je peux lui donner un coup de tête ? Il va devoir s'approcher pour me passer la corde au cou, et si je me présente comme ça...

Börge le rejoignit avec la corde. Le nœud coulant était déjà prêt. Il disparut tout à coup derrière le dos de Winter. Ce dernier était à moitié allongé, un flanc contre le mur. Il avait commencé à glisser sur le sol. Il ne voyait rien de ce que faisait Börge. Il l'entendait derrière lui. Tout était joué. Désespéré. La seule chose qu'il apercevait, c'était la fenêtre, et il n'y avait aucun secours à attendre de là. Winter ignorait combien de temps s'était écoulé depuis qu'il était entré dans la chambre numéro 10. Ce pouvaient être des heures, des jours, mais le monde du dehors ne pouvait lui prêter aucun secours. Il ne voyait même pas à travers la fenêtre si c'était le jour ou la nuit.

Il sentit le nœud autour de son cou. Börge le serra. L'air commença à lui manquer, le peu d'air qu'il lui restait dans les poumons. Börge le poussa sur le côté, sans doute pour pouvoir le traîner sur le sol.

Winter entendit soudain un bruit venu de l'extérieur, un bruit métallique. Il se répéta. Il vit voltiger quelque chose à la limite de son champ visuel. Il ne réalisa pas tout de suite que les ombres folles qui s'agitaient à la fenêtre ne relevaient pas d'un phénomène naturel. Il fallut que le carreau se brise. Que Börge se mette à crier. Que cette figure noire saute à travers la fenêtre, comme un oiseau sauvage venu d'ailleurs. Winter perdait son souffle. La dernière chose à laquelle il pensa fut que le garçon avait dû grimper le long du mur en passant par les gouttières.

39

Il entendait les enfants rire dans le couloir. Il voyait les valises ouvertes sur le parquet de pin – tellement bien poncé qu'elles se reflétaient dedans. Ils partaient le lendemain à l'aube. Il leur avait fallu plus de temps que prévu, mais la clinique de Marbella avait fait preuve de compréhension.

John Coltrane soufflait haut et fort dans *A Love Supreme*. Un amour d'un degré supérieur.

Winter se leva de son fauteuil, débola dans le couloir et se saisit de Lilly en pleine marche.

— L'heure de se coucher, cocotte !

Plus tard dans la soirée, il eut une brève conversation avec Halders.

— Ne t'emmerde pas à appeler sauf pour des questions d'ordre privé.

Winter éclata de rire.

— Je ne plaisante pas, Erik.

— Je ne compte pas te retirer quoi que ce soit, Fredrik.

— Il n'y a plus grand-chose à prendre de toute façon, répondit Halders.

— Comment ça se passe avec Börge ?

— Tu t'en fous !

- J'essaie

— Il prétend que tout ce qu'il a fait, il était obligé de le faire, et que tout est accompli.

— Faux.

— Tu veux que je le lui rappelle ? Qu'il ne t'a pas eu ? Ni le gamin ? Il avait aussi des plans pour lui.

— Il m'a eu, déclara Winter.

— Si c'était le cas, on serait pas en train de se parler en ce moment, répliqua Halders.

— Ce gamin..., reprit Winter. Ce n'est plus un enfant maintenant.

— Là je suis d'accord avec toi.

— Je l'ai appelé ce matin. C'est un homme seul. Paula représentait quelque chose de très spécial pour lui.

Halders garda le silence.

— Il n'en a pas fini, Fredrik.

— Non. Et je ne compte pas le laisser dans la merde.

— Je le sais.

— Mario non plus. C'est pas un ingrat.

— Je le sais bien.

Winter entendit couler de l'eau dans la cuisine. Dix secondes plus tard, Angela entrait dans le salon et s'asseyait sur le canapé. Elle était en robe de chambre.

— Börge avait trouvé le moyen d'atteindre Ellen. les deux enfants, continua Winter.

— Hmm.

— Paula était... au centre. Elle était la preuve qu'il avait été trahi par tout le monde. Son existence même en était la preuve.

— Oui.

— Mais il ne s'agissait pas que de cela.

— Non.

— On s'appelle, Fredrik.

— Prends soin de toi maintenant, Erik. Et de la petite famille.

Encore un peu plus tard dans la soirée, Winter repensa à ce qui lui était venu à l'esprit lorsqu'il gisait sur le sol de la chambre numéro 10. Il ne voulait pas y penser, mais ça continuerait sûrement à lui revenir dans les prochains mois.

— Il y a une église suédoise à Fuengirola, lança-t-il.

Angela releva les yeux. Ils n'étaient pas encore allés se coucher. Ils resteraient peut-être ici, sur le canapé, jusqu'à l'heure du départ pour l'aéroport.

— Ça te plairait, de te marier là-bas ? lui demanda-t-il.

— Avec qui ?

— J'avais pensé avec moi.

Mes chaleureux remerciements aux commissaires de la police criminelle Torbjörn Åhgren, qui a lu mon manuscrit et m'a fait bénéficier de ses précieuses remarques, ainsi que Lars Björklund pour toute son aide depuis des années.

Boris Akounine

Les enquêtes d'Eraste Fandorine

Rouletabille a désormais un frère slave : Eraste Pétrovich Fandorine. Il fait ses armes à Moscou à la fin du XIXe siècle, au sein de la police du Tsar. Ce jeune détective brillant mais inexpérimenté, intuitif mais naïf, cultivé mais ignorant des procédures, va résoudre de multiples énigmes toutes plus subtiles les unes que les autres. Boris Akounine dépeint le parcours exceptionnel de cet inspecteur hors du commun déchiffrant, entre 1876 et la Révolution russe, les mystères de Moscou.

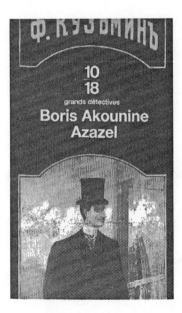

n° 3469 – 7,40 €

Lee Jackson

Les secrets de Londres

Rongée par les remords, une jeune femme saute du pont de Blackfriars. Nathalie Meadows est suspectée du meurtre de la célèbre chanteuse de music-hall, Ellen Warwick. Sauvée de justesse, elle met sa seconde chance au service de la quête du véritable assassin. Commence alors un dangereux voyage à travers les rues sombres et poussiéreuses du Londres victorien. Des bordels de Whitechapel en passant par les maisons bourgeoises de Manchester Square et les échoppes mal famées de Seven Dials, la ville n'a pas fini de révéler ses secrets...

n° 4152 – 7,40 €

Anne Perry

Les enquêtes de Thomas Pitt

Reine incontestable du polar victorien, Anne Perry
se délecte avec des intrigues ingénieuses, se plaisant
à y compromettre le Londres du XIXe siècle. Le détective
Thomas Pitt est en charge de toutes sortes d'affaires
crapuleuses : meurtres, incestes, enlèvements ; impulsions
criminelles que l'on penserait plutôt naître dans
les bas-fonds de la capitale anglaise. Ne vous fiez pas
aux apparences ! Derrière la bienséance dont se pare la bonne
société se cache parfois une perversion insoupçonnable…

10
18
grands détectives
**Anne Perry
L'étrangleur de
Cater Street**

n° 2852 – 7,40 €

Cet ouvrage a été imprimé en France par

à Saint-Amand-Montrond (Cher)
pour le compte des Éditions 10/18
en janvier 2009

Dépôt légal : octobre 2008.
N° d'édition : 4100. — N° d'impression : 084108/1.
Nouveau tirage : janvier 2009.